Wolfgang Thon

DAS LIED DER DÄMONEN

Wolfgang Thon

DAS LIED DER DÄMONEN

Die drei Prophezeiungen
Erstes Buch

Roman

Originalausgabe

blanvalet

MIX
Papier aus verantwortungsvollen Quellen
FSC® C014496

Verlagsgruppe Random House FSC® N001967
Das für dieses Buch verwendete FSC®-zertifizierte Papier
Super Snowbright liefert Hellefoss AS, Hokksund, Norwegen.

1. Auflage
Juni 2014 bei Blanvalet, einem Unternehmen der Verlagsgruppe
Random House GmbH, München.

Umschlaggestaltung und -illustration: © Isabelle Hirtz, Inkcraft
Karten: Jürgen Speh
Redaktion: Alexander Groß
Lektorat: Holger Kappel
Herstellung: sam
Satz: Uhl + Massopust, Aalen
Druck und Einband: GGP Media GmbH, Pößneck
Printed in Germany
ISBN: 978-3-442-26960-0

www.blanvalet.de

Für Margarete

DER WEISSE SPIEGEL, GLETSCHER AN DER GRENZE ZWISCHEN ALGHOR UND HELLANDEN

Der Wind peitschte wütend über die zerfurchte Gletscherzunge und trieb Schleier aus nadelspitzen Eiskörnern vor sich her, die auf Schild und Helm des Drachenkämpfers prasselten. Im nächsten Moment gab es ein lautes Scheppern, als sich die Klinge der Streitaxt mit einem schrillen, metallischen Krachen in das Metall fraß, mitten hinein in den aufgemalten blauen Drachenschädel.

Der Hüne, der den gewaltigen Schlag mit nur einer Hand geführt hatte, knurrte und fletschte die Zähne, während er die Axt aus dem Schild zu reißen versuchte. Denn der war von der Wucht des Hiebes nicht zertrümmert worden, sondern die Schneide war darin stecken geblieben. Immerhin hatte der Schlag den Drachenkämpfer, einen Angehörigen der *Eisdrachen* der Grenzpatrouille Alghors, in die Knie gezwungen. Der Nordling schleuderte ihn rücklings auf das Eis, aber der Soldat ließ den Schild nicht los, sondern versuchte, seinen Gegner mitsamt der Axt ebenfalls zu Boden zu ziehen. In die von glitzerndem Eis bedeckte Eisenspitze des kurzen Spießes hinein, den er mit der Linken umklammerte und dessen stumpfes Ende er zwischen Ellbogen und Körperseite eingeklemmt hatte.

Der Nordling schien allerdings mit dieser Finte gerechnet zu haben. Er machte rasch einen seitlichen Ausfallschritt und bohrte die Eisdorne unter seinem durch dickes Leder und Fell geschützten Fuß fest in das Eis, um einen sicheren Stand zu kriegen. Dann trat er mit dem freien Fuß den Spieß zur Seite. Gleichzeitig packte er mit beiden Händen den lederumwickelten Griff seiner Streitaxt, nutzte sein ganzes Gewicht und drehte den Stiel. Die Schneide durchtrennte den Kettenhandschuh des Drachenkämpfers und fraß sich bis auf den Knochen in seine Hand, bevor sich die Klinge mit einem Knacken aus dem mit gehämmertem Blech verstärkten Holzschild löste.

Der Mann schrie vor Schmerz auf und kroch zurück, wobei er versuchte, den nutzlosen Schild vom Arm zu schütteln. Das Blut aus der Wunde an seinem Handgelenk spritzte durch die Luft und hinterließ rote Punkte auf dem schmutzig grauen Eis. Mit der anderen Hand hielt er immer noch den Spieß vor sich, ohne den Blick von dem Nordling zu nehmen. Der seine Bemühungen regungslos, fast nachsichtig beobachtete.

Man konnte keine Nachsicht in den unbeteiligt blickenden Augen dieser hünenhaften Gestalt erwarten. Der Kämpfer war in Pelze und Eisen gehüllt, seine langen schwarzen Haare waren zu einem Kriegerzopf geflochten und hingen auf seinen Rücken hinab, und sein gerötetes Gesicht glänzte von Fischtran, wie ihn sich die Nordlinge zum Schutz gegen die Kälte auf die Haut zu schmieren pflegten. Er mochte vielleicht vor den eisigen Winden schützen, dafür jedoch stank es bestialisch.

Der Hüne hatte den Kopf zur Seite geneigt, aber er schien nicht auf seinen Widersacher zu achten.

Er lauschte.

Was ihn allerdings nicht daran hinderte, mit seiner Streitaxt ansatzlos einen Schlag gegen den Spieß zu führen. Der Stiel brach mit einem dumpfen Splittern, und das kürzere Ende mit der eisernen Spitze flog durch die Luft und bohrte sich ein paar Schritte von den Männern entfernt ins Eis.

Der Drachenkämpfer hielt das zersplitterte Stielende einen Moment verwirrt in der Hand, bevor er es fallen ließ. Er blinzelte, als ihm der Eisschnee in die Augen biss. Der Nordling rührte sich immer noch nicht. Der Drachenkämpfer krabbelte auf allen vieren weiter zurück und blickte dabei kurz zu einer kleinen Anhöhe hinauf. Dahinter kämpften dem Lärm nach seine Kameraden.

Der Nordling hob den Kopf und sah sich suchend um. Die beiden Drachenkämpfer, die jetzt über die Anhöhe auf ihn zugerannt kamen, konnte er unmöglich übersehen. Aber sie schienen ihn nicht weiter zu kümmern, denn er spie nur in den Schnee und machte sich dann an die Verfolgung seines Gegners.

Der hatte mittlerweile eine kleine Mulde erreicht und war wieder auf die Beine gekommen, während seine beiden Kameraden näher kamen. Sie humpelten.

Der Nordling ging auf den Drachenkämpfer zu, der vergeblich versuchte, das Schwert aus der Scheide zu ziehen.

»Wo, verflucht, hast du denn kämpfen gelernt, *Kriegsküken*?« Die Stimme des Mannes klang tief und barsch, fast wie das Bellen eines der gefährlichen Weißbären, auf die man am Gletscher gelegentlich stieß und denen man besser aus dem Weg ging. Jetzt hob der Mann ohne sichtliche Mühe die Streitaxt mit einer Hand und tippte mit der flachen Seite des Blattes gegen die Schwertscheide des Jünglings. »Hat man dich nicht gelehrt, bei Eis und Kälte Scheide und Schwert einzufetten, damit sie nicht festfrieren?« Unvermittelt schlug er mit der Streitaxt zu. Der stumpfe Kopf der Klinge knallte gegen die Schwertscheide, und der Drachenkämpfer, der die ganze Zeit an dem Griff der Waffe gezerrt hatte, schrie auf, wurde herumgeschleudert und stöhnte vor Schmerz. Und vor Entsetzen.

Denn er musste mit ansehen, wie seine Kameraden in diesem Moment von mehreren Nordlingen eingeholt und auf der Stelle niedergemetzelt wurden. Sie hatten nicht den Hauch einer Chance gegen die barbarischen Krieger von jenseits des Gletschers.

Der Drachenkämpfer riss seinen Blick von dem grausigen

Geschehen los und richtete ihn wieder auf den Nordling. Einen Moment lang kreuzten sich ihre Blicke, dann legte der Hüne erneut wie lauschend den Kopf auf die Seite. Plötzlich ertönte ein unheilvolles Knacken.

Gefolgt von einem lauten Prasseln.

Der entsetzte Schrei des Drachenkämpfers verklang, als er von dem gähnenden Schlund verschlungen wurde, der sich unvermittelt unter seinen Füßen aufgetan hatte.

Der Nordling hatte die Streitaxt bei dem Schrei gehoben und versuchte jetzt vergeblich, mit seinen Eisdornen festen Halt zu finden. Er senkte den Kopf und starrte in den Schlund unter sich, ohne auf die entsetzten Rufe seiner Kameraden zu achten, die, seinen Namen brüllend, auf ihn zurannten. Dann stürzte auch er in diese tückische Gletscherspalte, von denen es auf dem *Weißen Spiegel* nicht gerade wenige gab. Schon viele unachtsame Patrouillengänger oder Fallensteller waren von ihnen verschluckt worden und nie mehr aufgetaucht.

Der Nordling fiel … aber nicht wie der Drachenkämpfer unter ihm wild rudernd und kreischend, sondern ruhig, mit ausgebreiteten Armen, die Streitaxt in der Faust, den Blick fest nach unten gerichtet. Das matt schimmernde Grau der Spalte verlor sich tief unter ihm in einem finsteren Schwarz, während ihm der Abgrund entgegenzurasen schien. Unter ihm blitzte neben der wild um sich schlagenden Gestalt des Drachenkämpfers etwas Metallisches auf … das Schwert des Mannes.

Der Nordling hingegen fiel beinahe gelassen. Er presste die Beine zusammen und neigte den Kopf, um zu sehen, wohin die Reise ging. Er stürzte in aufrechter Haltung und mit angespannten Muskeln, wie in Erwartung einer Landung auf eisigem oder vielleicht sogar felsigem Boden. Eine Landung, die sämtliche Knochen in seinem Leib zermalmen, sein Hirn über den Boden verteilen würde und sein Blut …

Plötzlich wurde es heller um ihn herum.

Die Flanken des Gletschers schienen zurückzuweichen, immer weiter, als würde er in eine gewaltige, unermessliche Höhle stürzen. Gleichzeitig wölbte sich unter ihm eine eisige Zunge aus der Wand des Gletschers und bildete eine riesige Schanze, fast wie die ins Groteske angeschwollene Zunge eines Fleckenflosslers, eines dieser riesigen Meeressäuger, welche die Bewohner der Eisinseln an der nördlichen Grenze von Hellanden wegen ihres Fleisches, vor allem jedoch wegen der großen Mengen von Tran mit ihren schlanken Seglern jagten.

Die Eisschanze fiel zwar ebenfalls in die Tiefe ab, bog sich dem Mann jedoch seitlich entgegen, kam ihm immer näher, noch näher...

Er zog die Beine an, drehte den Rücken zu der Eiswand, hob die Arme und hielt die Streitaxt hoch über den Kopf...

Obwohl der Aufprall auf der harten Eiswand gewaltig war, gelang es ihm, die Kontrolle zu behalten, und plötzlich verwandelte sich der Sturz in den sicheren Tod in eine rasende Schussfahrt, die allerdings nicht weniger bedrohlich war und wahrscheinlich ebenfalls tödlich enden würde.

Die Fahrt verlangsamte sich, je weiter sich die Eiszunge waagerecht ausrichtete. Zu beiden Seiten der Schanze gähnte ein Schlund, der sich in der unergründlichen Finsternis verlor. Vor dem Nordling erstreckte sich blankes Eis, über ihm schimmerte die Gletscherspalte, durch die er gestürzt war, nur noch als winziger weißer Punkt, wie ein ferner Stern am ansonsten vollkommen schwarzen Firmament.

Vollkommen schwarz?

Selbst das spärliche Licht, das bis in diese Tiefe drang, ließ das Eis der weit entfernten Wände dieser ungeheuren Kaverne funkeln. Die Eisschanze war mittlerweile breiter geworden und verlief flacher, schien sogar leicht anzusteigen.

Er rutschte geradewegs auf einen Buckel zu, hinter dem die Eiszunge abrupt zu enden schien. Er blickte in den Abgrund neben sich, doch der Boden war immer noch nicht zu sehen. Er versuchte, die Streitaxt in das Eis zu schlagen, um die Geschwindigkeit zu verlangsamen und dann vielleicht von der Schanze herunterklettern zu können.

Der Nordling schüttelte den Kopf, als ein sonderbares Summen die Höhle erfüllte.

Tonn … Vorr … Draak … Sklavv … Draak … Vodder … Wache …

Das Summen ergab für ihn keinen Sinn, wirkte aber einschüchternd, fast drohend.

Dann verschwand das Eis unter ihm schlagartig, und er segelte erneut durch die Luft. Diesmal ruderte der Nordling mit den Armen und stieß einen heiseren Schrei aus. Die schwere Streitaxt drohte ihn aus dem Gleichgewicht zu bringen. Er ließ sie los, sie flog davon und wurde von der Dunkelheit verschluckt.

Der Aufprall kam vollkommen unvermittelt. Der Nordling wurde von dem harten Stein wie von einer riesigen Faust getroffen und in die Luft hochgeschleudert.

Dann krachte es wieder, und er schrie auf.

Als er erneut auf den Boden prallte, war der Aufschlag so gewaltig, dass er vor Schmerz aufbrüllte. Er rutschte völlig unkontrolliert über den harten Stein, überschlug sich mehrfach und drohte jeden Moment gegen irgendein Hindernis zu krachen und sich das Genick zu brechen.

Dann wurde seine Fahrt gestoppt, abrupt, endgültig und … weich.

Er war gegen etwas Nachgiebiges, Warmes gerutscht, das er in seinem Schwung mitriss, als er weiter über den Boden rollte. Es war ein menschlicher Leib, der seine Landung abgefedert hatte, die Leiche des Drachenkämpfers. Das Gesicht des Soldaten war vollkommen entstellt, der Unterkiefer war weit aufgerissen und hing schief unter dem Oberkiefer. Eine Wange war zerschmettert und das Kiefergelenk offenbar bei der Landung zertrümmert worden. Der Schädel war gespalten, und Blut, Knochen und Hirnmasse verklebten das Haar.

Der Nordling schüttelte den Kopf und richtete sich mühsam auf. Mit etwas wackligen Beinen stand er schließlich da und betastete sich prüfend. Nachdem er sich davon überzeugt hatte, dass noch alle Gliedmaßen an Ort und Stelle waren, richtete er seine Aufmerksamkeit von der Untersuchung seines Körpers auf die nähere Umgebung der Höhle.

Zunächst sah er sich suchend nach seiner Streitaxt um, konnte sie jedoch nirgends entdecken. Dann ging er los, und sein Blick zuckte nach unten, als er ein schrilles Kratzen hörte. Der Boden der Höhle bestand nicht aus Eis, sondern aus einem fast schwarzen Stein. Die metallenen Eisdorne unter seinen Füßen, die ihm auf dem Eis Halt gegeben hatten, schlugen auf dem Stein bei jedem Schritt Funken.

Er bückte sich, um die Eisdorne von den Füßen zu schnallen. Im selben Moment stöhnte er schmerzerfüllt auf und presste eine Hand auf die Schulter. Er stieß einen unterdrückten Fluch aus, richtete sich wieder auf, suchte nach einer Sitzmöglichkeit … und starrte auf die dunkle Masse, die sich in dem dämmrigen Licht der Höhle erhob. Sie hatte eine merkwürdige, auf den ersten Blick ziemlich symmetrische Form, und ihre Silhouette wirkte …

Im *Palast unter den Schwingen*, dem düsteren Felsendom, leisteten die Jungrecken der Kämpfer Hellandens ihren Treueschwur auf Land und Fahne. Und zwar vor der überlebensgroßen Felsstatue Belphors, des Hauptgottes der Nordlinge, dem Herrscher über Leben und Tod, dessen Tempel dort lag.

Ebenso beeindruckend wie sein Abbild waren die kleineren Statuen in der *Gruft der Dämonen*. Den Legenden zufolge waren sie einmal Helfer der Götter gewesen, hatten ihre Meister jedoch verraten und sich in der Großen Schlacht den Drachen angeschlossen. Dafür waren sie von den Göttern nach deren Sieg fürchterlich bestraft und zu ewiger Folter im *Hellführ*, den Feuerschlünden jenseits des Dunklen Schleiers, verurteilt worden, wo sie den Zugang zur Anderwelt zu bewachen hatten. Die Statuen der Dämonen waren zwar kleiner als die von Belphor, aber der Hass, den ein unbekannter Künstler vor endlosen Äonen im Stein verewigt hatte, war immer noch auf den erstarrten Fratzen zu erkennen.

Der Nordling drehte langsam erst den Kopf und dann sich selbst. Diese Höhle ... Auch hier schien es von diesen seltsamen Gebilden nur so zu wimmeln.

Sie waren zu perfekt geformt, um ein zufälliges Produkt der Natur zu sein. Der Hüne musterte die Reihen von dunklen Figuren, die sich in der Finsternis verloren.

Der *Weiße Spiegel*, dieser älteste und größte Gletscher im Norden, an der Grenze zwischen Alghor und Hellanden, hatte schon existiert, lange bevor die ersten schriftlichen Überlieferungen der Nordlinge einsetzten. Falls dies hier ein Tempel war, der noch unter diesem Gletscher lag, stammte er vielleicht sogar aus der Zeit ...

Der Mann hob plötzlich den Kopf, als er am Fuß eines dieser dunklen Gebilde etwas liegen sah. Es wirkte wie eine Streitaxt, aber sie schien größer zu sein als die, die er verloren hatte. Sie schimmerte schwach und rötlich, und ...

Das Summen war nach der abrupten Landung verstummt, nun aber stieg es zu einem gewaltigen Brausen an.

TONN ... VORR ... DRAAK ... BRUUT ... DRAAK ... SKLAAVV ... DRAAK ... VODDER ... DRAAK ... BLUOTT ... DRAAK ... MACHT ... DRAAK ... KROON ... DRAAK ... THRON ... DRAAK ... BLUOTT ... DRAAK ... SKLAAVV ... WACHE! WACHE!

Die letzten Silben dröhnten so laut durch die Höhle, dass der Nordling sich die Hände gegen die Schläfen presste und wimmernd auf die Knie sank. Er beugte sich vor, riss den Mund auf, und Speichel lief ihm über das Kinn. Plötzlich wurde es unerträglich heiß.

Er nestelte mit den Händen an seinem Pelz, riss ihn an der Brust auseinander. Aber die heiße Luft, die plötzlich durch die Höhle strömte, drohte seine Haut zu versengen und ließ seinen Mund trocken werden. Tränen traten ihm in die Augen, seine Lippen wurden rissig und spröde. Erneut fiel der Blick des Mannes auf die zweischneidige Streitaxt, die unmittelbar vor ihm lag, direkt vor dieser riesigen steinernen Figur, zu deren Füßen er kauerte.

Er sah genauer hin. Nein, keine Füße. Die Extremitäten dieser Statue wirkten wie Klauen, riesige Klauen, mit langen gebogenen Krallen.

Der Mann versuchte zu schlucken, aber er hatte nicht einmal dafür genug Speichel in seiner Kehle, so heiß war es.

TONN … VORR! WACHE! DRAAK … SKLAAVV! … ERWACHE! BRUT! ERWACHE!

Der Mann schwankte, immer noch kniend, während er nach der Axt tastete. Als seine Finger den Griff der Streitaxt berührten, schrie er auf und zog hastig die Hand zurück. Das Eisenholz des Stiels war sengend heiß, und die Klinge glühte förmlich. »Bei Belphors Arsch!«, brüllte er, richtete sich hastig auf und leckte sich die schmerzenden Finger. Verwirrt hob er den Kopf, bog den Oberkörper ein wenig zurück und betrachtete dieses Gebilde, vor dem die Axt lag, genauer. In dem rötlichen Licht, das die Höhle erfüllte, schien es zu glühen. Der Mann schluckte, als er den Stein betrachtete.

Das Brüllen der Stimmen sank zu einem eindringlichen Flüstern herab, als der Nordling zögernd und vorsichtig die Hand nach diesem merkwürdigen Felsbrocken vor sich ausstreckte. Als seine Finger nur noch einen Daumenbreit von dem Stein entfernt waren, verstummte der Chor urplötzlich, und eine atemlose Stille machte sich in der Höhle breit.

Dann berührten seine Fingerspitzen den Stein.

Er riss die Augen auf, als eine Stimme in seinen Kopf drang. Eine mächtige Stimme, barsch und doch gelassen, klar und deutlich und doch nicht laut ... und irgendwie *uralt.* Das alles fiel ihm auf, bevor er realisierte, dass ihn die Stimme etwas gefragt hatte. In seiner Sprache. Was den Nordling noch mehr verblüffte als die Tatsache, dass dieser Stein ... *diese Statue* überhaupt sprach.

DU BIST

Die Stimme klang ruhig, sich ihrer selbst unendlich sicher.

Er schluckte.

»Ich bin ... Ich bin ...« Wie war sein Name noch mal?

NEIN, antwortete die körperlose Stimme in seinem Kopf; ruhig, endgültig und sachlich.

Ein Brennen durchlief den Nordling, ausgehend von den Fingern, mit denen er dieses lebendige, vibrierende Wesen in dem Stein berührte, ein ebenso gewaltiges wie gewalttätiges Wesen. Das Brennen strömte durch seinen Arm, seinen Körper, seine Brust, in seinen Leib, seine Lenden. Es strömte weiter, durch seine Adern, in seine Beine, seine Füße und hinauf in seinen Hals, seinen Kopf, raste durch sein Hirn.

Es war ein Brennen, wie kein Feuer je zu brennen vermocht hätte, eine Hitze, die gleichzeitig eiskalt schien und doch alles mit heiligem Feuer verzehrte, was er war, was er dachte, was er fühlte. Nein, diese Flammen fraßen sein Selbst nicht ... Sie ... Sie schienen es zu reinigen. Als würde er durchs *Hellführ* wandeln, ohne dass ihn das Feuer der Unterwelt verbrannte, ohne dass es ihm irgendeinen Schaden zufügte. Durch den Verstand des Nordlings drang nur noch der Nachhall einer grausam ungerührten Stimme, bevor seine Essenz, von den züngelnden Flammen umlodert, in einer gleißenden, blendenden Helligkeit aufzugehen schien.

WIR SIND

Im nächsten Moment erloschen die Flammen, als hätte jemand sie mit einem einzigen Schlag erstickt, und hinterließen eine samtige Schwärze, die sich wie wohltuender Honig in seinem Bewusstsein ausbreitete.

Der Wind strich beinahe träge über die einsamen, eisigen Gletscherfelder. Es schien, als wäre er es müde, sich unzählige Äonen in dieser weißen Wüste damit zu vertreiben, den Gletscher zu schleifen, ihn zu formen, Kunstwerke aus Eis zu schaffen. Hohe, spitze Eisnadeln, um deren scharfe Kanten er unheimlich heulte und pfiff. Lang gezogene, geduckte Höhlen, über die er hinwegfegte und in denen Schneeeulen, Gletscherhasen und selbst Weißbären vor ihm Schutz fanden. Oder vor denen ein Rudel Silberwölfe mit gesträubtem Fell lauerte, knurrend und zähnefletschend …

Die Gestalt, die plötzlich aus einer dieser Höhlen trat, wirkte fast so gewaltig wie ein Weißbär, das mächtigste Raubtier hier auf dem *Weißen Spiegel* und das einzige Lebewesen, vor dem die riesigen Silberwölfe so etwas wie grimmigen Respekt zeigten – falls sie nicht in einem Rudel jagten, so wie jetzt.

Doch diese Kreatur hatte kein dichtes weißes Fell, sondern ein geflecktes, zotteliges, das einmal einem Rayak gehört hatte. Diese Tiere lebten in den weiten Ebenen jenseits des Gletschers, in die sich die Silberwölfe während der Zeit der Dunkelheit zurückzogen. Dort jagten sie Rayaks, wenn es selbst für sie hier am *Weißen Spiegel* zu unwirtlich wurde und sie nicht einmal mehr Gletscherhasen aufscheuchen konnten.

Dieses Geschöpf aber war kein Rayak. Seinem Gestank nach war es ein Zweibeiner im Fell eines Rayak. Aber etwas an ihm war anders als an jenen Zweibeinern, auf deren Fährte die Silberwölfe vor Kurzem erst gestoßen waren und die sie eine Weile verfolgt hatten. Eher aus Neugier und Jagdinstinkt denn aus Hunger. Trotzdem waren sie mit reichlich schmackhaftem Zweibeinerfleisch belohnt worden.

Diese Zweibeinerkreatur hier in ihrem Rayakpelz jedoch …

Die Wölfe knurrten, fletschten die Lefzen und schnappten mit ihren kräftigen Kiefern, die ohne Mühe das Rückgrat eines Gletscherhasen zermalmen, ja, mit denen sie sogar dem Weißbär gefährlich werden konnten. Dennoch zogen sie sich langsam von dem Höhleneingang zurück, als die Kreatur einen Schritt auf sie zutrat.

Obwohl der Zweibeiner ihnen nicht drohte. Die anderen brüllten für gewöhnlich laut, um ihre stinkende Angst zu übertönen, stießen mit langen, spitzen Stöcken nach ihnen, an deren Enden seltsame und sehr schmerzhafte Dornen saßen. Oder schickten mit kleineren Stacheln bewehrte Stöcke durch die Luft, die einen Silberwolf selbst in vollem Lauf einholen und niederstrecken konnten. Auch Gletscherhasen oder Weißbären töteten sie damit, und sie vermochten sogar die Schneeeule im Flug vom Himmel zu holen.

Nein, dieser in Rayakfell gehüllte Zweibeiner achtete kaum auf sie. Und er schien sich auch nicht vor ihnen zu fürchten.

Der Leitwolf, ein fast gänzlich ergrautes mächtiges Tier hob knurrend die Schnauze und witterte. Dann senkte er den Schädel wieder und zog sich noch weiter zurück. Ein unerfahrener Jungwolf, der sich vielleicht vor den Fähen des Rudels beweisen wollte, machte Anstalten, sich auf den Zweibeiner zu stürzen, um ihn zu einer verräterischen Fluchtbewegung zu zwingen, das Signal, dass die Jagd eröffnet war.

Doch der Graue hob den mächtigen Schädel und blaffte den ungebärdigen Jungwolf wütend an. Der senkte nach kurzem Zögern den Kopf, klemmte den Schwanz ein und ordnete sich dem Leitwolf unter. Allerdings nicht, ohne noch einmal drohend in Richtung des Zweibeiners zu knurren.

Der hatte die Tiere bisher keines Blickes gewürdigt, sondern sich nur umgesehen, nachdem er aus der Höhle getreten war, ruhig, gelassen, scheinbar die Gefahr nicht achtend, die ein solches Rudel Silberwölfe für einen einzelnen Zweibeiner darstellte.

Bei dem Knurren des Jungwolfs jedoch drehte sich der Zweibeiner um und sah zu dem Tier hinüber. Der Jungwolf bemerkte es nicht, weil er bereits dabei war, sich wieder ins Rudel zu trollen, doch der Leitwolf sah es.

Er sah das schwache, spöttische Grinsen dieser Gestalt, die blitzenden Zähne in dem glänzenden geröteten Gesicht und das Aufglühen der eisblauen Augen, die fast so hell waren wie seine eigenen. Ganz kurz schienen sie einen rötlichen Schimmer anzunehmen, als spiegelte sich die eine, dunklere der beiden tief stehenden Sonnen am Abendhimmel in ihnen.

Mit einem heiseren Kläffen drängte der Leitwolf sein Rudel zur Flucht. Die Tiere gehorchten, und während sie über das Eis stoben, drehte der Graue den Kopf noch einmal zu dem Zweibeiner zurück.

Der machte jedoch keine Anstalten, ihnen zu folgen.

»Ahh!« Der Mann atmete tief die kalte Luft ein, streckte die Arme in die Höhe, spreizte die Beine, reckte sich und bog seinen Körper durch.

Sein Blick folgte den Silberwölfen, die über das Eis davonliefen, und er lächelte kurz, bevor er wieder ernst wurde, als würde er sich freuen, sie wiederzusehen.

Er wog die zweischneidige Streitaxt in der Faust, legte die Finger um den Stiel aus Eisenholz und wirbelte sie herum. So schnell, dass die scharfen Schneiden fast einen Kreis aus mattem grausilbrigem Metall in der Luft bildeten.

Er nickte, sichtlich zufrieden.

DRAAK … SKLAAVV … WEILE NIT … WANDER … TIDENDRÄNGET …

Seine Wangenmuskeln zuckten, als der Chor der Stimmen in seinem Kopf ertönte. Er mahlte mit den Kiefern und ließ den Blick noch einmal in Richtung von Belphors gelbem Auge gleiten.

Als er den schwachen Blutgeruch wahrnahm, den der Wind

ihm zutrug, blähte er kurz die Nasenflügel. In dieser Richtung lag Ulcar, die Hauptstadt des Reiches von Alghor, des Reiches der *Drachenkämpfer*.

Der Mann hob eine Braue. Ulcar interessierte ihn nicht. Er hatte eine andere, wichtigere Aufgabe zu erfüllen, die ihn in die entgegengesetzte Richtung führte, in ein Gebiet jenseits des *Weißen Spiegels* in das Barkaal-Massiv, aus dem der Gletscher einst hervorgegangen war.

Dorthin musste er.

Um jemanden zu schützen. Um jeden Preis.

Bis er ihn töten durfte.

WEILE NIT …

Er biss die Zähne zusammen, trat kurz mit den Füßen auf das Eis, um den Sitz der Eisdorne zu überprüfen, und setzte sich in Bewegung. Beinahe augenblicklich fiel er in einen bedächtigen, gleichmäßigen Trott, der seine Kräfte schonte und ihn dennoch schnell voranbrachte. Die Eintönigkeit der Bewegung versetzte ihn in eine fast meditative Trance, die ihn nicht hinderte, geschickt über Rinnen oder Eisbrocken zu springen, steile Eishänge hinabzurutschen und instinktiv den tückischen Spalten unter Schnee und Eis auszuweichen. Plötzlich schienen Stimmen einen Namen zu flüstern …

Tonnvorr …

Er kannte niemanden, der so hieß, und wusste auch mit den seltsamen Stimmen nichts anzufangen, die immer noch in einem Winkel seines Verstandes zu flüstern schienen.

DRAAKSKLAAV DRAAKBRUT

Er wusste nur, dass er zu diesem Ort im Barkaal-Massiv gelangen musste, und zwar so schnell wie möglich. Und dann …

Er grinste und fletschte die Zähne zu einer bösartigen, fast dämonischen Grimasse.

»Dann werden wir sehen«, knurrte er. »Wir werden sehen.«

BARKAAL-MASSIV, NORDGRENZE VON ALGHOR FORST UND MONASTERIUM

Echsenschiss!

Der Pfeil grub sich mit einem satten klatschenden Geräusch in den rissigen graubraunen Stamm des Elefantenbaumes. Daraufhin waren Flügelschlagen und ein erschrockenes Gurren zu hören. Die massige Waldtaube ließ sich träge von dem Zweig fallen, auf dem sie gesessen hatte, und breitete ihre Schwingen aus. Angesichts ihrer plumpen Gestalt glitt sie überraschend majestätisch davon.

Lay ließ den Bogen sinken und blickte der Taube hinterher. Sie verschwand zwischen den ausladenden, von herabhängenden grauen Flechten überzogenen Ästen. Kaum zweihundert Schritt weiter landete sie auf dem Ast eines Samtfruchtbaumes und machte sich unverzüglich daran, an den gelblich weißen, wie fette Maden aussehenden Früchten herumzupicken.

»Du verzichtest wohl nicht mal aufs Fressen, wenn's dir an den Kragen geht, blöder Vogel!«, presste Lay zwischen den Zähnen hervor. *Wirklich?*, meldete sich eine kühle Stimme in seinem Kopf. *Ihr Leben scheint gar nicht so sehr in Gefahr zu sein, so miserabel, wie du schießt.*

Er kniff gereizt die Augen zusammen und wartete, bis Wut und Enttäuschung über sein erneutes Versagen abgeklungen waren. Das wenigstens hatten ihn die ermüdenden Lektionen in der Kunst der Versenkung gelehrt.

Beherrsche deine Emotionen, damit du nicht zu ihrem Spielball wirst. Be-

freie deinen Geist von den Fesseln der Gefühle. Zügle dein Wollen, damit du in deiner Achtsamkeit nicht erlahmst ...

Und im Augenblick konnte er sich einfach keine Unbedachtsamkeit leisten. Er balancierte in ziemlicher Höhe auf dem Stamm eines umgestürzten Baumriesen, auf den er geklettert war, um einen besseren Schusswinkel auf die Waldtaube zu bekommen. Wenn er hinunterfiel, konnte er sich leicht die Knochen brechen.

Und genützt hat es dir überhaupt nichts, sagte er sich, schlug die Augen wieder auf und riss sich wütend die Zweige des Elefantenbaumes von den Kleidern und aus seinen dunklen Locken, ohne darauf zu achten, dass er dabei das eine oder andere Haar mit ausriss. *Ebenso wenig wie diese verwünschte Tarnung!,* dachte er grimmig. *Toller Rat von Maahr-kut, wirklich!*

Wahrscheinlich saß der alte Waffenmeister in seiner nach Waffenöl, altem Staub und Kammatnuss stinkenden Kammer im Nordturm des Monasteriums und kaute mit den wenigen ihm verbliebenen Zähnen auf dem schwärzlichen, angeblich berauschenden Fruchtfleisch der Nuss herum, während ihm der Saft nur so aus den Mundwinkeln sabberte. Und gackerte dabei vor Vergnügen bei der Vorstellung, wie sein Schützling als Elefantenbaumschössling verkleidet durch den Wildforst kroch, auf der Jagd nach Waldtauben. Wären diese Tiere nicht so dumm und träge, hätten sie sich vermutlich bei seinem Anblick längst totgelacht.

Falls Tauben überhaupt lachen können. Aber wenigstens hättest du dann einen Erfolg vorzuweisen, wenn du heute Abend ins Monasterium zurückkehrst, dachte Lay grimmig. Sein Zorn wich jedoch Zerknirschung, als er sich vorstellte, wie Maahr-kuts Gackern verebbte und sich seine Miene verfinsterte, wenn er von Lays Versagen erfuhr.

Das hier war bereits der dritte Fehlschuss, und einen der fünf Pfeile hatte er unwiederbringlich verloren. Sein Blick zuckte zu seinem ledernen Köcher, den er sich an einem langen Band um den Oberkörper geschlungen hatte, und verharrte auf der blaugrauen Fiederung der Pfeile, die kunstvoll aus den Unterflügelfedern des Schwebvogels gefertigt war. An der Fiederung lag es nicht, dass er vorbeigeschossen hatte, das war ihm klar.

Lay seufzte.

Maahr-kut würde ihn schelten, weil er so sträflich leichtsinnig mit den Pfeilen umging. Der Waffenmeister fertigte sie selbst an, eine mühsame Arbeit, wie er niemals zu erwähnen vergaß, wenn er sie mit kaum verhohlenem Widerwillen herausgab.

Und natürlich muss ich mir dann wieder anhören, was er schon seit Monaten wie eine Anrufung an irgendeine Naturgottheit herunterbetete: »Du bist noch nicht so weit! Für einen Drachenkämpfer bist du längst noch nicht gut genug!«

Andererseits mussten einem wohl erst Haare aus Nase und Ohren wachsen, bis man Gnade in Maahr-kuts Augen fand.

Wie ich diesen Spruch hasse!

Lay spuckte aus und sah sich suchend nach etwas um, gegen das er hätte treten können. Aber auf dem Stamm des gefallenen Baumungetüms gab es nichts, an dem er seine schlechte Laune auslassen konnte. Jedenfalls nichts, was nicht jeden derartigen Versuch gleichgültig und mit einem heftigen Schmerz für ihn selbst vergolten hätte.

Elefantenbäume trugen ihren Namen nicht wegen ihrer Flechten oder der grauen Borke, die an die rissige Haut und das zottelige Fell von Elefanten erinnerten. Nein, sie hießen so, weil ihr Holz unglaublich hart war und sich selbst gegen eine Bearbeitung mit Säge oder Beil zur Wehr setzte. Auch ein vor ewigen Zeiten umgestürzter Baumriese machte da keine Ausnahme!

Lays Blick glitt zu dem mannsdicken Ast hinauf, auf dem die Waldtaube gesessen hatte. *Prachtvoll!* Natürlich war das Holz auch nicht so hart, dass sein Pfeil von der Borke abgeprallt und hinuntergefallen wäre.

Natürlich nicht! Lay zischte missmutig und schüttelte den Kopf, während er den Pfeil anstarrte, der in dem Ast steckte und dabei noch schwach vibrierte, als würde er sich amüsieren und ihn verhöhnen.

Sinnlos, auch nur zu versuchen, ihn zurückzuholen, stellte Lay nach kurzer Überlegung fest.

Wahrscheinlich würde es ihm gar nicht gelingen, den Pfeil aus der Rinde zu ziehen, ohne dabei die Spitze abzubrechen; aber es war ohnehin unmöglich, an dem mächtigen Stamm des Elefantenbaumes hinaufzuklettern. Bis zur Höhe von mehr als sechs Männern waren nirgends irgendwelche Astlöcher zu sehen, geschweige denn Äste oder Wucherungen, an denen er sich hätte festhalten oder auf die er hätte einen Fuß setzen können.

Er würde wohl oder übel den zweiten Pfeil aufgeben und Maahr-kuts Schelte über sich ergehen lassen müssen. Doch die, wie Lay insgeheim zugab, möglicherweise berechtigte Kritik des Waffenmeisters war nicht das Schlimmste, was ihn erwartete.

Denn natürlich wäre sein Scheitern Wasser auf die Mühlen von Zanth'ra, der Vorsteherin des Monasteriums, die Mutterstelle an Lay vertrat, so lange er denken konnte.

Wahrscheinlich sogar schon vorher, sagte sich Lay, während er Anstalten machte, vorsichtig von dem Stamm hinabzuklettern, um die Waldtaube zu verfolgen.

Angeblich hatte man ihn als hilfloses weinendes Baby auf der Schwelle des Klosters gefunden. Zanth'ra hatte ihn aufgenommen und großgezogen. Sie hatte die Ausbildung des Findelkindes übernommen und seine scharfe Intelligenz und rasche Auffassungsgabe gefördert, wo sie nur konnte. Vor einiger Zeit hatte sie dann begonnen, ihn in der »Kunst der Versenkung« zu unterweisen, einer geheimen mächtigen Kunst, wie die Vorsteherin betonte. Zudem eine Kunst, deren Beherrschung Zeit brauchte und die Lay bislang nicht einmal annähernd erlernt hatte.

Du bist noch nicht so weit!

Wenigstens etwas, worin sich Zanth'ra und Maahr-kut einig sind, dachte Lay gereizt. Er schulterte den Bogen, damit er beide Hände frei hatte, während er über die mächtigen Zweige des umgestürzten Stammes balancierte, den Fuß erreichte und von einer Wurzel zur anderen sprang, bis er schließlich wieder auf dem weichen, süßlich nach Fäulnis duftenden Waldboden stand.

Ansonsten waren diese beiden wichtigsten Menschen in Lays Leben recht gegensätzlicher Auffassung, was seine Zukunft anging. Maahr-kut unterstützte Lays Wunsch, Drachenkämpfer zu werden. Ein Wunsch, der in Lay brannte, seit vor zehn Zyklen diese Karawane im Kloster haltgemacht hatte und dieser beeindruckende Reiter mit seiner schimmernden, wenn auch verbeulten Brustwehr und dem stolzen Drachen auf dem zugegebenermaßen narbigen Schild dem jungen Lay nach etlichen Bechern Wein all diese wundersamen und aufregenden Geschichten von erhabenen Rittern und blutigen Kämpfen erzählt hatte, in denen stets das Gute in Gestalt eines Drachenkämpfers obsiegte, der zumeist ein Angehöriger der »Schilde Prunfors« war, der berühmten und gefürchteten Leibgarde des Drachenfürsten. Unbezwingbar seien sie, hieß es, und ein Dienst in ihren Reihen war den edelsten und vornehmsten Söhnen Alghors vorbehalten. Allerdings gab es eine Ausnahme. Damals hatte er zum ersten Mal von den berüchtigten Ringfechtern gehört, einem Haufen wilder Gesellen, die durch die Lande zogen und sich bei Spektakeln in kleineren Städten und Siedlungen gegenseitig verprügelten, manchmal sogar töteten. Das alles gegen klingende Münze, verstand sich. Und für die Aussicht, am »Tag der Klingen« in Ulcar im »Roten Sand«, der gewaltigen ringförmigen Arena der Hauptstadt, um die »Goldene Schwinge« zu kämpfen, die demjenigen überreicht wurde, der den Endkampf lebend überstand.

Diese Goldene Schwinge war weit mehr als eine kostbare Belohnung, sie war das Abzeichen der Schilde Prunfors, und wer sie errang, dem winkte ein Platz in den Reihen dieser grimmigen und unbesiegbaren Kämpfer.

Lay war zwar im Laufe der Jahre klar geworden, dass diese Geschichten übertrieben sein mussten, aber selbst wenn nur ein Teil davon stimmte … Seit jener Zeit träumte er davon, am Tag der Klingen den Endkampf in Ulcar zu bestreiten und sich die Goldene Schwinge auf die Brust zu heften oder wo auch immer man das Abzeichen befestigte. Denn er war weder edel noch vornehm, sondern nur ein Waisenjunge, der zudem in einem Monasterium am *Weißen Spiegel* an Alghors nördlichster und entlegenster Grenze aufgewachsen war. Und zu allem Überfluss auch noch unter den Fittichen der Vorsteherin ebendieses Monasteriums.

Einer Vorsteherin, die unbedingt wollte, dass Lay seine Bestimmung erfüllte und sich der Kunst der Versenkung widmete, um … Ja, um was zu tun? In dem Punkt hielt sich Zanth'ra bedeckt. Ganz sicher erwartete sie doch wohl nicht, dass Lay den Rest seines Lebens in einem abgelegenen Monasterium in der hinterletzten eisigen Furche des Arsches eines so gewaltigen Reiches wie Alghor fristete? Immerhin näherte er sich dem Ende seines zwanzigsten Jahreszyklus, und er war kein Junge mehr, sondern ein Mann.

Er schnaubte verächtlich, hob den Kopf und spähte in Richtung des Samtfruchtbaums, auf dessen Zweigen sich die Waldtaube niedergelassen hatte. Er sah, wie der Vogel weiterhin genüsslich an einer der gelblichen Früchte herumpickte. Offenbar hatte die Taube den Pfeil vollkommen vergessen, der sie eben noch von ihrem Sitz auf dem Elefantenbaum vertrieben hatte. Falls es ihm gelänge, unter diesen Baum zu kommen, hätte er eine perfekte Schussposition. Er ging weiter und schob dabei möglichst lautlos und vorsichtig die überhängenden Zweige der Dornsträucher zur Seite, damit die spitzen giftigen Dornen seine Haut nicht ritzten. Sie erzeugten heftig juckende, schwärende Wunden, die zudem auch noch übel stanken. Und darauf konnte er gut verzichten. Er lächelte.

Mochten die beiden Zukunftspläne für ihn schmieden, wie sie wollten, er jedenfalls hatte ganz andere Vorstellungen. Und zwar seit jenem Tag kurz vor dem Ende der Zeit der Ermattung und dem Beginn der Zeit der Dunkelheit mit ihren Schneestürmen, die das Monasterium von der Welt abschnitten. Damals hatte die Karawane nicht nur Vorräte und dringend benötigte Materialien und Stoffe gebracht, sondern auch Theija …

Lay grinste über beide Backen wie ein Bachlurch und war froh, dass ihn niemand sehen konnte.

Theija.

Sie war der Grund dafür, dass er in den letzten Monaten beim Fechtunterricht des Öfteren blaue Flecken kassiert hatte und immer wieder böse, knurrende Bemerkungen des Waffenmeisters hatte einstecken müssen. Und dass er Zanth'ra beim Unterricht in der Kunst der Versenkung mit seiner Zerstreutheit zur Weißglut brachte. Weil er zwar versank, aber in die Gedanken an eine rothaarige Schönheit, an Haut, so weich wie die Früchte des Samtfruchtbaumes …

»Ah, bei Belphors Hörnern!« Er fluchte, als er unvorsichtigerweise in ein Loch im Boden trat, taumelte und mit lautem Krachen und Rascheln in einen Busch stürzte. Zum Glück war es kein Giftdorn.

Er rappelte sich hastig auf, hob den Kopf und stöhnte, als er sah, wie die Taube, von dem Lärm aufgescheucht, aufflatterte und wegflog. Wenigstens verkündeten das Prasseln von Zweigen und ein lautes, kehliges Gurren, dass sie nicht allzu weit geflogen war.

Pass gefälligst auf, du Narr!, schalt er sich beim Weitergehen. *Sonst kannst du gleich umkehren und die Steinkaninchen aus den Fallen klauben!*

Dabei hatte er Theija versprochen, Waldtauben zum Abendessen zu schießen. Genug für sie alle! Er verzog das Gesicht. Er würde sie schwerlich beeindrucken, wenn er nicht Wort hielt. *Und wenn du dich weiterhin so ungeschickt anstellst …*

Seine Laune trübte sich, als er daran dachte, dass seine Zukunftspläne noch einen Haken hatten. Und zwar einen ziemlich großen. Denn Theija wusste noch nichts von ihrer bedeutsamen Rolle in seinem Leben.

Lay folgte dem Gurren der Taube, die Augen auf den Boden gerichtet. *Bisher habe ich eben einfach noch nicht den richtigen Moment erwischt, es ihr zu sagen,* dachte er und schüttelte dann entmutigt den Kopf. *Wem willst du hier etwas vormachen?,* fragte er sich. *Du hast einfach Angst, dass sie dich vielleicht auslacht, wenn du sie fragst, ob sie …*

Er blieb stehen, holte tief Luft und straffte die Schultern. Zweifellos wäre es außerordentlich hilfreich, wenn er mit fetten, schmackhaften Waldtauben in der Hand vor sie trat, bevor er sie fragte, ob sie sich vorstellen könnte, die ihr zugedachte Rolle einzunehmen. Das wirkte bestimmt überzeugender, als wenn er ihr ein paar jämmerliche Steinkaninchen präsentierte, deren Felle zudem vom Eisen der Fallen übel zerfetzt waren. So bewies er ihr wenigstens, dass er ein Mann war, der zu seinem Wort stand.

Also!

Er ging weiter. Genau das hatte er vor, koste es, was es wolle. *Du wirst diese vermaledeite Waldtaube erlegen, selbst wenn du auf den Baum klettern und sie mit bloßen Händen erwürgen musst!*

Das war natürlich Unsinn, aber der Gedanke munterte ihn ein wenig auf. Er nahm den Bogen von der Schulter und betrachtete ihn skeptisch.

Gewiss, ein Ringfechter brauchte weder Pfeil noch Bogen, auch am Tag der Klingen nicht, wie der Name ja schon vermuten ließ. Ein wahrer Drachenkämpfer jedoch musste sich selbstverständlich im Umgang mit allen Waffen auszeichnen, seien es Messer, Streitaxt, Streitkolben, Lanze oder Spieß. Ebenso wie im Gebrauch von Pfeil und Bogen. Und darin musste Lay seine

Fähigkeiten, wie Maahr-kut es ausdrückte, tatsächlich »dringend vervollkommnen«.

Lay seufzte erneut und stieg auf einen bemoosten Fels, um einen besseren Überblick zu bekommen.

Zwei verlorene Pfeile, und meine Beute hat nicht mal eine verdammte Feder eingebüßt! Mürrisch strich er sich die widerspenstigen Locken aus dem Gesicht und beschattete mit einer Hand die Augen, während er zu den beiden Sonnen über Alghor hinaufblickte. Sie standen beide schon ziemlich tief über dem Horizont, die gelbe, in Belphors Ruh, über den düsteren Wipfeln des Dunkelforsts, die rote, in Richtung Belphors Schlaf, dicht über dem gewaltigen fernen Gletscher, dessen Eis sie in einem spiegelnden Gleißen erstrahlen ließ. *Und mir bleibt auch nicht mehr allzu viel Zeit, das zu ändern,* setzte er seinen Gedankengang gereizt fort. Noch fünf Sonnenstriche vielleicht, dann würde sich Belphors gelbes Auge schließen, und das rote würde nicht mehr allzu lange sein blasses Licht spenden, bevor es hinter dem *Weißen Spiegel* verschwand und sich die Dunkelheit über das Land senkte. *Besser, ich beeile mich ein bisschen und bringe diese verdammte Waldtaube endlich zur Strecke!*

Leichter gesagt als getan.

Lay sah sich um. Der Forst umgab die kleine Hügelkette, auf deren höchster Anhöhe das Monasterium lag, wie eine grüne Flut eine Insel. Er kannte ihn wie seinen Handrücken und hatte vor der darin herrschenden Dunkelheit keine Angst. Er musste sich jetzt, in der Zeit der Erweckung, nur vor den Dornenschweinen in Acht nehmen. Sie hatten gerade geworfen und hüteten ihre Brut eifersüchtig. Mit ihren gewaltigen Hauern und den scharfen Dornen an Kopf, Schultern und Hufen konnten sie einen Menschen mit Leichtigkeit in Stücke reißen. Ein solider Spieß war gegen diese Tiere eine weit wirksamere Waffe als Pfeil und Bogen. *Vor allem,* Lay verzog die Lippen, *wenn man nicht so recht damit umgehen kann.*

Noch nicht!, versprach er sich dann und umklammerte den Bogen fester. Wenigstens waren Dornenschweine sehr laut und verkündeten ihr Nahen schon frühzeitig. Und von den Graubären, die ebenfalls hier im Forst heimisch waren, ging keine allzu große Gefahr für ihn aus. Diese Tiere waren zwar riesig und mit gewaltigen Krallen und einem Furcht einflößenden Gebiss ausgestattet, aber sie waren friedfertig und eher scheu. Was vielleicht daran lag, dass Graubären im Gegensatz zu den Weißbären, ihren bösartigen und mörderischen Verwandten am *Weißen Spiegel,* kein Fleisch fraßen, sondern nur bestimmte Pflanzen und Pilze, die tief im Boden verborgen wuchsen und die sie mit ihren gewaltigen Krallen ausgruben.

Lay tastete nach seinem Köcher. Er hatte noch drei Pfeile und würde auf keinen Fall ohne Beute ins Monasterium zurückkehren. Er lauschte kurz. Wohin genau war der Vogel geflogen? Zum Glück waren diese Tiere groß und schwer und flogen deshalb nicht gern weitere Strecken. Sie hausten zumeist in recht übersichtlichen Revieren, von denen sie sich nur selten weit entfernten. Das war der Vorteil bei der Jagd auf Waldtauben. Der Nachteil war, dass sie sich gern im dichten Blattwerk verbargen und zudem ihre Nester weit oben in den riesigen Elefantenbäumen bauten. Schießen konnte man sie meist nur, wenn sie zur Futtersuche herunterkamen, um von den von ihnen heiß geliebten Früchten der Samtfruchtbäume zu naschen. So wie die Taube, die Lay bereits zweimal verfehlt hatte.

Ein drittes Mal passiert mir das nicht, versprach er sich, und seine Stimmung wurde zusehends besser, als er zwischen dem Rascheln der Blätter und dem Murmeln irgendeines entfernten Bachlaufs Flügelschläge hörte. *Diesmal erwische ich dich!,* dachte Lay und setzte sich in Bewegung.

Der schmale Wildpfad stieg sanft an. Lay folgte ihm mit der Geschmeidigkeit einer Bergkatze, stieg über schenkeldicke Wurzeln, zwängte sich zwischen bemoosten Felsbrocken hindurch und duckte sich vorsichtig unter den Ästen der Stachelbäume mit ihren giftigen Blättern hinweg. Außerdem achtete er darauf, keinen Lärm zu verursachen, um seine Beute nicht aufzuschrecken oder gar zu verscheuchen. Die vertrauten Geräusche des Waldes nahm er nur unbewusst wahr; das Rascheln kleiner Nager, das Krächzen und die Schreie der Vögel hoch oben in den Ästen der gewaltigen Bäume, die zwar mit gelegentlichen Rufen sein Auftauchen meldeten, aber nicht sonderlich beunruhigt schienen. Was bedeutete, dass keine größeren Raubtiere in der Nähe waren, die ihm hätten gefährlich werden können.

Wie erwartet, musste er nicht weit gehen.

Nach kaum fünfhundert Schritt, auf der Kuppe einer kleinen Anhöhe, hörte er das Flügelklatschen, das Rascheln von Blättern und das unverkennbare freudige Glucksen einer Waldtaube, die sich auf einem Samtfruchtbaum niederließ.

Lay kannte die Stelle. Hinter dieser Erhebung schnitt die Wolfsschlucht tief in die Flanke des Berges. Die Kluft führte bis hinab zum Wolfstal. Wäre Lay noch ein paar Schritte weitergegangen, hätte er das fruchtbare grüne Tal überblicken können. Hinter dem Höhenzug, der das Wolfstal auf der gegenüberliegenden Seite begrenzte, lag auf einer felsigen Anhöhe das Monasterium, das von hier aus jedoch nicht zu sehen war.

Allerdings hatte er im Augenblick keinen Blick für die Landschaft übrig. Er kletterte vorsichtig über den umgestürzten, grünweiß geschleckten Stamm einer Eisenbirke. Die Taube saß zwanzig, vielleicht dreißig Schritt vor ihm auf dem Ast eines reich mit Früchten behangenen Samtfruchtbaumes und fraß gierig und anscheinend arglos; sie schien die drohende Gefahr nicht zu spüren. Lay wusste zwar nicht genau, ob es sich um jene Taube handelte, die er gerade verfehlt hatte, aber das spielte auch keine Rolle. Er tastete nach einem Pfeil im Köcher und zog ihn vorsichtig heraus. Die Entfernung war zwar recht groß, aber er konnte sich seiner Beute nicht weiter nähern, ohne den Vogel auf sich aufmerksam zu machen. Es gab keine Deckung zwischen ihm und dem Samtfruchtbaum, und wenn er einen Bogen schlug, um sich der Waldtaube aus einer anderen Richtung zu nähern, kostete ihn das zu viel Zeit. Außerdem riskierte er damit, dass sie sich satt gefressen hatte und aufflog, bevor er seinen neuen Standpunkt bezogen hatte. Er musste es einfach wagen!

Lay duckte sich, befeuchtete die Lippen und nockte den Pfeil auf die Sehne. *Diesmal werde ich treffen!*, sagte er sich, spannte die Sehne, bis sie Nase und Lippen berührte, kniff ein Auge zu und visierte mit dem anderen am Pfeil entlang sein Ziel an. Die Fiederung des Pfeils kitzelte ihn am Ohr. Noch einen Fehlschuss konnte und durfte er sich nicht leisten.

Atmen. Ein und aus. Ein und aus. Einatmen und Atem anhalten. Anvisieren.

Verflucht! Er atmete zischend aus.

Es gelang ihm einfach nicht, sich so auf sein Ziel zu fokussieren, wie Maahr-kut es ihn gelehrt hatte. Lays Hand, die den Bogen hielt, zitterte leicht. Ob vor Anspannung oder aus Angst, wieder zu versagen, wusste er nicht. *Spielt auch keine Rolle. Jedenfalls wirst du auf diese Weise niemals treffen!* Über eine solche Entfernung würde jedes Zittern, jede noch so leichte Bewegung der Hand die Flugbahn des Pfeils entscheidend verändern.

Konzentriere dich!

Einatmen.

Ausatmen.

Er fixierte mit einem Auge die auf dem Ast sorglos vor sich hin fressende Waldtaube, gut zwanzig Schritt vor ihm, und kniff das andere zu, als plötzlich Zanth'ras weiche, monotone Stimme in seinem Kopf ertönte.

Lass alles fallen. Lass alles geh'n. Überlass dich dem Strom. Du bist alles. Alles ist du. Ohne Willen wollen.

Es klang wie eine Beschwörung.

Einatmen.

Die Kunst der Versenkung.

Lay kniff das Auge, mit dem er die Taube anvisierte, zu einem schmalen Spalt zusammen und atmete langsam aus, während er die Sehne ein klein wenig entspannte. Das Holz des Bogens knarrte, und die Sehne vibrierte leicht. Sie ... summte. Er ließ die Waffe etwas sinken. Die Waldtaube hatte ihn immer noch nicht bemerkt und fraß weiter genüsslich die saftigen Früchte.

Unter der strengen Anleitung der Vorsteherin übte sich Lay schon seit Jahren in der Kunst der Versenkung, dem konzentrierten und doch willenlosen Dahingleiten auf dem »Strom des Seins«, wie Zanth'ra es nannte. Bis vor ein paar Monaten hatte Lay die Einstellung Maahr-kuts geteilt, der diese Übungen verächtlich als »Scharlatanerei« und »Zeitverschwendung« abtat. Lay war am Anfang sogar dabei eingeschlummert und hatte die langen Sitzungen benutzt, um sich von der anstrengenden Arbeit im Monasterium zu erholen. Doch dann, vor etlichen Monaten, hatte er eine neue, verstörende Erfahrung gemacht. Es war ein merkwürdiges Gefühl gewesen, so als würde die Zeit langsamer verstreichen und seine Wahrnehmung sich schärfen. Als er Zanth'ra davon berichtete, hatte sie ihn scharf gemustert und ganz genau wissen wollen, was er getan hatte, um diesen Zustand der Versenkung zu erreichen. Lay war es aber, sehr zu Zanth'ras Ärger, nicht gelungen, sich an irgendwelche Einzelheiten zu erinnern.

Seitdem jedoch unterwies sie ihn täglich in dem kleinen Lesezimmer des Monasteriums, in dem Bücher und Handschriften aufbewahrt wurden, und übte mit ihm die verschiedenen Techniken dieser Kunst. Dabei machte Lay, seiner Meinung nach jedenfalls, recht gute Fortschritte. Allerdings war es ihm nicht mehr gelungen, dieses erste intensive Erlebnis ein weiteres Mal hervorzurufen.

Zanth'ra hatte ihm eingeschärft, diese Techniken nur unter ihrer Anleitung anzuwenden.

Einatmen.

Als er den Grund dafür wissen wollte, hatte sie ihn mit ihren dunklen Augen durchdringend angesehen und dann mit den Schultern gezuckt. »Für einen ungeschulten Anfänger kann es gefährlich sein, sich zu tief zu versenken«, hatte sie erwidert. Mehr hatte sie ihm trotz seines neugierigen Drängens nicht verraten wollen, hatte ihm aber das Versprechen abgenommen, es niemals heimlich zu versuchen.

Natürlich hatte das Verbot Lays Neugier geweckt, und er hatte sich gefragt, was an einer einfachen Versenkung in diesen »Strom des Seins« so gefährlich sein sollte. Aber er hatte bisher nie den Drang verspürt, gegen das Verbot zu handeln, um es herauszufinden.

Ausatmen.

Und auch hier im Wald war ihm nicht daran gelegen, irgendwelchen Geheimnissen auf die Spur zu kommen. Er wollte nur diesen Zustand der Ruhe und Fokussierung erlangen, in den er sich versetzen konnte, wenn seine Versenkungsübungen gut liefen.

Vielleicht half ihm das, den Bogen ruhiger zu halten, sich ganz auf das Ziel zu konzentrieren und alle störenden Gedanken auszuschließen.

Lay hob die Waffe, spannte die Sehne erneut, presste sie an Nase und Lippen und atmete langsam und tief ein, ließ beim Ausatmen die Luft sacht über die leicht geöffneten Lippen gleiten und summte leise …

Wie damals, als er sich zum ersten Mal wirklich versenkt hatte, tauchte die Melodie plötzlich in seinem Kopf auf. Sie war anders als jede Musik, die er bisher gehört hatte, aber er überließ sich wiederum den Klängen in seinem Kopf und summte leise mit.

Aber … Er versuchte, den Gedanken nicht weiterzuverfolgen, weil klare, deutliche Gedanken die Versenkung verhinderten. Dennoch, er *spürte,* dass diesmal etwas anders war als sonst. Die

Melodie schien nicht nur in seinem Kopf zu erklingen, sondern war irgendwie … um ihn herum. Hatte Lay beim ersten Mal die Augen geschlossen und sich ausschließlich auf seine Atmung konzentriert, seinen Herzschlag, das Gefühl seines Körpers, so ließ er sich jetzt mit offenen Augen von der Melodie führen, hielt den Blick starr auf sein Ziel gerichtet …

Auch diesmal hörte er seinen Herzschlag, der langsamer wurde, dumpfer, aber lauter. Er hörte wieder das schwache Zischen, mit dem die Luft beim Ausatmen über seine Zähne strich, das schwache Rauschen in seiner Nase, wenn er einatmete. Er spürte das Vibrieren in seinem Hals, in seiner Kehle, während er leise die Melodie summte.

Diesmal jedoch machte er all das mit offenen Augen, visierte sein Ziel an und sah …

Der Wald um ihn herum schien zu einem undeutlichen grünbraunen Schemen zu verschwimmen. Sein Blickfeld verengte sich, beschränkte sich auf den Pfeil, den Bogen in seiner Faust, die dunkel schimmernde Eisenspitze des Pfeils, und dann …

Sein Ziel. Die Taube. Lay nahm sie als eine dunkle Gestalt am Ende eines von leuchtenden Fäden durchzogenen Tunnels wahr. Sie pickte eine Samtfrucht auf; langsam, ganz langsam hob und senkte sie den Kopf. Lay erkannte jedes Detail ihres Halsgefieders, die grünblauen Federn, die sich übereinanderschoben, wenn die Taube sich bewegte. Er sah einen Faden, der von der Spitze des Pfeils ausging und zu einer Stelle dicht neben der Taube führte …

Lay summte unwillkürlich lauter und korrigierte unmerklich den Schusswinkel, bis die Spitze des Fadens direkt auf den massigen Leib der Taube zeigte, dorthin, wo er unter ihrem Gefieder sehen konnte, wie ihr Herz schlug, ganz langsam schlug; er konnte das leichte, dumpfe Pochen hören …

Jetzt. So müsste es passen …

Lay ließ die Sehne los.

Er *sah,* wie sich der Pfeil um seine eigene Achse drehte, als er von der Sehne unvorstellbar langsam vom Bogen wegkatapultiert wurde. Der Schaft des Pfeils schabte am Holz des Bogens entlang, bog sich federnd durch, wippte, während er sich langsam um sich selbst drehend vom Bogen weg durch die Luft glitt. Träge, aber unaufhaltsam.

Unglaublich! Lay hütete sich, den Pfeil aus den Augen zu lassen. *Wie kann das …?* Er unterbrach den Gedankengang, als die Linien zu flackern begannen.

Die Versenkung funktionierte, nur darauf kam es an. Über das Wie und Warum konnte er nachdenken, wenn die Taube erlegt war. Jetzt durfte er sich auf keinen Fall in seiner Konzentration stören lassen.

Die Melodie schwoll an, wurde immer lauter, und Lay summte mit, während er ungläubig den Flug des Pfeils verfolgte. Die hellen, strahlenden Linien zwischen der eisernen Spitze und der Taube schienen zu pulsieren, als der Pfeil auf sie zuflog, so langsam, dass er eigentlich hätte zu Boden fallen müssen.

Lay wollte den Bogen sinken lassen, die Arme und Hände entspannen, aber es gelang ihm nicht. Jedenfalls nicht so schnell, wie er wollte.

Er wunderte sich jedoch nicht darüber, sondern konzentrierte sich, gebannt von dieser neuen Erfahrung, auf den Pfeil, auf die Taube, auf die grünlich schimmernden Linien. Auf die Melodie. Er summte lauter, als er *sah,* dass der Pfeil sich auf einer Linie befand, die ein Stück an der Taube vorbeiführte.

Ich schieße vorbei! Der Gedanke durchzuckte ihn, aber er unterdrückte ihn auf der Stelle, klammerte sich an die Melodie, versuchte, den Pfeil … Er versuchte, den Pfeil zu *beeinflussen,* seine Richtung zu ändern. Zur Taube hin und weg von der dunklen Rauchwolke, die am Horizont aufstieg, hinter den Bäumen, auf der anderen Seite des Wolfstals.

Eine Rauchwolke?

Lays Blick zuckte von dem Pfeil und der Taube zurück zu der Wolke. Sie wirkte drohend und düster, und sie war vor wenigen Minuten noch nicht da gewesen. Jedenfalls hatte er sie nicht bemerkt. *Sie steigt etwa an der Stelle auf, wo das Monasterium liegen müsste …*

Lay schrie auf, als die Melodie abrupt und mit einem scharfen Stich in seinem Kopf abbrach und die grünen Linien flackerten und erloschen. Sein Blick hing noch einen Moment länger an dem Pfeil, der gut zwei Schritte an der Taube vorbeiflog. Er zischte zwischen den dicht belaubten Zweigen des Samtfruchtbaumes hindurch, scheinbar direkt auf die schwarzgraue Wolke zu, die über den Bergkamm quoll. Dann beschrieb seine Flugbahn einen Bogen, und er verschwand über den Rand des Grats im Wolfstal.

Lay kämpfte auf dem feuchten Moos des Felsens um sein Gleichgewicht, als ihn plötzlich der Schwindel packte. Die Welt um ihn herum schien zu schwanken, und ihn überkam eine Welle von Übelkeit. Noch während er von dem Felsbrocken fiel, kam ihm das Frühstück hoch, Brotkrumen, fette Hühnerbrühe und dazu das bittere Dunkelbier des Monasteriums. Bevor er auch nur schlucken konnte, um es in sich zu halten, landete er mit einem lauten Krachen auf dem von Wurzeln und Steinen übersäten Waldboden. Sein Schmerzensschrei wurde von dem Erbrochenen erstickt, und als er nach Luft rang, verschluckte er sich.

Hustend und spuckend kam er wieder auf die Beine, gerade noch rechtzeitig, um die Taube auffliegen zu sehen. Sie gab ein missbilligendes Kreischen von sich, während sie mit gebieterischen Flügelschlägen an Höhe gewann und zwischen den Elefantenbäumen verschwand.

Lay achtete nicht mehr auf die Taube, und er dachte auch nicht an den verlorenen Pfeil, den dritten, den er verschossen hatte. Er hielt sich an dem rauen Stein fest, während er darauf wartete, dass das Schwindelgefühl abebbte. Er würgte noch einmal, erbrach diesmal aber nur bittere Galle. Dann richtete er sich auf und wischte sich Speichelfäden vom Kinn.

Offenbar war es nicht ratsam, überhastet aus der Versenkung aufzutauchen, die Konzentration einfach fahren zu lassen. Vermutlich hatte die Vorsteherin ihn deshalb davor gewarnt, die Übungen allein zu machen.

Doch das spielte jetzt keine Rolle. Ebenso wenig wie die Tatsache, dass er immer noch mit leeren Händen dastand. Über das, was er gerade eben erlebt hatte, konnte er später nachdenken. Jetzt war etwas anderes vordringlicher.

Lay hatte schon mehr als einmal den Wald brennen sehen, in der Zeit der Glut, wenn die Erde vollkommen ausgetrocknet war und alles Leben den nächsten Regen herbeisehnte. Aber jetzt war die Zeit der Erweckung, der Zyklus hatte begonnen, alles war grün und fruchtbar. Diese Rauchwolke stammte nicht von brennenden Bäumen.

Sie war jetzt deutlicher zu erkennen. Die Wolke quoll wie eine träge, ölige schwarzgraue Faust über die gegenüberliegende Flanke des Tals. Was auch immer dort brannte, es musste etwas wirklich Großes sein.

Lays Mund wurde plötzlich trocken, und in den schalen, scharfen Geschmack des Erbrochenen mischte sich das metallische Aroma nackter Angst. Er holte tief Luft, um sie unter Kontrolle zu bringen.

Denn das einzige wirklich Große hinter diesem Hügelkamm, das nicht nur aus Holz bestand … war das Monasterium.

Sein Heim.

Lay streifte sich den Bogen über den Kopf, zog ihn fest auf den Rücken und rannte los.

Der Mann saß auf einer bewaldeten Anhöhe, mit dem Rücken zum Gletscher, den Blick starr auf das gelbe Auge Belphors gerichtet, das knapp eine Handbreit über den zerklüfteten Gipfeln des Barkaal-Massivs stand. Er war den ganzen Vormittag und bis in den frühen Nachmittag ohne Pause getrottet und brauchte dringend eine längere Rast. Seinem Aufzug nach handelte es sich um einen Nordling, aber auch wenn er Bärenkräfte besaß, war er nur ein Mensch und dementsprechend menschlichen Gesetzen unterworfen. Er musste ausruhen, selbst wenn sein Geist keine Ruhe brauchte …

Plötzlich hob der Mann den Kopf. Ein schwacher, heller Ton hatte ihn aus seiner Versunkenheit gerissen. Der Ton klang, als hätte jemand in großer Ferne einen gigantischen kristallenen Gong angeschlagen; er waberte, wurde höher, schärfer, dann verklang er.

Der Dunkle Schleier.

Der Nordling stand, bevor dieses seltsame Geräusch vollkommen verklungen war.

Der Mann knurrte fauchend, ein fast unmenschlicher Laut, und umklammerte seine Streitaxt fester.

Er schüttelte den Kopf und blickte erneut auf die Sonnen. Es würde nicht mehr lange dauern, bis sich das gelbe Auge Belphors schloss und nur sein rotes Auge noch glühte …

Ein Summen ertönte, waberte durch die Luft wie zuvor der glockenhelle Klang. Das Summen jedoch war dunkler, dumpfer, vielstimmiger. Und es klang drohend.

draak sklaav, weile nit, tonnvorr, tidendränget …

»Ist ja gut.« Der Nordling hatte sich bereits den Hügel hinab in Bewegung gesetzt und schob die Axt, die er der Bequemlichkeit halber beim Sitzen auf seinen Schoß gelegt hatte, wieder in die Schlaufe auf seinem Rücken. »Wir haben's gehört, was glaubt ihr wohl?« Offenkundig rechnete er nicht mit einer Antwort. Und er bekam auch keine.

Seine eisblauen Augen glühten auf, und er fletschte die Zähne zu einem Grinsen. Es war eine Furcht einflößende Grimasse, die sein Gesicht in eine bedrohliche Fratze verwandelte.

Er hatte den Fuß der Anhöhe erreicht, drehte sich um in Richtung des Auge Belphors und verfiel in einen gleichmäßigen, raumgreifenden Trott.

»Nein! NEIN! *NEIIIN!*«

Lay stürmte zwischen den Bäumen hervor und sank keuchend auf die Knie. Die felsige Bergkuppe, auf der das Monasterium stand, lag vor ihm. Belphors gelbes Auge war bereits hinter den zerklüfteten Gipfeln zu seiner Linken untergegangen, und nur sein blutig rotes Auge tauchte die Welt in ein blassrotes Licht.

Das rötliche Flackern jedoch, das über die Hügel kroch, kam von den Flammen, die aus den Fensternischen und Toren des Monasteriums loderten. Sie fraßen die Reetdächer, leckten gierig mit gelben und roten Zungen daran. Der Wind peitschte die Funken hoch in den Himmel. Dichter, öliger Rauch quoll aus dem Haupthaus, aus der Lagerscheune, dem Vorratshaus, den Schlafsälen, den Stallungen …

Das Monasterium war nicht mehr zu retten, so viel war auf den ersten Blick klar.

Der Lärm war fast genauso widerlich wie der Gestank.

Lay würgte erstickt, als ihm der Gestank in die Nase stieg und sich ihm die Kehle zuschnürte; ein Gestank nach verbranntem Fleisch, den Lay für den Rest seines Lebens nicht mehr vergessen würde. Er war dabei gewesen, als sie vor zwei Zyklen in der Zeit der Glut fast die Hälfte ihrer Felsschafe hatten töten und anschließend verbrennen müssen; die Tiere waren an einer rätselhaften ansteckenden Seuche erkrankt, gegen die Zanṭh'ra kein Heilmittel hatte finden können. Um wenigstens die noch nicht befallenen Schafe zu retten, war ihnen nichts anderes übrig geblieben. Der Gestank, als Fell, Fettschicht und Fleisch verbrannten, war nahezu unerträglich gewesen.

Aber es gab einen großen Unterschied zwischen damals und heute.

Die Felsschafe waren schon tot gewesen, als man sie verbrannt hatte.

Die Schreie der Kreaturen, die aus den Stallungen des Monasteriums bis zu Lay drangen, verrieten jedoch, dass ihnen diese Gnade nicht zuteilgeworden war. Die Tiere verbrannten bei lebendigem Leib.

Und …

Lay wich das Blut aus dem Gesicht, als er zwischen dem panischen Kreischen von Schafen, Rayaks und Schlammschweinen Schreie hörte, die genauso verzweifelt klangen, aber aus anderen Kehlen stammten. Aus den Kehlen von Menschen.

Sie kamen aus den Mündern seiner Schwestern und Brüder aus dem Monasterium. Die einzige Familie, die er jemals gekannt hatte. Die einzigen Menschen, denen er etwas bedeutete. Zanth'ra. Maahr-kut. Und … Theija …

Die Verzweiflung drohte Lay zu erdrücken. Er konnte kaum atmen, sich nicht rühren, stand wie angewurzelt da, mit aufgerissenen Augen und weit geöffnetem Mund. Im nächsten Moment fegte eine ohnmächtige Wut diese Verzweiflung hinweg. Das Blut brauste ihm durch die Adern, schien zu kochen, und seine Haut kribbelte. Er hörte das Dröhnen seines Herzschlags, und ein rötlicher Schleier legte sich vor seine Augen. Durch ihn sah er verschwommen Gestalten vor dem Haupttor des Monasteriums. Dieser Anblick hielt ihn im letzten Moment davon ab, loszurennen und zu versuchen, so viele von seiner Familie und seinen Freunden zu retten, wie er vermochte. Denn die Männer versuchten unter lautem Gegröle, eine kreischende Gestalt, die mit qualmenden Kleidern zwischen den brennenden Torflügeln herauswankte, mit ihren Spießen wieder in das Inferno zurückzutreiben, das hinter ihr loderte. Es handelte sich um einen Mann, so viel erkannte Lay, aber er konnte nicht erkennen, wer es war und ob er alt oder jung war, so versengt waren seine Kleidung, sein Haar, sein Gesicht. Der Mann weigerte sich, in die

Flammen zurückzulaufen, und als einer der Spießträger mit seiner Waffe nach ihm stieß, packte er sie mit beiden Händen und versuchte, sie seinem Widersacher zu entwinden. Es war ein tapferer, wenn auch kläglicher Versuch, Widerstand zu leisten.

Eine weitere Gestalt näherte sich ihm von der Seite und rammte ihm einen Spieß in die Seite. Ohne einen Laut von sich zu geben, stürzte der Mann zu Boden und rührte sich nicht mehr. Die Kameraden des Mörders lachten hämisch und traten verächtlich nach ihm.

Lay ballte in ohnmächtiger Wut die Fäuste und biss sich so fest auf die Lippen, dass er sein eigenes Blut schmeckte. Er konnte die Männer wegen der Entfernung und der tanzenden Schatten, die die Flammen warfen, nicht genau erkennen, aber er vermutete, dass es Nordlinge waren. Jedenfalls trugen sie Harnische aus gekochtem Leder, und an einigen Männern sah er das matt schimmernde dunkle Eisen ihrer Brustpanzer und Arm- und Beinschienen. Außerdem waren sie alle bis an die Zähne bewaffnet.

Karawanen hatten schon vor einiger Zeit Berichte von Übergriffen der Einwohner Hellandens auf das Grenzgebiet und die Bewohner von Alghor mitgebracht und damit beträchtliche Unruhe unter den Bewohnern ausgelöst. Allerdings hatte Zanth'ra allen stets versichert, dass sich ihr Monasterium so weit von der Grenze entfernt und in solcher Abgeschiedenheit befände, dass es keinen Anlass zur Sorge gäbe. Niemand hatte damit rechnen können, dass sich die Nordlinge tatsächlich so tief nach Alghor hineinwagen und dann auch noch ausgerechnet ein Monasterium angreifen würden. Was hofften sie wohl dadurch zu gewinnen? Solche abgelegenen Klöster waren alles andere als reich und hüteten keine Schätze in ihren Mauern.

Lay blinzelte, als ihm der Rauch in die Augen drang. Ihm liefen Tränen die Wangen hinab, die nicht vom Rauch verursacht wurden. Plötzlich erregte ein Reiter seine Aufmerksamkeit. Der

Mann hielt sein sichtlich nervöses Tier mit eiserner Faust und wütenden Tritten in die Flanken unter Kontrolle. Er hatte seinen Helm abgenommen und unter seinen Schildarm geklemmt, und im Licht des Feuers schimmerte sein Haar feuerrot, als wollte es mit den Flammen konkurrieren, die das Monasterium verzehrten.

Er rief zwei Männern einen barschen Befehl zu, und die beiden eilten zu einem Fenster weiter oben in der Mauer, aus dem sich, der Kleidung nach zu urteilen, eine Frau reckte.

Lay schlug das Herz bis zum Hals, als er Theija zu erkennen glaubte. Das lange lockige Haar … Er kniff die Augen zusammen und biss sich vor Erregung erneut auf die blutende Lippe, während er sich bemühte, die Person zu identifizieren. Die Flammen loderten mit einem Mal hell auf, als sie sich durch das Dach gefressen hatten, und schlugen in den Himmel empor. In dem zuckenden Lichtschein erkannte Lay das Gesicht der Frau. Es war nicht die junge Frau aus dem Glutkessel. Erleichterung durchströmte ihn, wofür er sich im nächsten Moment zutiefst schämte.

»Rutbehka!« Er rief den Namen der Köchin, ohne Rücksicht darauf, ob ihn die Männer vielleicht hören konnten. Doch das Brausen der Flammen und die Schreie der Opfer waren viel zu laut. Außerdem schienen die Mörder zu glauben, dass sie alle Insassen des Monasteriums erwischt hätten, denn sie starrten ausschließlich auf das Gebäude und schenkten ihrer Umgebung keinerlei Beachtung.

Die Frau schrie angsterfüllt, als hinter ihr im Fenster Feuer aufflackerte. Offenbar war sie in einem Raum eingesperrt, der gerade den Flammen zum Opfer fiel.

Lay schluckte und sah entsetzt und mit ohnmächtiger Wut zu, wie die Soldaten Rutbehka verhöhnten und mit ihren Spießen nach ihr stießen, um sie davon abzuhalten, aus dem Fenster zu springen.

Einer der Nordlinge machte eine obszöne Geste und sagte lachend etwas zu seinen Gefährten. Daraufhin traten die Männer ein Stück zurück, als wollten sie der Frau die Möglichkeit geben, aus dem Fenster zu springen. Diese zögerte einen Moment, als sie hinabsah. Die Entfernung zum Boden konnte nicht der Grund für ihr Zaudern sein, denn das Fenster lag kaum mannshoch über dem felsigen Grund. Der erste Nordling stellte sich sogar unter das Fenster und breitete die Arme aus. Er … lachte, und Lay konnte nur mutmaßen, was er sagte, aber es war offensichtlich eine höhnische Aufforderung an die Frau, doch endlich zu springen.

Offenbar schreckten die Frau jedoch seine Worte oder vielleicht auch etwas, was sie in seiner Stimme wahrnahm, ab. Vielleicht war es auch der Ausdruck auf den Gesichtern des Mannes und seiner Gefährten. Jedenfalls zauderte sie. Lay grub die Fingernägel so fest in die Handflächen, dass die Haut zu bluten begann, während er diese Szene beobachtete. *Spring!*, dachte er flehentlich. *Spring, Rutbehka. Alles ist besser, als bei lebendigem Leib zu verbrennen!*

Offenbar war Rutbehka, Köchin des Monasteriums und Zanth'ras Vertraute, in diesem Punkt anderer Ansicht. Sie wandte den Kopf und warf einen Blick auf die Flammen, die hinter ihr in dem Zimmer mittlerweile deutlich sichtbar loderten. Dann drehte sie sich wieder zu den Nordlingen herum. Ihr Gesicht war schweißnass, die Haare klebten ihr am Kopf, und Lay erkannte selbst aus dieser Entfernung die Verzweiflung in ihrer Miene. Einen Moment schienen sich ihre Blicke zu treffen, und Lay zuckte heftig zusammen, als er zu sehen glaubte, wie ein Lächeln über Rutbehkas Züge huschte. Ihm blieb jedoch keine Zeit, darüber nachzudenken, ob sie ihn tatsächlich gesehen hatte. Denn sie senkte den Kopf und spuckte den Mann unter dem Fenster an.

»Bei Maldouchs Eiern, du undankbares Weib!«, brüllte dieser. Seine wütenden Worte übertönten das Fauchen der Flammen und die Todesschreie von Menschen und Tieren. Er sprang vom Fenster zurück und holte mit dem Arm aus, um seinen Spieß nach der Frau zu schleudern.

»Halt!«

Der Befehl des Rothaarigen knallte wie ein Peitschenhieb. Seine Stimme drang ohne Schwierigkeiten bis zu der Stelle, an der Lay hockte.

Der Spießträger erstarrte und drehte sich um. Der Rothaarige deutete fast gelangweilt auf das Fenster.

Lay, der unwillkürlich zu dem Anführer der Horde hingeschaut hatte, riss seinen Blick wieder von dem Mann los und sah zum Fenster. Rutbehka stand hoch aufgerichtet da, streifte mit ihrem Blick noch einmal die Soldaten unter sich, drehte sich dann würdevoll herum, breitete die Arme aus …

»NEIN!«, kreischte Lay und griff unwillkürlich nach einem Pfeil.

Aber die Köchin hörte ihn nicht. Sie machte einen zögernden Schritt in den brennenden Raum hinein, dann noch einen, und dann warf sie sich mit einem entsetzlichen Schrei in die Flammen.

Lay riss sich den Bogen vom Rücken und versuchte tränenblind, einen Pfeil einzunocken. Er zitterte so heftig, dass es ihm erst beim dritten Versuch gelang. Er hatte nur noch drei Pfeile in seinem ledernen Köcher. Damit konnte er diesem schrecklichen Gemetzel nicht Einhalt gebieten. Nicht er allein, und ganz sicher nicht mit drei Pfeilen.

Aber er konnte zumindest Rache nehmen, Vergeltung für Rutbehka, Zanth'ra und Theija und all die anderen üben, bevor er selbst starb. Lay zweifelte nicht daran, dass sie alle tot waren, dass seine ganze Familie tot war, niedergemetzelt von diesen Männern, auf Befehl dieses rothaarigen Monsters.

Ermordet von diesen Männern aus … Lay hielt inne, als ihn ein

Gedanke durchzuckte. *Es sind keine Nordlinge, so viel ist klar. Kein Nordling würde Maldouch anrufen, den König der Unterwelt, den Drachengott von Ern.* Das wusste Lay. Denn damit hätten die Bewohner Hellandens ihrem Glauben zufolge eine Blasphemie Belphor gegenüber begangen, ihrem Herrscher der Unterwelt, dem Herrn über Leben und Tod. *Aber wenn diese Mistkerle keine Nordlinge sind, sondern Bastarde aus Ern, was verdammt machen sie dann hier?* Ern war eine Provinz von Alghor und zählte zu den wichtigsten Vasallen des Drachenfürsten! Es waren doch Verbündete!

Wahrscheinlich Abschaum, Abtrünnige oder straffällig gewordene Marodeure, wie die Karawanenreiter diese Strauchdiebe nannten. Lays Hände zitterten immer noch, als er den Bogen sinken ließ und sich die Tränen aus den Augen wischte. *Aber für eine Horde wilder, gesetzloser Marodeure benehmen sich die Männer ziemlich diszipliniert,* dachte Lay. *Vielleicht ist es ja wichtiger herauszufinden, wer diese Mordbrenner sind, und am Leben zu bleiben, um diese Information jemandem zu überbringen … wem auch immer.*

Und dann? Lay schluckte. *Wer wird mir schon glauben?* Und wie sollte er überhaupt jemanden erreichen? Die nächste Karawane würde nicht vor dem übernächsten Erscheinen von Lokhs Auge am Himmel eintreffen, und das waren noch … Lay wollte die Spannen an den Händen abzählen, als eine Bewegung vor dem Monasterium erneut seine Aufmerksamkeit erregte.

Rutbehka mochte Lays Schrei nicht gehört haben, der rothaarige Befehlshaber dieser Mörder anscheinend schon. Jedenfalls hatte er sein Pferd herumgerissen und blickte fast genau auf die Stelle zwischen den Felsbrocken, wo Lay hockte. Es waren gut einhundertfünfzig Schritt bis zum Kloster und mindestens hundert bis zu dem Rothaarigen.

Lay hatte noch nie so weit geschossen, jedenfalls nicht absichtlich. Er verzog kurz die Lippen. Ihm war klar, dass ein Pfeil, von seinem kurzen Jagdbogen abgeschossen, nach dreißig bis allerhöchstens vierzig Schritt seine tödliche Wirkung verlor, falls er überhaupt auf diese Entfernung sein Ziel traf. Was mehr als unwahrscheinlich war. Außerdem hatte der Anführer der Mörderbande einen Schild, auf dem irgendein Symbol abgebildet war, und schien zudem so etwas wie einen Panzer unter seinem Wollumhang zu tragen. Als er sich zu Lay umdrehte, hatte etwas auf seiner Brust im Licht der Flammen dunkel metallisch geschimmert.

Du hast also nicht die geringste Chance, ihn auf diese Entfernung zu treffen oder gar zu töten, sagte er sich, während er den Bogen hob. *Es sei denn ...*

Lay schloss die Augen und summte leise, versuchte, sich in den Zustand der Versenkung zu versetzen. Er wartete, summte, wartete ... Zu seiner Enttäuschung jedoch verebbten weder die Geräusche um ihn herum, noch verlangsamte sich sein Puls, und es ertönte auch keine Melodie in seinem Kopf. Er versuchte es noch ein paar Herzschläge lang, dann biss er wütend die Zähne zusammen. *Und wenn schon! Ich werde es trotzdem versuchen! Dieser Mistkerl soll nicht davonkommen! Das bin ich Zanth'ra schuldig. Und Theija ...*

Das liebliche Gesicht der jungen Frau aus dem Glutkessel tauchte aus seiner Erinnerung auf. Lay spannte die Sehne des Bogens, so weit er konnte, und öffnete die Augen wieder.

Theijas Gesicht verschwand. Stattdessen erschien der Rothaarige in seinem Blickfeld. Er hatte sein Pferd antraben lassen und suchte vorsichtig einen Weg zwischen den Felsen hindurch. Er griff an seinen Sattel und hob etwas hoch, eine merkwürdig geformte Waffe, wie Lay sie noch nie unter die Augen gekommen war. Sie sah aus wie ein Bogen auf einem Stock. Den Helm hatte er wieder aufgesetzt, sodass Lay sein Gesicht nicht erkennen konnte, während der Mordbrenner auf ihn zuritt. Dafür jedoch sah er das Symbol auf dem Schild des Mannes besser.

Ein Hammer!

Es war ein kurzstieliger Streithammer, ein Symbol, das Lay

aus den Büchern und Schriftrollen in Zanth'ras Lesezimmer kannte. Das Symbol einer Einheit berüchtigter Kämpfer …

Die Hämmer von Ern! Aber …

Er kniff die Augen zusammen, um das Symbol genauer zu betrachten und jeden Zweifel auszulöschen.

Dann jedoch wurden Ross, Mann und Schild von einem dunklen Schatten ausgelöscht, als sich eine riesige Faust über seine Hand legte, die den Pfeil und die gespannte Sehne hielt, und eine andere seinen Mund verschloss.

Im selben Moment schlugen die Sinneseindrücke wie eine Flutwelle über Lay zusammen.

Diese seltsame Melodie, die unvermittelt wie von einem gewaltigen Chor gesungen, um ihn herum aufbrauste.

Der Geruch von Fell und Leder und Eisen und Schweiß und Urin, dazu ein übermächtiges Aroma, neben dem all die anderen Gerüche verblassten; der Gestank von ranzigem … Fischtran.

»Scheißidee, Jungchen.«

ULCAR,
HAUPTSTADT DES DRACHENREICHES ALGHOR
DRACHENPALAST

»Der … der Dunkle Schleier … Er ist erklungen.«

In die ehrfürchtig geflüsterten Worte mischten sich leise Atemzüge und das gleichförmige Tröpfeln von Wasser. Es rann schon seit endlosen Zeiten über die glitschigen, von Flechten überzogenen Wände in diesem düsteren Gewölbe tief unten in den Eingeweiden des Drachenpalastes von Ulcar, um sich schließlich in Rillen und Becken im Felsboden zu sammeln, die es in Jahrhunderten unermüdlicher Arbeit geschaffen hatte.

Die Gestalt, die in der Mitte des fensterlosen kreisrunden Raumes auf einem Podest aus roh behauenem Stein kauerte, ließ sich weder von diesem permanenten Tröpfeln noch von der abgestandenen Luft stören. Sie hatte keinen Blick für ihre wenig einladende Umgebung, sondern richtete ihre ganze Konzentration auf eine kleine Schale vor ihr auf dem Stein. Darin schimmerte im Licht einer kleinen, gefährlich dicht am Rand des Podestes platzierten Laterne eine dunkle Flüssigkeit. Wiewohl kein Feuer zu sehen war, kräuselte sich darüber eine Wolke weißlichen Rauches, der fast wie Nebelgespinste über einem nächtlichen Weiher wirkte.

Die Gestalt war in einen dunklen Umhang aus schwerer Wolle gehüllt, und ihr Gesicht lag im Schatten einer Kapuze. Nicht einmal das Licht der Laterne vermochte bis zu den Zügen dieses Menschen zu dringen. Falls es sich denn um einen Menschen handelte.

Denn die Melodie, die dieses Wesen summte, hatte nichts mit den Liedern der Menschen gemein oder auch nur den Tönen, die sie hervorzubringen in der Lage waren.

Und die Worte ... Es waren nicht wirklich Worte, sondern ... *Laute,* und sie wurden in einem Rhythmus und einer Tonlage vorgetragen, die nicht für menschliche Kehlen oder Ohren bestimmt zu sein schienen. Ja, sie klangen so seltsam und verzerrt, dass sie nicht einmal Rückschlüsse auf die Spezies der Kreatur zuließen.

Der Schleier wurde berührt.

Die Gestalt hob die Arme und streckte behandschuhte Hände aus den weiten Falten der Umhangärmel. Sie spreizte die Finger, schmale Finger, und schien in der Luft vor sich nach etwas zu tasten, als folgte sie einem komplizierten Muster.

Dabei summte sie weiter diese merkwürdig disharmonische Weise, die an- und abschwoll, im Kontrapunkt zu den Bewegungen ihrer Finger.

Der Rauch stieg immer höher aus der Schale empor; dünne, winzige Tentakel krochen auf den Umhang, glitten über die Brust zu der Kapuze und verschwanden darin.

Daraufhin stieß die Gestalt ein kurzes Keuchen aus, als müsste sie ein Husten unterdrücken, und das Summen erstarb. Nur um einen Augenblick später fortgesetzt zu werden, nachdrücklicher diesmal.

Die Fäden wurden geknüpft.

Die Kreatur bewegte die Finger schneller, und die Melodie, wenn man das seltsame Summen so nennen konnte, nahm an Intensität zu.

Plötzlich hörte das Licht der Laterne auf zu flackern; die Flamme, die von einer streng riechenden Paste in einer kleinen, runden Mulde in der Laterne gespeist wurde, brannte auf einmal ruhig und gleichmäßig, und die Flechten an den Wänden begannen, heller zu leuchten.

Das Wasser, das die Wände hinabrann, schien plötzlich gefroren zu sein. Etliche dicke Tropfen hingen an dem grünlichen glitschigen Stein, bereit, in die Rinne darunter zu fallen. Aber sie fielen nicht. Sie schwebten da, ohne zu zittern, wie kristallklare Perlen, als gönnten sie sich in ihrer ewigen und beharrlichen Arbeit, den Stein auszuhöhlen, eine Ruhepause.

Die Gestalt hielt die Arme immer noch gerade vor sich ausgestreckt und tastete mit den behandschuhten Fingern in der Luft herum. Als würden sie dort ein unsichtbares Muster weben.

Ihre Stimme war kehliger geworden, schriller. Die Melodie klang immer absurder und grotesker. Kein Mensch hätte sich so etwas merken, geschweige denn nachsingen können. Was die Gestalt von sich gab, glich mehr einem Krächzen oder Grunzen als einem wohlmodulierten Gesang.

Dennoch wirkte die Melodie nicht willkürlich. Doch sie klang fremdartig, sogar bedrohlich. Hätte jemand zugehört, wäre ihm zweifellos eine Gänsehaut über den Rücken gekrochen.

Doch außer der Kreatur, die … sang, war niemand in dem Raum.

Die Fäden haben sich verwoben … die Knoten wurden geschlungen. Einer vom Blut …

Jolah …

»Ahh …!«

Das misstönende Summen brach unvermittelt ab, und die Gestalt riss ihre Hände zurück, als hätte sie glühende Kohlen unter ihren Fingern gefühlt. Ihr Schrei drang seltsam dumpf durch die Gruft.

»Draakenbrut!«

Es wurde dämmriger in dem Gewölbe, als die Flamme wieder zu flackern begann, als wäre sie von dem Schrei aus einer ehrfurchtsvollen Erstarrung gerissen worden. Die dunkle Flüssigkeit in der Schale kräuselte sich, die Reflexion der Flamme brach sich darin. Der weiße neblige Rauch löste sich auf in graue durchscheinende Fäden, die schließlich ebenfalls verschwanden.

Die Gestalt keuchte und erhob sich abrupt von dem steinernen Podest. Dabei stieß sie gegen die Schale, und ein wenig von der Flüssigkeit spritzte heraus. Hastig riss sie den Umhang zurück, damit die Tropfen ihn nicht benetzten. Dabei öffnete sich der Schlitz des Gewandes, und das Licht der Laterne fiel kurz auf einen glänzenden Stoff darunter. Metallene Fäden schienen darin zu schimmern.

Dann bückte sich die Person, hob die Schale auf und leerte ihren Inhalt sorgfältig in ein kleines Becken auf dem Podest. Sie sah zu, wie die Flüssigkeit durch einen schmalen Kanal auf den Felsboden und von dort zu der Vertiefung an der Wand lief. Als sie sich mit dem Wasser vermischte, schimmerte sie im Licht der Laterne einen Moment rötlich, bevor sie sich schließlich in dem dunklen Wasser auflöste. Die Gestalt verstaute die Schale wieder in der Innentasche des Umhangs und nahm die kleine Laterne auf. Schatten und Licht tanzten über die Wände, umspielten Halbreliefsäulen, deren sonderbar geformte Kapitelle sich hoch oben in den Schatten jeglichem Erkennen entzogen. Nach einem letzten prüfenden Blick durch die Kammer verließ die Person schließlich das Podest und ging rasch zu einer dunklen Ecke des Raumes, wo die Schatten besonders tief waren. Das Licht der Laterne enthüllte den schwarzen Fleck als einen Durchgang, hinter dem eine Treppe mit ausgetretenen Steinstufen lag. Ohne sich auch nur einmal umzudrehen, stieg die Gestalt die Treppe hinauf. Ihre weichen knöchelhohen Schuhe verursachten keinerlei Geräusch, und während sie mit jedem ihrer Schritte die Laterne weiter hinauftrug, senkte sich die Finsternis immer tiefer über die Kammer. Bis schließlich auch das schwache Nachglimmen der Flechten an den Wänden erlosch und alles wieder in vollkommener Finsternis dalag.

Endlich, als hätte er darauf gewartet, löste sich ein Wassertropfen vom Rand des Steines und fiel mit einem leisen Tröpfeln in die Mulde; ihm folgte kurz darauf der nächste, und damit setzte das Wasser ungerührt und ungestört sein endloses, beharrliches Nagen am Stein fort.

BARKAAL-MASSIV, NORDGRENZE VON ALGHOR MONASTERIUM

Lay erstarrte vor Schreck, das Blut in seinen Adern schien zu gefrieren. Dann schoss ihm ein Gedanke durch den Kopf, brannte alle anderen Empfindungen aus.

Lass dich nicht einfach abschlachten! Wehr dich! KÄMPFE!

Blanker Überlebenswille riss ihn aus seiner lähmenden Panik. Er ließ mit der Linken den nutzlosen Bogen los, ballte die Faust und schlug nach dem Angreifer. Doch der Mann zog ihn mit dem linken Arm noch dichter an seine Brust, so fest, dass Lay keinen wirkungsvollen Schlag landen konnte. Falls ein Schlag überhaupt Wirkung gezeigt hätte.

Der Kerl ist ein Hüne.

Umso erstaunlicher, dass er sich unbemerkt an ihn hatte heranschleichen können.

Lay röchelte. Er hatte keine Zeit für solche Gedanken. Der Fremde hielt ihm immer noch den Mund zu, sodass er kaum noch Luft bekam, und riss brutal seinen Kopf nach hinten. Lay spürte an seinem Hinterkopf Fell und darunter das harte Leder eines Harnischs. Der Griff des Mannes war so unerbittlich, dass Lay seinen Kopf kaum bewegen, geschweige denn ihn so weit drehen konnte, dass er seinen Widersacher hätte ansehen können.

Mit der anderen Faust umklammerte der Hüne nach wie vor Lays Hand, die Sehne und Pfeil hielt, und das mit solcher Kraft, dass die Fingerknochen des Jünglings schmerzhaft protestierten.

Verflucht! Bei Ganäa! Du bist erledigt! Mach was! Du willst dich doch nicht einfach hier ohne Gegenwehr massakrieren lassen! Lay traten vor Angst und Anstrengung fast die Augen aus den Höhlen, und durch einen Tränenschleier sah er, wie der Reiter sich ihnen weiterhin näherte. Er schien sie noch nicht bemerkt zu haben, aber Lay befürchtete, dass der Hüne jeden Moment seinen Anführer mit einem Ruf auf sich aufmerksam machen würde. Und dann …

Ich muss etwas tun! Tu etwas! TU ETWAS!

Seine Gedanken überschlugen sich, während er verzweifelt nach einem Ausweg suchte, einer Möglichkeit, diesen übermächtigen Gegner abzuschütteln. Sein kurzes Jagdmesser fiel ihm ein, aber das steckte rechts hinten in der Scheide an seinem Gürtel, unerreichbar, solange der Mann ihn so fest an sich presste und seine rechte Hand in seinem eisernen Griff hielt.

Sein linker Oberarm wurde von dem mächtigen Bizeps des Hünen eingeklemmt, aber sein Unterarm war frei. Er tastete blindlings hinter sich, fühlte Fell unter seinen Fingern, Leder, Metall …

Metall!

Lays Finger glitten über den schmalen, harten Griff eines Messers oder eines Dolches, und wilde Hoffnung durchzuckte ihn.

Vielleicht, wenn es mir gelingt, ihn abzulenken …

Lay wand sich noch heftiger in dem Griff des Mannes, öffnete den Mund und sog tief die Luft ein. Er schloss die Finger um den Griff des Messers, während er gleichzeitig versuchte, den Kopf zu drehen, um die Hand abzuschütteln, die sich auf seine Lippen presste.

Im nächsten Moment schlug ihm der Gestank von ranzigem Fischtran entgegen, den die Haut des Fremden aus allen Poren zu verströmen schien, als hätte er in einem Fass mit dieser Brühe gebadet. Der widerwärtige Geruch erfüllte seinen Mund und seine Nase, und Lay drehte sich fast der Magen um.

Er würgte erstickt.

Fischtran!

Der Gestank löste etwas in ihm aus, eine Erinnerung, die sich in seinem Hinterkopf regte, doch dann konzentrierte er sich darauf, das Messer langsam, Zentimeter um Zentimeter aus der Scheide am Gürtel des Mannes zu ziehen. Das Blut rauschte ihm in den Ohren, während er sich weiter heftig gegen die Umklammerung des Hünen wehrte, den Blick auf den Reiter gerichtet, der sie immer noch nicht bemerkt zu haben schien. Ebenso wenig wie sein Angreifer bemerkte, was Lay mit seiner Linken tat.

Noch ein kleines Stück! Ein kleines Stückchen noch …

Der Reiter hatte sein Pferd gezügelt und beugte sich leicht im Sattel vor, während er in die Dunkelheit des Forsts starrte. Sein Blick streifte die Bäume, hinter denen Lay und sein Angreifer standen. Der rötlich flackernde Schein des brennenden Monasteriums drang nicht bis hierher, aber es schien, als könnte der Mann die Gestalten der beiden selbst in den tiefen Schatten erkennen. Vielleicht sah er ja ihre Bewegungen, oder er hatte ein besonders gutes Gehör. Was es auch war, jedenfalls machte der Reiter keine Anstalten, sich abzuwenden, trieb sein Pferd aber auch nicht weiter vorwärts. Stattdessen hob er diesen merkwürdig geformten Bogen …

Ein kurzes Gefühl des Triumphes durchströmte Lay, als der Dolch mit einem Ruck ganz aus der Scheide fuhr. Aber es war nur von kurzer Dauer. Wenn er die Waffe dem Fremden jetzt in den Leib rammte, würde dessen Schmerzgeheul den Reiter mit Sicherheit auf sie aufmerksam machen. Lay wusste zwar nicht, was dieser Mordbrenner da für eine Waffe hatte, aber er ahnte, dass er nur mit einem Dolch in der Hand nicht viel dagegen ausrichten konnte.

Du musst zustechen, dich losreißen und dann so rasch wie möglich in den Wald fliehen!, sagte er sich. Die Bäume standen zwar hier am Rand recht weit auseinander, aber tiefer drinnen bildete der Forst ein schwer zu durchdringendes Dickicht, das einem Mann zu Fuß einen nicht zu unterschätzenden Vorteil gegenüber einem Verfolger zu Pferde bot.

Du musst nur diesen Hünen ausschalten, dachte Lay und packte den metallenen Griff der Klinge fester. *Diesen nach Fischtran stinkenden …*

Der Gedanke von vorhin drängte sich in sein Bewusstsein. Lay fiel wieder ein, was ihm dieser penetrante Gestank sagte. Er kannte ihn zwar nicht aus eigener Erfahrung, aber er hatte darüber gelesen. Fischtran wurde auf die nackte Haut aufgetragen, um sie vor Erfrierungen zu schützen. So jedenfalls wollten es die alten Geschichten wissen. Geschichten über die Nordlinge.

Ein Nordling? Aber …

Bevor Lay den Gedanken zu Ende denken konnte, hörte er die Stimme des Mannes direkt an seinem rechten Ohr.

»Halt endlich still, bei Belphors kalten Klauen!«, zischte der Hüne. »Dein verdammtes Gezappel kostet uns noch Kopf und Arsch! Oder willst du es etwa allein mit dieser ganzen verfluchten Mörderbande aufnehmen?« Offenkundig hielt der Nordling Lay nicht für so dumm, das wirklich zu versuchen, denn er wartete nicht auf Lays Antwort. Die hätte ohnehin nur in dem stummen Versuch eines Kopfschüttelns bestanden.

Der Hüne ließ Lays rechte Hand los. Der Pfeil und die Sehne des Bogens glitten aus seinen gefühllosen Fingern und fielen lautlos auf das weiche Moos und die Blätter zu seinen Füßen. Bevor Lay reagieren konnte, riss der Nordling seine rechte Pranke hoch und packte den Kopf des Jünglings. Lay zuckte zusammen, als sich die langen Finger des Mannes wie eiserne Klauen um seinen Schädel legten. »Und jetzt lass gefälligst das verdammte Messer fallen, Jungchen«, flüsterte er.

Lay schluckte und kämpfte gegen den widerlichen Geschmack in seinem Mund an. Einen Moment lang rührte er sich nicht. Der Griff des Hünen verstärkte sich, und seine Linke presste Lays Lippen schmerzhaft gegen die Zähne. Er schluckte mehrmals, während seine Gedanken sich überschlugen.

Der Reiter schien sie immer noch nicht bemerkt zu haben, denn seine Aufmerksamkeit richtete sich auf eine Stelle weiter rechts von ihnen. Lay begriff, dass der Mann zwar Verdacht geschöpft hatte und den Waldrand scharf beobachtete, aber nicht genau wusste, wonach er eigentlich suchte. Hinter ihm tauchten drei Bewaffnete auf. Zwei von ihnen trugen Fackeln und waren mit martialischen Spießen bewaffnet, deren eiserne Spitzen mit scharfen Widerhaken bewehrt waren. Der dritte hielt einen ähnlichen Flachbogen in den Händen wie der Reiter.

Lay knirschte mit den Zähnen. *Dieser verdammte Nordling hat recht. Du hast keine Chance gegen diese Halunken.*

Hätte er den Nordling mit dem Messer angegriffen, hätte das zweifellos die Aufmerksamkeit der Männer auf sie gelenkt. Und sie vermutlich beide das Leben gekostet. Obwohl der Hass immer noch in seinen Eingeweiden brannte, gewann die Vernunft allmählich die Oberhand.

Wenn du Theija und Zanth'ra und die anderen rächen willst, musst du leben, dachte er. *Also gut.*

Er öffnete die Hand, und das Messer fiel nahezu lautlos zu Boden.

Sein Angreifer brummte zufrieden. »Gut, Jungchen«, flüsterte er. »Rache übt man nicht mit heißem Blut.« Er schien Lays Gedanken erraten zu haben. »Wir nehmen jetzt die Hand von deinem Mund. Du bist vernünftig, ja? Und bleibst stumm wie ein Fisch im Nordermeer, hm?«

Lay nickte einmal, kurz und so würdevoll, wie es ihm möglich war, derart eingeklemmt von den beiden Pranken des Nordlings. Der Mann gluckste leise und ließ ihn los.

Verspottet dieser stinkende Mistkerl mich etwa? Lay spie aus und drehte den Kopf.

Zwei Augen, blassblau wie der eisige Himmel in der Zeit der Dunkelheit, erwiderten seinen wütenden Blick. In ihren Tiefen schien sich der rötliche Widerschein der lodernden Flammen widerzuspiegeln. Sein gebräuntes bartloses Gesicht glänzte von Fett, ebenso wie die rissige Haut seiner Pranken.

Wenigstens erklärt das den Gestank nach Fischtran, dachte Lay angewidert, als er die gewaltigen Hände anstarrte, die fast die Größe von Scheffeln hatten. Er zitterte vor Anspannung und nur mühsam beherrschter Wut. Vor allem aber zitterte er vor Erleichterung, was dem Nordling hoffentlich entging.

Der Mann musterte den Jüngling einen Herzschlag lang aufmerksam, dann bückte er sich, hob das Messer auf und schob es ohne ein Wort wieder in die Scheide an seinem Gürtel. Lay sah an ihm vorbei, wobei sein Blick die schwere Streitaxt mit den mattgrauen Schmetterlingsklingen streifte, die der Nordling in einer Schlinge auf dem Rücken trug. Er schien allein zu sein.

Hat er vielleicht seine Axt gemeint, als er von »wir« sprach?, überlegte Lay, bevor er sich wieder zu dem brennenden Monasterium und dem Feind umwandte.

Der Reiter hatte sich noch immer nicht von der Stelle gerührt und saß wachsam und regungslos im Sattel. Die beiden mit Spießen bewaffneten Männer hoben ihre Fackeln und stocherten lustlos im dichten Unterholz herum. Der dritte verfolgte ihr Tun ein paar Schritte hinter ihnen, den Bogen im Anschlag und bereit, auf alles zu schießen, was sich bewegte. Aber die Männer machten nicht den Eindruck, als glaubten sie wirklich, etwas zu finden. Einer knurrte ein paar Worte, die Lay nicht verstehen konnte. Vermutlich war es keine sonderlich wohlwollende Bemerkung, denn sein Spießgeselle lachte bellend, bevor er hastig einen Blick über die Schulter auf ihren Anführer warf.

Der achtete jedoch nicht auf sie, sondern musterte immer noch scharf den Waldrand. Sein Kopf ruckte langsam von rechts nach links. Dann hob er plötzlich diesen seltsamen Bogen …

»Runter, Jungchen!«

Lay keuchte, als der Nordling seine Schulter packte und ihn unsanft hinter den Felsen zu Boden drückte. Es knallte – ein Geräusch, als würde Rutbehka die Wäsche ausschlagen, bevor sie sie zum Trocknen auf die Leine hängte –, dann fegte etwas mit einem scharfen Sirren an ihnen vorbei. Im nächsten Moment verkündete ein dumpfes Klatschen, dass irgendwo hinter ihnen ein Geschoss in einen Baum eingeschlagen war. Und zwar ziemlich dicht hinter ihnen, viel zu dicht für Lays Geschmack.

Die rasche Reaktion des Nordlings hatte ihn derart überrumpelt, sodass er nicht einmal daran dachte, sich gegen den groben Griff an seinem ledernen Wams zu wehren, mit dem der Mann ihn am Boden festhielt. Trotz seiner Verwirrung war ihm jedoch klar, dass es sich bei diesem Geschoss nicht um einen Pfeil gehandelt hatte.

Er kannte das Geräusch, mit dem Pfeile flogen, das Sausen, das Zischen der Fiederung, das leise, bedrohliche Pfeifen. Dieses Geschoss hier hatte sich anders angehört, giftiger, gefährlicher und irgendwie … schneller.

»Was …?«, begann er.

»Still!«, zischte der Nordling und drückte Lay noch tiefer in die Deckung des Felsens.

»Aber …«

»STILL!«

Obwohl der Mann die Stimme nicht hob, hatte sie etwas so Gebieterisches, dass Lay unwillkürlich verstummte.

Atemlos lauschte er auf irgendwelche verräterischen Geräusche, dumpfes Trommeln von Hufen auf dem weichen Waldboden, schwere Schritte von Bewaffneten, Rascheln von Laub unter trampelnden Stiefeln.

Er hörte jedoch nichts als seine eigenen schnellen Atemzüge und das Rauschen des Blutes in seinen Ohren. Er wollte aufstehen, aber der Nordling hielt ihn fest und schüttelte wortlos den

Kopf. Seine hellblauen Augen leuchteten in der Dunkelheit, und etwas in seiner Miene ließ es Lay geraten erscheinen, dem Mann erneut zu gehorchen.

Obwohl dein widerlicher Gestank fast ebenso tödlich ist wie ein verfluchter Pfeil, dachte er mürrisch.

Im nächsten Moment zuckte kaum zehn Schritt von ihnen entfernt ein flackernder Schein über den Waldboden.

Lay erstarrte und hielt unwillkürlich den Atem an. Es war einer der Spießträger. Der Mann hatte sich fast lautlos vorwärtsbewegt, eine bemerkenswerte Leistung angesichts des dichten Unterholzes und der trockenen Zweige, mit denen der Boden übersät war.

Lay hielt den Atem an, als der Bewaffnete stehen blieb, sich umdrehte und in ihre Richtung blickte. Er war kaum zwanzig Schritt von ihnen entfernt, schien sie aber nicht zu bemerken. Jedenfalls noch nicht. Lay spürte, wie sich der Hüne neben ihm bewegte. Er griff nach etwas, vermutlich nach der Axt auf seinem Rücken.

»Weiter!«

Lay schrak zusammen. Die Stimme klang scharf und ziemlich nah. Das Rauschen in seinen Ohren ließ nach, und da hörte er auch das leise Schnauben eines Pferdes und den gedämpften Fall von Pferdehufen auf dem weichen Waldboden. Das Pferd wieherte, der Mann fluchte, dann wieherte das Pferd erneut, schriller diesmal und protestierend.

Wenn ich nur meinen Bogen hätte, dachte Lay. *Dann könnte ich ...* Sein Blick glitt unwillkürlich zu der Stelle neben dem Felsen, wo er die Waffe hatte fallen lassen, und ihm stockte der Atem. Bogen und Pfeil lagen kaum fünfzehn Schritte von dem Fackelträger entfernt neben einem umgestürzten Baumstamm im Moos, halb verdeckt vom Stamm und den Blättern eines Dornstrauchs. Wenn der Bewaffnete jetzt den Kopf drehte und genauer hinsah ...

»Hier ist nichts, Herr!« Es war derselbe Mann, der vorhin die bissige Bemerkung gemacht hatte. Seine Stimme klang nun unterwürfig. »Falls jemand hier war, ist er schon längst fort.« Er schnaubte verächtlich. »Wahrscheinlich hat er das Kloster brennen sehen und ist wie ein Schneehase ...«

»Sollte der unwahrscheinliche Fall eintreten, dass mich deine scharfsinnigen Schlussfolgerungen interessieren, werde ich es dich wissen lassen, Kerl!«, unterbrach ihn der Reiter kalt. »Dass hier niemand mehr ist ...« Der Mann machte eine Pause, und Lay spürte, wie der Nordling neben ihm sich anspannte. »Das sehe ich selbst«, fuhr er dann fort. Er stieß gereizt die Luft durch die Nase aus. »Aber da du schon mal dort bist und außer Schneehasen ja anscheinend keine Gefahr hinter den Felsen lauert, mach dich gefälligst nützlich und such den Bolzen des Stockbogens. Er muss irgendwo dort drüben in einen Baum eingeschlagen sein.« Das leise Klirren von Ketten und das Scheuern von Stoff auf Metall verrieten, dass er vermutlich den Arm hob, um in die Richtung zu zeigen, in die dieser »Bolzen« geflogen war. »Und komm nicht ohne ihn zurück. Diese kleinen Schätzchen sind kostbar.«

Erneut herrschte einen Herzschlag lang eine angespannte Pause, dann knurrte der Reiter und wendete offenbar ziemlich grob sein Pferd, denn es wieherte erneut protestierend. »Jedes einzelne von ihnen ist fünf Peitschenhiebe wert, verstanden?«

Er lachte boshaft und gab dem Gaul die Sporen.

Während sich die Hufschläge entfernten, sah Lay in dem tanzenden Licht der Fackel, wie der Soldat seinem Anführer einen wütenden Blick hinterherschickte und eine rüde Geste machte. Ein leises Lachen erklang von der anderen Seite des Felsens.

»Viel Spaß, Femur. Sieh nur zu, dass du zum Essenfassen zurück bist.«

»Friss Scheiße, Arschloch!«, entgegnete der Femur Genannte

säuerlich. »Wie soll ich denn diesen verdammten Bolzen in diesem verfluchten Dickicht finden? Broll kann mich mal …«

»Na klar, Femur«, mischte sich eine weitere Stimme ein. »Du kannst sicher sein, dass er das auch tun wird, wenn du ohne seinen kostbaren Bolzen zurückkommst. Falls du ihn nicht findest, lauf lieber gleich weiter bis zum Glutkessel.«

»Ganz recht«, erwiderte der erste Soldat immer noch lachend. »Und pass auf, dass du dabei nicht etwa noch einem Silberwolf auf den Schwanz trittst.«

»Wölfe? Hier gibt es keine Wölfe mehr«, erwiderte Femur, aber seine Stimme klang unsicher.

»Wer weiß, Femur, wer weiß? Bei deinem Glück …« Lachend entfernten sich die beiden Soldaten und ließen ihren Kameraden zurück, der sich nach kurzem Zögern fluchend auf die Suche nach dem Bolzen machte.

Es hatte Lay mächtig in den Fingern gejuckt, dem mordbrennerischen Soldaten einen Pfeil in den Leib zu jagen, als der nicht einmal eine halbe Sandacht später mit dem Bolzen in der Faust zurückkehrte. Aber er sah ein, dass es eine Riesendummheit gewesen wäre. Zweifellos hätte das Verschwinden des Soldaten diesen Broll, den Anführer der Mordbrenner, alarmiert und nur zu Folge gehabt, dass er diesmal vielleicht gründlicher nach ihnen gesucht hätte.

»Der Kerl war schon argwöhnisch genug, Jungchen«, hatte der Nordling erklärt, nachdem Lay sich rasch Pfeil und Bogen zurückgeholt hatte, bevor der Soldat bei der Suche nach dem Bolzen zufällig darüberstolperte, und vorschlug, ihn gleich zu erledigen. »Wir haben keine Lust, uns wegen deiner albernen Rachegelüste durch die Nacht hetzen oder am Ende noch umbringen zu lassen.«

Ebenso groß wie feig!, hatte Lay gedacht, sich jedoch zähneknirschend gefügt, ohne laut zu widersprechen. Dieser Hüne mit seiner pragmatischen Abgebrühtheit ging ihm mächtig auf die

Nerven. *Der Kerl stinkt nicht nur wie ein altes Fischfass, ihn scheint dieses Massaker an Unschuldigen überhaupt nicht zu kümmern!* Lay begriff einfach nicht, wie jemand angesichts eines so brutalen Gemetzels so ruhig, fast schon unbeteiligt bleiben konnte.

Andererseits, er ist ein verrohter Nordling, ein Barbar, was soll man da sonst erwarten? Schließlich war allgemein bekannt, dass Nordlinge ein ganz besonders übler und wilder Menschenschlag waren, wenn sie denn überhaupt zur Rasse Mensch gezählt werden konnten. *Angeblich fressen sie sogar ihre eigenen Kinder, wenn in diesen grausamen Wintern in Hellanden das Rayak-Fleisch knapp wird.* Lay hatte den Nordling prüfend gemustert. *Zugegeben, wie ein Kinderfresser sieht er nicht aus, aber besonders vertrauenerweckend finde ich ihn deshalb noch lange nicht. Und ganz richtig im Kopf scheint er auch nicht zu sein, sonst würde er nicht ständig von »wir« reden, wenn er sich selbst meint. Oder ist er vielleicht nicht allein da oben in seinem Kopf? Ist er möglicherweise sogar ein Ghuul?* Bei diesem Gedanken war Lay zusammengezuckt. Er hatte im Lesezimmer von Zanth'ra in den Verbotenen Schriften von diesen Magi gelesen, die sich beim Wirken der Dunklen Magie in den Strömen der Natur verloren hatten. Sie waren seelenlose, vollkommen gleichgültige Hüllen, die angeblich alles ausplauderten, was sie gerade an Gedanken oder Eindrücken empfingen, und sogar die Seelen anderer Magi fraßen. *Andererseits, dieser Nordling wirkt zwar gefährlich, aber nicht wie ein Magus. Er ist einfach nur gefühllos.*

Lay hatte sich schließlich verächtlich von dem Nordling abgewandt, und die Gedanken an die Abgestumpftheit der Nordlinge und ihre möglicherweise bestialischen Essgewohnheiten waren den sehr realen Gräueln gewichen, derer er Zeuge wurde, als er sich vorsichtig auf den Felsbrocken schob. Bebend vor ohnmächtiger Wut musste er mit ansehen, wie die Mordbrenner ihr schändliches Tun fortsetzten und das Monasterium und alle, die sich darin befanden, ein Raub der Flammen wurden.

»Sie sind weg.«

Es dauerte eine Weile, bis Lay die Laute neben sich als menschliche Stimme erkannte, und noch mehr Zeit kostete es, bis die Erkenntnis in sein Hirn drang, dass diese Worte an ihn gerichtet waren.

Sie sind weg. Drei einfache Worte, die in ihrer Schlichtheit wie ein glühendes Eisen durch seinen Körper bis in seine Eingeweide fuhren. Sie durchbrachen die eisige Erstarrung, die seinen Körper und seinen Geist in ihrem gleichgültigen, unerbittlichen Griff gepackt hielt.

Schließlich dämmerte ihm, dass der Sprecher eine Reaktion erwartete.

Sein Atem fuhr scharf durch seine verkrusteten Nasenlöcher. Rotz klebte unter seiner Nase, war ihm über das Gesicht gelaufen und hatte an seinem Kinn eine feste Schicht gebildet. Lay achtete nicht darauf. Es kostete ihn schon ungeheure Mühe, auch nur den Mund zu öffnen. Die Haut seiner spröden Lippen klebte hartnäckig zusammen, und als sie sich voneinander lösten, spürte er, wie kleine Hautfetzen abrissen. Aber er empfand keinen Schmerz.

»Hargh ...«

Ein unverständliches Krächzen drang an seine Ohren, und nur die Vibrationen in seiner Kehle sagten ihm, dass es von ihm selbst stammte. Seine Stimme hatte sogar in seinen eigenen Ohren kaum noch etwas Menschliches.

Lay schluckte mühsam, aber sein Hals war ausgedörrt, und seine dicke pelzige Zunge löste sich mit einem unangenehmen Schmatzen von dem trockenen Gaumen. Der metallische Geschmack in seinem Mund war einfach widerlich, so als hätte er Blut getrunken, das in seiner Mundhöhle geronnen war.

Seine Augen brannten vom unablässigen Starren.

Sie sind weg, und ich habe nichts getan, um sie aufzuhalten. Ich habe nur dagelegen und tatenlos zugesehen. Wie ein erbärmlicher Feigling.

Was hättest du schon tun können?

Irgendetwas. Ganz gleich, was. Irgendetwas! Ich hätte ... es zumindest versuchen können. Ich hatte es versuchen müssen!

Das wäre blanker Selbstmord gewesen. Du hättest keine Chance gehabt.

Aber ich hätte es wenigstens versuchen können!

Was? Was hättest du versuchen können?

Lay wusste nicht, wie lange diese widerstreitenden Gedanken in seinem Hirn kreisten. Sie schienen schon immer da gewesen zu sein, schienen das Einzige zu sein, das sein Verstand noch denken konnte, während seine Augen unablässig und fast ohne zu blinzeln auf das gerichtet waren, was sich seit einer endlos scheinenden Zeitspanne vor ihnen abspielte.

Er hatte jegliches Zeitgefühl verloren, konnte nicht einmal sagen, ob Spannen, Tage, Sonnen- oder Schattenstriche an ihm vorbeigeglitten waren. Jedenfalls war die Dunkelheit der Nacht, erhellt nur vom Feuerschein des Monasteriums, dem Dämmerschein eines vom Rauch der brennenden Ruinen verhangenen Morgengrauens – *eines wahrhaftigen Grauens!* – gewichen. Und die ganze Zeit hatte er auf dem Felsbrocken gelegen und zugesehen, wie sein Heim – *das einzige Heim, das ich je hatte!* – zu Asche verbrannt war und in rußige Trümmer zerfiel. Zusammen mit allem und allen, die sich darin befunden hatten. Mit seiner Vergangenheit. Seiner Gegenwart.

Mit meiner Zukunft.

Lay schüttelte sich und hob eine Hand, um sich die Maske aus Staub, Rotz und getrockneten Tränen vom Gesicht zu wischen. Stattdessen jedoch verschmierte er sie nur auf seiner Haut. Gleichgültig ließ er die Hand wieder sinken. Die glühende Wut, der Zorn über dieses Unrecht, diese Grausamkeit, diese Gräueltaten, die das Blut in seinen Adern zum Kochen gebracht hatten, waren von ihm gewichen. Sie waren abgefallen wie die vertrocknete Haut einer Schlange, für die es keine Verwendung mehr gab. Denn Wut und Zorn entsprangen der

Hoffnung, ganz gleich, wie gering sie sein mochte, dem Glauben, etwas ändern, dem Unausweichlichen vielleicht doch irgendwie Einhalt gebieten zu können.

Diese Gefühle waren einem neuen Gefühl gewichen, einem, das Lay bislang noch nicht gekannt hatte. Einer lähmenden, bodenlos scheinenden Verzweiflung, die sich wie ein ungeheures schwarzes Loch in ihm aufgetan hatte und sämtliche Empfindungen verschlungen zu haben schien.

Als er sich zwang zu blinzeln, rieben seine Lider schmerzend über die trockene Hornhaut der Augäpfel.

Ich habe nichts getan, gar nichts. Ich habe es nicht einmal versucht. Ich habe einfach nur zugesehen, wie ... Sie haben gekämpft, verzweifelt um ihr Leben gekämpft, und ich habe nur hier gelegen, mich versteckt und ... Lay würgte, als seine trockene Kehle sich schmerzhaft zusammenzog.

Ich habe nur tatenlos zugesehen. Wie ein erbärmlicher Feigling.

Aber was ...?

Lay brachte die beschwichtigende Stimme in seinem Kopf mit einem Knurren zum Schweigen brachte.

Ich sollte auch dort liegen. Zermalmt. Zerhackt. Bei ihnen. Bei Zanth'ra. Maahr-kut. Bei Theija. Meiner ... Familie.

Sie waren tot, das wusste er. Er hatte dort oben auf dem Felsbrocken gelegen und zugesehen. Er hatte gehört, wie die Schreie der Sterbenden allmählich verstummt waren, wie das Gebrüll der Tiere schwächer geworden war, wie selbst das rohe Gelächter und die Schreie der Mordbrenner zusehends verklangen, als wären selbst diese Meuchler ihres blutigen Tuns überdrüssig geworden. Obwohl sie sich viel Zeit gelassen hatten, sehr viel Zeit. *Jedenfalls hatten sie es nicht sonderlich eilig, sich von dem Ort ihrer Gräueltaten zu entfernen,* dachte Lay. *Sie müssen sich sehr sicher gefühlt haben. Oder dieser Broll wollte unbedingt sichergehen, dass es niemanden gibt, der als Augenzeuge von diesem Überfall berichten kann. Immerhin ist das Fürstentum Ern ein Vasall Alghors, und dieser Broll hatte das Symbol der Hämmer von Ern auf seinem Schild ...*

»Wir sollten hingehen und nachsehen.«

Warum? Ich weiß auch so, wie es dort aussieht, dachte Lay, der trotzdem nickte, ohne den Sprecher anzusehen. *Natürlich.* Natürlich mussten sie hingehen. *Auch wenn dort nichts auf mich wartet als Tod und Blut und Ruß und Asche. Und zerstückelte, zermalmte und bis zur Unkenntlichkeit verbrannte Leichen.*

Wie in den Geschichten der Karawanenreiter.

Lay hatte aufmerksam gelauscht, wenn die rauen Männer abends im Monasterium bei einem Becher Wein Schauergeschichten zum Besten gegeben hatten. Er hatte mitgefiebert, wenn sie geschildert hatten, wie sich ein kleines Häuflein Unverzagter einer erdrückenden Übermacht von Barbaren, Nordlingen zumeist, erwehrt hatte. Wie sie trotz aller Hoffnungslosigkeit erbittert gekämpft hatten, bis dann, unglaublicherweise und erst im allerletzten Moment, goldenes Funkeln auf Bergrücken oder an Waldrändern die Ankunft der stolzen Drachenkämpfer verkündete; ein Anblick, der stets genügte, um die bartlosen Barbaren angstkreischend in die Flucht zu treiben. Natürlich erst, nachdem sie zuvor die eine oder andere unvorsichtige Maid geschändet hatten – eine Stelle, an der sich die jungen Mädchen im Monasterium errötend und mit vor Schreck geweiteten Augen die Ohren zuhielten, so wie auch Theija sich errötend die Ohren zugehalten und verstohlen zu Lay hinübergeschielt hatte.

In diesen Geschichten war oft von brennenden Häusern, Höfen oder manchmal auch ganzen Siedlungen die Rede gewesen, die dem Erdboden gleichgemacht wurden. Von Vieh, das in Ställen qualvoll verbrannte, von Menschen, die von den Mordbrennern niedergemetzelt wurden oder ebenfalls dem Feuer zum Opfer fielen.

Lay hatte diesen Geschichten gebannt zugehört, denn stets waren am Ende die Drachenkämpfer aufgetaucht und hatten kühn für Gerechtigkeit gesorgt. Sie hatten die Übeltäter besiegt, sie zur Rechenschaft gezogen, blutig bestraft und ihre Gräueltaten mit noch weit ausgesuchteren Grausamkeiten mehr als vergolten.

Jetzt verzog Lay verbittert die rissigen, blutig gebissenen Lippen. *Ammenmärchen!*, dachte er. *Drachenkämpfer? Pah! Es sind keine Drachenkämpfer gekommen, um diesen Marodeuren Einhalt zu gebieten. Ebenso wenig, wie ich das getan habe oder dieser feige Nordling. Niemand ist zu Hilfe gekommen.*

Die Mordbrenner hatten sich ungehindert und ungestraft austoben und ihre widerliche Gier befriedigen können. Lay wusste, was ihn in den qualmenden Resten des Klosters erwartete.

Unwillkürlich krallte er die Hände in das Moos des Felsens. Seine Nägel kratzten über den porösen Stein, und seine Finger hinterließen blutige Spuren auf dem Fels, als die Flechten zerbröselten. Er merkte nicht, dass er sich die Finger blutig kratzte, und es hätte ihn auch nicht gekümmert.

Im Gegenteil, er hieß den Schmerz fast willkommen. Den Schmerz, der die Benommenheit und Hilflosigkeit vertrieb, die ihn gepackt hatten, seit er diesen Felsbrocken erklommen hatte. Vor einer Ewigkeit, wie es ihm vorkam. *In einem anderen Leben.* In dem er ein Heim gehabt hatte. Freunde. Familie.

Jetzt bin ich ganz allein auf der Welt.

»Sollen wir dir runterhelfen, Jungchen?«

Jedenfalls fast allein.

Lay erhob sich langsam, mühsam wie ein alter Mann; er stemmte sich von dem Felsen ab, zog die Beine an, deren erstarrte Muskeln protestierten, zog die steifen Knie unter den Körper, legte die wunden Handflächen auf den Fels und wuchtete sich ächzend hoch. Einen Moment lang blieb er auf dem Felsbrocken stehen, den Blick nach wie vor auf die Ruine des Monasteriums gerichtet. Dann drehte er langsam den Kopf und blickte auf die Gestalt neben dem Felsbrocken hinunter, die ihr im fahlen Morgenlicht glänzendes Gesicht zu ihm emporgehoben hatte und ihn forschend betrachtete.

»Nein.«

Seine Stimme klang rau und heiser, gar nicht wie die eines Jünglings. Aber das war er vielleicht auch nicht mehr, jedenfalls nicht in seinem Inneren.

»Und mein Name ist Lay!«

Er verzichtete darauf, sich nach dem Namen des Nordlings zu erkundigen, und der verriet ihm auch seinerseits nicht, wie er hieß. Er zuckte nur mit den breiten Schultern und trat ein paar Schritte zurück, um dem Jüngling zuzusehen, wie er von dem Felsen stieg.

Lay breitete die Arme aus, um das Gleichgewicht zu halten, und kletterte langsam, steifbeinig und mit behutsam tastenden Schritten von dem Felsbrocken hinunter, ohne auf die unbewegte Miene des Nordlings zu achten. Lieber wäre er gestürzt und hätte sich den Hals gebrochen – *Dann habe ich wenigstens all das hinter mir!*, sagte er sich trotzig –, als sich von diesem stinkenden Fischfass helfen zu lassen.

Die Geschichten, die die Karawanenfahrer am Kamin erzählt hatten, umringt von den Jungen sowie von einer Schar junger Mädchen und von älteren Frauen, mochten gruselig und schaurig gewesen sein. Aber sie hatten Lay nicht auf das vorbereiten können, was ihn erwartete, als er eine halbe Sandacht später mit dem hünenhaften Nordling die Ruinen des Monasteriums betrat, das einmal sein Heim gewesen war.

Selbst der Wind schien vor den Gräueln zurückzuschrecken, derer er hier Zeuge wurde, denn er hatte sich gelegt, und die Rauchsäulen stiegen mit beinahe aufreizender Trägheit von den qualmenden Trümmern in den Himmel empor. Als wären es müßige Nachzügler, die es nicht eilig hatten, den Schauplatz der Schrecken zu verlassen, die sie selbst verbreitet hatten.

Eine erstickende Hitzeglocke hatte sich über die Ruinen gelegt. Vereinzelt brannten noch Feuer, und die Luft war an manchen Stellen so heiß, dass sie Lays Lunge zu verbrennen drohte und er kaum atmen konnte. Wenigstens wirbelten keine Aschewolken durch die Luft, die ihnen das Atmen noch mehr erschwert und ihnen Funken in die Gesichter getrieben hätten. Es roch nach verbranntem Holz, nach heißem Eisen, glühendem Staub und Asche und nach noch etwas anderem, das Lay zunächst nicht eindeutig bestimmen konnte.

In Belphors Höllengruben kann es nicht viel schlimmer sein, dachte Lay. Er zitterte trotz der Hitze, während er sich vorsichtig einen Weg zwischen einem immer noch brennenden Schuppen und den rauchenden Trümmern des kleinen Torhauses neben dem Haupttor suchte. Die hohen hölzernen Portale bestanden nur noch aus einem Haufen zersplitterten und verbrannten Eisenholzes, aus dem verkohlte Pfosten, die den Flammen am längsten getrotzt hatten, herausragten wie die verfaulten Rippen eines niedergestreckten und zerfallenen Giganten.

Dann schlug ihnen der Gestank mit voller Wucht entgegen.

Der Gestank von verbranntem Fleisch.

Lay widerstand dem Impuls, sich die Nase zuzuhalten, und warf einen kurzen Blick auf den Schuppen, der als Stall für die Ziegen des Monasteriums gedient hatte. Flammen leckten immer noch an den rußgeschwärzten Balken, aber er konnte in den dunklen Schatten im Inneren des Gebäudes nichts erkennen. Zum Glück. Er erinnerte sich wieder an den Gestank von verbranntem Fleisch und Fell, als sie damals diese erkrankten Schafe hatten verbrennen müssen. Aber das hier roch anders.

Die Erklärung für den Gestank fanden sie unmittelbar darauf hinter dem Torhaus.

Lay nahm an, dass es sich bei den grotesk gekrümmten, rußigen und bis zur völligen Unkenntlichkeit verbrannten Gebilden auf dem Boden um Menschen gehandelt hatte. Wer es gewesen war, hätte er nicht einmal sagen können, wenn sein Leben davon abgehangen hätte.

Sie gingen weiter, aber Lay spürte den Gluthauch kaum noch, der über diesem Ort lag. Eisige Fassungslosigkeit durchdrang jede Pore seines Körpers, lähmte seinen Verstand und dämpfte gnädigerweise jede Empfindung von Schmerz oder Trauer, je tiefer sie in das Monasterium hineingingen und je mehr Leichen er sah. Sie waren fast alle Opfer der Flammen geworden, und diejenigen, die nicht zu rußigen Kadavern geschrumpft waren, waren auf noch viel schlimmere Arten zu Tode gekommen.

Wie können Menschen anderen Menschen so etwas antun?, dachte Lay, der trotz seines Entsetzens über die hemmungslose Brutalität staunte, mit der die Marodeure zu Werke gegangen waren. *Wieso haben diese Leute diese harmlosen, wehrlosen Klosterbewohner auf solch gemeine und gnadenlose Weise niedergemetzelt?*

Sein Blick fiel auf zwei Leichen, die zwar nicht verbrannt waren, deren Schicksal aber trotzdem nicht viel besser gewesen war. Es waren Dario, der Stallbursche, und Fienn, eine der Küchenmägde. Sie knieten noch im Tode auf dem Boden, fast vollkommen entblößt. Vermutlich hatten sie sich Hilfe suchend aneinandergeklammert, vielleicht auch, um sich gegenseitig vor dem Unabwendbaren Trost zu spenden.

Lay schüttelte den Kopf. *Genützt hat es ihnen nichts.* Im Gegenteil, wie es aussah, hatten sie den Mordbrennern nur die Arbeit erleichtert. Denn jemand hatte die beiden mit einem Spieß durchbohrt, sodass sie wie aufgefädelte übergroße menschliche Perlen auf dem blutgetränkten Schaft steckten. Die seltsam geformte Spitze des Spießes mit den grausamen Widerhaken hatte verhindert, dass sie von der Waffe herunterglitten. Noch im Tod hatten sie Münder und Augen voller Qual weit aufgerissen. Die Meuchler hatten dem Jüngling Stiefel und Hose ausgezogen und das Wams heruntergerissen. Das Mieder des ansonsten völlig nackten Mädchens hing zerfetzt von ihren schmalen Schultern herab und gab den Blick auf ihren Oberkörper und eine blutige durchbohrte Brust frei. Ihr weißer Rücken sowie der nackte muskulöse Rücken des Stallburschen schimmerten hell im fahlen Morgenlicht durch die Rauchschwaden, die durch das Monasterium zogen. Die Haut des Mannes war leicht gebräunt, bis hinab zu der schmalen Stelle über seinem entblößten Gesäß, wo der Spieß ihn durchbohrt und an Fienn genagelt hatte. Ihr Schoß und ihre Oberschenkel waren vollkommen schwarz von Blut.

Lay riss sich von dem Anblick los und ging weiter, suchte weitere unschuldige Opfer dieses grausamen Gemetzels. Er biss die Zähne zusammen, als er an Theija dachte. *Vielleicht hat das Schicksal es ja gnädig mit ihr gemeint!* Er klammerte sich an diese Hoffnung, wenngleich ohne große Überzeugung. Offenbar hatten diese Meuchler sich vor allem bei ihren jüngeren Opfern Zeit für ausgiebige Folterungen genommen, bis sie sie schließlich umgebracht hatten.

Lay erinnerte sich an die Schilderungen der Karawanenreiter, in denen von Schändungen und Misshandlungen die Rede gewesen war. Verglichen mit dem, was er hier sah, wirkten diese Gruselgeschichten nur wie körperliche Züchtigungen übermäßig strenger Eltern.

Sein Blick fiel auf eine nackte Leiche, die mit weit gespreizten Beinen auf dem Rücken lag. Er vermutete aufgrund der haarlosen Glätte ihrer langen, schlanken Beine, dass es sich um eine Frau handelte. Ihr Schoß war nur noch eine blutige Masse, Kopf und Oberkörper waren vollkommen verbrannt. Sein Herz klopfte wie wild, und unwillkürlich trat er näher heran. Der Gestank von verbranntem Menschenfleisch überwältigte ihn beinahe, aber er musste sich Klarheit verschaffen. Er musste wissen, um wen es sich handelte, um Theija oder um Zanth'ra …

Lass es nicht Theija sein! Der Gedanke schoss Lay durch den Kopf, und er schluckte, als er den blutigen Schoß und die fast unversehrten Beine dieser Frau sah. Er konnte erahnen, was sie hatte ertragen müssen, bevor sie schließlich in das Feuer gestoßen worden war und die Flammen sie erlöst hatten.

Lay zögerte. Der Anblick der halb verbrannten Leiche war ebenso schwer zu ertragen wie der ekelhafte Gestank. Sein Magen zog sich krampfhaft zusammen. *Ein Glück, dass ich nicht gefrühstückt habe,* fuhr es Lay durch den Kopf. *Trotzdem, du musst dich vergewissern, ob es Theija ist,* sagte er sich, biss die Zähne zusammen und trat näher an die Frau heran. *Du willst es doch wissen. Du schaffst es,* sagte er sich und beugte sich vor. Sein Blick fiel auf eine lange alte Narbe, die quer unter dem Bauchnabel der Frau über ihren Körper verlief, und er atmete fast erleichtert aus. *Ganäa sei Dank!,* dachte er und fügte rasch und schuldbewusst hinzu: *Die Erdgöttin möge ihr gnädig sein.* Es war nicht Theija.

Er hatte nicht auf den Nordling geachtet, bis der plötzlich ein paar Schritte von ihm entfernt stehen blieb und den Kopf auf die Seite legte, als lauschte er auf etwas.

»Dort drüben«, brummte der Hüne und streckte die Hand aus.

Lay erhob sich, drehte sich zu dem Mann herum, und sein Blick folgte seinem Arm.

Er schluckte würgend, als bittere Galle seine Speiseröhre hochschoss.

Er hatte Bilder von so etwas gesehen, in den Büchern und auf Schriftrollen in Zanth'ras Lesezimmer.

In Wirklichkeit jedoch war der Anblick weit bedrohlicher und um ein Vielfaches schrecklicher.

Ein Drachenkreuz. Jetzt wusste er auch, wieso die Marodeure so lange gewartet hatten, bis sie abgezogen waren. So etwas zu bauen kostete Zeit.

Sein Blick fiel auf die Gestalt, die darauf festgezurrt war, und sein Herz setzte einen Schlag aus.

»Zanth'ra!«

Nein! Bei allen Göttern, o nein! Nein! Eine eisige Kälte durchfuhr Lay, strömte prickelnd von seinem Hinterkopf in seine Brust, durch sein Herz, seinen Magen bis in die Beine und schien seine Fußsohlen durch das Leder seiner Stiefel hindurch am Boden festfrieren zu lassen. Bogen und Pfeile, die er die ganze Zeit mit weißen Knöcheln umklammert hatte, ohne es auch nur zu merken, fielen aus seinen kraftlosen Fingern, als er auf das Kreuz und die regungslose Gestalt starrte, die daran hing und ... jetzt schwach den Kopf bewegte. In seine Richtung.

»Zanth'ra! ZANTH'RA!« Sein Schrei gellte durch die Ruine und hallte hohl zwischen den niedergebrannten Gebäuden wider, schien vom knisternden Züngeln der Flammen höhnisch wiederholt zu werden.

Sie lebt! Unvermittelt zuckte eine wilde Hoffnung in Lay auf. *Vielleicht ... Zanth'ra ist zäh. Sie ist alt, aber sie ist zäh ...* Die Möglichkeit, dass die Vorsteherin noch lebte, dass er doch nicht ganz allein auf der Welt war, dass er nicht alles verloren hatte, was er liebte, riss Lay aus seiner Erstarrung, vertrieb das Eis aus seinen Adern, seinem Körper, und erneut pulsierte heiße Hoffnung in ihm. Er setzte sich taumelnd in Bewegung, lief an dem Nordling vorbei, der sich nicht rührte, und auf das Drachenkreuz zu, während sich ein Schleier vor seine Augen legte, als ihm die Tränen kamen, Tränen wilder Hoffnung, Tränen, die seine ausgetrockneten Augen aus wer weiß welchem versteckten Reservoir in seinem Körper holten, während das Blut in seinen Ohren rauschte, sein Herz wummerte.

»ZANTH'RA! Du lebst, Zanth'ra! Du lebst. Warte, ich bin da, ich helfe dir, ich schneide dich gleich ...!«

Seine Stimme erstarb, als er das Drachenkreuz erreichte und zu der Vorsteherin hinaufblickte.

Ein Krächzen entrang sich seiner Kehle, und er sank mit einem trockenen Schluchzen auf die Knie, während seine Augen sich weigerten zu glauben, was sie da sahen.

Vieh! Diese Männer sind wie Vieh, das sind keine Menschen! Wie können sie ... Wie kann jemand ... Wie kann ein Mensch ...?

Lay würgte und krümmte sich vornüber, und das Blut rauschte immer noch in seinen Ohren, er hörte seinen eigenen hämmernden Herzschlag, und wieder verschleierten Tränen seinen Blick. Tränen, die der abgrundtiefen Zisterne seiner Verzweiflung entsprungen waren.

Es kostete ihn ungeheure Mühe, den Blick zu der Frau am Kreuz zu heben, der Vorsteherin des niedergebrannten Monasteriums. Seine Lehrerin und die Frau, die für ihn wie eine Mutter gewesen war, so lange er denken konnte.

Er schüttelte fast beschwörend den Kopf, als er jetzt ihren Leib betrachtete, als könnte diese Geste verhindern, dass sich dieser Anblick für immer in sein Gedächtnis brennen würde. Oder als könnte er ungeschehen machen, was doch grausame Realität war.

Man – *Die Marodeure! Die Mörder! Der Abschaum!*, korrigierte sich Lay – hatte Zanth'ra an den langen Mittelbalken des Drachenkreuzes gebunden. Sie war vom Feuer verschont geblieben, obwohl die Verbrennung widerspenstiger und abtrünniger Drachenpriesterinnen Sinn und Zweck eines Drachenkreuzes war, jedenfalls wenn man den Geschichten glauben durfte. Abgesehen von der Demütigung natürlich, den Blicken aller dabei ausgeliefert zu sein. Lays Blick glitt voller Entsetzen über den nackten Leib der Vorsteherin.

»Zanth'ra ...!« Seine Stimme war nur ein heiseres Krächzen, als er sein Messer aus dem Gürtel zog, sich aufrichtete und an den Fuß des Kreuzes trat.

Um den Mittelbalken, der den Hals und den Schwanz eines Drachens symbolisierte, waren wie ein X gekreuzt zwei kürzere Balken angebracht, welche die Gliedmaßen der sagenhaften Echsen darstellen sollten. Die drei Achsen dieses Kreuzes wurden ein Stück von ihrem Schnittpunkt entfernt durch kürzere

Balken verbunden, die den Eindruck eines Sechsecks erzeugten, ähnlich den Schwingen des Drachens. Auf dieser Fläche, einem groben hölzernen Spalier, hatte man Zanth'ra … *aufgespannt, wie man das Fell eines Steinkaninchens aufspannt, um es zu trocknen!*, dachte Lay. Beine und Arme der Vorsteherin waren weit gespreizt und mit Stricken am Holz festgebunden. Die groben Hanfseile hatten sich tief in ihr rotes geschwollenes Fleisch gegraben. Ein Strick, der unter ihrem Kinn hindurchführte und um ihren Hals geschlungen war, zog ihren Kopf gleichzeitig nach hinten und hielt ihn hoch.

Aber nicht ihre Nacktheit bestürzte Lay. Er hatte heute bereits etliche Nackte gesehen, auch Frauen, aber sie alle waren bis auf Fienn fast gänzlich bis zur Unkenntlichkeit verbrannt gewesen.

Dass Zanth'ra dieses Schicksal nicht ereilt hatte, machte ihren Anblick allerdings nicht erträglicher. Im Gegenteil. Denn offenbar hatten ihre Peiniger nicht gewollt, dass die Vorsteherin zu schnell starb, dass sie einfach verbrannte, sondern sie hatten sie …

Sie haben sie gefoltert. Lay traten fast die Augen aus den Höhlen, als er die grauenvollen Verletzungen sah, die man der Frau zugefügt hatte. Die Wunden sprachen von einer langen, qualvollen Folterung, nicht von einer beiläufigen Tortur, ausgeführt von Männern oder Frauen, die sich die Zeit mit dem Quälen von unglücklichen Gefangenen vertrieben. Dies hier war das geplante und wohlüberlegte Werk eines erfahrenen Folterknechts. *Aber bei Lokhs gespaltener Zunge, warum haben sie so etwas getan? Was hätte sie ihnen verraten können? Welches Geheimnis wollten sie ihr entreißen …?*

Er unterdrückte erneut das Ekelgefühl, als er das Messer ansetzte, ganz vorsichtig, als könnte sein Versuch, sie von dem Kreuz abzuschneiden, ihr mehr Schmerzen zufügen, als sie durch die Folter hatte ertragen müssen.

Ein Seufzen drang an seine Ohren. Sein Blick zuckte von den

grässlichen Wunden auf ihren Schenkeln und ihrem Unterleib hinauf zu ihrem Gesicht.

»Zanth'ra …«

Ihre Stirn war nur noch eine Fläche getrockneten, verkrusteten Blutes, unter dem sich vermutlich etliche Platzwunden verbargen. Ihre Wangen waren geschwollen und wiesen zahlreiche Schnitte und Brandblasen auf, als hätte man sie mit einer heißen Klinge malträtiert, aus ihrer Nase blubberte schwach blutiger Schaum, und ihr Mund war ein Schlund aus zermalmten Lippen, zerborstenen Zähnen und blutigen Kiefern, hinter denen sich eine ebenfalls blutige Zunge blähte.

Und das waren längst nicht ihre schlimmsten Verletzungen, wie Lay erkannte, als er seinen Blick über ihr Gesicht und ihren Hals hinabwandern ließ, dessen Sehnen deutlich hervortraten, als kostete es Zanth'ra ungeheure Anstrengung, am Leben zu bleiben.

Lay schüttelte sich, als er die klaffenden Wunden auf ihrem Körper sah, an dem sich der Folterer mit der glühenden Klinge offenbar genüsslich ausgetobt hatte.

Ihre blutunterlaufenen Augen schienen das einzige einigermaßen Unversehrte in ihrem ansonsten schrecklich misshandelten Gesicht zu sein. Und als ihr Blick sich auf Lay richtete, schien so etwas wie Freude in ihnen aufzuleuchten. *Oder ist es der Schein des Feuers?* Lay war sich nicht sicher, aber er wollte unbedingt Ersteres glauben. Er klammerte sich an die Vorstellung, dass Zanth'ra ihn erkannt hatte.

Dann machte er sich erneut mit seinem Messer an den Stricken zu schaffen, mit denen Zanth'ras Füße festgebunden waren. Füße, aus deren Zehen man, wie Lay jetzt erst sah, die Nägel gerissen hatte. Er schluckte, ließ sich aber durch den Anblick nicht von seinen Bemühungen abhalten. *Ich habe schon Schlimmeres gesehen,* redete er sich energisch ein. *Bei Belphors Klauen, wieso schneidest du nicht?,* fuhr er im nächsten Moment wütend sein Messer an und schluckte mehrmals schnell, als erneut Galle in seiner Speiseröhre hochstieg.

Die Stricke erwiesen sich als überraschend widerstandsfähig gegenüber der Klinge seines Messers, und Lay hielt kurz inne, um das Messer in einem anderen Winkel anzusetzen und es erneut zu versuchen.

In diesem Moment hörte er es.

Es klang wie das Flüstern des Windes, nur dass sich kein Lüftchen regte. Es kam von oben, von …

Lay hob den Kopf, bog den Oberkörper etwas zurück und blickte zu Zanth'ras Gesicht empor.

Er begegnete dem Blick ihrer dunklen, blutunterlaufenen Augen. Er war eindeutig auf ihn gerichtet und wirkte eindringlich, schien ihm etwas sagen zu wollen, glühte förmlich, und diesmal war Lay sich sicher, dass es nicht der Widerschein der Flammen war.

Wieder hörte er das Flüstern, und diesmal sah er, dass es aus dem dunklen, blutigen Loch kam, das einmal Zanth'ras Mund gewesen war.

Sein Herz schlug ihm bis in den Hals, als er wieder an das Drachenkreuz und die daran gefesselte Vorsteherin trat, sich reckte, einen der Querbalken ergriff und den Fuß behutsam in einen anderen Querbalken stellte.

Lay blieb nichts anderes übrig, als sich über ihr gespreiztes Bein zu schieben. Er versuchte, es so wenig wie möglich zu berühren, sowohl aus Rücksicht auf die Schmerzen, die er der Frau damit vermutlich zufügte, als auch, wie er nur ungern zugab, aus Ekel, diese blutige Haut zu streifen.

Lay kniff kurz die Augen zusammen, um den Schweiß herauszudrücken, der ihm von der Stirn gelaufen war. *Oder sind es Tränen?*

Nein, es ist Schweiß!, sagte er sich, biss die Zähne zusammen und schob sich an den Hüften der Frau vorbei, kletterte weiter hoch zu ihrem Oberkörper. Ihre nackten, schweren Brüste waren vollkommen von dunklem Blut verkrustet.

Er stieß sich mit dem Fuß von dem Holz ab, zog sich mit der Hand höher und befand sich schließlich neben Zanth'ras Gesicht, balancierte auf den Schwingen des Drachenkreuzes, hob den Kopf und …

»… *nicht … schneiden* …«, hauchte die Vorsteherin. Sie war kaum zu verstehen.

»Nein, sicher. Natürlich nicht!«, versicherte ihr Lay, der vor Erleichterung fast schrie. *Sie lebt immer noch! Sie lebt! Vielleicht … Sie ist zäh* … Er sah sich wild um. *Vielleicht besteht ja doch noch Hoffnung. Wenn ich sie hier herunterholen kann … Wenn ich ihre Wunden verbinden kann … Wenn ich etwas finde, um ihre Schmerzen zu lindern … um sie zu kräftigen* … Er ignorierte den Gedanken, der sich machtvoll in seinem Kopf erhob, immer lauter wurde, je panischer er versuchte, die verrückte Hoffnung zu nähren, die ihn durchströmte, weil Zanth'ra lebte. *Noch* lebte.

Vergeblich …

Hilfe, dachte Lay. *Ich brauche Hilfe. Ich muss Hilfe holen* …

»*Kein' Sinn … Zyklus endet* …« Ein feuchtes, rasselndes Keuchen schnitt ihr kaum verständliches Gestammel ab. Es kam tief aus ihrer Brust, und dunkelrotes Blut sickerte aus ihrem Mundwinkel.

»Ich kann dich herunterholen, Zanth'ra … Wir können …«

»*Keine Zeit … Höre* …« Das Sprechen bereitete der Vorsteherin sichtlich Mühe, und sie schien die Worte nur mit letzter Kraft hervorstoßen zu können.

»Ja, sicher, ich höre ja zu. Sprich nur, sprich weiter …« Lay brach ab und biss sich auf die Lippe. Seine Finger kratzten über das Holz des Drachenkreuzes, und er schnappte kurz nach Luft, bevor sich ihm die Kehle zuzuschnüren schien. Solange sie redete, lebte sie, und solange sie lebte, bestand wenigstens noch ein Fünkchen Hoffnung. *Sie ist zäh! Sie ist zäh!* Lay ignorierte, wie verzweifelt das selbst für ihn klang. Er sah Zanth'ra in die Augen. Sie hatte den Blick auf ihn gerichtet, und in den Tiefen ihrer dunkelbraunen, fast schwarzen Augen glomm ein schwacher Funke auf, als würde sich ihr Lebenswille noch einmal regen, verzweifelt gegen das ankämpfen, was, wie auch Lay wusste, unausweichlich war.

»Du ... Die Zwei ... nicht Waise ...«

Sie schnaufte und verzog gequält das Gesicht. Ihre Stimme war kaum mehr als ein blubberndes, rasselndes Zischen, und zudem sprach sie so leise, dass Lay sie kaum hörte, geschweige denn verstehen konnte. *»Gefahr ... stimmung. Suche ... Bestimmung ... Eltern.«* Sie hielt erneut keuchend inne und sammelte woher auch immer die Kraft weiterzusprechen. *»Prinz ...«*

Der Schmerz ließ sie verstummen, zwang sie innezuhalten. Sie atmete rasselnd, als Blut in ihre Lunge sickerte.

»Ich verstehe nicht ...« Lay sah sie verwirrt und flehentlich an. »Was meinst du, Zanth'ra? Welche Drachen? Ich ... ich verstehe dich nicht ...«

»Ulcar ... Jolah ... Bestimmung. Eltern ...« Ihre Worte waren ein kehliges Blubbern.

Lay beugte den Kopf dichter zu ihr, hielt ihn an ihren blutigen Mund, ohne darauf zu achten, dass sein Haar von ihrem Blut benetzt wurde. »Eltern? Wessen Eltern?«, fragte er. »Jolah? Du meinst den Drachenfürsten und ...«

»BRUDER! BESTIMMUNG! ELTERN ... DRACHEN ...!«

Lay zuckte fast zusammen, als Zanth'ra diese Worte mit aller Kraft und verblüffend deutlich hervorstieß.

Sie riss die Augen auf und sah ihn eindringlich an. *»ELTERN ...!«*

»Eltern?« Lay erwiderte verzweifelt ihren Blick und schüttelte den Kopf. »Wessen Eltern? Die der Drachenbraut? Du meinst doch Jolah, richtig?« Seine Gedanken überschlugen sich, während er versuchte, aus ihren gestammelten, kaum verständlichen Worten schlau zu werden. »Aber sie hat keinen Bruder. Glaube ich jedenfalls. Du hast mir doch selbst erzählt …«

Lay hatte sehr genau zugehört, wenn Zanth'ra ihn in der Geschichte Alghors unterwiesen hatte. Und zwar nicht nur, weil sie jede Unaufmerksamkeit mit einem sehr unangenehmen Kniff in seine empfindlichen Ohrläppchen zu bestrafen pflegte und manchmal sogar mit einem Klaps auf den Hinterkopf, sondern auch, weil ihn die Geschichte Alghors und vor allem die der Drachenkämpfer und der Dynastie der Drachenfürsten brennend interessierten.

Zanth'ras Blick löste sich von ihm, und sie schloss die Lider. Das heißt, sie konnte nur eines schließen. Lay riss entsetzt die Augen auf, als er die Verletzung des anderen Auges sah. »Zanth'ra … Bei den Göttern! Wer …?« Eine neue Welle der Übelkeit überkam ihn, und er biss die Zähne zusammen. Das fehlte noch, dass er ihr jetzt Galle ins Gesicht spuckte.

Die Vorsteherin verdrehte die Augen ein wenig und sah an Lay vorbei. Zu Boden.

Plötzlich ging eine verblüffende Veränderung mit ihrem entstellten Gesicht vor. Sie riss die Augen so weit auf, dass das Weiße darin anwuchs und sowohl die Pupillen als auch das Blut um die Ränder verdrängte. Ihre Nasenflügel weiteten sich, und sie riss den blutigen Schlund ihres Mundes weit auf. Ein wildes Keuchen entrang sich ihrer Kehle, die Adern an ihrem blutüberströmten Hals traten stark hervor, und sie gurgelte.

»BRUUUT …!« Der Schrei, den sie ausstieß, ließ Lay das Blut in den Adern gefrieren. *Sind die Mordbrenner etwa zurückgekehrt? War der Abzug vielleicht nur ein Trick gewesen? Aber warum …?*

Ein Rauschen in seinen Ohren unterbrach ihn, machte es ihm unmöglich, auch nur einen klaren Gedanken zu fassen. Es war ein Brausen, als bräche urplötzlich ein Sturm los, aber das konnte nicht sein, denn Lay spürte keinerlei Windhauch. Das Brausen steigerte sich zu einem Brüllen, in das sich etwas mischte, das ihm entfernt bekannt vorkam. Töne … Stimmen …

draakenbrutzaudernit …

todtodtodtod …

Das Brüllen schwoll zu einem schrillen Kreischen an, wurde unerträglich, schnitt in seine Ohren, bis Lay glaubte, spitze Messer bohrten sich in seine Gehörgänge.

Er riss den Kopf herum und ließ voller Panik seinen Blick über den freien Platz schweifen, über den Nordling, der näher gekommen war und nun unmittelbar vor dem Drachenkreuz stand, die Axt mit den Schmetterlingsklingen in beiden Fäusten, den Kopf erhoben und die von Rauch und Übernächtigung geröteten Augen zu schmalen Schlitzen zusammengekniffen. Lay ließ den Blick von seinem erhöhten Standort aus weiterschweifen, über die rauchenden Trümmer hinweg zu dem zerstörten Tor und darüber hinaus, über die Anhöhe, bis zum Waldrand.

Das Morgengrauen hatte sich allmählich weiter gelichtet, und Belphors gelbes Auge lugte bereits über die Spitzen des Barkaal-Massivs. Zögernd, als würde sich selbst der Gott der Toten scheuen, Zeuge dieses Gemetzels zu werden, und als genüge es ihm, nur einen Blick mit einem Auge zu riskieren.

Auch die Natur schien den Atem anzuhalten. Lay sah weder Vögel noch andere Tiere am Waldrand, in der Luft oder auf den angrenzenden Wiesen und Feldern. Nirgendwo regte sich etwas, bis auf die Rauchfahnen, die sich immer noch unbekümmert von den Trümmern emporkräuselten … Und es war auch nirgendwo etwas von Marodeuren oder anderen Menschen zu sehen.

Nur die Leichen lagen regungslos auf dem Gelände des Monasteriums. Aber sie brüllten nicht. *Nicht mehr.*

»Hörst du das …?« Lay schrie, als müsste er sich über das tosende Gebrüll hinweg Gehör verschaffen, und zuckte heftig zusammen, als seine Stimme unnatürlich laut in seinen Ohren klang. Im selben Moment endete das Tosen, als wäre es sauber mit einem Messer abgeschnitten worden, wie eine heiße Klinge ein Stück Käse schneidet oder das scharfe Hackbeil eines Fleischers einem Huhn den Kopf abschlägt.

Lay schüttelte benommen den Kopf.

»Was war das?« Er drehte sich zu Zanth'ra herum. »Was war …?«

Lay fuhr entsetzt zurück und verlor den Halt, so sehr bestürzte ihn der Ausdruck auf Zanth'ras ohnehin verzerrtem Gesicht. Sein Fuß glitt von dem blutigen Holz ab, und einen Moment lang baumelte er, nur gehalten von einer Hand, an dem Querbalken des Drachenkreuzes. Er ruderte Halt suchend mit den Beinen, traf Zanth'ras Oberschenkel und stöhnte auf, als der Versuch misslang, ihm auszuweichen. Schließlich spürte er unter seinem Fuß die Stricke, die ihr Bein gespreizt hielten und quer über dem glitschigen Holz verliefen. Er stellte einen Fuß darauf ab, tastete mit den Zehen, bis er sicheren Halt hatte, und atmete dann tief durch.

»Was bei Belphor …? Zanth'ra? *Zanth'ra!*«

Ungläubig und fassungslos starrte er die Vorsteherin an. Ihre blutgeränderten Augen erwiderten weit aufgerissen seinen Blick. Sie waren starr und … milchig weiß, als wären in ihnen Adern geplatzt und hätten eine Schicht aus wässriger Milch von innen über die Hornhaut vergossen. Ihr Mund war entsetzlich weit aufgerissen, während schwarzes zähes Blut über ihre Lippen quoll.

Sie war tot.

»Komm da runter.«

Offenbar war der Nordling zu demselben Schluss gekommen wie Lay. »Kannst nichts mehr für sie tun.« Seine dunkle Stimme rumpelte und klang etwas belegt.

Lay achtete nicht darauf. Natürlich konnte er nichts mehr für Zanth'ra tun, aber er konnte sich auch kaum rühren, so geschockt war er. *Was bei allen Flammen des* Hellführ *ist da gerade eben passiert?*

Was hatte Zanth'ra gerufen, bevor sie gestorben war, und was verdammt hatte sie gesehen? Da war nichts gewesen, gar nichts. Nur die Trümmer, die Leichen, der Nordling und er, Lay. Und weder die Toten noch der Gestank nach Fischtran konnten eine solche Reaktion auslösen. *Was also hat Zanth'ra gesehen? Und was hatten ihre Worte zu bedeuten? Was habe ich mit den Eltern der Drachenbraut von Alghor zu schaffen und mit einem Prinzen? Vor allem, da sie doch gar keinen Bruder hat? Hatte Zanth'ra vielleicht fantasiert, von den Schmerzen in den Wahnsinn getrieben ...?*

»Komm runter!«

Lay wandte sich von der toten Vorsteherin ab und blickte auf den Nordling, der unter dem Drachenkreuz stand, die schwere Axt immer noch in beiden Händen.

»Hast du etwas gesehen? Und hast du dieses Donnern gehört?«

Der Hüne sah ihn einen Moment ausdruckslos an, legte dann den Kopf auf die Seite und blickte in den Himmel. »Es ist vollkommen klar und viel zu früh für Gewitter ...«

»So ein Donnern habe ich nicht gemeint!«, unterbrach Lay ihn gereizt. »Ich meinte ...« *Ach, was soll's? Wieso versuche ich mich diesem Barbaren zu erklären?* Er sah wieder auf Zanth'ras Leiche. »Wir müssen sie runterholen.«

»Warum?«

Lay sah verblüfft zu dem Nordling hinab. »Was heißt hier warum?«

»Was?«

»Wieso fragst du, warum?«

»Warum nicht?«

Lay knirschte mit den Zähnen. »Um sie zu begraben, natürlich.«

»Ah.« Der Hüne machte eine Pause und sah sich auf dem von Leichen übersäten Innenhof des Monasteriums um. »Alle?«

»Wie bitte?«

»Alle?«

»Alle …? Ja, sicher alle. Was denkst du denn?«

Der Nordling schnaubte, spie einen Schleimbrocken in den von Asche überzogenen Staub und zuckte mit den Schultern. »Von mir aus. Wir haben es nicht eilig.« Dann hob er die Axt und trat dichter an das Drachenkreuz heran. »Komm da runter.«

»Ich … Was hast du vor?« Lay runzelte die Stirn, als der Hüne mit der Axt ausholte. »Was … He! HE! Nicht! Verflucht, was machst du da?«

Das Holz unter seinen Fingern und seinem Fuß erzitterte, als sich die schwere Axt mit einem mächtigen Krachen in den Fuß des Drachenkreuzes grub, der ziemlich tief in die Erde vergraben zu sein schien. Das Holz ächzte, und die Stricke, mit denen Zanth'ra daran festgebunden war, knarrten und sangen.

»Nein, warte, verdammt, du stinkender Idiot! Warte gefälligst!«

Der Hüne schien ihn nicht zu hören, sondern holte zu einem zweiten Schlag aus.

Lay fluchte, sprang von dem Kreuz und landete in einer Wolke aus Asche und Staub auf dem Boden. Im nächsten Moment ertönte ein lautes Knarren, dann ein Ächzen und dann …

… packte ihn eine mächtige, nach Fischtran stinkende Faust und zerrte ihn unsanft zur Seite.

Lay holte tief Luft, um zu protestieren, als es neben ihm donnerte und eine Fontäne aus Dreck, Staub und noch anderen organischen Stoffen, über deren Beschaffenheit er lieber nicht nachdachte, aufspritzte. Sie traf ihn ins Gesicht, drang ihm in Augen, Nase und Mund und zwang ihn, würgend zu husten.

»Was … verdammt …?« Er keuchte und kniff die brennenden Augen zusammen. »Was, verdammt … hast du da … gemacht?«

Der Nordling stand gelassen neben ihm und blickte auf das Drachenkreuz, das im Dreck vor ihnen lag. Als sich der Staub und die Aschewolke allmählich legten, sah Lay, dass das Kreuz zuerst auf die beiden Querbalken gefallen und dann nach hinten gekippt war. Zanth'ras Leichnam lag auf dem Rücken, und sie starrte mit ihren milchigen Augen … genau auf den Nordling, der den Blick der toten Frau unbewegt erwiderte.

»Wir haben sie runtergeholt«, erwiderte er knurrend und hob erneut die Axt.

»Nein, halt, warte!«, rief Lay und fiel dem Hünen hastig in den Arm. »Ich mache das. Ich schneide sie los. Mit dem Messer!« Er hob die kleine Waffe und hielt sie dem Nordling unter die Nase. »Siehst du? Damit machen wir das!«

Der Hüne musterte unbeeindruckt die Waffe und zuckte dann sichtlich zweifelnd mit den Schultern. »Wenn du meinst«, sagte er, trat einen Schritt zur Seite und setzte sich auf eine rußgeschwärzte Bank, die vor einem niedergebrannten Schuppen stand.

Lay sah ihn verblüfft an. Offenbar hatte der Kerl nicht vor, ihm zu helfen, wenn es nicht nach seiner Mütze ging. *Fantastisch!* Lay biss die Zähne zusammen und machte sich daran, Zanth'ra von dem Drachenkreuz loszuschneiden.

Er sieht nichts, er hört nichts, er macht nichts, und er stinkt nach Fisch. Einen besseren Gefährten hätte ich kaum finden können, dachte er verbittert.

Er unterdrückte den Gedanken, dass dieser seltsame Hüne der einzige Gefährte war, den er hatte, und dass sich auch auf längere Sicht daran wahrscheinlich nichts ändern würde.

Schließlich gelang es ihm, die Stricke zu durchtrennen, und sie hoben Zanth'ra von dem Holz des Drachenkreuzes auf und legten sie auf den Boden.

Nachdem sie die Leiche mit einer angesengten Plane bedeckt hatten, machten sie sich auf die Suche nach den beiden Bewohnern des Monasteriums, auf die Lay bislang nicht gestoßen war. Maahr-kut und Theija.

Sie fanden Letztere unter den Trümmern einer zusammengebrochenen Mauer des Lesezimmers im Turm.

Die Letzte meiner Familie, dachte er, als er neben Theijas Leiche stand. Sie hatten lange nach ihr und auch Maahr-kut gesucht, und schließlich war Lay einer Eingebung gefolgt. *Wohin würde Theija flüchten, wenn sie keine Hoffnung mehr sieht?*, hatte er sich gefragt. Der Turm war die logischste Antwort gewesen. Er war aus Stein, leistete also den Flammen am längsten Widerstand, und zudem konnte man den schmalen Treppengang, der zum Lesezimmer und Zanth'ras Gemach hinaufführte, am besten verteidigen.

Was Theija wohl auch versucht hatte, denn ein Kurzschwert lag neben ihrer Leiche. Lay schluckte, als er die Frau betrachtete, mit der er sich eine gemeinsame Zukunft vorgestellt hatte, eine eigene Familie hatte gründen wollen. Er würde niemals erfahren, ob sie sich sein Ansinnen überhaupt angehört oder ihn schon bei dem Versuch ausgelacht hätte.

Sei ehrlich!, schalt er sich. *Du hast dich einfach nicht getraut.*

Wenigstens hatte man sie nicht gefoltert. Allerdings schienen die Marodeure sich bei ihr denselben Spaß gegönnt zu haben wie bei den anderen jüngeren Bewohnern des Monasteriums. Denn sie hatten auch bei ihr das grobe Tuchhemd und das feine Unterhemd aus dünnem Leinen zerrissen und ihren Rücken und ihre Brust entblößt. Lay wusste allerdings nicht, ob sich die Männer an Theija vergangen hatten, bevor die umstürzende Mauer sie unter sich begraben hatte, oder erst danach.

Nach Lage der Leiche kam er zu dem Schluss, dass Theija vermutlich mit dem Schwert in der Hand gestorben war und die Männer sich erst hinterher an ihr zu schaffen gemacht hatten.

Was muss das für ein verkommenes Gesindel sein, das so etwas macht!, dachte er. *Als wenn es nicht schon schlimm genug wäre, hilflose und unschuldige Menschen einfach so abzuschlachten, schänden sie auch noch die Toten.*

Wahrhaftig, diese Männer und ihr Anführer, dieser Broll, verdienten tausendfach den Tod.

Lays Trauer über den Tod von Theija, der für ihn keine Überraschung war, wich einem eisigen, alles verzehrenden Hass auf diese Mörder und einem ebenso großen Ekel gegenüber diesem Abschaum. *Was muss in einem Mann vorgehen, dass er zu so etwas fähig ist? Ist es vielleicht eine Art von besonders widerwärtigem Spiel?* Lay erinnerte sich daran, dass die Mörder offenbar allen Bewohnern des Monasteriums den Oberkörper entblößt hatten. *Nein, nicht allen,* verbesserte er sich. *Nur den jüngeren.* Seine Miene verfinsterte sich noch mehr. *Ging es vielleicht darum, möglichst viele Leichen zu schänden? War das hier so etwas wie ein nekrophiler Wettkampf? Sind es tatsächlich Menschen, die so etwas tun? Aber wieso haben sie sich dann nur an die jüngeren gehalten?*

Aber Lay interessierte sich nicht wirklich für die Lösung dieses Rätsels. Ihn interessierte nur eins.

Rache.

Und die Möglichkeit, diesem Broll mit meinem Schwert den Kopf vom Hals zu trennen. Aber nicht einfach so. Sondern im Angesicht vieler Menschen, als Genugtuung für diesen Tag heute. Und erst, wenn er weiß, warum ihn der Tod ereilt.

Bei der Vorstellung, blutige Rache an dem gewissenlosen Anführer der Mordbrenner zu nehmen, durchströmte Lay ein eisiges, aber seltsam belebendes Gefühl. Es schien alle anderen Empfindungen zu betäuben, tötete den Schmerz und das Gefühl von Einsamkeit in seinem Inneren. Es war für ihn wie ein Leitstern, ein kalt glühender, hell leuchtender Punkt am Horizont, der ihm die Richtung zeigte, in die er sich wenden musste. Er biss die Zähne zusammen und schloss kurz die Augen, um dieses Gefühl einen Moment auszukosten. Es war so viel besser als dieser Schmerz über den Verlust, das Jammern und Klagen über seine verbrannte Zukunft. *Deine Zukunft heißt Vergeltung. Blut.*

Aber zuerst …

Zuerst musste er mehr über seine Vergangenheit in Erfahrung bringen.

Nur wer um seine Vergangenheit weiß und sich ihrer gewärtig ist, hat eine Zukunft.

Lay verzog die Lippen, als er an den Spruch dachte, über den er für Zanth'ra hatte eine Abhandlung schreiben müssen. Sie hatte die Worte aus einem dicken Folianten zitiert, dem »Buch der Sieben Weisheiten«. Diese Handschrift war einer der größten Schätze des Monasteriums, hatte Zanth'ra ihm einmal anvertraut. Zweifellos war sie ebenfalls den Flammen zum Opfer gefallen oder bei der Plünderung entwendet worden.

Meine Zukunft scheint mir jedenfalls weit klarer als meine Vergangenheit, dachte Lay, *und ich werde dieser Zukunft stets gegenwärtig sein. Das gelobe ich bei Belphors Dunklem Schleier.* Er schüttelte sich bei dem Gedanken. Ein solches Gelöbnis war eine Blasphemie, aber das war Lay vollkommen gleichgültig. Die Götter selbst waren ihm in diesem Moment gleichgültig. Er glaubte nicht, dass sie sich auch nur einen Deut um ihn scherten oder ihn überhaupt wahrnahmen.

Wie könnten sie das auch? Hätten sie das hier dann zugelassen? Sein Blick fiel auf Theija und auf ihre rechte Hand, die sie zur Faust geballt hatte. *Hätten sie zugelassen, dass ich alles verliere, meine Vergangenheit, die ich gar nicht kenne, meine Gegenwart, die mir diese Marodeure genommen haben, und meine Zukunft, die hier vor mir im Dreck liegt?* Er bückte sich und nahm die schmale Faust der Frau aus dem Glutkessel. Ihre Finger waren steif, aber es gelang ihm, sie ein wenig zu öffnen. Etwas funkelte auf ihrer dunklen Haut, und er zog es zwischen ihren steifen Fingern heraus. Dann ließ er die Hand vorsichtig wieder in den Sand sinken und betrachtete das Schmuckstück.

Es war ein Ring.

Er hatte ihn nur einmal an ihr gesehen, dieses eine Mal, als sie ihn in ihre Kammer gelassen hatte. Der Ring hatte an einer Kette um ihren Hals gehangen, und Lay hatte sie danach gefragt. Auf die Antwort hatte er jedoch nicht sonderlich geachtet, weil er viel zu sehr von der Wölbung ihres Busens in Bann gezogen worden war. Er wusste nur noch, dass sie diesen Ring von ihren Eltern geschenkt bekommen hatte. Bevor sie sich auf die lange Reise quer durch Alghor gemacht hatte, in dieses Monasterium hoch oben unter Lokhs silbernem Auge, an der Grenze zu Hellanden.

Um hier einfach unter einem Steinhaufen zu enden. Lay schloss seine Faust um den Ring. *Aber ich werde dich rächen, Theija. Dich und Zanth'ra. Und alle anderen auch. Ruthehka. Fienn. Dario. Und auch Maahr-kut, selbst wenn ich seine Leiche noch nicht gefunden habe.*

Wieder war es ihm, als würde eisiger flüssiger Stahl durch seine Adern rinnen. Er hob die Hand, die den Ring umklammerte, zum Himmel.

»Ich schwöre bei Ganäa, dass diese Untat nicht ungesühnt bleiben wird.«

Dann senkte er die Hand zum Boden. »Und ich schwöre bei Belphor, dass ich die Mörder all dieser Unschuldigen ins Unternieder schicken werde! Und wenn es das Einzige ist, was meine Zukunft für mich …«

»Achte auf deine Worte, Jungchen.«

Lays Kopf fuhr herum, als die Stimme des Nordlings unmittelbar neben ihm ertönte.

»Was ist?«, fuhr er den Hünen an.

Der bedachte ihn mit einem abschätzenden Blick und zuckte dann mit den breiten Schultern. »Belphor hat die unangenehme Angewohnheit, Sterbliche beim Wort zu nehmen.«

»Ach? Und du weißt das, weil …?«

Der Nordling brummte etwas weitgehend Unverständliches, aber Lay glaubte etwas wie »Jugend«, »großmäulig« und »ahnungslos« zu vernehmen. Aber auch das kümmerte ihn nicht.

Soll dieser Nordling doch denken, was er will. Ich habe meinen Schwur geleistet, und die Götter haben mich gehört. Ich werde ihn halten. Ich werde

Zanth'ra und Theija rächen. Und wenn ich dafür mit meinem Leben bezahlen muss und ... Er presste trotzig die Lippen zusammen. *... die Götter mich dafür ebenfalls ins Unternieder schicken!*

Aber bevor er sich daranmachen konnte, Rache zu nehmen, musste er Maahr-kut finden, und dann wartete noch eine andere, weit weniger heroische Aufgabe auf ihn.

Etliche Sonnenstriche später stand Lay vollkommen verschwitzt und erschöpft neben dem gemauerten Rand der ausgetrockneten Zisterne und trank gierig aus einem Wasserschlauch, den der Nordling gefunden und ihm gegeben hatte, nachdem er selbst einige Schlucke daraus genommen hatte.

»Warm wie Pisse, aber trinkbar«, hatte er gemeint.

Lay setzte den Wasserschlauch ab und wischte sich den Schweiß von der Stirn. Die Suche nach Maahr-kuts Leiche hatten sie ergebnislos abgebrochen, als das rote und das gelbe Auge Belphors bereits einen halben Kreis über den Himmel beschrieben hatten. Es war ihnen nicht gelungen, bis zur Kammer des alten Waffenmeisters vorzudringen, weil der Zugang unter den Trümmern der eingestürzten Wand des Nordturms begraben lag, in denen sie Theija gefunden hatten.

»Wenn wir ihn unter den Steinen nicht finden, dann können das auch keine Aasfresser«, hatte der Nordling verkündet. »Und es ist einerlei, welche Steine seine Leiche schützen.«

Das sah Lay zwar etwas anders, aber auch er hatte einsehen müssen, dass es sinnlos war zu versuchen, die Quader und Trümmer wegzuräumen. Das hätte Tage mühsamer Arbeit gekostet. Er hatte sich auch dem Vorschlag des Nordlings gefügt, die verbrannten und verstümmelten Leichen der anderen in die ausgetrocknete Zisterne am Rand des Monasteriums zu werfen, statt sie alle zu begraben.

»Sie sind dann auch unter der Erde, oder etwa nicht?«, hatte der Hüne geknurrt und Lay dabei fragend angesehen.

Wahrscheinlich meint er das nicht einmal spöttisch, hatte Lay gedacht. *Diese Nordlinge sind einfach anders als andere Menschen.* Außerdem musste er sich eingestehen, dass der Pragmatismus des Hünen zumindest in diesem Punkt recht nützlich war. Es hätte zweifellos eine ganz schöne Plackerei bedeutet, in dem steinigen Boden ein Grab auszuheben, das groß genug war, um alle Toten aufzunehmen. Außerdem waren sie in der Zisterne alle vereint, und sie hatten Steine darauf gehäuft, sodass keine Aasfresser oder andere Raubtiere sich an seiner Familie vergreifen konnten.

Meine Familie, dachte er, nachdem er den letzten Stein auf den Leichenberg im Schacht der Zisterne gelegt hatte, und befingerte den Ring, den er an einem dünnen Lederband um den Hals trug. Dann glitt sein Blick auf das Häufchen aus Kleidungsstücken und Gegenständen neben der Zisterne. Es war nicht viel, was er aus den verbrannten Ruinen hatte bergen können.

Aber besser als nichts, sagte sich Lay.

Eine nur leicht angesengte Zunderbüchse. Es war zwar seltsam angesichts der Verheerung, die das Feuer angerichtet hatte, daran zu denken, ein neues zu entfachen. Aber er wusste, dass er spätestens nach der ersten Nacht unter freiem Himmel anders darüber denken würde. Dazu zwei Nähnadeln und etwas Darmfaden, falls Kleidung und Schuhe repariert werden mussten. Ein Brotbeutel, dazu Brotkanten, Käsebrocken und ein paar Stück Dörrfleisch, Lebensmittel, die die Marodeure in der Vorratskammer hatten liegen lassen.

Wahrscheinlich haben sie nicht mehr wegschleppen können.

Dann hatte er noch zwei Fallen gerettet, die von der Hitze nicht verbogen worden waren. Und – sein Blick blieb an dem letzten Gegenstand hängen – das Kurzschwert, das er bei Theija gefunden hatte.

Lay hatte keine Scheide dafür, aber er würde sich eine aus einem Stück Rayakfell nähen. Außerdem hatte er noch sein

Messer und seinen Bogen mit Pfeilen, drei Pfeilen, um genau zu sein.

Aber auch Pfeile würde er sich anfertigen können. Vorausgesetzt, es gelang ihm, einen Schwebvogel zu fangen oder zumindest ein Nest aufzuspüren, um an die Federn zu gelangen, die er für die Fiederung brauchte.

Vielleicht tun es ja auch andere Federn, sagte sich Lay und sah unwillkürlich den Nordling an. *Vielleicht weiß dieser Hüne ja, welches Gefieder sich noch dafür eignet.*

Doch wegen des skeptischen Blicks, mit dem der Nordling Lay betrachtete, stellte er die Frage gar nicht erst.

»Was hast du?«, entfuhr es ihm stattdessen.

Der Hüne deutete auf das Schwert. »Du solltest so ein Ding nur mit dir herumschleppen, wenn du damit umgehen kannst.«

Lay fauchte. »Das kann ich, du Klotz, und immerhin ist es eine Waffe, oder etwa nicht?«

Der Hüne hob eine Braue. »Mehr oder weniger«, erwiderte er.

»Siehst du irgendwo ein besseres Schwert?«, fragte er.

Der Mann ließ sich mit der Antwort Zeit. »Nicht hier«, räumte er dann ein. Bevor Lay eine bissige Bemerkung machen konnte, sprach er weiter. »Was jetzt, Jungchen?«

Lay biss die Zähne zusammen und stieß wütend die Luft durch die Nase.

»Ich will erst mal hier weg.«

»Einverstanden, Jungchen.« Der Hüne sah sich kurz um und spuckte dann in den von Asche bedeckten Staub. »Klingt nach einem guten Plan.«

Lay knirschte mit den Zähnen.

»Hast du einen Namen, Fischfass?«

Zu Lays Überraschung verzog der Hüne die Lippen zu einem Grinsen. »Korgh«, antwortete er und nickte bekräftigend, so als müsste er sich selbst versichern, dass er tatsächlich so hieß.

Lay holte tief Luft. »Also schön, Fischfass.« Lay wartete, aber erneut zeigte der Mann keine Reaktion. Stattdessen sah er ihn wartend an.

»Ich habe auch einen.«

»Gut.«

Lay blinzelte. »Gut … was?«

»Gut, einen Namen zu haben«, erwiderte der Nordling namens Korgh. »Noch besser allerdings ist es, sich einen zu machen.«

Lay stieß gereizt die Luft aus. »Ich weiß nicht, ob du dir das merken kannst, aber es müsste gehen, denn mein Name hat auch nur eine Silbe.« Er betonte jedes Wort, um deutlich zu machen, dass er es spöttisch meinte. »Er lautet Lay.«

»Ah.«

Es überraschte Lay nicht sonderlich, dass der Nordling nicht auf seine Ironie reagierte. Geistreiche Bemerkungen waren Angehörigen seines Volkes gegenüber vermutlich reine Verschwendung. Er seufzte.

»Also gut, ich will es deutlicher ausdrücken. Hör auf, mich Jungchen zu nennen. Sonst nagele ich dich ans Drachenkreuz. Kapiert?«

Die Wahrscheinlichkeit, dass er vermutlich selbst am Drachenkreuz endete, bevor er auch nur den Versuch hätte unternehmen können, diese Drohung wahr zu machen, war ihm in diesem Moment vollkommen gleichgültig.

Lay hatte es satt. Er hatte die Frau verloren, in die er sich verliebt und mit der er sich eine gemeinsame Zukunft ausgemalt hatte, und ebenfalls die Frau, die für ihn wie eine Mutter gewesen war, sowie sämtliche Freunde, die er je gehabt hatte.

Er hatte nichts mehr, außer dem, was er am Leib trug, ein paar Bissen zu essen, einem angelaufenen, schartigen Kurzschwert und seinem Bogen sowie drei Pfeilen im Köcher.

Und seinem Hass. Er durchströmte ihn immer noch, kalt

und stets gegenwärtig. Er schien sämtliche anderen Empfindungen abzudämpfen, wofür Lay irgendwie dankbar war.

Trauer, Verzweiflung, Einsamkeit … All das war leichter zu ertragen, solange es unter der Schicht von Hass lag, der diese Gefühle zu durchtränken schien, wie Farbe Stoff durchtränkte und ihn leuchten ließ.

Dieser Hass machte ihn auch gleichgültig gegen alles, was dieser Korgh sagen oder tun würde.

Aber der Nordling tat gar nichts. Und er sagte auch nichts. Er sah ihn nur an.

Die blauen Augen des Hünen waren so hart und kalt wie Eis, als er den Blick von Lay nahm und über das zerstörte Monasterium gleiten ließ, über den Rand der Zisterne, in der all die Toten unter einer Schicht aus Feldsteinen lagen. Dann schaute er auf das Drachenkreuz, das immer noch auf dem Platz lag, und auf die zerschnittenen Stricke.

Ich werde deine verfluchte Herablassung nicht mehr länger dulden, dachte Lay. *Und ich werde Theija und Zanth'ra und die anderen rächen, mit dir oder ohne dich, du stinkendes Fischmonster!*

Trotzig erwiderte er den eisigen Blick des Hünen, als der ihn wieder ansah. Plötzlich glühte tief in seinen Augen etwas rot auf.

Lay war sich nicht sicher, ob es Reflexionen der immer noch züngelnden Flammen waren oder etwas anderes, und er kam auch nicht dazu, es genauer zu betrachten, weil es ebenso schnell verschwand, wie es aufgetaucht war.

Korgh, der Nordling, verzog das Gesicht zu einem Grinsen und nickte. »Gut. Wir werden sehen.«

ULCAR,
HAUPTSTADT DES DRACHENREICHES ALGHOR
DRACHENPALAST
KOMPTOR DES ERSTEN FRAGENDEN
DER AUGUREN

Tack. Tack-tack. Tack. Tack-Tack.

Endlich! Offenbar hat man sich doch entschlossen, mich zu holen, damit ich der Stimme der Götter vor diesen Gesandten Gehör verschaffe. Das wurde aber auch verdammt noch mal Zeit! Druud OchNarjon neigte den Kopf und lauschte auf die Schritte, die durch den Korridor vor seinen Gemächern im untersten Stockwerk des Eisenturms hallten, dem düstersten, ältesten Teil des Drachenpalastes von Ulcar. Dem Sitz der Drachenfürsten von Alghor und Zentrum der Macht der gottesfürchtigen Welt. *Und der zugigste und feuchteste Ort, außer vielleicht, wenn man sein Leben in den Ruinen von Arpuhr fristen muss,* dachte der Erste Fragende der Auguren mürrisch. Der Jüngling auf dem Schemel neben seinem gepolsterten Sessel las derweil weiter mit ergriffener Stimme aus einer mit Seidenbändern und vergoldeten Walzen geschmückten Schriftrolle.

»... so vernahm der große Augur Henmith, Erster Fragender aller Fragenden, die Kunde durch die Heilige Zunge im Allwissenden Mund der Götter in Estrio, es sei der jungfräulichen Drachenbraut Degora beschieden, die große Waage im ewigen Gleichgewicht zu halten. Henmith sah die Fäden des Schicksals zu einem entsetzlichen Knoten gewirkt, träfe sie die falsche Entscheidung. Denn ihr war es bestimmt, durch ihre Wahl die Große Schlacht zu entscheiden und den Göttern ...«

Der Jüngling hörte weder die Schritte noch das leise Klirren von Stahl, das den Palastboten des Fürsten und dessen Eskorte ankündigte. Vielleicht ignorierte er sie aber auch nur, vollkommen gebannt von diesem Text des Heiligen Buchs, dem Augural.

»Man holt dich, Erster.«

Ganz recht, das tut man. Wenn auch recht spät. Aber ich werde mich nicht von solchen kleinen Spielchen irritieren lassen. »Offenbar will man nicht darauf verzichten, die Meinung der Götter zu dieser Frage anzuhören«, sagte Druud und wandte sich dem Sprecher zu. Dann verzog er spöttisch die Lippen. *Vielleicht will jemand auch nur einfach nicht riskieren, eine Entscheidung zu treffen, ohne sich zuvor in alle möglichen Richtungen abzusichern. Und dagegen, den Hals allein in der Schlinge zu haben, falls seine Entscheidung falsch gewesen sein sollte.* »Machen wir uns bereit, Farael. Wir wollen den Drachenfürsten und unsere Gäste nicht warten lassen.«

Ein hochgewachsener Mann in der schlichten, mit schwarzglänzenden Ledereinsätzen an Brust, Bauch, Ärmeln und Schultern verzierten und mit blanken Schließen zusammengehaltenen Kutte der Auguren trat aus einer dämmrigen Ecke des geräumigen holzgetäfelten Gemachs.

»Meine Kutte«, sagte Druud und stemmte sich aus dem weichen Sessel. »Die formelle, Farael.«

»... Henmith verkündete nunmehr frohen Mutes die Antwort der Götter, doch die jungfräuliche Drachenbraut widersetzte sich ...«

»Es ist gut, Anfir.« Der Erste Fragende strich dem Jüngling sanft über die rot leuchtenden Locken und genoss das seidige Gefühl des feinen Haares zwischen seinen Fingern. »Wir setzen die Lektüre morgen fort. Du hast deinen Geist für heute genug gebildet und den meinen erfreut. Jetzt geh und kräftige auch deinen Körper.« Er ließ die Finger noch einen Moment in den weichen, seidigen Locken des Noviche liegen, räusperte sich, hob die Hand und deutete auf eine getäfelte Tür in der

Seitenwand des Zimmers. Er wartete, bis der Jüngling, der aufgestanden war und sich mit raschelnder Kutte verbeugte, hindurchging.

Nachdem sich die Tür mit einem leisen Klicken hinter Anfir geschlossen hatte, kehrte er dem anderen Mann den Rücken zu und breitete die Arme aus.

Der Farael Genannte hatte unterdessen eine reich mit Silberfäden durchwirkte und mit Leder und Schneehasenfell besetzte Kutte von einem mannsgroßen Gestell gehoben. Die weiten Ärmel des Gewandes waren mit Tiersymbolen bestickt, jeweils vier Symbole pro Ärmel. Insgesamt acht. Die heilige Zahl. Der Mann hielt das Gewand auf und half dem Ersten Fragenden schweigend hinein.

Die Schritte draußen in dem Korridor verstummten unmittelbar vor der Tür, und man hörte das Scharren von schweren beschlagenen Stiefeln, als die Wache respektvoll Aufstellung nahm und der Palastbote sich zweifellos anschickte zu klopfen. Druud drehte den Kopf und nickte in Richtung der schweren, mit Eisen beschlagenen Eingangstür zu seinem Gemach.

»Ersparen wir dem armen Mann wunde Knöchel, Farael. Öffne ihnen.«

Erneut gehorchte der Mann schweigend. Er ging zur Tür und zog die schwere Pforte auf. Der in leuchtend rotes Tuch gekleidete Bote hatte auch tatsächlich seine behandschuhte Faust erhoben, um anzuklopfen. Hinter ihm hoben sich in dem dämmrigen Korridor die Umrisse von zwei Angehörigen der Schilde Prunfors ab, der Leibwache des Drachenfürsten von Alghor.

»Wir sind bereit«, verkündete Druud, bevor der Mann auch nur ein Wort äußern konnte. »Nur einen kleinen Moment noch, dann könnt Ihr uns in den Saal der Schwingen eskortieren. Bitte«, setzte er hinzu. *Es ist immer gut, höflich zu sein,* hatte sein alter Meister und Vorgänger im Amt des Ersten Fragenden, der Ehrwürdige Kordial, ihm eingebläut. *Höflichkeit ist eine Zierde für den Mächtigen. Und in seiner geübten Hand auch eine wirkungsvolle Waffe. Sie verrät wahre Souveränität. Und auch, wenn ich ganz gewiss nicht vor diesen Schwachköpfen den Eindruck erwecken will, ich hätte es eilig, aus Angst, etwas Wichtiges zu versäumen, kann es nicht schaden, bei jeder möglichen Gelegenheit den Eindruck zu erwecken, durch nichts und niemanden überrascht werden zu können. Schließlich bin ich der Erste Fragende der Auguren, der Weitsichtige unter den Sehenden …*

Druud lächelte, während er den Blick seiner von der häufigen Verwendung des Drachengifts milchig grauen Augen auf die beiden Männer hinter dem Herold richtete. Sein Lächeln verstärkte sich zu einem spöttischen Grinsen, als er hörte, wie sie unbehaglich mit den Füßen scharrten. Ihr Unbehagen war eine ihm hinlänglich bekannte Reaktion auf seinen Anblick.

Druud spürte ihre Blicke, ließ sich jedoch nicht anmerken, dass er sie fast wie einen körperlichen Übergriff empfand. *Obwohl du dieses Starren nach all den Jahren in deinem Amt gewohnt sein solltest, oder nicht? Du bist und bleibst in den Augen der Sehenden ein Monstrum.*

Er zupfte überflüssigerweise an den Ärmeln seiner Kutte, prüfte den ordnungsgemäßen Sitz der Riemen und überzeugte sich, dass das silbrig schimmernde Schneehasenfell wie eine Pelerine locker über seine Schultern fiel. Dann fuhr er sich mit seinen langen Fingern über die glatt rasierten Seiten seines Schädels und strich glättend über sein mit Duftöl eingeriebenes Haar, das im Nacken bis auf das Schneehasenfell herabreichte. Anschließend wandte er sich an den Boten, den er unmittelbar vor sich spürte. Der Gestank von Schweiß und Bratenfett war überwältigend, und dass der Mann schwach nach Urin stank, machte es auch nicht besser. *Du solltest deine Hose dringend waschen, Kerl,* dachte Druud und neigte dann in einer einstudierten hoheitsvollen Geste den Kopf. »Nun?«

Der Bote vor ihm trat nervös von einem Fuß auf den anderen, bis er offenbar seinen Mut zusammennahm und sich schließlich vernehmlich räusperte.

»Erster Fragender, wir sollen Euch im Auftrag des Reichsverwesers darüber informieren, dass der Drachenfürst heute Abend Eure Anwesenheit auf dem Bankett zu Ehren der Gesandten des Shetan von Bouhss wünscht. Er erwartet zuversichtlich, dass die Götter seinem Vorhaben wohlgesinnt sein werden und Eure Stimme ihre wohlwollende Antwort verkündet«, schloss der Mann, in dessen näselnde Stimme sich eine Spur von Verwirrung eingeschlichen hatte.

Druud erstarrte und brauchte einen Moment, bis er antworten konnte. »Ein Bankett?«, stieß er dann erstickt hervor, als ihm die Wut die Kehle zusammenzuschnüren drohte. »Heute *Abend*? Der Reichsverweser *informiert* mich darüber, dass meine Anwesenheit *erwünscht* ist?« Seine Stimme wurde mit jeder Silbe lauter.

»*Seine Eminenz* wird selbstverständlich an diesem Bankett teilnehmen«, unterbrach ihn Farael rasch. Die Stimme des Mannes klang kalt. »Wie es dem Rang und der Bedeutung *Seiner Eminenz* gebührt.« Er betonte die beiden Worte erneut, doch ohne seine Stimme zu heben. »*Seine Eminenz* dankt dem Reichsverweser für seine ebenso umsichtige wie überflüssige Erinnerung. Du kannst gehen.«

Der Bote räusperte sich verdattert. »Seine Gnaden der Reichsverweser hat mir aufgetragen, Eure Antwort …«

Druud fuhr hoch. »Du hast das Auge des Sehers gehört, oder bist du taub?« *Reiß dich zusammen!*, ermahnte er sich. *Keinen Wutanfall vor einem Lakaien!* Seine Stimme klang eisig, vibrierte aber vor unterdrücktem Zorn, als er einen Schritt vortrat. *Der Reichsverweser informiert mich darüber, dass ich bei diesem Fressgelage anwesend sein soll? Auf dem er zwischen albernen Trinksprüchen und unflätigen Rülpsern die Entscheidung über die Zukunft des Reiches verkündet, die er mit dem Drachenfürsten ausgeheckt hat? Dieser verfluchte Hund … oh, Verzeihung, Seine verfluchte Gnaden von Reichsverweser glaubt allen Ernstes, dass ich so lange die Hände in meinen heiligen Schoß lege? Für was hält Seine Gnaden mich?*

Für einen blinden Scharlatan, der Tierblut säuft, sonderbare Pulver schluckt und irgendwelchen Idioten irgendeine beliebige Zukunft orakelt? Hält er mich vielleicht für so etwas wie einen seiner zerlumpten, hungerleidenden Magier, auf die er von mir aus so hochnäsig herabblicken kann?

Druud zog seine Hände in die weiten Ärmel seiner Kutte, um ihr Zittern zu verbergen, und machte noch einen Schritt auf den Boten zu, der unwillkürlich zurückwich. Der Augur hörte, wie die beiden Soldaten hinter ihm ebenfalls einen Schritt zurücktraten. *Kein Wunder, dass niemand mehr vor dem Drachenthron zittert, wenn solche schwächlichen Kretins ihn beschützen sollen!* »Wie das Auge bereits sagte, nehme ich diese Einladung seiner Erlaucht des Drachenfürsten sehr gerne an. Überbringe bitte meine Antwort umgehend in die Kanzlei des Reichsverwesers ... Dort ist er doch, nicht wahr? Denn ich möchte nicht, dass der verehrte Akkad da'al Akkadi zu lange warten muss.«

»Oh, ich habe Anweisung erhalten, mit Eurer Antwort in den Saal der Schwingen zurückzukehren, Erster ... Euer Eminenz«, verbesserte sich der Bote schnell. »Dort empfängt er gerade zusammen mit dem Drachenfürsten ...« Der Bote sah den Ausdruck auf Druuds Gesicht, und ihm wurde – wenn auch etwas spät – klar, dass er gerade Dinge ausplauderte, die er besser für sich behalten sollte und die weiterzugeben er auch keinerlei Befugnis hatte. Er biss sich auf die Lippen. »Ich danke Euch, Herr, und ich überbringe Eure Antwort umgehend.«

Er verneigte sich kurz, machte auf dem Absatz kehrt und marschierte so hastig davon, als wollte er sich vor einem bissigen Hund in Sicherheit bringen, ohne ihn durch zu hastige Flucht zu reizen. Die beiden Leibgardisten folgten ihm zügig.

Druud blieb noch einen Moment in der offenen Tür stehen, die Fäuste geballt, und knirschte mit den Zähnen.

»Hast du das gehört, Farael?«

»Gewiss, Erster.«

»Ich will verdammt sein, wenn Akkadi nicht in diesem Moment dabei ist, dem Fürsten Lügen ins Ohr zu flüstern und den Gesandten des Shetan Honig um ihre zotteligen Bärte zu schmieren.«

»Gewiss, Erster.«

Druud fuhr herum. »Verflucht, fällt dir vielleicht auch etwas anderes ein außer ›Gewiss, Erster‹?«

»Ge…« Farael hustete. »Selbstverständlich, Euer Eminenz.«

Druud schnaubte und warf wutentbrannt die Hände in die Luft, während er auf dem Absatz herumwirbelte und von der Tür wegtrat. Dabei stieß er gegen den anderen Mann, der ihm nicht schnell genug ausweichen konnte, und schob ihn knurrend zur Seite. Zielstrebig durchquerte er sein Gemach, bis er den gepolsterten Sessel erreichte, in den er sich hineinfallen ließ.

Die Fäden des Schicksals haben sich verschlungen, dachte er und fuhr sich mit den Fingern über die rasierten Schläfen. *Das hat mir die letzte Opferung gezeigt.* Er verzog das Gesicht, als er daran dachte. *Aber viel mehr auch nicht. Ich weiß weder, welche Fäden sich verknoten, noch konnte ich erkennen, ob sich die Knoten zu meinen Gunsten schlingen.* Gereizt stieß er die Luft durch die Nase. *Der Hammer von Ern hat sich noch nicht wieder gemeldet, und auch von diesem Nordlingweib ist schon eine ganze Spanne lang keine Nachricht mehr gekommen. Und jetzt empfängt der Drachenfürst die Abgesandten der Bouhss, der mächtigsten Vasallen des Reiches. Dass der Shetan nach dem Drachenthron schielt, ist kein großes Geheimnis. Ich muss wissen, welche Botschaft diese Gesandten überbringen. Und zwar nicht erst aus dem Mund des Reichsverwesers.* Er versank einen Moment in tiefstes Brüten, sprang jedoch kurz darauf wieder auf.

»Die Weisheit der Götter wird zweifellos im Saal der Schwingen benötigt, Farael«, erklärte er dann. »Wir werden dem Reichsverweser und dem Drachenfürsten meinen Dank für diese wahrhaft großmütige Einladung bei dieser Gelegenheit persönlich überbringen. Nimm den Stab des Sehers und geh voraus.«

Farael hob überrascht die Brauen, was Druud zwar nicht sehen konnte, aber er spürte dennoch das Zögern seines Gehilfen, bevor dieser sagte: »Ganz, wie Ihr wünscht, Euer Eminenz!«

»Genau, Farael. Ganz wie ich es wünsche. Also los.« Druud klatschte in die Hände. »Ich bin sicher, dass sowohl unser Drachenfürst als auch Seine Gnaden der Reichsverweser am Ende froh sein werden, den Rat der Götter bei dieser Unterredung zu erhalten, selbst wenn sie nicht darum gebeten haben, meinst du nicht auch?«

»Gewiss, Erster, gewiss«, antwortete Farael gepresst, obwohl er wusste, dass der Erste Fragende der Auguren keine Antwort erwartete. Er nahm den Stab, einen seltsam krumm gebogenen Stock aus dem Holz des Elefantenbaumes, in den Symbole eingeritzt worden waren, die man mit Silber ausgelegt hatte.

Druud OchNarjon ließ sich nicht verunsichern. Der Drachenfürst würde wie immer zurückzucken, wenn er vom Willen der Götter sprach, und Akkad da'al Akkadi ... Druud OchNarjon verzog spöttisch seine vollen, etwas weibisch wirkenden Lippen. *Der Verweser wird vor fremden Barbaren keinen Eklat riskieren und schon gar nicht vor den Gesandten eines so machthungrigen Herrschers wie dem Shetan von Bouhss Uneinigkeit unter den Führern des Reiches demonstrieren, indem er mich öffentlich maßregelt. Und er wird meine Botschaft verstehen: Druud OchNarjon, Erster Fragender der Auguren, lässt sich nicht so einfach von einem Magus ausmanövrieren, sei er Reichsverweser oder nicht. Soll er doch zornig werden. Das wird mir nur zum Vorteil gereichen.* Druuds milchige Augen schienen plötzlich zu schimmern. *Denn zornige Männer machen schneller Fehler.*

ULCAR,
DRACHENPALAST
IN DEN MAUERN

»Bragh, hör endlich auf herumzutrampeln wie ein von Kammatnuss berauschter Graubär! Willst du, dass man uns bis zum *Weißen Spiegel* hört?« Jolah da Prunfor fuhr wütend herum und funkelte ihren Begleiter mit dunklen Augen an.

Der Angesprochene blieb stehen und zuckte entschuldigend mit den Schultern. Die Uniform der Schilde Prunfors schlackerte an seiner knochigen, schlaksigen Gestalt wie ein achtlos abgelegtes Gewand an einem Kleiderständer. »Tut mir leid, Jolah, aber …«

»Ich will kein Aber hören!«, zischte die Drachenbraut und drehte sich wieder um. »Wir haben gleich die Abzweigung zum Saal der Schwingen erreicht. Du weißt genau, was passiert, wenn man mich beim Lauschen erwischt!«

»Allerdings«, murmelte Bragh und seufzte. Er klang alles andere als erbaut.

Jolah grinste, was der Leibgardist in dem dunklen Gang jedoch nicht sehen konnte. *Es ist unfair, ich weiß, Bragh, aber ich muss einfach wissen, was mein Vater und Akkad mit den Gesandten dieses fetten Widerlings Magabor zu besprechen haben. Irgendetwas sagt mir, dass es dabei nicht um die Unruhen an der eisigen Grenze unseres Reiches geht.* Und natürlich würde nicht die Drachenbraut zur Verantwortung gezogen, wenn sie bei einer Verfehlung erwischt wurde. Das wurde sie nie. Dafür hatte sie ja Bragh.

Du bist ein verdammt guter Paladin, Bragh, dachte sie. Der Jüngling fungierte seit etlichen Zyklen als ihr Leibwächter, auf hartnäckiges Beharren des Reichsverwesers hin. Zunächst hatte Jolah sich gegen diese »unverschämte Bevormundung« nach Kräften gewehrt. Aber sie hatte bei Akkad auf Stein gebissen und selbst ihren Vater nicht erweichen können, sich der Anweisung des Reichsverwesers zu widersetzen. »Es ist nur zu deinem Guten, Kind, begreif das doch!« *Was für ein Blödsinn!*, hatte sie zunächst gedacht, doch schon bald die Vorteile dieses Arrangements erkannt, und die Bezeichnung Leibwächter beschrieb ihr Verhältnis schon bald nicht mehr wirklich treffend.

Sündenbock wäre wohl angemessener, dachte Jolah, während sie sich umdrehte und weiter durch den modrigen Gang schlich. *Und diese Aufgabe erfüllst du wirklich gut, treuer Bragh. Du musst dich manchmal mit mir fühlen, als wärst du im* Hellführ *der Nordlinge!* Ein Luftzug ließ die Flamme der Tranlampe in ihrer Hand flackern, und sie kniff die Augen zusammen. *Hier irgendwo muss doch ... Ah, da ist er.*

Sie zögerte einen kurzen Moment, bevor sie sich in den schmalen Seitengang duckte. Er war noch niedriger als der Gang, durch den sie die letzte Sandacht geschlichen waren, aber die Luft darin stank wenigstens nicht mehr so stark nach Moder und toten Dingen, über die Jolah lieber nicht nachdenken wollte. Ihr Fuß war auf dem Weg durch die Gemäuer des Palastes mehr als einmal durch eine schlammige Pfütze geplatscht und gegen etwas Weiches, Festes gestoßen, das sich mit einem feuchten Schmatzen unter ihrer Sohle aufgelöst hatte. Die Gänge wirkten wie Windfallen, in denen sich die Wärme und die Feuchtigkeit des Palastes fingen und kondensierten. Ebenso wie die Vielzahl von Ausdünstungen, sowohl die der Menschen als auch die aller möglichen anderen Kreaturen. Jedenfalls war sie froh, dass sie ihre eleganten Schuhe aus dem Leder sanfiranischer Wüstenziegen gegen ihre derben, abgeschabten und vor allem wasserdichten Reitstiefel getauscht hatte. Auch wenn die zugegebenermaßen erheblich mehr Lärm machten und auf langen Strecken zu Fuß auch unbequemer waren. Ihr Wams und ihre Handschuhe waren ebenfalls feucht, weil sie damit häufig über die nassen Wände gestreift war, wenn die Gänge schmal geworden waren, so schmal, dass Bragh manchmal Schwierigkeiten hatte, ihr zu folgen. Seine Uniform sah noch schlimmer aus als ihr Wams. Wenigstens war es in diesem Gang trocken, und die Luft roch nur schal und abgestanden.

»Äh, verflucht, was ist denn …?«

»Halt die Klappe, Bragh, bei Belphors Horn!«, fauchte sie. Eine obszöne Bemerkung, die für die Drachenbraut von Alghor gewiss unschicklich war, was sie aber nicht im Geringsten kümmerte. »Oder hast du etwa Sehnsucht nach dem Bock?«

Sie hatte den Kopf gedreht und sah im Licht der Lampe, wie Bragh unwillkürlich das Gesicht verzog und sich den Hals rieb. Die Erinnerung an seinen letzten Aufenthalt am Pranger war offenbar noch sehr frisch in seinem Gedächtnis, wenngleich die Scheuerspuren an seinem Hals mittlerweile verheilt waren. Jolah durchzuckte kurz der Anflug eines schlechten Gewissens, aber sie verscheuchte ihn mit einem strahlenden Lächeln. »Nein, nicht wahr? Dachte ich mir.« Sie legte den Finger auf die Lippen. »Also, sei … Verdammt, was war das?«

Sie fuhr zusammen, als etwas ihre Wange streifte, und ließ die Tranlampe fallen, die mit einem leisen Scheppern auf dem lehmigen Boden landete, während Jolah hastig die andere Hand hochriss und damit vor ihrem Gesicht herumfuchtelte. Aber sie fuhr nur durch schale Luft. Was auch immer sie da berührt hatte, es war verschwunden, ebenso wie die einzige Lichtquelle, die sie hier in diesem uralten Geheimgang des Drachenpalastes zur Verfügung hatten.

»Ausgezeichnet, Drachenbraut!«, knurrte Bragh.

Er klingt fast sarkastisch, dachte Jolah, während sie sich zusammenriss und ihren heftig hämmernden Puls unter Kontrolle zu bringen suchte. *Wenn Bragh zu so etwas wie Sarkasmus fähig wäre. Ist er aber nicht.* Das wusste sie genau. Sarkasmus war diesem Jüngling als Konzept ebenso fremd wie Ironie. Oder Spott. *Oder Unaufrichtigkeit,* dachte Jolah. *Ein weiterer Grund dafür, dass du ihn …*

»Ich nehme an, du hast eine Zunderbüchse dabei, damit wir …?«

»Eine Zunderbüchse?« Bragh klang aufrichtig erstaunt. »Nein, natürlich nicht. Eine Zunderbüchse ist ein Ausrüstungsgegenstand, den eine Schildwache nur für militärische Zwecke ausgehändigt bekommt, und du wirst zugeben, Jolah, dass man dies hier unter gar keinen Umständen als einen militärischen Einsatz …«

Jolah hörte ihm nicht weiter zu, sondern ging in die Hocke, um auf dem Boden nach der Lampe zu suchen. Erneut war sie froh, dass sie außer ihren Stiefeln auch ihre Reithandschuhe angelegt hatte. Auch wenn Bragh sie höchst seltsam gemustert hatte, als sie ihn gebeten hatte, sie auf einen »Abenteuerspaziergang« zu begleiten.

Als sie mit ihren Fingern in dem Lehm herumtastete, spürte sie, wie ihre Finger gegen eine merkwürdige Kreatur stießen, die sich hastig vor ihrer Berührung zurückzog. Jolah schluckte und schloss die Augen, obwohl das in der absoluten Finsternis, die sie umgab, völlig überflüssig war. *Nun mach schon, Drachenbraut. Du wirst dich doch nicht von einem verfluchten Ringgliedkäfer abschrecken lassen.* Sie hatte gehört, dass es am Glutkessel Gegenden gab, in denen diese Insekten als Delikatesse gehandelt wurden, und ein Ekelgefühl stieg in ihrem Hals empor. *Ich bin schon froh, wenn diese Viecher nicht mich fressen …*

»Was ist?«, ertönte Braghs Stimme aus der Dunkelheit über ihr. »Wo bist du, Drachen … Au!«

»Verdammt, Bragh, pass auf!«, schrie die Drachenbraut, aber es war zu spät.

Ihr Paladin hatte einen Schritt auf sie zugemacht, mit ausgestreckten Händen, in der Annahme, dass sie noch stand, und

Jolah dabei mit seinem Knie an der Schulter getroffen. Der Aufprall kam so unerwartet, dass sie das Gleichgewicht verlor und auf den Hintern fiel. Es knackte, und sie spürte, wie sich ein feuchter Fleck auf ihrer groben Leinenhose bildete, den Stoff durchdrang und ihre Haut benetzte. Mit einem erstickten Schrei sprang sie hoch und stieß dabei gegen Bragh.

»Au… Jolah, pass doch…!« Es schepperte, als der Mann mit dem Fuß gegen die Tranlampe stieß, und dann knirschte es, als er bei dem Versuch, sein Gleichgewicht zu wahren, auf die Lampe trat. Das Scheibenglas zersplitterte, und Bragh fluchte.

»Verdammt!« Seine Stimme klang seltsam dumpf in dem Gang, als würden die Steine sie dämpfen. »War das…«

»Gut gemacht, Bragh!«, knurrte Jolah und wischte sich überflüssigerweise den Hosenboden mit ihren Handschuhen ab, deren Fingerspitzen durch die Feuchtigkeit der Mauern feucht waren. Vermutlich war der Versuch, ihre Hose zu reinigen, ohnehin sinnlos, und sie verteilte das, was sie mit ihrem Hintern zerquetscht hatte, wohl eher noch auf dem Stoff. »So viel zum Thema helles Köpfchen.«

»Aber ich…«

»Still jetzt!«, fuhr Jolah ihn an und legte lauschend den Kopf auf die Seite. »Hörst du das?«

»Was?« Bragh hielt unwillkürlich den Atem an, während er angestrengt in die Finsternis lauschte.

»Ich höre nichts«, sagte er dann, nachdem er pfeifend ausgeatmet hatte. »Außer das Krabbeln von irgendwelchen…«

»Das meine ich nicht!«, schnauzte die Thronerbin ihn an. »Vielen Dank!« Sie lauschte erneut. »Hörst du die Stimmen denn nicht?«

»Stimmen? Hier? Hinter zwei Ellen dicken Mauern? Oder ist da noch jemand im Gang?«

Jolah hörte das unverkennbare Schaben von Eisen auf Leder und seufzte. Bragh hatte offenbar blankgezogen.

Schwachkopf!, dachte sie. »Bragh, du Narr! Steck deine Klinge wieder ein! Oder willst du mich nicht nur in Unrat ersäufen, sondern auch gleich noch abstechen?«

»Ersäufen? Ich habe dich nicht … Aber …«

»Weg mit dem verdammten Stahl!«, befahl Jolah, diesmal ernst. »Es ist niemand im Gang außer uns.« *Wahrscheinlich bin ich die Einzige, die diese Gänge kennt, oder zumindest die Einzige, die sie benutzt.*

Sie war als Kind durch einen Zufall auf einen Geheimgang gestoßen, als sie nachts in der Küche des Palastes heimlich vom süßen Milchreis hatte naschen wollen und dabei von der Köchin in der Speisekammer überrascht worden war.

Malbeka hatte wohl einen Einbrecher vermutet und war mit einem riesigen Hackmesser bewaffnet in die Speisekammer geschlichen. Jolah hatte zwar keine Angst vor der Köchin gehabt, aber sie hatte sich zu sehr geschämt, zugeben zu müssen, überrumpelt worden zu sein, als dass sie sich zu erkennen gegeben hätte. Auf der Suche nach einem Versteck hatte sie sich gegen ein dunkles Panel ganz unten hinter einem Topfregal gepresst und … sich im nächsten Moment in einem schmalen Gang wiedergefunden. Geistesgegenwärtig hatte sie die Klappe hinter sich wieder geschlossen und dann erstickt kichernd verfolgt, wie Malbeka fluchend nach dem Eindringling gesucht hatte, bis sie schließlich unverrichteter Dinge und überzeugt, dass ein verwünschter Ghuul ihr einen Streich gespielt hatte, wieder abgezogen war.

Seit dieser Zeit hatte Jolah die geheimen Gänge des Drachenpalastes erkundet, vorsichtig zunächst, aber dann immer mutiger. Und zur Verzweiflung ihrer Eltern, die sich einfach nicht erklären konnten, wie ihre Tochter es schaffte, an unmöglichen Orten zu unmöglichen Zeiten aufzutauchen, und woher sie Dinge wusste, die sie einfach nicht wissen konnte.

Je älter Jolah wurde, desto seltener waren ihre Ausflüge in die geheimen Gänge des Palastes geworden, aber nun war sie froh, dass sie sie so gründlich erkundet hatte.

Sie legte einen Finger an die Lippen, verzog dann das Gesicht und spuckte angewidert aus, als sie den Schlamm auf ihrem Handschuh schmeckte. »Widerlich!«

»Was?«, wollte Bragh wissen. »Was ist, Jolah?« Panik mischte sich in seine Stimme. »Hast du …?«

»Halt den Mund, Bragh. Ich muss nachdenken!«

»Ah.« Bragh knurrte. »Gute Idee. Ein bisschen spät vielleicht, aber …«

»HALT DEN MUND!«

Bragh schnaufte, schwieg aber. Dabei scharrte er mit dem Fuß im Schlamm herum und schob die zertrümmerte Tranlampe zur Seite.

»UND HÖR AUF, KRACH ZU MACHEN!«, fuhr Jolah ihn an. »Ich kann meine eigenen Gedanken nicht hören!«

»Bist du sicher, dass da welche sind?«, brummte Bragh so leise, dass sie ihn nicht verstehen konnte. »Hör zu, wir gehen jetzt zurück zum Hauptgang und …«

»Nein.« Jolah war in Gedanken die Strecke abgegangen, die sie zurückgelegt hatten. »Wir sind fast da, wenn meine Berechnungen stimmen. Dieser Gang hier …« Sie streckte die Hand aus, die gegen Felsquader stieß. »Ich meine den da!« Sie deutete nach links. »Dieser Gang führt direkt zu der Loge hinter dem Drachenthron im Saal der Schwingen«, erklärte sie. »Aber wir nehmen diesen dort.« Sie streckte vorsichtig die Hand vor sich aus. *Gut. Kein Fels. Also trügt mich meine Erinnerung nicht.* »Er endet an einer kleinen Pforte am hinteren Ende des Saals, in einer Ecke der Loge der Kaufmannschaft. Durch den bin ich früher immer …«

»Ja, ja, schon gut«, unterbrach Bragh sie müde. »Gehen wir. Ich habe keine Lust, noch länger in diesem von Ungeziefer wimmelnden Schlamm herumzustehen.«

Jolah grinste wieder. »Ganz mein tapferer Paladin«, meinte sie, drehte sich um und machte einen Schritt. Ein feuchtes

Schmatzen erklang, und sie stieß einen leisen Schrei aus, als sich unter ihrer Sohle erneut etwas Weiches teilte.

»Soll ich vorausgehen …?« Das leise Schaben verriet, dass Bragh sich erneut an seinem Eisen zu schaffen machte.

»Nein, das ist nicht nötig«, widersprach Jolah. »Und dein Eisen brauchst du auch nicht. Das, worauf ich getreten bin, war bereits tot.« *Trotzdem kein sonderlich beruhigender Gedanke. Zumindest war es nichts sonderlich Großes.*

»Ah.« Bragh schien diesbezüglich keine Empfindlichkeiten zu hegen. »Gut. Was tot ist, kann einem wenigstens nichts mehr tun.«

Hoffen wir es, dachte Jolah und setzte vorsichtig ihren Weg in dem stockfinsteren Gang fort, während sie mit der Hand an den grob behauenen Wandquadern entlangstrich. Aber so ganz sicher war sie sich dessen nicht.

ULCAR,
DRACHENPALAST
SAAL DER SCHWINGEN

Die Stimmen klangen zwar gedämpft, aber Jolah hörte trotzdem, dass es sich um eine sehr erregte Diskussion handelte.

»Jetzt leise, Bragh!«, flüsterte sie, als die Quader unter ihren Fingern zur Seite wichen und sie in einen steinernen Bogen trat, der von einer massiven Holztür versperrt wurde.

»Verstehst du etwas von dem, was da drinnen vor sich geht?«, flüsterte Bragh dicht an ihrem Ohr.

»Vielleicht würde ich das ja, wenn du endlich deinen verdammten Mund halten würdest«, fauchte Jolah und legte das Ohr wieder an die Tür. Seltsam, als sie zum ersten Mal diesen Geheimgang benutzt hatte, um sich in den Saal der Schwingen zu schleichen – Sie konnte sich noch genau daran erinnern! –, hatte sie zugesehen, wie ihr Vater die exotisch anmutenden, in bunte Gewänder gehüllten Gesandten aus Sanfira empfangen hatte. Damals war ihr die Tür viel kleiner und zierlicher vorgekommen. Dabei war sie zu dieser Zeit noch ein Kind gewesen! Jetzt war sie eine Frau, die kurz davor stand, ihren zwanzigsten Zyklus zu vollenden, und die Tür kam ihr dennoch viel größer und wuchtiger als in ihrer Erinnerung vor.

Und auch die Stimmen drangen recht laut an ihr Ohr, selbst die ihres Vaters, obwohl auf der anderen Seite der Tür, falls sie sich recht entsann, hinter einem Vorhang der Alkoven der Kaufmannschaft lag, aus dem die einflussreichen Händler und Kaufleute das Geschehen in dem prächtigen, mit Wandmalereien und

Fresken geschmückten Saal verfolgen konnten, wo auf einem hölzernen Podest der wie eine gewaltige Klaue geformte Drachenthron stand, auf dem ihr Vater stets zu sitzen pflegte, wenn er Gesandte empfing.

Er ist so weit weg von mir, und doch höre ich seine Stimme so deutlich. Offenbar haben die Baumeister es verstanden, hier eine ausgezeichnete Akustik zu schaffen, dachte Jolah. *Schade, dass sie das nicht auch im Haus der Stimmen bewerkstelligen konnten.* Dort konnte Jolah in der Loge der Drachenbraut das leise Schnarchen ihres Vaters in seinem gepolsterten Logensessel nebenan deutlicher hören als die Stimmen der Sänger auf der Bühne.

Doch dann wurden ihre Gedanken auf das Gespräch im Saal der Schwingen gelenkt, als ihr Vater auf die Worte eines der Gesandten antwortete.

»... uns von der Werbung Eures Herrn geehrt ... bald ihren ... Zyklus vollenden ... Tag der Klingen ...«

Jolah runzelte die Stirn. *Werbung? Zyklus? Tag der Klingen? Was hat das mit Grenzscharmützeln zu Hellanden und den Gesandten von Bouhss zu tun?* Sie legte beide Hände auf das Holz der Tür und drückte ihr Ohr fester dagegen.

»Aber Euer Herr wird gewiss verstehen, dass der Drachenfürst Euch nicht sofort mit einer Antwort beehren wird. Schließlich handelt es sich hier nicht um irgendeine beliebige Liaison. Eine Entscheidung von solcher Tragweite kann nicht über das Knie gebrochen werden ...«

Akkad. Seine sonore Stimme war zu Jolahs Erleichterung deutlich zu verstehen, auch wenn ihr die Worte weniger gefielen. *Liaison? Entscheidung? Tragweite? Ich habe recht gehabt,* dachte Jolah, *sie reden gar nicht über irgendwelche Übergriffe der Nordlinge auf unser Reich! Vater hat gelogen, als er mir erzählte, es ginge bei dem Besuch der Gesandten nur um langweilige politische Höflichkeiten. Aber warum? Um mein zartes Gemüt nicht zu belasten, wie er immer behauptet, wenn er mich mit irgendwelchen fadenscheinigen Vorwänden von seinen Beratungen und den Staatsge-*

schäften fernhält? Der Zorn über diese neuerliche väterliche Lüge, diese erneute Enttäuschung, rang in ihr mit der Frustration ihres schier aussichtslosen Kampfes, von ihrem Vater als Thronerbin ernst genommen zu werden. Wieder einmal hatte er ihre Bitte, an seinen Regierungsgeschäften zumindest als stumme Beobachterin teilhaben zu dürfen, mit einer Lüge abgeschmettert. Doch diesmal mischte sich in Zorn und Frustration auch eine ungute Ahnung, eine Furcht, dass diese Lüge des Vaters mehr verbarg als die von der Tradition diktierte Weigerung, eine Drachenbraut als Thronerbin zu akzeptieren. Jolah konzentrierte sich wieder auf Akkads Stimme im Saal.

»... und es müssen selbstverständlich auch andere Stimmen gehört werden, schon allein, um niemanden zu verärgern. Nicht zuletzt ...«

»Und vor allem die Stimme der Götter, meint Ihr zweifellos, Euer Gnaden Reichsverweser, richtig?«

Jolah erkannte die durchdringende Stimme sofort und runzelte verblüfft die Stirn. Bragh hinter ihr drängte sich dichter zur Tür, um besser hören zu können. Er schnaufte. »Ist das nicht ...?«

»Still – oder ich reiß dir die Zunge raus!«, fuhr die Drachenbraut ihn an.

Der Erste Fragende, Druud OchNarjon? Was hat er bei einem Empfang von Gesandten aus Bouhss zu suchen? Wieso hat Vater ihn hinzugezogen? Und um was für eine Werbung geht es hier eigentlich?

Die Antwort auf diese Fragen bekam sie einen Atemzug später.

»OchNarjon? Ich kann mich nicht erinnern, Euch ...?« Das war Akkads vor Wut eisige Stimme.

»Die Stimme der Götter benötigt keine Aufforderung, *Euer Gnaden.*« Der Tonfall des Ersten Fragenden war kalt und beherrscht zugleich. »Und mir scheint, dass sie bei Fragen der Zukunft des Reiches gehört werden sollten, meint Ihr nicht auch, Erhabener Fürst?«

Jolah schluckte. *Zukunft des Reiches? Hier werden Gesandte des wichtigsten Vasallen meines Vaters empfangen, gewiss. Aber die Zukunft des Reiches? Was …?*

»Die Stimme der … Aber selbstverständlich, Akkad, gewiss doch! Selbstverständlich wollen wir die Stimme der Götter hören. Immerhin geht es hier um die Zukunft des Drachenthrons und Alghors, wie Ihr sagtet, Erster Fragender, und nicht nur um die Hand meiner Tochter.«

Die Gesandten des Shetan von Bouhss murmelten etwas Unverständliches in ihrer gutturalen Sprache, aber Jolah achtete nicht darauf.

Die Hand meiner Tochter? DIE HAND MEINER TOCHTER!

Jolahs Mund wurde trocken, und ein kalter Klumpen bildete sich in ihrem Magen, als sich unausweichlich das Puzzle zu einem Bild formte. Einem unscharfen Bild zwar, aber dennoch war es deutlich genug, um ihren Zorn zu entflammen. *Ich hatte recht! Ich habe es gewusst, verdammt! Kein Wunder, dass weder Vater noch Akkad mich bei diesem »Empfang« dabeihaben wollten,* dachte sie. *Ich frage mich nur, ob Jeul ebenfalls wusste, was diese Gesandten aus Bouhss hier eigentlich wollen.* Aber natürlich hatte ihre Mutter es gewusst. Jeul sa Mehdi de Prunfor war nicht nur Drachenfürstin und Tochter einer uralten, einflussreichen Familie, sondern zudem auch sehr erfahren und geschickt, was die heikle und komplexe Politik des Drachenpalastes anging. Manche Kritiker des Fürsten behaupteten sogar, sie wäre die eigentliche Macht hinter dem Drachenthron. *Was bedeutet das für mich?*, fragte sich Jolah und gab sich selbst die Antwort.

»Sie verschachern mich an den Meistbietenden!«, zischte sie.

»Was?« Bragh nahm das Ohr vom Holz und sah Jolah verdutzt an. »Verschachern? Wer? Was? An wen? Wovon redest du da, Jolah? Ich verstehe nicht …«

»Still!«

»Zudem gibt es noch mehr Freier um die Hand der Drachenbraut. Und auch in diesem Punkt haben die Götter uns ihre Antwort bereits gegeben«, fuhr OchNarjon fort. Seine Stimme schien näher zu kommen, statt sich von ihrem Standort zu entfernen. Aber Jolah achtete nicht darauf. Jolah zitterte am ganzen Körper, während sie das Ohr gegen das Holz der Tür presste. *Zukunft des Reiches, pah! Es geht um meine Zukunft! Vater, sag etwas! Bitte, sag doch etwas! Das kannst du mir nicht antun!*

Sie spürte nicht, wie ihr heiße Tränen über die Wangen liefen. Es waren Tränen ohnmächtiger Wut, in die sich das Gefühl einer tiefen Trauer mischte, einer schrecklichen Traurigkeit darüber, vom eigenen Vater im Stich gelassen zu werden. Gleichzeitig spürte sie ein vertrautes Summen, das sich in ihrem Hinterkopf erhob, und in der Dunkelheit vor ihren Augen leuchteten plötzlich goldene Punkte auf. *Nein, nicht jetzt!*, dachte sie, legte ihre Hände an den Kopf und lehnte sich mit dem Rücken gegen die Tür. *Nicht jetzt, bitte nicht!* Sie biss die Zähne zusammen und presste ihren Körper gegen das Holz. *Nicht jetzt …*

»Jolah! Vorsicht … Die Tür …!«

Jolah spürte im selben Moment, wie das Holz in ihrem Rücken nachgab, und wollte zurückweichen, aber es war schon zu spät. Die Tür, die eigentlich nach innen hätte aufgehen müssen, gab ein unheilvolles Knirschen von sich, und dann spürte Jolah nur noch, wie sie fiel und … die Tür und ihr Sturz von etwas Weichem gedämpft wurde.

»Es ist an uns, die Frage zu formulieren, die sich zu dieser Antwort fügt«, behauptete Druud.

»Gewiss, Erster Fragender«, stimmte Akkad da'al Akkadi zu. An seinem eisigen Tonfall war deutlich zu erkennen, dass er über das überraschende Auftauchen des Obersten Auguren alles andere als erbaut war. Aber er wollte offenbar vor seinem Fürsten und den Gesandten keine Machtprobe mit diesem Mann riskieren. »Wir werden die Frage formulieren lassen, sobald der rechte Zeitpunkt …«

»Der zweifellos erst dann eintreten kann, *Euer Gnaden*«, unterbrach Druud OchNarjon ihn glatt, »wenn die anderen Freier ebenfalls Gelegenheit hatten, ihre Werbung vorzutragen.« Sie hörte, wie Akkad da'al Akkadi leise knurrte. »Das scheint mir die einzige Möglichkeit zu sein, diese Angelegenheit im Einklang mit dem Rat der Götter zu behandeln. Aber natürlich ist dies hier nicht der rechte Zeitpunkt, eine solch bedeutsame Frage zu erörtern, meint Ihr nicht auch, Edler Fürst?«

»Gewiss, Eminenz, Ihr habt der Stimme der Götter zweifellos ausreichend Gehör verschafft …«, begann der Fürst, bevor Akkad das Wort ergreifen konnte. Doch weiter kam er nicht, weil ihn ein lautes Krachen, dem ein ebenso lautes Poltern folgte, unterbrach.

Die Anwesenden fuhren verblüfft herum, als unter dem schweren roten Vorhang mit dem goldenen Drachenkopf an der Rückwand des Podestes plötzlich eine kleine Staubwolke aufstieg. Dann bewegte sich der Vorhang, als wäre der Drachenkopf plötzlich lebendig geworden, und eine erstickte, eindeutig weibliche Stimme stieß einen recht unweiblichen Fluch aus.

Die Palastwachen, die das Podest vor den Gesandten des Shetan flankierten, traten vor und bildeten eine Schutzwand aus Leibern zwischen dem Drachenfürsten auf dem Thron und den Gesandten sowie Druud vor dem Podest, deren Gesichter alle ausnahmslos Verwirrung zeigten. Nur Akkad, der ein wenig abseits stand, hatte beim Klang der Stimme das Gesicht verzogen, als hätte er auf einen faulen Zahn gebissen.

Die vier Schilde Prunfors auf dem Podest waren von dem Vorhang zurückgetreten und hatten ihre Kurzschwerter gezückt, um das Leben ihres Fürsten vor einer möglichen Bedrohung zu schützen. Eine Maßnahme, die im nächsten Moment noch berechtigter erschien, weil plötzlich eine Klinge den roten Samt durchstach und einen langen Schlitz hineinschnitt, aus dem eine schlanke Gestalt trat, der mit einiger Mühe und unter gereiztem Knurren eine zweite unmittelbar folgte.

Die erste Gestalt schob die Klinge wieder in die schlichte Metallscheide an ihrem Gürtel zurück, verschränkte die Arme, die in schmutzigen Handschuhen steckten, ungeachtet der Schwerter, deren Spitzen auf sie gerichtet waren, vor der eindeutig weiblichen Brust, blies sich von Schmutz und Spinnweben überzogene schwarze Locken aus der von Schlamm bespritzten Stirn und musterte die Anwesenden.

»Nicht jetzt, Bragh!«, fauchte Jolah, als ihr Paladin besorgt die Hand ausstreckte und ein daumengroßes Insekt von ihrer Schulter pflückte, das gerade Anstalten machte, in den Kragen ihres Leinenwamses zu kriechen.

Sie musterte die Anwesenden mit vor Zorn funkelnden Augen. Akkad, der sie leicht gequält betrachtete und unmerklich den Kopf schüttelte. Druud OchNarjon, den hageren, hochgewachsenen Ersten Fragenden mit seiner merkwürdigen Frisur, dem markanten Gesicht, den vollen, weibisch wirkenden Lippen und den unheimlichen, milchig grauen Augen, die, wie Jolah wusste, blind waren und dennoch den Eindruck erweckten, als würden sie einem bis in die Seele blicken, und die sich stets unfehlbar auf ihr Gegenüber richteten, so wie auch jetzt. Das Auge des Sehers, Farael, den schweigsamen, ebenso zurückhaltenden wie undurchschaubaren Führer des Ersten Fragenden, der nun die Lippen aufeinanderpresste und der voller Unmut die Stirn kräuselte. Die Gesandten des Shetan von Bouhss, große, bärtige Krieger mit massigen nackten Oberkörpern, über die sie Kreuzriemen aus dickem Leder geschlungen hatten, in denen vermutlich die gefürchteten Krummsäbel und Sicheln der Kämpfer aus Bouhss steckten, wenn sie nicht wie hier gezwungen waren, die Waffen abzulegen. Dem Blick all dieser Männer war zumindest die Verblüffung gemein. Jedoch schien jeder bei ihrem Anblick unterschiedliche Gefühle zu hegen.

Jolah streifte die vier Schilde Prunfors mit einem kurzen Blick, die daraufhin ihre Kurzschwerter wieder in die Scheiden an ihren Gürteln schoben und Haltung annahmen. Dann sah sie zu ihrem Vater hinüber. Der Drachenfürst saß immer noch auf dem Drachenthron. Sprachlos starrte er seine Tochter an, als sähe er sie an diesem Tag zum ersten Mal.

Vielleicht tust du das auch, Vater, dachte Jolah, *vielleicht siehst du mich heute zum ersten Mal richtig.*

Sie kniff die Augen zusammen, sich der ungeteilten Aufmerksamkeit der Männer im Saal bewusst. *Jetzt oder nie,* sagte sie sich, sich sehr wohl bewusst, dass dieser Moment atemloser Spannung nicht lange anhalten und sie eine solche Möglichkeit so schnell nicht wieder bekommen würde.

»Da es allen möglichen Stimmen gestattet wird, sich zu dieser *Angelegenheit* zu äußern, vornehme Herren, darf ja gewiss auch die Person, um deren Zukunft hier so unverhohlen geschachert wird, nämlich Drachenbraut Jolah da Prunfor, Erste Tochter des Reiches, Thronerbin und zukünftige Drachenfürstin von Alghor, ihrer Stimme Gehör verschaffen.«

»Und das hast du auch auf wahrhaft unnachahmliche Art und Weise hingekriegt«, murmelte Bragh hinter ihr, trat von einem Fuß auf den anderen, während er verstohlen die Gesichter der Anwesenden musterte. Er rieb sich unwillkürlich die Stelle am Nacken, wo sich die noch leicht wunde Haut schmerzlich an das kalte, harte Holz des Bocks erinnerte.

VORGEBIRGE BARKAAL-MASSIV, SENKE AM RAND DES DUNKELFORSTS

Die Schneiden der Axt blitzten im Morgenlicht, beschrieben einen vollendeten Bogen und landeten mit einem lauten Krachen auf dem angelaufenen, matten Eisen.

Lay stöhnte gepresst auf. Er spürte den Aufprall in den Händen, den Ellbogen, den Schultern, ja, bis in seine zusammengebissenen Zähne.

Ich will verdammt sein, wenn ich aufgebe, du stinkender, barbarischer ...

Er konnte sich gerade noch wegducken, als die Axt, geführt von einem Rückhandschlag, einen Fingerbreit über seinen Kopf hinwegsauste.

Konzentriere dich! Atme! Ein ... Aus ... Ein ... Aus ...

Lay kniff die Augen zusammen, als ihn die Morgensonne blendete. Er packte das schartige Schwert, das er Theijas Leichnam im Monasterium aus den starren Fingern gewunden hatte, und erwartete den nächsten Angriff des Nordlings. Einen Gegenangriff vorzutragen, daran war im Moment überhaupt nicht zu denken.

»Puh!« Er sprang hastig zurück, als sein Widersacher die Axt unvermittelt vorstieß und er das Reißen von Stoff hörte. Der Eisenstachel am Kopfende der Axt hatte nur einen Fingerbreit von seinem Bauchnabel entfernt sein flatterndes Hemd erwischt, das sich an der Spitze verhakt hatte. Als er zurücksprang, gab der Stoff nach, und ein faustgroßes Loch blieb zurück. *Verdammt, das war knapp! Und das ist mein einziges Hemd!*

Diese Lektion verlief nicht gerade so, wie er sie sich vorgestellt hatte. Dario, der Stallbursche, und Enn'r, der Schmiedegeselle, waren in seinem Alter und eher träge und ungelenke Gegner gewesen.

Der Nordling jedoch war trotz seiner Körpergröße unglaublich schnell und wendig.

Maahr-kut, sein Lehrmeister im Monasterium, hatte ihn ebenfalls hart rangenommen, und Lay war nach einer morgendlichen Lektion im Schwertkampf auch erschöpft gewesen. Aber er hatte den alten Sandmann zumindest auch zum Keuchen gebracht und ihm den Schweiß auf die Stirn getrieben. Und er hatte ihn auch gelegentlich mit seinem Übungsschwert aus Hartholz getroffen. *Aber dieser nach Fischtran stinkende Hüne …*

»Au! AU! Verflucht …«

Die Doppelklinge der Axt landete mit fast beiläufiger Leichtigkeit auf seinem linken Oberarm. Der Nordling schien keinerlei Kraft oder Anstrengung in den Schlag gelegt zu haben, aber der Schmerz, der Lay durchzuckte, trieb ihm die Tränen in die Augen. Sein ganzer Körper tat ihm weh, er war völlig außer Atem und so oft zu Boden gegangen, dass er vollkommen von Dreck und Gras bedeckt war. Und dabei hatte der Kampf, wie Lay schätzte, noch nicht einmal vor einer halben Sandacht begonnen. Doch es kam ihm wie eine Ewigkeit vor.

Trotzdem hatte Lay nicht vor, einfach aufzugeben, jedenfalls nicht, solange er noch stehen konnte und …

»Au! Verdammt, was …?«

Ein stechender Schmerz zuckte durch Lays Beine, als etwas Hartes, Stumpfes seine Beine unmittelbar über den Waden traf. Seine Knie gaben nach, und er knickte ein. Lay konnte das Gleichgewicht nicht halten und stürzte rücklings zu Boden. Sein Schwert flog davon, überschlug sich langsam in der Luft und grub sich dann mit dem Griff in die weiche Erde der Lichtung. Im nächsten Moment sauste die Schneide der Axt auf

Lays Kehle herab, atemberaubend schnell, zielstrebig und tödlich.

Theija ...! Das Blut rauschte in seinen Ohren, und dennoch hörte er das Summen.

Er wollte die Augen schließen, aber er schaffte es nicht. Wie gebannt folgte er dem Bogen, den die scharfe Schneide beschrieb. Sein Endpunkt war eindeutig seine ungeschützte Kehle. Die Klinge wirkte wunderschön, wie Samt oder wie schimmernde, fließende Seide, und Lay schoss der absurde Gedanke durch den Kopf, ob sie sich auch so weich und warm wie Seide anfühlte, wenn sie ihm den Hals durchtrennte.

Es war ausgeschlossen, dass Korgh die Klinge noch rechtzeitig stoppen konnte. Falls er es überhaupt wollte. Der Schwung war viel zu stark ...

Lay lag regungslos da und starrte auf die gewaltige Doppelklinge, die ein Haarbreit vor seiner Kehle wie erstarrt in der Luft hängen blieb. Er sah das matte Funkeln auf dem dunklen Metall, die schillernden Hammerspuren im immer wieder geschmolzenen und bearbeiteten Stahl, die fast wie Runen wirkten und die rasend schnell größer wurden, bis er selbst das feinste Detail erkennen konnte. Das Summen steigerte sich, stach ihm in den Ohren, wurde zu einem hohen, feinen Klingeln, und er glaubte, Stimmen zu hören. Konnte es sein ...? Er musterte den Stahl einen Fingerbreit vor seinen Augen, konnte das Metall riechen ... *Eigenartig, es riecht gar nicht nach Eisen. Es riecht eher nach ... es riecht wie ...* Die Stimme wurde deutlicher. Eine tiefe Stimme, und ganz anders als die, die er noch gestern im Wald gehört hatte, als er durch die Versenkung ...

»Frühmahl.«

Lay blinzelte. Das Summen erstarb mit einem kurzen, stechenden Schmerz, und die schimmernden Klingen vor seinem Gesicht wirbelten plötzlich so schnell herum, dass sie zu verschwimmen schienen, als der Nordling die Axt spielerisch in seiner Hand rotieren ließ. Dann schob er sie mit einer geschmeidigen Bewegung in die Schlinge auf seinem Rücken. Er streckte die Hand aus, um Lay hochzuhelfen.

Der stieß pfeifend die Luft aus und rang einen Moment mit seinem Stolz. Dann jedoch packte er die schwielige Faust des Hünen, der ihn mühelos vom Boden hochzog. Ihm war schwindlig, und jetzt wurde ihm klar, woher das Summen in seinen Ohren kam. Er war bei dem Sturz mit dem Schädel gegen einen Ast geprallt. Der zum Glück morsch gewesen und zerbrochen war. Und die Stimmen …

»Die Kaninchen dürften mittlerweile durch sein.« Korgh schmatzte genüsslich. Er warf dem Jüngling einen kurzen Seitenblick zu. »Leichte körperliche Betätigung im grauen Licht des Morgens regt den Fluss des Lebenssaftes an und macht hungrig.«

Lay schluckte. Ihm war der Appetit vergangen, und er war froh, dass er das bisschen, was er im Magen hatte, nicht ausspuckte. Oder seinen Blaseninhalt vor Schreck in seine Hose entleert hatte. Sein ganzer Körper schmerzte, er fühlte sich wie gerädert und durfte sich wohl glücklich schätzen, außer einer Kelle Schweiß nicht auch einige Hohlmaß seines »Lebenssaftes« bei dieser »leichten körperlichen Betätigung« verloren zu haben.

Korgh quittierte Lays Schweigen mit einem flüchtigen Grinsen und ging zu ihrem kleinen Feuer, über das auf zwei Elefantenbaumzweigen aufgespießte Steinkaninchen brieten. Lay hatte, nachdem sie gestern kurz vor Einbruch der Dunkelheit ihr Lager aufgeschlagen hatten, die beiden Fallen aufgestellt, die er aus dem Monasterium gerettet hatte.

Zu ihrem Glück waren zwei Kaninchen nicht vorsichtig genug gewesen. Lay hätte nicht die geringste Lust gehabt, sich die bissigen Kommentare seines Begleiters anzuhören, wäre er mit Pfeil und Bogen auf die Jagd gegangen und dann mit leeren Händen zu ihrem Lager zurückgekommen.

Er ärgerte sich auch so schon genug über den Nordling. *Das war wirklich nicht nötig. Er ist eindeutig der Stärkere. Er hätte es nicht unbedingt so herauskehren müssen.* Lay rieb sich unwillkürlich die schmerzenden Stellen, wo ihn Korgh mit der flachen Seite der Axt getroffen hatte. Dann blickte er an sich hinunter und seufzte. *Und mein Hemd hätte er auch verschonen können. Schließlich ist es nicht so, dass ich mit einem ganzen Kleidersack reise. Und wir wollten doch angeblich nur üben. Er hätte wissen müssen, dass es etwas dauert, bis ich mich auf seinen Kampfstil eingestellt habe, und etwas Rücksicht darauf nehmen können!*

Ihm schoss kurz ein beunruhigender Gedanke durch den Kopf. Vielleicht war ja ein zu großes Maß an Rücksicht der Grund dafür, dass er diese Tracht Prügel bezogen hatte? *Vielleicht hat Maahr-kut ja nur so getan, als hätte ich eine Chance gegen ihn gehabt.* Lay runzelte die Stirn. Der alte Waffenmeister war ein guter Lehrer gewesen. *»Nimm dir immer nur so viel vor, dass du dein Ziel fast erreichst, mein Junge. Ein Ziel, das man niemals erreichen zu können glaubt, ist ein Hemmnis, kein Ansporn.«*

Er warf einen Blick auf den Nordling, der es sich bereits am Feuer gemütlich gemacht hatte. *Fischkopf macht sich jedenfalls keine Gedanken über den Ansporn für seinen Lehrling,* dachte er grimmig. *Andererseits bin ich ja auch nicht sein Lehrling. Er hat nur eingewilligt, ein bisschen mit mir zu fechten.*

Dabei hatte er Lay nicht nur eine herbe und schmerzhafte Lektion erteilt, der Jüngling vermutete auch, dass sich der Hüne dabei nicht im Geringsten angestrengt hatte. *Er hat nicht mal schneller geatmet, und geschwitzt hat er auch nicht. Jedenfalls soweit man das auf dieser von Fischtran glänzenden Haut sehen kann.*

Er hatte plötzlich einen unangenehmen Geschmack im Mund und spuckte aus. Rosafarbener schaumiger Speichel landete auf einem Stein vor seinen Füßen. Lay hob unwillkürlich die Hand, schob einen Finger in den Mund und betastete seine Zähne. Erleichtert stellte er fest, dass keiner ausgeschlagen oder locker war. Er zog den Finger heraus und betrachtete den rötlich glänzenden Feuchtigkeitsfilm auf der Spitze. *So hart waren die Schläge der Axt doch gar nicht,* dachte er.

Vorsichtig fuhr er mit der Zunge durch den Mund und zuckte zusammen, als er die Innenseite seiner Wange berührte. Sie brannte. *Na toll!* Er hatte sich bei dem Kampf offenbar auf die Innenwange gebissen, ohne es zu merken.

Er ging ebenfalls zum Feuer, zerbiss ein Stöhnen zwischen den Zähnen, als er sich auf einen bemoosten Stein setzte, und zerrte sich dann mürrisch das Hemd aus der Hose. Der Duft des gebratenen Fleischs stieg ihm in die Nase, aber zuerst würde er das Hemd flicken. Essen konnte er noch, bevor es Zeit wurde aufzubrechen. *Falls ich überhaupt einen Bissen herunterkriege,* dachte er mit einem angewiderten Seitenblick auf den Hünen. Der riss mit seinen großen weißen Zähnen an dem gräulichen Fleisch der Steinkaninchen, knurrte, schnaufte und schmatzte hingebungsvoll, während ihm der Fleischsaft über das Kinn rann.

Macht wohl auch keinen großen Unterschied, dachte Lay. *Ein bisschen Fett auf der Schicht Fischtran überdeckt ja vielleicht sogar diesen bestialischen Gestank.*

Er wühlte in seinem Beutel und förderte Nadel und Faden zutage. Dann machte er sich daran, den Faden in das Nadelöhr zu fädeln, was ihm auf Anhieb gelang.

»Ruhige Hand«, nuschelte Korgh mit vollem Mund. Da erst merkte Lay, dass der Hüne ihn beobachtete. »Gut.«

»Ach ja?« *Was soll das denn heißen? Dass ich vielleicht hinaus in die Welt ziehen und mein Glück als Gewandflicker versuchen soll?*

»Gut wofür? Um Löcher in Hemden zu flicken?«

Er lachte verächtlich, aber seine Verachtung richtete sich vor allem gegen sich selbst. Er hatte kläglich versagt, und das gegen einen nach Fisch stinkenden Barbaren. Wie sollte er da Rache an einem brutalen, hervorragend ausgebildeten Soldaten nehmen? Seine Miene verfinsterte sich, und er starrte auf die Nadel. *Mit einer Nähnadel jedenfalls nicht.*

»Das auch.« Korgh nickte und riss erneut ein großes Stück Fleisch aus dem Kaninchen. Er stopfte es sich mit den Fingern in den Mund und kaute genüsslich, während er Lay musterte.

»Maahr-kut hat immer gesagt, eine ruhige Hand und ein scharfes Auge wären die wichtigsten Eigenschaften für einen guten Kämpfer!«, platzte Lay heraus und schluckte dann. *Und er hat auch gesagt, ich wäre noch nicht so weit, mich als Drachenkämpfer zu verdingen. Ganz offensichtlich hatte er recht damit!* »Aber ich hatte nicht den Eindruck, dass ich vorhin einen großen Kampf geliefert habe!«

»Hast du nicht, nein«, bestätigte Korgh mit vollem Mund. »Maahr-kut? Seltsamer Name.«

»Ein Sandmann«, erklärte Lay und setzte unwillkürlich hinzu: »Mein Fechtlehrer.«

»Ah?« Der Hüne hob eine Braue und warf dann einen kurzen Blick auf das Schwert, das mittlerweile umgekippt war und in dem aufgewühlten Sand der Mulde lag, in der sie gekämpft hatten. »Kein guter Lehrer«, meinte er dann. »Oder du bist kein guter Schüler.« Er gluckste leise.

»Was?« Lay fuhr unwillkürlich hoch. »Er war ein guter Lehrer. Er hat mir beigebracht zu kämpfen, wie die Drachenkämpfer es tun. Wie kannst du …?« Lay unterbrach sich, als ihm klar wurde, dass ihm diese Art des Kämpfens nur eine herbe Tracht Prügel eingebracht hatte.

»Drachenkämpfer?« Korgh sah ihn verächtlich an. »Warum willst du lernen, wie die Schuppenschilde zu kämpfen?« Er stieß zischend die Luft zwischen den Zähnen heraus. »Willst auch einer werden, was?« Er lachte.

Das wollte ich, ja, dachte Lay grimmig und runzelte finster die Stirn. Aber daran war nicht mehr zu denken. Wie sollte er dieses Ziel erreichen, ohne Zanth'ra, ohne Maahr-kut, ohne Geld, ohne ein Dach über dem Kopf? Doch das würde er diesem Barbaren nicht auf die Nase binden. Außerdem hatte er ja auch ganz andere Pläne. Leider schien auch deren Verwirklichung in weite Ferne gerückt zu sein.

»Nein!« Er wand sich unter dem herablassenden Blick des Hünen und fühlte sich gezwungen, etwas zu erwidern, das ihm wenigstens etwas Respekt verschaffte. »Ich will Ringfechter werden«, erwiderte er kühl.

Es dauerte einen Herzschlag, bis Lay die seltsam bellenden Laute, die der Nordling von sich gab, als Lachen identifizierte. Er sah Korgh mit vor Wut funkelnden Augen an. »Was? Was ist daran so lustig?«

Der Hüne winkte mit der Hand und hustete. Offenbar hatte er sich an dem Kaninchenfleisch verschluckt. Er griff nach dem Wasserschlauch, den sie am vergangenen Tag an einem kleinen Rinnsal frisch gefüllt hatten, und wischte sich mit den fettigen Fingern der anderen Hand über die Lippen – *Immerhin,* dachte Lay, *ein Anflug von Manieren!* –, bevor er den Schlauch ansetzte und in gierigen Schlucken trank.

»Ringfechter? Haha.« Korgh schüttelte den Kopf. »Eine üble Sorte Mann, das kannst du glauben. Verflucht wilde Burschen.« Er fuhr mit dem Kaninchenknochen in der Faust einmal waagerecht durch die Luft, als wollte er einem imaginären Feind damit die Gurgel durchtrennen. »Kämpfen gnadenlos und ohne Rücksicht. Ohne Ehre.« Er schnaubte verächtlich. »Haben auch keine zu verlieren und glauben nur an eins: einen vollen Napf, morgens, mittags, abends.«

»Hast du schon in den Ringen gekämpft?«, erkundigte sich Lay aus einer Eingebung heraus. Vielleicht, weil ihm die beschämende Lektion dieses Morgens erträglicher vorkam, wenn er wusste, dass sie ihm von einem erfahrenen Ringfechter erteilt worden war. Außerdem wusste er so gut wie nichts über diesen wortkargen Nordling und würde es, wie es aussah, wohl eine Zeitlang mit ihm aushalten müssen.

Der Hüne kaute immer noch, sah ihn dabei aber unverwandt an, als würde er überlegen, was er auf Lays Frage antworten wollte. Und ob er überhaupt darauf reagieren sollte.

»Wieso fragst du das?«

Lay fuhr bei der barschen Frage aus seinen Gedanken hoch. »Nur so.« Er zuckte mit den Schultern und verzog das Gesicht, als seine Knochen und Muskeln schmerzhaft protestierten. »Du kämpfst ziemlich gut«, setzte er dann hinzu. Vielleicht machten Schmeicheleien den Mann ja gesprächiger.

Der Nordling brummte. »Weil wir dich nach einer Minute in den Dreck geschickt haben?« Er riss ein weiteres Stück Kaninchenfleisch ab. »Das war kein Kunststück.« Er schnaubte verächtlich. »Hätten wir im Ring gekämpft, würdest du jetzt nicht gemütlich am Feuer hocken und nur dein Hemd flicken müssen.«

»Also hast du im Ring gekämpft«, stellte Lay fest, der die herablassende Bemerkung lieber ignorierte, vor allem, weil sie wohl zutraf.

Der Hüne brummte. Es konnte ein Ja oder ein Nein sein.

Lay wählte seine nächsten Worte mit Bedacht. »Du könntest mir zeigen, wie man so kämpft wie du.«

»Warum?«

»Wa… ?« Ärger durchzuckte Lay. *Was bildet dieser Mistkerl sich ein? Glaubt er vielleicht, ich brauche ihn?* Er unterdrückte den Anflug von Zorn, als sich eine spöttische Stimme in seinem Hinterkopf meldete. *Brauchst du ihn etwa nicht?* Er kniff die Augen zusammen. »Hast du vielleicht was Besseres vor?«, erkundigte er sich stattdessen spöttisch.

»Möglich.« Korgh kaute ungerührt weiter, schluckte und rülpste dann.

»Na, lass dich nicht von mir aufhalten, Fischfass! Gute Reise!« Jähzorn vertrieb das Gefühl der Kränkung in Lay. »Du wärst ohnehin als Lehrer für mich nicht zu gebrauchen. Wer will schon seine Feinde im Ring mit seinem Körpergeruch bezwingen?«

Er kehrte dem Nordling den Rücken zu und zog sich wütend das Hemd über den Kopf. Es kümmerte ihn nicht, dass das Loch dabei mit einem unangenehmen Geräusch noch weiter aufriss. Er legte es vor sich auf die Knie, beugte sich darüber und betrachtete den Riss. Dabei blinzelte er mehrmals, um die Feuchtigkeit aus seinen Augen zu vertreiben. *Das liegt am Rauch und an dem verdammten Fischgeruch dieses Barbaren!,* sagte er sich. Wenigstens war kein Fetzen Stoff herausgerissen, sodass er einfach nur den gezackten Riss an den Rändern nähen konnte. Er stach wütend mit der Nadel in den Stoff.

Es dauerte eine Weile, bis ihm die Geräusche auffielen. Beziehungsweise das Fehlen von Geräuschen. Er hörte nur das Zischen, mit dem das Fett von dem Kaninchen in die Flammen tropfte. Und ruhige, gleichmäßige Atemzüge. Der Nordling schien keine Anstalten zu machen, aufzustehen und wegzugehen.

Lay runzelte die Stirn und drehte den Kopf. *Was hat er denn …?*

»Was?«

Korgh saß vollkommen regungslos auf seinem Platz, die Kaninchenkeule in der rechten Hand, halb erhoben, als wollte er sie zum Mund führen. Aber er achtete nicht auf das Kaninchen und sah auch Lay nicht an. Das heißt, er sah ihm nicht ins Gesicht. Stattdessen starrte er auf eine Stelle zwischen Lays Schulterblättern, als sähe er zum ersten Mal die nackte Haut eines Mannes.

Lay überkam ein unbehagliches Gefühl. *Was, wenn diese Geschichten mit den Kindern und den Nordlingen doch stimmen,* dachte er, *und mich dieser Barbar für einen besonders schmackhaften Leckerbissen hält? Oder wenn ich ihn beleidigt habe und er auf die Idee kommt, mir diesmal eine wirkliche Tracht Prügel zu verabreichen?*

Aber auf der Miene des Hünen zeichneten sich weder Boshaftigkeit noch Aggression ab. Genau genommen konnte Lay gar keine Gefühlsregung darin erkennen. Trotzdem juckte es ihn plötzlich genau an der Stelle, wie es schien, auf die der Bursche starrte.

»Was glotzt du so?«, knurrte Lay ihn an. »Noch nie blaue Flecken gesehen? Die habe ich dir zu verdanken.« *Obwohl ich mich nicht erinnern kann, dass er mich am Rücken getroffen hat.*

»Blauer Fleck auf dem Rücken?« Korgh rieb sich das Kinn und zog die Augen zu schmalen Schlitzen zusammen. »Hm. Hast ziemlich seltsame blaue Flecken, Jungchen.«

Lay stieß scharf die Luft aus. »Ich habe dir doch gesagt, dass ich einen Namen …«

»Ja, schon gut. Aber zuerst müssen wir dir eine Waffe besorgen.« Der Hüne hatte sich immer noch nicht gerührt, aber sein Blick zuckte verächtlich zu Lays Schwert, das immer noch im Sand der Mulde lag. »Dieses Ding taugt nicht mal dazu, einen Fisch auszunehmen.«

»Du musst es ja wissen«, erwiderte Lay schärfer, als er es beabsichtigt hatte. Er kämpfte mit seiner Überraschung. *Was ist mit dem Nordling los? Eben noch hat er mich behandelt wie ein Kind, und jetzt will er mir helfen? Aber ein Schwert ist verdammt teuer.* »Es gehört mir. Woher bitte sollte ich wohl das Geld für eine andere Waffe …?«

»Überlass das Korgh.« Der Hüne stand auf. »Wir zeigen dir, wie man kämpft. Richtig kämpft, meine ich.« Er grinste. »Und machen einen Ringfechter aus dir. Stinkend oder nicht. Aber erst brauchst du eine Waffe, die zu dir spricht.«

»Die zu mir …?«

»Bis du eine richtige Klinge in die Finger bekommst«, fuhr Korgh fort, ohne dass ihm Lays Verwirrung aufzufallen schien, »kannst du ja mit Nadel und Faden üben.« Er deutete auf das Loch in Lays Hemd. »Kann schließlich nicht zulassen, dass du zerlumpt herumrennst und uns Schande bereitest, was?«

Lay holte tief Luft, um zu protestieren, aber Korgh schnitt

ihm mit einer Handbewegung erneut das Wort ab. »Brauchst dich nicht zu bedanken. Beeil dich besser. Ist ein weiter Weg, den wir vor uns haben.« Er sah zum Himmel hinauf, aus dem die beiden Augen Belphors zurückzublicken schienen. »Und es bleibt nicht mehr viel Zeit.«

ULCAR, DRACHENPALAST SAAL DER WEISHEIT

»Vater, du willst mich doch nicht wirklich an diesen fetten, widerlichen Barbaren verschachern, um dir damit seine Loyalität zu erkaufen? Ich bin immerhin deine …«

»Das reicht, Jolah!« Prakuhl de Prunfor hob die Hand und blickte seine Tochter scharf an. »Es reicht wahrhaftig! Du hast durch deinen unmöglichen Auftritt bereits mehr als genug Schande über den Drachenthron gebracht! Ich kann nur versuchen, den Schaden, den du angerichtet hast, so gut wie möglich wiedergutzumachen.«

»Aber Vater, ich …«

»Schweig, sage ich! Ich hege keinen Zweifel, dass Magabors Gesandte ihrem Herrn von deinem unwürdigen Auftritt und deiner Schamlosigkeit berichten werden. Wir können nur hoffen, dass der Shetan von Bouhss deine Aufsässigkeit als ein Zeichen von Temperament nimmt, was er an seinen Frauen ja angeblich zu schätzen weiß, und nicht etwa als einen schwerwiegenden Makel …«

»Vater! Ich bin doch keine Stute, die …«

»Edler Fürst, verzeiht, wenn ich mich einmische.« Druud OchNarjon senkte in gespielter Unterwürfigkeit den Kopf. »Die Vermählung Eurer Tochter entspricht dem Willen der Götter, aber ich möchte dennoch mit Eurer wohlwollenden Erlaubnis einen Punkt hervorheben, den die Drachenbraut zu Recht anführt. Loyalität, die käuflich ist, ist nicht viel …«

Jolah hob überrascht die Brauen und sah den untersetzten Auguren an. *Von dieser Seite hätte ich wirklich keine Unterstützung erwartet,* dachte sie. *Und wer weiß, was seine Hilfe bedeutet!* Sie zuckte zusammen, als sich der leere Blick seiner milchigen Augen auf sie richtete. Wie immer lief ihr dabei ein Schauer des Unbehagens über die Haut. *Ich weiß ja, dass er blind ist, aber fast könnte ich schwören, dass er mich trotzdem sehen kann.* Nicht zum ersten Mal fragte sie sich, ob der Erste Fragende der Auguren tatsächlich mit den Göttern kommunizieren konnte, wie er behauptete. *Und wie mein Vater ja ganz offensichtlich glaubt. Sonst würde er diese Missgeburt ja wohl kaum ständig um sich dulden.*

Den Auguren eine Missgeburt zu nennen war allerdings ein wenig übertrieben. Denn bis auf diese auffälligen Augen hatte der Erste Fragende zweifellos ein sehr einnehmendes Äußeres. Er war hochgewachsen, hatte muskulöse Gliedmaßen, breite Schultern, und aus den weiten Ärmeln seiner mit Silberfäden durchwirkten Kutte lugten schlanke, sehnige Hände mit langen, eleganten Fingern. Er hatte einen von der Sonne leicht gebräunten Teint, und auf seinem schlanken, sehnigen Hals saß ein schmaler Kopf mit markanten Zügen und einer großen, geraden Nase. Nur seine vollen, etwas weibisch wirkenden Lippen trübten das Bild eines attraktiven Mannes.

Und natürlich ebendiese Augen.

Durch den häufigen Gebrauch des »Heiligen Pulvers« waren in dem trüben Weiß keine Pupillen mehr zu erkennen, und sie gaben diesem ansonsten nicht unattraktiven Gesicht einen unheimlichen Ausdruck, der auch von der hohen, leicht gewölbten Stirn nicht gelindert wurde. Sein schwarzes Haar trug der Erste Fragende in der Fasson der Auguren hoch über den Schläfen zu einem Rechteck rasiert, es war mit Fett glatt zurückgekämmt und reichte hinten bis an den hohen, mit Stickereien geschmückten Kragen seines formellen Gewandes.

Er richtete seinen durchdringenden Blick auf den Fürsten,

als er weitersprach, und Jolah musterte verstohlen den jungen Mann an seiner Seite, das *Auge des Sehers,* wie man ihn nannte.

Diese Auguren scheinen alle viel Wert auf ihr Aussehen zu legen, dachte Jolah. *Farael heißt er, wenn ich mich recht entsinne.* Aber auch sein gutes Aussehen, sein ebenmäßiges Gesicht und sein stets zu einem schwachen Lächeln verzogener Mund machten ihr den Führer des blinden Fragenden nicht sympathischer. Es mochte vielleicht daran liegen, dass der Blick des Mannes im Gegensatz zu dem seines Meisters nie auf irgendetwas oder irgendjemandem zu verharren schien. Er glitt unablässig durch den Raum, über Dinge und Personen, zuckte von einem zum anderen und schien die Menschen dabei fast körperlich abzutasten. Jolah musste sich beherrschen, sich nicht zu schütteln, als der Blick erneut über sie streifte, *so kalt wie der eines Fisches,* aber sie konnte nicht verhindern, dass sie angewidert die Lippen schürzte.

Was Farael bemerkt haben musste. Trotzdem veränderte sich seine Miene kein bisschen. *Fast als wäre er nur ein leidenschaftsloser Zeuge dessen, was um ihn und seinen Meister herum geschieht, ein Gefäß, das alles in sich aufnimmt und es dann später, wenn er allein mit seinem Herrn ist, ausgießt. Hu! Ein unheimliches Gespann!*

Jolah wurde aus ihrer Betrachtung gerissen, als der andere Berater des Drachenfürsten, der sich bisher im Hintergrund gehalten hatte, nach vorn trat.

»Verehrter Fürst…« Akkad da'al Akkadis sonore Stimme erfüllte mühelos den hohen Raum, ohne dass er sie hätte heben müssen. »Wir sollten uns vor einer vorschnellen Entscheidung in dieser … Angelegenheit hüten.«

Der Reichsverweser bot einen bemerkenswerten Kontrast zu Druud OchNarjon. Jolah betrachtete die – selbstverständlich nach ihrem Vater – mächtigsten Männer des Reiches. Neben dem hochgewachsenen, schlanken Auguren wirkte Akkad da'al Akkadi untersetzt, ja, fast gedrungen. Er hatte einen sauber getrimmten Kinnbart, trug sein graumeliertes Haar straff zurückgekämmt und zu einem dicken Zopf geflochten, der tief bis auf seinen Rücken reichte und am Ende von einer mit einem kostbaren Edelstein besetzten Schließe gehalten wurde. Der mächtige Brustkorb und seine breiten Schultern wurden von den steifen golddurchwirkten Schulterkappen seines schwarzen, mit violetter Seide gefütterten Umhangs noch betont. Sein Beinkleid aus schwarzem Leder war weit geschnitten, aber auch das konnte seine auffälligen O-Beine nicht kaschieren. Zudem hatte er einen verkrüppelten Fuß, ein »zauberhaftes« Andenken, wie er der neugierigen jungen Drachenbraut einmal verraten hatte. Erst sehr viel später hatte Jolah begriffen, was Akkad da'al Akkadi damit gemeint hatte.

Doch auch an Akkad da'al Akkadi waren die Augen das auffälligste Merkmal. Jolah zuckte wie schon zuvor beim Ersten Fragenden zusammen, als sich ihr Blick auf sie richtete.

Ob alle Magi diesen Blick beherrschen?, dachte sie, als die schwarzen Augen des zweitmächtigsten Mannes des Drachenreiches von Alghor sie zu durchdringen schienen.

Waren die blicklosen milchig grauen Augen des Auguren unheimlich, war die Schärfe in den Augen des Reichsverwesers beunruhigend. *Als könnte er in meine Seele sehen und all meine Geheimnisse hervorziehen. Als stünde ich nackt vor ihm.* Wie immer errötete Jolah auch diesmal unter dem prüfenden Blick, aber die Wärme, die sie dabei durchströmte, war nicht unangenehm. *Vielleicht ist der Grund dafür, dass ich ihm noch am meisten von allen hier vertraue. Oder du vertraust ihm, weil dir unter seinem Blick warm wird!* Jolah runzelte die Stirn. *Unsinn! Akkad ist viel zu alt für … dafür.* Fast hätte sie gegrinst. *Falls Männer für so etwas jemals zu alt werden.* Sie unterdrückte diese für eine Drachenbraut höchst unschicklichen Gedanken und richtete ihre Aufmerksamkeit lieber auf das, was der Reichsverweser sagte.

»… wären wir gut beraten zu warten, bis sich die Wogen ein wenig geglättet haben, und derweil in Ruhe alle Möglichkeit abzuwägen, die sich uns bieten.«

Möglichkeiten? Druud musste sich zusammenreißen, um sich seinen Zorn nicht anmerken zu lassen. *Ah, verflucht sollst du sein, Reichsverweser! Mögest du in Belphors Gedärmen verrotten! Aber ich will nicht der Erste Fragende der Auguren sein, wenn ich mir von einem verdammten Magus auf der Nase herumtanzen lasse! Ich werde niemals zulassen, dass dieser machtgierige Barbar aus Bouhss auch nur seine Hände auf den Drachenthron legt, geschweige denn ihn mit seinem fetten Arsch entweiht. Und was diese andere Möglichkeit angeht …*

»Die Götter verlangen es.« Er hatte seine Stimme kaum erhoben, und dennoch zogen seine Worte ein verblüfftes Schweigen nach sich, das der Fürst schließlich brach.

»Die Götter? Sie verlangen was?« Prakuhl sah den Ersten Fragenden verblüfft an. »Ich verstehe nicht …«

Schwachkopf!, dachte Druud, bemühte sich jedoch, keinen anderen Ausdruck als den höflicher Ergebenheit auf seinem Gesicht zu zeigen. Schon gar nicht wollte er auch nur den Anflug der Verachtung zeigen, die er für den Drachenfürsten von Alghor empfand.

»Die Heirat der Drachenbraut des Reiches, Edler Fürst.« Druuds Stimme klang immer noch ergeben, als er seinen Herrscher einfach unterbrach. *Ein Schwächling und ein Feigling,* dachte er, *aber er ist der Fürst.* Es fiel dem Obersten Auguren schwer, nicht höhnisch zu grinsen, als er sich dorthin wandte, wo der Reichsverweser stand und scharf ob dieser Ungehörigkeit die Luft zwischen den Zähnen einsog. *Vor dem Fürsten muss ich wohl oder übel den ergebenen Diener spielen, aber das gilt nicht für dich, du Hund!* »Mir ist durchaus bewusst, was der …«, er gab seiner Stimme den Klang eines Mannes, der gerade eine verschimmelte Bohle im Keller angehoben hatte und das wimmelnde Ungeziefer darunter entdeckte, »ehrwürdige Verweser des Reiches vorzuschlagen gedenkt.« Er seufzte mit gespielter Dramatik und richtete sein Wort dann wieder an den Drachenfürsten. »Es ist dasselbe, was … er«, er ließ sowohl das ehrwürdig als auch den Titel des Magus weg, »schon immer vorgeschlagen hat und was das Reich in eine katastrophale …«

»Ihr vergesst Euch, Augur!« Akkad da'al Akkadis Stimme klang scharf und zeigte endlich auch eine emotionale Reaktion. Sie bebte vor unterdrückter Wut.

Gut, dachte Druud. *Endlich zeigst du dein wahres Gesicht, was, Reichsverweser? Mach nur weiter so. Wütende Männer machen schneller Fehler.*

»Ich muss doch …«

»Ihr müsst«, unterbrach OchNarjon ihn kalt, »das Reich vor Schaden bewahren, seine Macht stärken und seinen Wohlstand mehren.« Er schnaubte verächtlich. »Das ist die Aufgabe, welche die Götter dem Reichsverweser von Alghor zugewiesen haben, und zudem ist es eine Aufgabe, die Ihr zu *erfüllen* gelobt habt.« Er schnalzte mit der Zunge. »Die Frage, die nicht nur ich als *Erster Fragender«,* er betonte seinen Titel nachdrücklich, »sondern auch als Ratgeber des Erlauchten Fürsten zu stellen habe, scheint mir zu sein: Vermögt Ihr das tatsächlich auch?«

Akkad zischte. »Ich werde Euch gleich zeigen, was ich …«

»Zeigt es dem Fürsten, der seine geliebte Tochter mit einem Vasallen verheiraten muss, um den von Euch mitverschuldeten Zerfall des Reiches zu verhindern. Zeigt es der Bevölkerung von Alghor, die in stetiger Angst vor Übergriffen der Nordlinge aus Hellanden leben muss, weil die von Euch befehligten Drachenkämpfer offenkundig versagen.« *Ich bin wirklich gut.* »Zeigt es …«

»Das ist ungeheuerlich! Ihr wisst genau, dass diese Übergriffe nicht das Geringste …«

»Ich weiß aufgrund der Nachrichten, die mich aus dem Grenzgebiet des *Weißen Spiegels* erreichen, und zwar in besorgniserregend zunehmender Zahl«, die Worte sprach er zum Fürsten gewandt, »dass unsere Drachenkämpfer offenbar nicht dazu fähig sind, der Lage Herr zu werden. Ich frage mich wirklich, was wir ohne die Hilfe von Ern …«

»Ah! Jetzt kommt Ihr endlich zur Sache!«

»Allerdings. Denn Ihr seid ja nicht dazu in der Lage! Da schimpft Ihr Euch Magus und Reichsverweser und macht doch nichts anderes, als uns mit billigen Versprechungen und Scharlatanereien Sand in die Augen …«

»Ihr seid ein …«

»Ah ja?«

»Genug!« Der Drachenfürst hob beschwichtigend die Hände, eine Geste, die an Druud OchNarjon verloren war. Dafür hatte der Erste Fragende der Auguren ein umso feineres Gehör und erkannte den flehentlichen Appell in der Stimme des Drachenfürsten. Das verriet ihm genauso viel, wenn nicht sogar mehr, wie eine Geste es hätte tun können. »Ich glaube kaum, dass uns dieser Streit auch nur einen Schritt weiterbringt. Die Abgesandten des Shetan von Bouhss haben uns die Botschaft ihres Herrn überbracht, in welcher Magabor um die Hand meiner Tochter anhält. Ich muss ihnen eine Antwort geben. Und zwar möglichst eine, die verhindert, dass sich Bouhss noch weiter von Alghor entfremdet.« Er seufzte. »Außerdem hat der Erste Fragende recht. Die Tradition verlangt es …«

Druud spürte, wie der Fürst vom Reichsverweser zu ihm sah. Er nickte und ergriff rasch das Wort, als er hörte, wie Akkad da'al Akkadi Luft holte, um etwas zu sagen.

»Es wäre wahrhaftig ein Jammer, wenn die edle Dynastie der Prunfors mit Euch, Edler Fürst, enden sollte. Aber wie Ihr wisst, haben die Götter in dem Punkt eine eindeutige Antwort gegeben, und das schon vor zahllosen Zyklen. Das Drachenreich kann nicht von einer Drachenbraut beherrscht werden. Folglich ist die Verheiratung Eurer Tochter mit einem Vasallen des Reiches der einzige Weg …«

»Es ist nicht der einzige Weg.« Akkadis Stimme klang kühl. »Es gibt niemals nur einen Weg.«

Druud schürzte die Lippen und senkte den Kopf. »Für den ehrenwerten Reichsverweser vielleicht nicht«, sagte er dann verräterisch leise. »Aber der Erste Fragende, der sich an die Antworten der Götter gebunden fühlt, *sieht* das anders. Und ebenso wenig, denke ich«, er hob die Stimme etwas, »glauben der Drachenfürst oder das Volk von Alghor an den Segen eines Bruchs mit der gottgewollten Tradition. Es sei denn, natürlich, Ihr wollt den Zorn der Götter auf das Land herabbeschwören.« Druud machte eine dramatische Pause. »Und, Reichsverweser? Wollt Ihr das?«

»Und von was für Möglichkeiten sprichst du, Reichsverweser?« Die Stimme der Drachenbraut verriet ihre Wut, und Druud konnte es ihr nicht einmal wirklich verübeln. *Die Drachenbraut muss den Eindruck haben, als wäre sie einfach nur ein Stück Vieh, das sich vor allem zur Zucht eignet, oder ein Stück Land, dessen bestmögliche Verwendung geregelt werden muss. Offenbar sieht sie das anders. Trotzdem ist es sehr unklug, ihrem Vater vor den Gesandten des Shetan eine solche Szene zu machen und dann auch noch seine engsten Berater zu beleidigen!*

»Betrachtest du diesen Antrag des Shetan als eine ernsthafte Möglichkeit für mich? Eine Ehe mit diesem Vielweiberer steht vollkommen außer Frage, das versichere ich dir!« Sie wandte sich zu dem Drachenfürsten herum. »Ich habe nicht vor, mich zu vermählen, Vater, und ganz bestimmt nicht mit einem solchen ...!«

Oh, der Shetan ist sicher begeistert, wenn er eine solch störrische Stute zureiten kann! Ich frage mich allerdings, ob sich der Edle von Ern in ihrem Sattel halten kann. Oder ob es nicht besser wäre, diese lebhafte junge Frau zuvor von einem erfahreneren Mann zureiten zu lassen. Druud grinste. *Auch in ihrem eigenen Interesse. Denn Ryehl von Ern reagiert nicht sonderlich freundlich, wenn er sich gedemütigt fühlt ...*

»JOLAH!« Der Drachenfürst schlug mit der Faust auf den

Tisch, und der zierliche Weinkelch, den ein Bediensteter vor ihm abgestellt hatte, kippte um. Der Inhalt ergoss sich über die blank polierte Platte aus schwarzem, mit Silberadern durchzogenem Graphitstein, rann über den Rand und tropfte auf die hellen Bodenplatten aus sanfiranischem Wüstendorn. Das weiche, poröse Material sog die Flüssigkeit auf, die einen dunklen Fleck darauf hinterließ. Doch der Fürst achtete nicht darauf. »Was du willst, steht hier absolut nicht zur Debatte! Und da du offenbar nicht in der Lage bist, deinen Tonfall und deine Launen zu mäßigen, befehle ich dir, dich umgehend in deine Gemächer zurückzuziehen. Dort kannst du bleiben und über dein unwürdiges Verhalten nachdenken. Sollte mir weiterhin Kunde über dein Fehlverhalten zu Ohren kommen, werde ich dafür sorgen, dass du in deinem Quartier bleibst, bis der Shetan hier eintrifft, um persönlich um deine Hand anzuhalten! Es ist schon mehr als großherzig von mir, dass ich dich nach deinem unrühmlichen Auftritt im Saal der Schwingen nicht augenblicklich in die Klosterzelle verbannt habe! Wie du aussiehst und … wie du riechst!« Der Drachenfürst schnalzte missbilligend mit der Zunge. »Du verdankst meine Nachsicht nur der verständnisvollen Reaktion der Gesandten, das darf ich dir versichern, Tochter!« Er warf Bragh, der beklommen hinter der Drachenbraut stand, einen gereizten Blick zu. »Dass du überhaupt unbehelligt in den Saal der Schwingen gelangen konntest … Doch daran bist du nicht allein schuld.«

Bragh schluckte und rieb sich erneut den Hals. Die Thronerbin von Alghor holte tief Luft, um ihren Paladin zu verteidigen. Doch bevor sie etwas sagen konnte, fuhr ihr Vater scharf fort:

»Meine Nachsicht hat jedoch ihre Grenzen, Jolah!« Er seufzte, während er sich auf dem gepolsterten Sessel zurücklehnte. »Ah, dieser verdammte Drachenthron! Ich möchte wirklich gern wissen, welcher Trottel auf die Idee gekommen ist, einen Thronsessel in Form einer Drachenklaue schnitzen zu lassen! Mein Hintern fühlt sich an, als wäre ich einen Monat auf einem verdammten Holzbock herumgerutscht.«

Weichling! Druud OchNarjon räusperte sich, hütete sich aber, den Fürsten darauf hinzuweisen, dass dieser Thron den Drachenfürsten bereits als Sitz und Symbol ihrer Macht gedient hatte, lange bevor das Geschlecht der Prunfors die Macht in Alghor übernommen hatte. *An sich gerissen hat, trifft es wohl eher,* verbesserte sich der Erste Fragende im Geiste, ohne dabei eine Miene zu verziehen. *Manche Leute behaupten sogar, er wäre die Klaue eines echten Drachen, versteinert, als der erste Drachenfürst, Argholhar, sie der Bestie im Kampf abgetrennt hatte. Das ist natürlich alberner Aberglaube, aber es ist trotzdem kein Wunder, dass dir dieser Thron zu unbequem ist, Prakuhl!* Druud verzog seinen Mund zu einem Lächeln, was man auch als höflichen Kommentar auf die Bemerkung des Fürsten verstehen konnte. *Sei beruhigt, du bist schon bald von der lästigen und unbequemen Pflicht befreit, deinen verweichlichten fetten Hintern darauf wundscheuern zu müssen. Jedenfalls, wenn es …*

»… nach mir ginge, wärst du dem Shetan schon längst versprochen, wie du weißt«, fuhr der Drachenfürst fort. »Das Reich braucht starke Verbündete, jetzt mehr denn je, und der Thron braucht einen starken Arm …«

Und ein festes Gesäß, dachte Druud. *Und das hat Magabor, das muss ich dem Shetan lassen. Ich bezweifle, dass selbst das Maul eines Drachen seinem mächtigen Hintern etwas anhaben könnte, geschweige denn eine einfache Klaue, sei sie nun aus Stein gehauen oder nicht.*

»… und eine starke Führung, wenn ich einst nicht mehr bin. Eine Frau ist den heroischen Aufgaben, die vor uns liegen, schon von ihrem zarten und empfindsamen Wesen her nie und nimmer gewachsen. Wieso hast du nicht mehr von deiner Mutter, frage ich mich …«

»Vater, ich …!«

»Wir werden diese Diskussion nicht erneut führen, und schon gar nicht hier.« Der Fürst schnaubte gereizt. »Du verdankst es meinem Berater, Jolah, dass du immer noch den Status der Drachenbraut innehast und nicht längst verehelicht bist.« Er deutete auf Akkad, der sich kurz verneigte, ohne dabei den Blick von der Drachenbraut zu nehmen. Die Stimme des Fürsten wurde weicher. »Wir wollen alle doch wirklich nur dein Bestes, Kind, das weißt du hoffentlich.«

Und das Beste, was sie kriegen kann, ist der Shetan von Bouhss?, dachte Druud grimmig. Er spürte, wie der Groll der Drachenbraut allmählich der Verzweiflung wich. *Das kann ja wohl nicht dein Ernst sein, Fürst!* Aber er hütete sich, das auszusprechen.

»Gewiss, Vater.«

Gewiss nicht, Vater, meinst du wohl, höhnte Druud in Gedanken. Unwillkürlich umklammerte er den Stab des Sehers fester. *Und in diesem Punkt sind wir uns auch einig, kleine Drachenbraut. Ich werde nicht zulassen, dass dieser machtgierige Kerl seine fetten Hände auf den Drachenthron legt. Oder auf deine honigweiche Haut, Drachenbraut.*

»Gut. Und jetzt geh in deine Gemächer.«

Druud hielt unwillkürlich den Atem an, als rechnete er damit, dass Jolah protestierte. *Was keine gute Idee wäre. Wenn sie ihm jetzt weiterhin widerspricht, würde sie zu weit gehen und ihn zwingen, sie drastisch zu bestrafen und sie tatsächlich einzusperren, bis der Shetan eintrifft.* Ein Risiko, das der Drachenbraut offenbar zu groß war. Druud hörte, wie sie schluckte.

»Natürlich, Vater. Ich bitte nochmals um Verzeihung.« Sie sprach so demütig, wie es ihr möglich war, und zwang sich, dem Rascheln ihrer Kleidung nach zu urteilen, sogar dazu, einen Knicks zu machen – Druud unterdrückte ein Grinsen. *Wie sie diese Geste der Unterwürfigkeit hassen muss! Wie sie es hassen wird, ein Mädchen zu sein!*

Wenigstens haben sich die Gesandten prächtig über ihren zugegebenermaßen etwas unglücklichen Auftritt amüsiert. Offenbar schätzte man in Bouhss das »Feuer im Weib«, das hatte einer der Gesandten anerkennend gesagt, falls Druud ihn richtig verstanden hatte.

Seine Kenntnis der Landessprache erstreckte sich mehr auf die Literatur und ihre wundervollen Lieder, weniger auf derbe Bemerkungen der Männer über die Vorzüge weiblicher Eigenschaften. *Und wenn ich die Lieder richtig interpretiere,* dachte er, *schätzen sie das Feuer im Weib auch nur so lange, bis sie sie ins Ehejoch gezwungen haben. Dann versuchen sie, das Feuer zu einem schwachen Glimmen zu dämpfen. Nun, bei diesem Weib werden sie eine Menge Löschsand benötigen! Andererseits, an Sand herrscht in Bouhss ja wohl kaum Mangel.*

Er hörte, wie Jolah sich umdrehte und zur Tür ging. Die Absätze ihrer Reitstiefel knallten laut auf dem Steinboden. »Bragh …!« Sie blickte zu ihrem Getreuen zurück, der den Fürsten fragend ansah.

»Du kannst gehen«, erklärte Prakuhl. Der junge Drachenkämpfer verneigte sich tief vor dem Drachenfürsten und folgte Jolah hastig.

Druud hustete erstickt, um sein Lachen zu unterdrücken. Er konnte sich vorstellen, dass Jolah vor Scham und Wut förmlich kochte. Wut darüber, wie ein besonders schmackhaftes Stück Fleisch auf dem Rayak-Markt verschachert zu werden. *Wohl eher wie eine preisgekrönte Zuchtstute auf dem Pferdeanger,* dachte er. *Versteigert an diesen bouhssischen Hengst. Als wenn dieser Magabor nicht schon genug Frauen hätte. Aber die Drachenbraut von Alghor ist natürlich eine besonders lohnende Partie. Immerhin kann dieser Kerl nach Vaters Tod dann seinen fetten Hintern auf den Thron von Alghor pflanzen. Nachdem er sie bestiegen und ihr möglichst viele kleine bouhssische Thronfolger gemacht hat, selbstverständlich. Und das stolze Drachenreich von Alghor zu Magabors Handlanger wird.* Druud blähte die Nasenflügel und sog die Luft scharf ein. *Zumindest in diesem Punkt stehe ich vollkommen auf deiner Seite, Drachenbraut. Ich werde es nicht zulassen, dass dein Schoß oder Alghors Thron von diesem fetten Lüstling entweiht wird.*

Er hörte, wie sie erleichtert aufatmete, als sie über die Schwelle des Lesesaals in den Gang trat. Dann schlossen die beiden Schildwachen die Doppeltüren hinter ihr, und er richtete seine Aufmerksamkeit wieder auf den Thron, zumal ihn der Drachenfürst ansprach.

»Der Tag der Klingen markiert das Ende ihres zwanzigsten Zyklus, Akkad. An diesem Tag muss sich die Drachenbraut einen Gemahl erwählen, so will es das Gesetz. Ist es nicht so, Erster Fragender?«

Druud verneigte sich. »Si sit es, Erhabener Fürst. Und wie ich schon sagte, haben die Götter in diesem Punkt ihre Antwort ganz unmissverständlich ...«

»Es würde mich doch sehr wundern, wenn sich die Götter ausgerechnet in dieser Angelegenheit herabgelassen hätten, die doch recht unbedeutenden Belange von uns unwürdigen Sterblichen so genau zu regeln, wie der verehrte Erste Fragende es unablässig behauptet«, unterbrach der Reichsverweser den Auguren. »Oder haben sie in ihrer Weisheit vielleicht sogar den Namen des Gefährten der Drachenbraut und damit auch des designierten Thronerben des Drachenthrons dem Ersten Fragenden ins Ohr geflüstert?«

Druud lächelte gezwungen und verbeugte sich, um die Wut zu verbergen, die ihn bei dem herablassenden Ton des Reichsverwesers durchströmte. Seine Augen mochten blind sein, aber er konnte sich dennoch das höhnische Grinsen auf dem Gesicht seines größten Widersachers sehr genau vorstellen. *Hüte dich vor Emotionen, auf dass du nicht ihr Sklave wirst!*, ermahnte er sich. »Götter flüstern nicht, Euer Gnaden. Wärt Ihr so vom Glauben an sie und dem Wissen um sie durchdrungen wie ich ...«

»Pah!«

»... wüsstet Ihr das.«

»Das Einzige, wovon Ihr durchdrungen seid, Fragender«, Akkads Stimme troff zwar vor Hohn, klang aber immer noch ruhig, bemerkenswert ruhig, »ist Euer unbändiger Ehrgeiz ...«

»Schluss damit!« Der Drachenfürst schlug wieder mit der Faust auf den Tisch. »Hört gefälligst auf, euch zu streiten, bei

Belphors Hörnern! Meine Tochter muss sich einen Gemahl erwählen, doch sie gebärdet sich wie ein Ausbund an Dickköpfigkeit und ruiniert meine Pläne, wo sie nur kann! Meine kleineren Vasallen klagen über die angeblich zu hohen Steuern, die Eisprovinzen melden Übergriffe der Nordlinge, als würde sich Hellanden zum Krieg rüsten, und in den großen Provinzen am Glutkessel schürt die Unzufriedenheit mit dem Drachenthron die Unruhe unter der Bevölkerung. Wir haben also genug Schwierigkeiten, auch ohne dass sich meine engsten und wichtigsten Berater gegenseitig an die Gurgel gehen.«

»Gewiss, Erhabener.«

»Wie du wünschst, edler Prakuhl.«

Druud knirschte mit den Zähnen. Ihm war die subtile Zurechtweisung nicht entgangen, mit der Akkad da'al Akkadi ihm gerade seine untergeordnete Position verdeutlicht hatte. Es stand nur dem Reichsverweser an, den Fürsten, wenn auch ehrerbietig, beim Vornamen zu nennen. Ein Privileg, das der Reichsverweser allerdings in der Öffentlichkeit niemals nutzte ... *Außer, um mich zu demütigen,* dachte Druud verärgert.

»Von welchen anderen Freiern hast du geredet, Erster Fragender?«, erkundigte sich der Fürst. Er winkte einen Bediensteten heran, der unauffällig in einer Ecke des Raumes gewartet hatte, und bedeutete dem Mann, den Weinkelch aufzustellen und frisch zu füllen. Dann trank er einen Schluck und schmatzte genüsslich.

Druud wartete, bis sich der Bedienstete entfernt hatte, und trat dann dichter an den gepolsterten Sessel des Drachenfürsten heran. »Nun, Erhabener, wie ich höre, macht sich auch Ryehl Edler von Ern ...«

»Wah! Ich werde niemals zulassen, dass dieser weibische, verweichlichte Kerl seine lüsternen Hände auf meine Tochter legt ... Niemals!« Prakuhl fuchtelte mit der Hand durch die Luft und stieß dabei erneut den Kelch um. Ein zweiter roter Fleck bildete sich neben dem ersten zu seinen Füßen, aber der

Drachenfürst achtete erneut nicht darauf. »Diese Missgeburt Ryehl ist …«

»Einer der mächtigsten Vasallen des Drachenthrons, Erhabener Fürst!« Druud musste sich zwingen, seinen Herrn nicht anzufahren. *Verweichlicht? Weibisch? Und das ausgerechnet von dir?* »Ich verstehe Eure Abneigung gegen Ryehl von Ern selbstverständlich nur zu gut, Eure Erhabenheit. Aber die Angelegenheit ist äußerst heikel, wie Ihr wisst. Der Shetan von Bouhss ist zwar ein sehr mächtiger und wertvoller Verbündeter unseres Reiches, aber die Provinz Ern ist ein ebenso einflussreicher Vasall Alghors, und, Erhabener Fürst, sie liegt zudem unmittelbar an der Grenze nach Hellanden. Wie Ihr selbst gesagt habt, Erhabener Fürst, wird unsere Grenze dort von den Übergriffen der Barbaren bedroht, während am Glutkessel von den Sandleuten nichts zu befürchten ist.« *Jedenfalls noch nicht.*

Druud spürte, wie Akkad tief Luft holte. *Das gefällt dir wohl nicht, Magus, was?*

»Glaubt mir, Edler Fürst«, ergriff der Reichsverweser das Wort, und nach wie vor klang seine Stimme gelassen, aber sie hatte einen beschwörenden Unterton angenommen, was Druud nicht entging. Er fragte sich, ob der Drachenfürst diesen subtilen Appell ebenfalls bemerkte. »Auch mir fällt es schwer, das Glück der Drachenbraut dem Schicksal des Reiches unterzuordnen, aber es gibt vielleicht doch eine Möglichkeit, diese so unerwünschte Liaison zu umgehen, die der Erste Fragende, zweifellos zum Wohl des Reiches, vorschlägt.« Der beschwörende Unterton wich einer höhnischen Nuance. »Allerdings setzt diese Möglichkeit ein großes Maß an diplomatischem Geschick voraus.«

Zuversicht. Ein bemerkenswertes Instrumentarium an manipulativen Fähigkeiten, Magus. Kommt das mit dem Amt, frage ich mich, oder ist es Magiwerk? In Druuds Miene zuckte kein Muskel, während er den Nuancen in der Stimme des Verwesers lauschte.

»Wenn es uns gelänge, Nimgurd, den Kriegshäuptling von Hellanden, zu Friedensverhandlungen mit dem Drachenthron zu bewegen …«

»Ich soll verhandeln? Mit diesem Barbaren? Niemals!« Der Fürst holte mit der Faust aus, um diesen Vorschlag beiseitezuwischen, eine so wütende Geste, als wollte er allein den Gedanken an ein solches Unterfangen aus der Welt schleudern.

Der Bedienstete, den er erneut herangewunken hatte, um den umgestürzten Kelch ein weiteres Mal zu füllen, konnte im letzten Moment den Kelch vor der Faust des Fürsten in Sicherheit bringen. Dabei spritzten jedoch ein paar Tropfen des edlen Weines auf sein Wams und seine Hand. Unwillkürlich senkte er den Kopf und leckte den Wein von seiner Haut ab. Dann begriff er, was er da getan hatte. Einen Moment stand er wie erstarrt da, als erwartete er, dass gleich das Beil des Henkers oder schlimmer noch der Zorn des Drachenfürsten auf ihn herabsausen würde. Doch als er merkte, dass ihn keiner der anwesenden mächtigen Männer auch nur eines Blickes würdigte, während sie über diese wichtigen Staatsangelegenheiten stritten, senkte er erneut verstohlen den Kopf und leckte auch den Rest des Weines ab. Dann trat er behutsam vor und stellte den Kelch neben den Drachenfürsten, wobei er aber auf einen sicheren Abstand achtete.

»Verhandlungen mit den Nordlingen sind keineswegs so abwegig, wie es Euch im ersten Moment erscheinen mag, Erhabener Fürst.«

Druud hörte den Tonfall der Überzeugung in Akkads Stimme, doch seine eigenen Gedanken überschlugen sich.

Verhandlungen?, dachte er. *Direkte Verhandlungen mit dem ausgewiesenen Feind des Drachenreiches? Was für eine Idee, Magus!* Er hob den Kopf und richtete seine ausdruckslosen Augen auf den Reichsverweser, der sich im Augenblick ganz auf den Fürsten zu konzentrieren schien, jedenfalls dem Klang seiner Stimme nach. Der

Erste Fragende achtete sorgfältig darauf, seiner Miene nichts anmerken zu lassen, während sich in seinem Kopf das Samenkorn eines Planes festsetzte. *Eines genialen Planes. Wirklich, mein lieber Magus,* dachte er dann, während das Samenkorn in seinem Kopf zu einem Keim heranwuchs. *Eine wahrhaftig brillante Idee. Wieso bin ich nicht längst darauf gekommen, frage ich mich?*

DUNKELFORST,
LICHTUNG AM HOCHLANDWAI

»Warte.«

Korgh streckte die Hand aus und legte sie Lay auf die Brust.

»Was denn?« Lay hob müde den Kopf und sah sich um. »Was gibt's?«

Eine Quelle mit frischem Wasser? Eine Senke mit weichem Moos, vielleicht? Ich bin so verdammt müde, dass ich kaum die Augen offen halten kann, außerdem bin ich durstig, und meine Füße tun mir weh, und zudem war es eine verflucht blödsinnige Idee, diesem stinkenden Fischfass zu vertrauen und …

Korgh antwortete nicht, sondern starrte nur scharf in den Wald, der sich düster zu ihrer Linken erstreckte.

Und zu unserer Rechten, dachte Lay mit einem missmutigen Blick auf die andere Seite des tief gefurchten Weges. *Genauso düster und abweisend.*

Irgendwie bedrohlich …

Seine Aufmerksamkeit richtete sich jedoch rasch wieder auf seinen Gefährten, der ruhig den Beutel von der Schulter gleiten ließ und die schwere Axt aus der Schlinge auf seinem Rücken nahm.

Lay schluckte und tastete nach dem schartigen Schwert an seinem Gürtel. *In* seinem Gürtel. Er war noch nicht dazu gekommen, sich eine Scheide aus Leder anzufertigen. *Genau genommen bin ich zu gar nichts gekommen, außer mir blaue Flecken zu holen, zu essen, zu schlafen und zu gehen. Meine Füße sind mindestens einen Fingerbreit länger und breiter geworden, so platt habe ich sie mir in den letzten vier Tagen gelaufen. Fühlt sich jedenfalls so an …*

»Zwischen den Bäumen auf der Böschung. Hinter dem dichten Buschwerk. Linker Hand. Vier. Vielleicht fünf.«

»Vier bis fünf …?«, fragte Lay verständnislos und versuchte, in dem dämmrigen Licht etwas auszumachen. Er sah nichts. »Aber Abendessen …«

Korgh schnaubte leise, packte Lay am Kragen und zog ihn zur Seite.

»He … *mpff*.« Der Protest des Jünglings wurde von einer scheffelgroßen Hand erstickt. Einer nach Fischtran stinkenden, scheffelgroßen Hand.

»Männer. Bewaffnete Männer«, flüsterte Korgh. »Wer hier lauert, führt nichts Gutes im Schilde.«

»Hmgr«, knurrte Lay und versuchte, die Hand des Hünen loszuwerden.

Wenn du mich nicht sofort freigibst, beiße ich dir … Aber dafür hätte er den Mund aufmachen müssen, und das wollte er nicht riskieren. Nach ihrer ersten Begegnung hatte er den Geschmack nach Fisch noch tagelang im Mund gehabt.

Aber Korgh hatte den Protest des Jünglings verstanden und war diesmal offenbar geneigt, ihn zu beachten. Er ließ Lay los. »Du schlägst dich hier in die Büsche«, erklärte er und deutete auf das dichte Unterholz vor ihnen. »Dann schleichst du dich in ihren Rücken, und wir nehmen sie in die Zange.« Er grinste. »Ein Hinterhalt für den Hinterhalt.«

Lay runzelte die Stirn und blickte auf sein Schwert. Irgendwie kam es ihm tatsächlich ziemlich klein vor. »Vier oder fünf Männer? Bewaffnete?« Er spähte erneut zu der Stelle, die Korgh bezeichnet hatte. »Woher weißt du das überhaupt? Ich kann … he!«

Der Hüne hatte offenbar keine Lust, lange zu diskutieren. Er packte Lays Arm und schob ihn ohne einen weiteren Kommentar in das Dickicht. »Mach einfach, was wir dir sagen.«

»Was ihr …? Na klar. So wie heute Morgen, als *ihr* mir geraten habt, die Deckung hochzunehmen und dann …«, knurrte Lay, dem seine Lenden von dem Tritt immer noch wehtaten.

»Dies ist kein Spiel.« Korghs Miene war ernst, und Lay schluckte. *Also gut, du bist der erfahrene Kämpfer,* dachte er und bemühte sich angestrengt, zwischen den Bäumen etwas auszumachen. Vorsichtig ging er weiter. »Au! Verdammt!« Er hatte einen Zweig zur Seite biegen wollen, der ihm im Weg war, und dabei übersehen, dass es ein Giftdornstrauch war. Hastig lutschte er an der kleinen Wunde auf seinem Handrücken, saugte kräftig, bis Blut heraussickerte. Er leckte es ab, spie es aus, saugte wieder, spie erneut und betrachtete dann die winzige Verletzung. *Das müsste genügen,* dachte er. *Die Wunde ist nicht groß, und ich habe sie sofort gereinigt. Eigentlich sollte nicht genug Gift eingedrungen sein, um …*

Unvermittelt blieb Lay stehen. Er war, abgelenkt von dem Giftdorn, einfach weitergegangen, ohne auf seine Schritte zu achten, und hatte längst die Stelle erreicht, an der Korghs Vermutung nach die bewaffneten Männer lauern sollten.

Er schluckte, hob langsam den Kopf …

Korgh hatte recht, dachte er. Sie lauerten auf der Böschung, in Deckung der Bäume und Sträucher und warteten offenbar auf ihre ahnungslosen Opfer.

»Wo, verflucht, bleiben sie denn?« Einer der Männer, ein kleiner Kerl mit großen Ohren, murmelte unablässig vor sich hin. »Sie müssten doch längst aufgetaucht sein.« Er lag bäuchlings oben auf der Böschung, hatte den Kopf mit dem strähnigen mausgrauen Haar vorgestreckt und lugte zwischen einem halb verfaulten Baumstamm auf den Karrenweg hinunter. Dabei spielte er nervös mit einer mit Metalldornen gespickten Kugel, die durch eine Kette mit einem Holzgriff verbunden war. Es war eine gemein aussehende Waffe.

Lay schluckte wieder. Hätte Korgh nichts gemerkt, wären sie ahnungslos in die Falle getappt. *Du wärst ahnungslos in die Falle getappt,* verbesserte er sich grimmig.

»Still, Nager!«, zischte ein Mann, der neben dem anderen an einem Baum lehnte. Er hielt einen gespannten Bogen. »Wenn sie dich hören, ist die Falle aufgeflogen.«

»Haltet das Maul, alle beide! Sonst schneid ich euch die Zungen heraus!«, befahl eine kalte Stimme.

»Ich hab doch nur …«

Ein dumpfes Klatschen unterbrach die jammernde Stimme.

»Ruhe, hab ich gesagt.«

Der Sprecher stand hinter den Männern. Seine Stimme klang leise, kalt und völlig leidenschaftslos.

Die beiden drehten sich herum.

»Aber, Brost, wir haben doch nur …«

Der Brost Genannte machte eine kurze Handbewegung, so schnell, dass man die Geste kaum erkennen konnte, und im nächsten Moment grub sich eine kleine, unangenehm aussehende Klinge unmittelbar neben der Kehle des Sprechers in die rissige Rinde des Baumes. Sie hatte die Form einer lang gezogenen Acht, und die abgerundeten Schneiden waren an beiden Enden geschärft. Nur in der Mitte, wo sie sich verjüngte, war sie mit einem schmutzigen Tuchstreifen umwickelt. Ein Wurfmesser, eine gefährliche Waffe in den Händen eines geschickten Werfers.

»Das nächste Mal kannst du mir die Klinge nicht zurückbringen, Spanner.«

»Si… sicher, Brost.«

Spanner? Ein passender Name für einen Bogenschützen, dachte Lay, der sich den schmutzigen, hageren Burschen betrachtete. Er hatte nur ein Auge und dunkelbraune Zähne vom vielen Kammatnuss-Kauen und nickte.

»Also?«

»Oh … klar, Brost.« Der Mann nickte erneut, griff zu dem Wurfmesser und versuchte, es aus dem Stamm zu ziehen.

»Au, verflucht!« Er ließ die Waffe los, die immer noch im

Baum steckte, und drückte die Handfläche an seine Lippen. Sie war so schmutzig, dass sich das Blut hell dagegen abhob. »Ich hab mich …«

Brost knurrte, war mit zwei Schritten an dem Baum, stieß Spanner zur Seite und zog das Messer geschickt aus dem Stamm. »Ich frage mich wirklich, warum ich mich mit euch abgebe.«

»Vielleicht, weil du es allein nicht hinkriegst.«

»Ach wirklich, Kloss? Glaubst du das?« Brost kniff die Augen zusammen und starrte den Mann an.

»Ja. Glaub ich.«

»Dann hab ich eine Neuigkeit für dich …«

»Also wirklich, Leute. Das ist jetzt wohl kaum der richtige Moment …«, jammerte die dritte Gestalt, der Mann mit der Eisenkugel. Er war klein und untersetzt und hatte eng zusammenstehende Augen und hervorstehende Schneidezähne.

»Halts Maul, Nager!«, knurrten Brost und Kloss gleichzeitig.

»Beruhige dich, Brost«, brummte ein Berg von Mann, der aus dem Unterholz neben ihn trat. »Wir sind immer noch in der Überzahl.«

Meine Güte, ist der Kerl groß! Lay betrachtete den Riesen beeindruckt.

»Ein Großer und ein Dürrer, hat Iltze gesagt«, meinte der Mann, den sie Nager nannten. »Eine leichte Beute, hat sie gemeint, wenn wir Schlammschweine uns bei dem Versuch, sie umzulegen, nicht selbst …«

»Halts Maul, Idiot!« Das war Brost. »Was Iltze sagt …«

»… trifft meistens zu«, brummte der Riese. »Und du, spiel dich nicht so auf, Brost. Du bist zwar unser Anführer, aber Iltze …«

»… tanzt uns ganz schön auf der Nase herum«, nörgelte der kleine Kerl mit den abstehenden Ohren.

Lay runzelte die Stirn. *Iltze? Wer von denen ist denn Iltze?*

»Soll sie doch«, meinte Brost und grinste. »Solange sie auch auf meinem Schoß tanzt.«

Der Riese lachte leise. »Ja, das kann sie, was?« Er streckte die Hand aus. »Sie müssen gleich hinter der Baumgruppe dort hervorkommen.«

Lay schluckte. *Genau dort wären wir auch in die Falle getappt, wenn Korgh …*

»Ein Junger und ein Älterer, ein Großer. Bei dem Großen bin ich mir nicht sicher, aber es könnte ein Nordling sein.«

»Ein Nordling?« Brost runzelte die Stirn. »Quatsch! Was hat denn ein Nordling so weit hier unten zu suchen?«

Eigentlich eine gute Frage, dachte Lay. *Vielleicht sollte ich sie ihm mal stellen, wenn die Gelegenheit günstig ist.*

Kloss zuckte mit den breiten Schultern und wog seinen Streithammer in der schwieligen Faust. »Keine Ahnung. Aber wenn es einer ist, sollten wir vorsichtig sein.«

»Pah! Wir sind fünf. Und die sind zwei. Dazu ein Junger. Und wir haben Spanner und seinen Bogen.«

Kloss nickte bedächtig und sah Brost an. »Schon wahr. Ich sag's ja auch nur.«

Brost grinste spöttisch. »Klar. Deshalb bin ich der Anführer und du nicht. Ich sag nämlich, wir legen sie um und fertig.«

Kloss grunzte. »Wie du meinst, Anführer. Du führst, ich folge. Bis es anders kommt.«

Brost brummte gereizt, aber dann leckte er sich vor Aufregung die Lippen, als er auf die Straße starrte. »Also gut, Männer. Seid ihr so weit?«

»Alles klar«, zischte der Bogenschütze, der angestrengt auf die Straße blickte. »Du nimmst den Großen, Kloss, und wir kümmern uns um das Bürschchen.«

Was? Wieso bei Belphors …?

»Ach wirklich?«

Lay spürte, wie die Haut an seinem Hinterkopf prickelte, als er die Stimme der Frau hörte. Sie klang fauchend und gereizt. Und vor allem war sie hinter ihm.

Er fuhr herum. Sie stand kaum zwei Schritt von ihm entfernt und musterte ihn mit einem durchdringenden Blick aus gelblichen Augen.

Echsenschiss! Lay schluckte. *Ich habe nicht gehört, wie sie sich ...* Dann bemerkte sie das schartige Schwert in seiner Hand und hob eine Braue. »Ihr meint nicht zufällig das Bürschchen mit dem abgewetzten Zahnstocher als Schwert, das gerade hinter euch steht und euch gleich in eure Ärsche beißt?«

Sie bleckte die Zähne, ohne Lay aus den Augen zu lassen, und er starrte sie an. Sein Schock darüber, dass er überrumpelt worden war, wich blankem Unglauben, als er die Zähne der Frau sah. Es waren kräftige Zähne, das schon. Aber irgendetwas an ihnen war ... *merkwürdig*. Einige waren gelblich, andere fast weiß und etliche von dem dunklen Braun, das den ausgiebigen Genuss von Kammatnuss verriet. Er sah Metall aufblitzen. *Offenbar hat jemand ihr fremde Zähne mit Draht ...*

Lays Aufmerksamkeit wurde jedoch von dieser ungewöhnlichen Prothese abgelenkt, als er plötzlich die absolute Stille wahrnahm, die ihren Worten folgte. Er drehte sich zu den Männern herum. Vier Köpfe waren wie von einer Schnur gezogen herumgefahren.

Was für eine Bande! Lay hätte bei dem Anblick dieser bunten Schar fast gegrinst, wären da nicht die Augen der Männer gewesen. *Kalt wie Bachkiesel.* Wie absonderlich und abenteuerlich diese Leute auch aussehen mochten – ihre Augen waren die von gewissenlosen Mördern. Und sie hielten ihre Waffen, als verstünden sie damit umzugehen.

»Verdammt will ich sein! Wie hat dieses Bürschchen ...?«

Bürschchen ist auch nicht viel besser als Jungchen, dachte Lay. *Wieso ist mein Alter nur für alle Welt so ungeheuer wichtig, dass alle darauf herumhacken müssen?* Er rechnete fast mit einem glucksenden Lachen des Hünen neben sich im Dickicht, aber dankbarerweise schien Korgh darauf zu verzichten, ihn vor diesen Strauchdieben lächerlich zu machen.

»Ich bin kein verdammtes Bürschchen«, fauchte er, »was ich meinem Freund hier bereits klargemacht habe. Ich bin …«

»Und wo verflucht ist der andere?«

»Genau, wo steckt dieser Brocken?«

Lay brauchte einen Moment, bis die Bedeutung dieser Worte in sein Bewusstsein drang. Dann machte er einen vorsichtigen Schritt zurück, schluckte erneut und ließ seinen Blick nach rechts und links zucken, weil er es nicht wagte, den Kopf zu bewegen.

»Korgh?« Seine Stimme klang heiser und brach. Er räusperte sich.

»Schön stehen bleiben, Bürschchen.« Das war die Frau. Sie ging vorsichtig nach links, um Lay herum, und hielt plötzlich ein Langmesser in der rechten Hand. In der Handfläche ihrer Linken blitzte ebenfalls Metall auf.

Ein Wurfmesser oder so was, dachte Lay. *Jedenfalls nichts Gutes.*

»Genau«, brummte der Koloss, als er langsam von der Böschung herunterkam. Er ließ sich Zeit, während er einen Bogen in die andere Richtung schlug, rechts herum, um Lay dort den Fluchtweg zu verstellen.

Aber Lays Beine fühlten sich ohnehin wie gelähmt an. Er hätte nicht weglaufen können, selbst wenn er es gewollt hätte. *Und wie ich es will! Wo, verdammt, ist Korgh? Das ist jetzt wirklich nicht der richtige Moment, um Verstecken zu spielen.*

Der Mann mit dem Bogen warf noch einen misstrauischen Blick auf den Weg, drehte sich dann ebenfalls herum und zielte mit dem Bogen auf Lay. »Also, wo steckt dein dicker Kumpel?«, erkundigte er sich zischend und ließ den Blick seiner schwarzen Augen hin und her zucken.

Aber von Korgh war nichts zu sehen.

»W… wer?«

»Halt uns ja nicht zum Narren, Bürschchen! Wir haben euch schon lange beobachtet!«

Das war der Mann, den dieser Koloss Brost genannt hatte. Die Augen des vierschrötigen Kerls schienen in verschiedene Richtungen zu blicken, und Lay wusste nicht, ob das ein Trick des Mannes war oder ob er tatsächlich auf diese seltsame Art und Weise schielte.

»Genau, wir wissen, dass ihr mehrere seid«, mischte sich der kleine Kerl mit den großen Ohren ein, der bei den Worten der Frau mit einem leisen Quieken herumgefahren war. Er hatte sich aber offenbar von seinem Schrecken erholt, weil er es nur mit dem Jüngling zu tun hatte.

»Schnauze, Nager«, knurrte Brost ihn an. »Also, wo…?«

Die Frau zischte gereizt. »Wo soll er sein? Er ist natürlich abgehauen, während ihr Schlammschweine euch wie die letzten Arschlöcher aufgeführt habt. Habt euch von einem Bürschchen übertölpeln lassen…«

Lay verzichtete darauf, ihr zu widersprechen, und nutzte den Moment, um sich erneut nach Korgh umzusehen. Aber von dem Nordling war nichts zu entdecken. Vorsichtig machte er einen Schritt zurück. Dann noch einen.

»Schnauze, Schlampe!«, fauchte Brost wütend. »Also, Bürschchen, wo…«

»Schlampe? SCHLAMPE? Du schielender Drecksack wagst es, mich…?«

»Iltze, ich hab dir schon tausendmal gesagt, du sollst mich nicht…«

»Und wenn schon!« Die Frau spie verächtlich aus. »Dann sagst du's eben noch tausendmal. Was macht das für einen Unterschied?« Sie starrte den Anführer wütend an. »Erstens kannst du sowieso nicht so weit zählen, und außerdem kommst du dann nicht aus der Übung. Wie Kloss schon ganz richtig sagte, allein kriegst du's nicht hin. Also spiel dich nicht so auf.« Sie spie noch einmal aus und fluchte, als einer der Zähne auf dem Waldboden landete. »Scheiße!« Sie bückte sich, hob den Zahn auf, betrachtete ihn und schob ihn dann in die Tasche ihrer schmutzigen und löchrigen Weste. »Dieser Toohl ist ein Pfuscher. Er hat mir versprochen, die Zähne würden halten.«

Brost lachte leise. »Tja, solltest die Schnauze nicht so voll nehmen, dann kann dir so was auch nicht passieren. Aber wer sich mit fremden Zähnen schmückt, dem fällt schon mal einer aus dem Maul.«

Iltze starrte Brost feindselig an, dann schnaubte sie und spuckte erneut aus, vorsichtiger diesmal. »Pass du lieber auf, dass ich dir nicht gleich deine winzigen Nüsse aus deinem schlaffen ...!«

»Können wir vielleicht erst mal diese Angelegenheit hier erledigen?« Der Mann namens Brost deutete auf Lay.

Iltze warf dem Mann einen weiteren giftigen Blick zu. »Also gut, aber darüber sprechen wir noch. Unter vier Augen.«

»Wirklich? Ist das ein Versprechen?«, knurrte Brost und machte eine obszöne Geste. »Aber diesmal will ich oben liegen.«

»Fick dich selbst, Arschloch!«, knurrte Iltze.

Lay war der Auseinandersetzung zunächst ungläubig gefolgt, versuchte nun aber, die Situation auszunutzen, und machte einen vorsichtigen Schritt zur Seite, in Richtung des Dickichts.

»Würd ich nicht versuchen, Bürschchen«, brummte der Koloss, als Lay einen weiteren Schritt nach hinten machte. »Spanner schießt mit seinem Bogen einer Ameise eine Blattlaus aus den Zangen, ohne sie dabei auch nur zu berühren. Hat er jedenfalls behauptet, und ich würd an deiner Stelle nicht rausfinden wollen, ob's stimmt, was?« Der Riese lachte. »Denn du bist viel größer als eine Blattlaus, hab ich recht? Dein Freund, die Ameise, hat sich zwar davongemacht, aber du ...« Der Koloss machte einen drohenden Schritt auf Lay zu und ließ den Streithammer durch die Luft sausen, »entkommst uns nicht, das verspreche ich dir.«

»Also, können wir die gegenseitigen Beleidigungen vielleicht aussetzen, bis wir diesem Bürschchen die Haut abgezogen haben?« Brosts Stimme klang fast ein wenig jammernd, aber bei seinen Worten überlief es Lay kalt. *Sind das hier vielleicht diese Menschenfresser, von denen die Karawanenreiter berichtet haben?* Lay musterte die Strauchdiebe. *Eigentlich sehen sie gar nicht so aus. Aber Korgh sieht auch nicht aus, als würde er Kinder fressen.*

Lay verzichtete darauf, den Gedankengang weiter zu verfolgen. Im Augenblick hätte Korgh seinetwegen gern alles fressen können, was er wollte, vorzugsweise Strauchdiebe, wenn er nur da gewesen wäre!

»Aber danach mache ich dich fertig, Brost, darauf kannst du dich verlassen. Diesmal meine ich es ernst. Ich habe die Schnauze voll von dir …«

»Ach ja?«, höhnte der Anführer der Bande, während er mit seinen hervorstehenden, schielenden Augen Lay musterte und langsam auf ihn zuging. »Deshalb nuschelst du wohl so, was?« Er hatte ein Kurzschwert mit einem widerlich wirkenden Haken an der Spitze in der Hand, und in einem Gurt über seiner Brust steckten etliche Klingen. Sie hatten die Form einer lang gezogenen Acht und waren an ihrem schmalen Teil mit Leder oder Tuch umwickelt.

Lay schluckte. Das sah nicht gut aus. Er hob sein Schwert und hielt es abwehrend vor sich. »Kommt nicht näher!«

Das sorgte für grimmige Heiterkeit.

»Was dann?«, erkundigte sich Brost. »Furzt du uns weg, oder was?«

»Oder willst du uns mit diesem Ding da kitzeln und hoffst, dass wir uns totlachen?«, fauchte die Frau, die Iltze hieß. »Vergiss es, Bürschchen. Der Einzige, über den ich lache, ist Brost hier.«

»Genau …! Was …?« Brost warf ihr einen wütenden Blick zu. »Was soll das denn jetzt wieder?«

»Hier ist deine Reise zu Ende, Bürschchen.« Die dunkle Stimme rumpelte direkt hinter Lay, und er fuhr mit erhobenem Schwert herum. Es schepperte, als der Streithammer des Kolosses herabsauste, und Lays Schwert segelte durch die Luft, bevor es sich mit der Klinge in den weichen Waldboden bohrte.

Brost verfolgte sie mit seinem Blick und schüttelte dann den Kopf. »Wirklich armselig, Bürschchen. Dir hat wohl keiner gesagt, dass du ein vernünftiges Schwert brauchst, wenn du dich in die Welt hinauswagst, hm?«

»Doch, schon«, erwiderte Lay, der den Koloss vor sich nicht aus den Augen ließ. Er wusste zwar nicht, wer der gefährlichste der Wegelagerer war, aber der Kerl hier war ihm auf jeden Fall am nächsten. Und er grinste Lay auch an, mit kalten, erbarmungslosen Augen in dem fast freundlich wirkenden Mondgesicht.

»Ah, tatsächlich«, höhnte die Frau und trat dichter an Lay heran. »Und wer war das, hm?«

Lay wollte antworten, doch in dem Moment stieg ihm ein vertrauter Geruch in die Nase. Ein wundervoller Duft, ein heiß ersehntes Aroma. Der unverwechselbare Gestank nach …

… Fischtran.

»Wir.«

Ah. Die Erleichterung, die Lay durchströmte, hätte nicht größer sein können, wenn in diesem Moment nicht nur dieser eine Nordling, sondern tatsächlich eine ganze Rotte dieser Hünen aus dem Unterholz gebrochen wäre.

Korghs dunkler Stimme folgte ein scharfes Pfeifen, das von einem dumpfen, knirschenden Laut abgeschnitten wurde. Das Geräusch, mit dem sich geschmiedeter Stahl in Haut, Knochen und Hirnmasse gräbt.

Das runde Gesicht vor Lay teilte sich wie Lokhs Auge am Himmel in eine Tag- und eine Nachthälfte, als die Schneide einer Doppelaxt den Kopf des Hünen sauber in zwei Hälften schnitt und bis tief in den Hals drang.

»Wir sind nur noch nicht dazu gekommen, ihm eins zu besorgen«, fuhr Korgh beiläufig fort, während er die Axt aus dem Leichnam riss und gleichzeitig Lay mit seiner freien Hand zur Seite stieß.

»Au … Was …?«

Wo Lay eben noch gestanden hatte, pfiff ein Pfeil durch die Luft und verschwand im Unterholz, ohne weiteren Schaden anzurichten.

»Schnapp dir eine Waffe und erledige diesen verdammten Bogenschützen!«, knurrte Korgh, während er Lay losließ, erneut die Streitaxt hob und einen Schritt auf den Anführer der Bande zutrat. »Wir haben keine Lust, uns deinetwegen ein Loch ins Fell schießen zu lassen.«

Lay hatte keine Zeit, sich lange der Erleichterung hinzugeben, die Korghs Auftauchen in ihm ausgelöst hatte. Für Dankesreden war immer noch Zeit, wenn sie hier lebend herauskamen. Denn noch stand es vier gegen zwei.

Drei gegen zwei – oder für wie viele Korgh sich auch immer hält, verbesserte sich Lay nach einem kurzen Seitenblick. Brosts hervorquellende, schielende Augen starrten ihn und den Himmel ungläubig an, vom Waldboden aus, wo sein Kopf lag. Sein Körper war dagegen gerade im Begriff, langsam in die andere Richtung zu sinken. *Jedenfalls kämpft er für zwei.*

»Scheiße! SCHEISSE! Spanner, verflucht, schieß doch endlich!«, kreischte die Frau, während sie hastig zurückwich, in dem verzweifelten Versuch, sich vor Korghs bluttriefender Streitaxt in Sicherheit zu bringen.

»Auf wen, verdammt? Auf wen denn?«

»Bist du blöd? Natürlich auf den Hünen!«, jammerte der Nager genannte Kerl neben ihm. »Das Bürschchen ist doch harmlos. Aber dieser Nordling ist …«

Lay hatte Brosts Leiche erreicht und schnappte sich das Schwert, das neben dem kopflosen Wegelagerer auf dem Boden lag. Dann sprintete er hastig auf die Seite der Lichtung, während Spanner einen weiteren Pfeil abfeuerte.

Korgh riss grunzend die Axt hoch. Der Pfeil prallte mit einem schrillen Kreischen von der breiten grauen Klinge ab, landete an einem Baum und fiel dann lautlos auf den feuchten Waldboden.

»Scheiße! Scheiße! Scheiße!«, zischte Spanner, der einen weiteren Pfeil aus dem Köcher riss und ihn mit zitternden Fingern und erst im dritten Versuch auf die Sehne einnocken konnte. Dann hob er den Kopf und suchte den Nordling.

»Vorsicht, verdammt!«, schrie Nager und holte mit seiner Waffe aus, die Lay an einen Dreschflegel erinnerte. Die Kugel sauste dicht an Lays Gesicht vorbei, und Lay schlug mit dem Schwert zu. Brosts Waffe war schwer, viel schwerer als das schartige Kurzschwert, und als er den kleinen, wieselartigen Mann um fast einen halben Schritt verfehlte, weil der reaktionsschnell zurücksprang, hätte ihn der Schwung seines Schlages fast von den Beinen geholt. Als die Waffe dann unvermittelt auf ein Hindernis prallte, riss der Aufprall Lay das Schwert aus der Hand. Schmerz zuckte durch seinen Ellbogen und hinauf bis in seine Schulter.

Verblüfft fuhr er zusammen, als neben ihm ein lauter Schmerzensschrei ertönte, und sah zur Seite. Sein Herz hämmerte ihm bis in den Hals.

Die bösartige Spitze der Waffe hatte sich in das Knie des Bogenschützen gegraben und den Mann wie einen Baum gefällt. Er hatte Bogen und Pfeil fallen lassen, rollte von der Böschung herunter und hielt sich dabei vor Schmerzen schreiend das blutige Bein.

»Mein Knie! Verflucht, das tut weh! Dieser Trottel hat mir das Knie zerschmettert …!«

Lays Herz hämmerte wie wild, und das Blut rauschte laut wie ein Wasserfall in seinen Ohren. Dieser Kampf war so anders als seine Schwertübungen mit Maahr-kut oder die »körperlichen Betätigungen«, die er mit Korgh absolviert hatte.

Ausatmen.

Er atmete vor Erregung tief ein, und der Geruch des Blutes stieg ihm in die Nase. Er atmete aus, langsam, und holte dann erneut tief Luft, roch den metallischen Duft des Blutes, das fruchtbare Aroma der feuchten Erde, das Grün der Bäume und Sträucher, den Geruch nach nassem Tuch, schimmeligem Leder und Pisse …

Einatmen.

… den metallischen Gestank des Todes …

Die Geräusche um ihn herum schienen plötzlich dumpfer zu werden, zogen sich seltsam in die Länge. Die Schreie der Männer klangen auf einmal tiefer, verzerrt; selbst das Kreischen der Frau, mit dem sie den Bogenschützen aufforderte, aufzustehen und endlich zu feuern, hörte sich zäh an, als dringe es durch Honig, ihre Stimme war heiser und langsam …

Ausatmen.

Die Melodie tauchte unvermittelt in seinem Kopf auf, ungerufen, ungebeten, unerwartet.

Lay erkannte sie sofort. Das Lied der Versenkung.

Zanth'ra! Aber wieso …? Ich habe doch überhaupt nicht …

Ihm blieb keine Zeit, darüber nachzudenken, wieso er das Lied hörte, wie er es geschafft hatte, in den Zustand der Versenkung zu kommen. Die Stimmen um ihn herum wurden immer dunkler, gedehnter, verzerrter. Er sah, wie ein Blutstropfen aus der Wunde am Knie des Bogenschützen flog, sich dehnte, zu einer Perle wurde, wieder zu einem länglichen Tropfen, durch die Luft flog, sich noch weiter dehnte, bis er sich in der Mitte teilte, sich ein zweiter Tropfen bildete, der dem ersten folgte. Der Schmerzensschrei des Mannes drang wie durch Wasser an seine Ohren, als wäre er untergetaucht und hörte, wie über dem Wasser jemand nach ihm rief.

Lay drehte den Kopf … wollte ihn drehen, aber es fühlte sich an, als stecke er in zäher Melasse. Sein Blick war nicht beeinträchtigt, aber er konnte seinen Körper nur in demselben Tempo bewegen, mit dem sich die Welt um ihn herum bewegte.

Seltsam, dachte er. *Ein seltsames Gefühl. Aber meine Gedanken sind schneller, meine Wahrnehmung auch, nur …* Er sah auf seine Hand, wollte sie vor die Augen heben, aber es gelang ihm nicht. Jedenfalls nicht so schnell, wie er beabsichtigte. Er hatte ihr den Befehl gegeben, sich zu heben, aber sie gehorchte nur träge.

Dabei hörte er die ganze Zeit über den seltsam verzerrten Kampfgeräuschen diese Melodie in seinem Kopf, Silben und Laute, die nicht ganz sinnvolle Worte ergaben.

TODTODTOD … BRUTDRAAKENBRUT … EINERDERACHTEINERDERACHT …

Was hat das zu bedeuten?, dachte Lay und wollte verwirrt den Kopf schütteln. *Ach ja, richtig. Geht ja nicht.* Er runzelte die Stirn. *O Mann, geht auch nicht!* Es war seltsam, in seinem eigenen Körper eingesperrt zu sein und ihm zuzusehen, wie er scheinbar mürrisch und unendlich träge die Befehle seines Hirns ausführte. Lay hätte fast gelacht, als er sah, wie neben seinem Kopf eine Waldbiene heranflog und elegant der eisernen, mit Stacheln gespickten Kugel auswich, die an einer langen Kette träge durch die Luft taumelte, viel zu langsam, um die Waldbiene zu gefährden.

Lay riss die Augen auf, eine Bewegung, die ebenfalls unendlich lange zu dauern schien, als er begriff, dass diese eiserne, mit metallenen Stacheln gespickte Kugel geradewegs auf seinen Kopf zuflog. Sie drehte sich sacht an ihrer Kette, aber es konnte kein Zweifel daran bestehen, dass sie ihn gleich …

Deckung! Verdammt, geh in Deckung!, kreischte eine Stimme in Lays Hirn. *Zieh deinen verfluchten Kopf ein, sonst ist er nur noch ein Haufen Knochenmus und Hirnmasse!*

Lay hielt den Blick auf die Kugel gerichtet, die es nicht eilig zu haben schien, ihn zu treffen. Er sah auf die Kette, den Griff, auf die beiden schmutzigen Hände, die kurzen Finger mit den abgekauten Nägeln, unter denen dennoch Dreck und sich wer weiß was sonst noch häuslich eingerichtet zu haben schienen.

Er bog den Kopf nach hinten und zur Seite, weg von dem Halbkreis, den die Kugel beschrieb. Die Kette vibrierte langsam und begann, sich zu straffen, als die Kugel den Scheitelpunkt ihrer Bahn erreichte.

Die Melodie in Lays Kopf schwoll zu einem orkanartigen Brausen an, als er alle Kraft aufbot, um seinen Kopf aus der Bahn der Kugel zu biegen. Er sah, wie sie fliegen würde, wie sie fliegen musste, erkannte es an dem Winkel, mit dem der Strauchdieb – *Nager haben ihn seine Leute genannt!* – sie an Stock und Kette schwang.

Letztere hatte sich jetzt gestrafft, und die Bahn der Kugel veränderte sich leicht. Sie ruckte, langsam, sehr langsam, als die Kette sie hielt, und flog dann an der straffen Kette durch die Luft, beschrieb eine Bahn, die sie genau dorthin führte, wo Lays Kopf war. Das heißt, wo er eben noch gewesen war.

Es ging zwar unendlich langsam, quälend langsam, aber es gelang Lay, den Kopf immer weiter zu senken. Er konnte erkennen, dass es reichen würde. Knapp zwar, aber er hatte den Kopf und auch seinen Hals so weit nach hinten und zur Seite gebogen, dass die Kugel haarscharf an seiner rechten Wange vorbeischwebte. Er konnte das unregelmäßige Metall der Stacheln erkennen, an denen dunkle Flecken schimmerten.

Vermutlich Blut von anderen Opfern dieses Strauchdiebs, dachte Lay. Wäre die Versenkung nicht gewesen, wäre das Lied nicht gekommen, dann würde zweifellos auch sein Blut daran kleben.

Mein Blut und wahrscheinlich auch der größte Teil meines Schädels und mein Hirn!, dachte er.

Die Kugel schwebte sich sacht drehend weiter an ihm vorbei,

ein Stück über seine rechte Schulter hinweg. Aber seine Erleichterung wich plötzlichem Schrecken, als sich seine Aufmerksamkeit von der Kugel auf die Kette richtete, die plötzlich gegen sein Kinn drückte.

Lay wollte dem Druck weichen, aber das war leichter gesagt als getan.

Au, verdammt, wieso ...?

Sein Kopf bog sich weiter zurück, und er hörte über das vertraute Summen ein unangenehmes Knirschen in seinem Kopf.

Mein Genick! Was ...?

Der Schmerz fühlte sich sonderbar an, anders, als er sonst Schmerz gespürt hatte. Irgendwie dumpfer, nicht so scharf, aber dafür gewaltiger, unaufhaltsam. Wie eine Naturgewalt, die ihn gemächlich, aber unerbittlich durchströmte. *Mit der bedächtigen Unaufhaltsamkeit eines Gletschers, dem nichts ausweichen kann,* dachte er.

Seine Nackenwirbel knackten erneut, als sein Kopf von der Kette noch weiter zurückgedrückt wurde. Lay gab nach, ließ es zu, dass sich sein Kopf weiter und weiter nach hinten bog, während er gleichzeitig versuchte, der Kette nachzugeben, indem er in die Knie ging, und sein Kopf sank ein Stück herab, langsam, aber weit genug, dass die Kette über sein Kinn rutschte, seinen Mund, seine Nase ...

Lay schloss die Augen und fühlte, wie das kühle Metall mit fast zärtlicher Grobheit darüber hinwegstrich.

Die Kette wurde plötzlich schlaff, und als Lay die Augen öffnete, sah er, dass die Kugel durch den Ruck, den sie bekommen hatte, als die Kette sich an Lays Kinn verhakt hatte, aus ihrer Bahn gerissen worden war.

Sie schwebte dicht über seinen Kopf hinweg, immer noch langsam, dann verschwand sie aus seinem Blickfeld ...

Wieso ... wo ist ...? Lay versuchte verzweifelt, die Waffe im Blick zu behalten.

»He! Was …? Verf…!« Der tiefe, lang gezogene Schrei wurde von einem dumpfen, knirschenden Schlag erstickt.

Lay keuchte und ruderte mit den Armen. Die Haut an seinem Kinn brannte vor Schmerz, und er verlor das Gleichgewicht. Das Brausen in seinen Ohren hatte ebenso unvermittelt aufgehört, wie es angeschwollen war, und während er nach hinten kippte, überkam ihn eine Welle von Übelkeit, wie beim ersten Mal, als er diese Erfahrung gemacht hatte.

Wie kann das …? »Ah!« Er stieß einen leisen Schrei aus, als er auf etwas Weichem landete.

Er spuckte und würgte und schloss die Augen, um den Schwindel unter Kontrolle zu bekommen, der ihn gepackt hatte. *Keine gute Idee!* Das Schwindelgefühl verstärkte sich, und er hatte den Eindruck, als würde die ganze Welt um ihn herum wie verrückt kreiseln. Oder als säße er auf einem dieser Katapulte, von denen er Zeichnungen in Zanth'ras Schriftrollen gesehen hatte, und würde in die Luft geschleudert, wo er sich um die eigene Achse drehte und …

Wo ist dieser Kerl mit diesem Dreschflegel? Der Gedanke genügte, damit er die Augen hastig wieder öffnete. Die Welt schaukelte zwar noch ein bisschen, aber sie beruhigte sich allmählich wieder.

Die Antwort auf die Frage gab ihm seine Nase, noch bevor er das Wimmern unter sich hörte. Der Geruch nach einem noch nie mit Wasser und Lauge in Berührung gekommenen Körper, nach modrigen, schimmeligen Kleidern und alter Pisse stieg vom Boden hoch und hüllte ihn ein.

Lay stützte sich auf die Ellbogen und rollte sich hastig herum.

Der kleine Strauchdieb blieb liegen, zusammengekrümmt und immer noch wimmernd. Die Stahlkugel seiner Waffe hatte ihn an der Schläfe getroffen, und die eine Seite seines Gesichts war blutüberströmt.

Wahrscheinlich hat er die Bahn der Kugel nach dem Schlag nicht richtig berechnet, dachte Lay und betrachtete die Waffe, die auf dem Boden neben dem Mann lag. *Tückisches Ding. Aber wirkungsvoll. Und durch die Kette hat sie auch eine beeindruckende Reichweite.* Er bückte sich und hob sie auf.

»Au, au, verflucht!« Der Strauchdieb drehte sich mühsam auf die Seite und hielt sich jammernd den Kopf. »Mein Auge! Du hast mir ein Auge ausgeschlagen!«

Er drehte Lay das Gesicht zu, und der Jüngling sah, dass der kleine Mann recht hatte. Einer der Stacheln der Kugel war dem Mann ins Auge gedrungen und hatte es ihm herausgerissen. Eine blutige Höhle gähnte dort, wo zuvor das rechte Auge des Strauchdiebs gewesen war.

Ein widerlicher Anblick, aber Lays Mitgefühl hielt sich in Grenzen. Immerhin lebte der Mann noch, und er machte keineswegs Anstalten wegzulaufen. Im Gegenteil. Er funkelte Lay mit seinem verbliebenen Auge wütend an.

»Du mieser Dreckskerl!«, jammerte er schrill. »Du hast mir mein Auge genommen!« Blut und Glibber liefen ihm über die Wange in seinen zerzausten Bart. »Dafür werde ich mich rächen! Ich bringe dich um, und dann reiße ich dir die Nägel heraus, einzeln, Mistkerl!«

Falsche Reihenfolge, dachte Lay unwillkürlich. Er machte einen Schritt auf den kleinen Mann zu und bückte sich, während der sich abwandte und in seinem Wams hastig nach einer Waffe suchte.

Und er macht mich für den Verlust seines Auges verantwortlich, dachte Lay, *obwohl es doch seine eigene Ungeschicklichkeit gewesen ist. Allerdings ist es wohl zu viel verlangt, von einem Strauchdieb so etwas wie logisches Denken zu erwarten.*

Er erinnerte sich an die Lektionen im Monasterium, in denen Zanth'ra ihn mit den Kapiteln aus dem *Buch der Sieben Weisheiten* gequält hatte, und einen Moment durchzuckte ihn so etwas wie Verständnis für den Strauchdieb. Es wunderte ihn nicht, dass jemand keine Lust auf diese Qualen hatte, sich nicht den Hintern auf einem harten Stuhl plattdrücken und die Ellbogen auf einer Tischplatte aufscheuern wollte, während er versuchte, nur mit logischem Denken, einer Glasfeder, Meerestinte und Pergament kniffelige Aufgaben der Zahlenkunde oder gemeine Fragen aus dem Arkanum zu lösen.

Andererseits, hier hatte er leibhaftig vor Augen, wo man landete, wenn man sich vor seinen Pflichten drückte, wie ihn Zanth'ra immer wieder gewarnt hatte.

Wer nicht lernt, versteht nicht. Wer nicht versteht, kann nicht handeln. Und wer nicht handelt, kann seine Wirklichkeit nicht formen, sondern wird von ihr geformt.

Handeln!

Endlich hatte der Mann ein Messer aus seinem schmutzstarrenden Wams gezogen. Lay holte mit dem Dreschflegel weit aus.

»So, du miese Ratte!«, zischte der Strauchdieb und hob den Kopf, um Lay mit seinem Auge anzusehen. »Jetzt mache ich dich … Was? NEIN! NI…!«

Er schrie und hob abwehrend die Hand.

Die Kugel des Dreschflegels grub sich mit einem ekelerregenden Knirschen in den Schädel des Mannes. Lay schloss die Augen und presste die Lippen zusammen, als Blut, Knochensplitter und Gehirnmasse durch die Luft spritzten. Etwas Weiches, Warmes landete in seinem Gesicht.

Er spürte, wie seine Hände zur Seite gezogen wurden, und gab dem Zug nach, als der kleine Mann langsam umkippte, machte einen kleinen Schritt, um den Griff in den Händen zu halten, ohne die Waffe dabei aus Nagers Kopf herauszuziehen.

Er wartete, wartete darauf, dass er etwas fühlte, Entsetzen, Widerwillen, Freude, Triumph, irgendetwas.

Er fühlte …

Keinen Schmerz. Keine Schuld. Kein Bedauern. Lay runzelte die

Stirn. *Kann es wirklich so einfach sein, einen Menschen zu töten? So ... folgenlos?* Er dachte an Broll, an die Toten im Monasterium, die Soldaten, ihr derbes, höhnisches Lachen. An das ausdruckslose Gesicht, mit dem Broll beobachtet hatte, wie Rutbehka den Tod in den Flammen einem vermutlich schlimmeren Schicksal durch die Hände der lüsternen Soldaten vorgezogen hatte.

Wird man so schnell abgestumpft? Lay warf erneut einen Blick auf den Toten. Jetzt, im Tod, wirkte der Strauchdieb noch kleiner, noch erbärmlicher, kaum der Mühe wert, ihn umzubringen. Fast mitleiderregend.

Aber Lay empfand kein Mitleid. Er empfand nur ...

Ein Mörder weniger auf der Welt, dachte er. *Und mein erster Schritt auf dem Weg der Rache.* Er zog an dem hölzernen Griff, den er immer noch in der Hand hielt, aber die Kugel weigerte sich, mit ihren Stacheln den Schädel des Strauchdiebs loszulassen.

Lay zog kräftiger, und mit einem leisen Schmatzen löste sich die Stahlkugel aus dem Kopf des Toten.

Er hob die Waffe hoch. *Eine praktische Erfindung,* dachte er. *Ich werde sie mitnehmen, bis dieser Nordling mir das Schwert besorgt hat, von dem er geredet hat.*

Bei dem Gedanken an Korgh drehte sich Lay um. Er war so mit seinem ersten Kampf und seinem ersten Sieg beschäftigt gewesen, dass er sich um den Nordling und die anderen Strauchdiebe nicht mehr gekümmert hatte. Etwas spät fiel ihm ein, dass das möglicherweise ein ziemlich tödlicher Fehler sein könnte.

Aber er brauchte sich keine Sorgen mehr zu machen.

Der Kampf war vorbei.

Korgh stand an einen Baumstamm gelehnt und reinigte gelassen die blutverschmierten Klingen seiner Axt, während er zu Lay hinübersah.

Hat er mich die ganze Zeit über beobachtet? Lay wusste es nicht, aber es war ihm auch gleichgültig.

»Und, Jungchen? Auch schon fertig?«

Lays Miene verfinsterte sich. *Wenn dieser Kerl nicht bald aufhört, mich Jungchen zu nennen* … Er umklammerte den Griff der Waffe fester, als er die Böschung hinabstieg und sich dem Nordling näherte. Der sah ihm gelassen entgegen, ohne in seiner Beschäftigung innezuhalten. Mit ruhigen, gleichmäßigen Bewegungen wischte er das Blut von den Klingen. Dafür benutzte er einen Fetzen Tuch, das offenbar einmal ein Hemd gewesen war. Oder eine Hose, das konnte Lay nicht genau erkennen, aber es spielte auch keine Rolle.

Er sah sich auf der kleinen Lichtung, wenn man diesen spärlich bewachsenen Fleck so nennen konnte, um. Außer ihnen beiden gab es dort keine lebende Menschenseele mehr.

»Sind alle tot?«, erkundigte er sich so beiläufig, wie seine etwas belegte Stimme es zuließ. »Ich habe meinen jedenfalls erledigt.«

»Hast du, ja?«

»Allerdings.« Lay schluckte und deutete mit der Hand vage hinter sich zur Böschung, wo Nager lag. »War keine große Sache«, behauptete er. Seine Stimme klang selbst in seinen Ohren fremd und zu großspurig. Er schluckte wieder, als er Korghs undurchdringlichem Blick begegnete.

»Nein«, meinte der Hüne. »Ist es nie.« Er hob die Axt und wischte an einer Stelle herum, mit der er offenbar noch nicht zufrieden war. »Geht ruck, zuck. Eben atmen sie noch, im nächsten Moment spritzen sie ihren Lebenssaft aus allen Poren und tun ihren letzten Zug.«

»Genau.« Lay schluckte erneut, angestrengter diesmal. Sein Magen verkrampfte sich, und er spürte ein verdächtiges Brennen im Hals, aber er würgte es tapfer herunter. *Bloß nicht!*, dachte er. *Auf keinen Fall wirst du vor diesem Fischkopf kotzen! Das wäre einfach zu peinlich* …

»Kein großer Verlust.« Korgh polierte erneut an der Stelle der Axt herum, aber Lay spürte, dass der Hüne nicht seine Waffe ansah, sondern ihn beobachtete.

»Nein«, meinte Lay. »Waren ja nur Strauchdiebe.«

»Ja.«

»Haben uns aufgelauert und wollten uns umbringen.«

»Ja.«

»Sind selbst schuld.«

»Ja.«

»Kannst du auch was anderes sagen als Ja?«, fauchte Lay erstickt. Er musste immer wieder fast krampfhaft schlucken, um die brennende Soße in seiner Speiseröhre zu behalten, die offenbar unbedingt aus seinem Magen herauswollte.

Korgh antwortete nicht sofort, sondern polierte seine Axt. »Gut«, meinte er dann, warf den Lappen achtlos weg und schob die Axt in die Schlaufe seines Koppels auf seinem Rücken. Die geflochtene Lederschlaufe am Griff befestigte er an einem Haken an seinem Gürtel. Das verhinderte, dass die Axt beim Gehen auf seinen Rücken schlug.

Lay drehte sich um und warf einen Blick auf eine dunkle Gestalt nicht weit von ihnen entfernt. Das war der Koloss gewesen, der ihm den Weg hatte abschneiden ...

Er krümmte sich, und ein Schwall von Halbverdautem spritzte aus seinem Mund. Der Anblick war einfach zu viel für ihn. Korghs Axt hatte dem Mann den Schädel bis zum Hals gespalten. Lay sah das Hirn, die Schädelknochen, und aus dem Halsstumpf rann immer noch Blut.

Er stolperte zurück und stieß mit dem Absatz gegen etwas. Er drehte sich um und ...

Brosts Schädel rollte langsam über den Waldboden und stieß gegen einen Baumstumpf. Gnädigerweise blieb er mit dem Gesicht nach unten liegen, aber Lay konnte die abgetrennten Fasern des Halses sehen, die Knochen des Rückgrats, deren Weiß durch das Blut hindurchschimmerte.

Er atmete keuchend, stützte die Ellbogen auf die Knie, spuckte aus und richtete sich dann langsam wieder auf.

»Zwei sind entkommen«, stellte Korgh sachlich fest. »Die Frau und dieser Bogenschütze. Aber sie sind kaum eine Gefahr. Der Mann ist verletzt und humpelt …«

Lay erinnerte sich daran, dass er ihn mit dem Schwert am Knie getroffen hatte. *Als du eigentlich Nager hattest töten wollen!*, meldete sich eine spöttische Stimme in seinem Kopf.

»… und die Frau scheint zu viel Angst um ihre Zähne gehabt zu haben, um ernsthaft kämpfen zu können.« Korgh zuckte mit den Schultern. »Vielleicht ist ihr auch die Lust vergangen, nachdem sie das Schicksal ihrer Kumpane mit angesehen hat.«

Lay schüttelte den Kopf. »Ich … ich hab einfach Glück gehabt«, räumte er dann ein. Seine Stimme klang kläglich, und er fühlte sich plötzlich armselig. »Er hätte mich fast … wenn da nicht dieses Summen gewesen wäre … Ich wäre …«

Korgh brummte. »Glück, hm?«

Lay nickte. »Ja. Und irgendwie hat mir die Kunst der Versenkung geholfen. Ich weiß nur nicht, wie das passiert ist.«

Korgh schwieg.

»Ich meine, ich habe nicht danach gegriffen oder sie beschworen oder die Übungen gemacht, wie Zanth'ra …« Er verstummte, weil Korgh wahrscheinlich gar nicht wusste, wovon er redete. »Schon gut«, meinte er und hob die Waffe mit der Kugel, die er immer noch in der Hand hielt. »Jedenfalls habe ich jetzt eine Waffe, die besser ist als dieses schartige Schwert, meinst du nicht auch?«

Korgh sagte immer noch nichts.

Lay hob den Blick zu dem Hünen und zuckte zusammen.

In den eisblauen Augen des Nordlings glomm ein rötliches Feuer, ähnlich wie im Monasterium, als sie Zanth'ra vom Drachenkreuz geholt hatten. Lay hatte es dort für die Reflexionen der Flammen gehalten, aber hier gab es kein Feuer. Und Belphors rotes Auge stand noch hoch am Himmel, dicht hinter seinem gelben, also konnten es nicht die rötlichen Strahlen der Sonne sein. Dann blinzelte der Hüne, und das Glühen war weg. Lay konnte nicht einmal sagen, ob er es sich nur eingebildet hatte.

»Glück, Jungchen?« Korgh brummte und verzog die Lippen. »Mit Glück hat das nichts zu tun.«

ULCAR,
DRACHENPALAST
GEMÄCHER DER DRACHENBRAUT

»DIE GÖTTER VERLANGEN ES! Pah! Der Zorn der Götter! Dass ich nicht lache!« Jolah kochte vor Wut und riss ungeduldig an den Schnallen ihres schmutzigen Wamses. »Dieser verfluchte Heuchler! Wenn er nicht schon blind wäre, würde ich ihm die Augen auskratzen!« Endlich gelang es ihr, die Riemen des Wamses zu öffnen, ohne sie abzureißen. Sie streifte das von ihrem Abenteuer in den Geheimgängen verschmutzte und stinkende Kleidungsstück herunter. Darunter trug sie ein eng anliegendes, hochgeschlossenes Hemd aus einem feinen, elastischen Gewebe und eine dicke Leinenhose.

»Jolah!« Bragh hustete nachdrücklich.

Jolah fuhr zu ihrem Paladin herum und starrte ihn wütend an. »Was ist?«

»Vielleicht …« Der Blick des jungen Soldaten zuckte von ihrer Gestalt auf den Boden direkt vor seinen Füßen, als läge dort die Antwort auf alle Fragen und nicht im Mund der Götter. »Vielleicht solltest du die Möglichkeit in Betracht ziehen, dass der Erste Fragende tatsächlich nur das Beste …«

»Was denn, du auch?«, fauchte Jolah. *Und wieso siehst du mir nicht in die Augen? Ist es dir etwa peinlich, mir so ungeniert in den Rücken zu fallen?* Verächtlich schnaubend gestikulierte sie mit der Hand. »Verdammt, sieh mich gefälligst an, wenn du schon so einen Mist erzählst!« In ihren Zorn mischten sich Verbitterung und Enttäuschung. »Du schlägst dich also auch auf seine Seite? Obwohl du mein Paladin bist und bedingungslos zu mir halten sollst, ja, musst?« Ihre Augen sprühten Funken. »Das Beste für das Reich!« Sie schüttelte den Kopf und stemmte die Hände in die Hüften. »Das glaubst du doch wohl nicht wirklich! Dieser blinde Leichenfledderer hat nur seine eigenen Interessen im Kopf, darauf verwette ich meinen fürstlichen Hintern. Und Seine Gnaden der Reichsverweser denkt ebenso wenig daran, sich für mich einzusetzen, wie mein Vater.« Sie kniff die Augen zusammen. »Das ist fast so schlimm, wie von seinem besten Freund verraten zu werden!« *Ah, wenigstens hast du den Anstand, rot zu werden!* »Willst du mir vielleicht auch gleich einen geeigneten Ehemann vorschlagen, ja?«

»Ich wollte damit gar nicht ...«

»Ach, halt einfach die Klappe, Bragh!« Jolah fuhr wütend mit der Hand durch die Luft und drehte Bragh den Rücken zu. Sie hatte sich in Rage geredet und wollte sich nicht beschwichtigen lassen. »Keiner hält es für erwähnenswert, was *ich* will! Oder wozu ich fähig bin!« *Und spar dir jetzt bloß einen blöden Kommentar!* Sie warf Bragh einen giftigen Blick über die Schulter zu. »Stattdessen verstecken sich alle hinter Traditionen oder faseln vom Willen der Götter.« Sie presste wütend die Lippen aufeinander, während sie an dem Verschluss ihrer verschmutzten Hose nestelte. Die nach modriger Feuchtigkeit stinkenden Stiefel hatte sie schon vor ihrem Gemach ausgezogen. »Und ich frage mich, welche Antworten die Zunge der Götter dem Auguren tatsächlich in die Ohren flüstert. Pah!« Sie hatte die Knöpfe der Leinenhose geöffnet und schob sie wütend hinunter. »Ich glaube eher, dass eine ganz andere Zunge OchNarjon seine Visionen beschert ...«

»Jo... Jolah ...!« Bragh starrte einen Moment auf die nackten Beine und einen weiteren Moment auf den ebenfalls nackten Hintern der Drachenbraut und drehte sich dann zur Tür herum. Doch der Anblick, der ihn dort erwartete, erschütterte seine Gelassenheit noch mehr. »Ehrwürdige ...«

»Jolah!« Diesmal war es eine weibliche Stimme.

»… und am liebsten würde ich ihm meine Meinung mit einem Blasebalg in seinen fetten …«

Beim Klang der anderen Stimme fuhr Jolah herum, wobei sie ins Taumeln geriet, weil sich die Hose um ihre Kniekehlen schlang. Sie ruderte mit einem Arm und wäre gefallen, wenn sie sich nicht im letzten Moment an Braghs Schulter hätte festklammern können. Dann sah sie verblüfft auf die Gestalt in der Tür. »Was … Was machst du denn hier, Mutter? Ich meine …«

»Ich brauche wohl kaum einen Grund, um meine Tochter in meinem Palast aufzusuchen!« Die obere Hälfte von Jeul sa Mehdi de Prunfors hagerem Gesicht wurde von einem schwarzen Schleier aus feinem Gespinst verborgen, sodass man ihre Augen nicht sehen konnte. Trotzdem hätte Jolah schwören können, dass ihre Mutter, entrüstet über den Anblick, der sich ihr bot, die Brauen hob. »Sie davon abzuhalten, sich gänzlich vor ihrem Paladin zu entblößen, dürfte ja wohl zudem Grund genug sein.«

»Gänzlich …?« Jolah ließ Braghs Schulter los. »Was macht es denn schon, wenn Bragh …?« Sie bemerkte Braghs gerötete Wangen und stockte. »Ich hatte nicht vor …«

Jolah betrachtete ihren Paladin einen Moment verständnislos, dann sah sie kurz an sich herab. »Wegen dem bisschen nackter Haut?« Sie deutete auf ihre Beine. »Bragh hat weit mehr von mir gesehen als meine Beine. Er bewacht mich schließlich auch, wenn ich nackt im See bade!« Bragh verzog das Gesicht. Dann fiel ihr Blick auf seinen Schoß, und sie hätte gegrinst, wäre sie nicht so aufgebracht gewesen. *Wieso macht Mutter mir ausgerechnet wegen so einer Nichtigkeit eine Szene? Bragh kriegt einen Ständer, wenn er mich halb nackt sieht, na und? Wenigstens begehrt er mich wegen meines Aussehens und nicht wegen meines Titels und meiner Position.* Trotz flammte in ihr auf. »Und außerdem«, sie knurrte fast, »ist mir seine Wertschätzung meines Körpers weit weniger unangenehm als die Vorstellung, mich wie eine Stute von diesem bouhssischen Hengst …«

»Die Wertschätzung deines Körpers, wie du es auszudrücken beliebst, Jolah«, unterbrach ihre Mutter sie mit eisiger Stimme, »könnte deinen treuen Paladin nicht nur eine weitere Spanne im Bock, sondern diesmal die ebenso kurze wie intensive Bekanntschaft mit dem *Zahn des Drachen* einbringen. Falls der Fürst von diesem Zwischenfall erfahren sollte.« Sie deutete auf die Wand des Gemachs. »Und wie du ja sehr genau weißt«, fuhr sie spöttisch fort, »haben diese Wände Augen und Ohren.«

»Ich …« Jolah presste die Lippen zusammen und sah Bragh entschuldigend an. »Das wollte ich nicht, Bragh, das weißt du.« Die ungesund rote Gesichtsfarbe des Mannes war bei den Worten der Fürstin einer ebenso ungesund wirkenden Leichenblässe gewichen. Aber wenigstens war seine in der engen Hose unter dem Wappenrock sichtbare Erektion verschwunden. *Offenbar hat meine Mutter eine ähnliche Wirkung wie dieser viel zitierte Eimer eiskalten Wassers,* dachte Jolah. Sie streckte die Hand nach ihrem Paladin aus, aber Bragh wich sichtlich erschrocken zurück. *Also gut, ziehe ich mir eben erst etwas an.*

»Außerdem«, fuhr die Fürstin fort, »wollte ich mich vergewissern, ob es tatsächlich meine Tochter gewesen sein kann, die dem Fürsten des Drachenreiches vor den Gesandten seines wichtigsten Vasallen eine vollkommen ungehörige Szene gemacht hat, bei der sie …«

»Ich habe nur …!«, fuhr Jolah hitzig dazwischen, aber die Fürstin brachte sie mit einer energischen Handbewegung zum Verstummen.

»… den Verweser des Reiches und Obersten Ratgeber des Fürsten sowie den Ersten Fragenden der Auguren zu Narren degradiert hat. Vor den Augen ebendieser Gesandten. In Begleitung ihres Leibwächters zudem, dessen Aufgabe darin besteht, seine Schutzbefohlene vor allen Gefahren zu bewahren, die ihr drohen.« Sie sah Bragh direkt an. »Das schließt auch die Gefahr ein, die sie für sich selbst darstellt, denke ich«, fügte sie mit Nachdruck hinzu.

Bragh wünschte sich sichtlich, einen Spalt im Boden zu finden, in dem er verschwinden konnte.

Jolah achtete nicht auf ihn. Sie kochte vor Wut. *Und wieso musst du mich vor den Augen und Ohren meines Paladins maßregeln?* Jolah holte tief Luft, aber die Fürstin ließ sie nicht zu Wort kommen.

»Und als ich meine Tochter aufsuche, um sie zu fragen, ob diese Anschuldigungen stimmen, werde ich Zeuge, wie die Drachenbraut und Thronerbin des Reiches den Obersten Auguren und Ersten Fragenden des Reiches mit Ausdrücken verunglimpft, die einen Drachenreiter erröten lassen, und das in einer Lautstärke, die selbst die Aufmerksamkeit der Götter hinter dem Dunklen Schleier erregen könnte, von der Neugier der zuvor erwähnten tausend Ohren und Augen in den Mauern dieses Palastes ganz zu schweigen.«

Die Augen der Drachenfürstin glühten hinter ihrem Schleier. »Zieh dir endlich etwas an!«, befahl sie und deutete mit der Hand auf Bragh, ohne ihn anzusehen. »Und du, Soldat, wartest draußen. Oder besser noch, geh und wechsle deine Uniform! Du stinkst.«

Der Mann machte den Eindruck, dass ihm im Moment selbst ein Posten bei den ungeliebten *Eisdrachen*, der Gletscherpatrouille am *Weißen Spiegel*, lieber gewesen wäre, als sich noch eine Sekunde länger dem Zorn der Drachenfürstin auszusetzen. Oder dem der Drachenbraut. Er verbeugte sich tief vor Jeul, sichtlich erleichtert über ihren Befehl. »Erlauchte Fürstin.« Dann ging er zur Tür, drehte sich dort herum und sah Jolah an. »Mit dein … Eurer Erlaubnis, Edle Drachenbraut …«

»Du kannst gehen«, erwiderte Jolah hoheitsvoll. Es war ihr anzumerken, dass es ihr nicht gefiel, wie ihre Mutter ihren Leibwächter herumkommandierte, aber sie verzichtete auf einen

Kommentar. Stattdessen zog sie ihre violetten Augen zu Funken sprühenden Schlitzen zusammen und sah ihre Mutter gereizt an. »Aber lass dir nicht zu lange Zeit. Ich brauche dich.« Sie machte eine winzige Pause. »Wenn ich wieder angezogen bin.«

Die Drachenfürstin wartete, bis der Mann die Tür hinter sich geschlossen hatte.

»Was du brauchst, ist ein Bad«, erklärte sie mit einem Blick auf Jolahs schmutziges Gesicht. Eine Spinne, der es offenbar in den Geheimgängen zu unwirtlich geworden war und die es sich im Haar der Drachenbraut bequem gemacht hatte, ließ sich an einem dünnen Faden direkt vor ihrem Gesicht herab, als fürchtete auch sie, Opfer dieses Mutter-Tochter-Gefechts zu werden. Die Drachenfürstin verzog angewidert das Gesicht, als Jolah die Spinne leicht schielend musterte und dann zwischen zwei Fingern zerquetschte. »Es gibt keinen Grund zur Eile«, erklärte die Drachenfürstin. »Du wirst heute nicht mehr in den geheimen Gängen des Palastes herumschleichen, sondern dich nach dem Bad ausruhen und am Abend an dem Bankett zu Ehren der Gesandten des Shetan von Bouhss teilnehmen. Ich erwarte, dass du den Saal durch den Vordereingang betrittst. In Begleitung deines Leibwächters. Und in tadelloser Garderobe.« Jeul sa Mehdi verzog fast verächtlich die Lippen. »Ich hoffe doch sehr, dass du mir beweist, dass die Mühe, die ich auf deine Erziehung und die Ausbildung deiner Intelligenz verwendet habe, nicht vergeblich gewesen ist. Erspare mir und dem Fürsten heute Abend eine weitere unwürdige Szene. Du bist eine Drachenbraut. Also benimm dich gefälligst auch so!«

»Warum sollte *ich* mich so benehmen, wenn *mich* niemand so behandelt?«, platzte es aus Jolah heraus. »Du behandelst mich wie ein Kind, nicht wie die Thronerbin des Reiches. Und Vater …? Für ihn bin ich nur eine Zuchtstute, die er an den Meistbietenden veschachern will.« Ihr Zorn flammte erneut auf, und sie sprach weiter, als ihre Mutter Anstalten machte, sie zu unterbrechen. »Außerdem *ist* der Augur ein aufgeblasener, intriganter …«

»Es reicht, Jolah!« Jeul sa Mehdi hob ihre schlanke, sehnige Hand. Trotz des Schleiers konnte Jolah sehen, dass ihre Augen vor Wut geradezu Funken sprühten. »Ich werde nicht dulden, dass du die Ratgeber des Reiches oder den Fürsten …«

Der Fürst, der Fürst. Mutter spricht immer nur vom Fürsten, nie von ihrem Gemahl. Oder von meinem Vater. Hat sie das schon früher nie gemacht, oder ist es mir nur einfach nicht aufgefallen? Ich frage mich, warum sie das tut. Jedenfalls war es kein Ausdruck von Respekt, das wusste sie. Sie kannte ihre Mutter gut genug, um das unterscheiden zu können. Sie musterte die Frau, die ihre Mutter war, genauer. Die Zeit hatte es gut mit der Drachenfürstin gemeint. Jeul sa Mehdi de Prunfor war trotz ihrer fünfzig Zyklen immer noch schön und eine beeindruckende Persönlichkeit. Hochgewachsen von Gestalt, hatte sie die scharf geschnittenen, vornehmen Züge der Mehdis, einer der ältesten Familien vom Drachenblut in Alghor. *Aber diese Falten um ihre Mundwinkel sind neu, und ihre Wangen wirken eingefallener als früher.* Jolah bedauerte, dass sie die Augen ihrer Mutter nicht sehen konnte. Die Fürstin trug den Schleier schon lange und nahm ihn niemals ab. *Wahrscheinlich nicht mal im Bett, damit mein Vater ihren verächtlichen Blick nicht bemerkt, falls er sie überhaupt noch ansieht. Doch den Gerüchten zufolge lässt sie ihn ja schon lange nicht mal mehr in ihr Bett im Roten Flügel und verweigert ihm die Erfüllung der ehelichen Pflichten.* Jolah verzog das Gesicht. Es stand einer Tochter nicht an, so etwas über ihre Eltern zu denken. Aber wie der ganze Drachenhof kannte auch sie den Tratsch über die Spannungen zwischen dem Fürsten und ihrer Mutter.

»… braucht seine Loyalität, Jolah. Und der Thron kann nun einmal nur von einem Mann …«

»Ah, wirklich, Mutter, ich habe dieses Gerede satt!«, fuhr Jolah der Fürstin in die Parade, als deren Worte sie aus ihren Gedanken rissen. »Wo bitte steht denn geschrieben, dass immer alles so zu bleiben hat, wie es war? Die Fäden des Schicksals weben sich unablässig neu. Wieso kann sich da nicht auch die Thronfolge verändern?«

»Das Gewebe des Schicksals ist keine müßige Nadelarbeit einer ehrgeizigen, überprivilegierten Herrschertochter!«

Jolah zuckte zusammen. Sie konnte sich nicht daran erinnern, dass ihre Mutter jemals ihre Stimme erhoben hätte, und blickte sie erstaunt an. Da sprach die Herrscherin, nicht die Mutter.

»Veränderungen dieser Art erfordern nicht nur Kühnheit und gründliche Überlegung, Jolah. Vor allem verlangen sie nach dem richtigen Zeitpunkt!«

Ah, natürlich, was habe ich auch erwartet? Hilfe? Unterstützung? Verständnis?

Die Drachenfürstin sprach ruhiger weiter. »Ich behaupte nicht, dass du nicht die Fähigkeit hättest, Herrscherin …«

»Ja, ja, ich weiß, aber der Zeitpunkt ist schlecht gewählt!«, unterbrach Jolah sie unwillig. Der Anflug von Respekt war verflogen, und ihre Gereiztheit brach sich erneut Bahn. *»Ich bin noch nicht so weit.«* Sie spie die Worte regelrecht hervor. »Dieses Argument steht mir ebenfalls bis hier oben!« Sie hielt die Handfläche waagerecht gegen ihre Stirn, dann verschränkte sie die Arme vor der Brust. »Ihr sagt alle dasselbe, nur die Formulierungen variieren je nach Sprecher. Entweder stimmt der Zeitpunkt nicht, oder die Vasallen müssen zufriedengestellt werden, oder die Götter wollen es nicht, oder es gilt noch Möglichkeiten auszuloten.« Sie schob die Zunge zwischen die Lippen und stieß verächtlich die Luft heraus. Die Miene ihrer Mutter verfinsterte sich bei dem ordinären Geräusch, aber Jolah ignorierte es. »Trotzdem läuft es bei allen auf dasselbe hinaus: Ich werde den Thron nicht besteigen! Jedenfalls nicht als Drachenkönigin!«

Sie drehte sich herum, ging zu einer Liege an der Wand zwischen zwei hohen, schmalen Fenstern und ließ sich auf die weichen Polster fallen. »Aber ich werde mich auch ganz bestimmt nicht von diesem fetten Hurensohn besteigen lassen, nur um dann zuzusehen, wie er selbst seinen dicken Hintern auf die Drachenkralle pflanzt. Und ganz sicher werde ich derweil nicht brav an seiner Seite stehen oder die Beine für ihn breitmachen, um ihm fette, behaarte Wüstenbastarde zu werfen!«

»Jolah!« Das Wort peitschte durch den Raum, aber die Drachenbraut hatte sich in Rage geredet.

»Was, Mutter?«, fauchte sie. »Stimmt das etwa nicht? Wenn es nach Vater geht, dem *Fürsten*, wie du ihn ja so gern nennst, ist genau das mein Schicksal.« Sie runzelte die Stirn, dass sich ihre dunklen Brauen fast über der Nasenwurzel berührten. »Und welchen perversen Freier dieser blinde Heuchler da im Sinn hat, möchte ich lieber gar nicht wissen! Selbst Akkad vertröstet mich immer nur und versucht, alle mit dem vagen Gerede über irgendwelche Möglichkeiten hinzuhalten!« Sie lachte spröde. »So wie er mich manchmal ansieht, könnte man glauben, dass er es selbst auf mich und den Thron abgesehen hat. Natürlich nur zum Besten des Reiches ...«

»Jolah!« Die Fürstin hatte die Hände zu Fäusten geballt und machte unwillkürlich einen Schritt auf ihre Tochter zu. Dann ließ sie die Arme an ihren Seiten herunterhängen und senkte den Kopf. »Du tust ... dem Reichsverweser Unrecht, wenn du das von ihm glaubst. Er hat wirklich nur dein Bestes im Sinn, das kannst du mir ...«

»Ah, mein Bestes, richtig! Wieso wissen alle außer mir, was mein Bestes ist? Und warum merke ich nichts davon, dass sich alle so für mich ins Zeug legen?« Jolah fuhr von der gepolsterten Liege hoch. »Du versicherst mir immer, dass Akkad da'al Akkadi ein zuverlässiger Freund ist, dem wir vertrauen können.« Sie wischte sich ungeduldig die dreckverschmierten Locken aus der Stirn. »Wieso hilft er mir dann nicht, den Thron zu besteigen und Drachenkönigin ...?«

»Das kann er nicht!« Jeuls Stimme klang beschwörend. Als

sie zu ihrer Tochter trat, fiel das Licht der tief stehenden Sonnen auf ihr Gewand, dessen hineingewirkte Metallfäden in dunklen Tönen changierten. Sie setzte sich neben Jolah. »Ihm sind die Hände gebunden, genauso wie uns allen …«

»Und das nur wegen dieses aufgeblasenen …«

»Jolah, bitte!« Sie hob die Hand und legte sie ihrem Kind auf den Arm. »Druud OchNarjon ist der Erste Fragende der Auguren, und ich beneide ihn nicht um die Bürde, die er auf seinen Schultern trägt.« Sie schien einen Moment irgendwelchen Gedanken nachzuhängen. Jolah beobachtete sie scharf. »Den Willen der Götter zu deuten ist keine leichte Aufgabe und fordert einen hohen Preis, *Lahlah.*«

Jolahs Miene wurde weicher, als sie ihren alten Kosenamen hörte. *Trotzdem ist er ein aufgeblasener Wichtigtuer!*, dachte sie. *Wenn ich nur seine salbungsvolle Stimme höre, wird mir schon übel!* Aber sie wusste, dass ihre Mutter nicht ganz unrecht hatte. Zudem war es schon sehr lange her, dass Jeul sie so zärtlich angesprochen hatte. Unwillkürlich tastete die Drachenbraut nach der Hand ihrer Mutter.

Die Finger der Drachenfürstin fühlten sich kühl an. Jolah sah ihrer Mutter prüfend ins Gesicht, suchte hinter dem Schleier ihre Augen und hob die Hand, um den Stoff anzuheben. In diesem Moment überkam sie die Sehnsucht nach mütterlicher Wärme, nach Armen, die sie hielten und trösteten, nach bedingungslosem Verständnis. *Ich brauche es so sehr! Ich brauche dich so sehr!*

»Nicht.« Jeul fuhr zurück und entzog Jolah die Hand. Der Moment löste sich auf wie die zarte Rauchsäule eines Duftstäbchens in einem kalten Windstoß.

Nein! Natürlich nicht! Jolah unterdrückte die bittere Enttäuschung über die Zurückweisung. *Dann eben nicht!* Ihre Miene verhärtete sich, und sie wandte den Blick von ihrer Mutter ab. Sie spürte, wie ihr Wasser in die Augen stieg. *Du wirst jetzt nicht flennen wie ein verfluchtes Mädchen!*

»Jolah, ich …«

»Schon gut, Mutter!«, unterbrach Jolah sie kalt. Sie stand hastig auf. *Luft! Ich brauche Luft, verdammt!* Ein merkwürdiger Druck lastete auf ihrer Brust, und einen Moment lang fiel ihr das Atmen schwer. »Ich werde die Zofen bitten, mein Bad einlaufen zu lassen, und mich für das Bankett heute Abend fertig machen, wenn meine Anwesenheit dort verlangt wird. Die Gesandten wollen doch sicher die Stute näher in Augenschein nehmen, die sie für ihren Herrn auf dem fürstlichen Pferdemarkt ersteigert haben!«

»Jolah!« Die Fürstin hob die Hand, als wollte sie nach der Thronerbin greifen. »Kind, ich …«

»Ich habe begriffen, Mutter, bemüh dich nicht weiter. Ich kenne mein Schicksal.« *Aber glaub ja nicht, dass ich vorhabe, es zu erfüllen. Ich werde eine Weile mitspielen, mehr nicht! Bis sich eine Gelegenheit bietet, dieser Farce ein Ende zu machen!*

Die Drachenfürstin erhob sich mit einem Seufzer, der gleichzeitig traurig und nachsichtig klang. »Das, mein Kind«, erklärte sie, während sie ihre Tochter noch einmal von Kopf bis Fuß betrachtete, »glaube ich ganz und gar nicht.« Mit diesen Worten machte sie kehrt und ging zur Tür. Dort drehte sie sich noch einmal um und sah zu Jolah zurück. Sie hatte ihre Fassung wiedererlangt und wirkte so unnahbar wie zuvor. »Aber es genügt, dass du weißt, wer du bist. Die Thronerbin und Drachenbraut von Alghor.« Sie hob hoheitsvoll den Kopf und legte die Hand auf die Klinke. »Wie gesagt, benimm dich entsprechend!«

ULCAR, DRACHENPALAST

»Ich soll mich wie eine Drachenbraut benehmen?« Jolah ballte die Fäuste und starrte die Frau an, die ihr auf einem niedrigen Holzstuhl gegenübersaß. Sie hatte Tränen in den Augen, Tränen der Wut. »Genau darum geht es doch! Ich *will* mich nicht wie eine Drachenbraut benehmen, Cassda'ra! Ich will mich nicht meistbietend wie eine preisgekrönte Rayakkuh versteigern lassen …«

»Du musst deswegen nicht so schreien, Jolah!« Die Oberste Heilerin hob die Hand, drehte den Kopf nach links und rechts und sah sich in dem kleinen nach Kräutern und allen möglichen Gewürzen und Tinkturen riechenden Gemach um. »Ich sehe hier niemanden, der dich verschachern will, du etwa?«

Jolah biss sich auf die Unterlippe. »Entschuldige, Cassda'ra«, bat sie. »Aber …« Sie seufzte. »Es ist einfach schrecklich, seinem Schicksal so ohnmächtig ausgeliefert zu sein.«

»Ohnmächtig?« Die Heilerin lächelte, beugte sich vor und legte der Drachenbraut eine sonnengebräunte Hand auf das Knie. Unter ihren Fingernägeln saß noch Erde von ihrer Arbeit im Kräutergarten. »Du machst nicht den Eindruck, als würdest du still und geduldig dein Schicksal erwarten, mein Kind.« Sie zog die Hand zurück und richtete sich auf. »Aber ebenso wenig kann man vor seinem Schicksal davonlaufen, Jolah.« Sie hob die Hand, als Jolah zu einer hitzigen Erwiderung ansetzte. »Nein. Wohin du dich auch wendest, deiner Bestimmung kannst du nicht entkommen, denn sie liegt in dir selbst. Sie wartet am Ziel all deiner Wege. Und gerade, wenn du glaubst, ihr entronnen zu sein, läufst du völlig ahnungslos darauf zu. Also kannst du sie genauso gut akzeptieren, sie mit ausgebreiteten Armen willkommen heißen und …«

»Ich werde Magabor von Bouhss niemals willkommen heißen! Nicht mit offenen Armen und schon gar nicht mit gespreizten Beinen!« Jolah stieß diese Worte fast wie eine Drohung hervor und funkelte die Oberste Heilerin wütend an.

Cassda'ra lächelte und neigte unmerklich den Kopf, während sie die zornige junge Frau vor sich nachsichtig musterte. »Auch die Drachenbraut des Reiches kann ihrer Bestimmung nicht entrinnen. In diesem Punkt hat der Erste Fragende zweifellos recht. Der Willen der Götter ist unanfechtbar«, erwiderte sie, und ihr Lächeln verstärkte sich, als sie sah, wie sich Jolahs Miene verfinsterte. »Und ihre Antwort ist klar. Umso wichtiger scheint mir deshalb, darüber nachzudenken, ob es tatsächlich die Frage ist, dass Magabor von Bouhss deine Bestimmung ist.«

Ich habe wirklich nicht die geringste Lust, schon wieder dieses Gerede vom Willen der Götter zu hören!, dachte Jolah, doch bei den letzten Worten der Seherin hob sie ruckartig den Kopf.

»Was …? Ja, natürlich! Ich meine, natürlich nicht!« Jolahs Augen glühten. Sie sprang auf und durchmaß den Raum mit drei Schritten, kehrte auf dem Absatz um, machte wieder drei Schritte und kehrte erneut um. Dann blieb sie stehen und schlug sich mit der Faust in die andere Hand. »Es ist meine Bestimmung, Drachenkönigin zu werden, das ist mir vollkommen klar!« Sie hielt inne. »Aber was nützt es, wenn nur wir beide davon überzeugt sind? Der Fürst …« *Jetzt rede ich von ihm schon wie meine Mutter,* dachte sie. »Mein Vater wird meine Entscheidung, nicht zu heiraten, niemals akzeptieren, schon gar nicht, wenn ich als Grund dafür angebe, es sei der Wille der Götter, dass ich Drachenkönigin werde.« Sie schüttelte den Kopf. »Druud Och-Narjon wird mich auslachen und mich fragen, woher ich die

Kühnheit nehme zu behaupten, die Fragen auf die Antworten der Götter zu kennen. Und Akkad …«

»Ich habe nicht gesagt, dass es deine Bestimmung ist, Drachenkönigin zu werden«, unterbrach Cassda'ra sie.

»Nein, aber …« Jolah sah ihre Vertraute und Lehrerin scharf an, und auf einmal zeigte ihr Gesicht Verwirrung. »Was meintest du dann?«

Die Erleichterung, die sie eben noch durchströmt hatte, das Gefühl, einen Ausweg vor Augen zu haben, verpuffte. Einen Moment, nur einen kurzen Moment lang hatte sie sich dem vertrauten Gefühl von Sicherheit und Geborgenheit hingegeben, das dieser Raum und diese Frau ihr einflößten, die Frau, zu der sie schon als kleines Kind gelaufen war, wenn sie sich traurig oder einsam gefühlt hatte. Oder etwas ausgefressen hatte. Es kam ihr vor, als wäre das noch gar nicht so lange her. *Aber es gibt keinen solchen Ort der Geborgenheit mehr für mich.* Sie lauschte noch einen Moment auf den Nachhall dieser Empfindung und seufzte dann.

»Du meinst doch wohl nicht diesen Freier, den der Augur da aus seinen weiten Ärmeln gezaubert hat? Ich kann mir kaum vorstellen, dass der besser ist als der Shetan!« Sie schüttelte den Kopf. »Wahrscheinlich ist er noch viel schlimmer.«

Sie ließ sich auf den Stuhl fallen und stützte den Kopf in beide Hände. »Es ist unerträglich, Cassda'ra. Als hätten sich alle gegen mich verschworen. Selbst Mutter ist keine Hilfe. Statt sich bei meinem Vater oder gegenüber dem Auguren für mich einzusetzen, verlangt sie nur, dass ich Haltung bewahre und mich wie eine verfluchte Drachenbraut benehme!«

Aber immerhin bist du die Drachenbraut, dachte sie. *Du bist Erbin des Reiches, Thronerbin … und du hast Pflichten zu erfüllen, eine Rolle zu spielen. Das ist deine Bestimmung!* Sie hatte plötzlich einen bitteren Geschmack im Mund, unterdrückte aber den Drang auszuspucken, als könnte sie damit auch ihre trüben Gedanken loswerden. *Dafür habe ich zum Ausgleich keinerlei Rechte.* »Das ist eben der Preis der Macht«, wie ihre Mutter ihr stets vorhielt, wenn sie sich beschwerte, wenn sie gegen die Vorschriften und Regeln rebellierte, die man ihr gegen ihren Willen auferlegte. *Mich hat niemand gefragt, ob ich diese Rolle übernehmen will,* dachte sie. *Und wenn ich sie dann doch ausfüllen will, wenn auch auf meine Art und Weise, heißt es nur »Falscher Zeitpunkt«, »Das Wohl des Reiches«, »Die Götter wollen es«, oder »Die Götter wollen es nicht!«* Sie dachte an die Worte des Obersten Auguren, an seinen salbungsvollen Ton, seinen grinsenden Mund. *Heuchler!*

»Was deine Mutter angeht…« Die Heilerin machte eine kleine Pause und räusperte sich, als müsste sie sich überwinden weiterzusprechen. »Sie meint es nur gut, Jolah. Ihre Situation ist…«

»Ihre Situation? *Ihre* Situation?« Unvermittelt loderte wieder Zorn in ihr hoch. »Was interessiert mich das? Sie interessiert sich ja auch nicht für meine Lage! Sie ist meine Mutter, verdammt! Sie *sollte* sich für das interessieren, was ich denke, was ich fühle. Was ich will! Stattdessen…« Jolah schluckte, um das Gefühl des Erstickens loszuwerden, als sich ihr die Kehle zuschnürte. »Stattdessen verlangt sie von mir, dass ich mich für diese Barbaren herausputze, so wie sie sich für diesen ungeliebten Mann schmückt, der sich Fürst, Gemahl und Vater schimpft, und doch keines von alldem…«

»Jolah!« Cassda'ras Miene wurde streng. »Das genügt! Sage nichts, was du vielleicht bereust, wenn du mit kühlem Kopf…«

»Bereuen? Pah!« Zorn und Schmerz gewannen die Oberhand. Jolah konnte nichts dagegen tun, dass sich all die angestauten Gefühle, die Enttäuschung, Frustration, Einsamkeit, Ohnmacht und Bitterkeit Bahn brachen. »Ich bereue nur, dass ich kein Mann bin! Dann würde niemand mir vorschreiben, wie ich meine Haare zu tragen habe!« Sie hob die Hand zum Kopf und zupfte verächtlich an der kunstvoll geflochtenen Krone aus schwarzem Haar. »Drachenkrone! Pah! Drachen haben keine Haare, die sie sich zu etwas so Lächerlichem legen könnten. Die große Königin Degora hat sich ihre Haare abgeschnitten, weil sie sie störten, als sie darum kämpfte, die Welt zu retten!« Sie zerrte an dem geringelten Dutt, zu dem ihre Zofen ihre langen schwarzen Locken gebändigt hatten. Aber die Frauen hatten gute Arbeit geleistet. Die Frisur hielt. Resigniert ließ Jolah die Hand wieder sinken. »Ich hätte große Lust, mir die Haare einfach auch abzuschneiden. Dann hätte zumindest dieses Ärgernis ein Ende.« Ihre Augen funkelten mutwillig. »Das werde ich auch tun, gleich morgen früh, noch vor dem Frühmahl! Dann sehe ich aus wie Degora!« Sie lachte, aber es klang hohl. »Vater bleibt wahrscheinlich vor Schreck das Herz stehen…«

Wenn er es überhaupt bemerkt, dachte sie und verstummte. Es war schon lange her, dass sie gemeinsam mit ihren Eltern das Frühmahl eingenommen hatte. Sehr lange.

»Es wäre vor allem schade um deine schönen Locken, Jolah«, erwiderte Cassda'ra, die das Schweigen der Drachenbraut richtig deutete. »Degora wurden, jedenfalls laut der *Verbotenen Schrift*«, Cassda'ra betonte die Worte nachdrücklich und sah Jolah dabei strafend an, »die Haare abgeschnitten, bevor man sie ans Drachenkreuz fesselte. Ich würde an deiner Stelle diese Frau also nicht unbedingt als Vorbild hinsichtlich deiner Frisur angeben. Und außerdem bist du die Drachenbraut. Also ist es nur recht und billig, wenn du…«

»Aber ich werde niemals Drachenkönigin sein.« Es klang endgültig und wehmütig.

»Jolah, du…« Cassda'ra holte tief Luft. »Du weißt nicht, wie sich die Fäden des Schicksals verweben werden. Du weißt nicht, welches Muster sie bilden werden…«

»Aber ich weiß, dass ich keinerlei Einfluss darauf nehmen kann, wie es scheint.« Die Stimme der jungen Frau klang bitter, resigniert. »Die Fäden des Schicksals zu *sichten* ist ja schön und gut. Aber ich kann sie weder verändern noch beeinflussen …«

Die Heilerin setzte zu einer Erwiderung an, warf dann jedoch einen kurzen Seitenblick auf einen kostbaren Wandteppich, der neben einem Regal an der Längsseite des Raumes hing, und überlegte es sich anders. »Nein, du kannst das nicht.«

Jolahs Kopf ruckte hoch. »*Ich* kann das nicht?« Sie verkniff die Augen zu Schlitzen, als sie die andere Frau scharf musterte. »Verschweigst du mir etwas, Cassda'ra?«

Die Heilerin lächelte und lehnte sich entspannt zurück. »Selbstverständlich.«

Das verschlug Jolah für einen Moment die Sprache. *Selbstver…? Aber ich dachte immer …* »Das ist … Du bist …!«

Die Heilerin lachte. »Ich bin deine Lehrerin und verschweige dir, was du nicht wissen darfst und was dich nichts angeht, Jolah da Prunfor! Nicht mehr und nicht weniger.«

»Nicht mehr?«, hakte Jolah nach. Sie hatte sich rasch von ihrer Verblüffung erholt.

Cassda'ra erwiderte ihren prüfenden Blick, ohne mit der Wimper zu zucken. »Genug davon. Sag mir lieber«, sie senkte die Stimme, »wie weit deine Exerzitien im Wirken der Ströme fortgeschritten sind. Denn Fortschritte in *dieser* Kunst, Jolah, sind etwas, mit denen du die Wirklichkeit verändern und beeinflussen kannst.«

Der Wandbehang bewegte sich, kaum dass sich die Tür des Gemachs hinter Jolah schloss. Die Heilerin drehte sich nicht um, als eine hochgewachsene Gestalt hinter dem Gobelin hervortrat.

»Wir müssen etwas unternehmen, Cassda'ra. Diese Hochzeit darf nicht stattfinden. Wenn Magabor den Thron besteigt … Die Verheißung …«

Cassda'ra nickte. »Und du bist dir ganz sicher, was das Muster der Fäden angeht?«

»Ja. Die *Sichtung* war ein wenig ungenau, aber dennoch deutlich genug. Es ist einer vom Blut. Dass gleichzeitig der Schleier berührt wurde, kann kein Zufall sein. Die Brut …«

Cassda'ra zischte scharf. »Sie wissen es. Sie sind ihm auf den Fersen.« Sie schüttelte den Kopf. »Wenn sie ihn nicht schon längst getötet haben.«

»Das hätten wir gespürt. *Du* hättest es gespürt.«

»Und du?« Cassda'ra blickte hoch, und ein seltsamer Ausdruck huschte über ihr Gesicht. Eine Mischung aus Mitgefühl und … noch etwas anderem. Sie stand auf, hob die Hand und strich ihrem Gegenüber sanft über die Wange. Sie blickte in Augen, deren Pupillen hinter einem Nebelschleier verborgen zu sein schienen. »Weiß er es?«

Die andere Person schüttelte den Kopf. »Nein. Er ist … sehr rücksichtsvoll.« Sie legte die Hand der Heilerin auf ihre Brust. »Halte mich, Cassda'ra. Es tut weh.«

HOCHLANDWAI, DUNKELFORST, EBENE DER STÜRME

»Das da?« Lay drehte sich zu Korgh herum und sah den Nordling fragend an. »Das hast du gemeint?« Er runzelte die Stirn und sah wieder nach vorn. *Das ist alles? Nicht gerade beeindruckend, das muss ich schon sagen.* »Einen mythischen Ort habe ich mir wirklich anders vorgestellt.«

Korgh warf einen kurzen Blick in das schmale Tal, das eher einer breiten und nicht sonderlich tiefen Schlucht glich. Die Ränder waren von dichtem Grün gesäumt; Samtfruchtbäume, Giftdorn, Stachelbäume und kleinere Gruppen von Elefantenbäumen drängten sich auf den Klippen, und zwischen der Vegetation schimmerte überall grauer Fels hindurch.

»Ah. Und wie?«

Lay ließ den Blick über die traurige Ansammlung von Hütten gleiten, die sich um einen schmalen Bach scharten, der sich seinen Weg eher lustlos zwischen den Felsen zu suchen schien. *Keine Ahnung,* dachte er. *Aber das hier, das sieht aus wie irgendein von den Göttern vergessener Flecken, wo sich vor allem lichtscheues Gesindel herumdrückt, wie wir es gerade erst im Dunkelforst getroffen haben. Würde mich nicht wundern, wenn diese Frau – Itze oder Iltze oder wie auch immer sie hieß – gleich aus irgendeiner Tür treten und eine Ladung Kammatnusssaft auf den Boden spucken würde.* »Irgendwie … beeindruckender.«

»Ah, beeindruckender.« Korgh blickte auf die Siedlung hinab. »Du meinst, gewaltige, mit Schädeln geschmückte Palisaden und Draakenbrut, die auf ihren Greiffen die mächtigen Tore bewachen, hm?«

»Draakenbrut?« Lay sah den Nordling neugierig an. »Greiffe? Was meinst du …?«

Korgh rückte seine Axt zurecht und schob sich den Schulterbeutel auf den Rücken. »Schon gut, Jungchen.« Er ignorierte das scharfe Zischen, mit dem Lay die Luft einsog. »Das hier ist nur eine elende, harmlose Ortschaft, die so unbedeutend ist, dass sie wahrscheinlich nicht mal einen Namen hat. Aber dafür …« Der Nordling grinste und deutete mit ausgestreckter Hand auf die größte der baufällig wirkenden Hütten, aus deren zwei Kaminen dicker blaugrauer Rauch quoll.

Lay folgte seinem Blick. Er konnte nichts Besonderes an dieser Hütte ausmachen. *Außer dass sie groß ist, so groß wie eine Scheune. Oder ein Stall. Meint dieser Fischkopf vielleicht, dass wir …?* Die Aussicht, den beschwerlichen Weg nicht mehr zu Fuß, sondern auf einem Pferderücken fortzusetzen, hob seine Stimmung. *Aber selbst wenn wir dort Pferde fänden, wovon sollten wir sie bezahlen?*

»Wir haben nicht genug Geld, um Pferde zu kaufen«, erklärte er. Außer der Waffe, mit der Lay den kleinen Strauchdieb getötet hatte, einem Morgenstern, wie Korgh ihm erklärt hatte, war nur wenig Nützliches bei den Toten zu finden gewesen. *Offenbar ist das Wegelagerergeschäft nicht sonderlich gewinnbringend,* dachte Lay, *dafür, dass es so gefährlich ist.* Ein Brocken Käse, von Maden durchlöchert, eine verbeulte Zunderbüchse, eine kleine Holzfigur, die vermutlich eine Frau darstellen sollte und ziemlich abgegriffen war, sowie ein paar Deut und Jot, die vielleicht gerade für eine Mahlzeit, ein Bad und ein Bett reichten … Das war alles, was sie den Toten hatten abnehmen können.

»Pferde?« Korgh sah Lay verwundert an und schüttelte dann den Kopf. »Wie kommst du denn darauf? Würde sagen, das da in der Mitte ist eine Schänke. Da gibt es wahrscheinlich Gerstenbräu, hoffentlich eine warme Mahlzeit, mit etwas Glück ein heißes Bad und ein richtiges Bett mit einem ordentlichen Sack aus Stroh, das nicht zu sehr verfault und verlaust ist. Nach all diesen Nächten auf dem harten, feuchten Boden in dem verfluchten, von diesen winzigen Stechmonstern verseuchten Wald ist das eine verdammt beeindruckende Aussicht.«

Korgh holte tief Luft, und Lay sah ihn überrascht an. *So viele Worte hat er seit dem Kampf mit den Strauchdieben nicht mehr über die Lippen gebracht,* dachte er. *Und zugegeben, die Aussicht auf eine warme Mahlzeit und ein richtiges Bett ist schon verlockend ...* Lay hatte die ewigen Kaninchen satt, und seine Muskeln schmerzten vom ständigen Kampieren auf dem feuchte Waldboden.

»Und wenn Belphor uns wohlgesinnt ist, gibt's da unten vielleicht sogar irgendwo ein Fass mit Fischtran.« Korgh rieb sich über die Wangen. »Fühlt sich schon so trocken an wie ein brüchiges Pergament.«

Lay verdrehte die Augen. *Hoffentlich nicht,* dachte er. *Aber ein Bad wäre wirklich gut.* Der Nordling stank zwar nicht mehr so stark nach Fischtran, aber die Gerüche, die sie beide nach ihrem Marsch durch den Dunkelforst verströmten, waren nicht viel angenehmer. Lay senkte den Kopf und schnüffelte an seinem Wams. *Puh! Du stinkst fast genauso schlimm wie ein ganzer Haufen Nordlinge,* dachte er. Schweiß, getrocknetes Blut, die Feuchtigkeit in seinen Kleidern, die er zudem schon seit Tagen nicht mehr ausgezogen und gewaschen hatte, all das erzeugte eine widerliche Dunstglocke um ihn herum.

»Vielleicht können wir dort ja auch unsere Kleidung waschen lassen.«

Korgh legte den Kopf in den Nacken und lachte schallend. »Waschen *lassen*? Jungchen, wenn du nicht willst, dass dir hinterher noch mehr Läuse über das Fell krabbeln und die Löcher noch größer sind – falls du überhaupt alles wiederbekommst, was du abgegeben hast –, dann solltest du deine Sachen besser selbst einweichen.« Er hob den Kopf zum Himmel. »Falls wir jedoch keine Unterkunft mit Feuerstelle bekommen, dürfte es ein paar Tage dauern, bis der Kram getrocknet ist.« Er warf Lay von der Seite einen Blick zu. »Konntest es kaum erwarten, endlich zur Schlucht der Schmiede zu kommen. Wenn du es jetzt natürlich nicht mehr so eilig hast …«

Der Jüngling verzog das Gesicht. »Schon gut«, knurrte er. »Ich schlage vor, wir gehen erst mal runter und sehen uns an, was uns da erwartet.« Erneut ließ er den Blick über die Hütten schweifen. *Ein Bad und ein weiches Bett? Ich wäre schon froh, wenn ich dort unten ein Stück Brot und etwas frischen Käse bekäme. Obwohl ich selbst das bezweifle.*

»Also dann.« Korgh trat zwischen den Bäumen auf einen Saumpfad, der sich zu einer Hütte am äußersten Rand der Siedlung hinabschlängelte. »Sehen wir nach, was uns die Schänke zu bieten hat.«

Genau wie ich es mir gedacht habe, sagte sich Lay und sah sich blinzelnd in dem einzigen Raum des Stalls – *Verzeihung, der Schänke!* – um. Doch selbst der Begriff Stall war für diesen Ort geschmeichelt. *Im Schweinestall des Monasteriums ist es sauberer. Und es riecht besser,* dachte er. *Roch,* korrigierte er sich, und ein Schatten flog über sein Gesicht. *Jetzt ist der Schweinestall des Klosters nur noch ein qualmendes Gerippe aus verkohlten Bohlen und rußigen Steinen.*

Beim Eintreten trafen Lay der überwältigende Gestank und der Lärm wie ein Faustschlag. Menschliche Ausdünstungen mischten sich mit den Gerüchen von abgestandenem Bratenfett, modrigem Leder und feuchtem Tuch und – Lay seufzte – *Fischtran?*

Der Boden aus festgestampftem Lehm war mit brauner matschiger Spreu bedeckt, die dringend hätte erneuert werden müssen. In der Ecke führte eine gefährlich wacklig aussehende Treppe zu einer Art Galerie auf halber Höhe des Raumes, von der etliche Türen abgingen. Einige grob geschnittene, auf Fässern ruhende Bretter bildeten eine Art Tresen. Dahinter zapfte ein untersetzter Kahlkopf mit einer schmutzstarrenden Lederschürze vor dem feisten Wanst aus einem Fass ein Bräu nach dem anderen in Holzkrüge. Der Mann blickte kurz von seiner Tätigkeit auf, als Lay durch die Tür eintrat, die ihm von Korgh aufgehalten wurde.

Der Jüngling konnte durch den Qualm, den das offenbar noch feuchte Holz im Kamin verbreitete, die Augen des Wirtes nicht erkennen, aber seiner Miene nach war er von Lays Anblick nicht sonderlich beeindruckt.

Wahrscheinlich kommen nur wenig Fremde hierher, sagte sich Lay und machte zögernd noch einen Schritt weiter in den Schankraum hinein. An dem Gesicht des Mannes konnte er genau erkennen, als auch Korgh durch die Tür trat. Dann sah er auch die Augen des Wirtes. Sie waren von einem trüben, schlammigen Braun und weiteten sich kurz, während er Korgh musterte. Dann sah er schnell zur Seite und deutete anschließend mit einem Nicken auf Korgh, der weitergegangen war und auf einen freien Tisch zusteuerte. Ein spöttisches Grinsen schien auf den Lippen des Wirtes zu liegen, aber Lay war sich nicht sicher. Er blickte sich suchend um, wen der Wirt gemeint haben könnte, aber zwischen den wogenden Leibern der Gäste fiel ihm niemand auf, dem der Blick des Wirtes möglicherweise gegolten hatte. Dennoch beschlich ihn ein ungutes Gefühl, was er jedoch mit einem Schulterzucken abtat.

Sicher haben mich das dämmrige Licht und der Lärm getäuscht, und diese qualmenden … ah, Tranlampen. Das erklärt wohl den Gestank nach Fischtran! Lay hob den Blick zur Decke. Von einem mächtigen, rußigen Balken, der hoch über ihren Köpfen quer durch die Mitte des Raumes verlief, hing an einer rostigen Kette ein großer eiserner Ring herab, auf dessen doppelwandigem Rand Schalen standen, in denen vermutlich ebenfalls Tran brannte.

Der geräumige Schankraum war gut gefüllt, trotz der geringen Anzahl von Hütten, aus denen die Siedlung bestand. *Entweder sind heute alle hier und haben ihre Verwandten aus der Stadt mitgebracht, oder die Siedlung ist größer, als sie auf den ersten Blick vermuten lässt,* dachte Lay, während er Korgh zu einem freien Tisch an einer Wand folgte. In dem Qualm und dem Stimmengewirr schienen die meisten Gäste die Neuankömmlinge nicht bemerkt zu haben. Lay setzte sich auf einen Schemel und sah sich neugierig um.

An einem kleinen Tisch vor dem Tresen saßen drei Männer in graubrauner Bauernkluft. Sie hielten die Köpfe gesenkt und hatten hölzerne Humpen vor sich, die sie offensichtlich aus einem Krug füllten, der mitten auf dem Tisch stand. Neben ihnen, am Nachbartisch, hockten zwei Jünglinge mit pockennarbigen Gesichtern. Einer hatte die Hände unter das Gesäß geschoben und wippte langsam vor und zurück, während der andere den Kopf auf seinen Arm gelegt hatte und auf der Tischplatte schlief. Vielleicht gehörten sie zu den Bauern.

Korgh hatte mittlerweile eine der Schankmägde angesprochen und ein Bräu und etwas zu essen bestellt. Seine Axt hatte er aus der Schlinge gezogen und direkt neben seinen Stuhl so auf den Boden gestellt, dass nur der mit Leder umwickelte Griff zu sehen war. Aber Lay achtete kaum darauf. Seine Aufmerksamkeit war völlig von den Geschehnissen im Schankraum in Anspruch genommen.

Rund um eines der großen Fässer an der Seitenwand der Schänke saßen auf niedrigen Schemeln drei weitere Männer. Bei einem von ihnen handelte es sich offenbar wieder um einen Bauern. Bei dem zweiten konnte Lay nicht sagen, welchem Tagwerk er nachging. Er war klein und dürr, sein ungepflegtes Haar war mausgrau und stand in alle Richtungen ab, als wäre er gerade einem Wirbelsturm entkommen. Der dritte war besser gekleidet, wenn auch nur unwesentlich. Der kahlköpfige, schwarzbärtige Mann trug sogar ein relativ sauberes Hemd, dessen Ärmel hochgekrempelt waren, sodass seine sehnigen weißen Arme zu sehen waren. Offensichtlich war seine Haut nicht an Sonne gewöhnt. Die Männer spielten *Die Macht der Acht,* ein

Würfelspiel, das Lay aus dem Monasterium kannte. Ein kurzer Schmerz durchzuckte ihn, als er daran dachte. Er hatte es häufig mit Dario und Gnatz gespielt, aber um Strohhalme, nicht um echtes Geld, wie die Männer es hier offensichtlich taten, denn in der Mitte des Fasses lagen etliche Stapel von Münzen.

Hinter dem mit dem sauberen Hemd stand eine Frau. Lay hatte einmal eine ähnlich aufgeputzte Frau gesehen, bei einer der Karawanen, die bei dem Kloster haltgemacht hatten. Sie hatte einen eigenen kleinen Karren gehabt, der seltsam bunt angemalt und mit merkwürdigen Symbolen bekritzelt war und vor dem des Nachts ein reges Treiben geherrscht hatte. Auf die Frage von Lay, was es damit für eine Bewandtnis hatte, war ein Lächeln über Zanth'ras Gesicht gehuscht, und sie hatte ihn mit dem Spruch vertröstet, der Lay später noch fast in den Wahnsinn treiben sollte. *»Das erfährst du noch früh genug, Lay. Aber jetzt bist du noch nicht so weit.«*

Mittlerweile wusste Lay natürlich, dass es sich um eine Metze gehandelt hatte, ein käufliches Weibsbild, das Männern – und Frauen – gegen Geld gefällig war. Lay kniff die Augen zusammen. Diese Frau schien demselben Gewerbe nachzugehen, jedenfalls lag die Vermutung angesichts ihrer unschicklich weit geöffneten Bluse, dem hoch geschlitzten Rock und der seltsamen Farbe auf Lippen und Wangen nahe. Und der Art, wie sie ihren ausladenden Oberkörper dem Nachbarn des Kahlkopfs vor die Nase hielt, dem kleinen, grauhaarigen Mann, dessen weiter grauer Umhang eindeutig bessere Zeiten gesehen hatte. Seine wieselflinken Blicke huschten über die gestapelten Münzen und die beiden achtflächigen Würfel. Dann blickte er ruckartig hoch und musterte Lay. Seine Augen waren fast farblos, die Pupillen wirkten wie zwei Wasserpfützen auf Eis, aber der Blick schien Lay zu durchdringen, zu durchbohren, wie eine Heilerin einen interessanten, ihr unbekannten Käfer auf ihre Nadel spießt, um ihn besser erforschen zu können.

Der Mann schob die Metze mit einer ärgerlichen Geste beiseite. Sie hob kurz den Kopf und sah sich im Schankraum um, auf der Suche nach einem anderen Opfer. Ihr Blick fiel auf Lay, und ihre Augen leuchteten kurz auf.

Doch dessen Aufmerksamkeit richtete sich bereits auf etwas anderes. Eine kleine Traube von Gästen drängte sich um mehrere Männer, die auf zwei langen Bänken an einem Tisch ganz in der Nähe saßen. Rufe, grölendes Gelächter und derbe Flüche hallten durch den Raum, und Lay hörte, wie jemand ungeduldig einen leeren Humpen auf den Tisch hämmerte. Eine Frau kreischte schrill, ob vor Vergnügen, Zorn oder Schmerzen, konnte Lay nicht sagen.

Er hatte nur Augen für einen der Sitzenden, einen hageren Mann mit grimmiger Miene und dunklen stechenden Augen, deren Blick er unverwandt auf Korgh gerichtet hielt. Und für den goldenen Schimmer auf seiner Brust.

Er verrenkte sich fast den Hals, um ihn auf der Bank zwischen den Umstehenden besser sehen zu können. Schließlich erkannte er das Wappen auf der Brust des Mannes.

Drachenkämpfer! Er schluckte, und sein Herz schlug ihm bis zum Hals. *Ein Drachenkämpfer … Nein,* er verbesserte sich nach einem kurzen Blick, *drei Drachenkämpfer, richtige Drachenkämpfer, nicht so einer wie dieser heruntergekommene Söldner bei den Karawanenreitern!* Er riss die Augen auf und rutschte mit seinem Schemel etwas dichter an die Gruppe heran. Jetzt konnte er das Wappen deutlicher erkennen. Es zeigte einen goldfarbenen Drachenkopf auf rotem Grund. Jedenfalls war es einmal ein goldfarbener Kopf gewesen; jetzt wirkte er eher ockerfarben, die Goldfäden waren verblasst und angelaufen, und das Rot hatte sich durch Schmutz und Staub und wer weiß was noch in ein undefinierbares Braun verwandelt. Aber es war trotzdem das Wappen der Drachenkämpfer, der berühmtesten Truppe Alghors, dem Stolz des Fürstentums und …

»Verfluchte Scheiße, Metze! Verschwinde! Du bringst mir nur Unglück!« Ein Klatschen erklang, und wieder schrie die Frau auf. Diesmal war es eindeutig ein Schmerzensschrei, und Lay zuckte zusammen.

Die Umstehenden lachten, wenn auch etwas gedämpft und sichtlich unbehaglich, während ein korpulenter rotblonder Mann grölte und mit seiner fleischigen Pranke die Frau grob zurückzerrte, als sie aufstehen wollte.

»O nein, Kindchen, du bleibst schön hier!« Die Frau quiekte, als sie das Gleichgewicht verlor und mit der Schulter gegen den Tisch prallte. Sie riss vor Schmerz ihren grotesk bemalten Mund auf und zeigte ihre lückenhaften braunen Zähne. »Von wegen Unglück!«, meinte der Soldat. »Keul ist mit den Würfeln nur ebenso ungeschickt wie im Umgang mit seinem Pimmel!« Er lachte derb, während er der Frau an den Busen griff und zukniff, was die Frau erneut aufschreien ließ.

Dann hämmerte er erneut seinen Humpen auf den Tisch. »Verflucht, Wirt! Wo bleibt unser Gerstenbräu? Ich dachte eigentlich, mein Säbel wäre heute Abend den Damen vorbehalten. Soll ich ihn jetzt doch herausholen und ihn dir in deinen verfluchten faulen Arsch rammen, Mann?«

Er lachte brüllend und hämmerte dabei weiter mit dem Humpen auf den Tisch.

Der Hagere hatte die ganze Zeit nicht auf seine Kumpane geachtet, sondern Korgh mit einem Blick angestarrt, in dem kaum beherrschter Hass zu brennen schien. Dann richtete er den Blick auf Lay, und der Jüngling zuckte unwillkürlich vor der Boshaftigkeit zusammen, die darin lag und sich in angewiderte Verachtung verwandelte.

Eine Schankmagd drängte sich durch die Gruppe um den Tisch der Drachenkämpfer, ein Tablett balancierend, auf dem ein voller Krug und zwei Humpen standen.

»He, Kleine, hierher!«, rief der Hagere, während der Rotblonde mit der Hand die Umstehenden zur Seite schob. Er schlang der jungen Frau einen Arm um die Taille, als sie in Reichweite kam, und versuchte, sie auf seinen Schoß zu ziehen.

Die Schankmagd entwand sich ihm mit einer geschickten Körperdrehung, hatte dabei jedoch alle Mühe, das Bräu nicht zu verschütten. »Verzeiht, Herr Kämpe, aber dieser Krug ist für die beiden Gäste am Nebentisch.« Sie befreite sich aus dem Griff des Mannes und machte einen Schritt auf Korgh und Lay zu. »Wenn Ihr mehr Bräu wollt«, sagte sie zu dem Drachenkämpfer, »müsst Ihr erst ein paar Münzen auf den Tresen legen, sagt der …«

»Sagt wer?«, unterbrach sie der Schwarzhaarige scharf und stand auf.

»Was soll das heißen, Weib?« Der Drachenkämpfer, der versucht hatte, die Magd festzuhalten, stand ebenfalls auf. Sein Gesicht war gerötet, seine Augen waren blutunterlaufen. Er zog sein Wams glatt und schlug mit der flachen Hand auf den ehemals goldenen Drachen auf seiner Brust. »Wir sind Drachenkämpfer, hast du das vergessen? Wir warten nicht für irgendwelche dahergelaufenen …« Sein Blick glitt suchend durch den Raum und blieb dann auf Lay hängen. »… Bürschchen!« Er setzte sich in Bewegung und schwankte an den Tisch von Lay und Korgh.

Lay verzog das Gesicht und rümpfte die Nase, als sich der Drachenkämpfer mühsam zu ihm herunterbeugte und ihm der widerliche Geruch von Schweiß, Urin und Erbrochenem entgegenschlug, den der Mann wie eine Fahne vor sich hertrug.

»Bürschchen, die zudem nicht mal alt genug sind, dass sie so einen Krug überhaupt stemmen, geschweige denn diese Brühe vertragen könnten, die dein verfluchter Wirt Bräu nennt! Oder siehst du das anders, Bürschchen, wie?«

Der Blick des Mannes fiel auf Korgh, und er griff unwillkürlich nach seinem Säbel. Der war aber an seinem Gürtel nach hinten verrutscht, sodass seine Hand ins Leere tastete. »Und für einen verfluchten Nordling warte ich schon gar nicht! Was willst du hier, Barbar? Wir haben hier keine Verwendung für halbwilde Tiere wie dich!« Mittlerweile hatte er den Griff seines Säbels erwischt, und er versuchte, die Waffe zu zücken, aber da sich die Scheide zu weit auf den Rücken verschoben hatte, war der Winkel ungünstig, und er schaffte es nicht. »Verflucht! Ich werde dich …!« Er taumelte und wäre gefallen, wenn in dem Moment nicht der schwarzhaarige Drachenkämpfer hinter ihm aufgetaucht wäre und ihn festgehalten hätte.

»Was höre ich da, Sandner? Ein Barbar macht uns unser Bräu streitig?« Aus der Nähe sah Lay, dass der Mann eine ausgesprochen ungesunde graue Gesichtsfarbe hatte, die von zu viel Bräu und zu wenig Schlaf kündete. »Bist ja ziemlich tollkühn, Barbar, dass du dich überhaupt hierhertraust und dann auch noch dem Stolz Seiner Erlaucht des Drachenfürsten einen redlich verdienten Schluck stiehlst.« Er klopfte sich auf die Brust, die ein ebenfalls recht verdreckter Drachenkopf zierte.

Der Stolz des Drachenfürsten? So nennt man die Schilde Prunfors, dachte Lay, der sich an seine Lektüre im Lesezimmer des Monasteriums erinnerte. *Aber die haben graue Wappenröcke, keine roten, und außerdem würden sie nie …* Er musterte den Mann angewidert.

Als dieser Lays Blick bemerkte, kniff er die schwarzen Augen zusammen und senkte den Kopf, während seine knochige Hand an seinen Gürtel fuhr. Dort steckte ein kurzes Eisen in einer schmucklosen Scheide. Der Griff der Waffe war abgewetzt und kündete von häufigem Gebrauch, und außerdem schien dieser Drachenkämpfer nicht so berauscht zu sein wie sein Kamerad.

»Was gibt's da zu glotzen, Bürschchen? Bist wohl das Liebchen dieses Barbaren, wie? Hat er dich mitgenommen, damit du ihn in kalten Nächten wärmst, ja?« Er drehte sich lachend zu den anderen Gästen um, die mehr oder weniger lautstark ihre

Zustimmung bekundeten. Lay sah mehr als einen bösen Blick, der in ihre Richtung geworfen wurde.

Lay spannte sich an, um aufzustehen, und holte Luft, um den Mann zurechtzuweisen, aber Korgh kam ihm zuvor.

»Ein Missverständnis, nichts weiter«, brummte der Hüne, ohne den Blick zu heben. Er wirkte plötzlich klein und sprach regelrecht unterwürfig. »Nimm dir unseren Krug. Wo der herkommt, warten noch andere.«

Lay konnte es nicht fassen. Er starrte den Nordling mit offenem Mund an und wollte erneut hochfahren, aber in dem Moment legten sich die Finger des Nordlings wie eiserne Klammern um seinen Arm. *Aber warum protestierst du nicht? Das ist doch ... ein Missverständnis?*

»Unseren Krug?« Der betrunkene Drachenkämpfer hatte mittlerweile sein Gleichgewicht wiedergefunden, mehr oder weniger jedenfalls, und beugte sich über die Tischplatte. »*Unseren Krug* meinst du wohl, Barbar!«

Lay spürte, wie sich Korghs Hand anspannte, und musste sich zusammenreißen, um nicht aufzuschreien, denn die Finger umklammerten seinen Arm noch fester. »Nehmt ihn und lasst uns in Ruhe! Wir wollen keinen Ärger.«

»Dacht ich mir doch!« Der betrunkene Soldat schnappte sich den Krug, lachte verächtlich und drehte sich mit einem gemurmelten »Allesamt feige, diese Nordlinge!« herum. »Keine Ahnung, wieso sich deretwegen alle so in die Hose scheißen!«, brummte er, während er zu seinem Tisch zurückschwankte und dabei Bräu aus dem Krug schwappen ließ. »Der Fürst sollte eine Abteilung Drachenkämpfer über die Grenze schicken und sie alle in ihr verfluchtes *Hellhallgor* jagen, sag ich, oder wie immer sie ihr Unternieder nennen.«

Das zustimmende Gemurmel der Umstehenden schien ihn zu besänftigen. Er ließ sich mit einem Rülpser auf die Bank fallen und schenkte sich ungeschickt seinen Humpen voll. Dann goss er den Rest in den Humpen des schwarzhaarigen Soldaten, der Korgh immer noch drohend musterte. »Komm her, Molass! Dein Bräu wird warm. Wenn du's nicht willst, dann ...«

»Unsere Frauen lassen wir hier nicht mal in die Nähe von solchen wie dir, Barbar«, fauchte der Schwarzhaarige und trat dichter an den Tisch. »Und Kinder kannst du bei dir zu Hause fressen.« Seine Hand spielte mit dem Griff des Dolchs an seinem Gürtel. »Ihr könnt froh sein, wenn man euch hier Wasser und ein Stück schimmeliges Brot bringt, statt euch gleich zu massakrieren. So was wie dich wollen wir hier nicht, Barbar. Kapiert?« Sein Blick glitt zu Lay, und er zog angewidert seine dünne Oberlippe hoch. Allerdings wurde die Wirkung dieser verächtlichen Geste durch den Anblick der braunen Zahnstummel in seinem Mund erheblich geschmälert. Und auch durch den fauligen Gestank seines Atems, den Lay selbst auf diese Entfernung riechen konnte. »Und du, *Hellliebchen,* solltest dich schämen, dich von so einem nach Fisch stinkenden Vieh besteigen zu lassen.« Er grinste Lay boshaft an. »Ich wüsste da was viel Einträglicheres für ein so knackiges Stück Frischfleisch wie dich ...«

Seine Stimme klang zischend, als hätte er ein Problem mit der Zunge und seinen Zähnen, aber seine Worte waren trotzdem gut zu verstehen, und seine Haltung war unverkennbar drohend.

Der Wirt war mittlerweile hinter seinem Tresen hervorgekommen und näherte sich zögernd dem Streit. Lay bemerkte, wie er einem Mann mit einem groben, knorrigen Gesicht und dem tumben Grinsen eines Einfaltspinsels ein Handzeichen gab. Der Kerl, ein Riese von Mann, erhob sich von dem Schemel neben dem Eingang und packte einen kurzen, eisenbeschlagenen Knüppel, der an der Wand neben ihm gelehnt hatte.

In dem Moment blickte der Drachenkämpfer zu seinem Tisch zurück, auf den dritten ihrer Runde, der sitzen geblieben war und sich offenbar gerade die Münzen auf dem Tisch krallen wollte. Seine Miene verfinsterte sich, und er fuhr herum. Korgh und Lay waren vergessen.

»Bei Belphors vertrockneten Nüssen! Ich warne dich, Keul! Lass deine verdammten Dreckspfoten von den Münzen! Ich weiß bis aufs Jot genau, wie viel da gelegen hat. Ich schneide dir die Eier ab und verfüttere sie an deine Bastarde, wenn du versuchst, mich zu bestehlen!«

Er warf noch einen verächtlichen Blick auf den Nordling, spie aus und stolzierte dann breit grinsend zu seinem Tisch zurück. Die Umstehenden schlugen ihm auf die Schultern, und Lay hörte Sprüche wie: »Gut gemacht, Drachenkämpfer!«, »Wackerer Streiter!«, und »Mit solch kühnen Recken brauchen wir uns vor der Barbarenhorde nicht zu fürchten.«

Du mieser, elender Drecksack! Lay zitterte vor Wut über die demütigenden Worte des Schwarzhaarigen und bemühte sich mit aller Kraft, seinen Arm zu befreien. Aber Korghs eiserner Griff hielt ihn wie in einem Schraubstock. »Wieso sagst du nichts?«, fauchte er den Hünen an. »Wie kannst du das einfach zulassen? Er hat mich …«

»Beeindruckt?« Korghs Stimme klang vollkommen ruhig. Er löste den Griff um Lays Handgelenk und lehnte sich zurück.

»Be… Be…?«, stammelte Lay und griff nach seinem Morgenstern. »Dieser widerliche Dreckskerl hat mich *Hellliebchen* genannt, du stinkender Fischkopf! Ich werde …«

»… deine Stimme senken und deine Finger von diesem Ding da lassen!«, knurrte Korgh und beugte sich vor. »Hör zu, Jungchen …«

»Hör endlich auf, mich …«

»Wir wollen essen und trinken, und das in Ruhe, ohne vorher ein blutiges Gemetzel anrichten zu müssen!« Sein Blick glitt kurz zu den Soldaten hinüber, die mittlerweile lautstark über die Spieleinsätze stritten und sowohl den *Barbaren* als auch das *Hellliebchen* vergessen zu haben schienen. »Solche Kerle müssen einfach wie streunende Hunde gegen jede Ecke pissen, an der sie vorbeikommen.« Er zuckte mit den Schultern. »Sie lohnen nicht mal die Mühe, die es macht, anschließend ihr Blut und ihre Innereien aufzuwischen.«

»Du kannst schön daherreden! Aber sie haben mich *Hellliebchen* …« Lay erstickte fast an seiner Empörung. »Das lasse ich nicht auf mir …«

»Ah.« Korgh grinste. »Sehr gut.«

»Was?« Lay starrte den Nordling an, als hätte der den Verstand verloren. Doch Korgh würdigte ihn keines Blickes, sondern sah an ihm vorbei. Da erst bemerkte Lay, dass eine Schankmagd mit einem Tablett an ihren Tisch getreten war. Sie nahm den Krug mit Bräu, zwei Humpen und zwei Teller mit dampfendem Eintopf herunter und stellte alles vor die beiden hin. Hinter ihr tauchte der Wirt auf, in Begleitung des Riesen.

»Ich will keinen Ärger in meiner Schänke, Nordling«, knurrte der Wirt. »Trink und iss, und dann verschwinde mit deinem kleinen Schwanzlutscher.«

Schwanzlutscher? Lay schnappte hörbar nach Luft, aber der Wirt würdigte ihn keines Blickes, sondern deutete mit seinem Daumen über die Schulter auf seinen Handlanger.

»Knochenbrecher hier hat wenig Sinn für Humor, um nicht zu sagen gar keinen. Also falls du Schwierigkeiten machst …«

»Ah!« Korgh hatte den Humpen aus dem Krug gefüllt und in einem Zug geleert. »Bräu nennt ihr das hier, hm?« Er rülpste und lächelte den Wirt an. »In Hellanden würden wir so etwas *Raykwatr* schimpfen.«

»Wie gesagt, wenn du …« Der Wirt hatte die Augen zusammengekniffen und wirkte eine Spur weniger selbstbewusst. Knochenbrecher dagegen schien von Korghs Seelenruhe nicht sonderlich beeindruckt zu sein. Allerdings wirkte er ohnehin nicht so, als würde ihn irgendetwas beeindrucken können, das kleiner und weniger hart war als das Barkaal-Massiv. Er nahm den Stock von der Schulter und ließ ihn in seine Hand klatschen.

Korgh lächelte, nickte und winkte dem Riesen kurz mit dem Löffel zu, als erwidere er einen freundlichen Gruß. Dann schob er sich damit eine Portion Eintopf in den Mund. »Mmh …«, nuschelte er und stieß Lay mit dem Ellbogen in die Seite. »Musst du unbedingt probieren. Es ist …« Er schmatzte, schluckte und sah dann genießerisch zur rußigen Decke. »Warte, lasst uns raten. Ratte, richtig? Welch … unerwarteter Genuss.«

Der Wirt starrte den Hünen an, als hätte dieser den Verstand verloren.

Ein Eindruck, den Lay sehr gut nachvollziehen konnte. *Ich glaub es nicht! Erst lässt dieser Fischkopf zu, dass man mich beleidigt, dann denkt er nur an seinen fetten Wanst, und jetzt …* »Raykwatr?«, platzte es dennoch aus ihm heraus. »Was …?«

Korgh lächelte friedlich, während er anerkennend den Knüppel betrachtete, der auf Knochenbrechers Schulter ruhte. »Auf Alghorisch würdet ihr wohl sagen ›Rayakpisse‹.« Er sog die Luft ein und spuckte einen undefinierbaren Brocken aus dem Eintopf aus. »Obwohl wir das dieser Bräubrühe hier zweifellos jederzeit vorziehen würden. Und dieser Rattenfraß«, er deutete auf den Napf mit dem Eintopf, »andere Länder, andere Gaumenfreuden, hm?«

Knochenbrecher sah Korgh verblüfft an und richtete den Blick seiner großen schwarzen Knopfaugen dann auf den Wirt. »Woher weiff er …?«

»Schnauze!«, knurrte der Wirt, der Korgh keine Sekunde aus den Augen gelassen hatte. Sein Gesicht war knallrot angelaufen, und sein Blick zuckte nach rechts und links, um zu sehen, ob einer der anderen Gäste vielleicht Interesse an ihrem Gespräch zeigte. Aber am Tisch mit den Drachenkämpfern ging es viel zu laut her, als dass jemand sie hätte belauschen können. »Hör zu, du stinkender Mistkerl!«, zischte er.

Knochenbrecher grinste erfreut bei dem drohenden Tonfall des Wirts und nickte begeistert. »Darf iff ihn jepft...?«

Lay tastete nach dem Griff seines Morgensterns, aber Korgh machte immer noch keine Anstalten, sich auf den unvermeidlichen Kampf einzustellen. Er schüttelte nur den Kopf und gab ein missbilligendes Schnalzen von sich. »Keine Manieren, diese Alghoraner!«

Lay sah das bösartige Funkeln in den Augen des Wirts und nahm wie aus weiter Ferne wahr, dass der Streit am Nebentisch an Lautstärke verloren hatte. Ein leises, kaum wahrnehmbares Summen schien die Schänke zu erfüllen, und er lächelte. *Ah, das kommt wie gerufen!* Er packte den Morgenstern fester und wartete, dass sich seine Wahrnehmung schärfen und das Geschehen um ihn herum langsamer ablaufen würde.

»Betrüger! Du verfluchter *Magus*! Du betrügst mit deiner verfluchten Hexerei! Dunkle Magie, sag ich, dunkle Magie!« Die schrille Stimme kam von der gegenüberliegenden Wand und übertönte das Stimmengemurmel im Schankraum wie ein Bergrutsch die Gebete frommer Pilger. Die nachfolgende Wirkung war ebenfalls ähnlich. Dem wütenden Schrei folgte ein Moment absoluter Stille.

Dann brach die Hölle los.

Der Wirt und auch Knochenbrecher fuhren herum, gerade als eine Schankmagd an ihnen vorbeiging. Knochenbrecher schleuderte ihr mit dem Stock das Tablett aus der erhobenen Hand. Krug, Humpen, Bräu, Zinnteller und Speisen flogen durch die Luft und landeten auf dem Schoß eines der Drachenkämpfer, der daraufhin mit einem Wutschrei aufsprang. Es war der rotblonde Trunkenbold. »Du blödes Miststück!«, brüllte er und wischte sich mit beiden Händen den dampfenden Eintopf vom Schritt. »Ich werde dich...«

»Halts Maul, Idiot!« Das war die Stimme des schwarzhaarigen Drachenkämpfers Molass. »Hast du nicht gehört? Da wird jemand beschuldigt, dunkle Magie gewirkt zu haben! Wir müssen eingreifen, bevor Schlimmeres passiert!«

Schlimmeres? Lay blinzelte irritiert. *Schlimmer als was?* Er hörte das Summen zwar immer noch, aber die Welt wurde nicht langsamer. Und er sah auch keine glühenden Fäden … Er reckte den Hals, um über die Mauer aus Leibern, die sich plötzlich vor ihm aufbaute, hinwegblicken zu können.

Knochenbrecher warf noch einen letzten enttäuschten Blick auf Korgh, ließ den Knüppel noch einmal in seine schaufelgroße Hand klatschen und drehte sich dann herum, um dem Wirt zur anderen Seite des Raumes zu folgen.

»Weg da!«, schrie dieser und verschaffte sich mit wütenden Ellbogenstößen Platz. »Lasst mich durch! In meiner Schänke gibt es keine dunkle Magie, verflucht! Wer behauptet das?«

Lay war aufgesprungen und auf den Tisch gestiegen, von dem er den Zinnteller mit dem Eintopf trat. *Ratteneintopf?* Er schüttelte sich. *Zum Glück habe ich den Fraß nicht probiert!* Dann blickte er suchend über die Köpfe der Gäste hinweg und …

Das ist ein Magus? Lay reckte erneut den Hals, um den Mann besser sehen zu können, der von einigen Gästen festgehalten wurde und sich heftig in deren Griff wand.

»Lasst mich los, bei allen Strömen! Ich habe nichts dergleichen …«

Es war der kleine dürre Mann mit dem zotteligen grauen Haar und dem verschlissenen Umhang. Lay hatte in den alten Schriftrollen über die Magi und ihre gefährliche Kunst gelesen, aber dieser Kerl hier …

Der kleine grauhaarige Spieler mit den wässrigen Augen!

»Das ist ein Magus?«

Als sich ihre Blicke begegneten, hatte er einen Moment den Eindruck, das Summen würde anschwellen, aber das musste eine Täuschung sein, denn im nächsten Moment hörte er nichts mehr. Das heißt, fast nichts.

»Hast ihn dir wohl beeindruckender vorgestellt?«

Lay fuhr herum. Korgh stand neben dem Tisch und starrte ihn grimmig an.

»Wir sollten verschwinden, Jungchen«, knurrte der Hüne. »Ein Bad und ein Bett bekommen wir hier ohnehin nicht, und was das Essen angeht …«

»Ich habe noch nie einen echten Magus gesehen«, sagte Lay. Bis auf die Augen wirkte nichts an diesem Mann magisch oder auch nur irgendwie besonders. Lay verzog das Gesicht. Wahrscheinlich war der Mann nur ein ganz gemeiner Betrüger, der mit billigen Tricks …

»Schön.« Korgh nickte. »Jetzt hast du einen gesehen. Also können wir gehen.«

»Ich …« Lay stockte und sah zu dem Nordling hinab. Dessen dunkles, grobes Gesicht verriet keinerlei Regung, aber Lay war sich seit der Sache mit dem Wirt nicht mehr so sicher, ob er den Nordling nicht unterschätzte. *Vielleicht ist er ja doch zu so etwas wie Ironie oder gar Humor fähig.*

Seine Gedankengänge wurden jedoch von einem gellenden Schrei unterbrochen. Er blickte wieder auf das Geschehen. Zwei Gäste hatten den kleinen dürren Mann gepackt und drückten ihn zu Boden, während einer der Drachenkämpfer mit gezückter Klinge vor ihn trat und …

»Halt!«, schrie Lay, sprang vom Tisch und drängte sich zwischen den Gästen hindurch, die ihm nur widerwillig Platz machten. Einen Moment später hatte er das Fass mit den Spielern erreicht. »Was macht ihr da?«

»Sieh an, das Hellliebchen«, zischte der schwarzhaarige Drachenkämpfer. »Wie? Ist das vielleicht auch ein Freund von dir, ja?«

Er hielt den dürren Mann mit einer Hand am Kragen seines schmutzig grauen Umhangs gepackt und drückte ihm die Spitze seines Dolches an die Kehle.

Lay schluckte. »Nein, aber …«

»Aber was?«

»Ihr könnt doch nicht einfach einen Magus … Er ist einer vom Zirkel der Wirker. Ein Ehrwürdiger …«

Der Soldat lachte spöttisch. »Ehrwürdig? Er ist ein Scharlatan, mehr nicht. Er hat diesen *ehrenwerten* Herrn«, er deutete auf den Kerl mit dem fast weißen Hemd, der nachdrücklich nickte, »beim Spiel hereingelegt, mit Tricks, die nur der dunklen Seite der Magie …«

»Sämtliche Magie kommt von der dunklen Seite des Schleiers!«, entfuhr es Lay, der sich noch sehr gut daran erinnerte, wie sehr und lange ihn sein Hintern geschmerzt hatte, nachdem er von der Vorsteherin dabei erwischt worden war, wie er statt im *Arkanum der Wissenschaften* heimlich in den verbotenen *Klaturen der Essenzen* geschmökert hatte, dem Buch der Ströme der Magi.

»Ach tatsächlich?« Der Drachenkämpfer hob eine Braue und warf seinem Kameraden einen vielsagenden Blick zu. »Wie es scheint, haben wir hier einen Möchtegernmagus vor uns, ja? Oder wie nennt man diese Zauberlehrlinge noch?«

»Man muss weder ein Magus noch ein Eleve sein, um zu begreifen, dass Ihr Unsinn redet!«, entgegnete Lay aufgebracht. Es interessierte ihn nicht, ob der Mann ein Drachenkämpfer war oder nicht. Was er tat, war nicht rechtens, das war das Einzige, was zählte. »Entweder ist er ein Scharlatan, dann kann er nicht mit Magie betrogen haben, oder er wirkt tatsächlich Magie. In diesem Fall ist er ein Ehrenwerter Magus, der Respekt verdient, und falls er tatsächlich die Ströme der Magi gewirkt hat, habt Ihr nicht das Recht …«

»Ich habe nicht das Recht?« Molass kniff die Augen zusammen. »Als Drachenkämpfer des Fürsten von Alghor habe ich sogar die *Pflicht,* jeglichem Unrecht entschlossen entgegenzutreten. Und wenn ein verdammter Magus seine Macht missbraucht, um ehrbare Bürger über den Tisch zu ziehen«, er fuchtelte mit dem Dolch in der Faust vage in Richtung des Spielers mit dem weißen Hemd, der neben dem Fass stand, »verstößt das gegen alle möglichen Dekretionen des Fürsten. Also werde ich diesen Betrüger auf der Stelle …«

»Dekrete, meint Ihr, und außerdem bin ich kein Betrüger, und so war das auch nicht …«, widersprach der Magus, verstummte jedoch augenblicklich, als der Drachenkämpfer ihn heftig schüttelte und ihm einen Stoß versetzte, dass er gegen den blonden Soldaten namens Sandner geschleudert wurde. Der grinste und hielt den dürren Mann fest.

»Halt dein betrügerisches Maul, du klugscheißerischer Scharlatan!«, fuhr Molass den Magus an und wandte sich dann wieder Lay zu. »Und was dich betrifft, Bürschchen …« Molass machte einen Schritt auf ihn zu. »Ich habe dich gewarnt …« Er packte den Griff seines Säbels. »Du wirst es bitter bereuen, dich in eine Sache eingemischt zu haben, die dich nichts …«

»Nenn ihn nicht Bürschchen.« Korgh trat neben Lay und legte ihm die Hand auf die Schulter. *Ah.* Lay sah zu dem Hünen hoch. *Hast du es endlich kapiert?* »Hatten wir nicht gesagt, wir sollten schleunigst von hier verschwinden, Jungchen?«

Was? Du … Dieser … »Verdammt, du elender Transack, du sollst mich doch nicht …!« Er verstummte, als er ein wohlbekanntes Summen vernahm, das sich rasch zu einem lauten Brausen steigerte.

»Und zwar bevor es zu einem gewaltigen Gemetzel kommt?«, fuhr Korgh fort. Die Worte des Nordlings drangen wie aus weiter Ferne an Lays Ohr.

»Ich will hier keinen Ärger …!« Der Wirt.

»Darf iff jepft …?« Knochenbrecher.

»Im Namen des Fürsten …!« Der Drachenkämpfer.

»Ich bin unschuldig!« Der Magus.

Das Brausen in Lays Ohren steigerte sich, stieg in Wellen an und sank wieder ab, aber diesmal blieb das Gefühl aus, dass sich die Welt langsamer bewegte. Lay runzelte verwirrt die Stirn. *Wieso höre ich das Lied, ohne …?*

Sein Blick begegnete dem des Magus. *Bei Belphor, was ist das?* Die wässrigen Augen des Mannes waren auf einmal vollkommen schwarz, wie zwei nasse Bachkiesel, und sein Gesicht war zu einer gequälten Fratze verzerrt, während er mit seinen knochigen Fingern seltsame Muster vor sich in die Luft zeichnete. Schweiß lief ihm über die Stirn, und ein dünnes Rinnsal aus Blut sickerte aus seiner Nase …

Das Brausen in Lays Ohren stieg zu einem wahren Crescendo an, und er hatte das Gefühl, als würde ihn eine gewaltige Faust packen und zu Boden schleudern. Seine Lunge wurden zusammengequetscht, und er hatte das Gefühl, jemand würde ihm die Kehle zuschnüren. Er tastete schwach mit der Hand nach seinem Hals, aber da war nichts. *Luft! Ich bekomme keine Luft!* Dann kam ihm der Boden entgegen, traf ihn krachend, riss ihn mit nach oben, hob ihn hoch, als wollte er ihn an der Decke zerquetschen.

Der Lärm, die Stimmen, alle Geräusche um ihn herum vermischten sich zu einer Kakofonie aus Geschrei, zerberstendem Holz und einem tosenden Summen, und plötzlich konnte er sich nicht mehr rühren. Er *sah,* wie die Klinge des Drachenkämpfers auf ihn zusauste, wie sie gegen graues Metall schlug, an der scharfen Schneide des Blattes einer Axt entlangfuhr, einen Schweif aus Funken hinter sich herziehend wie ein Komet. Lay *sah,* wie der riesenhafte Handlanger des Wirts mit seinem Stock ausholte und auf Korgh zielte, hörte das Krachen, als Holz auf Holz traf, *sah,* wie sich das große Fass unter dem Schlag aufzulösen schien, *sah,* wie die Dauben rissen, jede einzelne, *sah,* wie die Splitter davonstoben, *sah,* wie der metallene Reif durch die Luft flog und sich dabei langsam um sich selbst drehte, *sah,* wie der Mann mit dem weißen Hemd fluchend auf die Knie sank und versuchte, die über den Boden rollenden Münzen aufzuklauben, *sah,* wie die Metze mit schreckgeweiteten Augen zurücksprang, als ein Messer haarscharf an ihrem Gesicht vorbeizischte, *sah,* wie sie gegen den dritten Drachenkämpfer prallte – *Keul, das ist doch sein Name?* –, der sich gerade bemühte, seinen Säbel zu zücken, *sah,* wie der kleine dürre Magus die Hände spreizte und ihn dabei unverwandt mit seinen schwarzen Augen anstarrte; er *sah,* wie Korgh die Axt unglaublich schnell herumwirbelte und die flache Seite der Doppelklingen dem Handlanger in den Rücken hämmerte, *sah,* wie der Mann nach vorn flog und mit ausgebreiteten Armen gegen die Wand krachte, *sah,* wie Molass mit dem Dolch auf den Magus zielte und wie sich sein ohnehin hässliches Gesicht noch weiter verzerrte, als der Magus seine schwarzen Augen aufriss und die knotigen Hände abwehrend ausstreckte. Er *sah,* wie der Säbel des dritten Drachenkämpfers endlich aus der Scheide flog, wie die Klinge gegen den Dolch von Molass prallte, *sah,* wie sich dessen Lippen zu einem Fluch verzogen, weil der Schlag ihn aus dem Gleichgewicht gebracht hatte und er sein Ziel, den Magus, verfehlte, *sah,* wie er stolperte, taumelte und krachend gegen Sandner prallte; er *sah,* wie der betrunkene rotblonde Drachenkämpfer den Mund zu einem Schrei aufriss, als der Dolch seinen Arm ritzte, *sah,* wie er den Magus losließ, der sich mit einem Sprung in Sicherheit brachte, ohne den Blick seiner unheimlichen schwarz glühenden Augen von Lay zu nehmen, und *sah,* wie beide Drachenkämpfer in einem Gewirr aus Armen und Beinen auf dem Boden landeten und dort liegen blieben.

Er *sah,* wie die Metze zurückwich und gegen eine Tranlampe stieß, die daraufhin umkippte, *sah,* wie sich der Tran auf den Rock der Frau ergoss, der mit einem Fauchen zu brennen begann, *sah,* wie die Frau um sich schlagend und kreischend davonrannte, und *sah,* wie das Stroh auf dem Boden ebenfalls Feuer fing. Er *sah,* wie sich der Wirt auf ihn stürzte, wie sich die Faust des Mannes in sein Hemd krallte, *sah,* wie der Stoff unter dem Griff nachgab, mit einem hässlichen Geräusch zerriss …

Dann bemerkte er die schwarzen Augen des Magus, deren Blick über seinen Rücken glitt, kurz verharrte, erstaunt, kalt, neugierig …

… dann löschte der Anblick von grauem Metall, auf dem verschlungene Muster gehämmerten Stahls eine Art Schrift bildeten, alles andere aus.

Lay *sah* diese wunderschönen, einzigartigen Muster so deutlich, dass er glaubte, ihre Bedeutung entschlüsseln zu können …

… so deutlich waren sie, so nahe, und sie kamen immer näher …

Und dann sah er gar nichts mehr.

ULCAR, ASYLUM DER AUGUREN

»Was ist denn?« Druud OchNarjon fuhr gereizt herum, als es laut an der Tür seines Gemachs klopfte. Dabei riss er fast den jungen Mann um, der ihm beim Ankleiden half. »Pass doch auf, Schwachkopf!«, fuhr er den Novichen an, der gerade dabei gewesen war, die komplizierte Schnürung des Gewandes zu binden. Bei der plötzlichen Bewegung des Auguren hatte er an den Schnüren gerissen, die den hauchdünnen Stoff aus Seidenspinnengewebe strafften, was die Nähte mit einem verdächtig reißenden Geräusch kommentierten. OchNarjon knurrte wütend. »Dieser Stoff kostet mehr, als deine elende Familie für deine Ausbildung hier bezahlt!«, fuhr er den erschrockenen Jüngling an. »Willst du sie jetzt völlig ruinieren?«

Wieso tue ich mir das überhaupt an?, fragte sich Druud gleichzeitig zum bestimmt einhundertsten Mal, während er dem Novichen mit der flachen Hand auf den Hinterkopf schlug. *Wieso muss ich mich wie ein alberner Gockel für ein verdammtes Bankett verkleiden, das zu Ehren alberner Barbaren aus dem Glutkessel gegeben wird, deren Herr im Begriff ist, nicht nur meine Pläne zu durchkreuzen, sondern auch das Drachenreich zu ruinieren?*

Die Antwort ergab sich natürlich bereits aus seiner Frage. Seine Anwesenheit war genau aus diesem Grund notwendig! *Weil ich nicht zulassen darf, dass es dazu kommt. Also muss ich dabei sein und die Augen offen halten.* Er verzog die Lippen, als ihm die in seinem Fall ziemlich makabere Redewendung durch den Kopf schoss.

Er drehte sich wieder zur Tür um, die mittlerweile geöffnet

worden war. »Was ist denn so dringend, dass man mich bei meiner Toilette für das Bankett des Erlauchten Drachenfürsten stört?« *Oder soll ich sagen, für das verfluchte Fressgelage zu Ehren dieser verdammten Barbaren, hm?* »Hätte das nicht bis nach dem Festmahl warten können?«

Der Mann, der in der Tür stand, verbeugte sich tief, obwohl der Erste Fragende es nicht sehen konnte. »Verzeiht, Eure Eminenz. Aber Ihr habt selbst befohlen, man solle Euch sofort benachrichtigen, wenn eine Botschaft vom *Weißen Spiegel* ...«

»Ah!« *Broll! Endlich!* »Gut, gut. Gib her.« Druud streckte die Hand aus. »Na los, worauf wartest du?«, fuhr er den Boten an, der immer noch ehrerbietig auf dem breiten Treppenabsatz stand und nicht wagte, die Kammer im obersten Geschoss des Asylums zu betreten. Stattdessen sah er sich ungläubig mit weit aufgerissenen Augen um.

Sein Staunen war verständlich. Die Kammer glich einem Saal, hatte fast etwas Kavernenartiges.

Große kannelierte Säulen stützten die gewölbte Decke, die mit Fresken kunstvoll bemalt war. Die hohen Fenster aus kostbarem bemaltem Glas waren von schweren blutroten Vorhängen eingefasst, in die die acht Tiersymbole der Auguren mit goldenen Fäden eingewirkt waren. In einem Kamin, in dem mühelos ein ausgewachsener Mähnenelefant Platz gefunden hätte, brannte ein vergleichsweise recht armseliges Feuer, das den riesigen Raum zwar kaum wärmte, ihn dafür aber mit dem süßlichen Duft von Samtfruchtholz erfüllte.

Hinter einem halb geöffneten Vorhang sah man einen geräumigen Alkoven und ein riesiges Bett, offenbar das Schlafgemach des Ersten Fragenden. Neben dem Durchgang stand ein massiver geschnitzter Stuhl, auf dem Farael saß und beiläufig den Seherstab zwischen den Fingern drehte, während er den Boten aufmerksam musterte. Im Hintergrund, zwischen zwei schmalen Fenstern, durch die man Lokhs Auge hoch am

Himmel schimmern sah, stand auf einem Podest aus Elefantenbaumholz ein kleiner Opferaltar aus schwarzem und von Silberadern durchzogenem Erzstein.

Der Mann schluckte, trat vor und hielt dem Ersten Fragenden einen kleinen Beutel hin. »Der Botenvogel ist nach seiner Ankunft leider gestorben. Wir können aber einen anderen Vogel für eine Antwort ...«

»Was ist mit dir, Kerl? Gib mir den Beutel gefälligst in die Hand!« Er machte einen Schritt auf den Mann zu und zwang dabei den Novichen, der immer noch die Schnüre des Gewandes hielt und einen kleinen Protestschrei ausstieß, ihm zu folgen.

»Verzeiht, Eminenz.« Der Bote schluckte verlegen, streckte den Arm noch ein Stück weiter aus und machte einen Schritt nach vorn. Der Augur griff, sobald der Beutel seine Finger berührte, hastig zu und riss ihn dem Bediensteten förmlich aus der Hand. Wobei er allerdings sorgfältig darauf achtete, nicht zu fest zuzupacken, damit sich die scharfen Spitzen der kleinen Spange, mit welcher der Beutel verschlossen war, nicht in seine Handflächen bohrten.

Idiot! Druud knurrte wütend, fuhr herum und stieg wieder auf das kleine Piedestal, auf dem er vor der Ankunft des Boten gestanden hatte. Der junge Mann, der ihm beim Ankleiden half, hatte Mühe nachzukommen, ohne dass sich die Schnüre dabei vollkommen verwirrten.

»Farael?«

»Eminenz?«

Ah, da. Druud warf dem Auguren mit einer für einen Blinden erstaunlichen Zielsicherheit den Beutel zu und drehte dann den Kopf zu dem jungen Novichen herum, der unwillkürlich vor der strengen Miene seines Herrn zurückzuckte.

»Mach weiter!«, herrschte Druud ihn an und sah in die Richtung, aus der er Faraels Stimme gehört hatte. »Und du, lies vor!«, befahl er seinem *Auge*.

»Der Botenvogel ...«, wiederholte der Mann an der Tür. »Er ist ... Was sollen wir ...?«

»Was weiß denn ich?« Druud seufzte gereizt. *Kann es wirklich sein, dass diese Kretins nichts, aber auch gar nichts allein entscheiden können? Muss ich mich um wirklich alles kümmern, selbst um eine verreckte Botentaube?* »Fresst sie von mir aus, aber behelligt mich nicht ...«

»Es ist strengstens verboten, diese Vögel zu verspeisen, Eminenz«, warf Farael sanft ein, während er sich Handschuhe überstreifte und vorsichtig die Spange am Beutel öffnete. Jeder, der sich damit nicht auskannte, würde den winzigen versteckten Federmechanismus auslösen und von der kleinen Nadel, die darin verborgen war, gestochen werden. Und in weniger als einer Minute qualvoll sterben, denn die Nadel war mit einer besonders rein destillierten Essenz des Giftdorns behandelt.

Farael wusste natürlich, wie der Mechanismus funktionierte. Er öffnete den Beutel und entnahm ihm einen schmalen Streifen geöltes Papier.

»Verboten? Was für ein Idiot hat ein derartig albernes Dekret ...?« *Welcher Schwachkopf kommt auf die Idee, den Leuten zu verbieten, tote Vögel zu essen?*

Farael hüstelte, während er zu einem schmalen Tischchen vor einem der Fenster ging und eine grünliche Frucht aus einer Schale nahm. Mit einem kurzen Schnitt seines Dolchs halbierte er die Frucht, nahm eine Hälfte und träufelte ein paar Tropfen Fruchtsaft auf das Papier.

»Aber Euer Eminenz, Ihr selbst habt doch ...«, stammelte der Noviche, doch Farael brachte ihn mit einem Schnalzen und einem scharfen Blick zum Schweigen.

»Was der brave Mann sagen will, Euer Eminenz, ist, dass dieses Dekret ganz und gar nicht dumm sein kann, da Ihr selbst es erlassen habt.« Farael hielt das Papier über die Flamme einer Tranlampe. Nach wenigen Herzschlägen begann es zu qualmen, und Buchstaben wurden darauf sichtbar. Der schlanke Augur hatte die ersten Worte kaum gelesen, als er scharf die Luft einsog.

»Ich? Wie kannst du behaupten, dass ich etwas so ...« *Ach ja, richtig.* Druud erinnerte sich. *Weil diese albernen Idioten mir sonst noch alle Botentauben weggefressen hätten.*

»Dann friss sie eben nicht«, rief er Richtung Tür gewandt. »Stopf sie aus oder verscharre sie. Mach mit ihr, was du willst, Hauptsache, du verschwindest, damit ich endlich meine Toilette für dieses verfluchte Bankett zu Ehren dieser verdammten Barbaren ...«

»Für das Festmahl zu Ehren der hochgeschätzten Gesandten des Shetan und der Gäste des Erlauchten Drachenfürsten«, übersetzte Farael, ohne eine Miene zu verziehen.

»... beenden kann. Und nun lies endlich die Nachricht, Farael.«

Statt zu gehorchen, wandte sich der Angesprochene dem Boten an der Tür zu. »Du kannst gehen«, sagte er, scheuchte ihn mit einer Handbewegung aus der Kammer und drehte sich dann zu dem Ersten Fragenden um. »Und du auch!« Er meinte den Novichen, der Druud beim Ankleiden behilflich war.

»Was soll das?« Druud runzelte die Stirn. »Wieso schickst du ihn weg? Sind wir denn schon ...?«

»Erlaubt mir, die restlichen Bänder selbst zu schnüren, Euer Eminenz«, unterbrach Farael ihn rasch. »Also«, er nickte dem jungen Mann zu, »verschwinde!«

Der zögerte. »Aber ...«

»Tu, was das Auge dir sagt«, knurrte Druud, der begriffen hatte, dass Farael mit ihm allein reden wollte. *Muss ja eine sehr interessante Nachricht sein,* dachte er, und ein erwartungsvolles Prickeln rieselte ihm über Rücken und Arme. *Vielleicht erfahre ich endlich, was es mit diesem Träger des Mals auf sich hat, den mir die Fäden des Schicksals gezeigt haben und der so wichtig für die Zukunft des Reiches ...*

Das Geräusch der sich schließenden Tür unterbrach seine

Gedanken, und im nächsten Moment erklang Faraels Stimme hinter ihm.

»Er hat keinen Träger des Mals im Monasterium gefunden«, sagte das Auge des Fragenden. »Träger des Mals … Was meint er damit?«

»Das ist unmöglich … Au! Bei Ganäas schlaffen Titten, zieh die Schnüre gefälligst nicht so fest. Willst du mich etwa strangulieren?« *Wieso hat Broll versagt? Das darf doch nicht wahr sein. Die Textur der Fäden war eindeutig! Einer vom Blut … Ich kann mich nicht geirrt haben! Unmöglich!*

Farael hatte mittlerweile die letzten Bänder festgezogen und die Schnallen geschlossen. Er trat zurück, nahm erneut das Papier und hielt es gegen die Kerzenflamme. Das Licht ließ die Symbole auf dem transparenten Papier hervortreten, und mit gerunzelter Stirn versuchte er, die Geheimschrift zu entziffern.

»Das Kloster ist … niedergebrannt!« Er hob den Kopf und sah Druud entsetzt an. »Alles deutet auf einen Überfall von Nordlingen hin! Das ist ja …« Er ließ das Papier sinken.

Druud wedelte mit der Hand durch die Luft.

»Ja, ja, schrecklich, ich weiß. Lies weiter. Was steht da noch?«

Farael räusperte sich. »Außerdem hat er Nordlinge aufgegriffen«, fuhr er fort, »die angeblich ihren Anführer, einen gewissen Korgh, am *Weißen Spiegel* verloren haben …«

»Was?«, rief Druud dazwischen. *Was für ein verdammter Mist! Das müssen diese Nordlinge sein, die Egkhild losgeschickt hat …*

»Er selbst will sich mit dem Edlen von Ern am Blutsee treffen und mit ihm nach Ulcar reiten, wo er …«

»Ich weiß, schon gut. Sonst noch was?« Druud hatte den Raum durchquert, war auf das Podest mit dem Opferaltar gestiegen und tippte mit seinen langen Fingernägeln gegen den Stein.

»Das sind bedenkliche Nachrichten, Erster. Ein Überfall der Nordlinge am *Weißen Spiegel*, auf dem Gebiet von Alghor. Wenn das stimmt …«

»Selbstverständlich stimmt es!«, unterbrach Druud ihn erneut. *Broll versteht sein Handwerk, das muss ich sagen. Aber wieso hat er diesen Träger des Mals ...?*

»Broll ist doch der Befehlshaber der Hämmer von Ern, Erster. Ich frage mich, was ein Vertrauter des Edlen von Ern dort oben ...«

»Wir verdanken es Ern, dass wir überhaupt von diesem Überfall erfahren!«, fauchte Druud. »Von den Eisdrachen der Drachenkämpfer, die dort oben patroullieren, wurden wir nicht informiert. Warum das so ist, werden wir wohl den Reichsverweser fragen müssen.« *Und der dürfte erhebliche Schwierigkeiten haben, uns diese Frage zu beantworten,* dachte Druud und unterdrückte ein Grinsen. *Das müsste doch selbst dem Fürsten ...*

»Was hat es mit diesem Träger des Mals auf sich, wenn mir die Frage gestattet sei, Erster? Die Prophezeiung ...«

»Ich kenne die Prophezeiung, Farael!«, entgegnete Druud eisig. *Was glaubst du wohl, warum ich Broll dorthin geschickt habe, um den Kerl zu finden? Das Kloster wurde zerstört, aber offenbar war der Träger nicht unter den Toten. Ich muss wissen, wo er ...*

»Selbstverständlich, Herr. Verzeiht, ich wollte Euch nicht zu nahe treten. Aber ...«

Druud spürte Faraels Verwirrung und aufrichtige Sorge. *Denke strategisch, du Narr! Du kannst es dir nicht leisten, Farael gegen dich aufzubringen. Du brauchst ihn, wenn deine Pläne Erfolg haben sollen. Du brauchst seine Loyalität. Sei freundlich. Aber nicht zu freundlich.*

»Das bist du nicht, Farael. Deine Frage ist sogar überaus berechtigt. Gemäß der Prophezeiung spielt der Träger des Mals eine entscheidende Rolle in der Zeit der Verschmelzung, wie du ja weißt.«

»Gewiss, aber ...«

Hör einfach zu, du Idiot! »Und ... das Reich muss natürlich wissen, was genau das für eine Rolle ist, das ist doch wohl klar.« *Ich kann unmöglich riskieren, dass dieser Träger des Mals möglicherweise meine*

Pläne vereitelt. Es ist schon schwierig genug, nur einen Träger des Mals zu kontrollieren, aber da jetzt noch der zweite aufgetaucht ist und die beiden durch die Fäden des Schicksals miteinander verbunden sind … »Die Prophezeiung ist in diesem Punkt sehr vage, wie du weißt …«

»Sie sagt nur, dass der Träger des Mals und die Heilige Zwei …«

Druud ließ ihn nicht zu Ende sprechen. »Dass der Träger des Mals und die Heilige Zwei etwas miteinander zu tun haben, ist nur eine Annahme. Die Prophezeiung ist zudem sehr schwammig hinsichtlich der Frage, worum es sich bei dieser Verschmelzung handelt und was überhaupt verschmolzen wird.« *Du musst nicht wissen, dass es zwei Träger gibt, wenn nicht sogar noch mehr, was Belphor verhüten möge. Du weißt ohnehin schon zu viel, Farael.* Druud fuhr nachdenklich mit seiner Zunge über das kleine Geschwür auf der Innenseite seiner Wange. Dann sog er scharf die Luft zwischen den Zähnen ein. *Aber noch reicht dein Wissen nicht aus, um mir Ärger machen zu können, und sollte sich daran etwas ändern …*

»Es gibt Stimmen«, sagte Farael vorsichtig, »die behaupten, bei dieser Verschmelzung würde ein uralter Konflikt …«

Druud lachte schnaubend. »Glaubst du etwa an diese Ammenmärchen der Drachenpriesterinnen?« Er hob die Hand und deutete mit seinem knochigen Finger auf Farael. »Sieh dich vor! Du weißt, dass dieser Kult verboten ist …«

»Die Ausübung der Lehre ist verboten, Erster Fragender«, verbesserte ihn Farael ehrerbietig.

»Haarspalterei!«, fauchte Druud. »Ich will aus deinem Mund keine solchen Blasphemien hören, hast du verstanden?«

»Gewiss, Eure Eminenz, verzeiht! Ich dachte nur, dass es vielleicht ratsam wäre, auch die Meinung anderer …«

»Meinungen spielen hier keine Rolle.« Druud war immer noch empört, aber der unterwürfige Ton seines Auges besänftigte seinen Zorn. Jedenfalls ein wenig. »Hier geht es um die Interpretation göttlicher Weisungen, und das«, er erhob die

Stimme und klopfte mit dem Knöchel seiner Hand auf den Stein des Altars, womit der ein seltsames Geräusch erzeugte, so als würde der Knochen den Stein zum Singen bringen, »ist allein Aufgabe und Bürde des Ersten Fragenden. Und nicht irgendwelcher Weibsbilder, die glauben, sie könnten mithilfe des Heiligen Pulvers irgendwelche Dinge weissagen.« Er blies verächtlich Luft durch die Nase. »Ich habe lange gegen diese Irrlehren gekämpft, und ich werde mir diesen Unfug jetzt nicht auch noch von dir anhören, meinem Vertrauten und meinem Auge, meinem ...«, er machte eine bedeutsame Pause, »... möglichen Nachfolger!«

Druud verzog grinsend die Lippen, als er hörte, wie Farael vernehmlich Luft holte. *Ah ... ›Kannst du sie nicht bezwingen, dann schmeichle ihnen.‹ Der alte Kordial wusste sehr genau, wie man Menschen dazu bringt, das zu tun, was man von ihnen will. So einfach, und doch so wirkungsvoll. Selbst bei so intelligenten Burschen wie dem hier. Aber ...* Seine Miene verfinsterte sich. *Zu viel Intelligenz ist gefährlich. Ich glaube, ich muss dem Auge einen Dämpfer verpassen, damit er wieder erkennt, wo sein Platz ist.*

»Auch aus deinem Mund lasse ich keine Ketzereien zu, Farael. Es täte mir sehr leid, würdest du, statt mein Nachfolger zu werden, auf dem Opferaltar enden – oder am Drachenkreuz.«

Wieder hörte er, wie der andere tief Luft holte. *Gut.*

»Nun, zurück zum Thema«, sagte er dann. »Der Drachenfürst ist ein ...«, *Schwächling und Wendehals,* »... wackerer Mann, der von der Bürde seines Amtes ...«, *und seinen ständigen Bocksprüngen über die Küchenmägde,* »... gebeugt ist. Er braucht unsere Hilfe, und das umso mehr, als der Reichsverweser, der zweifellos sein Bestes gibt ...«, *um sich in das Bett der Drachenbraut und damit auf die Drachenklaue zu manövrieren – was niemals geschehen wird, so wahr ich Druud OchNarjon heiße,* »... um das Reich zu alter Größe zurückzuführen, bedauerlicherweise nun einmal ein Magus ist, und dieser Interessenkonflikt ...«

»Aber der Reichsverweser wird doch schon seit undenklichen Zeiten vom Zirkel der Magi…«

Druud überhörte Faraels Einwurf geflissentlich. »…beeinflusst selbstverständlich seine Wahrnehmung der mannigfachen Möglichkeiten, mit denen wir dem Reich dienen können. Und in Zeiten wie diesen«, dozierte er weiter, *die für einen Wandel an der Spitze der Macht so günstig sind wie nie zuvor,* »müssen wir uns aller Mittel bedienen, um unser Ziel zu erreichen.« Er ballte die Rechte zur Faust. »Ein wiedererstarktes, prachtvolles und mächtiges Alghor unter der Führung…« Druud hatte sich von seinen Worten mitreißen lassen, wurde sich jedoch im letzten Moment bewusst, wo er eigentlich war und vor wem er sprach. »…eines weisen und klugen Drachenfürsten. Was den Shetan von Bouhss als Gemahl für die Drachenbraut ausschließen dürfte.« *Und ob der Träger des Mals geeignet ist, werde ich erst wissen, wenn ich ihn vor mir sehe.* »Sei es, wie es mag. Für das Wohl des Reiches ist es im Moment jedenfalls entscheidend, diesen Träger zu finden…«

Und für mein Wohl ebenfalls. Denn was ist, wenn sich im schlimmsten Fall die beiden Träger am Tag der Verschmelzung »verschmelzen« und möglicherweise dadurch eine neue Dynastie begründet wird? Soll ich untätig daneben stehen, womöglich sogar noch die Zustimmung der Götter zu dieser Verbindung verkünden, anschließend von der Bühne abtreten und das Reich der Willkür von zwei… zwei Kindern überlassen? Niemals! Er räusperte sich. »Und wenn es um das Wohl des Reiches geht, ist es nur recht und billig, wenn wir, die Auguren, als Zunge der Götter…«, *die ganze Angelegenheit kontrollieren und lenken,* »…stets informiert sind.«

»Aber dieser Überfall…«

»Natürlich werden wir den Fürsten auch über den Übergriff der Nordlinge informieren. Aber das erfordert genaueste Planung. Denn Akkad da'al Akkadi darf diesmal keine Möglichkeit haben, seine Schwäche hinter angeblichen Fehlern anderer zu verbergen.« *Und vor allem muss ich dem Fürsten klarmachen, dass ein starker und zufriedener Vasall dort oben am Gletscher weit zuverlässiger und wichtiger für das Reich ist, als es Friedensverhandlungen mit Hellanden jemals sein könnten.* »Steht noch mehr in der Nachricht, Farael?«

»Das war alles, Erster. Wenn ich mir noch eine Bemerkung erlauben darf …«

»Darfst du nicht«, knurrte Druud. *Ich muss wissen, was es mit diesem Träger des Mals auf sich hat. Die Textur hat eindeutig gezeigt, dass sich am* Weißen Spiegel *ein Träger des Mals aufhält. Und dieses Kloster ist die einzige menschliche Ansiedlung so dicht am Gletscher.* Er trommelte erneut auf den schwarzen Stein. Dann fasste er einen Entschluss. *Es gibt nur einen Weg, Gewissheit zu erlangen. Dieses alberne Gelage und diese verfluchten Gesandten müssen noch etwas warten! Der Erste Fragende hat Wichtigeres zu tun, als Barbaren beim Rülpsen und Furzen zu lauschen.*

»Also dann«, sagte er. »Befrei mich von diesem vermaledeiten Gewand und hol mir ein Opfertier. Ich muss eine Textur lesen.«

Er konnte Faraels überraschten Blick spüren, seine Missbilligung. »Aber Erster, das Bankett hat bereits begonnen, und man erwartet Euch …«

»Umso mehr hast du Grund, dich zu beeilen, Farael. Ich muss wissen, was aus dem Träger des Mals geworden ist. Und da ich ja offensichtlich ohnehin alles allein machen muss, weil ich nur von Schwachsinnigen und Tölpeln umgeben bin, mache ich es am besten selbst und dann richtig. Also los, worauf wartest du?«

Er trat von dem Podest herunter zu Farael. Das Auge holte tief Luft und machte sich daran, die Riemen des Gewandes zu lösen, die er eben gerade noch festgezogen hatte.

»Der Fürst wird nicht sonderlich erfreut sein, wenn Ihr zu spät …«

»Er wird froh sein, dass ich überhaupt komme«, fiel Druud ihm ins Wort. *Wenn er wüsste, was ich hier mache,* dachte er und verzog seine dünnen Lippen zu einem spöttischen Grinsen, *wäre er allerdings zweifellos noch weniger erfreut. Ebenso wenig wie Seine Gnaden der Reichsverweser.* »Aber beeil dich, Farael, damit Seine Erlaucht der Fürst nicht zu lange ohne geistigen Beistand in der Gesellschaft dieser Barbaren ausharren muss.«

Ich ertrage das keine Sekunde länger. Jolah schloss die Augen, bereute es jedoch im selben Moment. In der Schwärze um sie herum waren der tosende Lärm, das Stimmengebrabbel, Geschrei und Gelächter und die schreckliche Musik der Barden auf der Empore des Saales noch unangenehmer, und sie hatte das Gefühl, als würde sich ihr Schädel um ihr Hirn drehen. Aber wenigstens konnte sie jetzt so tun, als wäre sie nicht da, als würde sie all das von einem Punkt außerhalb dieses Saales aus hören. Wie schade, dass sie sich nicht die Finger in die Ohren stecken konnte. *Warum eigentlich nicht?*, dachte sie. *Es nimmt doch ohnehin niemand Notiz von mir. Genauso gut könnte ich …*

»Ich glaube, sie reden über dich.«

»Wie bitte?« Jolah schlug die Augen auf, und mit einem Schlag gesellte sich zu dem schrecklichern Lärm der dazugehörende widerwärtige Anblick. »Wer redet über mich?«

Bragh deutete mit einem Nicken auf die Gesandten, die auf der anderen Seite der halbkreisförmigen Tafel neben dem Fürstenpaar saßen. »Du solltest lächeln …«

»Eher kotze ich auf mein Kleid«, erwiderte Jolah hitzig. »Oder besser noch, ich kotze auf dieses … Ist das wirklich ein Umhang aus dem Fell einer Wüstenziege, was dieser fette Kerl da trägt?«

Bragh folgte ihrem Blick und nickte. »Allerdings.« In seiner Stimme schwang eine Spur von Neid mit. »Das muss ein Vermögen gekostet haben …«

»Es dürfte vor allem ziemlich viele Ziegen das Leben gekostet haben, so fett, wie dieser Kerl ist.« Jolah grinste, als der

Mann ihren Blick bemerkte, mit einem breiten Lächeln nach seinem Kelch griff und ihn grüßend in ihre Richtung hob. Sie nahm ihren eigenen Pokal, einen zierlichen goldenen Kelch, dessen schlanker Stiel mit einem blutroten Stein geschmückt war, hob ihn und leerte ihn in einem Zug. »Ziegenficker!«, sagte sie, immer noch lächelnd, als sie den Kelch absetzte. Dann fuhr sie sich mit der Zunge über die Lippen und rülpste einmal kräftig.

Bragh sah entsetzt von dem Mann zu der Drachenbraut und wieder zurück. Dann beugte er sich zu ihr hinunter. »Wenn er dich jetzt gehört hat …«

»Fühlt er sich zweifellos wie zu Hause, oder was meinst du?« Jolah rülpste erneut und schwenkte den Kelch hin und her. »Schenk nach, Bragh, mein Mundschenk.« Sie lachte. *Ich bin albern.* »Du siehst wirklich hinreißend in deiner Prachtuniform aus, habe ich dir das schon gesagt?«

Sie grinste, als sie sah, dass Braghs abstehende Ohren feuerrot leuchteten. Sie trank einen Schluck Wein. Ihr Blick sank von Braghs Gesicht über seine Brust zu seinem Schritt. *Deine Ohren sind wahrlich nicht das Einzige, was bei dir absteht, oder?*

Bragh, der neben ihr stand, bemerkte ihren Blick und schüttelte verärgert den Kopf. Er trat einen Schritt zurück. Sein ganzer Kopf leuchtete wie eine Tomate.

Jolah kniff die Augen zusammen und presste die Beine fest zusammen, als eine unerwartete Hitze ihren Schoß durchströmte. Sie senkte die Lider und musterte unter ihren langen Wimpern die Gesandten. Dabei nippte sie erneut an ihrem Kelch. *Du betrinkst dich. Das ist nicht gut.*

Scheiß drauf, und wenn schon? Mutter hat mich gebeten, mich wie eine Drachenbraut zu benehmen. Nirgendwo steht, dass Drachenbräute sich nicht betrinken dürfen.

Der Gedanke war vollkommen unlogisch, was Jolah klarmachte, dass sie tatsächlich bereits genug getrunken hatte. Außerdem machte die Hitze zwischen ihren Beinen ihr zu schaffen. Sie war unruhig, rastlos, und erneut glitt ihr Blick zu ihrem Paladin.

Sie spielte mit der Zunge an ihren Zähnen und schaukelte mit den Knien. *Er ist mir treu ergeben. Und er verehrt mich. Und ich brauche eine verdammte Ablenkung! Aber wenn ich ihn dazu bringe, mich zu befriedigen, und wir dabei erwischt werden, ist das sein Todesurteil.* Ihr Blick glitt von Bragh zu den Gesandten, die sie immer noch interessiert beobachteten. Der mit dem Ziegenumhang grinste erneut, feist und anzüglich, und sein Gesicht glänzte von Schweiß und Fett. Er hob wieder den Pokal.

Wichser, dachte Jolah. *Aber warte, ich gebe dir etwas, was dich …*

Sie lächelte den Mann an, fuhr sich mit der Zunge über die Lippen und legte sich dann wie beiläufig die Hand an den Hals. Sie strich mit den Fingern ihren Hals hinab, während sie den Kelch erneut leerte. Dabei lief ihr ein wenig Wein übers Kinn und tropfte von dort auf ihre Brust. Das Kleid, das ihre Mutter für sie ausgesucht hatte, war tief ausgeschnitten, zweifellos, um den Gesandten ihre Reize vor Augen zu führen. *Also gut, ihr Ziegenficker, ich werde euch zeigen, wie reizvoll diese fürstliche Stute ist. Ich hoffe, ihr habt ein kräftiges Handgelenk …*

Als der Wein über ihren Busen lief, legte sie rasch einen Finger darunter, nahm den Tropfen auf und schob sich dann den Finger in den Mund, um genüsslich daran zu saugen. Dabei sah sie unverwandt den fetten Gesandten an, dem fast die Augen aus den Höhlen traten und dessen Kopf so stark anzuschwellen schien, dass er jeden Moment zu platzen drohte.

Und das ist sicher nicht das Einzige, was bei dir anschwillt, du fettes Schwein!, dachte sie, als sie jemand hinter sich nach Luft schnappen hörte. Sie drehte überrascht den Kopf, den Finger immer noch im Mund, und begegnete Braghs beinahe flehentlichem Blick.

Der junge Drachenkämpfer rang sichtlich mit seiner Beherrschung, und für einen Moment war Jolah nach Lachen zumute.

Doch dann zuckte sie zusammen, als sie sah, wie ihre Mutter, die den Blick des Gesandten bemerkt hatte, sich vorbeugte und zu ihr hinsah.

Jolah errötete, nahm hastig den Finger aus dem Mund und ließ die Hand in ihren Schoß sinken. Trotzdem fühlte sie sich irgendwie übermütig, und sie musste sich zusammenreißen, um nicht laut zu kichern. »*Scheißwein. Ich hätte nicht so schnell so viel trinken sollen. Wieso passt du nicht auf mich auf, Bragh?*«

»Verzeih, Jolah, aber ich habe dich ...«

Ihr Kopf ruckte hoch. *Habe ich das laut gesagt?* »Habe ich das laut gesagt?« Ihre Stimme klang ein klein wenig undeutlich, und das Schaukeln des Raumes ging ihr allmählich auf die Nerven. »Mir ist heiß, Bragh.«

»Ja, Drachenbraut.« Der Paladin schien ebenfalls unter der Temperatur im Saal zu leiden, denn sein Gesicht war immer noch gerötet und schweißüberströmt. »Ich glaube, deine Mutter ...«

»Hm.« Jolah sah zu dem Fürstenpaar hinüber. »Oh, eine Rede.« Sie stieß auf. »Na wunderbar! Weck mich, wenn sie fertig sind, Bragh.«

»Jolah!« Bragh knurrte fast. »Verflucht, du bringst uns in Teufels Küche ...«

»Du hast ja keine Ahnung ...«, meinte Jolah lächelnd. »Und das ist noch gar nichts im Vergleich zu dem, was ich noch mit dir vorhabe, Bragh, mein stolzer Recke!«

Der Fürst erhob sich.

»Hört, hört!«, rief Akkad da'al Akkadi, der zwischen der Fürstin und den Gesandten saß. Ein Stuhl auf der anderen Seite des Fürstenpaares war frei.

Der Sitz des Auguren? Jolah kniff die Augen zusammen. *Druud OchNarjon lässt sich dieses Spektakel entgehen?* Sie sah sich rasch im Saal um, aber der Erste Fragende war nirgendwo zu entdecken.

»Hört den Drachenfürsten. Er wird sprechen.« Akkad hob

die Hände, und allmählich, fast beleidigend langsam, kehrte Ruhe im Saal ein.

Offenbar hat niemand Lust, sich die Laune von einer Rede meines Vaters verderben zu lassen. Jolah griff nach ihrem Kelch. *Ich auch nicht.* Sie setzte das Trinkgefäß an die Lippen und schmatzte geräuschvoll. *Scheiße, schon wieder leer?* »Bragh, ich brauche einen größeren.« Sie verzog grinsend das Gesicht. »Einen größeren Kelch, meine ich.« Sie kicherte, als sie Braghs Verlegenheit bemerkte. »Oh, nun benimm dich nicht wie ein kleines Mädchen, Paladin. Ich amüsiere mich doch nur. Schließlich bin ich die Hauptperson heute Abend, hm? Die rossige … Verzeihung, *rassige* Stute, die an den dicksten Vasallen des Reiches verschachert wird.« Sie machte sich nicht die Mühe, ihre heisere Stimme zu dämpfen. *Mir hört ja ohnehin keiner zu.* »Gegen einen Haufen Loyalität und einen Stall von Drachenprinzen und so weiter.« Sie hob den Kelch, damit Bragh ihn füllte.

»Au!« Sie stieß einen leisen Schrei aus, als sie spürte, wie sich Finger fest um ihr Handgelenk schlossen. »Bragh, gegen ein bisschen Leidenschaft ist ja nichts einzuwenden, aber …«

»Bei Ganäas nährenden Titten, Jolah! Was ist in dich gefahren?«

Die Drachenbraut hob verwirrt den Blick. Es war nicht Bragh, der ihre Hand umklammert hielt und ihr den Kelch aus den Fingern wand.

»Cassda'ra? Wie nett! Willst du mir vielleicht ein bisschen Gesellschaft …?«

»Du bist eine verdammte Schande für das gesamte Drachenreich!«, fuhr die Oberste Heilerin Jolah scharf an. »Wie kannst du dich ausgerechnet heute Abend so gehen lassen?«

Jolahs Augen blitzten. Das Ziehen in ihrem Schoß flammte auf wie ein Schwelbrand, dessen Glut vom Wind angefacht wird und sich zu einer Feuersbrunst auswächst. Zorn und Verzweiflung packten sie, eine niederschmetternde Enttäuschung darüber, dass sich offenbar alle Menschen, die sie liebte und auf die sie sich immer verlassen hatte, gegen sie verschworen hatten.

»Wann sonst, wenn nicht heute Abend?«, fauchte sie und riss ihre Hand los. Jedenfalls versuchte sie es. Aber Cassda'ra hatte überraschend viel Kraft, was Jolah bis dahin noch nie aufgefallen war. Sie hielt den Arm der Drachenbraut mit eisernem Griff fest. »Das hier«, fuhr Jolah fort, »ist genau der richtige Moment …«

»… um sich zurückzuziehen.«

»… um diesen Pferdehändlern zu zeigen, dass die Stute, die sie f…«

»Ach, hör endlich auf, dich zu bemitleiden!«, fuhr Cassda'ra sie an. »Das ist deiner einfach nicht würdig. Ebenso wenig wie dieses kindische Verhalten! Sich zu betrinken, nur um seinem Vater eins auszuwischen! Ich hätte dich für reifer gehalten, für souveräner. Und für erheblich intelligenter!«

Jolah hörte die Verachtung im Tonfall ihrer Lehrerin. Sie schluckte und kämpfte auf einmal mit den Tränen. *Was ist mit mir los?*, dachte sie. *Du bist doch sonst nicht so empfindlich, verflucht! Was hast du?* Lag es am Wein, an der Hitze, an dem Schwindelgefühl oder an dem Kribbeln in ihrem Körper? Plötzlich war ihre Wut verraucht. Sie war temperamentvoll, unbeherrscht, manche mochten auch sagen leichtsinnig, und das alles traf sicher zu. Aber sie war doch sonst nicht so launisch, so wechselhaft in ihren Stimmungen. *Was, verdammt, ist mit mir los?*

»… heutigen Tag, um den Wunsch des hoch geschätzten Shetan …« Sie hörte die Stimme ihres Vaters wie durch einen dichten Nebel, während sich der Saal erneut um sie zu drehen begann.

»Ich …«

»Du ziehst dich jetzt in deine Gemächer zurück!«, fauchte Cassda'ra. Sie sah in Jolahs Gesicht, und ihre harte Miene wurde weicher, jedenfalls ein klein wenig. »Ich werde es deinen Eltern und den Gesandten schon erklären«, meinte sie. »Probleme heranwachsender Frauen …« Sie lächelte, wenn auch nur unmerklich. »Kein Mann will da Einzelheiten hören, schon gar nicht ein Vater. Also werden der Fürst und die Gesandten volles Verständnis haben.« Sie kniff die Augen zusammen. »Aber keine weiteren Eskapaden, verstanden? Bragh!«

Sie drehte sich zu dem Paladin herum, der die Szene mit gequälter Miene verfolgt hatte. Er hielt immer noch den Krug mit dem Wein in der Hand und hätte ihn fast verschüttet, als er hastig vortrat.

»Ja, Heilerin?«

»Du bringst die Drachenbraut in ihre Gemächer. Und du bist mir dafür verantwortlich, dass sie keine weiteren Dummheiten anstellt, hast du mich verstanden?«

Bragh riss die Augen auf. »Ja, aber …«

»Ich will kein Aber hören. Tu, was ich dir sage.« Ohne seine Antwort abzuwarten, drehte sie sich zu Jolah herum. »Kannst du gehen?«

Natürlich kann ich gehen! Jolah stand ein wenig zu schnell auf und schwankte. Im nächsten Moment fühlte sie eine kräftige Hand, die ihren Ellbogen packte. Sie drehte den Kopf zur Seite. Roter Uniformstoff, ein weißes, nicht mehr ganz sauberes Hemd …

Bragh. Sie holte tief Luft. *Mh. Riecht gut. Nach Schweiß und Wein und …* Sie bleckte unwillkürlich die Zähne, als sie den Geruch erkannte. *Moschus. Hm.*

»Es geht schon, wenn Bragh mich stützt«, sagte sie.

»Gut.« Cassda'ra warf ihr einen argwöhnischen Blick zu. »Ich komme später vorbei, um zu sehen, wie es dir geht. Und, Bragh, stell ihr einen Eimer neben das Bett.« Sie schüttelte den Kopf. »Ich habe nicht mitgezählt, aber es dürfte ein ganzer Krug gewesen sein …«

»Ein halbes Maß«, warf Bragh rasch ein.

Jolah lächelte, immer noch schwankend, und lehnte sich dann gegen den Drachenkämpfer. »Mein tapferer Paladin«, sagte sie und stieß mit ihrer Hüfte gegen Braghs Schoß. »Mein starker Paladin.« Sie grinste, als sie Braghs schnelle Atemzüge hörte.

»Falls ihr heute Nacht schlecht wird …« Cassda'ra drehte sich um, als Beifall im Saal aufbrandete. Offenbar hatte der Fürst seine Rede beendet. »Gut, geh jetzt, Jolah. Ich kümmere mich um deine Eltern.«

»Jolah, ich …«

»Verdammt, Bragh, du hast doch gehört, was Cassda'ra gesagt hat. Also tu deine Pflicht und zieh mir die Schuhe aus.«

»Jolah …« Bragh klang gequält. »Ich bitte dich … Verflucht, Drachenbraut, deine Zofen können …«

»Hm, jetzt bin ich plötzlich die Drachenbraut, ja? Feigling!« Jolah lag auf ihrem Bett und wackelte mit den Füßen. »Nur die Schuhe, Bragh.« Sie betrachtete den Paladin unter halb gesenkten Lidern. Die Hitze beschränkte sich längst nicht mehr nur auf ihren Schoß. Ihr war überall heiß, und es kribbelte sie am ganzen Körper. Sie zog die Beine an und ließ es zu, dass die Röcke dabei verrutschten und viel Haut freigaben. Sie lachte heiser, als Bragh den Blick senkte. *Und, macht dich das geil?* Die Verlegenheit ihres Paladins war ihr in diesem Moment ebenso gleichgültig wie die Frage, ob sie sich gerade zur Närrin machte. *Ich halte es nicht aus, verdammt! Bragh, ich brauche einen Mann! Und du bist nun mal der einzige weit und breit!*

»Jolah, bitte, ich …«

»Was? Du tust gerade so, als wäre es das erste Mal. Außerdem habe ich vor diesem albernen Bankett gebadet.«

»Verflucht, Jolah, darum geht es doch nicht!«

»Ach nein, was hält dich dann ab?« *Du verdammter Jammerlappen. Ist es denn so schlimm, wenn du mir ein wenig Vergnügen bereitest?* »Ich dachte, wir sind Freunde, Bragh.« *Und Freunde helfen ihren Freunden, wenn sie in Not sind. Und ich bin in Not. Und wie, verdammt! Wenn ich nicht …*

»Sicher, Drach… Jolah. Aber wenn jemand kommt …«

Jolah lachte. Es war ein heiseres, aufreizendes Lachen, das sie selbst kaum als ihr eigenes erkannte. »Wenn hier jemand kommt, Bragh, dann hoffe ich doch sehr, bin ich das …«

»Jolah!«

»Hmm. Jetzt hast du den richtigen Tonfall, Bragh, mein Paladin. Los, zieh mir die Schuhe aus!« Sie spreizte die Beine und schob ihre Hüften vor. »Und dann möchte ich gern wissen, wie geschickt du wirklich mit deiner Zunge bist.«

»Jo… du …!«, stammelte Bragh und brach dann ab.

Aber Jolah hörte ihn nicht mehr. Das Kribbeln in ihrem Körper, die Hitze wurden übermächtig, und das Blut rauschte in ihren Ohren. *So heftig war es noch nie!* Sie kannte diese Anfälle von Lust und wusste für gewöhnlich, wie sie damit umzugehen hatte. Es musste an dem ungewohnten Genuss des Weines liegen, dass es sich diesmal so anders anfühlte.

Bragh! Los, leck mich, verdammt! Sie wusste nicht, ob sie das gedacht oder laut gerufen hatte. Das Rauschen in ihren Ohren schwoll immer mehr an. Sie hatte die Augen geschlossen und griff blindlings nach unten, tastete nach Braghs Kopf, fand ihn aber nicht. Sie spürte etwas an ihrem Fuß …

DRAAKENBRUT … TODTODTOD …

Das Rauschen steigerte sich immer mehr, glühende Funken tanzten vor ihren Augen, ihr Körper begann auf einmal zu zucken, ihre Ohren schmerzten, sie fuchtelte mit den Händen in der Luft herum, griff nach Bragh, nach irgendetwas, das ihr Halt geben mochte … packte ihr Kleid, riss daran, spürte, wie der Stoff über ihrer Brust mit einem Ruck nachgab … setzte die Füße auf das Bett, machte ein Hohlkreuz, bog sich hoch … hob ihr Becken, stöhnte, ließ das Becken wieder fallen, trat um sich, traf etwas, hörte, wie sie schrie – *Bin ich das wirklich?* –, hörte das Brausen, das sich plötzlich veränderte ...

DRAAKENBRUT ... TONNVORR ... SÄUMENIT ... SCHLEIERWEHT ... TODTODTOD ...

Das Brausen schwoll an und wieder ab, wie das Atmen eines ungeheuren Tieres, einer riesigen Bestie, nein, noch größer, noch gewaltiger, wie das Atmen des Himmels, wie der Hauch ...

Die Funken vor ihren Augen zogen sich in die Länge, wurden zu Fäden, glühenden Fäden ...

Die Versenkung ... aber ... ich habe doch gar nicht ...

In einem kleinen, offenbar nicht von diesem Wirbelsturm erfassten Winkel ihres Hirns hörte sie Cassda'ras warnende Worte. *»Die Kunst der Versenkung ist kein Spiel. Sie ermöglicht es dir, dich zu konzentrieren, deine Geisteskräfte zu fokussieren; sie ermöglicht den Drachenpriesterinnen, die Fäden des Schicksals zu sehen, erlaubt es sogar fortgeschrittenen Drachenpriesterinnen, diese Fäden zu weben. Aber übe diese Kunst niemals ohne Anleitung aus, solange du keine Meisterin darin bist. Und mach es niemals nur zum Vergnügen. Denn diese Kunst kann auch deinen Untergang bedeuten. Du wärest nicht die Erste, die aus der Versenkung nicht mehr auftaucht.«*

Das Summen schwoll an, wurde unerträglich laut; es war eindeutig ein Lied, eine Melodie, aber keine, wie Menschen sie ersonnen. Sie war zu fremdartig, zu anders, zu ...

... *feindselig!*, schoss es Jolah durch den Kopf. Dann hörte sie auf zu denken, weil dieses Summen ihren Körper und ihren Geist durchdrang. Sie spürte kaum, wie sie sich auf dem Bett mit entblößten Lenden hin und her warf, die Hände zwischen die Schenkel geklemmt, während sie mit den Füßen zappelte, die Beine anzog und sie ruckartig wieder streckte.

Wieder traf ihre Hacke etwas Hartes, und ein dumpfes Stöhnen erklang, aber sie achtete kaum darauf.

Sie keuchte, sie schrie, aber es war keine Lust, die sie empfand. Es war ...

Die Fäden vor ihren Augen glühten plötzlich hell auf, ein

Knoten bildete sich, ein anderer Faden lief zuckend darauf zu, schlang sich darum, und ein dritter Faden, weiß glühend …

Sie versuchte, danach zu greifen, versuchte, den glühenden Faden zu packen, schrie auf, als sie ihn berührte, denn er versengte ihr die Finger, sie schien von innen zu verbrennen … Sie schrie …

Die Luft waberte, als ein Geräusch ertönte, so tief, dass ihr Gehör es nicht vernehmen konnte. Aber sie spürte es in ihrem Körper, von Kopf bis Fuß. Als hätte jemand einen gigantischen Gong angeschlagen, irgendwo in weiter Ferne, und als würde der Klang sich wie eine unsichtbare Flutwelle über die ganze Welt ausdehnen, rasend schnell …

Die Spannung in ihrem Körper entlud sich, sie stöhnte erneut laut auf, als sie die Nässe zwischen ihren Schenkeln spürte … Sie vibrierte, ihre Haut glühte, und die Hände auf ihren Armen, ihren Beinen, den Unterschenkeln …

Hände?

Es kostete Jolah ungeheure Mühe und Willenskraft, sich von dem Nachhall dieses himmlischen, göttlichen Klangs zu lösen, sich von dem wundervollen Gefühl, das sie erfüllte, loszureißen, die Augen zu öffnen …

Sie blickte in das besorgte Gesicht des Reichsverwesers, dessen schwarze Augen wie zwei nasse Feuersteine schimmerten. *Nein, sie glühen, und ihr Blick … Er durchbohrt mich wie …* Sein Gesicht war von graumeliertem Haar umrahmt, und die Spitzen strichen über ihre Brust, kitzelten ihre Nippel …

Meine … Brustwarzen? Jolah versuchte sich aufzurichten, aber es gelang ihr nicht. Sie knurrte und hob den Kopf. Tatsächlich. Ihr Gewand war über der Brust zerrissen. Sie sah ihre Knospen, die sich vermutlich wegen der kalten Luft verhärtet hatten. Und sie sah ihre nackten Knie, ihre nackten Oberschenkel, sah Braghs Kopf zwischen ihren Beinen, seinen furchtsamen, entsetzten Blick, das Blut an Nase, Mund und Kinn …

Was, bei Belphor ...?

»Was tut ihr da, verdammt?« Ihre Stimme klang rau, heiser, aber auch laut. Schrecklich laut. Jolah verzog das Gesicht, als der eigene Schrei ihr in den Ohren gellte. Aber das war ihr gleichgültig. Was hatten diese Kerle vor? Wollten sie sie etwa ...? Hatten sie es vielleicht schon getan? *Wieso habe ich das nicht früher gespürt?*

»Geht sofort runter von mir!«, kreischte sie. »Sofort! Ich rufe die Wache ... Bragh! Was, verflucht ...?«

Sie verstummte, als ihr der Gedanke kam, dass ihr Paladin, ihr Leibwächter, der Mann, dem sie vertraute wie keinem anderen – nicht mal ihrem Vater und schon gar nicht diesem widerlichen Reichsverweser –, dass dieser Mann offenbar dabei war ...

Sie erinnerte sich mit einem Schlag an den letzten Abend. Zu viel Wein. »Was fällt euch ein?«, zischte sie. »Wie könnt ihr es wagen, euch mir aufzuzwingen? Wenn mein Vater das erfährt ...«

»Ein Glück. Du bist wieder bei Bewusstsein.« Akkad stieß die Worte atemlos hervor.

»Ein Glück? Glück, nennt ihr das? Offenbar bin ich gerade noch rechtzeitig wach geworden, um mitzubekommen, wie ich von zwei Männern vergewaltigt ...! Lasst mich augenblicklich los!«

»Red keinen Quatsch!«, knurrte Akkad, ließ ihre Arme los und richtete sich auf. Seine Miene wirkte alles andere als lüstern, während er sich den Schweiß von der Stirn wischte. Und seine Augen glühten auch nicht mehr. »Niemand will dir Gewalt antun. Im Gegenteil.« Er stemmte sich vom Bett hoch und deutete auf Bragh. »Es war wohl eher andersherum.« Dann nahm er eine Decke von einem Stuhl neben dem Bett, faltete sie auseinander und warf sie ihr über den Leib. »Allerdings verwundert das wohl kaum noch angesichts deines unsäglichen Gebarens.«

Sie starrte den Reichsverweser verblüfft an. »Was ... was ist denn …?« Ihr Blick glitt zu Bragh, der sie ebenfalls losgelassen hatte und aufstand. Er wollte sich mit dem Ärmel der Uniformjacke das Blut aus dem Gesicht wischen, wobei er es nur großflächig sowohl auf seinen Wangen als auch auf dem Ärmel verteilte. »Bragh, was …?«

»Euer Fuß, Drachenbraut«, sagte ihr Paladin und sah sie verlegen an. »Ihr habt … als ich … Ihr wolltet, aber da kam …«

»Gerade noch rechtzeitig«, knurrte Akkad. »Sonst hättest du dem armen Kerl wahrscheinlich nicht nur die Nase gebrochen.«

»Aber was …?«

»Kannst du dich an irgendetwas erinnern? Ich meine, nachdem du dich auf das Bett gelegt hast?« Akkad deutete auf Bragh. »Er hat mir erzählt, dass er versucht hat, dir die Schuhe auszuziehen.« Er räusperte sich, und sein Blick glitt über Jolahs Körper, über dem die Decke lag. »Bevor du …«

Jolah errötete. Sie wusste zwar im Augenblick nicht mehr genau, was passiert war, aber es war offensichtlich, dass sie Bragh dabei in eine mehr als unglückliche Lage gebracht hatte. »Tut mir leid«, murmelte sie.

»Schon gut, Jo… Drachenbraut«, sagte der Paladin und lächelte verlegen. »Ist ja nichts passiert.«

»*Nichts?* Das nennst du *nichts?*«

Bei diesen Worten blickten Jolah, Bragh und Akkad gleichzeitig zur Tür. Cassda'ra stand dort, und hinter ihr drängte sich Jeul in den Raum.

Die Drachenfürstin sah ihre Tochter an, aber Jolahs halb bekleideter Zustand schien sie nicht zu kümmern. Sie wirkte erleichtert, als sie an das Bett trat. »Was …?« Sie räusperte sich. »Was ist passiert?« Sie streckte die Hand aus, berührte Jolahs Wange und streichelte sie.

Jolah sah ihre Mutter verblüfft an. Sie hatte mit allem gerechnet, mit eisiger Verachtung, scharfer Zurechtweisung, aber nicht mit dieser zärtlichen, liebevollen Geste.

»Sie wollte nur, dass ich ihr die Stiefel ausziehe …«, stammelte Bragh. »Bei Ganäas Gnade, Fürstin, ich schwöre …«

»Schon gut, Bragh.« Cassda'ra legte ihm die Hand auf den Arm. »Du hast alles richtig gemacht. Und jetzt geh hinaus und sorg dafür, dass uns niemand stört. Niemand, hast du verstanden?«

»Sicher, Heilerin, ich …« Er warf Jolah einen kurzen Blick zu, errötete und ging dann rasch zur Tür.

Als er den Raum verlassen hatte, strich Jeul ihrer Tochter noch einmal über das Haar und richtete sich dann auf.

»Also, was genau ist da eben passiert?«

Zu Jolahs Überraschung richtete sie die Frage nicht an Cassda'ra, die Heilerin, Lehrerin und Drachenpriesterin des Ordens, sondern ausgerechnet an die eine Person, die Jolahs Meinung nach überhaupt nicht in der Lage sein konnte, sie zu beantworten.

Sie traute ihren Ohren nicht, als sie hörte, wie Akkad da'al Akkadi aufseufzte, die Hand der Fürstin nahm und sie ehrerbietig – gewiss –, aber auch in einer Art und Weise küsste, die auf eine gewisse Vertrautheit schließen ließ.

»Der Dunkle Schleier wurde berührt. Schon wieder.« Er sah nachdenklich zu Jolah. »Es wird Zeit.«

EBENE DER STÜRME

Der schwarze Schleier wurde mit einem Ruck von seinen Augen und seiner Stirn gerissen, und Stiche wie von tausend Nadeln prickelten auf seinem Schädel.

Mit einem Schrei fuhr Lay hoch, hustete, würgte und spuckte einen Schleimbrocken aus. Er riss den Mund weit auf, holte tief Luft und füllte seine Lunge. Sein Herz raste, hämmerte schmerzend gegen die Rippen. Im nächsten Moment setzte Schwindel ein, und er ließ sich wieder auf seine Decke zurückfallen. *Meine Decke?* Gras kitzelte seine Nase, durch das Rauschen in seinen Ohren hörte er das Knistern eines Feuers, er roch … *Gebratenes Kaninchen?*

»Was ist …?«

Ein feuchtes Klatschen, dann ein Zischen, als etwas Nasses auf heißen Stein traf und verdampfte.

»Er ist wach.«

Hm? Lay runzelte verwirrt die Stirn. *Diese Stimme … Das ist nicht Korgh. Wieso liege ich im Gras? Wo bin … Und woher kenne ich diese Stimme …?*

»Schon?«

Ah. Korgh. Erleichterung durchströmte Lay. Er stöhnte leise auf und fuhr sich mit der Hand durch sein feuchtes Haar. *Feucht? Wieso … Also gut. Mach einfach die Augen auf, sieh dich um und steh auf. Dann erhältst du die Antworten, die du suchst, richtig?*

Richtig. Aber es war leichter gedacht als getan.

Lay erhob sich mühsam auf alle viere und verharrte einen Moment in dieser Position. Als er dann die Augen aufschlug, überkam ihn eine solche Welle der Übelkeit, dass er sie sofort wieder schloss, aber …

Es war schon zu spät. Er würgte, sein Magen krampfte sich zusammen, doch nichts kam heraus. *Kein Wunder,* dachte er. *Es ist ja auch nichts drin.* In dem Moment stieg ihm erneut der Duft von gebratenem Kaninchenfleisch in die Nase, und ihm lief das Wasser im Mund zusammen. Es war schon lange her, dass ihm der Gedanke an Kaninchenfleisch so köstlich erschienen war. *Genau genommen, seit Korgh behauptet hat, das Essen in der Schänke sei Rattenfleisch gewesen …* Eine neuerliche Woge von Übelkeit ließ Lay husten, er spuckte aus und dachte lieber nicht weiter über Essen nach. *Außerdem ist es erheblich wichtiger herauszufinden, wo ich bin und in welcher Gesellschaft ich mich befinde.*

Er richtete sich auf, langsamer diesmal, und öffnete die Augen sehr vorsichtig.

Ah. Offensichtlich sind wir im Wald, auf einer kleinen Lichtung.

Eine Lichtung? Im Wald?

Lay fuhr zu der Stelle herum, aus der er Korghs Stimme gehört hatte. Der Nordling hockte am Feuer und drehte über den Flammen gemächlich einen Spieß, auf dem etwas steckte, das wie ein Kaninchen aussah. »Was machen wir hier? Wieso sind wir nicht …?« Er verstummte, als die Erinnerung plötzlich einsetzte. *Die Kaschemme. Die Schlägerei. Die Drachenkämpfer. Der Magus …*

Die Stimme.

Erst da fiel ihm die andere Gestalt am Feuer auf. Es war der dürre Falschspieler aus der Schänke, dessen graues Haar ihm immer noch in allen möglichen Richtungen vom Kopf abstand, dessen Mantel immer noch von undefinierbarer Farbe und verschlissen war und dessen Augen immer noch dieses wässrige Blau zeigten, als er Lay nun ansah. *Na ja,* erinnerte sich Lay, *zuletzt waren sie schwarz wie Bachkiesel gewesen.* Er erwiderte den ruhigen Blick des Mannes argwöhnisch.

Der Magus jedoch lächelte und deutete auf das Kaninchen über dem Feuer. »Du musst etwas essen, Jungchen …«

Lay sog scharf die Luft ein. *Bitte nicht noch so ein überheblicher …*

»… auch wenn dir ein wenig übel ist. Aber das sind ganz normale Nebenwirkungen, und so eine Erfahrung kostet viel Kraft. Und du wirst deine Kraft noch brauchen.«

»Nebenwirkungen?« *Ich habe von diesem Rattenfraß doch gar nichts gekostet,* dachte Lay. *Und ich bin nicht mal dazu gekommen, einen Schluck Bräu zu trinken.* Er sah unwillkürlich zu Korgh hinüber. *Selbst wenn das wie Rayakpisse geschmeckt hätte.* Bei diesem Gedanken wurde ihm wieder übel, und er spuckte erneut aus. *Was …? Es schmeckt wie …*

Der Magus lachte leise und nickte, während er nach einer Ziegenblase griff, die neben ihm im Gras lag. Er nahm sie und warf sie Lay hin. »Da, Wasser. Spül dir den Mund ruhig erst aus, bevor du etwas trinkst. Es schmeckt wie faule Eier, stimmt's?«

Lay nickte unwillkürlich, während er nach dem Schlauch griff, doch dann warf er dem Mann einen misstrauischen Blick zu. »Woher wisst Ihr …?«

»Entschuldige meine Unhöflichkeit. Ich habe mich noch gar nicht vorgestellt. Aber das ist angesichts dieser ganzen Aufregung verzeihlich, denke ich doch. Ich bin der Ehrenwerte Vergust, Wirker des Zirkels von den Klaturen der Erde.«

»Viele Worte für einen so kleinen Mann«, brummte Korgh von seiner Seite des Feuers. Lay sah, dass der Nordling den Magus misstrauisch beäugte. Offenbar mochte er den Mann ebenso wenig wie er selbst. Aber es war ein Magus, der erste, dem Lay je begegnet war. Es spielte keine Rolle, ob er ihn sympathisch fand oder nicht. Wichtiger war, dass er Lay zweifellos eine Menge Antworten auf seine Fragen geben konnte.

»Lay«, stellte er sich mit heiserer Stimme vor, zog mit einem leisen Quietschen den Korken aus der Ziegenblase und trank gierig. Das Wasser schmeckte ein bisschen faulig und war lauwarm, dennoch setzte er den Schlauch erst nach etlichen Schlucken ab, ohne ihn zu verschließen, und rülpste. »Und dieser nach Fischtran stinkende Hüne dort drüben …«

»Ist Korgh, ich weiß.« Der Magus warf dem Nordling einen flüchtigen Blick zu und verzog unmerklich die Lippen. »Wir haben uns bereits miteinander bekannt gemacht.«

»Haben wir«, brummte Korgh und drehte weiter an dem improvisierten Spieß. »Jedenfalls, soweit man sich auf einer überstürzten Flucht bekannt machen kann.« Er spuckte erneut aus, und sein Speichel verdampfte wieder zischend auf den heißen Steinen, die er schützend um das Lagerfeuer herumgelegt hatte. »Das Kaninchen ist gleich fertig.« Er sah Lay an. »Du isst zuerst.«

Flucht? Lay versuchte, seine Gedanken zu sortieren, aber das war nicht einfach, weil sein Magen heftig knurrte, als der Duft des gebratenen Fleisches über die Lichtung waberte. *Alles zu seiner Zeit,* sagte er sich und kratzte sich am Kopf. Verblüfft hielt er inne, als seine Finger statt schwarzer Locken nur harte Stoppeln und ein Stück verschorfte Kopfhaut ertasteten.

»Was, bei Ganäas nackten Titten, ist mit meinem Haar …?«

»Sei froh, dass es nur dein Haar erwischt hat«, knurrte Korgh.

»Ich fürchte, die Schuld am Verlust deiner Haare trägt die Axt deines Gefährten«, meinte der Magus, und seine Augen funkelten. »Aber vielleicht sollte ich deine Fragen der Reihe nach beantworten.«

Lay hätte ums Verrecken nicht sagen können, in welcher Reihenfolge er welche Fragen gestellt hatte, trotzdem nickte er. »Das wäre sehr freundlich«, meinte er. Er setzte den Wasserschlauch noch einmal an und trank wieder ein paar Schlucke von dem lauwarmen Wasser. Dann stöpselte er den Korken wieder hinein und warf den Schlauch dem Magus zu, der ihn geschickt mit einer Hand auffing.

»Zunächst einmal möchte ich feststellen, dass du ein sehr außergewöhnlicher junger Mann bist«, erklärte er.

Danach habe ich nicht gefragt, dachte Lay, der sich alles andere als außergewöhnlich fühlte. Trotzdem sagte er: »Klar.«

Auf der anderen Seite des Lagerfeuers hörte er Korghs verächtliches Schnauben, was ihm ein kleines Lächeln entlockte.

»Und?«

»Was du jetzt empfindest, sind ganz gewöhnliche Nebenwirkungen, die einen überkommen, wenn man das erste Mal mit der Wilden Magie in Berührung kommt. In deinem Fall sind sie stärker, weil du ganz offenbar ein naiver Praktizierender dieser Wilden Magie bist und sie nicht kontrollieren kannst. Was ich dir, soweit ich es vermag, gern ...«

»Ich? Ich soll Wilde Magie gewirkt haben? Unmöglich!« Lay runzelte die Stirn. Er hatte davon gehört, das heißt, er hatte darüber gelesen. Im Monasterium. Heimlich natürlich. »Wilde Magie ist doch nur eine ...«

»Eine Legende?« Der Magus lachte leise. »Nun, in dem Fall dürftest du all die Ungläubigen eines Besseren belehrt haben. Zumindest die in dieser Schänke in Erlswerls.«

»Wo?«

»Wohl eher eines Schlechteren«, knurrte Korgh und spie aus. »Frag nur mal die Bewohner dieses verdammten Erlsrwl ... dieser Scheißsiedlung.«

Lay sah den Nordling verwirrt an. »Aber ich ...« Dann überkamen ihn wieder die Erinnerungen an die Schänke, den Kampf, das Gebrüll. *Die Flammen!*

»Ich ... Ich hätte ...?« Er sah erst Korgh an, der seinen Blick ungerührt erwiderte, dann den Magus, der seine grauen zotteligen Brauen gehoben hatte und leise lachte.

»Du hast«, meinte er. »Auch wenn dein fischiger Freund hier und du selbst es nicht glauben mögen.«

Lay sah aus den Augenwinkeln, wie sich Korghs Miene verfinsterte, doch im Moment war er zu verblüfft, um sich darüber zu amüsieren. »Aber du bist … *Ihr* seid doch der Magus!«, stieß er verwirrt hervor. »Ich habe nur …«

Plötzlich schossen ihm Erinnerungsfetzen durch den Kopf. Er sah die Maserung des Holzes, sah, wie sich die Struktur veränderte, wie … *Habe ich nur* gesehen, *wie das Fass zerborsten ist?*, dachte er. *Habe ich wirklich nur* gesehen, *wie dieser Knochenbrecher gegen die Wand prallte, wie das Holz unter ihm nachgab, wie die Flammen das Kleid dieser Metze entzündet haben?* Lay riss die Augen auf und starrte den Magus verblüfft an. »Ich habe …«

Der nickte.

»… die ganze verdammte Schänke in Brand gesetzt, vielleicht sogar die ganze Siedlung in Asche gelegt«, knurrte Korgh und deutete mit einem kurzen Rucken seines kantigen Kinns auf die Lichtung. »Das ist der verdammte Grund dafür, dass wir heute im Freien kampieren, statt in einem weichen Bett zu liegen.« Er schnaubte und schüttelte den Kopf. »Und selbst dafür müssen wir wohl noch dankbar sein.«

Lay tastete wieder nach der kahlen Stelle an seinem Kopf. »Hast du …?«

Korgh schnaubte verächtlich, sagte aber nichts.

»Wäre er nicht gewesen …«, meinte der Magus und lächelte säuerlich, wobei er dunkelbraune Zahnstummel zeigte. »Es ist völlig ungewiss, was dann geschehen wäre.«

Lay runzelte die Stirn. »Du hast …?« Er riss die Augen auf und sprang mit einem Satz auf, was er im selben Moment bedauerte, da der Schwindel ihn erneut packte. Aber diesmal war er nicht so stark wie zuvor, und er konnte sich einigermaßen auf den Beinen halten. »Du hast mich mit deiner Axt niedergeschlagen!« Seine eigene Stimme, anklagend und ein wenig jammernd, ließ ihn zusammenzucken. *Du klingst wie ein verdammtes Mädchen!*, sagte er sich. Er räusperte sich. »Wieso hast du das …?«

»Du warst dabei, nicht nur die Schänke niederzubrennen,

sondern auch alle umzubringen, die sich zufällig darin befanden.« Der Magus hob den Kopf und atmete scharf durch die Nase ein. »Dein großer, ruppiger Freund hat nicht nur mich und sich selbst, sondern wohl auch dich gerettet. Auch wenn er das durchaus mit etwas weniger drastischen Mitteln hätte tun können.«

»Ach wirklich?« Korgh hatte aufgehört, das Kaninchen zu drehen, griff nach seiner Axt und machte Anstalten aufzustehen.

Der Magus riss die Augen auf und hob beschwörend die Hände. »Ich wollte dir nicht zu nahe treten, Nordling. Nichts für ungut, immerhin hast du dein Bestes getan. Was auch immer das heißen mag. Kein Grund, gleich gewalttätig zu werden.«

Lay hob eine Braue und sah Korgh verblüfft an. »Ich verzeihe dir ja«, sagte er. »Du musst nicht gleich so empfindlich reagieren. Immerhin hast *du mich* geschlagen.«

»Empfindlich?« Korgh schnaubte und beförderte mit dem Fuß Erde und feuchtes Laub in die Flammen. Das Feuer erlosch, eine Rauchwolke stieg auf und hüllte das Kaninchen ein.

»Was soll denn das?«, rief der Magus entsetzt. »Jetzt ist das Fleisch ...«

»Also wirklich, Korgh, das war nicht nötig«, beschwerte sich Lay. »Außerdem habe ich wirklich einen ungeheuren Appetit und ...«

Korgh ignorierte sowohl den Magus als auch Lay und legte den Kopf auf die Seite, als würde er lauschen. Dann bückte er sich und rollte seine Decke zusammen. »Wir sind nicht empfindlich«, brummte er und sah Lay an. »Und was den Schlag mit der Axt angeht ... Wenn du das schon für drastisch hältst, wie willst du denn das nennen, was die Siedler mit dir anstellen werden, wenn sie dich erwischen?«

»Die Siedler?« Lay sah den Nordling verständnislos an.

»Die Siedler?«, echote auch der Magus, der das Kaninchen

mit einem gierigen Blick betrachtet hatte, den er aber nun von dem Fleisch losriss. »Warum sollten wir uns den Kopf darüber zerbrechen, was die Siedler …?«

»Weil sie in weniger als einer halben Sandacht hier sein werden, zweifellos um Rache zu üben für das, was ihr beiden mit ihrer Schänke gemacht habt«, knurrte Korgh und streckte den Arm aus. »Falls es ihnen gelungen ist, das Feuer rechtzeitig zu löschen, bevor die Flammen auch den Rest der Siedlung ergriffen haben.«

»Wir beide?«, protestierte der Magus, während er sich umdrehte, um dorthin zu blicken, wohin Korgh deutete.

Lay war dem ausgestreckten Arm des Hünen mit dem Blick gefolgt und sprang auf, während Korgh hervorstieß: »Für was haltet ihr das da? Für Glühwürmer?«

»Fackeln!« Auch der Magus sprang auf.

»Wir würden vorschlagen, uns ins Unterholz zu schlagen«, meinte Korgh. »Sie werden zweifellos den Braten gerochen haben.« Er sah den Magus missbilligend an, als der zum Feuer eilte und mit einem kleinen Messer ein Stück aus der Lende des Kaninchens schnitt. »Dafür ist jetzt keine Zeit!«, knurrte er. »Es sei denn natürlich, du willst hier in aller Ruhe deine Henkersmahlzeit verzehren.« Er grinste, als der Magus das Stück Fleisch, das er sich in den Mund gestopft hatte, wieder ausspuckte.

»Verflucht, ist das heiß!«

»Man muss wohl ein Feuermagus sein, um zu wissen, dass Flammen Hitze erzeugen, hm?«, knurrte der Nordling, während er Lay zusah, wie er seine Decke auf den Rucksack schnallte. Als der Jüngling fertig war, nickte Korgh und sah dann zwischen den Bäumen hindurch den Hang hinab, an dessen Fuß Lichter tanzten. »Wir sollten nicht abwarten, bis wir herausfinden, was diese Siedler über dem Feuer rösten, das sie zweifellos entfachen werden, wenn sie uns erwischt haben.«

ULCAR,
DRACHENPALAST

Der Wassertropfen rann über die grünlichen Flechten hinab, dann über blanken Stein und fiel schließlich mit einem leisen Plätschern in die Vertiefung, die seine Vorgänger in endlosen Zyklen ausgehöhlt hatten. Ihm folgte ein weiterer Tropfen, doch dieser erreichte sein Ziel nicht. Er blieb an der Kante des Quaders hängen, ein wenig zitternd, als wäre er unschlüssig, und schien dann zu erstarren.

Die unterirdische Kammer wurde von dem flackernden Licht einer kleinen Laterne erhellt, die am Rand eines steinernen Podestes stand. Die Gestalt hatte die Arme gespreizt, und die Flamme warf schillernde Reflexe über ihr schimmerndes Gewand.

Sie gab ein Keuchen von sich, das immer lauter wurde, und stieß heisere, für menschliche Ohren befremdlich klingende Laute aus, während von der dunklen Flüssigkeit in der kleinen Schale zu ihren Füßen eine Wolke weißlichen Rauches aufstieg. Der Rauch kräuselte sich, bildete Tentakel, die an der Gestalt emporkrochen, über ihre Brust, unter die Kapuze …

»Ah!« Die Gestalt schnappte nach Luft, hustete, krümmte sich und schwankte einen Augenblick. Dann hatte sie sich wieder gefangen, richtete sich auf und wob erneut mit schlanken Fingern Muster in die Luft. Dabei flüsterte sie mit heiserer Stimme leise vor sich hin.

»Die Acht … Die Auserwählten der Acht … Draakenbrut … Zeigt euch endlich … Verflucht!«

Mit einem Aufschrei riss sie die Hände zurück, als plötzlich die Luft vor ihr vor Hitze zu wabern schien. Sie taumelte, stieß mit ihrem Fuß gegen die kleine Schale, sodass die dunkle Flüssigkeit darin gefährlich schwappte. Ein Tropfen flog über den Rand und landete auf dem Fuß der Person, der in einem schmalen Schuh aus weichem Leder steckte.

»Ah!« Es zischte, und eine winzige Rauchfahne kringelte sich von der Stelle hoch. Auf dem Spann des Fußes breitete sich ein dunkler Fleck aus.

Aber die Gestalt hatte sich rasch gefasst, konzentrierte sich wieder auf ihre Beschwörung. Die große Kapuze ihres Umhangs war zurückgerutscht und gab einen Blick auf dunkles, von grauen Strähnen durchsetztes Haar frei, auf eine vornehme gerade Nase, ein scharf geschnittenes Gesicht und Augen, die hinter einem Nebelschleier verborgen zu sein schienen. Ein Blutstropfen quoll aus der Tränendrüse ihres rechten Auges, als sie erneut die Hände hob und ein Muster in die Luft zeichnete.

Ihrer Kehle entrangen sich Laute, so fremd, dass sie nicht aus einer menschlichen Kehle zu stammen schienen. Sie klangen harsch, guttural, aber auf eine seltsam dissonante Weise schienen sie eine Melodie zu bilden, ein Lied – das unvermittelt abbrach.

»Bei Belphor!«, zischte die Gestalt und wischte mit den Händen vor sich durch die Luft. »Nun zeig es mir endlich!« Sie riss die Augen weit auf, als die Rauchfahnen aus der Schale über ihr Gesicht züngelten wie träge Schlangen, die von der Kälte in der Zeit der Dunkelheit überrascht worden waren, und inhalierte tief den Rauch, erstarrte und wob dann mit frischer Energie ein neues Muster.

»Ja, so ist es gut. Ah, da haben wir dich ja. Und du bist näher gekommen. Gut. Der Knoten ist geschlungen. Sehr gut …« Plötzlich hielt sie inne, und der Blick ihrer verschleierten Augen schien sich auf eine andere Stelle zu richten, links von ihren geschäftigen Händen.

»Aber was …?« Erneut zuckten ihre Finger zurück, als hätte sie sich verbrannt, dann streckte sie die Hände wieder aus und wob erneut unsichtbare Fäden, schneller diesmal, ängstlicher. »Das … das kann nicht sein! Ein … Noch einer? Es sind …!«

Mit einem leisen Aufschrei ließ sie die Hände sinken und wich zurück. Bebend sank sie in die Knie und packte die Schale behutsam mit beiden Händen. Sie wartete, bis die Rauchfäden sich aufgelöst hatten, und goss die Flüssigkeit dann vorsichtig in ein kleines steinernes Becken. Sie sah zu, wie sie durch einen Kanal im Stein vom Podest rann und sich mit dem Wasser am Rand der Kammer vermischte, es rötlich färbte. Erst als das Wasser wieder vollkommen klar war, erhob sie sich, wischte sich den Schweiß von der Stirn, nahm die kleine Laterne vom Stein und ging zu einer dunklen Ecke in dem Gemach. Das Licht der Laterne verriet, dass es sich um einen Durchgang handelte, hinter dem eine Treppe nach oben führte.

Die Person blieb in dem Durchgang stehen und sah sich noch einmal in dem Gemach um. Nichts verriet, was eben geschehen war.

Sie schloss die Augen und schüttelte den Kopf. »Es sind drei«, flüsterte sie. »Es sind drei. Die Prophezeiung erfüllt sich. Ich muss mit ihnen reden. Wir müssen handeln.« Sie seufzte, raffte ihr Gewand, als sie einen Fuß auf die unterste Stufe setzte. Sie löschte die kleine Tranlampe und ging mit ihren weichen Schuhen lautlos die Treppe hinauf.

ULCAR,
ASYLUM DER AUGUREN

»Aber man erwartet Euch bei dem Bankett, Eminenz!« Zum ersten Mal, seit Farael als Auge des Sehers dem obersten Auguren diente, hörte Druud so etwas wie ernsthafte Sorge in seiner Stimme. »Was wird der Fürst denken, wenn Ihr nicht erscheint? Oder Akkad? Ihr spielt dem Reichsverweser in die Hände, wenn Ihr einfach seiner Aufforderung, an diesem Bankett teilzunehmen, nicht nachkommt. Ihr wisst, dass der Fürst Eures Rates und der Stimme der Götter dringend bedarf, erst recht jetzt, wenn es stimmt, dass der Schleier ...«

»Und genau darum geht es, Farael«, unterbrach ihn der Erste Fragende, der zurückgelehnt in weiche Polster auf einer Liege ruhte. Sein Gesicht war kalkweiß, und sein Atem ging flach. »Ich weiß deine Sorge zu schätzen, aber was wäre ich für ein Ratgeber, wenn ich so feige wäre, meinem Fürsten eine Antwort der Götter vorzuenthalten, weil sie für ihn unerfreulich ist?«

Wahrscheinlich wäre ich ein verdammt kluger Ratgeber, und zudem einer, der im Bett stirbt und nicht durch den Zahn des Drachen. Druud presste die Lippen zusammen und hob die Hand, als er an dem scharfen Atemzug seines Vertrauten hörte, dass dieser ihm widersprechen wollte. »Außerdem muss ich selbst herausfinden, was es mit dieser Angelegenheit auf sich hat.« Er schüttelte sich unwillkürlich bei der Erinnerung, wie es sich angefühlt hatte, als sein Körper von diesem Ton, der wie ein ferner Gongschlag geklungen hatte, durchdrungen worden war. *Als hätte Belphor den Totengong für mich geschlagen,* dachte er, schob diesen finsteren Gedanken jedoch sofort wieder beiseite. Aber er fühlte sich immer noch schwach und zittrig, auch wenn er das niemals zugegeben hätte.

»Aber es ist bereits spät am Abend, Herr«, versuchte Farael es erneut. »Und der Weg nach Estrio ist schon im Lichte von Belphors Augen beschwerlich. Nur erleuchtet vom kalten Auge Lokhs ist der Weg jedoch wirklich gefährlich, wenn nicht gar selbstmörderisch.«

»Zumal für einen Blinden«, stimmte Druud ihm spöttisch zu. »Ein Glück für mich, dass ich einen so ausgezeichneten Führer habe, stimmt's?«

»Ich diene und gehorche, Eminenz.« Farael verbeugte sich, obwohl der Erste Fragende das nicht sehen konnte. Aber das Auge des Sehers wusste, wie gut sein Herr hörte. Er erkannte die Verbeugung zweifellos am Rascheln der Gewänder. Als Farael sich wieder aufrichtete, sah er seinem Herrn ins Gesicht. »Verzeiht, Eminenz, aber …«

»Was ist?«

»Ihr habt da … in einem Augenwinkel … einen … einen Blutstropfen.«

Blut? Druud hob hastig die Hand und wischte den Tropfen ab. *Das Drachengift. Ich muss aufpassen. Und sollte es nicht übertreiben. Aber dennoch …*

»Es tut mir leid, Farael, aber ich muss zum Orakel. Hättest du gesehen, was ich gesehen habe …« Druud schüttelte sich erneut, als er daran dachte, wie er vorhin versucht hatte, die Fäden des Schicksals zu *ertasten.*

Zweifellos hat mich Belphors eisige Faust berührt, dachte er. *Dabei hatte ich die Fäden der Träger des Mals bereits in den Fingern. Ich war so nah daran, sie zu knüpfen. Als erstem Auguren der Geschichte wäre es mir fast gelungen, die Fäden des Schicksals nicht nur zu berühren, sondern sie zu weben! Und dann …*

»Was, Eminenz? Was habt Ihr gesehen?« Farael schien immer noch nicht von der Notwendigkeit überzeugt, einen so gefährlichen Ausflug zu einem solch ungünstigen Zeitpunkt zu unternehmen. »Was kann diese Opferung an Neuigkeiten ergeben haben, deren genauere Untersuchung nicht bis morgen warten könnte? Vor allem angesichts der Tatsache, dass der Fürst in Eurer Abwesenheit möglicherweise den Gesandten des Shetan Versprechungen macht, die …«

»Soll er!« Druud winkte verächtlich ab. »Erstens wird Akkad da'al Akkadi schon dafür sorgen, dass der Fürst keine voreiligen Entscheidungen trifft, weil das den Plänen des Reichsverwesers zuwiderlaufen würde. Und zweitens spielt es möglicherweise keine Rolle mehr, was der Fürst den Gesandten verspricht, wenn ich erst mit den Informationen zurückgekehrt bin, die ich noch heute Nacht zu gewinnen hoffe.«

Er stand auf, gestützt von seinem Führer, der eilig zu ihm getreten war und mit der Hand seinen Ellbogen umfasste. Druud befreite sich brüsk, legte Farael dann jedoch fast versöhnlich die Hand auf die Schulter.

»Es hat sich eine vollkommen neue Situation ergeben, Farael. Der Träger des Mals … Es gibt mehr als einen.« *Es gibt sogar mehr als die zwei, die ich kenne. Und das ist etwas vollkommen Unerhörtes, es ist eigentlich vollkommen … unmöglich. Sollte die Prophezeiung doch … Aber nein, das kann nicht sein.*

Farael holte tief Luft. »Aber das ist …«

»Unmöglich?« Druud lachte, aber es schwang keinerlei Heiterkeit in seinem Lachen mit. »Das dachte ich auch. Bis ich die Fäden *ertastete,* bis ich den Knoten fand.« Er hob die Hand und deutete auf seine Augen. »Weißt du, warum der Erste Fragende blind sein muss?«

Farael senkte den Kopf. »Gewiss, Eminenz. Damit er unparteiisch im Angesicht der Menschen bleibt, auf dass er ihnen die Wahrheit sage und vor dem Anblick der Götter nicht zurückweiche.«

»Sehr gut, Farael. Sehr gut. Du hast gut aufgepasst, als man dich im Rektorium geschult hat.« Druud lächelte. »Und jetzt möchte ich wissen, ob du *wirklich* ein so guter Schüler warst, wie man mir gesagt hat.«

»Eminenz?« Die Verwirrung in Faraels Stimme war echt.

Druud presste die Lippen zusammen. »Glaubst du tatsächlich, dass sich die Götter dazu herablassen würden, sich einem einfachen Sterblichen zu zeigen?« Er lachte verächtlich. »Selbst wenn es der Erste Fragende ist, der ihre heiligen Antworten den Herrschern der Sterblichen überbringt.« Er schüttelte den Kopf. »Den Wunsch zu fliehen hätte ich höchstens, wenn mir die Zunge der Götter ihre schrecklichen Antworten zuflüstert. Doch die muss ich mir anhören, denn das ist die Bürde, die ich als Erster Fragender zu tragen habe. Was jedoch die Unparteilichkeit betrifft …« Druud lachte erneut, und diesmal schwang Bitterkeit darin mit. »Man braucht keine Augen, um zu sehen, wie wenig die Herrschenden, nein, die Menschen überhaupt an der Wahrheit interessiert sind, mag sie nun von den Göttern oder einfach nur vom Nachbarn oder Freund kommen. Nein, Farael, ich meine etwas anderes.« Er wandte seinem Vertrauten das Gesicht zu. »Hast du jemals vom *Okkultum* gehört?«

»Das Achte Buch der Drachenpriesterinnen?«, platzte Farael heraus. »Die Lektüre ist uns bei strengster Strafe verboten, Eminenz«, sagte er.

»Wohl wahr«, Druud nickte. Dann lächelte er. »Du hast also davon gehört. Die Frage ist jetzt …« Er beugte sich verschwörerisch vor und zog seinen Vertrauten an der Schulter dichter zu sich heran. »Hast auch *du* darin gelesen?«

»Euer Eminenz!«

»Ich kenne meinen Titel, Farael!« Druuds Stimme klang gelassen. »Und vergiss nicht, was er bedeutet. Ich bin der Erste Fragende. Glaubst du nicht auch, dass ich mich recht gut auskenne, was Antworten angeht – und dass ich genauso gut jeden Versuch erkenne, einer Antwort auf eine Frage auszuweichen?«

»Ich …« Faraels Stimme klang erstickt.

Druud lachte. »Schon gut, Augur. Deine Tugend steht außer Frage. Gehen wir einmal davon aus, du und ich hätten verbotenerweise in diesem Buch gelesen, das im Lektorial im untersten Geschoss dieses Gebäudes hinter einer eisenbeschlagenen Tür in einer eisenbeschlagenen Truhe in einem eisenbeschlagenen Behältnis verwahrt wird, für das nur der Erste Fragende einen Schlüssel hat.«

Er hörte, wie Farael zitternd Luft holte. »Herr, ich …«

»Wie gesagt, Farael, wir betrachten dies jetzt einmal als eine Hypothese. Denn hätten wir darin gelesen, wären wir zweifellos auf eine Stelle gestoßen, in der in dieser … Schmähschrift der Drachenpriesterinnen«, er spie die letzten Worte förmlich aus, »Dinge stehen, die dort nicht stehen sollten, und zwar schon deshalb nicht, weil sie wahr sind …«

»Euer Eminenz!« Das Entsetzen in Faraels Stimme war unüberhörbar.

»… was den Kult der Drachenpriesterinnen nur umso gefährlicher macht. Wohlgemerkt, diese Schmähschrift also behauptet, dass die Blindheit des Ersten Fragenden nichts mit Göttern oder Menschen zu tun hat, sondern mit dem extensiven Genuss des Heiligen Pulvers, das dem Auguren das Ertasten des Willens der Götter ermöglicht.«

»Eminenz, ich würde niemals …«

»Das weiß ich, Farael, und das ist auch gut so. Dennoch, wie ich sagte, viele Dinge, die in dieser Schrift stehen, sollten besser nicht dort stehen.« Er nahm die Hand von der Schulter seines Führers, als er merkte, dass sich seine Finger immer stärker in das Fleisch des jungen Auguren gruben. Farael atmete erleichtert auf, und Druud tadelte sich für seine Unbeherrschtheit. »Heiliges Pulver oder nicht, Farael, eins jedenfalls ist gewiss.« Er hob die Hand und deutete mit einem Finger auf eins seiner milchigen Augen. »Ich mag blind sein, um nicht vor Göttern oder Menschen zurückzuweichen, aber ich sehe weit mehr und erheblich besser als die meisten Menschen, und zwar hiermit.« Er hob die Hände, bewegte seine Finger und ließ sie dann wieder sinken.

»Ich verstehe nicht, Eminenz …« Farael runzelte die Stirn.

»Ich sage es dir nur, weil ich möchte, dass du die Dringlichkeit unseres Unterfangens begreifst«, erklärte Druud. Er hob erneut die Hände. »Ich sichte den Willen der Götter hiermit, Farael. Mit meinen Fingern. Ich *ertaste* die Fäden des Schicksals.«

»Aber …«

»Und was ich heute ertastet habe, ist mir nahezu unbegreiflich. Aus diesem Grund müssen wir zum Mund der Götter, und zwar augenblicklich. Ich muss wissen, ob das, was ich ertastet habe, wirklich stimmt, ob es der Wille der Götter ist.«

Denn wenn es stimmt, dachte Druud und schüttelte sich erneut, *dann steht nicht nur meine Zukunft auf dem Spiel oder die des Drachenreichs von Alghor. Denn dann könnte die Prophezeiung tatsächlich zutreffen und die Zeit der Verschmelzung auch die Zeit sein, in der sich das Schicksal der Welt entscheidet.*

»Denn wenn es stimmt«, sprach Druud laut aus, »geht es nicht einfach nur darum, wer auf dem Drachenthron von Alghor sitzen wird …«

»Eminenz …« Faraels Stimme klang belegt.

»… sondern es könnte darum gehen, eine Entscheidung zu treffen, die möglicherweise den Fortbestand der Welt beeinflusst.« Druud drehte sich zu seinem Führer um. »Und bei einer Entscheidung von solcher Tragweite wollen wir doch nicht nur deshalb einen derartig folgenreichen Fehler begehen, weil wir Angst im Dunkeln haben, oder?«

»Ah, bei Belphors Arsch, Olph, ich habe dir doch gesagt, wir hätten nicht warten sollen, sondern uns gleich an die Verfolgung …«

»Red keinen Blödsinn!«, fiel eine tiefe Stimme dem Sprecher ins Wort, die ziemlich gereizt klang. Lay glaubte in dem ersten Sprecher den Spieler mit dem weißen Hemd auszumachen, der den Magus der Schwarzen Hexerei und des Falschspiels bezichtigt hatte. Der zweite war eindeutig der Schankwirt. »Hätten wir vielleicht zulassen sollen, dass dieser verfluchte Magus und dieser Barbar mit diesem grünen Bürschchen nicht nur meine Schänke, sondern gleich die ganze Siedlung in Schutt und Asche legen, weil wir nichts dagegen unternommen haben, dass das Feuer auf die anderen Gebäude übergreift?«

Grünes Bürschchen? Lay umklammerte den Morgenstern fester. *Stell dich mir in einem ehrlichen Kampf, verdammter Wichser, dann zeige ich dir, wie ein grünes Bürschchen dich grün und blau …*

»Darf ich ihm jepft …?«

»Nein, Knochenbrecher. Spar dir deine Wut für diesen Magus auf! Wenn wir ihn erwischt haben, darfst du mit ihm machen, was du willst. Aber sieh zu, dass du nicht noch mal Prügel beziehst.« Der Wirt lachte leise. »Erst dieser alte Sandmann und jetzt dieser Nordling. So oft wie in der letzten Zeit bist du in deinem ganzen Leben noch nicht zu Boden gegangen, hm?«

Alter Sandmann? Es überlief Lay heiß. *Kann das Zufall sein?*, dachte er. *Wie viele Sandmänner laufen wohl in dieser Gegend herum? Aber Maahr-kut ist tot, auch wenn wir seine Leiche nicht gefunden haben.* Lay schob den Gedanken beiseite, unterdrückte den Funken Hoffnung, den die Worte des Wirts in ihm angefacht hatten, und hörte dem Gespräch der Männer weiter zu.

»Diefer alte Fack hat unfair gekämpft«, nuschelte der Riese, der im tanzenden Licht einer Tranlampe zwischen den dunklen Stämmen der Elefantenbäume in Sicht kam. »Iph hätte diefen verdammten Greif ...«

»Schon gut, jetzt halt mal die Klappe«, befahl der Wirt mürrisch. »Sie müssen ganz in der Nähe sein. Die Erde auf der Feuerstelle war noch heiß. Wahrscheinlich sind sie gerade erst weitergezogen. Und löscht das Licht der Laternen!«, rief er den Männern zu. »Wir wollen diese Kerle doch nicht vorwarnen.«

Lay presste sich tiefer in die Schatten der Astgabel, als die Siedler unter ihm vorübergingen. Sie hatten eine breite Reihe gebildet und gingen immer zu dritt oder zu viert. Jeweils einer aus der Gruppe hatte eine der kleinen Tranlampen dabei, die nun nach und nach erloschen, sodass der Wald wieder in eine beinahe friedlich anmutende Dunkelheit getaucht wurde. Lay hatte mindestens zwanzig Männer gezählt.

»Verflucht, es ist stockfinster, Olph! Wie sollen wir bei dieser Dunkelheit ... Au, verflixt! Diese verfluchten Baumwurzeln ...«

»Wurzeln? Das war mein Fuß, du Trottel. Und pass mit deiner Forke auf! Du stichst mir sonst noch die Augen aus, du Tölpel!«

Diese Stimme erkannte Lay nicht; sie klang ziemlich wehleidig. Vielleicht handelte es sich um einen der Bauern.

»Dieser Nordling und sein Bürschchen gehören ebenso in Ketten geschlagen wie dieser vermaledeite Magus ...«

Molass, dachte Lay. *Dieser widerliche korrupte Drachenkämpfer.*

»Was du nicht sagst, du kühner Recke!« Der Wirt schnaubte verächtlich. »Als ihr die Gelegenheit hattet, die Burschen dingfest zu machen, habt ihr euch lieber um eure Spielkarten gekümmert und euch dann anschließend ziemlich lächerlich ...«

»Sie haben uns überrumpelt«, unterbrach ihn eine andere Stimme. Lay glaubte, dass es die von Sandner war, dem rotblonden Soldaten. »Ein zweites Mal wird das nicht passieren, das verspreche ich dir.« Der Kampf in der Schänke schien ihn wieder nüchtern gemacht zu haben. Aber nicht unbedingt intelligenter. Denn weder er noch einer der anderen Männer kam auf die Idee, nach oben zu schauen.

Hätten sie es getan, hätten sie zweifelsohne die drei Gesuchten gesehen, die über ihnen in den breiten Astgabeln eines Elefantenbaums hockten und auf ihre Häscher hinabblickten. Lay musste trotz seiner gefährlichen Lage einen Anflug von Heiterkeit unterdrücken, als sein Blick auf Korgh fiel. *Wie eine überdimensionierte Waldtaube,* dachte er und presste die Lippen zusammen, um nicht zu kichern. *Eine Riesenwaldtaube, die nach Fischtran stinkt …*

Seine Heiterkeit war jedoch augenblicklich verflogen, als einer der Männer unter ihm den Geruch ebenfalls bemerkte.

»Hier stinkt's nach Fisch …«

»Ich hab dir gleich gesagt, du sollst die Metze dalassen!«, knurrte der Spieler. »Was hat ein Weib bei so einer Sache zu …«

»He, ihr Wichser.« Eine Frauenstimme. »Ich habe erst heute Nachmittag gebadet.« Sie kicherte. »Das kann Olph bestätigen. Immerhin hat er mir den Rücken geschrubbt, und nicht nur den. Also spuckt keine großen Töne. Der Kerl hat mir meine Haare und mein Kleid ruiniert. Dafür will ich seine Eier, das war die Abmachung!«

»Als wenn du für deine Arbeit ein Kleid bräuchtest«, knurrte der Wirt.

»Ach, soll ich vielleicht nackt in deiner zugigen Kaschemme …«

»Keine schlechte Idee«, zischte der schwarzhaarige Drachenkämpfer heiser. »Dann müsste unsereiner wenigstens nicht die Katze im Sack kaufen!«

»Jetzt seid endlich ruhig!«, fauchte der Wirt. »Und zieht die Reihe noch etwas auseinander! Sie müssen hier irgendwo in der Nähe sein!«

Du hast keine Ahnung, wie recht du damit hast, dachte Lay. Er spähte angestrengt auf den Boden drei Mannslängen unter ihm, auf die dunklen Schatten, die direkt unter den ausladenden Zweigen des Baumes, in dessen Gabel er kauerte, hindurchschlichen. Er sah schwaches goldenes Schimmern, als die Drachenkämpfer den Baum passierten, und auch das matte Funkeln von Stahl. Die Männer tasteten sich mit gezückten Waffen durch die Dunkelheit.

»Verdammt, wir hätten den Weinschlauch doch mitnehmen sollen«, brummte jemand, und Lay glaubte, die Stimme des dritten Drachenkämpfers zu erkennen, war sich aber nicht sicher. »Ich habe einen solchen Durst, dass ich glatt den Blutsee aussaufen könnte.«

»Das kannst du haben«, zischte ein Mann neben ihm.

Molass. Der Anführer der drei.

»Ich werd dich nämlich darin ersäufen, wenn du nicht ruhig bist. Olph hat recht. Sie müssen hier in der Nähe sein. Und ich will sie haben. Vor allem diesen Nordling.«

»Wie meinst du das?«

»Ich bin mir sicher, dass der Kommandant der Zitadelle in Waikreuz dem Kerl gern einige Fragen stellen wird. Was er hier will, woher genau er kommt und ob er allein unterwegs ist...«

»Aber er war doch nicht allein. Er hatte doch dieses Bürschchen dabei...«

Puh! Blödmänner! Lay knirschte mit den Zähnen, unterließ es aber sofort, weil das Geräusch ziemlich laut in seinen Ohren klang.

Doch die Männer unter ihm hatten offenbar nichts gehört. »Genau. Mit dem stimmt auch was nicht. Ebenso wenig wie mit dem Magus. Und dieser Nordling... Hast du gesehen, wie sie gekämpft haben? Das ging doch nicht mit rechten Dingen zu! Würd mich nicht wundern, wenn sich die drei in der Schänke verabredet und irgendwas Schlimmes ausgeheckt hätten…«

»Wieso?«

Das ist wieder dieser Sandner.

»Nur weil dir der Nordling fast das Fell über die Ohren gezogen hat, heißt das doch noch lange nicht, dass etwas nicht mit ihm stimmt. Der Kerl ist ein Hüne und hat ja selbst Knochenbrecher mit einem Schlag außer Gefecht gesetzt. Und der beste Kämpfer warst du ja ohnehin…«

Die Stimmen der Männer verklangen allmählich in der Dunkelheit, doch auch als nichts mehr zu hören war, blieb Lay noch eine Weile auf der Astgabel liegen und dachte über ihre Worte nach.

Was wusste er eigentlich über den Nordling? *So ganz unrecht hatte dieser Drachenkämpfer nicht,* dachte er. *Korgh hat mir nur gesagt, dass er in Ulcar etwas zu erledigen hat, aber nicht, worum es sich handelt. Und sonderlich eilig scheint er es damit ja auch nicht zu haben. Und dieser Magus…*

»Komm endlich runter vom Baum! Oder sollen wir dich erst herabschütteln wie ein überreifes Früchtchen, hm?«

Lay spähte hinab. Er sah einen riesigen Schatten neben dem gewaltigen Stamm des Elefantenbaumes stehen. *Korgh. Aber wo ist der andere?* Von dem Magus war nirgends etwas zu sehen. *Ah, das war wohl wieder dieses hellandsche »Wir«, oder?* Er schüttelte den Kopf. *Dieser Molass hatte recht. In dem Kopf von diesem Nordling geht es wirklich nicht mit rechten Dingen zu.*

»Das möcht ich sehen!«, knurrte er und schickte sich an, vorsichtig den schenkeldicken Ast bis zum Stamm zurückzukriechen. »Wie du einen Elefantenbaum schüttelst und was für Früchte du da ernten willst«, fuhr er fort.

Wenige Lidschläge später hatte er den Boden erreicht und stellte sich neben Korgh. Er sog die Luft ein, zuckte dann überrascht zurück und schnüffelte noch mal.

»Was denn?«, brummte der Hüne.

Lay grinste. »Du stinkst nur nach Rauch und Schweiß und Pisse. Also hatte dieser Spieler vorhin recht. Es war tatsächlich die Frau, die nach Fisch gestunken hat. Kommt sie vielleicht auch aus Hellanden?«

»Nein.«

Der Jüngling fuhr beim Klang der Stimme herum. Sie gehörte dem Magus. Lay sah im Schatten neben dem Stamm zwei helle Punkte funkeln. *Dieser Kerl ist wirklich unheimlich,* dachte er. *Lautlos wie eine Bergkatze. Und vielleicht auch ebenso gefährlich.*

»Sie kommt aus Orgt. Ein Weiler an der Grenze zu Ern.« Der Magus trat langsam vor, und Lay sah, dass er grinste, und zwar auf eine Art und Weise, die er ziemlich beunruhigend fand. »Und um deiner nächsten Frage zuvorzukommen: Sie hat es mir verraten, als ich sie bat, sich doch ein wenig um diesen aufgeblasenen Wichtigtuer an meinem Spieltisch zu kümmern.«

»Also *hast* du falsch gespielt.«

Das Grinsen auf dem Gesicht des Magus erlosch. »Ich habe nur die Gunst der Stunde genutzt.« Er hob die Hände, mit den Handflächen nach oben, als wollte er mit dieser Geste bekräftigen, dass es schließlich nicht seine Schuld war, wenn das Glück ihm unbedingt zulächeln wollte.

»Und die Spiegelung der billigen Blechkette um ihren Hals, hm?«

Vergusts Augen verengten sich zu Schlitzen. »Du bist ein hervorragender Beobachter, Nordling. Du solltest vielleicht erwägen, ebenfalls dein Glück als Spieler zu versuchen.«

»Hab ich schon mal getan.« Korgh zuckte mit den Schultern. »Allerdings war ich an den Spieltischen nicht mehr sonderlich willkommen, nachdem ich dem kahlen Sohn eines Stadtvogts einen neuen Scheitel gezogen hatte.« Er schnippte mit einem Finger beiläufig gegen die Schneide seiner Axt. »Jedenfalls habe ich damals gelernt, Betrüger wie dich immer im Auge zu halten.« Er beugte sich vor. »Und das nicht nur während des Spiels.«

Lay musste zugeben, dass er beeindruckt gewesen wäre, wenn ein Hüne wie Korgh so mit ihm gesprochen hätte. *Verdammt, er hat schließlich schon so mit mir geredet, und ich war beeindruckt.* Doch der Magus ließ sich nicht anmerken, ob ihn die indirekte Drohung in den Worten des Nordlings verunsicherte, ja, ob er sie überhaupt wahrgenommen hatte.

Er verbeugte sich unmerklich und verzog leicht die Lippen. »Fühl dich frei zu tun, was dir beliebt«, erwiderte er gelassen. »Und was den Betrüger angeht …« Er stieß verächtlich die Luft durch die Nase. »Ich wurde schon Schlimmeres von größeren Männern geschimpft.«

Größer? Lay war klar, dass der Magus damit sicherlich nicht auf Korghs Körpergröße anspielte.

»Du wirst noch reichlich Gelegenheit bekommen, dich für deinen Irrtum bei mir zu entschuldigen.«

»Irrtum?« Korgh schnaubte höhnisch. »Entschuldigung? Bei einem falschspielenden Hexer, der Schwarze Magie …«

»Ich habe keine Schwarze Magie gewirkt!«

»Reichlich Gelegenheit?«, erkundigte sich Lay. »Wie meint Ihr das?«

Der Magus hielt Korghs scharfem Blick unerschrocken eine Weile stand, bis er sich schließlich zu Lay umdrehte und ihm ein strahlendes Lächeln zuwarf. »Versteht sich das nicht von selbst?« Er wartete nicht auf eine Antwort. »Du bist offensichtlich ein Praktikant der Reinen Magie und hast keine Ahnung, wie du sie beherrschen und für deine Zwecke einsetzen kannst.« Er tippte sich mit dem Daumen gegen die Brust. »Ich dagegen bin ein Magus, der sich in diesem verdammten Teil der Welt ein wenig verirrt hat …«

»Ein Erdmagus, der nicht weiß, wo er ist?«, warf Korgh spöttisch ein. »Interessant. Gibt es noch mehr, was du nicht weißt?«

»… und der zudem genug Zeit hat, einen Eleven in der Kunst der Klaturen zu unterweisen, und ihn lehren kann, die Reine Magie zu nutzen, jedenfalls solange uns unsere Reise in dieselbe Richtung führt.«

»Euer … großherziges Angebot ehrt mich, Ehrenwerter Vergust«, erwiderte Lay verblüfft. »Aber …« Er warf einen Blick auf Korgh, der ihn jedoch nicht beachtete, da er den Magus finster anstarrte. »Ich bin mir nicht sicher, ob ich dafür schon bereit bin, und ganz gewiss besitze ich nicht die entsprechenden Mittel, die …«

»Großherzig?«, unterbrach ihn Korgh und spuckte auf den Boden. »Seit wann wären Magi großherzig und nicht nur auf ihren eigenen Vorteil bedacht?«

Lay wusste, dass nur wenige vermögende Bürger von Alghor die gewaltige Summe aufbringen konnten, die erforderlich war, um ihren begabten Sprösslingen die Aufnahme in den Zirkel der Wirker zu ermöglichen und sie dort im Arkanum der Wissenschaften ausbilden zu lassen. Doch als Eleve im Refugium zu dienen und die Klaturen der Essenzen zu erlernen kostete ein Vermögen, das Lays Vorstellungskraft bei Weitem überstieg.

»Und seit wann kann man Nordlinge dafür rühmen, dass sie Menschen in der Not helfen und sich als Wegbegleiter verdingen?«, fragte der Magus zurück und musterte Korgh boshaft. »Wenn du meine Beweggründe anzweifelst, habe ich wohl das Recht, nach den deinen zu fragen. Also, *Kinderfresser*«, der Magus grinste böse und ließ dabei die Zähne sehen, als er die finstere Miene des Hünen bemerkte, »was ist dein heimlicher Grund dafür, dass du dich diesem Jüngling hier als Gefährten andienst?«

»Wir sind dir keine Rechenschaft schuldig, Hexer!«, knurrte Korgh gereizt.

»Ihr?« Der Magus lachte. »Von dem Jüngling habe ich auch keine Rechenschaft gefordert. Sprichst du von dir und deinen

Volksgenossen oder …« Vergust kniff die Augen zusammen und musterte Korgh scharf. »Sprichst du vielleicht für dich und jemand ganz anderen, hm?«

Korghs Augen schienen zu glühen, und seine Hand fuhr unwillkürlich zum Griff der Axt an seiner Schulter.

»Das macht er immer«, mischte sich Lay hastig ein, der spürte, dass ein Funke genügte, um die angespannte Stimmung zur Explosion zu bringen. »Ich glaube, er ist nicht ganz richtig hier oben.« Er tippte sich mit dem Zeigefinger gegen die Stirn.

Der Magus ließ sich von Korghs drohender Haltung nicht einschüchtern. »Nicht ganz richtig im Kopf oder nicht allein da oben unter der Schädeldecke«, zischte er.

»Wie dem auch sei«, fuhr Lay rasch fort, um eine Eskalation zwischen den beiden Männern zu verhindern, eine Eskalation, bei der er, wie er vermutete, sich sehr schnell wie ein Getreidekorn zwischen zwei Mühlsteinen fühlen würde. »Ich habe jedenfalls nicht annähernd genug Geld oder sonstige Mittel, um Euch Eure Dienste in irgendeiner Weise entgelten zu können …«

Vergust lachte plötzlich, und sämtliche Feindseligkeit wich aus seiner Haltung. »Ich spreche ja nicht von einer Aufnahme in die Schule der Magi.« Er schüttelte den Kopf. »Ich denke eher, dass ich dich darin unterweisen könnte, die Reine Magie, die uns überall umgibt, uns alle«, dabei warf er Korgh einen vielsagenden Blick zu, den dieser mit einem verächtlichen Schnauben quittierte, »zu kanalisieren, damit sie sich nicht in Wilde Magie verwandelt, die andere und vor allem dich selbst das Leben kosten kann.« Er machte eine kleine Pause. »Oder etwas noch Schlimmeres bewirkt.«

»Wilde Magie?«, wollte Lay wissen. Er war beim heimlichen Schmökern in den *Klaturen der Essenzen* auf Berichte über diese Wilde Magie gestoßen. Die Gefahren, die einem Wirker drohten, wenn er die unverfälschten Ströme der Natur, die Reine Magie, die die Magi durch ihr Wirken und ihr Wissen zu beeinflussen verstanden, mit unangemessenen Mitteln zu manipulieren suchte, waren ungeheuerlich. Lay schüttelte sich bei dem Gedanken, dass er selbst ein Opfer solch Wilder Magie werden könnte. Ein Magus, der nicht auf der Stelle von den ungeheuren Energien getötet wurde, die diese Wilde Magie freisetzte, war verdammt, sein Leben als Ghuul zu fristen, als seelenlose leere Hülle, ein bloßes Sprachrohr für die Gedanken der Natur. *Oder für die Gedanken jeder Person, die in der Lage ist, sich dieser Hülle zu bemächtigen.*

Es war, als hätte Vergust seine Gedanken gelesen. »Nicht jeder, der der Wilden Magie zum Opfer fällt, wird gleich ein Ghuul«, beruhigte er Lay.

»Nein«, brummte Korgh, der den Magus nicht aus den Augen ließ. »Manchmal kann er diesem Schicksal entkommen und wird etwas Schlimmeres.«

»Was meinst du damit?«, erkundigte sich Lay und musterte den Nordling neugierig. »Und was weißt *du* überhaupt darüber?«

»Das würde mich auch interessieren«, meinte Vergust, dessen Stimme wieder so kalt klang, dass sie Wasser zum Gefrieren hätte bringen können.

Korghs Miene blieb undurchdringlich. »Wir haben so unsere Legenden, da oben in Hellanden«, sagte er ausweichend.

»Ah, Legenden«, zischte Vergust bissig. »Spielen in diesen Legenden zufällig auch Dämonen eine Rolle?«

Korgh musterte den Magus ungerührt. Aber Lay hatte das Gefühl, dass seine Augen rötlich schimmerten. Zweifellos eine Täuschung, die dem dämmrigen Licht geschuldet war. »Das tun sie allerdings«, erwiderte Korgh dann gelassen und grinste plötzlich. »Und zumeist nimmt es in diesen Fällen mit den Magi kein gutes Ende.« Er beugte sich zu Vergust vor. »Hast du Interesse an einer dieser Legenden, *Hexer*?«

Lay kannte zwar den Grund nicht, aber es war nicht zu übersehen, dass zwischen diesen beiden Männern eine tiefe Feindseligkeit herrschte, obwohl sie sich doch angeblich noch nie zuvor begegnet waren. Plötzlich fröstelte ihn. Vielleicht lag es aber auch daran, dass die Nacht hier auf der Ebene der Stürme kühl wurde und sie kein Feuer hatten. Außerdem war er hungrig.

»Ich hätte nichts dagegen, würde mir Magus Vergust erklären, was es mit der Reinen Magie auf sich hat. Vor allem, wenn ich tatsächlich dafür verantwortlich bin, dass diese Kaschemme in, äh …«

»Erlswerls«, sprang Vergust ihm zu Hilfe.

»Wie auch immer. Jedenfalls wüsste ich gern, wie ich verhindern kann, alles um mich herum in Schutt und Asche zu legen. Wir haben doch noch Zeit genug, dass er mir das erklären kann, Korgh, bis wir die Schlucht der Schmiede erreicht haben. Bis dahin …«

Er unterbrach sich, als er das Zischen hörte, mit dem Korgh die Luft zwischen den Zähnen einsog. Dann stieß er ein Wort in einer Sprache aus, die Lay nicht verstand, aber das war auch nicht nötig. Er wusste auch so, dass es kein Kompliment gewesen war, und drehte sich zu dem Hünen herum.

Er sah dessen finstere Miene und runzelte die Stirn. *Was ist denn jetzt schon wieder?*, dachte er. *Habe ich schon wieder etwas falsch gemacht?*

Dann hörte er ein leises Lachen, und sein Blick zuckte zu dem Magus.

Die wässrigen Augen des Mannes waren zwei pechschwarze Becken, die in dem fahlen Licht, das von Lokhs Auge durch das Laub der Bäume drang, matt schimmerten.

»Die Schlucht der Schmiede?« Die Stimme des dürren grauhaarigen Mannes war nicht mehr als ein heiseres Flüstern. »Ihr wollt zur Schlucht der Schmiede?«

»Du hast recht, Magus!«, knurrte Korgh. »Er muss noch viel lernen.«

»Aber ich …«, wollte Lay protestieren, doch der Hüne redete einfach weiter.

»Vor allem muss er lernen, wann es klug ist zu sprechen und wann es sich empfiehlt, das Maul zu halten und den Verstand zu benutzen!« Er schnaubte und spie aus. »Und das hat nichts mit Magie zu tun, sei es nun die reine oder die wilde Sorte. Es ist eher eine Frage des Verstandes.« Er seufzte. »Aber ich fürchte, an die titanische Aufgabe, dir Verstand einzubläuen, hat sich bislang wohl kein Lehrer gewagt, Jungchen, stimmt's?«

ESTRIO, NAHE ULCAR
MUND DER GÖTTER

Ah. Wir sind gleich da. Endlich! Mein Arsch fühlt sich an, als wäre er die ganze Zeit unter *dem Sattel gewesen, und nicht obendrauf.*

Druud OchNarjon stellte sich in die Steigbügel seiner Reitechse und straffte den Rücken. Das Tier wandte irritiert wegen dieser unerwarteten Bewegung den Kopf, jedenfalls soweit sein kurzer Hals, der ebenso dick war wie der Körper, das zuließ. Das rechte seiner kugelförmigen Augen drehte sich, und es musterte seinen Reiter. Das Gesicht – wenn man bei der hornigen, von furchigen Schuppen übersäten Kopfpartie dieses zahmen Drachen überhaupt von einem Gesicht sprechen konnte – war vollkommen ausdruckslos.

Diese Tiere zeigten niemals irgendeine Gefühlsregung, weder Furcht noch Wut noch Verzweiflung, obwohl diese Echse Letzteres angesichts ihrer entwürdigenden und ausweglosen Lage sicherlich empfunden hätte, wäre sie zu so etwas wie Gefühlen fähig gewesen.

Nach Druud OchNarjons Meinung war es sicher besser für die Echsen, wenn sie nichts empfanden. Außerdem war dieses Fehlen jeglichen emotionalen Ausdrucks einer der Gründe, warum der Erste Fragende überhaupt auf einer Drachenechse ritt. *Wahrscheinlich bist du einer der letzten echten Drachenreiter in einem Land, das sich Drachenreich schimpft,* dachte er und grinste spöttisch. Man saß unbequem auf diesen Tieren, sie waren erheblich schwerer und behäbiger im Gelände als Pferde, und sie stanken. Aber sie waren auch weit ausdauernder, empfanden nichts, vor allem keine Angst, was ihre frühere Verwendung als Reittiere bei kriegerischen Auseinandersetzungen, vor allem bei den Drachenkämpfern aus Alghor, erklärte. Zudem waren ihre Leiber durch große Hornpanzer geschützt, insbesondere am Kopf und an den Flanken. Dadurch wirkten sie zwar ein wenig klobig, machten aber auch einen recht bedrohlichen Eindruck. *Und sie flößen uns Menschen immer noch Unbehagen ein, wenn wir uns hier in Alghor daran erinnern, woher wir kommen und was unsere ursprüngliche Bestimmung gewesen ist,* dachte Druud. *Falls sich überhaupt noch jemand die Mühe macht, sich zu erinnern.* Er zog die Brauen zusammen. Es gefiel ihm, auf einem Tier zu reiten, das so archaisch und so einschüchternd wirkte.

Er schätzte die stoische Gleichgültigkeit der Echsen ihrem elenden Schicksal gegenüber, eine, wie er fand, symbolische Demütigung der Drachenspezies und damit ein Seitenhieb gegen den Kult der Drachenpriesterinnen, die diese Tiere als heilig verehrten. *Zugegebenermaßen,* dachte Druud, *nicht diese Drachenechsen, sondern die echten Drachen natürlich. Aber da es sie nicht mehr gibt, falls es sie tatsächlich jemals gegeben haben sollte …*

Die Echse gab einen schnalzenden Laut von sich und richtete ihren spitz zulaufenden, schuppigen Schädel wieder nach vorn.

»Ganz recht, du Biest.« Druud weigerte sich beharrlich, den Drachenechsen Namen zu geben oder sie mit welchen anzusprechen. Er hatte nicht im Entferntesten vor, so etwas wie eine persönliche Beziehung zu diesen kaltblütigen Bestien aufzubauen, wie so viele Reiter es mit ihren Pferden taten. »Du spürst wohl auch den Atem der Götter, was?«

»Herr?« Farael zügelte sein Pferd, drehte sich im Sattel um und sah den Obersten Auguren fragend an. Als sich die Echse dem Schimmel des jüngeren Mannes näherte, begann das Pferd nervös auf dem schmalen Pfad zu tänzeln, legte die Ohren an und verdrehte die Augen, bis fast nur noch das Weiße zu sehen war. »Ganz ruhig.« Farael tätschelte sein Ross am Hals, um es zu beruhigen. Dann sah er wieder Druud an. »Ihr …?«

»Wir sind gleich da.« Das war keine Frage, sondern eine Feststellung.

»Allerdings, Eminenz.« Farael war sein Erstaunen deutlich anzuhören. »Der Eingang zum Mund der Götter …«

»… sollte hinter der nächsten Biegung des Weges auftauchen«, unterbrach ihn Druud. Es verschaffte ihm Befriedigung, seinen Führer überrascht zu haben, und er lachte leise. »Ich bin zwar blind, Farael, aber ich bin diesen Weg schon so oft geritten und früher auch gegangen, dass ich ihn wahrscheinlich auch ohne deine Hilfe hätte bewältigen können.«

Na ja, das stimmt nicht ganz. Etwa auf halber Strecke hatte Steinschlag den Pfad nahezu unpassierbar gemacht, und Farael hatte eine Weile gebraucht, um im Licht einer Tranlampe und dem silbrigen Schein von Lokhs Auge einen Weg zwischen dem Geröll hindurch zu finden. Er hatte sein Pferd am Zügel führen müssen, weil die Erde, die zusammen mit den Steinen abgegangen war, den gewundenen Weg den Berg hinauf sehr tückisch gemacht hatte. Der Erdrutsch hatte sich an einer Stelle ereignet, an der ein Abgrund von mindestens dreihundert Schritt Tiefe neben dem Weg gähnte. Ein Sturz hätte den sicheren Tod bedeutet, und die Echse, die über diese Situation ganz und gar nicht erfreut zu sein schien und ihren Schädel ständig dicht über dem Boden hin und her schwang, hatte Faraels Pferd außerordentlich nervös gemacht.

Schließlich hatten sie es zwar geschafft, aber Druud wusste, dass er ohne die Hilfe seines Führers hätte umkehren müssen.

Falls Farael das ebenfalls wusste, war er klug genug, sich nichts anmerken zu lassen. »Selbstverständlich, Euer Eminenz«, erwiderte er nur. »Und natürlich habt Ihr recht, wir haben unser Ziel fast erreicht.«

Druud nickte knurrend. Obgleich blind, war seine Aufmerksamkeit vollkommen auf die vor ihnen liegende Schlucht gerichtet und das, was er dort zu finden hoffte. Erregung überlief ihn, als er an die Opferung dachte und an das, was er an den Fäden des Schicksals ertastet hatte.

Farael trieb sein Reittier wieder an, und das Seil, deren Enden an seinem Sattel und an dem eisernen Halsring der Echse befestigt waren, straffte sich. Die Echse gab ein knarrendes Ächzen von sich, rührte sich aber nicht von der Stelle.

»Weiter, du Biest!«, knurrte Druud und stieß dem Tier den Treibsporn zwischen die Hornplatten, die den empfindlichen Übergang zwischen Kopf und Körper des Tieres schützten.

Die Echse schrie wütend auf, was eher wie ein böses, abgehacktes Bellen klang, und setzte sich dann wieder in Bewegung. Während sie vorwärtsschritt, schien der Körper vollkommen regungslos in der Luft zu schweben. Auch das war ein Grund, warum Druud lieber auf einer Echse ritt als auf einem Pferd. Er hasste das Geschaukel und Geschüttel im Sattel dieser nervösen Vierbeiner.

Doch im Moment beschäftigte er sich nur damit, welche Antwort ihn wohl im Orakel erwartete und was für eine Frage diese Antwort klären würde.

Wenn überhaupt, dachte er und verzog verärgert die Lippen. *Die letzten Male waren meine Besuche im Orakel reine Zeitverschwendung. Antworten, mit denen niemand etwas anfangen konnte und zu denen nicht einmal mir eine Frage einfallen wollte.* Er fuhr sich mit der Hand über das schweißnasse Gesicht und schlug die Kapuze zurück. Dann hob er den Kopf, als die kühle Nachtluft über seine erhitzten Wangen strich. *Aber jetzt habe ich Fragen, und zwar mehr Fragen als Antworten darauf.* Er erinnerte sich noch einmal daran, was seine Finger bei der *Opferung* ertastet hatten.

Kann es wirklich sein? Kann diese uralte Prophezeiung tatsächlich einen Funken Wahrheit enthalten? Er schnaubte. *Aber eigentlich ist das unmöglich. Drei Träger des Mals … Wirklich einen Sinn würde das erst ergeben, wenn es deren acht gäbe. Denn dann …* Er schüttelte den Kopf. *Das kann nicht sein. Zwei Träger, ja, die* Heiligen Zwei, *gewiss. Damit käme ich zurecht. Den einen Träger kann ich kontrollieren, jedenfalls mehr oder weniger, und sobald ich weiß, wer der andere ist, dürfte auch der kein allzu großes Problem darstellen. Vorausgesetzt, ich kann den Fürsten daran hindern, diese alberne Allianz zu schließen.*

Druud kaute an seiner Unterlippe herum, unterließ es aber sofort, als er dieses Zeichen von Unsicherheit an sich bemerkte. *Wen willst du belügen, alter Mann? Wenn du nicht glaubst, dass es möglich sein könnte, was machst du dann hier?*

Andererseits, was bedeutet es, wenn die Macht der Acht tatsächlich mehr ist als ein albernes Würfelspiel? So viel mehr. Und auch so viel mehr, was es zu gewinnen gibt. Oder zu verlieren. Andererseits … drei Träger machen noch keine Acht, und vielleicht haben sich die Fäden auch geirrt … Er lachte freudlos auf. *Als würde sich das Schicksal irren. In seiner Willkür und Sprunghaftigkeit lässt es nur unsere Wünsche, unsere Pläne, unsere Hoffnungen, unser verdammtes Leben unerfüllt, durchkreuzt, enttäuscht, zerstört sie. Dieses verdammte Schicksal kann sich einfach in der Gewissheit zurücklehnen, dass es immer recht hat. Wie ich es hasse, eine Marionette der Bestimmung …*

»Wir sind da, Herr.«

»Wie bitte?« Die Stimme seines Führers riss Druud Och-Narjon jäh aus den Gedanken. Da erst merkte er, dass die Echse stehen geblieben war. Er hob den Kopf, sog die Luft tief durch die Nase ein und nahm den vertrauten Geruch wahr, der aus dem hohen, nur wenig mehr als mannsbreiten Eingang der Höhle drang.

Es roch nach Feuchtigkeit und fruchtbarer Erde. Nach wimmelndem Leben. Und … nach Verwesung.

Ja, wir sind da.

»Was wollt Ihr … Ihr …hr … Fragender …der …er …?«

Die Stimme wirkte merkwürdig körperlos, ihr Echo wurde von den hohen Wänden vielfach zurückgeworfen, brach sich, vermischte sich zu einem vielstimmigen Chorus eines einzigen Sprechers, dessen Worte – und das war das Ungewöhnliche – dennoch vollkommen klar zu verstehen waren.

Druud räusperte sich. »Ich brauche die Antwort der Götter, Ehrwürdige Zunge.«

»Schon wieder ... der ... er ...« Selbst der Spott schien sich zu vervielfältigen, schien mit jedem Echo stärker zu werden. Die Erwiderung der Stimme klang spöttisch und dennoch sachlich.

Druud beherrschte sich, um nicht mit den Zähnen zu knirschen. Dieser Moment war einer der wenigen in seinem Leben, in denen er bedauerte, blind zu sein. Ein anderer dieser Momente schob sich in seine Gedanken, überraschend, unerwartet und gänzlich unerwünscht. Seine Gemächer, Anfir, nackt auf den Fellen seiner Bettstatt ausgebreitet liegend, sein sehniger, haarloser Körper, der bebend ...

»Ja.« Druud hörte die Schroffheit, mit der er seine Antwort hervorgestoßen hatte, und räusperte sich. »Ja«, wiederholte er dann ruhiger. Demütiger. *Demut! Die Erste Tugend des Auguren im Angesicht der Zunge der Götter. Angesicht? Pah! Kein einziger Erster Fragender hat jemals die Zunge zu Gesicht bekommen, die ihm die Antworten der Götter übermittelt. Ich frage mich, warum das wohl so ...*

»Ah ... ah ... a ... h ...« Die vielfach zurückgeworfene Stimme klang immer noch spöttisch und vielleicht auch einen Hauch belustigt. »Druud OchNarjon, der ›Erste Fordernde‹ solltest du genannt werden, hm?«

Druud schluckte. »Verzeiht.« Er lauschte, aber er hörte kein Echo. Wieder, wie jedes Mal, wenn er die Höhle betrat, fragte er sich, woran das wohl liegen mochte. Er stellte sich vor, wie diese Höhle beschaffen sein musste, dass er das Echo der Zunge der Götter hörte, aber niemals ein Echo seiner eigenen Stimme. Und er fragte sich auch, ob sich die anderen Ersten diese Frage ebenfalls gestellt hatten.

Wahrscheinlich, dachte er, *und sie haben ganz gewiss ebenso wenig eine*

Antwort darauf erhalten wie ich. Sonst hätte ich zweifellos etwas darüber gelesen. Oder gehört, setzte er in Gedanken gereizt hinzu.

»So etwas ... was ... as wie Verzeihung ... zeihung ... ung zu gewähren ... währen ... ren, steht an einem ... nem ... em Ort wie diesem ... sem ... em nur den Göttern zu ... zu ... u ...«, erwiderte die körperlose Stimme der Zunge, deren Tonfall sich verändert hatte, denn jeglicher Spott war daraus verschwunden. »Ebenso ... enso ... so wie jegliches Urteil ... teil ... eil. Wir artikulieren ... lieren ... ren ... nur das, was ... was ... as sie äußern, damit es ... es ... s ... für menschliche Ohren ... ren ... en ... zu ertragen ist.«

Druud OchNarjon überlief es kalt. »Ich weiß.«

»Ah ... ah ... h ... h, tust du das ... das ... as ... s ...? Dann scheinst du klüger zu sein als wir ... wir ... ir ... r ... rrrr.«

Der letzte Laut rollte in einem sanften Schnurren durch die Höhle, bei dem sich Druuds Nackenhaare aufrichteten. Es erinnerte ihn an das dunkle Grollen einer Bergkatze, bevor sie zum tödlichen Sprung auf ihre Beute ansetzt.

Hör auf, dir in die Hose zu scheißen!, ermahnte er sich wütend. Er war nicht hier, um sich einschüchtern zu lassen, sondern um Antworten zu erhalten. Das war nicht nur sein Recht, sondern vor allem seine Pflicht, und so abweisend und bedrohlich die Zunge auch erscheinen mochte, sie würde am Ende seinem Ersuchen Folge leisten. Das tat sie immer. *Doch erst, nachdem sie mich genüsslich hat zappeln lassen. Der Humor der Götter, wenn es denn einer ist, ist ein sehr spezieller.*

Trotzdem zog Druud genug Selbstbewusstsein aus diesem Wissen, um sich so weit zusammenzureißen, dass er nicht zitterte. Auch wenn dieses Wissen nirgends niedergeschrieben war, war es doch eine Regel, von der es keine Ausnahme gab, jedenfalls keine, von der jemals gehört hätte.

Er verzichtete auf einen Kommentar zu den letzten Bemerkungen der Zunge und holte tief Luft.

»Demütig stehe ich hier vor Euch, Hüter der Heiligkeit, Wahrer des Wissens, Wächter der Weisheit, Gefährte der Götter«, deklamierte er. *Und so weiter und so fort! Diese verdammte Zunge der Götter hat mehr Titel als der Drachenfürst oder dieser aufgeblasene Shetan von Bouhss.* »Bescheiden und wie es die Prophezeiung verlangt, bitte ich das Heilige Orakel um die Weisung der Götter, auf dass sie uns Sterblichen in Dunkelheit und Not den Pfad der Rettung zeige.« *Und vor allem sag mir endlich, was es mit diesen verdammten Trägern des Mals auf sich hat, die mir die Opferung gezeigt hat, und was ich unternehmen soll!*, setzte er in Gedanken ketzerisch hinzu. *Für irgendwelches mysteriöse göttliche Gebrabbel habe ich diesen verdammt anstrengenden Weg nicht auf mich genommen!*

Natürlich war Druud klar, dass sich das Orakel nicht im Geringsten um seine Wünsche scheren würde, das hatte es noch nie getan, bei keinem Ersten Fragenden. Aber ihn bekümmerten nicht nur die Ergebnisse der Opferung.

Der Dunkle Schleier wurde erschüttert, und das zweimal innerhalb von wenigen Spannen. Das muss doch auch das Orakel irgendwie bemerkt haben! Und man kann es wohl kaum als irgendein unbedeutendes magisches »Rülpsen« abtun. Druud wischte sich den Schweiß von der Stirn, während er darauf wartete, dass die Stimme ihn endlich zum Weitergehen aufforderte. *Wenn es nur nicht so verflucht heiß hier drinnen wäre.* Die Temperatur in der Höhle erstaunte ihn immer wieder. Es war warm und feucht, fast wie in einer dieser Schwitzhöhlen, die sie dort oben im eisigen Hellanden hatten. Seine Reisen als junger Augur hatten ihn auch in das Land der Barbaren geführt. Diese Erdhöhlen heizten sie derart mit Feuer auf, dass selbst einem Toten, der sich dort hineinverirrt hätte, der Schweiß in Strömen über den Körper gelaufen wäre. Allerdings gingen die Nordlinge vollkommen nackt in diese Schwitzhöhlen, und zwar ungeachtet ihres Geschlechts oder Alters. Druud verzog das Gesicht, als er sich daran erinnerte. *Und vor allem ohne sich vorher zu waschen. Dieser Gestank nach Fischtran …*

Wenigstens haben die Götter keinen Mundgeruch, wenn ich meiner Nase trauen kann, dachte er in einem Anflug von trotzigem Spott. *Dafür haben sie aber offenbar unermesslich viel Zeit.* Er wusste nicht, wie lange er bereits auf eine Antwort wartete, aber es kam ihm fast wie eine Ewigkeit vor, bis die Stimme erneut ertönte.

»Tritt vor… vor…or, Fragender der… der…er Auguren…guren…ren«, echote die Stimme. »Irre nicht…icht… cht… ab vom Weg… Weg…eg der Weisheit… auf dass du nicht… in den… Abgrund der Vergessenheit…enheit… heit… stürzest.«

Wirklich sehr hilfreich!, dachte Druud und gab auf diese rituelle Aufforderung hin die vom Ritual des Orakels vorgeschriebene Antwort.

»Nie will ich abweichen vom Pfad der Erleuchtung, Zunge der Götter« – *bla, bla, bla!* – »auf dass mir Unwürdigem die Gnade ihrer Weisheit zuteilwerde.«

»Dann komm und höre.«

Druud drehte sich zu Farael um, der hinter ihm stand. »Es geht los. Führ mich zum Pfad«, befahl er ihm.

»Erster…« Faraels Stimme klang ein wenig belegt, als würde er sie unwillkürlich dämpfen, weil er sich in dieser Höhle befand. Ob aus Ehrfurcht oder Angst, hätte Druud nicht zu sagen vermocht, aber beide Gefühle waren zweifellos angebracht. »Haltet Ihr das wirklich…?«

»Ein bisschen spät, um es sich jetzt anders zu überlegen, meinst du nicht, Farael? Außerdem muss ich herausfinden, ob die Götter auf das, was ich bei der Opferung ertastet habe, eine Antwort für mich haben oder ob wir auf uns gestellt sind und allein entscheiden müssen, welcher der richtige Kurs ist.«

Druud lächelte, aber wenn er ehrlich war, fühlte er sich keineswegs so unbeschwert, wie er sich gab. Denn die rituelle Warnung der Zunge, nicht vom Wege abzuweichen, war nicht nur symbolisch gemeint.

Er erinnerte sich noch sehr gut an das erste Mal, als er mit Kordial, seinem Vorgänger im Officium des Obersten Auguren – *Die Götter mögen seine Essenz willkommen heißen!* – in diese Höhle gekommen war. Damals war er das Auge des Sehers gewesen, und seine Augen waren ihm beim Anblick dieses gewaltigen natürlichen Gewölbes beinahe aus den Höhlen gefallen.

Unmittelbar nachdem man den Eingang hinter sich gelassen hatte und dem schmalen, gewundenen Weg in die Tiefe folgte, weitete sich der Gang zu einer ungeheuren Kaverne. Riesige Stalagmiten bildeten ein wahres Labyrinth aus feuchten Tropfsteinen, und ebenso große Stalaktiten hingen von einer Decke, die sich in der Dunkelheit der Höhle verlor. Überall in dieser feuchten Höhle hatten sich Moose und Flechten angesiedelt und erfüllten den Raum mit einem diffusen grünlichen Schimmern.

Und der Geruch … Druud sog tief die Luft ein. *Er ist unverändert. Dieser Geruch nach …*

Tod.

Verwesung!

Druud spitzte die Lippen und fragte sich zum wiederholten Mal, was für Kadaver wohl diesen Geruch verströmten. Er lag schwach, aber stets präsent unter dem Duft nach fruchtbarem grünen wimmelnden Leben. So schwach, dass Farael ihn vermutlich nicht einmal wahrnahm, jedenfalls nicht bewusst. *Obwohl das möglicherweise sein instinktives Unbehagen erklärt, abgesehen von der schieren Größe und Dunkelheit dieser …*

»Komm! … omm! … mm!«

Ach ja, und natürlich abgesehen davon.

»Herr, hier ist …«

»Danke, Farael. Warte hier auf mich. Es sollte nicht allzu lange dauern.«

Druud spürte bereits die glatte, etwas poröse Oberfläche unter seinem Fuß.

Der Pfad der Erleuchtung. Eine in jeder Hinsicht verdammt schlüpf-

rige Angelegenheit, dachte Druud. Wenn man in der Welt draußen vom Pfad der Erleuchtung abwich, verfiel man dem Laster, der Dummheit oder der Trägheit. Wich man jedoch im *Mund der Götter* von diesem Pfad ab …

Druud konnte ein Zittern nicht unterdrücken, als er von Farael den Seherstab entgegennahm und ihn tastend vor sich ausstreckte. Langsam, Schritt für Schritt, bewegte er sich über den Weg, der nach wenigen Augenblicken bereits in die Höhe führte und sich zu den Stalaktiten aufzuschwingen schien. Druud wusste von seinem Besuch mit Kordial, dass er gerade über eine Rampe aus porösem Sandstein schritt, die sich im Laufe der Zyklen aus den kalkhaltigen Ablagerungen des Wassers gebildet hatte. Sie würde schon bald den Kontakt mit dem Boden verlieren und sich in die Luft schwingen, zwischen den Stalaktiten und durch eine Öffnung im Fels verschwinden. Ging er weiter, was er natürlich tun würde, gelangte er schließlich durch eine Öffnung in der Felswand in eine noch größere Höhle. Dann konnte Farael ihn nicht mehr sehen.

Und dann …

Druud unterdrückte den Gedanken daran, was in dieser nächsten Höhle auf ihn wartete, und setzte behutsam einen Fuß vor den anderen.

Sei vorsichtig …

»Seid vorsichtig, Herr!«

Natürlich, Blödmann! Glaubst du, ich will mir den Hals brechen?

»Gewiss, Farael!«, erwiderte Druud und grinste unwillkürlich, weil sie den Dialog führten, den sie immer führten, wenn sie in dieser Höhle waren. Beinahe wortwörtlich. »Ich beabsichtige nicht, dir schon jetzt die *Augen der Macht* zu übergeben.« Unwillkürlich tastete seine freie Hand nach der schweren goldenen Kette, die er unter seinem Umhang trug; daran baumelte ein ebenfalls goldener Reif, in dem in einer geraden Reihe drei prachtvolle Edelsteine eingearbeitet waren, welche die beiden

Augen Belphors und das kalte Auge Lokhs darstellten. Das Symbol des Obersten Auguren und Ersten Fragenden der Kaste der Seher.

»Selbstverständlich nicht, Herr.« In diesem Moment klang Farael aufrichtig erleichtert, dass er nicht an Druuds Stelle war.

Du wirst sie irgendwann einnehmen, mein Junge, mit allem, was dazugehört, dachte Druud. *Mit all der Macht, die mit dieser Position verknüpft ist, und mit all der Verantwortung, die sie dir aufbürdet.* Aber er antwortete nicht auf Faraels Worte, sondern konzentrierte sich auf den Weg, als er spürte, wie die Rampe langsam anstieg.

Schon bald hatte er die Biegung erreicht, hinter der diese Brücke durch eine Öffnung in der Felswand und in die nächste Höhle führte.

Druud blieb stehen. Er spürte den Moment des Übergangs genau, und nicht nur deshalb, weil sich die Temperatur der Luft um ihn herum schlagartig und unerklärlicherweise veränderte. Es wurde kühl, fast kalt, und die Feuchtigkeit und der Geruch nach Pflanzen und Tieren verschwanden vollkommen. Stattdessen schmeckte die Luft trocken, uralt, abgestanden.

Es riecht nach Tod, dachte Druud, *nach einem Tod, der schon vor langer Zeit eingetreten ist. Eigentlich verwunderlich, sollte man meinen, wenn es tatsächlich die Götter sind, die hier herrschen.*

Er schob den Gedanken beiseite und tastete mit seinem Stock den Weg vor sich ab, bevor er vorsichtig weiterging. Bei seinem ersten Besuch des Orakels hatte er fast eine Ewigkeit gebraucht, um diesen Weg zu bewältigen. Die Stimme hatte geschwiegen, bis er sein Ziel erreicht hatte, hatte ihn nicht gedrängt oder verspottet. So wie sie es auch jetzt nicht tat.

Druud hatte sie irgendwann gerufen, aber sie hatte ihm nicht geantwortet. Dafür hatte jedoch sein Rufen ein geradezu ohrenbetäubendes Echo ausgelöst, das ihn in die Knie gezwungen hatte. Er hatte dabei den Dolch verloren, der in seinem Gürtel steckte. Es war eine schmucklose Waffe aus geschmiedetem

Eisen gewesen, aber sie hatte ihm stets das tröstliche Gefühl von Sicherheit vermittelt, eine Illusion, wie er jetzt wusste. Er hatte auf dem Stein kniend nach diesem Dolch getastet. Schon nach wenigen Augenblicken waren seine Finger dagegengestoßen und hatten dabei die Waffe ein Stück zur Seite geschoben. Er hatte sie festhalten wollen, war jedoch im nächsten Moment vor Angst erstarrt.

Die Waffe war über den Rand der Brücke gerutscht, und seine Finger hatten ins Leere gegriffen. Er hatte geflucht und darauf gelauscht, ob der Dolch klappernd irgendwo auf den felsigen Boden schlug.

Druud holte tief Luft und tastete sich langsam weiter voran. Bei der Erinnerung daran, wie lange er damals auf dieses Klappern gewartet hatte, vergeblich gewartet hatte, überlief es ihn noch immer kalt. Beim zweiten Mal hatte er ein paar Steine mitgenommen und sie von der Brücke fallen lassen. Auch sie hatte er niemals aufschlagen hören.

Er wusste nicht, ob unter dieser Brücke ein bodenloser Abgrund lauerte oder ob der Boden einfach so weich war, dass alles, was darauf fiel, dabei keine Geräusche verursachte. Er wollte sich nicht vorstellen, was so weich sein könnte, dass es jeden Laut verschluckte, ebenso wenig, wie er sich vorstellen wollte, dass unter dieser Brücke kein Boden war. Oder dass es sein Schicksal wäre festzustellen, welche der beiden Möglichkeiten zutraf.

Konzentrier dich einfach und weiche nicht vom Pfad der Erleuchtung ab!, sagte er sich und ging vorsichtig weiter. *Und sei froh, dass du blind bist!*

»Du bist da!«

Druud fuhr heftig zusammen, wie jedes Mal, wenn die Stimme unmittelbar an seinem Ohr ertönte. Er geriet ins Straucheln und stolperte zwei Schritte vorwärts. Dann setzte er den

Fuß auf etwas Weiches, das sich fast anfühlte wie Sand, aber nur fast. Druud wollte nicht wissen, was es war. Jedenfalls gelang es ihm, sein Gleichgewicht wiederzuerlangen.

»Bist du bereit?«

Die Stimme war überall um ihn herum, der Sprecher schien sich gleichzeitig links und rechts von ihm zu befinden, über und unter ihm, vor und hinter ihm. Das war natürlich unmöglich, aber trotzdem hörte es sich so an. Druud hatte im Laufe der Zyklen, die er schon durch den regelmäßigen und starken Gebrauch des Drachengiftes vollkommen erblindet war, sein Gehör und seine anderen Sinne hervorragend geschult. Aber das half ihm hier nicht weiter. Er konnte einfach die Geräusche in dieser Kammer nicht orten oder bestimmen. Zum Beispiel das leise Summen wie von Tausenden und Abertausenden von Honigbienen oder vielleicht auch Schwebvögeln. Es waren Geräusche, die irgendwie vertraut zu sein schienen und doch fremdartig waren.

Und dann diese Stimme ...

»Ja, das bin ich.« Bei seinem ersten Besuch war er so verwirrt gewesen, dass er kaum in der Lage gewesen war zu begreifen, was die Stimme von ihm wollte. Er hatte diese Frage nicht beantwortet, und die Reaktion der Stimme war alles andere als erfreulich gewesen.

Gelinde ausgedrückt. Druud hatte sich winselnd wie ein Hund auf dem Boden gewälzt und sich die Ohren zugehalten, während sich die Stimme zu einem donnernden Tosen erhob.

Die Schmerzen waren nahezu unerträglich gewesen. Damals hatte er fest daran geglaubt, nicht nur als blinder, sondern auch noch tauber Mann diese Höhle verlassen zu müssen, aber seltsamerweise war sein Gehör danach eher noch schärfer gewesen.

Unvermittelt war dieses unmenschliche Gebrüll abgebrochen, und dann hatte die Stimme die Prozedur, die ihm jetzt bevorstand, überraschend geduldig, ja, fast sanftmütig erklärt.

Druud tastete sich mithilfe seines Seherstabs langsam vor, bis der Stab an einen Felsvorsprung stieß. Er ging weiter und setzte seinen Fuß darauf. Es war ein kleines Podest aus Felsgestein, kaum zwei Schritte im Geviert, und in der Mitte befand sich, wie er wusste, eine kleine Schale mit einer zähen, metallisch schmeckenden Flüssigkeit.

Er fuhr vorsichtig mit dem Stock über den Boden, bis ein leises Klingen ihm sagte, dass er die Schale gefunden hatte. Er kniete sich hin, legte den Stock quer vor sich auf den Felsboden, packte die Schale behutsam mit zwei Händen und hob sie an die Lippen.

»Zu Ehren der Götter.«

»Trink.«

Druud trank.

Die goldenen Fäden verschlangen sich zu wogenden Mustern, ähnlich wie Algen und Seegras in einem Teich.

Einige schienen miteinander zu tanzen, bildeten Knoten, Knäuel, die auf und ab zu springen schienen, um sich dann in eleganten Schlingen aufzulösen. Andere berührten sich und zuckten wieder zurück, als würden sie sich gegenseitig abstoßen. Überall waren diese Fäden, wogend und allgegenwärtig, schimmernd und in ihrer Vielzahl fast bedrohlich.

Gleichzeitig steigerte sich das Summen um ihn herum, und er glaubte, Worte zu hören, Laute, die eine Bedeutung zu enthalten schienen. Eine Bedeutung, die sich ihm jedoch nicht erschloss.

DRAAKENBRUT. ERWACHET. DIEZEITISTNAH. TODTODTOD. DIEFÄDENVERSCHMELZEN. DIEAUGENVERSCHMELZEN. DERSCHLEIERFÄLLT. DRAAKENBRUT …

Druud genoss diesen Moment, in dem er die Fäden des Schicksals nicht nur ertasten, sondern sie tatsächlich *sehen* konnte. Es war ein bittersüßer Moment, denn er hatte lernen müssen zu akzeptieren, dass er sie hier zwar sehen konnte, aber dass sie ihm gleichzeitig unendlich fern waren. Er konnte sie nicht ertasten, sie nicht *begreifen*, geschweige denn, dass es ihm gelungen wäre, sie zu *weben*, ein Muster zu flechten.

Noch nicht, dachte er, während er ehrfürchtig die Textur des Schicksals betrachtete, die gleichzeitig Furcht einflößend und vollkommen fremd war.

»Die Zeit ist nah.« Druud zuckte zusammen, als die Stimme sich wieder meldete, diesmal, wie es schien, direkt in seinem Kopf. **»Die Zeit der Verschmelzung ist angebrochen, der Dunkle Schleier hebt sich. Die Heilige Zwei ist erwacht. Die Augen der Götter werden sich einen, die Waage des Schicksals wird sich neigen, die Macht der Acht wird entscheiden über Wohl und Wehe, das Ende der endlosen Schlacht.«**

Druud runzelte die Stirn, aber er hütete sich, etwas zu sagen. Er wusste von Kordial, dass es dem Ersten Fragenden nicht zustand, die Antworten der Götter zu kommentieren. Die Zunge der Götter duldete keine Fragen, keine Unterbrechung, keinerlei Kritik. Sie gab nur die Antworten weiter, welche die Götter ihr gegeben hatten.

Druud hatte seinen Mentor und Vorgänger Kordial einmal gefragt, wer diese Zunge der Götter eigentlich war. War es ein Mensch? Es musste ein Mensch sein, schließlich sprach er zu dem Obersten Auguren, mit einer Stimme, die man *hören* konnte. Und wenn er ein Sterblicher war, unterlag auch er menschlichen Gesetzen. Hatte Bedürfnisse. Wünsche. Schwächen.

Bei dieser Frage hatte der blinde Kordial seinen Führer und Nachfolger scharf zurechtgewiesen. »Das ist Blasphemie, Druud«, hatte der Oberste Augur gesagt. »Und was weit schlimmer ist, es ist ein sehr gefährlicher Gedanke. Wenn die Zunge der Götter nur ein fehlbarer Mensch ist, was macht das dann aus den Antworten der Götter, die uns von ihr übermittelt werden?«

Druud hatte damals nichts geantwortet und nur demütig den Kopf gesenkt. Aber der Gedanke an diese Frage hatte ihn nicht mehr losgelassen, und er hatte das Gefühl, dass die Antwort darauf möglicherweise weit größere Konsequenzen haben könnte als jede göttliche Antwort, die ihm die Zunge bislang gegeben hatte.

Er wartete, dass die Zunge weitersprach, aber es herrschte nur tiefstes Schweigen um ihn herum. Plötzlich leuchteten die goldenen Fäden auf, gleißend hell, und Druud schloss die Augen.

Narr!, dachte er. *Du bist blind! Wie kannst du glauben, dass …*

Schwärze. Tiefste Schwärze herrschte vor seinen Augen. Unwillkürlich riss er sie wieder auf, aber die Dunkelheit blieb. Schwindel überkam ihn, und er tastete Halt suchend auf dem Boden nach seinem Stab, stieß mit den Fingern gegen die leere Schale, in der das Blut gewesen war, das Heilige Pulver …

War das alles?

»War das alles?«

Seine Stimme erzeugte keinerlei Echo, keinen Hall, klang matt und dumpf, als wäre er im Lager eines Tuchwebers und spräche zwischen den Stoffballen.

»War das alles?«

Druud wusste, dass die Zunge schwieg, wenn sie einmal verstummt war, und sich auch durch keine Bitten und kein Flehen, nicht einmal durch Zornausbrüche verleiten ließ, noch einmal das Wort an ihn zu richten. Aus diesem Grund traf ihn das, was jetzt geschah, vollkommen unvorbereitet.

Was willst du wurm Draakenbrut erwachet TodTodTOD die Waagewäget die achterwacht GIBACHT das mal der acht ToDTodTOD DRAAKENBRUT zauder nit tonnforR TIDENDRÄNGET …

Druud schrie auf, ruderte mit den Armen und fiel rücklings vom Podest. »Nein, nein, nein …!«, schrie er und presste sich die Hände auf die Ohren. Der Schmerz war unerträglich. Blendend weiße Blitze zuckten vor seinen Augen, rote Punkte flammten auf, wurden größer, pulsierten, dehnten sich aus, bis ihr Feuer ihn vollkommen zu verschlingen schien.

Und die ganze Zeit hörte er dieses grauenvolle Brausen in seinem Kopf, glaubte Stimmen unterscheiden zu können, unmenschliche, brüllende Stimmen, die wie Steinlawinen klangen, als würden Welten zwischen ungeheuren Mühlsteinen zermahlt. Er hörte Laute, die wie Worte klangen, deren Sinn fast greifbar war, aber eben nur fast. Er hielt sich gerade außerhalb der Reichweite seines Verstandes und schien ihn verhöhnen, grausam verspotten zu wollen.

Druud rappelte sich mühsam auf die Knie, tastete blindlings nach seinem Stab und hätte vor Erleichterung fast geweint, als sich seine Finger um das Holz schlossen. Dann schrie er vor Schmerz auf, als die silbernen Runen sich in seine Haut zu brennen schienen. Er ließ den Stab fallen, hob die Hände vor das Gesicht und rechnete damit, verbranntes Fleisch zu riechen, doch da war nichts.

Druud krümmte sich, aber er spürte, wie der Schmerz allmählich nachließ, fühlte, wie das Pochen in seinen Händen verebbte, hob sie erneut, strich über seine Wangen, fuhr mit der Zunge darüber …

Nichts, dachte er erstaunt. *Keine Brandwunden! Aber wie kann das …?*

Das Brausen brach schlagartig ab.

Doch die Erleichterung, die Druud verspürte, wich im nächsten Moment blankem Entsetzen.

»Geh.«

Die Zunge. Ihre Stimme klang unendlich nah, nicht in seinem Kopf, wie vorhin, nicht herrisch und bestimmt, sondern fast beschwörend, ganz dicht, unmittelbar an seinem Ohr. Sie war sanft, weich, und er hatte das Gefühl, er könnte den Atemhauch spüren, der über sein Ohr strich, seine Schläfe, seinen Schädel.

Aber er spürte den Atem nicht auf der Haut.

Dafür jedoch konnte er ihn riechen.

Druud würgte, ohne etwas dagegen tun zu können, und erbrach sich.

Ein leises Lachen ertönte in seinem Kopf. »Geh.«

Der Pesthauch der Verwesung legte sich wie ein erstickender Mantel um Druud OchNarjon, Oberster Augur des Drachenreiches und Erster Fragender. Druud fuhr wimmernd herum, stieß mit dem Fuß gegen ein Stück Holz – *Der Stab des Sehers!* –, bückte sich, klaubte ihn vom Boden auf und lief … rannte, rannte gegen die nackte Angst an, die ihn zu lähmen drohte, rannte weiter, über den porösen Stein der Brücke, rannte, bis er keuchend stehen blieb, sich krümmte, die Hände auf die Knie stützte, nach Atem rang, sich auf den Stab des Sehers stützte …

… und beinahe in den Abgrund gestürzt wäre.

Nein! Narr! Du elender Narr! Hast du vergessen, wo du bist? Wenn du jetzt …

Ein Zittern überkam ihn vollkommen unerwartet, und es war so stark, dass er sich auf die Brücke knien musste.

Er wartete, bis der Anfall von Panik vorbei war, dann streckte er vorsichtig den Stab aus, erst nach links, dann nach rechts. Das Holz kratzte über den Stein, etwa einen Fuß weit, bis es ins Leere stieß. Dasselbe auf der anderen Seite.

Druud schüttelte den Kopf. *Wie konntest du nur so blindlings …* Er lachte erstickt auf, als ihm die Ironie dieses Gedankens klar wurde. Es war reines Glück gewesen, dass er bei seiner wahrhaft blinden Flucht nicht von dieser schmalen Brücke gestürzt war. Er hatte überhaupt nicht darauf geachtet, wohin er lief, getrieben nur von dem *einen* Gedanken, diesem Wesen zu entkommen, der Zunge …

Druud zweifelte keine Sekunde daran, dass dieser übermächtige Gestank nach Tod und Verwesung von der Zunge der Götter ausgegangen war. Und er wollte nicht einmal versuchen, sich auszumalen, wie das Wesen aussehen mochte, das eine so zwingende Stimme hatte und einen so übermächtigen Gestank nach Tod verströmte.

Selbst der Tod kann nicht so schlimm riechen, dachte er. *Nicht einmal Belphors Arsch könnte so stinken.*

Seltsamerweise tröstete ihn dieser Gedanke jedoch nicht, aber wenigstens hatte das Zittern aufgehört, und er konnte sich wieder erheben.

Druud hatte das Gefühl, für den Rückweg über die Brücke in die Höhle der Stalagmiten und Stalaktiten, wo Farael – *Mein treuer, guter Farael!* – auf ihn wartete, ein ganzes Menschenalter zu benötigen.

»Herr! Da seid Ihr ja! Ich war besorgt! Diese Laute! Wartet, ich komme Euch …!«

Ein Schrei erstickte die Worte Faraels, und Druud fuhr herum, in Erwartung eines grauenvollen Angriffs, der seinem Leben ein qualvolles Ende bereiten würde.

Aber nichts geschah. Kein Laut war zu hören, außer dem erstickten Keuchen seines Führers.

»Was ist los?«, fuhr Druud Farael an, als seine Angst in Wut umschlug. »Was hast du?«

»Herr, Euer …!« Farael schluckte. »Euer Haar …!«

Mein … Haar? Druud traute seinen Ohren nicht. *Was ist in diesen Kerl gefahren? Ich bin gerade einer Bestie begegnet, die sich schlimmer selbst die Götter nicht ausdenken könnten, und dieser Schwachkopf regt sich auf, weil meine Scheißfrisur durcheinandergeraten ist?*

Der Erste Fragende holte tief Luft, um seinen Führer und Vertrauten in Grund und Boden zu brüllen, als er plötzlich Faraels Finger an seiner Schläfe spürte.

»Es ist … es ist vollkommen … rot! Rot wie Blut!«

ULCAR,
DRACHENPALAST
GEMÄCHER DER DRACHENBRAUT

»Ich verstehe es immer noch nicht.«

Jolah saß auf ihrem Bett und hielt sich den Kopf. *Verdammt, wenn dieses Scheißpochen doch endlich aufhören würde!* Sie schloss die Augen. *Keine gute Idee!* Sie öffnete sie wieder, als sich zu dem Pochen und dem Schwindelgefühl noch ein Brechreiz gesellte, den sie nur durch starkes Würgen unter Kontrolle bringen konnte. *Nein, nicht schon wieder!* Oder gern unter Kontrolle gebracht hätte.

»Moment!«, stieß sie hervor, beugte sich über den Bettrand und spuckte in den Eimer, den Bragh dorthin gestellt hatte, bevor er aus dem Raum gegangen war. *Bragh, mein Paladin.* Jolahs Ohren wurden heiß, als sie an die peinliche Situation dachte, in die sie ihren Vertrauten gebracht hatte, auch wenn das unter dem Einfluss übermäßigen Weingenusses geschehen war. Zum Glück waren ihre Ohren das Einzige, was bei der Erinnerung daran heiß wurde.

Die Lust war ihr gründlich vergangen, war einem anderen Gefühl gewichen.

Dem Gefühl, als hätte man ihr den Boden unter den Füßen weggezogen. Sie fühlte sich… hilflos. *Das ist das richtige Wort,* dachte sie. *Hilflos. Und irgendwie… verarscht!* Sie warf den beiden Personen am Fußende des Bettes einen finsteren Blick zu. »Ihr behauptet also…«, ihre Stimme klang belegt, »… dass meine Bestimmung schon immer…« Sie würgte erneut und spuckte bittere Galle in den Eimer.

Jeul sa Mehdi sah ihre Tochter mitfühlend, wenn auch leicht angeekelt an und seufzte. »Vielleicht sollten wir dieses Gespräch auf einen angenehmeren Zeitpunkt verschieben, wenn es dir wieder besser geht …«

»Angenehmer?«, keuchte Jolah. »Ich kann mir nicht vorstellen, dass es für dieses Gespräch einen angenehmeren Zeitpunkt …«

»Ich meinte, angenehmer für uns.« Ihre Mutter warf einen vielsagenden Blick auf den Eimer.

»Nein, lass es uns jetzt klären. Sie hat ein Recht darauf, die Wahrheit zu erfahren.«

Jolah sah zu dem Mann am Fenster, der sich auf das Fensterbrett lehnte und dabei auf den von wenigen blakenden Fackeln erhellten Innenhof unter Jolahs Gemächern hinabsah. Das Bankett war ein wenig überstürzt beendet worden, und die Gesandten des Shetan wankten gerade, sich gegenseitig stützend, über das regennasse Steinpflaster zu ihren Quartieren, geführt von einigen Bediensteten des Drachenfürsten. Der Mann seufzte und drehte sich um.

»Die Wahrheit?« Die Drachenfürstin sah den Reichsverweser an. Ihr Blick war wegen des Schleiers nicht zu entschlüsseln, aber sie hatte die Lippen fest zusammengepresst.

»Gewiss, Fürstin, soweit wir befugt sind, sie ihr mitzuteilen.«

»Befugt?« Jolah blickte zwischen den beiden Menschen hin und her, die sie kannte, solange sie denken konnte, und die ihr beide auf ganz verschiedene Weise besonders nahestanden. Was natürlich im Fall von Jeul sa Mehdi kein Wunder war, denn schließlich handelte es sich um ihre Mutter. Doch anders als ihr Vater hatte Akkad da'al Akkadi, der Reichsverweser, immer Zeit für die kleine ungebärdige Drachenbraut gehabt, um mit ihr zu spielen oder sich um ihre kleinen Sorgen zu kümmern. Erst in letzter Zeit waren sie einander fremd geworden. *Seit Akkad offenbar ebenfalls der Meinung ist, ich wäre ein Unterpfand für die Sicherheit und die Zukunft des Drachenreiches.* Sie starrte den Reichsverweser scharf an. »Was soll das heißen, befugt? Wer …?«

Akkad hob die Hände. »Das soll heißen, dass es noch andere Instanzen gibt, die darüber zu entscheiden haben, was du …«

»Instanzen?« Jolah hatte die Stimme erhoben, bereute das jedoch sofort, als ihre Kopfschmerzen augenblicklich wieder stärker wurden. »Verflucht, dieser verdammte Wein …!«

»An dem Wein gibt es nichts auszusetzen«, tadelte ihre Mutter sie sanft. »Er stammt von den Hängen Omartas und ist ein ausgezeichneter Jahrgang.«

»Omarta?« Jolah schüttelte den Kopf und stöhnte, als ihr Zimmer plötzlich zu kippen schien und dann anfing, um sie zu kreisen. Sie hob die Hände an die schmerzenden Schläfen. »Hätte ich mir denken können. Wahrscheinlich hat der Shetan Vater diese Brühe als Zugabe für die Hochzeit geliefert …«

Akkad schnaubte, und für Jolah klang das verdächtig nach einem unterdrückten Lachen. Ihre Mutter hingegen schien ihre Bemerkung nicht besonders komisch zu finden. *Und ich habe sie auch gar nicht komisch gemeint.*

»Ich glaube, dass dein Zustand eher etwas mit deiner Maßlosigkeit zu tun hat als mit diesem Jahrgang. Wie auch immer, darum geht es nicht.«

Jolah atmete mehrmals tief durch, bis das Zimmer wieder zum Stehen kam. »Worum geht es dann?«

Akkad humpelte stark, als er zu ihr ans Bett trat und sich auf den Rand setzte. Der verstümmelte Fuß des Magus war ein Andenken eines missglückten Strömens, aus der Zeit, als er noch kein Meister der Klaturen gewesen war. Er hatte es Jolah auf ihre Frage hin einmal erzählt, und normalerweise störte es die Drachenbraut nicht. Jetzt jedoch rückte sie unwillkürlich ein Stück von dem Magus und Reichsverweser weg, und etwas wie Bedauern flammte in den Augen des älteren Mannes auf. Aber er machte keine Anstalten, sich ihr weiter zu nähern. »Was du heute Nacht gespürt hast …«

»Ich weiß, was ich gespürt habe.« Jolah errötete unwillkürlich. »Und es ist auch nicht das erste Mal …«

Einen Moment wirkte der Reichsverweser verwirrt, dann lächelte er Jolah zu ihrer großen Überraschung beinahe liebevoll an. »*Das* habe ich nicht gemeint«, sagte er und warf einen kurzen Seitenblick auf die Drachenfürstin.

Jolah bemerkte den leichten Anflug eines Lächelns auf den Lippen ihrer Mutter, was ihre Verlegenheit allerdings nur noch verstärkte.

»Na schön!«, fauchte sie und verschränkte die Arme vor der Brust. »Was hast du dann gemeint?« *Blöde Frage,* dachte sie im selben Moment. Sie wusste genau, was der Reichsverweser meinte. »Schon gut«, sagte sie, bevor er antworten konnte. Sie ließ die Arme wieder sinken und beugte sich interessiert vor. »Du meinst dieses seltsame Geräusch, diesen …« Sie suchte kurz nach Worten. »Es klang fast wie ein Gong …«

Akkad nickte und blickte wieder zu der Drachenfürstin hinüber, diesmal jedoch mit ernster Miene.

»Ja, und außerdem geht es auch um deine Reaktion darauf.« Er seufzte und streckte die Hand nach Jolah aus. Diesmal wich sie ihm nicht aus. Er legte seine Hand auf ihre Schulter und drückte sie sanft. »Ich weiß, dass dich Cassda'ra in der Kunst der Versenkung ausbildet …«

Jolah hob die Brauen. »Ja und? Da bist du wohl kaum der Einzige.« Es war allgemein bekannt, dass die Erste Heilerin am Drachenhof mit den Geheimnissen der Drachenpriesterinnen vertraut war, und außerdem konnte es kaum jemandem verborgen geblieben sein, dass die Drachenbraut die Gabe des Sichtens der Fäden des Schicksals besaß. Und ebenso wenig war es ein Geheimnis, dass etliche Menschen am Hofe, allen voran Druud OchNarjon, ihre Fortschritte in dieser Kunst mit sehr viel Skepsis, wenn nicht gar mit offener Ablehnung beobachteten. *Selbst Vater schätzt es nicht, dass ich mich mit dem Wissen der Drachenpriesterinnen beschäftige,* dachte Jolah. *Ihm wäre eine gefügige und etwas naive Tochter zweifellos lieber, weil er eine solche besser an irgendeinen Vasallen verheiraten kann!* Aber das war nur ein Teil der Wahrheit. Jolah wusste, dass Prakuhl de Prunfor dem Kult der Drachenpriesterinnen überhaupt sehr skeptisch gegenüberstand. *Wahrscheinlich hat dieser blinde Mistkerl Druud ihm eingeredet, die Drachenpriesterinnen wollten ihm sein Reich und seine Macht entreißen.*

»Das stimmt«, antwortete Akkad. »Aber diese Fähigkeit ist nicht die einzige Gabe, die du besitzt.«

Nein, dachte Jolah. *Ich besitze außerdem noch die Gabe, mich immer wieder in ausgesprochen peinliche Situationen zu manövrieren. Jedenfalls behauptet Mutter das.* Sie warf einen Blick auf die Drachenfürstin. Dann schluckte sie. Sie spürte den Blick ihrer Mutter auf sich ruhen und sah das Lächeln auf ihren Lippen. Es war ein trauriges Lächeln, als würde Jeul sa Mehdi de Prunfor bedauern, was jetzt geschehen würde, oder als würde sie von etwas Abschied nehmen. *Als würde sie … von mir Abschied nehmen.* Zu Jolahs Verwirrung gesellte sich aufkeimende Panik, ein unerklärliches Gefühl von Einsamkeit, und einen Moment lang kam sie sich vor, als wäre sie ganz allein auf der Welt. Dann sprach Akkad weiter, und dieses Gefühl ebbte wieder ab. Aber es verflog nicht ganz, und Jolah spürte, wie sich irgendwo in ihrer Brust Traurigkeit einnistete, unmittelbar an ihrem Herzen.

»Du hast deine Mutter einmal gefragt, was das für ein komischer Fleck zwischen deinen Schulterblättern ist …«, meinte Akkad.

»Ja, und?« Jolah sah verblüfft zu ihrer Mutter hoch. »Das Mal … Was hat das mit meiner Gabe zu tun?« Und warum, um alles in der Welt, hatte ihre Mutter dem Reichsverweser verraten, dass sie dieses Muttermal hatte? Was ging ihn das an? Sie runzelte die Stirn. »Ich verstehe nicht …«

Ihre Mutter setzte sich ebenfalls auf das Bett. Sie nahm Jolahs Hand. »Ich habe dir gesagt, es wäre ein besonders hübsches Muttermal.« Sie sah den Reichsverweser an. »Das war nicht ganz die Wahrheit.«

Jolahs Verwirrung wuchs mit jedem Korn, das durch die Sandacht rieselte. »Also war es eine Lüge?«

»Es entsprach nur teilweise der Wahrheit«, erwiderte Jeul. »Das Mal ist hübsch, und es wurde dir von ... von deiner Mutter vererbt, und ...« Ihr Blick zuckte zu Akkad, der unmerklich den Kopf schüttelte.

»Und?« Jolah verabscheute Lügen. Allerdings hatte sie sich oft genug an die Maxime gehalten, derzufolge man nicht unbedingt immer die ganze Wahrheit sagen musste.

Jeul drückte ihr die Hand. »Es ist viel mehr als nur ein Muttermal.«

Jolah beschlich das ungute Gefühl, dass sie das, was ihre Mutter nun sagen würde, eigentlich nicht hören wollte. Anscheinend spürte das auch der Reichsverweser, denn er ergriff das Wort.

»Dieses Mal ist nicht nur ein Fleck auf der Haut, sondern es ist ein Symbol. Du bist eine Trägerin des Mals.«

»Eine Trägerin des ...?« Plötzlich durchzuckte Jolah eine eisige Furcht. Sie erinnerte sich an die Lektionen im Saal der Weisheit, an die langen Nächte, die sie mit Cassda'ra im *Buch der Sieben Weisheiten* gelesen und mit der Heilerin und Priesterin über die Lehre der Drachenpriesterinnen diskutiert hatte.

»Die Kreise der Acht?« Ihre Stimme klang heiser.

Jeul sa Mehdi nickte ernst, während Akkad da'al Akkadi die Hände hob.

»Andere nennen es das Mal der Zwei«, erklärte er mit einem kurzen Blick auf Jeul.

»In den alten Prophezeiungen der Drachenpriesterinnen ist von den Kreisen der Acht die Rede, die in der Zeit der Verschmelzung die Welt retten werden«, stieß Jolah hervor. »Bin damit etwa …?«

Akkad lächelte. »Nun, die Prophezeiungen der Drachenpriesterinnen sind vielleicht ein wenig unbestimmt«, erklärte er, was Jeul mit einem missbilligenden Schnalzen kommentierte, sehr zu Jolahs Verwunderung. Doch der Reichsverweser hob nur beschwichtigend die Hand, ohne seinen Blick von Jolah zu nehmen. »Was auch immer das Mal genau bedeuten mag, es heißt natürlich nicht, dass du wirklich die Welt retten musst.«

»Sehr beruhigend«, murmelte Jolah. *Im Moment fühle ich mich auch eher, als könnte ich nicht mal das bisschen Würde retten, das mir noch geblieben ist.* Sie warf einen mürrischen Blick auf den Eimer neben ihrem Bett. *Geschweige denn die ganze Welt.*

»Zumindest nicht allein.«

Jolahs Erleichterung verpuffte bei der Bemerkung ihrer Mutter. »Was soll das heißen?«

»Das heißt vor allem, dass du als Trägerin des Mals der Zwei eine besondere Bestimmung hast.« Akkad seufzte. »Und besondere Gaben. Die bei dir offenbar stärker ausgeprägt sind, als ich es für möglich gehalten habe.«

Aha. Jetzt kommen wir allmählich zum Punkt. Jolah sah Akkad aufmerksam an. »Und was genau bedeutet das?«

»Es bedeutet, dass du nicht nur die Fäden des Schicksals *sichten* kannst, sondern offenbar in der Lage bist, mit den Strömen der Natur zu kommunizieren.« Er deutete auf die umgestürzte Kommode und den zertrümmerten Stuhl.

Jolah starrte ihn mit offenem Mund an. »Soll das heißen, dass ich eine Maga … eine Hexe … oder wie man einen weiblichen Magus …?«

»Nein!«

Jolahs Mund klappte bei Akkads heftiger Reaktion wieder zu, während ihre Mutter zu dem Reichsverweser trat und ihm beruhigend die Hand auf die Schulter legte. Es war eine sehr vertraute Geste, aber Jolah kam nicht dazu, länger darüber nachzudenken. Denn Akkad sprach weiter.

»Das heißt nur, dass du eine Gabe hast und dass du eine Trägerin des Mals bist. Und das bedeutet …«

Jolah hing förmlich an seinen Lippen. Das Blut rauschte ihr in den Ohren, während sie versuchte, das soeben Gehörte zu verarbeiten. Aber es gelang ihr nicht, und sie bezweifelte, dass daran nur der Wein schuld war.

»Es bedeutet vor allem, dass du weder die Gemahlin des Shetan von Bouhss noch die von Ryehl, Edler von Ern werden kannst.«

Jolah blinzelte einmal, während diese Worte in ihr Bewusstsein sickerten. Dann sprang sie hoch, lachte und fluchte gleichzeitig, bevor der Schwindel wieder einsetzte und sie in die Kissen zurücksank.

»Das ist ja wunderbar!«, rief sie. »Dann habe ich ja …« Sie unterbrach sich, als sie die ernsten Mienen von Akkad und ihrer Mutter sah. »Was ist los mit euch?« Sie kniff die Augen zusammen. »Wo ist der Haken an der Geschichte?«

»Der Haken, wie du es auszudrücken beliebst«, erklärte Akkad ruhig, »ist der, dass du den alten Prophezeiungen zufolge deiner Bestimmung folgen musst.« Er hob die Hand, als Jolah protestieren wollte. »Was heute Nacht geschehen ist, ist von großer Bedeutung. Der Dunkle Schleier wurde berührt.« Er sah Jolah beinah flehentlich an. »Das war die Erschütterung der Essenz, die du gespürt hast. Der Gong, den du gehört hast.« Er schüttelte den Kopf. »Ich hätte es nicht für möglich gehalten, aber es sieht so aus, als würde die Zeit der Verschmelzung tatsächlich nahen.«

»Die Zeit der Verschmelzung? Aber das ist doch nur eine Legende …«

»Hat sich das heute Nacht wie eine Legende angefühlt?«, fragte Akkad gepresst. Er spreizte die Finger. »Ich bedaure zutiefst, dass wir dich mit alldem jetzt so überstürzt konfrontieren müssen …«

Und ich erst!, dachte Jolah.

»… aber es schien bislang keinen Grund zu übermäßiger Eile zu geben.«

Tatsächlich? Und wann hattet ihr vor, mir das sagen? Am Vorabend des Tages der Klingen?

»Das war, wie es aussieht, ein Irrtum.«

»Aber was bedeutet es für mich, dass die Zeit der Verschmelzung …?«

»Keiner weiß genau, was es mit dieser Überlieferung auf sich hat«, erwiderte Akkad ernst. »Aber …«

»Es ist wohl eher so«, ergriff die Drachenfürstin das Wort, »dass die Lehren der drei großen Geistesströmungen in diesem Punkt nicht übereinstimmen.«

Akkad sah sie missbilligend an. »Das würde ich nicht …«

»Dennoch ist es so«, unterbrach ihn Jeul sa Mehdi und drückte seine Schulter, und erneut fiel Jolah auf, wie vertraut diese Geste wirkte. »Die Meinungen der Auguren, der Magi und …«, sie verzog spöttisch die Lippen und sah den Reichsverweser durch ihren Schleier hindurch mit funkelnden Augen an, »der Drachenpriesterinnen weichen, was diese Zeit der Verschmelzung angeht, nicht nur deutlich voneinander ab, sondern sie widersprechen sich geradezu. Aber die Lehren der Drachenpriesterinnen …«

»… sind kein bisschen weniger spekulativ als die Dogmen der Auguren«, fiel ihr Akkad ins Wort.

Die beiden scheinen nicht nur sehr vertraut miteinander zu sein, sondern diese Diskussion schon häufiger geführt zu haben, dachte Jolah. *Ich frage mich, ob Vater …*

»Selbstverständlich sind es nur die Magi, die im Besitz der alleinigen Wahrheit sind, hab ich recht, Euer Gnaden Reichsverweser, Ehrenwerter Magus, Meister der Klaturen?«

Jolah fuhr zur Tür herum und sah die hochgewachsene, hagere Frau an, die dort stand. »Cassda'ra! Was …?«

Doch die dunkelhaarige Heilerin kümmerte sich nicht um sie, sondern bedachte Jeul und Akkad mit einem scharfen Blick. »Solltet ihr nicht lieber der Drachenbraut antworten, statt die müßige Frage zu diskutieren, welche der Lehren die einzig wahre ist? Denn wenn mich mein Gefühl nicht trügt, muss Jolah ihrer Bestimmung folgen, ganz gleich, welche Überlieferung am Ende zutrifft. Und sie hätte es zumindest verdient, noch ein wenig Zeit zu haben, sich darauf vorzubereiten.« Cassda'ra deutete mit einem Nicken zur Tür. »Außerdem werden wir, glaube ich, gleich Besuch bekommen.«

»Der Drachenfürst?« Akkads Augen glühten, als die Heilerin nickte. Dann drehte er sich seufzend zu Jolah herum. »Also gut, hör mir zu, Trägerin des Mals …«

Die Drachenbraut erschauerte, als der Reichsverweser diese Worte fast ehrerbietig aussprach. Es klang, als würde er ihr einen Titel verleihen, einen Titel, der sich wie ein Mühlstein um ihren Hals legte. Jeul lächelte ihrer Tochter aufmunternd zu, was Jolah überraschenderweise tatsächlich tröstete.

»Sowohl die Schriften der Drachenpriesterinnen«, fuhr Akkad fort und warf Jeul dabei einen merkwürdigen Blick zu, »und ich meine damit das *Okkultum* …«

Jolah sog scharf die Luft ein, als Akkad von der *Verbotenen Schrift* der Drachenpriesterinnen sprach. *Woher weiß er überhaupt davon?*, fragte sie sich. Doch ihre Verblüffung sollte noch zunehmen, als der Reichsverweser weitersprach.

»… als auch die Klaturen der Essenzen sind in dem Punkt vollkommen unmissverständlich. Selbst Druud OchNarjon dürfte keine weiteren Einwände vorzubringen haben, denn das Augural äußert sich zu diesem Punkt ebenfalls ziemlich eindeutig.«

Jolah nickte, obwohl sie kein Wort verstanden hatte, außer

dass sie dieser schrecklichen Vermählung entkommen würde. »Gut, aber was ist dann meine Bestimmung? Bin ich vielleicht doch für den Drachenthron …?«

Akkad schüttelte den Kopf. »Bedauerlicherweise nicht, Jolah da Prunfor. Es ist deine Bestimmung, den Bund der Heiligen Zwei zu vollziehen.«

Das klingt nicht gut. Jolah überlief es kalt. *Das klingt überhaupt nicht gut.* Einen Augenblick lang hatte sie das Gefühl, dass eine Vermählung mit dem Shetan oder selbst mit dem widerlichen Ryehl von Ern das kleinere Übel gewesen wäre.

Ihre Stimme klang in ihren eigenen Ohren fremd. »Und das heißt genau was?«

Akkad holte tief Luft. »Laut den Prophezeiungen ist es die Bestimmung der Trägerin des Mals, einen Träger des Mals zu heiraten. Das Problem ist nur, dass ich nicht weiß, wer es ist.«

»…und selbstverständlich ist es die Beherrschung der Ströme der Natur, die uns über die Barbaren unter Lokhs kaltem Auge und die primitiven Völker dort unten in den Glutlanden erhebt.«

»Beherrschung?«, knurrte Korgh. »Nach Beherrschung sah das aber nicht aus, was du da in der Schänke gezeigt hast, wenn du uns fragst.«

Vergust fuhr wütend zu dem Nordling herum. »Dich fragt aber keiner, und deinen unsichtbaren Freund auch nicht!«, fauchte er.

»Hast wohl Angst vor der Antwort, hm?«

Lay seufzte. »Korgh, bitte. Lass ihn sprechen. Wie soll ich lernen, die Wilde Magie zu beherrschen, wenn du ständig…?«

»Schon gut.« Korgh hob abwehrend die Hand. »Mach nur.« Er beugte sich vor. »Aber nur, bis wir die Schlucht erreicht haben.« Er stieß den Kopf vor wie ein wütender Rayakbulle und knurrte den Magus an. »Dann ist Schluss, und unsere Wege trennen sich.«

Vergust dachte gar nicht daran zurückzuweichen und erwiderte den scharfen Blick des Nordlings mit unverhohlener Feindseligkeit. »Das werden wir ja sehen.«

»Wir?«, fauchte Korgh und spitzte die Lippen. »Ah, du hättest wohl auch gern einen Freund, den keiner sieht außer dir, ja?« Er trat zu dem Magus und beugte sich schnüffelnd vor. »Ah, sehr interessant.«

»Was denn?« Lay hatte die ständigen Streitereien der beiden Männer satt. Das ging jetzt seit schon drei Tagen so, und er konnte es kaum erwarten, endlich die Schlucht zu erreichen. »Was ist interessant?«

»Er riecht nicht.«

»Er riecht …?« Lay sah den Nordling erstaunt an.

»Für jemanden wie dich muss das natürlich außerordentlich verwirrend sein …«, begann der Magus.

»Nein, wir riechen gar nichts.« Korgh schnüffelte erneut. »Bis auf den muffigen Gestank der Kleidung. Hm, hat dieses Wams früher einmal einem Schlachter gehört?«

Der Magus trat wütend von dem Nordling zurück. »Besser, *nicht* zu riechen, als zu stinken wie ein Fischladen, der seit Spannen nicht mehr gereinigt …«

»Hier gibt es nirgendwo Fischtran, Hexer!«, fauchte Korgh gereizt. »Sehr zu meinem Leidwesen. Meine Haut …«

»… stinkt immer noch, keine Sorge, Nordling. Aber jetzt riecht man auch noch deinen üblen Atem!«

»Hört endlich auf damit, verdammt!« Lay schüttelte den Kopf. *Was ist nur in Korgh gefahren?*, dachte er. »Vergust riecht nicht, na und?« Lay sah Korgh wütend an. »Dass du nichts riechst, liegt wahrscheinlich daran, dass deine Nase von dem ganzen Fischtran …«

»Hier gibt es keinen Fischtran«, wiederholte Korgh, ohne den Magus aus den Augen zu lassen. »Und *jeder* Mensch riecht.« Er sah Vergust boshaft an.

»Und die Nordlinge ganz besonders«, erwiderte der Magus barsch und wandte sich Lay zu. »Wie ich schon sagte, wer die Ströme der Natur wirken will, muss zuerst lernen …«

»Nur Menschen, die keine Seele mehr haben, riechen nicht.«

»Korgh! Es reicht, verdammt!« Lay packte den Magus am Ellbogen. »Kommt, wir lassen diesen Fischkopf einfach vorauslaufen. Keine Ahnung, was er hat. Vielleicht fehlt ihm ja sein Fischtran.« Der Angesprochene lachte, aber es war kein sonderlich fröhliches Lachen. Lay zog Vergust mit sich über den ausgetretenen Saumpfad, auf den sie vor mehr als einem Sonnenstrich auf Korghs Geheiß hin abgebogen waren. »Wie weit ist es noch bis zur Schlucht?«

Korgh antwortete, den Blick unverwandt auf den Magus gerichtet. »Wir sollten sie erreichen, bevor Belphors rotes Auge sich schließt.« Er hob die Hand und deutete auf Vergust. »Aber der da kommt nicht …«

»Darüber reden wir, wenn wir dort sind«, erwiderte Lay. Er ging mit dem Magus ein Stück voraus. *Am liebsten würde ich dich einfach stehen lassen, du dickschädeliger Mistkerl!*, dachte er. Aber das kam natürlich nicht infrage, vor allem deshalb, weil nur Korgh den genauen Weg zur Schlucht kannte. Lay hatte sich allmählich an die mürrische, raue Art des Nordlings gewöhnt und musste sogar zugeben, dass er sich auf ihre morgendlichen Übungsstunden mit Schwert und Morgenstern freute. Er hatte das Gefühl, Fortschritte zu machen, auch wenn Korgh sich hartnäckig weigerte, ihn direkt zu loben. Aber mittlerweile geriet auch Korgh ins Schwitzen, wenn sie kämpften, denn erst gestern hatte Lay gesehen, dass der hünenhafte Nordling sich nach ihrem Strauß den Schweiß von der Stirn gewischt hatte. *Kein Grund zum Triumphieren*, sagte er sich. *Schließlich hast du dir nicht nur Schweiß von der Stirn gewischt, sondern auch Blut.* Korgh dachte nicht daran, Lay zu schonen, aber das war ihm auch nur recht. *Allerdings gibt es auch andere Dinge, die wichtig sind, nicht nur meine Fortschritte im Schwertkampf. Das muss dieser Dummkopf doch begreifen! Wer erhält schon die Gelegenheit, sich von einem Magus im Wirken der Ströme unterweisen zu lassen.*

Lay runzelte die Stirn, während er den Worten des Magus lauschte, der neben ihm herging. *Allerdings muss ich zugeben, dass er mir bisher nicht wirklich gezeigt hat, wie das funktioniert.*

Vergust schien weit geschickter mit dem Mund als mit den Karten zu sein, jedenfalls redete er ununterbrochen auf Lay ein, und er stellte fast ebenso viele Fragen wie Lay.

»… selbstverständlich nicht so einfach, weil es sehr schwierig für einen normalen Magus ist, an den Göttlichen Staub zu kommen. Die Drachenpriesterinnen …«

O Mist! Da habe ich irgendwas Wichtiges verpasst. »Verzeiht, ehrenwerter Magus – Göttlicher Staub? Was haben die Drachenpriesterinnen mit …?«

»Sie allein beherrschen die Kunst, ihn herzustellen.« Vergusts Miene verfinsterte sich. »Der Zirkel der Wirker versucht schon sehr lange, dieses Geheimnis zu ergründen, leider vergebens. Es wird von den Drachenpriesterinnen eifersüchtig gehütet, und noch niemandem ist es gelungen, einer Hohen Drachenpriesterin das Wissen darum zu entlocken. Weder durch Gold noch durch Drohungen noch durch …« Er hüstelte verlegen.

Unwillkürlich schoss das Bild von Zanth'ra am Drachenkreuz durch Lays Kopf. »Folter?«

Vergust hob eine Braue, und ein Mundwinkel zuckte hoch. »Das letzte Mittel, ganz gewiss, und zudem eins, das ich zutiefst verabscheue …«

Lay verdrehte die Augen, als er hörte, wie Korgh hinter ihm bei den Worten des Magus verächtlich schnaubte. »Wer's denn glaubt!«, knurrte der Nordling.

»Lasst euch nicht von ihm irritieren«, bat Lay den Wirker. »Sprecht bitte weiter.«

Vergust senkte den Kopf und warf Lay einen Blick unter seinen langen Wimpern hervor zu. »Gewiss geht es mich nichts an, aber ich muss schon sagen, dass du dir da einen sehr sonderbaren Weggefährten ausgesucht hast.«

»Man kann nicht sagen, dass ich ihn mir wirklich ausgesucht hätte«, gab Lay zu. »Es ist eher so, dass er über mich gestolpert ist.« *Und mir bei dieser Gelegenheit das Leben gerettet hat, so nervig er auch sein mag. Und das sogar mehr als einmal.*

»Ach so?« Vergust warf einen kurzen Blick zurück, wandte den Kopf jedoch sofort wieder um und ging unwillkürlich schneller. Lay sah ebenfalls zurück zu Korgh und musste unwillkürlich grinsen. Der Hüne folgte ihnen im Abstand von etwa zehn Schritten und hatte seine finsterste Miene aufgesetzt. Hätte Lay ihn nicht gekannt, hätte er sich auch nicht sonderlich wohl gefühlt, ihn in seinem Rücken zu wissen. »Und wo war das?«, erkundigte sich der Magus.

»Wo war was?«

»Wo dieser Barbar über dich gestolpert ist.«

»In einem Monasterium oben am Barkaal-Massiv«, antwortete Lay. »Seitdem sind wir zusammen. Aber erzählt mir mehr von diesem Göttlichen Staub und den Drachenpriesterinnen. Wieso kennen nur sie das Geheimnis seiner Herstellung?« Er dachte kurz nach. Er hatte von Zanth'ra zwar einiges über den Kult der Drachenpriesterinnen erfahren, aber die Vorsteherin des Monasteriums war nur widerwillig bereit gewesen, seine arglosen und neugierigen Fragen zu beantworten. Daraufhin hatte Lay auf eigene Faust Nachforschungen angestellt und in den Schriftrollen und Folianten des Lesesaales geschmökert. Heimlich und manchmal sogar nachts, im Licht einer Tranlampe. Dabei war er auf einige sehr interessante Werke gestoßen, wie zum Beispiel ein Exemplar der *Klaturen der Essenzen*, dem geheimen Buch der Magi, oder dem *Augural*, der Fibel der Augurenkaste, in denen er die Seiten über die *Große Schlacht* immer und immer wieder geradezu verschlungen hatte. Darin wurde der Kampf zwischen Göttern und Drachen beschrieben, und das so lebendig, dass Lay manchmal den glühenden Odem der Riesenechsen in seinem Nacken zu spüren glaubte oder die kalten Finger des unerbittlichen Göttlichen Verstandes seine Arme hinaufzukrabbeln schienen.

Er hatte sogar das *Okkultum* gefunden, die verbotene Schrift des Kults der Drachenpriesterinnen, aber bevor er in der Lektüre des Textes so weit gekommen wäre, dass er etwas Interessantes erfuhr, war das Buch plötzlich von seiner gewohnten Stelle verschwunden gewesen.

Vergust zuckte mit den Schultern. »Weil die Priesterinnen wohl die Ersten waren, die angefangen haben, das Gift der Drachen für ihre Fähigkeit der Sichtung der Fäden des Schicksals zu benutzen. Der Göttliche Staub ist nichts anderes als kristallines Drachengift …«

Lay hob erstaunt die Brauen. »Das wusste ich nicht«, gestand er. »Aber das bedeutet ja, dass die Drachenpriesterinnen …«

»… vermischt mit einer oder mehreren anderen Ingredienzien, über die sich der Zirkel der Wirker schon seit Generationen den Kopf zerbricht. Ebenso wie über die Art und Weise, wie dieses Drachensekret von den Priesterinnen zu Pulver verarbeitet wird.« Er knurrte bösartig bei diesem Gedanken. »Manch großer Wirker ließ sein Leben, als er selbst hergestellten Göttlichen Staub probiert hat.« Er schüttelte den Kopf. »Und die meisten davon sind auf ausgesprochen qualvolle Art und Weise umgekommen.«

Er sah Lay an und grinste. »Unser einziger, wenn auch sehr schwacher Trost in dieser Angelegenheit ist, dass die Kaste der Auguren der Lösung dieses Rätsels bis jetzt auch nicht einen Fingerbreit näher gekommen ist.«

»Das bedeutet doch«, versuchte Lay, seinen eben begonnenen Satz zu vollenden, »dass der Kult der Drachenpriesterinnen eigentlich sehr viel Macht besitzt. Wieso …?«

»Wieso er dann verboten wurde?« Der Magus nickte. »Ganz einfach. Genau *wegen* dieser Macht. Außerdem ist es einem Mädchen keineswegs verboten, Drachenjungfer oder sogar Drachenpriesterin zu werden.« Er zuckte mit den Schultern. »Immerhin leben wir im Reich der Drachen. Nur ist es den Drachenpriesterinnen verboten, ihre verderbte Kunst auszuüben. Es ist allein den Auguren vorbehalten, die Fäden des Schicksals zu *ertasten* und den Willen der Götter zu verkünden.« Er rümpfte verächtlich die Nase. »Obwohl sie natürlich alles daransetzen, ihre Macht zu vergrößern, nachdem der Drachenfürst auf ihr Geheiß hin den Kult verboten hat. Jetzt versuchen sie, den Magi das Geheimnis des Wirkens der Ströme der Natur zu entreißen.« Er lachte. »Ein Versuch, der natürlich zum Scheitern verurteilt ist. Denn immerhin ist der zweitmächtigste Mann des Reiches ein Magus.«

»Der Reichsverweser«, meinte Lay und nickte. *Aber ich kann die Auguren verstehen. Wenn man beides beherrschen würde, die Fäden des Schicksals und die Ströme der Natur erkennen könnte und dann noch in der Lage wäre, sie zu weben und zu lenken ...*

Unwillkürlich dachte er an die Stimmen in seinem Kopf, an das Gefühl, wie sich die Welt um ihn herum verlangsamte, wenn er das Lied hörte oder gar selbst summte, wie diese goldenen Fäden vor ihm auftauchten, die er anscheinend lenken konnte ...

»Ich ...« Lay öffnete den Mund, um dem Magus davon zu berichten, als er plötzlich ein merkwürdiges Prickeln im Nacken spürte. Unwillkürlich drehte er sich um und sah, wie Korgh ihn anstarrte. Die Augen des Hünen schienen zu glühen, und dann schüttelte er unmerklich den Kopf.

Was bei Belphor ...? Kann dieser Kerl etwa meine Gedanken lesen?

»Ja?«

Lay fuhr herum, und er sah, wie der Magus ihn forschend musterte. »Ich ...« *Ich lasse mich doch nicht von so einem blöden Fischkopf einschüchtern!*, dachte er. *Was bildet Korgh sich überhaupt ein? Ich entscheide selbst, wem ich was von mir erzähle. Ich habe Vergust gerade erst kennengelernt. Schon deshalb werde ich ihm nichts davon sagen, was ich mit dem Pfeil angestellt habe ... Und dass ich dieses Summen höre. Aber nicht, weil Korgh nicht will, dass ich darüber rede!* »Ich frage mich«, sprach er schließlich weiter, »ob der Zirkel der Wirker nicht gerne ebenfalls die Fäden des Schicksals sichten würde.«

Vergust starrte ihn einen Augenblick schweigend an, und seine hellen Augen schienen sich zu verdunkeln. Lay ging unwillkürlich ein Stück auf Abstand zu dem Mann, als er zu spüren glaubte, wie eine kalte, feindselige Hand ihn streifte. Doch im nächsten Moment war das Gefühl wieder veschwunden, und Lay schalt sich einen Dummkopf. *Du hast dich nur von Korghs Misstrauen diesem Mann gegenüber anstecken lassen,* sagte er sich.

Vergusts Miene hatte sich wieder aufgehellt, und er schüttelte den Kopf. »Zweifellos ein naheliegender Gedanke für einen Laien«, meinte er. »Aber das Wirken der Ströme allein ist schon eine solch anspruchsvolle und gefährliche Angelegenheit, dass es vermutlich den menschlichen Geist sprengt, wenn ein Magus versuchte, auch noch diese andere okkulte Kunst zu meistern.«

»Wofür du ja ein wunderbares Beispiel bist«, knurrte Korgh hinter ihnen.

»So schwierig ist das gar nicht«, sagte Lay leise, aber der Magus, der wütend zu dem Nordling herumfuhr, hatte ihn nicht gehört.

»Selbst wenn das stimmte, und das tut es nicht, besäße ich zumindest einen Geist, den ich gefährden könnte, im Gegensatz zu dir, du Barbar!«

Korgh grinste ihn unbeeindruckt an. »Ach tatsächlich? Eben erst hast du mir noch vorgeworfen, ich hätte sogar zwei Geister im Kopf, und jetzt es ist gar keiner mehr? Hm. Ein Magus scheint eine Person zu sein, die keinerlei Gerüche ausstrahlt und sich bei ihrem ununterbrochenen Gequatsche ständig widerspricht. Bei uns in Hellanden nennt man jemanden, der viele Meinungen und keine Ahnung hat, einen Schwätzer.« Der Hüne legte den Kopf auf die Seite. »Gibt es dafür in Alghor auch einen Ausdruck?«

»Allerdings, du Barbar«, zischte Vergust und senkte den Kopf. »Hier nennt man sie Barbaren!«

»Korgh!« Aber Lay legte nicht allzu viel Nachdruck in seinen Tadel. Er war viel zu beschäftigt mit dem, was Vergust gesagt hatte. »Wenn jemand beides vermöchte, was könnte er dann bewirken?«, erkundigte er sich bei dem Magus.

Der schnaubte noch einmal verächtlich in Korghs Richtung und drehte sich dann zu dem Jüngling herum. »Das liegt doch wohl auf der Hand!« Seine Stimme klang barsch, aber er riss sich zusammen, als er Lays überraschten Blick bemerkte. »Entschuldige, aber dieser Nordling geht mir wirklich allmählich auf die Nerven.« Er holte tief Luft und seufzte. »Wer sowohl die Fäden des Schicksals sehen und weben als auch die Ströme der Natur wirken kann, wäre in der Lage, den Lauf des Lebens selbst zu verändern. Natürlich setzt das voraus, dass er weiß, was er da sieht und welche Gesetzmäßigkeiten er beachten muss, wenn er wirkend dort eingreifen will.« Er deutete mit dem Daumen hinter sich und grinste spöttisch. »Dein ungeschlachter Gefährte ist zwar ein Ärgernis, aber in einem Punkt hat er recht: Das Wirken der Ströme der Natur ist eine heikle Angelegenheit. Nimmt man zu viel Göttlichen Staub zu sich oder bedient sich seiner Hilfe zu häufig, kann es tatsächlich passieren, dass man ... sich darin verheddert oder in ihnen untergeht.« Ein verlorener Ausdruck trat in seine Augen. »Und wenn man nicht aufpasst, kann es möglicherweise sogar geschehen, dass man auf diese Weise seine Seele verliert.«

Lay nickte ernst. »Und dann wird man zu einem Ghuul, stimmt's?«

Vergust riss den Kopf herum und starrte Lay scharf an. Dem stockte der Atem, als er die schwarzen Augen des Magus sah.

»Verzeih«, entschuldigte sich Vergust bereits zum zweiten Mal und fuhr sich mit der Hand übers Gesicht. »Allein daran zu denken bereitet mir große Schmerzen. Einem meiner Kollegen ist dieses Schicksal widerfahren ...« Er drehte sich zu Korgh herum, aber der Nordling verzichtete auf einen Kommentar. Als Lay ebenfalls den Kopf wandte, sah er, dass der Hüne den Magus mit brennenden Augen musterte. Und dabei die Axt in seiner Hand unwillkürlich drehte.

»Es ist kein beneidenswertes Los, das kannst du mir glauben.« Der Magus seufzte. »Aber das sind unerfreuliche Gespräche«, meinte er. »Wir sollten lieber darüber reden, wie du es schaffen kannst, diese Wilde Magie zu beherrschen, derer du dich da so unkontrolliert bedient hast.« Er senkte die Stimme. »Und vor allem sag mir, wie du an den Göttlichen Staub gekommen bist.«

Lay hob überrascht die Brauen. »Ich habe keinen göttlichen Staub verwendet. Jedenfalls nicht, soweit ich weiß, und ich glaube kaum, dass mir jemand in dieser Schänke etwas davon eingeflößt hat, ohne dass ich es gemerkt habe. Wenn es stimmt, was Ihr sagt, dann ist dieser Staub sehr teuer, und diese Siedlung machte nicht den Eindruck, als gäbe es dort Menschen, die vermögend genug ...«

»Du hast diese Magie ohne die Hilfe des Giftes gewirkt?«, stieß Vergust ungläubig hervor. Er betrachtete Lay forschend und lachte dann leise. »Verzeih, aber das kann ich kaum glauben. Selbst für einen geübten Magus ...«

»Aber es stimmt!«, unterbrach ihn Lay. »Ich wusste bis jetzt nicht einmal, dass für das Wirken der Ströme oder das Sichten der Fäden dieses Drachengift notwendig ist. Und ganz sicher habe ich nicht genug Mittel, um diesen Göttlichen Staub zu erstehen, ganz zu schweigen davon, dass ich nicht einmal weiß, wo ich ihn überhaupt herbekommen könnte.« Er merkte, dass der Magus immer noch nicht ganz überzeugt war. »Du kannst ja Korgh fragen, wenn du mir nicht glaubst. Was ich in der Schänke getan habe, konnte ich nur, weil ich durch die Kunst der Versenkung in der Lage war ...«

»Die Kunst der Versenkung?« Der Magus blieb wie angewurzelt stehen. »Das ist ...!«

»... der ideale Ort für eine Rast!«, entschied Korgh hinter ihnen und deutete auf einen Hain aus Eisenbirken, die in einer kleinen Senke standen. »Ich weiß ja nicht, wie es euch geht, aber ich habe Hunger und muss mich erleichtern.«

»Du bist verdammt mitteilsam«, brummte Korgh, als der Magus ihr Lager verlassen und sich in die Büsche geschlagen hatte, um seinen Bedürfnissen nachzugehen. Er schob sich ein Stück getrocknetes Kaninchenfleisch in den Mund und kaute gemächlich. »Hältst du das wirklich für klug?«

»Wieso nicht? Immerhin erzählt er mir auch vieles, was für mich wichtig ist«, entgegnete Lay. »Da ist es doch nur recht und billig, wenn …«

»Tut er das?« Korgh spülte das Fleisch mit einem Schluck aus dem Wasserschlauch hinunter. »Was hat er dir denn zum Beispiel erzählt?«

Lay schnaubte. »Zum Beispiel, wie ich die Wilde Magie beherrschen kann.« Er bedachte Korgh mit einem gereizten Blick. »Gerade du solltest wissen, wie wichtig das ist. Immerhin bist du es gewesen, der sich beschwert hat, dass ich diese Schänke …«

»Und wie kannst du sie bändigen?« Korgh musterte Lay gelassen, nahm einen trockenen Zweig vom Boden, brach ein kleines Stück ab und schob es sich zwischen die Zähne, um etwas von dem Kaninchenfleisch herauszupulen.

An das er mit seinen dicken Fingern nicht rankommt!, dachte Lay grimmig, während er über die Frage des Nordlings nachdachte. *Zugegeben, er hat es mir noch nicht genau erzählt, aber …*

»Er hat gesagt, dass es nicht so einfach ist, diese Kunst zu erlernen, und dass es Zeit braucht. Deshalb …«

»… wäre es wichtig, dass er in die Schlucht der Schmiede mitkommt, schon klar.« Korgh schüttelte den Kopf. »Also hat er dir noch gar nichts gezeigt, sondern dir bis jetzt nur Versprechungen gemacht. Für uns sieht es so aus, als wollte er sich einfach nur einen Weg in diese Schlucht erschleichen. Und genau das werden wir nicht zulassen.«

Lay seufzte gereizt. »Das haben wir doch schon oft genug besprochen, oder nicht?«

»Eben.« Korgh lehnte sich zufrieden zurück. »Deshalb ist es auch überflüssig…«

»Ganz genau mein Reden!«, warf Lay ein.

»… noch weiter darüber zu diskutieren. Er kommt…«

»Er geht dorthin, wohin ich gehe!« Lay warf wütend einen Knochen ins Gebüsch hinter sich. »Ich verstehe nicht, wieso du dich mit Händen und Füßen dagegen wehrst, dass Vergust mit in diese Schlucht kommt. Was ist denn so Besonderes an dieser verdammten Schlucht der Schmiede, dass er es nicht sehen soll?« Auf einmal kniff er argwöhnisch die Augen zusammen. »Oder ist das alles nur ein Trick, und diese Schlucht gibt es gar nicht, und du willst mich nur an der Nase herumführen? Und kannst dabei keine Zeugen gebrauchen?« *Wie hatte Vergust noch gesagt? »Und seit wann kann man Nordlinge dafür rühmen, dass sie Menschen in der Not helfen und sich als Wegbegleiter verdingen würden?« Genau, warum hilft Korgh mir überhaupt? Wenn er so dringend nach Ulcar wollte, wäre es zweifellos besser für ihn gewesen, eine ganz andere Route zu wählen, statt erst noch mit mir zu dieser geheimnisvollen Schlucht zu gehen. Andererseits, was ist an dieser Schlucht so bedeutsam, dass der Magus sie unbedingt sehen muss und Korgh ihn daran hindern will?* Lay verzog frustriert das Gesicht. Diese Grübeleien brachten ihn nicht weiter. Eine Antwort auf diese Fragen bekam er nur, wenn sie endlich diese verdammte Schlucht erreichten.

»Es ist kein Trick.« Korgh hatte Lay scharf beobachtet und offenbar an seinem Mienenspiel erraten, was dem Jüngling durch den Kopf ging. »Aber es ist ein… heiliger Ort, der für…«, er warf einen kurzen Seitenblick in die Richtung, in die der Magus verschwunden war, »… für bestimmte Kreaturen verboten ist.«

Lay hätte fast laut gelacht. *Und das ausgerechnet von dir?* Er hatte bis auf Korgh zwar noch nie einen Nordling gesehen, doch dass der sonderbar war, stand außer Zweifel. »Wenn du diese Schlucht betreten kannst, dann kann der Magus das ganz bestimmt auch.« *Und ich ebenfalls,* dachte er. *Schließlich bin ich auch alles andere als normal.* Er dachte wieder an die Wilde Magie und an das, was er in der Schänke angerichtet hatte. *Dieser sture Nordling muss doch verstehen, dass es für mich sehr wichtig ist herauszufinden, wie das mit diesem Wirken der Ströme und der Reinen Magie funktioniert, damit ich nicht aus Versehen Wilde Magie wirke und alles um mich herum zu Asche verbrenne – mich eingeschlossen.*

»Diese Schlucht ist für … solche wie Vergust untersagt«, entgegnete Korgh und nahm sich ein weiteres Stück Trockenfleisch.

»Und wer sagt das?«

»Wir.«

»Und wer ist wir? Du und dein unsichtbarer Freund?«

Lay schluckte unwillkürlich, als er die Augen seines Gefährten sah, die auf einmal in einem rötlichen Schimmer leuchteten. Diesmal konnte es nicht an den Flammen des Lagerfeuers liegen, denn sie hatten gar keins entzündet. Der Nordling holte gerade Luft, um auf die Frage zu antworten, als ein Knacken im Gebüsch sie herumfahren ließ.

»Das würde ich auch gern wissen.« Vergust trat zu ihnen, den Hemdsaum mit dem Kinn an die Brust geklemmt, während er sich die weite Leinenhose mit einem groben Strick um die Hüften band. Als er fertig war, ließ er das Hemd darüberfallen und seufzte zufrieden. »Das hat gutgetan.« Dann sah er Korgh an und grinste. Seine Augen schimmerten dunkel. »Aber ich nehme an, du willst nicht gern darüber reden, Barbar, hab ich recht?«

»Schön, dass du endlich fertig bist«, knurrte Korgh, warf das Stück Trockenfleisch in seinen Beutel zurück und stand auf. »Leiden eigentlich alle Magi an Verstopfung?« Er grinste böse. »Wahrscheinlich zu viel Göttlichen Staub inhaliert, stimmt's?«

Die dunklen Augen des Magus schienen noch dunkler zu werden, und sein Gesicht verzerrte sich vor Wut. »Wie ich schon sagte, dieser Göttliche Staub ist ausgesprochen kostspielig …«

»Ah. Das rechtfertigt natürlich, beim Spiel zu betrügen«, unterbrach Korgh ihn kalt.

»… sodass es vollkommen schwachsinnig wäre anzunehmen, dass ein Magus zu viel davon zu sich nehmen könnte.« Vergust wandte sich an Lay, der merkte, dass der Magus seine Wut nur mit Mühe beherrschte. »Aus diesem Grund ist es so wichtig für mich, von dir zu erfahren, wie du ganz ohne Göttlichen Staub diese Magie beschwören konntest, wenngleich es dir nicht gelungen ist, sie zu beherrschen. Und welche Rolle die Kunst der Versenkung dabei spielt.« Er lächelte und zog dabei eine Grimasse wie ein Raubtier. »Aber dafür werde ich dich lehren, diese Magie zu beherrschen, sobald wir erst einmal …«

»… in der Schlucht sind«, warf Korgh ein. »Also niemals!«

»… Zeit und einen ruhigen Ort gefunden haben, um daran zu arbeiten. Denn im Unterschied zu dem, was Unwissende und Barbaren glauben«, er wedelte beiläufig mit der Hand in Korghs Richtung, »ist es keineswegs ein Kinderspiel, das Wirken der Ströme zu erlernen.«

»Offenbar ist es auch für manchen Erwachsenen nicht besonders gesund«, brummte Korgh.

Lay stöhnte und warf Korgh einen bösen Blick zu, aber der Nordling ignorierte ihn.

»Aber ich bin bereit, es dir zu zeigen, so gut es geht, obwohl du kein Eleve des Arkanums bist, geschweige denn ein Famulus des Refugiums …«

»Wie großherzig von dir«, knurrte Korgh.

Lay fuhr auf, um den Nordling zurechtzuweisen, aber Vergust legte ihm beschwichtigend eine Hand auf den Arm. »Lass ihn, Lay. Kümmere dich nicht um ihn. Barbaren verstehen unsere Gepflogenheiten eben nicht. Allerdings könnte man sich schon fragen«, fügte er an Korgh gewandt hinzu, »was du und dein unsichtbarer Feund denn als Gegenleistung für deine Begleitung von diesem Jüngling hier verlangen.« Er fletschte die

Zähne, und erneut erinnerte er Lay an ein Raubtier. »Oder habt ihr noch gar nicht mit ihm darüber gesprochen und wollt ihm die Rechnung erst ganz zum Schluss aufmachen?«

Er schnalzte tadelnd mit der Zunge und sah wieder Lay an. »Ich an deiner Stelle würde mich ja vergewissern, ob ich bereit wäre, die Zeche zu zahlen, die mir dieser Barbar am Ende möglicherweise präsentiert, oder ob ich dann nicht plötzlich mit etwas bei ihm in der Kreide stehe, das mir möglicherweise zu wertvoll ist, um es herzugeben.« Er zuckte mit den Schultern. »Mein Leben, zum Beispiel.« Er wandte sich wieder an Korgh. »Also, Barbar, was sagt *ihr* dazu?«, fragte er, wobei er das *ihr* spöttisch betonte.

Korgh warf einen Blick zum Himmel. »Wir«, antwortete er gelassen und sah erst den Magus und dann Lay an. »Wir sagen, dass wir aufbrechen müssen, wenn wir«, er grinste und deutete auf Lay und sich, »die Schlucht erreichen wollen, bevor Belphor sein rotes Auge schließt.«

»Korgh …«, begann Lay, aber der Magus schnaubte nur verächtlich, dann warf er Lay einen vielsagenden Blick zu, zuckte mit den Schultern und hob die Hände, als wollte er sagen: *»Genau wie ich es vermutet habe.«*

Lay musste zugeben, dass er recht hatte. Korgh hatte ihm bisher tatsächlich nicht gesagt, warum er ihn begleitete, aber er vermutete auch, dass der Nordling seine Gründe dafür hatte.

Und eine innere Stimme sagte ihm, dass diese Gründe nichts mit Großzügigkeit oder Edelmut zu tun hatten. Lay biss sich auf die Lippen, als ihm klar wurde, in welcher Lage er sich befand. Er war aufgebrochen, um Rache für ein blutiges Unrecht zu nehmen, und hatte sich dabei auf einen höchst undurchsichtigen Barbaren eingelassen. *Einen nach Fisch stinkenden Barbaren,* ergänzte Lay in Gedanken, *von dem ich nicht einmal weiß, weshalb er überhaupt nach Ulcar will, geschweige denn, warum er sich entschieden hat, mich dorthin zu begleiten. Und auf dessen Hilfe ich – daran gibt es wohl kei-*

nen Zweifel – angewiesen bin. Und als wäre das nicht genug, er warf einen Blick auf den Magus, der ihn nicht zu beachten schien, als er seine Decke zusammenrollte und sie auf den Beutel mit seinen armseligen Habseligkeiten schnallte, *habe ich jetzt noch einen zweiten Gefährten am Hals, der ebenso geheimnisvoll tut und auf dessen Hilfe ich ebenfalls angewiesen bin, wenn ich etwas über die Reine Magie erfahren will. Und auch wenn er mir gesagt hat, was er als Gegenleistung dafür von mir erwartet, bedeutet das noch lange nicht, dass er die Wahrheit sagt. Und um die ganze Sache schließlich abzurunden, haben meine beiden Reisegefährten nicht nur eine Abneigung gegeneinander, sondern sind immer kurz davor, sich gegenseitig an die Gurgel zu gehen.*

Lay klatschte in die Hände. »Na, wunderbar«, meinte er. »Ich finde, wir sollten jetzt einfach losgehen. Die Frage, wer wen, wann, womit und warum bezahlt und ob überhaupt, können wir immer noch klären, wenn wir erst die Schlucht erreicht haben.« Er sah Korgh streng an. »Falls ihr es bis dahin schafft, euch nicht gegenseitig umzubringen.«

»Wir … uns?«, fragte Korgh amüsiert.

»Ihr …!«, fauchte Lay und stöhnte gereizt. »Du weißt genau, was ich meine.«

Korgh nickte. »Wissen wir«, erwiderte er gelassen. Dann deutete er mit der Axt in der Hand auf den Magus, der mit einem leisen Schrei zurücksprang, als die Schneide auf einmal kaum eine Handbreit vor seinem Hals schwebte. »Aber das solltest du ihm erklären!«

»Verdammt, Korgh!«, fluchte Lay, aber der Nordling hatte bereits seinen Beutel geschultert und wollte losgehen. Er schob die gewaltige Streitaxt in die Schlingen auf seinem Rücken und zuckte mit den Schultern.

»Wie gesagt, er hat Zeit, bis Belphor sein rotes Auge schließt, um dir zu erklären, wie du die Reine Magie beherrschen kannst. An der Schlucht trennen sich unsere Wege.«

Lay wollte protestieren, aber ihm blieb die Luft weg, als

er Korghs Augen sah. Diesmal war kein Irrtum möglich. Sie schimmerten nicht nur rötlich, sie glühten förmlich, und Lays Nackenhaare sträubten sich. Gleichzeitig hörte er ein schwaches, wohlbekanntes Summen in seinem Hinterkopf.

Wie kann das sein?, fragte er sich. *Wer, verdammt, ist dieser Nordling?*

»Wirklich beeindruckend«, ertönte die leise Stimme von Vergust neben ihm. »Hast du dich schon mal gefragt, was dieser Nordling eigentlich in Wirklichkeit ist?«

»Ich …«, stammelte Lay, als er den Blick von Korgh abwandte und Vergust ins Gesicht sah. Er schluckte, als er die schwarz glühenden Augen des Magus bemerkte. *Genauso gut könnte ich mich fragen, wer du bist*, dachte er. *Oder was.* Ihm fielen die Worte von Korgh wieder ein, als er über die Wilde Magie und die Ghuul geredet hatte, und ihn überlief ein kalter Schauer.

Was kann schlimmer sein als ein Ghuul?, dachte er. *Obwohl … eigentlich will ich das gar nicht wissen, wenn ich ehrlich bin. Ebenso wenig, wie ich wissen will, was Korgh eigentlich ist. Er hilft mir, und Vergust ist ebenfalls nützlich. Also, warum zerbreche ich mir den Kopf? Solange die beiden sich nicht gegenseitig massakrieren …*

Vergust folgte Korgh, der sich bereits in Bewegung gesetzt hatte. Lay sah den beiden einen Moment nach, dann trottete er hinter den merkwürdigen Kreaturen her. Er war verwirrt und müde, und nicht einmal der Gedanke an Broll – der normalerweise immer seinen Hass schürte und ihn mit frischer Energie erfüllte – konnte ihm das bedrückende Gefühl nehmen, dass er schon sehr bald die Wahrheit über seine beiden beunruhigenden Gefährten herausfinden würde, ob er nun wollte oder nicht. Und ihm schwante, dass ihm diese Wahrheit ganz und gar nicht gefallen würde.

ULCAR, ASYLUM DER AUGUREN

»Verdammt, Farael, pass gefälligst auf, oder willst du mir die Kopfhaut abziehen?«

»Verzeiht, Herr.« Farael hielt das Rasiermesser hoch und tupfte mit einem weißen Leinentuch einen Blutstropfen vom Schädel des Ersten Fragenden. »Aber es erleichtert mir meine Aufgabe nicht gerade, wenn Ihr Euren Kopf ständig bewegt. Ich bin kein Barbier, sondern Euer Führer, der ...«

»Ja, ja, schon gut!«, knurrte Druud und trommelte ungeduldig mit den Fingern auf die Armlehne seines hölzernen Stuhls. Er befand sich in seinem Baderaum, in dessen Mitte, auf einem Podest aus weißem Marmor, eine ovale Wanne aus gehämmertem Messing stand. Vor den hohen Fenstern hingen dünne Vorhänge aus gelbem Stoff, die den Raum morgens, wenn Belphors gelbes Auge seine Strahlen durch das Glas warf, in ein gedämpftes Licht tauchten.

Nun fiel das Licht einer Talgfackel darauf und ließ Schatten zwischen den Falten tanzen. Die Flammen reflektierten sich in dem großen, deckenhohen Spiegel über dem Waschtisch und warfen Reflexe durch den großen Raum.

Druud hatte es immer als überflüssigen Luxus empfunden, in die Gemächer eines blinden Mannes einen so kostbaren Spiegel zu hängen, für den zweifellos so manche Prinzessin – *oder auch Drachenbraut,* dachte er spöttisch – das Leben eines oder mehrerer Untertanen geopfert hätte, aber jetzt achtete er nicht darauf.

Während das Rasiermesser mit einem leichten Schaben über

seinen eingeseiften Schädel glitt, war Druud mit seinen Gedanken bei dem Erlebnis im Mund der Götter.

Es überlief ihn immer noch kalt, wenn er an diese Begegnung mit der Zunge dachte. Er hatte, seit er das Amt des Ersten Fragenden übernommen hatte, mehrmals bedauert, sein Augenlicht dafür geopfert zu haben.

Vor allem bei seinen Besuchen im Mund der Götter.

Was gäbe ich nicht darum, die Zunge sehen zu können!, hatte er gedacht. *Was gäbe ich nicht darum, in den Abgrund rechts und links von der Brücke blicken zu dürfen! Wie gern würde ich die Miene meines Führers sehen, wenn ich mit den Antworten der Götter zurückkehre!*

Jetzt aber kann ich nur froh sein, dass ich blind bin! Druud schnaubte verächtlich und schüttelte den Kopf. Was er augenblicklich bereute.

»Aua! Verdammt, Farael …!«

»Verzeiht, Eminenz! Aber ich hatte Euch gebeten, still zu sitzen! Wie soll ich …?«

Der junge Augur betupfte mit dem Leinentuch erneut die Wunde auf der Kopfhaut des Obersten Auguren.

»Ja, verflucht, schon gut! Wie lange dauert das noch?«

»Ich bin gleich fertig, Eminenz. Nur noch ein kleines Stück!«

Druud knurrte, dann kehrten seine Gedanken wieder zu dem Erlebnis in der Höhle zurück. *Der Gestank nach Tod und Verwesung … Kein Mensch kann so etwas verströmen!*, dachte er. Er musste zugeben, dass er zuvor nie auf die Idee gekommen war, seine Überzeugung infrage zu stellen, dass die Zunge der Götter einfach nur ein Mensch war, der durch eine möglicherweise besondere Verwendung des Drachengifts in der Lage war, Kontakt mit der Realität jenseits der fünf menschlichen Sinne aufzunehmen, so wie jeder Augur und – wie Druud nur ungern zugab – jeder Magus oder sogar jede Drachenpriesterin das vermochte. Dennoch hatte er stets geglaubt, dass ihm diese menschliche Zunge die Antworten der Götter übermittelte.

Das glaubte er jetzt nicht mehr.

Aber wenn es kein Mensch ist, wer oder was ist es dann? Und was bedeutet es für die Antworten der Götter? Ist es vielleicht ein Gott, der spricht? Möglicherweise Belphor selbst?

Er schob den Gedanken mit einem Kopfschütteln – *Nein, halt, nicht bewegen!* – beiseite und hörte, wie Farael einen leisen Fluch ausstieß, aber wenigstens hatte er ihn diesmal nicht geschnitten.

Du fantasierst, weil du immer noch unter dem Eindruck dieses unerträglichen Gestanks stehst, setzte er seine inneren Betrachtungen fort. *Es ist durchaus möglich, dass jemand sich mit irgendwelchen verrotteten oder verwesten Leichenteilen behängt, um den Eindruck zu erwecken … Aber nein, warum sollte jemand das tun?*

Druud hob die Hand und wollte sich am Kopf kratzen, aber Faraels Finger packten rasch sein Handgelenk und hinderten ihn daran.

»Herr, so geht das nicht. Wir sind gleich fertig. Bitte, übt Euch noch einen Moment in Geduld!«

»Ja, Farael, schon gut. Verzeih …«

Das Auge des Sehers holte vernehmlich Luft, als Druud sich entschuldigte, aber der Erste Fragende achtete nicht darauf.

Außerdem, überlegte er weiter, *ist es wichtiger, darüber nachzudenken, was die Zunge gesagt hat, als die Frage zu klären, wer sie ist und was es mit diesem seltsamen Summen und diesem Gebrüll auf sich hat …* Er schluckte, als er an diese unmenschlichen Stimmen dachte, und schüttelte sich.

»Fertig, Eminenz«, sagte Farael und atmete erleichtert auf. Dann wischte er mit einem Handtuch den restlichen Schaum vom Schädel des Obersten Auguren. »Es sieht … es sieht …«

»Schön«, sagte Druud, fuhr sich mit der Hand über den Kopf und fühlte … nichts. Das heißt, er fühlte nicht nichts, sondern er fühlte glatte Haut, wo zuvor seidiges Haar gewesen war.

Auch darüber würde er später nachdenken. Wieso sein ursprünglich pechschwarzes Haar blutrot geworden war, woran auch mehrmaliges Waschen nichts hatte ändern können.

Jetzt sind andere Dinge wichtig.

»Wann wollte Broll in Ulcar eintreffen?«, erkundigte er sich bei Farael.

»Es wird noch einige Tage dauern, Herr. Die letzte Botentaube hat gemeldet, dass sich der Anführer der Hämmer von Ern mit seinem Herrn, Ryehl, Edler von Ern, in der Nähe des Blutsees getroffen hat. Sie werden zwar keine Zeit verlieren, aber die Reise nach Ulcar ...«

»Ich weiß.« Druud hob die Hand und winkte ab. Dann stand er auf und trat einen Schritt von dem Stuhl weg. Er machte eine Wendung nach links und ging zielstrebig und ohne zu zögern auf den Durchgang zu, in dem ein schwerer Vorhang das Bad von den übrigen Gemächern des Obersten Auguren trennte. Er teilte den Vorhang, trat hindurch und streckte den linken Arm aus, bis er die Mauer berührte. Dann wandte er sich nach links und maß zehn Schritte ab, bevor er nach rechts abbog und nach fünf weiteren Schritten eine gepolsterte Liege erreichte. Mit einem Seufzer drehte er sich um und ließ sich auf das Ziegenleder sinken. Zwei große, mit Troddeln verzierte Kissen stützten seinen Rücken und seinen Kopf. Er streifte die mit kostbaren Steinen besetzten Pantoffeln ab und hob die Beine auf die Liege. Dann ordnete er die Falten seines seidenen Gewandes und wartete, bis Farael, nachdem er das Rasierwasser in den Ausguss geschüttet und das Rasiermesser gesäubert hatte, ebenfalls den Raum betrat.

»Bring mir einen Becher Wein und nimm dir selbst auch einen«, befahl er.

»Ja, Herr«, erwiderte Farael. »Möchtet Ihr den roten oder ...?«

»Selbstverständlich!«, herrschte Druud seinen Vertrauten gereizt an.

Ah, dieses Erlebnis hat dich doch stärker erschüttert, als du dir eingestehen willst, sagte er zu sich. *Normalerweise behandelst du Farael nicht so launisch. Du solltest aufpassen, dass er keinen Verdacht schöpft und möglicherweise deine Schwäche wittert. Er ist ein guter Führer, ein gutes Auge des Sehers, aber vergiss nicht, dass Kordial dasselbe von dir gedacht hat.*

»Danke, Farael«, sagte er, als ihm der junge Augur einen Kelch hinhielt und dabei leicht seine Hand berührte. Er hob das Gefäß an die Lippen und trank zwei Schlucke. Dann ließ er den Kelch sinken und seufzte. *Also gut*, dachte er. *Das ist nicht das erste Mal, dass du in eine kritische Situation gerätst. Obwohl diese hier zugegebenermaßen ...*

»Die Zeit ist nah.« Was hat die Zunge damit gemeint? Welche Zeit? Die Zeit der Verschmelzung? Aber was heißt das? Oder was könnte sonst gemeint sein?

»Eminenz, darf ich fragen, was in dieser Höhle geschehen ist?«

»Hm. Sicher, Farael ...« *Und was, verflucht, bedeutet es, dass sich die Augen der Götter einen? Und welche verdammte Waage soll da gemeint sein? Ich habe noch nie etwas von einer Waage gehört oder gelesen!*

»Eminenz?«

»Farael, beschaff mir alle Schriften, derer du habhaft wirst, in denen etwas über eine Waage des Schicksals geschrieben steht.«

»Eine Waage des Schicksals?«

Druud nickte. »Ja.« *Soll ich riskieren, ihn ins Vertrauen zu ziehen? Aber wenn er jetzt etwas weiß und ich meine Unwissenheit zugebe, indem ich danach frage ...* Druud kaute auf seiner Unterlippe. »Gibt es da ein Problem?«, fragte er dann, als er hörte, dass sein Vertrauter sich nicht rührte.

Farael hüstelte. »Nein, Herr, natürlich nicht, aber ...«

»Aber was?«, fiel Druud ihm ungnädig ins Wort. »Nur weil du noch nichts davon gehört hast, bedeutet es noch lange nicht ...«

»Das habe ich nicht gemeint, Herr.«

Ah, gut gemacht, Druud OchNarjon. »Und was, wenn ich fragen darf, hast du gemeint, Auge des Sehers?«

»Ich wusste nicht, dass ... Ich hatte nicht erwartet ...«

Druud knurrte. »Was ist los, Farael? Hat dich das Erlebnis in der Höhle so durcheinandergebracht, dass du keinen klaren Gedanken mehr fassen kannst?« *Ich könnte es dir jedenfalls nicht verübeln, denn mir geht es genauso. Aber ich würde eher mein Gehör opfern, als das dir gegenüber zuzugeben.*

»Nein, Herr, aber ... Ich war schon sehr erschrocken, als ich ... Euer Haar ...«

Druud nickte. »Gewiss, das gehört nun einmal zu der Bürde, die man als Oberster Augur zu tragen hat.« *Was, sich die Haare abzuschneiden und als Kahlkopf herumzurennen wie einer dieser kastrierten Wächter in diesen Frauenpalais im Glutkessel? Ich wüsste nicht, dass ich jemals etwas davon gehört oder darüber gelesen hätte, dass sich einem Ersten Fragenden die Haare rot färben, wenn er die Zunge der Götter hört, oder dass er sich seine Haare abschneiden lassen und sich in einen kahlköpfigen Schwachkopf verwandeln muss. Aber ich habe auch noch nie gehört, dass ein Oberster Augur solche Stimmen im Mund der Götter gehört hätte.*

»Also gut«, fuhr er fort, als Farael keine Anstalten machte weiterzusprechen. »Was ist jetzt mit der Waage des Schicksals? Du weißt, wo du suchen musst?«

»Gewiss, Herr, aber ...«

»Aber was?«

»Wenn man mich dabei erwischt, wie ich in das Lektorial schleiche und ...«

»In das Lekto ...?« Druud OchNarjon hob die Hand, als es ihn siedend heiß überlief. »Schon gut ... Verstehe.« *Wieso ist mir das nicht sofort eingefallen! Die Waage des Schicksals! Die Waage ...*

Er hatte dieses Symbol früher schon gesehen.

Nein. Das ist doch völlig unmöglich! Aber trotzdem stand ihm das Symbol nur allzu lebhaft vor Augen. »Die Waage des Schicksals«, hatte die Zunge es genannt. Deshalb war er nicht sofort darauf gekommen. Denn die Drachenpriesterinnen hatten einen anderen Begriff dafür.

Die Balance der Welt.

Es hatte ihn amüsiert, damals, als er davon gelesen hatte. Als neugieriger Augur, als Auge des Sehers Kordial. Natürlich war es verboten gewesen, und selbstverständlich hatte sich keiner der Führer des Ersten Fragenden davon abhalten lassen, seine Privilegien zu … *zu missbrauchen, würden meine Widersacher tuscheln, aber ich würde sagen, ich habe sie genutzt. Aber ich hätte mir damals niemals träumen lassen …*

»Ich verstehe, Farael«, sagte er. »Ich kann natürlich nicht von dir verlangen, dich zu kompromittieren.« *Aber wenn du mich jetzt im Stich lässt, wirst du lange darauf warten können, dir meine Kette überstreifen und mein Amt übernehmen zu können. Sehr lange.* »Dennoch ist es die wichtigste Pflicht des Ersten Fragenden, die Antworten der Götter zu deuten, ist es nicht so?«

»Gewiss, Herr. Aber …«

»Und es gibt nichts, was ihn davon abhalten darf, ist das nicht ebenfalls so? Keine Gefahren, nicht der Zorn der Herrschenden, die Kritik seiner Mitauguren und der Gelehrten im Lektorial und ganz gewiss nicht …«, er beugte sich vor und senkte seine Stimme zu einem Flüstern, »der Unmut der Drachenpriesterinnen, wenn sie herausfinden, dass wir im Besitz ihrer *Verbotenen Schrift* sind, oder?«

Er lehnte sich zurück, als er vernahm, wie Farael die Luft einsog. »Gut, wie ich höre, bist du meiner Meinung.«

Farael schluckte. »Gewiss, Herr.«

Gewiss, Herr, gewiss, Herr! Druud unterdrückte ein verächtliches Schnauben. *Vielleicht bist du doch nicht der richtige Nachfolger. Das Amt des Ersten Auguren verlangt manchmal riskante Entscheidungen, verlangt, schreckliche Dinge zu tun im Namen des Reiches und zum Wohle der Bevölkerung von Alghor. Ein Zauderer und Feigling hat in einem solchen Amt nichts zu suchen.*

»Also gut, Farael. Dann geh und hol mir das *Okkultum.* Sorg dafür, dass niemand dich sieht, und komm auf der Stelle damit zurück.«

»Aber Eminenz, wer soll …?«

»Und sende Anfir zu mir. Ich brauche etwas Zerstreuung.« Druud lächelte und ordnete sorgfältig die Falten seines Gewandes. »Und danach wäre gewiss nichts gegen eine beiläufige Lektüre im *Buch der Sagen und Legenden* einzuwenden, hab ich recht?«

Druud hörte, wie Farael sich verbeugte.

»Gewiss, Herr«, antwortete das Auge des Sehers, und diesmal war kein Zaudern in seiner Stimme zu vernehmen.

SCHLUCHT DER SCHMIEDE

»Da ist es.«

Lay schaute in die Richtung, in die Korghs ausgestreckter Arm wies.

»Ah. Das ist es also.« Lay ließ seinen Blick über den lang gezogenen Geröllhang gleiten, betrachtete flüchtig die blanken Felswände, die sich dahinter in wolkenverhangene Höhen erhoben, den Wald von Elefantenbäumen mit seinem finsteren Dickicht und sah dann wieder auf den Wasserfall, der sich in ein natürliches Felsbecken am Ende der Schlucht ergoss. *Und wo, verdammt, ist es nun?*, fragte er sich.

»Wo ist was?« Vergust schien keine Scheu zu haben, seine Verwirrung zuzugeben. »Ich sehe nur einen Geröllhang, Felswände, einen Wald und einen Wasserfall.«

Das fasst es so weit korrekt zusammen, dachte Lay. *Mehr sehe ich auch nicht. Oder ... doch?* Er kniff die Augen zusammen und betrachtete den Wasserfall. Die Gischt schimmerte in allen Regenbogenfarben im Licht der roten Sonne, die sich allmählich zum Horizont in Richtung von Belphors Feuer senkte. Lokhs Auge stand unbeirrt wie immer hoch oben am Firmament, und sein kaltes silbernes Licht ließ das Wasser glitzern. *Der Wasserfall ... Eine Schlucht. Der Eingang könnte ...*

»Ah, ich weiß.« Vergust lachte. »Der Eingang zur Schlucht liegt hinter dem Wasserfall. Raffinierte Tarnung, das muss ich schon sagen. Aber nicht raffiniert genug, um mich zu täuschen ...«

»Hm, nein?« Korgh musterte den Magus gelassen. »Du als

Meister der Klaturen weißt natürlich alles darüber, ja? Dass sich Eingänge von Schluchten immer hinter Wasserfällen verbergen.« Der Hüne beugte sich vor und klopfte dem Magus wie anerkennend auf den Rücken, was Vergust mit einem Taumeln und einem wütenden Knurren quittierte. »Weil du so schlau bist, darfst du auch als Erster gehen.« Er deutete auf das grünliche Wasser.

»Ich soll …?«

»Er?«

Korgh sah vom Magus zu Lay. »Warum nicht? Dann riecht er zumindest ein bisschen, wenn auch nur nach Algen.«

»Immer noch besser als nach …«

»Es gibt hier keinen Fischtran!«, knurrte Korgh und versetzte dem Magus einen Stoß. »Also los, geh nur!«

Vergust machte ein paar Schritte zum Rand des Beckens, blieb dann jedoch stehen. »Ich … ich sehe keinen Zugang, der zu dem Wasserfall führt …«

»Weil es keinen gibt. Du musst wohl hinüberschwimmen, Magus.« Korgh verschränkte die Arme vor der Brust. »Du weißt schon, wie ein Fisch. Nur immer schön den Kopf über Wasser halten.«

»Schwimmen?«

»Schwimmen?« Lay runzelte die Stirn, als ihm etwas einfiel, was er über die Ghuul gelesen hatte. *Ja, richtig. Sie mögen kein Wasser. Sie scheuen es sogar und würden lieber sterben, als dass sie nass werden, weil …* Er sah zu Korgh hinüber. *Weiß er das etwa? Will er Vergust damit auf die Probe stellen? Oder will er ihn einfach nur ärgern? Andererseits, wenn der Eingang zur Schlucht tatsächlich hinter dem Wasserfall liegt, dann …*

»Na, was ist? Willst du jetzt mit in die Schlucht oder nicht?«

Vergust drehte sich um und sah den Nordling misstrauisch an. »Natürlich will ich mitkommen. Schließlich habe ich dem jungen Lay hier versprochen, ihn in der Kunst …«

»Ja, ja, spar dir das Gequatsche«, unterbrach ihn Korgh. »Schwimm einfach los.«

»Ich … Das kann ich nicht. Ich bin ein Erdmagus, verdammt, kein Wasserhexer! Und ich …«

»Ja?« Mit funkelnden Augen beugte sich Korgh zu Vergust hinab. »Wir sind ganz Ohr.«

Vergust seufzte. »Ich kann nicht schwimmen!«

»Ah. Wie schade.« Korgh richtete sich wieder auf. »Tja, dann …« Er reckte sich genüsslich. »Dann schlagen wir vor, du wartest hier, bis wir wieder zurück sind.«

Der Magus sah den Blick, mit dem ihn Lay bedachte, und hob gereizt die Hände. Offenbar konnte er die Gedanken des Jünglings tatsächlich lesen. »Ich bin kein verfluchter Ghuul, wie oft soll ich das noch sagen? Ich kann einfach nur nicht schwimmen!«

Das hast du bislang noch nicht gesagt, dachte Lay. *Aber irgendwie glaube ich sowieso nicht, dass du ein Ghuul bist. Ein Ghuul verhält sich anders, jedenfalls nach allem, was ich über diese Kreaturen gelesen habe. Die Frage ist nur, was bist du dann? Ein einfacher Erdmagus? Das glaube ich ebenfalls nicht.*

»Soll ich dich hinübertragen, hm?« Korgh fletschte die Zähne zu einem breiten, boshaften Grinsen, dass selbst das Zahnfleisch sichtbar wurde. Sogar Lay überlief es kalt bei dieser Grimasse.

»Das würdest du tun?«, erkundigte sich Vergust mit gespielter Erleichterung. »Wie nett. Und wenn wir dann in der Mitte an der tiefsten Stelle sind, kriegst du plötzlich einen Krampf in deinen schmächtigen Ärmchen und musst mich leider …«

»Woher weißt du, dass die Mitte die tiefste Stelle ist, Hexer?«, unterbrach ihn Korgh erneut. »Vielleicht lasse ich dich schon am Rand ersaufen …«

»Korgh, verdammt!« Lay ballte die Hände zu Fäusten. »Wir haben das Thema doch schon ausgiebig diskutiert. Vergust kommt mit.«

»Gut.« Korgh verschränkte die Arme. »Von mir aus. Dann soll er schwimmen.« Er sah Lays Miene und schüttelte den Kopf. »Denk nicht mal dran, Jungchen! Wir werden diesen nichtstinkenden Magus oder was auch immer er sein mag, nicht tragen …«

»Ich lasse mich auch von einem wie dir nicht anfassen!«, fauchte Vergust giftig. »Und nicht nur wegen dem, was sich da offenbar in deinem primitiven Hirn eingenistet hat, sondern wegen deines barbarischen …«

»Schon gut!«, schrie Lay, und zu seiner Verwunderung verstummten die beiden und sahen ihn verblüfft an. Lay hob die Hand. »Belphors rotes Auge schließt sich gleich, und du hast gesagt, dass wir bis dahin die Schlucht erreicht haben müssen. Also …?«

Die beiden Männer rührten sich einen Augenblick lang nicht, dann seufzte Korgh und nickte. »Du hast recht«, meinte er. »Aber sei gewarnt.« Er deutete mit einem Nicken auf Vergust. »Es gibt einen Grund, dass solche wie er …«

»Aber solche wie du dürfen …?«

»Hört auf, euch gegenseitig …«

»… nicht in die Schlucht gehen«, beendete Korgh seinen Satz. Er hatte die Stimme nicht angehoben, aber sie klang dennoch schneidend in Lays Ohren. »Sie würden …« Er unterbrach sich und starrte plötzlich auf die blanke Felswand vor ihnen. »Es ist so weit«, knurrte er. »Wir müssen gehen.« Er schob die Axt in die Schlinge auf seinem Rücken, drehte sich um und ging …

»He!«, rief Lay ihm verblüfft nach. »Zum Wasserfall geht es hier lang.«

Der Nordling ging mit weit ausgreifenden Schritten weiter, ohne darauf zu achten.

Er geht zum Geröllhang? Was, bei Belphors Hörnern …?

Vergust trat neben ihn. Er schien mit dem Blick seiner

schwarzen Augen Korghs Rücken durchbohren zu wollen. Doch dann holte er plötzlich zischend Luft. »Ah, ich verstehe!«

Wie schön! Lay biss die Zähne zusammen. *Ich bin wohl wieder der Einzige, der hier etwas nicht mitbekommen hat, richtig? Ich habe es satt, immer der letzte Trottel ...*

»Was ist, kommst du?« Korghs barsche Stimme riss ihn aus seinen wehleidigen Gedanken. »Oder erwartest du wirklich, dass wir dich tragen?«

»Aber der Wasserfall ...«

Vergust zischte böse. »Das war offenbar nur ein Beweis für seinen kranken Humor«, meinte der Magus und setzte sich in Bewegung, um dem Nordling zu folgen. »Komm mit.«

»Aber ich dachte ...« Lay warf einen letzten Blick auf den Wasserfall. Der Regenbogen hatte seine Farbe verändert. Die rötlichen Strahlen von Belphors Auge hatten sich, je weiter die Sonne sank, immer stärker mit dem silbernen Licht von Lokhs Auge vermischt, sodass das Wasser fast rosafarben funkelte.

»Dort.«

Lay folgte der ausgestreckten Hand des Magus und atmete pfeifend aus. »Das ist ...«

Vergusts Stimme klang fast ein wenig triumphierend, als er den Satz beendete. »... ein Äonentor. Das Ende des Regenbogens.« Er schüttelte den Kopf. »Ich habe die Geschichten darüber immer für Ammenmärchen gehalten«, gab er zu. »Aber das hier scheint tatsächlich echt zu sein.«

Lay nickte, zu beeindruckt von dem Naturschauspiel, um etwas zu sagen. Die Strahlen der untergehenden roten Sonne und die des silbrigen Mondes schienen sich auf einer Stelle in dem glatten Fels besonders stark zu bündeln. Ob es an der Gischt des Wassers lag oder an der Beschaffenheit des Felsens, wusste Lay nicht, jedenfalls schimmerte die Fläche in allen nur erdenklichen Farben. *Wunderschön,* dachte er. *Aber wieso ist das der Eingang zur Schlucht? Fels bleibt Fels und ...*

»Ein Ammenmärchen?«, knurrte Korgh, der bereits im Begriff war, den Geröllhang zu erklimmen. »So wie die Annahme, dass hinter jedem Wasserfall eine Höhle liegt, die nur darauf wartet, jedem vorbeistreunenden Wanderer ihre Geheimnisse zu offenbaren.« Er warf Lay einen vielsagenden Blick zu. »Nur ein Einfaltspinsel würde so etwas denken und versuchen, einfach hindurchzuspringen. Dahinter gibt es nichts als Fels.«

»Aha.« Vergust warf ihm einen bissigen Blick zu. »Und das weißt du wahrscheinlich deshalb, weil du dir schon einmal den Kopf daran gestoßen hast?«

Korgh musterte den Magus von oben bis unten. »Dass du noch lebst, kleiner Mann, verdankst du nur diesem Jüngling hier.« Er deutete mit einem Nicken auf Lay. »Er hält dich für nützlich. Wir dagegen halten dich für lästig, wenn nicht Schlimmeres.«

Lay wollte etwas sagen, doch Korghs finsterer Blick brachte ihn zum Schweigen. Die Augen des Nordlings schimmerten rötlich, und Lay hatte das Gefühl, dass das nichts mit den rötlichen Strahlen der untergehenden Sonne zu tun hatte.

»Wir werden dich verschonen, solange dieser Jüngling dich für nützlich hält. Und«, fuhr Korgh fort, bevor Vergust oder Lay etwas sagen konnten, »solange wir dich für ungefährlich halten.«

Der Nordling war ein Stück den Geröllhang hinaufgestiegen und kam jetzt ein paar Schritte hinab, auf den Magus zu. Etwa einen Meter vor ihm blieb er stehen und streckte einen seiner langen Arme aus. »Sollten wir auch nur vermuten, dass es anders ist, werden wir dich töten.« Seine Stimme klang vollkommen ruhig und sachlich. »Solltest du dich uns mehr als auf Armeslänge nähern, werden wir dich töten. Solltest du versuchen, diesem Jüngling zu schaden, werden wir dich töten.« Er starrte den Magus an, der seinen Blick zunächst scheinbar ungerührt erwiderte, dann jedoch schluckte und nickte.

»Ich hab's kapiert. Du kannst mich nicht leiden ...«

»Wir können dich nicht riechen, ganz recht.«

»Und du glaubst, dass ich ein Ghuul bin ...«

»Oder Schlimmeres.«

»Aber ich verspreche dir, dass ich nichts Böses im Schilde führe. Ich will einfach nur ...«

»Was du willst, interessiert uns nicht«, fuhr Korgh ihm über den Mund. »Ebenso wenig wie das, was du uns versprichst. Wir werden dich beobachten, Magus, und beim geringsten Anzeichen ...«

»Ich glaube, du hast bereits unmissverständlich klargemacht, was du dann zu tun beabsichtigst«, mischte sich Lay ein, der dieser Diskussion allmählich überdrüssig wurde. »Du wirst das tun, was alle Barbaren tun, wenn sie mit einer Situation nicht zurechtkommen. Du wirst deine große Axt nehmen und versuchen, den Knoten, den die Fäden des Schicksals geschlungen haben, auf deine ganz spezielle Art und Weise zu entwirren.« Lay hob die Hände. »Diese Methode wird nicht funktionieren, aber ...«

»Bisher hat sie für uns immer ganz gut funktioniert«, knurrte Korgh grimmig. Er musterte den Magus noch einen Moment, dann drehte er sich erneut um und starrte auf die Bergflanke.

Lay seufzte und stellte sich neben den Nordling.

Einige Herzschläge lang geschah gar nichts, und Lay betrachtete das schillernde Farbenspiel auf dem Fels.

»Worauf genau warten wir eigentlich?«, erkundigte sich Vergust, der neben sie getreten war.

Korgh antwortete nicht. Lay hob den Kopf und sah den Hünen von der Seite an. »Ich will ja nicht ...«

Das Summen in seinen Ohren kam so plötzlich und mit einer solchen Wucht, dass es ihm den Atem verschlug.

draakenbrut ... todtodtod ... trägerdesmals ... todtodtod ... tonnvorr weilenit ... schwarzemagie ... todtodtod ...

»Was …?« Vergust keuchte, und seine Augen verdunkelten sich, wurden, wie schon in der Schänke, zu schwarzen Kieseln. Er riss die Hände hoch und taumelte, während das Brausen in Lays Kopf immer lauter wurde, bis er das Gefühl hatte, sein Schädel würde platzen.

Er hörte einen schmerzverzerrten Schrei, und es dauerte einen Moment, bis er begriff, dass er selbst ihn ausgestoßen hatte.

»Komm!« Korgh hatte sich zu Lay gewandt und hielt ihm die Hand hin. Instinktiv streckte Lay den Arm aus, doch als sich ihre Finger berührten, zuckte er zurück, schrie auf und hielt seine schmerzende Hand mit der anderen, unverletzten. Er hatte das Gefühl, als hätte er in brennende Kohlen gepackt.

Die Haut des Nordlings schien zu kochen, und in seinen Augen loderte ein rotes Feuer. **draakenbrut … todtodtod … DRAAKENBLUOT … trägerdesmals … draakenbrut … tonnvorr …**

»Komm!«, wiederholte der Hüne, packte Lay am Kragen und schob ihn auf die schillernde Felswand zu.

»Was soll das, verflucht?«, schrie Lay. »Das ist eine verdammte …!« Erst, als er unmittelbar davorstand, bemerkte Lay, dass der schillernde Fels gar kein Gestein war. Es war ein Durchgang, vor dem ein wabernder Vorhang aus Licht in allen möglichen Farben glühte. Lay hielt den Atem an, als der Nordling hindurchtrat und ihn hinter sich herzog. Kaum hatte er das Licht durchquert, als das Brausen und die Stimmen in seinem Kopf schlagartig verstummten.

Keuchend sackte Lay in dem schmalen Gang, der in den Fels gehauen war, zusammen. Eine Weile lang blieb er, nach Luft schnappend, auf allen vieren hocken, dann hob er langsam den Kopf. »Was, bei Belphors Hörnern, war das?«

Bevor Korgh antworten konnte, ertönte eine andere Stimme hinter ihm.

»Wenn mich nicht alles täuscht«, zischte Vergust, der in diesem Moment durch das Licht trat, »ist das ein Stück des Dunklen Schleiers, den wir gerade durchquert haben.« Der Magus starrte Korgh mit schwarz glühenden Augen an. »Ich würde sagen, Barbar, du hast uns einiges zu erklären!«

»Tatsächlich?« Korghs Augen schimmerten wieder im gewohnten Blau, während er die Axt auf seinem Rücken zurechtrückte. »Wir würden meinen, Magus, dass du schon sehr bald mehr Erklärungen bekommst, als dir lieb sein dürfte.«

»Aber ich ...« Lay stand langsam auf und sah zu der Lichtwand vor dem Eingang zurück. *Kann das wirklich der Dunkle Schleier sein? Dunkel ist er jedenfalls nicht. Und wenn es dennoch der Dunkle Schleier ist, wieso kann ich dahintertreten? Ich dachte immer ...* »Ich ... ich dachte ... In den alten Schriften heißt es, der Dunkle Schleier wäre für Sterbliche unüberwindlich und würde das Reich der Götter von dem der Sterblichen trennen. Wie ...?«

»In diesem Fall war das entweder nicht der Dunkle Schleier, durch den wir gerade getreten sind, oder aber wir alle sind keine Sterblichen.«

»Ein interessanter Gedanke ...«, begann Vergust, aber Korgh unterbrach ihn.

»Unsere Axt wird zweifelsfrei beweisen, ob du sterblich bist oder nicht ...«

»Aber du warst doch schon hier«, meinte Lay verwirrt. »Und du bist doch eindeutig ...« Er unterbrach sich und starrte den Hünen an. »Oder bist du nicht ...?« *Diese roten Augen!*, dachte er. *Welcher Mensch hat schon Augen, die glühen, wenn er wütend wird? Nicht einmal ein Nordling aus Hellanden ...*

»Wir haben nie behauptet, schon einmal hier gewesen zu sein«, erwiderte Korgh gelassen und schlug sich mit der Faust gegen die Brust. »Wir haben einen menschlichen Körper, der infolgedessen sterblich ist. Denn Menschen sind sterblich, ohne Ausnahme.«

»Sicher, aber ...« Lay unterbrach sich, als ein dumpfes Grollen ertönte, und streckte die Hand zu dem Lichtschleier aus. »Was …?« Das Rumpeln wurde stärker, und der Boden schien zu zittern. »Was hat das zu bedeuten?« Er beobachtete mit aufgerissenen Augen, wie die Membrane erneut waberte, schillerte und dann …

Es ist … Sie ist … versteinert! »Hast du das gesehen? Das Licht ist …«

Korgh nickte. »Wir sind spät dran, fürchte ich. Wir sollten uns beeilen.« Er legte Lay seine Hand auf die Schulter und schob ihn vorwärts. Dann drehte er sich zu dem Magus herum. »Das gilt auch für dich, Hexer. Es sei denn, du willst hier so lange stehen bleiben, bis du zu Stein geworden bist.« Er zuckte mit den Schultern. »Wir persönlich hätten nichts dagegen. Und möglicherweise ist das noch ein gnädiges Schicksal im Vergleich zu dem, was dich hier erwartet.«

Vergust fauchte und sprang mit zwei kleinen Schritten vor den Nordling. »Ich dachte, wir hätten diese lächerliche Diskussion jetzt endlich hinter uns. Wie du siehst, habe ich die Schlucht der Schmiede betreten und lebe immer noch.« Er grinste. »Also bin ich kein Ghuul, hab ich recht?«

Korghs Miene blieb ernst. »Du hast uns falsch verstanden, Hexer«, antwortete er leise. Er warf Lay einen kurzen Seitenblick zu. »Kein gewöhnlicher Sterblicher kann diese Barriere überwinden. Wärest du wirklich das, was du zu sein behauptet hast, nämlich ein einfacher Magus …« Er beendete den Satz nicht, sondern schnippte mit den Fingern und blies dann mit gespitzten Lippen über Mittelfinger und Daumen.

Kein gewöhnlicher …? Lay riss die Augen auf. *Was heißt das? Wer, verdammt, ist dieser Kerl? Und …* Er sah den Magus an.

Vergust hatte den Kopf gesenkt und beäugte Korgh unter seinen buschigen Brauen hervor. »Was willst du damit sagen, Barbar?« Seine Stimme klang hohl und kalt. Lay lief ein Schauer über den Rücken.

»Zunächst einfach nur«, Korgh war kein bisschen eingeschüchtert, als er sich zu dem Magus herunterbeugte, »dass du offensichtlich kein gewöhnlicher Sterblicher bist.« Er richtete sich wieder auf. »Was du in Wirklichkeit bist, wird sich schon bald herausstellen.«

Vergust zog verächtlich die Oberlippe hoch, straffte die Schultern und antwortete dem Hünen, wobei er aber nicht ihn ansah, sondern Lay: »Vergiss nicht, Barbar, dass das auch für dich gilt. Auch du bist kein gewöhnlicher Sterblicher, wie es scheint.« Mit unveränderter Miene hob er die Hand und deutete auf Lay. »Ebenso wenig wie dieser Jüngling hier.«

Korgh schnaubte, drehte sich um und setzte sich in Bewegung. »Genug gequatscht!«, sagte er, während er sich an Lay vorbeischob. »Wir müssen hier weg, bevor es zu spät ist.«

Benommen folgte Lay den beiden durch den dämmrigen Gang, wobei sich seine Gedanken überschlugen. Erst jetzt, da der Magus das Offensichtliche ausgesprochen hatte, sickerte die Erkenntnis in sein Bewusstsein.

Er hat recht. Wenn kein normaler Sterblicher diesen Schleier durchqueren kann, bedeutet das doch, dass jeder, der hindurchschreitet, kein normaler Sterblicher ist. Er schluckte, als er begriff, dass er das schon lange geahnt hatte, dass er irgendwie immer schon gewusst hatte, dass er anders war als die anderen Menschen. *Du bist kein normaler Sterblicher. Du bist ein … ein Monster, eine Missgeburt! Du bist …* Ihm fiel wieder ein, wie der Magus und auch Korgh auf seinen Rücken gestarrt hatten. *Aber warum hat Zanth'ra nie etwas gesagt? Wieso hat sie …?* Er stolperte und stieß einen Fluch aus. *Sie hat dich in der Kunst der Versenkung unterwiesen, einer Kunst, die nur von Drachenpriesterinnen ausgeübt wird. Und Vergust …* Sein Blick glitt zu dem Magus vor ihm, dessen schmale Gestalt in der Dunkelheit kaum noch zu erkennen war. *Der Magus glaubt, ich könnte die Reine Magie beherrschen und die Ströme der Natur wirken. Das allein macht mich ja schon zu …* Er suchte nach dem richtigen Wort. *Einer Absonderlichkeit, einem Ausgestoßenen.*

Ganz kurz schoss ihm der Gedanke durch den Kopf, wie er Broll mit diesen Fähigkeiten bekämpfen, wie er Rache an diesem Mordbrenner nehmen würde.

Doch dann wurde ihm allmählich die Umgebung bewusst, durch die er sich bewegte, und sofort verblassten alle anderen Gedanken. Lay hatte so etwas noch nie gesehen. Sie gingen durch eine Art Tunnel, der aber offensichtlich nicht von Menschen in das Gestein geschlagen worden war.

Lay streckte vorsichtig die Hand aus, um den Fels zu berühren, und schrie vor Überraschung und Schmerz auf. Seine Finger, mit denen er den Fels berührt hatte, brannten, und das Gestein schien an dieser Stelle in einem diffusen dunklen Licht zu schimmern. Das Bemerkenswerteste daran jedoch war, dass Lay in dem Moment, in dem seine Finger den Fels berührten, Stimmen in seinem Kopf vernahm, laut, klar und deutlich. Es war kein Summen wie das, was er hörte, wenn er die Kunst der Versenkung übte. Und doch lösten diese Stimmen ein ganz ähnliches Gefühl in ihm aus.

Ein Gefühl von … Macht. Er runzelte die Stirn. *Irgendwie ist es nicht das richtige Wort, aber mir fällt kein besseres ein. Eine überwältigende Macht.*

Die Stimmen sangen eine fremdartige, dissonante und doch zwingende Melodie, die nicht von Menschen ersonnen sein konnte. Und auch die Stimmen selbst schienen nicht menschlich zu sein.

Draakenbrut … eileeile … trägerdesmals … einerderacht … augendergötter … vereinensichvereinen … todtodtod …

Lay schluckte. Auf einmal zitterte er am ganzen Leib und war davon überzeugt, keinen Schritt weitergehen zu können. Seine Beine schienen aus Eisen zu sein, und seine Füße aus … *Stein!* Er starrte auf den Boden.

»Beweg dich! Du bist als Statue weit weniger beeindruckend, als du glaubst. Und vor allem noch weniger zu gebrauchen.«

Korghs Stimme riss Lay aus seiner lähmenden Panik. Im nächsten Moment spürte er, wie der Nordling den Kragen seines Wamses packte und ihn ohne viel Federlesens mit sich schleifte. Lay hörte das Geräusch von reißendem Stoff, aber er dachte nicht daran, dass er vermutlich wieder zu Nadel und Faden greifen musste, sobald sie ihr Ziel erreicht hatten. Etwas anderes schoss ihm durch den Kopf und wirbelte seine Gedanken durcheinander.

Wenn Korgh tatsächlich noch nicht hier gewesen ist, woher, verdammt noch mal, weiß er dann das alles?

Lay sank keuchend und schweißüberströmt auf die Knie und blinzelte in das grelle Licht.

Wir haben es geschafft!, dachte er. Er atmete noch einige Male tief durch und wandte dann vorsichtig den Kopf.

Vergust lag neben ihm im Sand, mit geschlossenen Augen und ebenfalls keuchend. Der Magus zitterte am ganzen Körper, aber Lay sah nicht einen Schweißtropfen.

Was …? Schwitzen Magi denn nie? Er hatte nichts dergleichen in den Büchern und Schriftrollen gelesen, und momentan hatte er nicht die Kraft, darüber nachzudenken, was das bedeuten mochte. Er war einfach nur froh, dass sie es geschafft hatten. Er wandte langsam den Kopf, suchte Korgh.

Seine Augen gewöhnten sich allmählich an das helle Licht, und jetzt, wo er wieder deutlicher sah, stockte ihm der Atem.

Schlucht trifft es ja wohl nicht annähernd! Ein solcher Begriff für das hier wäre die Mutter aller Untertreibungen! Das war der erste Gedanke, der ihn durchzuckte. *Wie sollen wir da hinunterkommen?* Das war der zweite. *Wo, verdammt, ist Korgh?*

Bei diesem Gedanken stemmte sich Lay vorsichtig mit den Händen vom Boden hoch, richtete sich auf und stöhnte, als seine Beine schmerzend protestierten. Er schwankte, während sich sein Hirn in seinem Kopf zu drehen schien.

Zum Glück ließ der Schwindel bald nach, und Lay drehte sich gemächlich einmal um die eigene Achse.

»Beeindruckt?«

Lay versuchte, sich seine Erleichterung nicht anmerken zu lassen, aber er konnte nicht verhindern, dass er unwillkürlich die Hand nach Korgh ausstreckte.

»Ich …« *Beeindruckt ist das falsche Wort. Ich bin überwältigt.*

»Es ist überwältigend.«

Lay verzog das Gesicht und wandte den Kopf, um den Magus anzusehen, der zu ihnen getreten war.

»Allerdings.« Korgh grinste. »Hängt natürlich davon ab, was man erwartet hat.«

Lay starrte auf das Panorama, das sich ihm bot, und schluckte. *So etwas kann man sich nicht einmal im Traum vorstellen, geschweige denn es erwarten.*

Sie standen auf einer … Lay blickte kurz nach rechts und links und schluckte erneut. *Auf einer verdammten, isolierten und verflucht schmalen Felsnadel!* Er wagte es nicht, bis an den Rand vorzutreten, weil er nicht wusste, ob er auf dem blanken Fels genug Halt fand. Vor ihm und unter ihm erstreckte sich das, was Korgh die »Schlucht der Schmiede« genannt hatte. Ein Schlund aus Feuer, Rauch, Wäldern und Gesteinsschichten. Jedenfalls sah es von hier oben so aus. Er schien sich in willkürlichen Schlangenlinien rechts und links bis zum Horizont zu erstrecken, so als hätte ein betrunkener Gigant mit einem glühenden Eisen eine gewaltige Furche in die Erde gezogen und dabei mehrere Schichten freigelegt, die terrassenförmig übereinander angeordnet waren.

Lay reckte den Hals, aber er konnte von seinem Standort aus den Boden der Schlucht nicht ausmachen. *Sie ist einfach riesig. Und* … Er erinnerte sich an den Wald, den Geröllhang, den Fels mit dem Wasserfall daneben … *Gut, der Berg war ziemlich groß, aber wo, in aller Welt, kann sich diese Schlucht versteckt haben?* Er blickte zum

Himmel und schloss erneut die Augen. Das Licht, das von oben kam, war so grell, dass er nichts erkennen konnte. *Ist das Belphors Auge, was dort oben leuchtet? Wenn ja, muss es riesig sein, das heißt …* Er beschattete die Augen mit der Hand und versuchte, die Quelle dieses Lichts ausfindig zu machen. Vergeblich. *Aber wenn es eine Sonne ist, müssten wir sehr nah dran sein, und es müsste eigentlich sehr heiß sein.* Lay holte tief Luft. Es war angenehm warm, doch nicht so heiß wie in der Zeit der Glut in Alghor. *Aber wir sind hier doch in Alghor,* sagte er zu sich. *Oder?* Verunsichert sah er sich erneut um. Die Schlucht reichte in beide Richtungen, soweit er sehen konnte, und in unregelmäßigen Abständen säumten solche Felsnadeln wie die, auf der sie standen, ihren Rand. *Ob wohl an jeder dieser Nadeln auch so ein Tunnel endet? Und wenn ja, wo befinden sich dann die Eingänge?*

Lay war sich plötzlich nicht mehr sicher, wo diese Schlucht tatsächlich lag, ob in diesem Berg oder ganz woanders. Er wusste nicht einmal, ob sie sich überhaupt noch in Alghor befanden. *Und wenn wir nicht mehr im Drachenreich sind, dann wäre es ohne Weiteres möglich, dass es noch andere Zugänge zu dieser Schlucht gibt, in Hellanden zum Beispiel, oder am Glutkessel oder in Sanfira, in Ern, auf den Eisinseln oder möglicherweise auf den sagenhaften Fernen Reichen jenseits der Meere.*

Vielleicht hatten ja auch diese sonderbaren Sternenleser recht, die vorgaben, den Menschen aus der Konstellation der Gestirne ihre Zukunft vorauszusagen. Lay hatte einen dieser Gelehrten als Mitreisenden einer Karawane aus Hellanden kennengelernt, die im Monasterium Rast gemacht hatte. Er hatte nach Sanfira gewollt, auf Einladung der Herrscherin, die von ihm, wie er behauptete, eine wichtige Berechnung des Sternenhimmels verlangte.

Der Mann war ziemlich durcheinander gewesen, hatte etwas von Konjunktionen und Katastrophen und Augen der Götter und der Zeit der Verschmelzung gemurmelt, auf konkrete Fragen aber immer nur ausweichende Antworten gegeben. Jetzt jedoch, als Lay hier oben auf der Felsnadel stand und unter einem gleißenden Himmel in diese gewaltige Schlucht blickte, fragte er sich unwillkürlich, ob es nicht vielleicht besser gewesen wäre, dem Mann etwas genauer zuzuhören, als er von anderen Planeten und Sonnen gesprochen hatte.

Mit dieser Erinnerung kehrten jedoch auch die Bilder von Theija und Zanth'ra wieder zurück, die er in den letzten Wochen mit Erfolg unterdrückt hatte.

Lay verzog das Gesicht. *Hör auf zu spinnen und konzentriere dich lieber darauf, weshalb du hier bist. Korgh hat dir eine Waffe versprochen, mit der du am Tag der Klingen diesen Meuchelmörder Broll töten kannst.*

Der Gedanke gab ihm Halt, war etwas, woran er sich klammern konnte. Er drehte sich suchend nach dem Nordling um.

»Korgh?«

Einen Moment lang überkam ihn Panik, als er nur den Magus sah, der sich immer noch, sichtlich überwältigt von dem Anblick, umblickte und dabei leise vor sich hin murmelte.

»Wo ist der Nordling?«, fuhr Lay ihn an.

Vergust schien aus einer tiefen Versunkenheit zu erwachen. »Ich …« Seine schwarzen Augen schimmerten und verloren ihre Farbe. Er schüttelte sich, schloss die Augen, und als er sie wieder öffnete, leuchteten sie in dem wässrigen Blau, das Lay in der Schänke gesehen hatte. »Ich … weiß es nicht …«, stammelte der Mann. »Eben war er noch da …«

»Hier bin ich«, brummte eine vertraute Stimme.

Lay unterdrückte einen Seufzer der Erleichterung. Er wollte nicht zugeben, dass ihn Korghs Gegenwart beruhigte.

»Wo, verdammt?«, knurrte er stattdessen. Er sah sich auf der Felsnadel um. Außer dem Magus war niemand …

Eine Hand winkte plötzlich von der gegenüberliegenden Seite der leicht abgerundeten Kuppe.

»Hierher«, sagte Korgh.

Lay ging auf die Hand zu und wurde langsamer, als er das

Ende der Kuppe erreichte. Da sah er, dass Stufen in den weichen Stein geschlagen waren. Sie schienen ziemlich alt und wirkten nicht besonders vertrauenerweckend.

Korgh stand auf einer der Stufen, die knapp einen Schritt breit waren und offenbar in einer Spirale an der Felsnadel in die Tiefe führten. »Wir müssen hier runter«, erklärte er und deutete nach unten. »Ich hoffe, du bist schwindelfrei.« Was er selbst offenbar war, denn er grinste herausfordernd.

»Da runter?« Lay konnte nicht verhindern, dass seine Stimme ein wenig schrill klang. Er reckte den Hals und betrachtete die Treppe. Die Stufen schienen von der Zeit und zahllosen Füßen ausgetreten zu sein und waren nicht gerade mit großer Regelmäßigkeit in den Stein gehauen. Außerdem gab es kein Geländer zur offenen Seite hin. Und auch nicht auf der anderen Seite. Ein Fehltritt, und man stürzte. Lay blickte in den Abgrund. *Jedenfalls dürfte man tot sein, wenn man unten aufschlägt.*

»Ich frage mich, wer sich diesen Weg ausgedacht hat«, zischte Vergust, der neben Lay getreten war.

»Jedenfalls niemand, der Höhenangst hatte, Hexer«, knurrte Korgh. »Also los, der Weg wird nicht weniger steil, wenn wir noch länger warten. Und ich würde ganz gern vor Einbruch der Dunkelheit unten ankommen.«

Lay blickte zu dem gleißenden Himmel empor. »Dunkelheit?«, erkundigte er sich. »Glaubst du, dass es hier so etwas wie Tag und Nacht gibt?«

»Ich bin mir sicher, dass er das nicht nur glaubt, sondern genau weiß, obwohl er angeblich noch nie hier gewesen ist«, zischte Vergust säuerlich.

»Keine Ahnung«, antwortete Korgh gelassen. »Aber wenn die Nacht anbricht, wissen wir nicht, wie es dann hier aussieht und wie dunkel es wird. Wir haben keine Lust, das Risiko einzugehen, uns in pechschwarzer Nacht den Hals zu brechen, nur weil wir hier überflüssigerweise herumtrödeln.«

»Immerhin würden *wir* dann zwei Bestien mit einem Schwerthieb schlagen«, meinte Vergust verächtlich.

Aber Lay fand Korghs Argument überzeugend. So beeindruckend der Blick von der Felsnadel aus auf die Schlucht auch war, hier oben konnten sie nicht ewig bleiben, und ihm war alles andere als wohl bei dem Gedanken, diesen schon bei Licht gefährlichen Abstieg im Dunkeln zu unternehmen.

Er seufzte. »Also gut, gehen wir.«

Korgh nickte. »Du zuerst, Ghuul. Wir wollen dich im Auge behalten.«

Vergust öffnete den Mund zu einer scharfen Erwiderung, aber in diesem Moment schien sich das gleißende Licht ein wenig abzuschwächen. »Was …?«

»Das dürfte eure Fragen wohl beantworten«, meinte Korgh. »Offenbar gibt es hier ebenso Tag und Nacht wie außerhalb der Schlucht. Und wenn sich die Tageszeiten hier drin genauso verhalten wie draußen, haben wir noch etwa zwei Sandachten Zeit, bis es dunkel wird.« Er winkte mit der Hand und trat ein wenig zur Seite, damit der Magus an ihm vorbeigehen konnte. »Also, worauf wartest du?«

Vergust warf ihm einen giftigen Blick zu, zuckte dann mit den Schultern und trat vorsichtig auf die erste Stufe. Lay wollte ihm folgen, aber Korgh streckte die Hand aus. »Zuerst wir«, sagte er. Er hielt Lay einen Riemen hin, den er offenbar von seiner Ausrüstung abgeschnallt hatte. »Nimm ihn und halte ihn ein wenig gespannt, während du uns folgst. Das wird dir ein Gefühl von Sicherheit geben.«

Lay schluckte, hob jedoch die Brauen und bemühte sich, selbstbewusst dreinzuschauen. »Wie kommst du darauf, dass ich das brauche?«

Korgh grinste. »Du meinst, abgesehen davon, dass deine Unterlippe zittert und du so grün im Gesicht bist wie ein verschimmeltes Stück Rayakkäse?« Der Nordling zuckte mit den

Schultern. »Wir wollen nicht riskieren, dass du abstürzt. Wir haben uns nicht so viel Mühe gemacht, dich hierherzubringen, um dann deine zerschmetterten Überreste dem Zahn der Zeit zu überlassen. Wir werden alle irgendwann zu Humus, aber es gibt keinen Grund, dem Schicksal vorauszueilen.«

Die Vorstellung behagte Lay keineswegs.

Korgh hatte recht behalten.

Entweder hat er einen verdammt guten Instinkt, oder er muss doch schon einmal hier gewesen sein, dachte Lay.

Sie hatten den Grund der Schlucht erreicht, und Lay ließ sich zitternd vor Erleichterung neben der letzten Stufe zu Boden sinken.

Die Felsnadel war erheblich höher, als Lay es oben vermutet hatte. Und die Stufen waren immer ausgetretener geworden, je weiter nach unten sie gekommen waren. Sie hatten erst die halbe Strecke hinter sich gebracht, als die Dunkelheit einsetzte, und zwar wesentlich schneller, als sie es außerhalb der Schlucht gewöhnlich tat.

Eben noch hatte rötliches, dämmriges Licht die Felsnadel wie eine blutige Klinge leuchten lassen, dann war es plötzlich stockfinster geworden. Aber nur einen Moment lang.

Dann war Lay Zeuge eines Schauspiels geworden, das er bestimmt genossen hätte, wäre er nicht so sehr damit beschäftigt gewesen, auf die nächste Stufe zu treten, ohne zu stolpern.

Überall in der Schlucht waren Lichtpunkte aufgeflammt, die Feuer der Schmiede, wie Korgh ihm erklärt hatte, aber sie hätten nicht genügt, um dieses Farbenspiel zu erzeugen, das die Wände der Schlucht derart zum Leuchten brachte.

Lokhs Auge stand nicht am Himmel, und – wie Lay mit einem kurzen Blick nach oben festgestellt hatte – es gab auch keine anderen Gestirne.

Dennoch erfüllte ein diffuses Leuchten die Schlucht, und

das Spiel der Farben reichte von einem blassen Rosa bis hin zu einem schimmernden dunklen Grün.

»Das sind die verschiedenen Flöße, die erzhaltigen Adern, die die ganze Schlucht der Schmiede auf allen Ebenen durchziehen«, hatte Korgh erklärt.

Vergust hatte nur einen vielsagenden Blick über die Schulter zurückgeworfen, als wollte er sagen: *»Natürlich war dieser Barbar schon einmal hier, woher wüsste er all das sonst?«* Doch dabei war er ins Straucheln geraten und hatte sich erst im letzten Moment noch gefangen. Korgh war stehen geblieben und hatte keinen Finger gerührt, um ihn festzuhalten.

Der Magus hatte wütend gefaucht, war dann aber vorsichtig weitergegangen und hatte darauf verzichtet, noch einmal ein solches Risiko einzugehen und zurückzublicken.

Lay war zwar klar, dass sich hinter Korgh weit mehr verbarg als nur ein Barbar aus Hellanden, aber im Moment war er froh, dass jemand da war, der ihm erklären konnte, was er hier erlebte. Jedenfalls einigermaßen.

»Hier werden wir lagern«, erklärte Korgh und sah sich am Fuß der Felsnadel um. »Im Dunkeln weiterzugehen ist sinnlos. Wir würden unser Ziel nicht finden.«

»Ah, aber du weißt, wo sich unser Ziel befindet?«, erkundigte sich Vergust. »Ich muss schon sagen, für einen Barbaren kennst du dich hier ausgesprochen gut aus.«

Korgh zuckte mit den Schultern. »Es genügt jedenfalls«, erwiderte er und nahm seinen Rucksack ab. Er stellte ihn auf den Boden, zog seine Axt aus der Schlinge und legte sie daneben. Dann schnallte er die Decke von seinem Rucksack, schlug sie aus und legte sie auf den …

Sand? Lay hob die Fäuste vor die Augen, öffnete sie und spreizte die Finger. Feiner, glitzernder Sand rann zwischen seinen Fingern hindurch und bildete kleine Häufchen auf dem Boden. Er sah sich um. Soweit er in dem dämmrigen Licht sehen konnte, befanden sie sich auf sandigem Gelände, wie man es am Ufer von Seen findet. *Nur dass es hier kein Wasser gibt,* dachte er. Der Sand war warm und sehr fein. *So fein wie der Sand in den Sandachten.* Er hatte sich noch nie Gedanken darüber gemacht, woher eigentlich dieser feine Sand kam, der in zahllosen Zeitmessern die Achten maß. Er wurde nie feucht und klumpte auch nicht, ganz gleich, wo diese Sandachten auch benutzt wurden. Er fragte sich, ob die Sternenmesser und Sonnenuhren, die man auf den Schiffen zur Positionsbestimmung benutzte, ebenfalls mit diesem Sand gefüllt waren. Und ob dieser Sand aus dieser Schlucht kam.

»Zum Glück gibt es hier keinen Wind«, stellte Korgh fest. »Sonst könnten wir eine sehr unangenehme Überraschung erleben und würden morgen früh unter einer Düne aufwachen.«

»Ah«, knurrte Vergust. »Und das weißt du, weil …?«

»… zwei mehr wissen als einer«, knurrte Korgh und drehte dem Magus den Rücken zu. »Schlaft«, brummte er. »Wenn ihr könnt.«

Lay starrte den Nordling verblüfft an. *Das ist alles? Wir befinden uns in einer Schlucht, die eigentlich nicht existieren kann, sind umgeben von Rätseln und Geheimnissen, und dieser stinkende … Na gut, er stinkt nicht mehr, jedenfalls nicht nach Fisch, aber nur, weil es hier keinen Fischtran gibt.* Er sah sich um. *Es gibt doch keinen Fischtran, oder? Gibt es hier überhaupt Fische?*

Er seufzte. All diese Fragen würden bis morgen warten müssen, oder jedenfalls bis dahin, was hier als morgen galt. Aber er konnte unmöglich schlafen.

Er schüttelte seine Decke aus und setzte sich dann darauf, mit angezogenen Beinen, die Arme um die Beine geschlungen und das Kinn auf die Knie gestützt.

»Ein wirklich bemerkenswerter Ort«, meinte Vergust. Der Magus konnte offenbar ebenfalls nicht schlafen. Er warf dem Nordling einen argwöhnischen Blick zu, nahm seine Decke und legte sie neben die von Lay. »Darf ich?«

Lay nickte. »Selbstverständlich, Ehrenwerter Magus.«

Vergust seufzte. »Ah, das tut gut.«

Lay sah ihn fragend an.

»Dein Respekt.« Er blickte böse zu Korgh hinüber, der offenbar fest schlief, dem rasselnden Schnarchen nach zu urteilen. »Seit ich diesen Barbaren getroffen habe, habe ich fast vergessen, wie es ist, respektvoll behandelt zu werden.«

Lay verkniff sich die Bemerkung, dass der Magus schon in der Schänke nicht sonderlich respektvoll behandelt worden war. »Stimmt es, was er sagt?«, erkundigte er sich.

»Was denn?«, fragte Vergust. Dann hob er die Hand und winkte ab. »Schon gut. Ich will nicht so tun, als wüsste ich nicht, was dich beschäftigt.«

»Aha.« *Weißt du wirklich, was mich beschäftigt?*, dachte Lay. Er hatte gerade an Theija gedacht, an Zanth'ra, an all die anderen Toten, seine Familie und an den Schlächter, Broll. Und daran, dass er seinen Schwur einlösen und Rache nehmen würde. Zum ersten Mal jedoch hatte er auch darüber nachgedacht, was er danach tun wollte. Und dabei war er einfach nur auf eine große schwarze Leere gestoßen.

»Gewiss.« Vergust lächelte ihn an.

Lay wusste nicht, ob es an dem seltsamen Licht lag, das in der Schlucht herrschte, oder an seiner Müdigkeit, aber plötzlich erschien ihm das Lächeln des Magus hohl, irgendwie seelenlos und unecht. Und gruselig.

Seine Nackenhaare sträubten sich, und tief in seinem Hinterkopf hörte er ein leises Summen.

»Du fragst dich, ob dein hünenhafter Freund recht hat und ich tatsächlich ein Ghuul bin.«

»Ach so, das.« *Eigentlich frage ich mich das nicht mehr*, dachte Lay. *Mittlerweile glaube ich, dass Korgh völlig recht hat. Du bist ein Ghuul oder zumindest so etwas Ähnliches.* Lay fielen Korghs Worte wieder ein. *Aber was ist schlimmer als ein Ghuul?*

»Weißt du denn, was ein Ghuul eigentlich ist?«

Lay hob eine Braue. »Ich weiß nicht mehr darüber als das, was ich…« Irgendetwas hielt ihn davon ab, diesem Mann zu gestehen, dass er in den *Geheimen Schriften* der Drachenpriesterinnen und auch in den *Klaturen der Essenzen* gelesen hatte.

»… was mir meine Lehrerin darüber erzählt hat.«

Das Summen in seinem Kopf verstärkte sich unmerklich, und sein Nacken begann zu kribbeln. Aber es war anders als bei der Kunst der Versenkung. Und es waren auch keine Stimmen zu hören. Er runzelte die Stirn.

Vergust nickte. »Und deine Lehrerin ist…?«

Lay schluckte. »Sie war eine kluge Frau.« Er senkte den Blick. »Sie war wie eine Mutter für mich. Aber sie wurde ermordet, oben unter dem Auge Lokhs, am *Weißen Spiegel*.«

»Ah.« Vergust nickte wieder. »Verstehe.« Sein Blick zuckte zu Korgh. »Von seinesgleichen, nehme ich an.« Seine Stimme klang verächtlich. »Umso unverständlicher, dass du dich mit diesem Barbaren abgibst.«

Das Summen wurde noch stärker, und Lay lockerte unwillkürlich die Schultern, drehte den Kopf nach rechts und links, um es loszuwerden. Aber es hörte nicht auf.

»Nein, nicht von *seinesgleichen*.« Er konnte nicht verhindern, dass seine Stimme bitter klang. »Von *unseresgleichen*«, stieß er hervor. »Genau genommen von Mordbrennern aus Ern.«

Vergust nickte, als wäre es das Selbstverständlichste von der Welt, dass Alghors Vasallen ein Kloster an der Eisgrenze des Drachenreiches überfielen und niederbrannten. »Und warum haben sie das getan? Wonach haben sie gesucht?«

Lay verzog das Gesicht und legte den Kopf in den Nacken. Das Summen wurde allmählich unangenehm, und er massierte sich die Schläfen. »Ich weiß es nicht«, antwortete er. »Ich weiß nur, dass ich ihren Anführer, einen gewissen Broll, töten werde. Das habe ich geschworen. Er hat Theija und Zanth'ra ermordet.«

»Sicher.« Vergust bewegte zwar die Lippen, aber Lay hörte kaum noch, was der Magus sagte. Das Summen wurde immer lauter, und mittlerweile kribbelte es ihn nicht nur am ganzen Körper, dieses Kribbeln hatte sich zu einem schmerzhaften Stechen ausgewachsen.

Verdammt, ist irgendwas mit dem Sand, oder vielleicht ist es ja die Luft … Lay versuchte, tief einzuatmen, aber selbst das fiel ihm schwer. Den Kopf zu wenden war eine ungeheure Anstrengung. Er starrte den Magus an, der neben ihm saß, regungslos und mit glühenden schwarzen Augen.

»Zanth'ra, ein interessanter Name.«

Sie war die Vorsteherin. Lay konnte kein Wort mehr hervorbringen, aber seltsamerweise schien das den Magus nicht zu stören.

»Sie war nur eine Vorsteherin?«

Nein, sie war auch eine Drachenpriesterin, glaube ich … Lay stutzte, als er merkte, dass die Stimme des Magus in seinem Kopf erklang.

Was …?

»Was macht Ihr da, Ehren…?«

Doch noch während er das sagte, wurde ihm klar, dass diese Kreatur neben ihm weder ehrenwert noch ein Magus war. Nur nutzte ihm dieses Wissen nicht mehr viel, weil er sich nicht mehr rühren konnte. Seine Arme waren so schwer wie Eisen, seine Beine und Füße schienen aus Felsgestein zu bestehen, sein Kopf war ein Brocken Lehm, und sein Körper … schien zu brennen.

»Eine Drachenpriesterin. In einem Monasterium am Weißen Spiegel, *im Nichts, weitab von allen Siedlungen oder gar Städten des Drachenreiches.«* Vergust rührte sich immer noch nicht, aber Lay hatte den Eindruck, dass der Magus ihn dennoch ansah. *»Und zufälligerweise lebte im selben Kloster ein Waisenknabe, der der Träger des Mals ist. Und dann, wieder zufälligerweise, wird dieses Kloster von dem Anführer der Hämmer von Ern überfallen, der Leibgarde Ryehls, Edler von Ern. Alle wer-*

den niedergemetzelt, nur der Träger des Mals entkommt zufälligerweise. Weil ihm – ich wiederhole mich nur ungern, aber ich muss es sagen – rein zufällig ein barbarischer Nordling, einer von der Brut, zu Hilfe kommt, der sich natürlich zufälligerweise bemerkenswert gut an einem mystischen Ort auskennt, den es eigentlich gar nicht geben dürfte. Und der von sich in der Mehrzahl spricht.«

Lay stöhnte nur; zu mehr war er nicht in der Lage.

»Ich glaube ...«

»Wir glauben, das genügt jetzt!«

»Tatsächlich? Nun, Nordling, das entscheidet nicht ihr.«

»Ach nein?« Korgh stützte sich auf einen Ellbogen und griff nach seiner Axt. »Dann möchten wir dir jemanden vorstellen, der da noch ein Wörtchen mitzureden hätte ...«

Das Summen in Lays Kopf steigerte sich zu einem Crescendo, das in seinen Knochen vibrierte. Seine Zähne klapperten so schnell aufeinander, dass es ihn fast in der Nase kitzelte.

»Einmal Barbar, immer Barbar, stimmt's?«

Lay konnte sich zwar nicht rühren, aber er hockte so auf seiner Decke, dass er Vergust und Korgh sehen konnte. Der Magus hatte sich immer noch nicht bewegt, aber seine Augen glühten mittlerweile so stark, dass ihre Schwärze auf die Luft um ihn herum überzugreifen schien.

Vergust lachte.

Lay lief bei diesem Geräusch ein Schauer über den Rücken. Es war ein gespenstisches Lachen, freudlos, fast körperlos, wie ein Chor aus fernen Stimmen.

»Aber in einem Punkt hattest du recht, Nordling. Ich bin kein Ghuul. Ich bin etwas ganz anderes. Ich bin wie du, mehr als nur einer. Und gegen unsere Macht kann deine primitive Klinge nichts ausrichten.«

»Das werden wir ja ...«

Lay sah fassungslos mit an, wie die schwere doppelschneidige Axt Korghs Fingern entglitt.

»Du magst zwar Macht über seinen Geist besitzen, jedenfalls bis zu einem

bestimmten Punkt, sein Körper jedoch gehorcht den Strömen der Natur. Und damit uns …«

Korgh riss seine Augen weit auf und fuhr sich mit den Händen an den Hals. Röchelnd sank er auf seine Decke zurück …

Nein, dachte Lay. *Er reißt nicht an seinem Hals, er …* Eisige Furcht durchrieselte ihn, als er begriff, dass Korgh im Begriff war, sich selbst zu erwürgen. Der Nordling wälzte sich auf seiner Decke hin und her, die großen Pranken um den eigenen Hals gelegt, und drückte sich selbst die Kehle zu. Er strampelte mit den Beinen, grub die Ellbogen in den Sand, warf den Kopf hin und her, alles vergeblich. Sein Gesicht lief rot an, dann drehte er Lay das Gesicht zu.

Lay schrie, tobte, kämpfte gegen seine Betäubung an, ebenfalls vergeblich. Sein Körper schien aus einem einzigen Felsquader zu bestehen, schien eine unbewegliche Statue zu sein, die ungerührt zusah, wie sein Gefährte – *Mein Freund, der einzige Freund, den ich noch habe!* – von einem seelenlosen Monster getötet wurde.

Was kann ich tun, Korgh?, schrie Lay, gefangen in seinem Körper. *Was kann ich tun?*

Das Summen schien ihn vollkommen zu erfüllen, während er voller Grauen zusah, wie Korghs Kampf gegen sich selbst allmählich seinem Ende entgegenging.

Vergust saß derweil vollkommen regungslos auf seiner Decke, kein Muskel zuckte in seinem Gesicht, nur seine schwarzen Augen loderten in einem bösartigen Feuer.

Lay sah, wie Korgh seinen Mund weit aufriss, sah, wie seine Hände zu zittern begannen, als sich sein Überlebenswille gegen den Tod aufbäumte, den er im Begriff war, sich selbst zuzufügen – und er sah, wie die Augen in dem ihm zugewandten Gesicht rot glühten …

Feuerrot.

Draakenbrut, Tonnvorr. TodTodTod.

Draakenbrut. Tonnvorr. TodTodTod.

Draakenbrut. Tonnvorr. Todtodtod. TrägerdesMals.

Wie ein Messer durch Butter schneidet, so durchdrang die Melodie das Summen, zögerlich zunächst, aber unaufhaltsam. Dann jedoch wurde sie lauter, klarer, und dann …

Lay hörte in dem Summen die Melodie, ein Brausen im Hintergrund, wie ein gewaltiger Chor, der gegen Naturgewalten ansingt, sich nicht entmutigen lässt, nicht von Donner, Blitz und Hagel, von Feuer oder Sturm, von Wasser oder Erdbeben, nicht einmal von der Macht der Zeit …

Lay konnte sich immer noch nicht rühren, aber er *sah,* wie Korghs Bewegungen langsamer wurden, er *sah,* wie das dunkle Glühen in den Augen des Magus zu wabern begann, wie eine schwarze Fahne gegen einen schwarzen Himmel flatterte, er *sah,* wie die Gestalt des Magus plötzlich zu leuchten begann, wie Fäden ihn umhüllten, golden schimmernde Fäden, die sich zu Korgh erstreckten, zu ihm, die den Magus zu durchdringen schienen und unmittelbar vor seinen Augen endeten, als wären sie abgeschnitten.

Lay *sah,* wie sich seine Hände hoben, obwohl er sie nicht bewegte, er *sah,* wie er sich mit diesen Händen vom Boden abstützte, wie er die Beine anzog und sich mit spielerischer Leichtigkeit erhob. Er *sah,* dass er die Axt nahm, *sah,* wie sich ein Faden von seinen Händen zu der Waffe schlängelte und von dort zu dem Magus, er *beobachtete,* wie er mit zwei Schritten neben Korgh trat, sich bückte, wie ein Lay aus golden schimmernden Fäden die Axt aufhob, er *sah,* wie die goldenen Fäden in die Augen von Vergust drangen, *sah,* wie sie sich verknoteten und das schwarze Leuchten sich verstärkte. Er schien in diese Augen hineinzugleiten, *dahinterblicken* zu können, *sah,* wie sich ein Mund weit öffnete zu einem schmerzverzerrten, entsetzten Schrei, *sah,* wie ein Körper zurückzuckte, *sah,* wie Fäden rissen, wie andere sich verknoteten, er *beobachtete,* wie ein Lay aus Fäden die Axt schleuderte, *folgte* ihr mit seinem Blick, bewunderte die Marmorierung des grauen Stahls, als die Axt, wie von einer Welle aus reinstem Klang getragen, durch die Luft flog, sich langsam wie ein Kreisel drehte, und er *sah,* wie die scharfe Schneide dieser prachtvollen Waffe Haut, Adern, eine Gurgel, Knorpel und Wirbelknochen durchtrennte …

Lay *sah,* wie sich Blutstropfen von der Schneide der Axt lösten, immer länger wurden, wie Tränen, bis sie sich teilten, sich vervielfachten und durch die Luft tanzten, zu einer Musik, die nur sie zu hören schienen. Er *sah,* wie der abgetrennte Kopf des Magus über das Blatt der Axt rollte, zögernd, als wollte er sich nicht von dem Körper trennen, auf dem er gesessen hatte. Ein Stück des Nackenwirbels lugte wie ein obszön ausgestreckter Finger aus dem Kopf heraus, bis dieser eine Drehung vollendet hatte und die Augen des Magus Lay scheinbar vorwurfsvoll anstarrten. Das Gesicht zeigte eine unbewegte Miene, ohne jegliches Entsetzen oder auch nur Verblüffung über diesen plötzlichen Verlust des Körpers. Die Augen waren immer noch geöffnet, aber die Schwärze war aus ihnen verschwunden und auch die goldenen Fäden. Sie waren wieder von diesem wässrigen Blau, und Lay konnte erkennen, wie sich der glänzende Schleier des Todes darüberlegte, bevor sich der Schädel ein letztes Mal drehte, die grauen Haare das Gesicht verdeckten und er, immer noch um sich wirbelnd, langsam zu Boden fiel.

Das Brausen in Lays Kopf schwoll zu einem triumphierenden Donnern an, als das Summen in ein gellendes Kreischen mündete und schließlich erstarb.

Draakenbrut … tonnvorr … trägerdesmals … züngleinderwaage … tidendränget … weilenit …

Mit einem erstickten Keuchen stürzte Lay in den Sand. Er atmete tief ein und musste im nächsten Moment husten, als der feine Sand in seine Lunge drang.

»So … ein … Scheiß!« Er würgte, bekam keine Luft. *Was,*

verflucht, war das? Ihm traten Tränen in die Augen bei dem vergeblichen Versuch, Luft zu holen. *Das habe ich jetzt davon, dass ich diesem stinkenden Nordling das Leben gerettet habe!*, schoss es ihm durch den Kopf. *Jetzt ertrinke ich hier in einem Meer von Sand, und kein Mensch …*

Er spürte, wie ihn jemand von hinten umklammerte und unsanft vom Boden hochriss. Dann klappte er in der Mitte zusammen, als ihm dieser Jemand mit baumdicken Armen die Luft aus der Brust presste.

Lay hatte das Gefühl, als würde außer dem Sand auch gleich seine Lunge aus seinem Hals fliegen. Seine Augen brannten, und ihm rauschte das Blut in den Ohren. Er wusste, dass er jämmerlich ersticken würde, wenn er jetzt Luft zu holen versuchte und stattdessen nur Sand einatmete. Er kämpfte gegen den Atemreflex an, jedoch vergeblich. Ihm traten fast die Augen aus den Höhlen, und er hatte das Gefühl, sein Kopf würde platzen, bis er schließlich den Mund so weit aufriss, dass seine Kiefer knackten und …

Er hörte ein rasselndes Keuchen und brauchte einen Moment, bis er begriff, dass er selbst Ursache dieses Lauts war. Milde Luft strömte durch seine raue Kehle, seinen wunden Schlund in seine brennende Lunge.

Es war ein wundervolles Gefühl, das schönste, was er seit Langem empfunden hatte.

Er verschluckte sich, hustete und rang erneut nach Luft, bis er merkte, dass er vergessen hatte auszuatmen. Er gab einen Laut von sich wie ein Schlammschwein, dem man die Gurgel durchgeschnitten hatte, aber er spürte, dass er sich erheblich besser fühlte.

Er stieß heftig die Luft aus, atmete tief ein, während ihm sein Herz schmerzhaft bis zum Halse schlug. Ihm wurde schwindlig und …

Die baumgleichen Arme hielten ihn immer noch, und auf

einmal hörte er in dem Brausen und der seltsamen Melodie eine Stimme, eine seltsam vertraute Stimme.

»… gesagt, dass es keinen Sturm gibt, der den Sand aufwirbelt, aber das ist noch lange kein Grund, ihn dafür gleich zu inhalieren!«

Lay gab ein Grunzen von sich, das eigentlich ein Lachen sein sollte, und schüttelte den Kopf.

Das Brausen legte sich, und auch die Stimmen verklangen. Das Summen hatte schon vorher aufgehört.

Dieser verdammte Nordling! Ständig hat er an mir rumzumerkeln, selbst wenn ich ihm gerade das Leben gerettet habe! Offenbar sind diese Barbaren nicht in der Lage, die Dinge einfach mal …

»Das war ein guter Schlag«, knurrte der Hüne. »Jedenfalls wenn man bedenkt, dass du nicht einmal den kleinen Finger bewegen konntest, um meine Axt zu führen.«

»Ich hatte einen guten Lehrer«, erwiderte Lay krächzend.

»Sicher, obwohl wir in der kurzen Zeit …«

»Ich habe nicht dich gemeint, du nach Fischtran stinkender Barbar. Und auch nicht deinen unsichtbaren Freund.« Lay verzog das Gesicht zu einem Lächeln und genoss es, wie gut sich das anfühlte. »Ich meinte meinen alten Lehrer, den Sandmann, Maahr-kut.«

Der Nordling sah ihn einen Moment verblüfft an, dann legte er den Kopf in den Nacken und lachte. Es klang zwar noch ein bisschen gepresst, aber aufrichtig. »Nun, er kann stolz auf dich sein, das können wir wohl sagen. Wir hätten es nicht besser machen können.«

»So wie es aussah, hättest du gar nichts machen können, weil du offenbar ausschließlich mit dir selbst beschäftigt warst.«

Korgh ließ ihn vorsichtig in den Sand herabgleiten. »Stimmt.« Seine Miene wurde plötzlich ernst. »Kannst du wieder atmen?«

Lay nickte. »Ja, danke.«

Korgh stand auf und trat zu der Leiche des Magus. Er blieb

einen Moment davor stehen und musterte nachdenklich den Körper und den abgetrennten Kopf. Dann bückte er sich und hob seine Axt auf.

»Ich wüsste wirklich gern, was er im Schilde geführt hat.«

Lay schnalzte mit der Zunge. »Ich habe das Gefühl, dass wir das spätestens dann erfahren werden, wenn wir Ulcar erreichen. Aber so viel ist klar, es war nichts Gutes. Und du hattest recht: Ich hätte mich vor ihm hüten sollen. Er war nicht das, was er vorgab zu sein, und er war …«

Lay erinnerte sich an den Schrei, den er gehört hatte, an den Mund und den Körper, die er *gesehen* hatte, einen Mund und einen Körper, die nicht dem Magus gehört hatten.

»… er war jemand anders.«

Korgh nickte, ohne auf Lays Bemerkung einzugehen. »Wer er auch war, jetzt kann er dir jedenfalls nicht mehr zeigen, wie du die Reine Magie beherrschen kannst.«

Lay zuckte mit den Schultern. »Ich habe so das leise Gefühl«, erwiderte er, »dass er das ohnehin nicht vorhatte.« Er dachte einen kurzen Moment nach. »Und ich glaube außerdem, dass ich ihn dafür nicht brauche.«

Korgh trat gegen den Leichnam des Magus und sah zu, wie er langsam auf die Seite sank. »Das glauben wir auch«, meinte er. »Also dann, lass uns diese Kreatur begraben, bevor sie anfängt zu stinken, Jung…«

Er hielt verblüfft inne, als Lay zu lachen anfing.

Auf einmal schlich sich aufrichtiger Humor in seinen Blick, aber auch ein ungewohnter Respekt, und er beendete seinen Satz nach einer kleinen Pause.

»… Lay.«

KLUFT IM DRAAKENSCHLUND, REFUGIUM DER MAGI

Der lang anhaltende vibrierende Ton durchdrang die uralten Quader, die in den blanken Stein des Draakenschlunds gehauen waren, und den Fels selbst, an dem das Refugium der Magi wie ein gewaltiges Wespennest über dem schwindelnden Abgrund der Kluft klebte. Die überall spürbaren Erschütterungen hatten die ohnehin schon nervösen Eleven alarmiert. Es war nicht das erste Mal, dass dieses klingende Wabern die Ausbildungsstätte der Magi aufschreckte. Doch diesmal waren die Schreie viel schlimmer als gewöhnlich.

Aufgescheucht von dem Gebrüll, hielt es niemanden in seinen Gemächern oder bei dem, woran er gerade arbeitete. Die angehenden Magi drängten sich in den Gängen und Hallen des Refugiums, und selbst die erfahrenen Wirker des Zirkels, die rasch aus ihren Zellen strömten, ihre Kreise auflösten, sich dem Strömen der Natur unter großen Schmerzen und zu einem hohen Preis entrissen, konnten die aufgeregte Schar der Eleven nicht beruhigen. Was vielleicht daran lag, dass auch sie von Erregung gepackt waren.

Der Dunkle Schleier war schon seit Äonen nicht mehr berührt worden, aber nachdem er vor vier Spannen das erste Mal ertönt war, hallte sein dunkler Klang erneut durch die feuchten Korridore, düsteren Hallen und zugigen Säle der Schule der Magi.

Und nicht nur hier war er zu hören, sondern überall auf der Welt.

Es stand etwas Gewaltiges bevor, etwas Ungeheurliches, aber trotz ihrer Magie waren die Wirker bisher nicht in der Lage gewesen herauszufinden, wobei es sich dabei handelte. Folglich konnten sie auch die Ströme der Natur nicht wirken, um Einfluss zu nehmen.

Und eben deshalb hatte sich Sephist, Meister der Zirkel und Herr der Klaturen, vor einiger Zeit mit seinem engsten Kreis von Wirkern in die Runde Kammer zurückgezogen. Er wollte versuchen, den Grund für das Geschehene zu finden oder vielleicht sogar einen Blick darauf zu erlangen, worum es sich handelte.

Mit dieser Absicht war er mit den anderen Wirkern seines Kreises in der Kammer verschwunden. Seit fast drei Tagen hatte niemand diese Kammer verlassen. Das Essen war unberührt vor der Tür stehen geblieben, und nur die Krüge mit frischem Wasser, die von den Eleven morgens und abends dort abgestellt wurden, standen am Nachmittag und am frühen Morgen leer davor.

Dann jedoch, kurz nachdem der Schleier erneut ertönt war, hatte man diese Schreie vernommen, Schreie, wie kein menschlicher Mund sie auszustoßen in der Lage war; viehische Schreie, das Gebrüll von Bestien, gequält und schmerzerfüllt. Sie waren kurz darauf von einem Wimmern abgelöst worden, das sich noch schlimmer anhörte, ein Wehklagen wie aus Hunderten von Kehlen, heiser, auf- und abschwellend, und dann … herrschte plötzlich Ruhe.

Die Eleven drängten sich vor der Tür der Runden Kammer, hämmerten gegen die dicke Tür aus uraltem, mit geschnitzten Symbolen überzogenem Elefantenbaumholz und riefen ihren Meister, aber sie bekamen keine Antwort.

Schließlich schoben sich einige Wirker des Zirkels zwischen die Jungen, drängten sie mit rauen Knüffen und barschen Worten beiseite. Der Älteste, ein Magus mit einem kurz geschorenen grauen Bart und zotteligem, ebenso grauem Haar, hob eine Faust, um an die Tür zu klopfen.

In diesem Moment gab es ein Zischen, und die Tür öffnete sich. Warme, entsetzlich nach Fäulnis und Exkrementen stinkende Luft fauchte heraus, als wäre sie gegen ihren Willen in der Kammer gefangen gehalten worden und könnte es kaum erwarten, diesen schrecklichen Raum zu verlassen.

Der Magus taumelte verblüfft und leicht angewidert zurück, doch seine Bestürzung schlug in blankes Entsetzen um, als er die Gestalt erkannte, die jetzt in der offenen Tür auftauchte.

»Mei... Meister Sephist! Aber... was ist...?«

Die Gestalt hob matt eine von getrocknetem Blut verkrustete Hand, die zugleich überzogen war von einem Netzwerk aus Adern, die glühend pochten. Die Augen des großen hageren Mannes leuchteten schwarz, und als er seine Zähne fletschte und dabei sein Zahnfleisch entblößte, schimmerte es blutrot in seinem Mund.

»Nahrung. Sofort!«

»Aber Meister...« Ein Blick in die glühenden Augen ließ den Magus verstummen.

»Selbstverständlich!«, stieß er dann hervor, nachdem er sich wieder gefasst hatte. »Wie... wie Ihr wünscht... Eh... Ehrenwerter Sephist. Was ist mit... Vergust? Und die... die anderen des Kreises wollen vielleicht ebenfalls...?«

Sephist hatte sich bereits umgewendet, um wieder in die Kammer zurückzukehren, und war schon im Begriff, die Tür zu schließen. Bei den Worten des Magus hielt er kurz inne.

»Es gibt keine anderen mehr!«, fauchte er.

Dann schlug die Tür zu. Der Laut hallte durch den steinernen Korridor hoch oben im Refugium, wo eine Schar von Magiern und Eleven mit vor Furcht und Entsetzen erstarrten Gesichtern standen.

ULCAR,
ASYLUM DER AUGUREN

»Hier ist jemand, der Seine Gnaden zu sprechen ersucht…«

»Führ ihn herein. Seine Gnaden erwartet ihn bereits.«

Farael warf einen kurzen Blick auf den Obersten Auguren, der in seinem mit Schnitzereien verzierten Prachtstuhl saß und nickte.

Druud OchNarjon wirkte vollkommen ruhig, fast gleichgültig, hatte einen Arm auf die Lehne gestützt, das Kinn in die Hand gelegt und klopfte mit den Fingern der anderen Hand sacht auf das kostbare Holz der Lehne. Niemand, auch nicht Farael, nahm etwas von dem Tumult wahr, der im Innersten des Ersten Fragenden tobte.

Verdammt, Broll, wieso hat das so lange gedauert? Druud hatte Mühe, seine Nervosität zu unterdrücken. Seit der Edle von Ern mit seinem Tross aus Bewaffneten, Edelleuten und Gauklern – *Dieser Schwachsinnige hat doch tatsächlich Spielleute und Harlekins zu seiner eigenen Belustigung mitgebracht! Als gäbe es in Alghor und vor allem hier in Ulcar nicht genug davon! Vor allem am Drachenhof!* – heute Morgen in Ulcar eingetroffen war, hatte Druud ruhelos mit großen Schritten seine Privatgemächer durchmessen, um dann, nachdem Farael ihn in seine Amtsräume begleitet hatte, dort wie auf glühenden Kohlen zu sitzen und auf eine Nachricht von Ryehl zu warten. Und vor allem darauf, dass sich Broll endlich meldete.

Diese arroganten Arschlöcher, dachte Druud. *Man ist gut genug, um ihnen in den Sattel zu helfen, doch sobald sie hoch zu Ross sitzen, scheißen sie auf einen. Aber sie werden bald merken, dass sich Druud OchNarjon von einem aufgeblasenen Wicht aus Ern nicht so behandeln lässt. Und sich auch nicht ...*

»OchNarjon.«

Druud zuckte unwillkürlich zusammen. Die tiefe Stimme sprach seinen Namen aus, als wäre *er* der Bittsteller, der sich eine Audienz bei seinem Herrn erbettelt hatte, und nicht umgekehrt.

Obwohl ich kaum behaupten kann, dass dieser Kerl mich angefleht hat, ihn in meine Dienste zu nehmen, dachte der Erste Fragende, schob aber jeden weiteren Gedanken an die wahre Natur ihres Bündnisses beiseite. »Ein Pakt mit Belphor selbst kann auch nicht gefährlicher sein«, hatte der junge Augur ihn damals gewarnt, aber OchNarjon hatte die Bedenken des Auges mit einem Lachen und einer wegwerfenden Handbewegung abgetan. »Broll ist wie jeder andere Mann auch, der von der Macht gekostet hat, ohne sie sich einverleiben zu dürfen«, hatte er erwidert. »Er verzehrt sich danach. Und ich gebe ihm die Möglichkeit, zumindest ein kleines Stück davon für sich zu beanspruchen.« *Die Frage ist nur, ob ihm das genügt.* Daran hatte OchNarjon gewisse Zweifel, aber andererseits ... Er hatte Pläne geschmiedet, gründlich durchdachte und wohlüberlegte Pläne, in denen auch eine Rolle für den Anführer der Hämmer von Ern vorgesehen war. *Andererseits haben sich meine Pläne nach dem letzten Besuch im Mund der Götter geändert. Dennoch, vielleicht brauche ich dich noch, du Hund!*

»Broll ...«, erwiderte Druud und setzte ein wohlbemessenes Lächeln auf. Nicht zu strahlend und herzlich, eher ein wenig herablassend und leicht spöttisch. *Auch wenn es über diesen Burschen nichts zu spotten gibt. Ebenso wenig wie über das, was wir zu besprechen haben.* »Mir fällt auf, dass ich deinen Elternnamen gar nicht kenne.«

Er hörte, wie Broll unaufgefordert einen Stuhl heranzog, seinen Umhang oder was auch immer er trug, zurückschlug und sich setzte. Etwas klirrte. *Waffen?* Druud war einen Moment verblüfft. *Er ist bewaffnet in das Asylum gekommen? Wie hat er das ...?*

»Tatsächlich nicht?« Ein hölzernes Klappern war zu vernehmen, als der Anführer der berüchtigten Hämmer von Ern, der Leibgarde des Edlen von Ern, der Wächter der Grenzen, der Mördertruppe des weibischen Ryehl oder der Meuchelmörder für die Zahlungskräftigen, je nachdem, wen man fragte, etwas auf den Steinboden legte. »Wein!«, befahl er dann. Seine Stimme klang weder bissig, noch sprach er lauter als gewöhnlich, aber Druud hörte, wie Farael nach Luft schnappte. »Mit Wasser verdünnt!«

»Gewiss, edler …«

»Broll genügt. Edelmut überlasse ich solchen wie deinem Herrn. Oder meinem.« Jetzt klang die Stimme eindeutig spöttisch, aber bevor Druud etwas sagen oder seinen Auguren bitten konnte, dem Gast etwas zu trinken zu bringen, um die Form zu wahren – *und mein Gesicht, verdammt!* –, sprach der Mann weiter. »Broll ist gut genug für mich, da es offenbar auch gut genug für meine Eltern war. Mögen sie im *Hellführ* lodern!«

Er hatte Letzteres ohne jede Gefühlsregung geäußert, und vielleicht war das der Grund dafür, dass es Druud kalt überlief. Dieser Mann war berüchtigt dafür, dass er ebenso ungerührt ein Huhn zum Essen schlachtete, wie er ein Dorf niederbrennen konnte und jetzt über seine Eltern sprach.

»Ich bin mir sicher, dass deine Eltern …«

»Wo bleibt der Wein, verdammt?«, unterbrach ihn Broll, an Farael gerichtet. »Wenn du dir zu vornehm bist, ihn selbst zu holen, dann schick gefälligst einen Lakaien! Oder einen dieser hübschen jungen Bürschchen, die ihr hier als Mägde haltet, wie man mir berichtet hat.«

Jetzt war es an Druud, scharf einzuatmen. »Ich muss doch …«

»Ihr seid Euch ganz sicher nicht sicher, was meine Eltern angeht, Eminenz, Oberster der Auguren, Erster Fragender«, erwiderte Broll. »Denn ich weiß nicht, wer meine verfluchten Eltern waren, und mittlerweile kümmert es mich auch nicht mehr.« Der winzige Hauch eines Gefühls hatte sich in seine Stimme geschlichen, und Druud stürzte sich sofort darauf. *Unkontrolliert Gefühle zu zeigen ist Schwäche, die ein kluger Mann stets ausnutzen kann.* Kordials Credo schoss Druud durch den Kopf, aber als er das Gefühl in der Stimme seines Gegenübers identifizierte, kamen ihm Zweifel.

Hass. Kalter und durchaus kontrollierter Hass, dachte er.

»Es sei denn, natürlich, um ihnen ihre Liebe zu entgelten, falls sich die Gelegenheit dafür ergäbe…« Broll machte eine Pause, als er offenbar den Kelch entgegennahm, den Farael ihm reichte. Er trank geräuschvoll und in großen Schlucken, dann schmatzte er und seufzte. »Das habe ich gebraucht. Ich dachte schon, ich müsste verdursten, während ich mit ansehen muss, wie sich mein Herr vor Eurem Drachenfürsten zum Narren macht. Hier, Kerl, der Kelch.« Er drehte sich zu Farael herum. »Und danke.«

Druud hob eine Braue und hörte die Überraschung in Faraels Stimme, als er antwortete: »Möchtet Ihr noch etwas Wein, edl… Broll?«

»Ein Schluck Wasser genügt.«

Druud hörte an dem veränderten Klang der Stimme, wie sich Broll wieder zu ihm herumdrehte. »Genug von meiner Familiengeschichte.« Er lachte. »Ihr habt sicher nicht so lange auf mich gewartet, um mit dem Austausch von Höflichkeiten weitere Zeit zu verschwenden.«

»Allerdings«, erwiderte Druud, der beschloss, wieder die Kontrolle über das Gespräch zu übernehmen. »Ich will…«

»Ah…« Broll wühlte in seinen Gewändern, zog etwas heraus und hielt es hoch. Druud hörte, wie etwas leise klirrte. *Eine Kette?* »Ich habe Euch etwas mitgebracht. Nur damit Ihr wisst, dass ich wirklich dort oben war.«

»Ich zweifle nicht an deinem Wort…«, begann Druud, aber Broll unterbrach ihn.

»Hier, nehmt es. Ihr braucht nur Eure Hand auszustrecken, Augur.« Er lachte leise. »Keine Angst, es beißt nicht. Jedenfalls nicht mehr. Allerdings würde ich nicht meinen Arsch dafür verpfänden, dass es nicht trotzdem verflucht gefährlich ist.«

Druud ließ sich seine Gereiztheit nicht anmerken. Er streckte die Hand aus, und fast im selben Moment berührten seine Finger Metall. Kühles Metall, etwas Rundes, Schweres. *Ein Anhänger?* Seine Finger strichen über die Kette, die Broll immer noch festhielt. Einem Impuls folgend, packte Druud zu, ergriff die Hand dieses seltsamen Mannes …

Noch mehr Metall? Ein … Ein Kettenhandschuh? Hier im Asylum …? Dieser …!

»Nicht so etwas, Ihr blinder Narr!«, fluchte Broll, packte Druuds Hand mit seiner anderen, bloßen Faust und drückte ihm den Anhänger zwischen die Finger. Dann riss er seine behandschuhte Rechte zurück.

»Wie könnt Ihr es wagen, so mit dem Ersten Fragenden zu reden!«, fuhr Farael auf, woraufhin Broll verächtlich schnaubte. »Kein Mensch fasst mich ohne meine Einwilligung an. Und er ist ein Mensch, richtig?« Er schnalzte mit der Zunge. »Wo bleibt mein Wasser?«

»Farael!« Druud wandte seinem Vertrauten das Gesicht zu, während er den Anhänger in seiner Hand fest umklammert hielt. »Bring meinem Gast Wasser, und dann lass uns allein.«

»Aber Herr …« Faraels Stimme war seine Sorge – und die Kränkung – deutlich anzuhören.

»Keine Angst, mir droht von ihm keine Gefahr. Er dient einem Schwachkopf, das verdirbt die Manieren. Wir sehen es ihm nach.«

»Wie Ihr wünscht, Eminenz.« Farael stellte einen Krug auf einen Tisch neben Broll und ging dann hinaus. Seine Sohlen klackten auf dem Steinboden, die Tür schloss sich hinter ihm mit einem recht lauten Knall.

»Also …«, begann Druud, aber Broll kam ihm zuvor.

»Das habe ich dieser Vorsteherin abgenommen, bevor wir sie ans Drachenkreuz gebunden und gefoltert haben.« Er trank einen Schluck. »Sie wollte nichts sagen. Aber das da«, Druud hörte, wie er den Arm hob, »dürfte einige Eurer Fragen beantworten, stimmt's?«

Genau genommen wirft es eher noch weit mehr Fragen auf, dachte Druud. »War das alles, was du dort gefunden hast?«, erkundigte er sich, ohne Broll zu antworten.

»Jedenfalls habe ich nicht das gefunden, was Ihr zu finden hofftet«, erwiderte Broll. »Wir haben die Oberkörper aller Klosterinsassen untersucht«, er lachte auf, ein freudloses, kaltes Lachen, »was zweifellos dem Gerede über die kinderfressenden Nordlinge weiter Nahrung geben wird.« Er verstummte kurz und schien zu überlegen. »Ich frage mich, ob die Geschichten, die man sich über diese Barbaren erzählt, alle auf diese Art und Weise …«

»Das sollte dich nicht kümmern!«, unterbrach ihn Druud scharf. Er umklammerte das Medaillon so fest, dass sich die Spitzen, die über den runden Rand hinausragten, schmerzhaft in seine Handfläche bohrten. »Dieser Vorsteherin hat also nichts …?«

»Ganz genau.« Brolls Stimme klang wieder kalt und emotionslos. »Sie hat allen … Anregungen, mir etwas über das Kloster, die Bewohner oder ihre Rolle dort zu verraten, widerstanden. Allerdings …«

»Ja?« Druud hielt den Atem an. »Was, allerdings?«

»Ich hatte den Eindruck, als würden wir vom Wald in der Nähe des Monasteriums aus beobachtet«, gestand Broll zögernd ein. »Ich … ich hatte eine … nennen wir es eine plötzliche Eingebung.«

»Eine Eingebung?«, fauchte Druud. »Was für eine Eingebung soll das gewesen sein?«

»Das soll Euch nicht kümmern«, gab Broll zurück. Seine

Stimme klang wieder leicht spöttisch, als gäbe es nichts, das er wirklich ernst nehmen könnte. Oder was er für wert erachtete, dass er es ernst nahm. »Die Suche hat nichts ergeben.« Er zuckte mit den Schultern, jedenfalls glaubte Druud das zu hören, denn er vernahm erneut ein leises Klirren. »Wahrscheinlich war es nur ein Graubär. Oder vielleicht auch eine Bergkatze, der mein Stockbogen zu gefährlich erschien.«

»Stockbogen?« Druud entschlüpfte die Frage, während sich seine Gedanken überschlugen. *Konnte es sein, dass er die Präsenz des Trägers gespürt hat? Aber wenn Broll die Gabe besäße, hätte ich das doch längst gemerkt …*

»Eine Waffe, die ich ersonnen habe«, erwiderte Broll, und etwas wie Stolz mischte sich in seine Stimme. »Sie ermöglicht es, über eine größere Entfernung zu töten, ohne sich selbst dabei in allzu große Gefahr zu begeben. Mein Herr ist davon begeistert.« Er lachte spöttisch. »Wie jeder verstehen kann, der ihn kennt.«

»Ein Graubär …«, murmelte Druud nachdenklich.

»Vergesst es«, erwiderte Broll. »Selbst wenn es jemand aus dem Monasterium gewesen sein sollte …« Er schnaubte. »Ich bezweifle, dass diese Person auch nur die Nacht überlebt hat. Wir haben alles vernichtet, was noch zu gebrauchen war. Und so wie Ihr es wünschtet, gab es keine Überlebenden …«

»Aber sicher seid Ihr nicht.«

»Ich bin kein verfluchter Magus, Augur!«, fuhr Broll wütend auf. »Ich bin ein Krieger. Die Person, nach der ich suchen sollte, war nicht da.« Er machte eine Pause. »Und das einzig bemerkenswerte Mal oder Symbol, das ich gesehen habe, ist das, was Ihr in der Hand haltet. Wir haben es der Vorsteherin abgenommen, wie ich schon sagte, bevor wir sie …«

»Ja, schon gut.« *Du glaubst doch selbst nicht, was du da sagst,* dachte Druud. *Ich habe diesen verdammten Träger des Mals* ertastet, *ich habe seinen verdammten Schicksalsfaden berührt! Dann stellt sich heraus, dass die*

Vorsteherin dieses verdammten, entlegenen Monasteriums eine Hohe Drachenpriesterin war. Die du passenderweise an ein Drachenkreuz gebunden hast! Und als wäre das nicht genug, gibt es noch einen weiteren Träger des Mals, abgesehen von den beiden, von deren Existenz ich schon wusste. Verflucht! Die Zunge im Mund der Götter erzählt mir Geschichten, mit denen ich nichts anfangen kann, und zitiert alte, lächerliche Weissagungen ... Er dachte kurz an den Abend zurück, an dem ihm Farael die *Verbotene Schrift* gebracht hatte. Und einen völlig verängstigten Anfir. Sein Vertrauter hatte den jungen Noviche dabei ertappt, wie er heimlich in dem Folianten geblättert hatte. *Offenbar hatte ihm der Knabe den Schlüssel zum Lektorial entwenden können.* Druud runzelte unwillig die Stirn, als er daran dachte, aber dann erinnerte ihn das angenehme Kribbeln in seinen Lenden daran, wie befriedigend die Bestrafung des zerknirschten Schuldigen gewesen war. *Sie und die Zunge im Mund des jungen Anfir waren das einzig Befriedigende nach der Lektüre im* Okkultum *gewesen. Jedenfalls im Vergleich zu dem, was die Zunge der Götter mir geben konnte.* Druud grinste unvermittelt. *Und was diese Waage angeht ... nichts.* Dann dachte er wieder an den Mann, der ihm gegenübersaß.

Und jetzt lügst du mich auch noch an, Broll. Oder zumindest verschweigst du mir die Wahrheit. Nur, warum tust du das?

Druud sagte jedoch nichts dergleichen, sondern lauschte nur den Atemzügen des Mannes. Broll wirkte nicht aufgeregt. Er atmete langsam, gelassen, saß ruhig da, und dann ... *Er neigt sich nach vorn, nimmt ... den Becher mit Wasser. Er trinkt.*

Druud seufzte. *Mehr werde ich von ihm nicht erfahren. Vielleicht weiß er ja auch tatsächlich nichts, obwohl ich das stark bezweifle. Er hält etwas zurück, und diese Sache mit der Eingebung ... Dennoch, es kann nicht schaden, ihn genauer im Auge zu behalten, jetzt, da er hier ist.* Er betastete das Medaillon in seiner Hand und erschauerte. *Möglicherweise erfahre ich doch noch etwas von ihm. Wenn jemand weiß, wie man die richtigen Fragen stellen muss, dann ja wohl ich.*

Druud zwang ein Lächeln auf sein Gesicht.

»Belassen wir es dabei, Broll. Zweifellos werde ich bei der nächsten Opferung Genaueres *ertasten,* vielleicht sogar den jetzigen Aufenthaltsort des Trägers dieses Mals. Bis dahin aber habe ich eine andere Aufgabe für dich.«

Er hörte, wie Broll verärgert aufstöhnte und sich von seinem Stuhl erhob. »Mein Herr, der Edle von Ern, erwartet mich in seinen Gemächern. Außerdem beschäftigt er mich wahrhaftig bereits mehr als genug …«

»Das glaube ich gern, Broll, du bist zweifellos ein sehr gefragter Mann. Wie es bei jemandem mit deinen mannigfachen Talenten auch nicht anders zu erwarten ist.«

»Spart Euch diese leicht durchschaubaren Schmeicheleien«, entgegnete Broll, doch das geschulte Ohr des Ersten Fragenden hörte den schwachen Anflug von Stolz in der Stimme seines Gegenübers.

»Oh, das ist keine Schmeichelei. Ich sage nur die Wahrheit. Zudem solltest du mit deiner Entscheidung warten, bis du dir angehört hast, worum es geht. Diese Aufgabe unterscheidet sich erheblich von allen anderen, mit denen ich dich bisher betraut habe.«

»Ah.«

Interesse. Druud unterdrückte ein Grinsen. »Es geht um ein weiteres Problem, das meine Pläne vereiteln könnte. Die Drachenbraut.«

Druud hörte, wie sich der Krieger wieder setzte und die Beine übereinanderschlug. Er unterdrückte ein Grinsen.

»Jolah da Prunfor? Also gut, OchNarjon, ich bin ganz Ohr.«

ULCAR,
DRACHENPALAST
KLAUENSAAL

Diese monströse Halle trägt ihren Namen wirklich zu Recht, dachte Jolah, während sie sich in dem Saal umsah, in dem der Drachenfürst Prakuhl de Prunfor Ryehl, den Edlen von Ern, empfing. Gewaltige Pfeiler, mit schillernden Schuppen bedeckt, trugen die hohe Gewölbedecke. Ihre Sockel waren wie Drachenklauen geformt, die Kapitelle wurden von Drachenschädeln gekrönt. Der Raum im Inneren des Palastes hatte keine echten Fenster, dafür zeigten die Glasscheiben Szenen aus den alten Legenden Alghors. Drachen in allen Größen und Gestalten wurden von den ruhmreichen Drachenkämpfern des Reiches zur Strecke gebracht. Sie wurden aufgespießt, enthauptet, verbrannt, gehäutet … Jolah wandte den Blick von dem blutrünstigen Gemetzel ab. *Ich frage mich wirklich, ob der Erbauer dieses Albtraums für sein Schaffen mit Gold überschüttet oder mit Eisen durchbohrt worden ist. Hätte man mich gefragt, hätte ich ihm zweifellos …*

»… nicht auch, edle Drachenbraut?«

»Sicher. Ein glühendes Eisen wäre das Mindeste …« Jolah unterbrach sich, als Bragh hinter ihr hüstelte. Dann wurde ihr wieder bewusst, dass sie ja nicht hier war, um diesen Saal zu begutachten, dessen Gestaltung eindeutig einem kranken Hirn entsprungen war, sondern dass sie selbst es war, die begutachtet wurde. »Aber wie Ihr schon sagtet, edler Ryehl«, gleichgültig erwiderte sie den strafenden Blick ihres Vaters, »ist es natürlich genau so, wie …« Ihr Blick glitt zu Bragh. *Hilf mir, verdammt! Was hat dieser weibische Schwachkopf gesagt?*

Doch bevor ihr Paladin sie auf irgendeine Weise unterstützen konnte, ergriff Ryehl selbst das Wort. »Glühendes Eisen?« Er kicherte leise und hob einen hellen Handschuh aus weichem Ziegenleder an die Lippen. Ringe zierten die Finger, einschließlich des Daumens – *Wie will er damit eine Klinge halten?*, schoss es Jolah durch den Kopf –, und die großen Steine darin funkelten in bunten Farben. *Ein alberner Gockel*, dachte sie, zwang sich jedoch dazu, den Mann freundlich anzulächeln.

»Ich muss zugeben, dass ich nicht auf die Idee gekommen wäre, meine Gaukler aufzufordern, mit glühenden Eisen zu jonglieren, aber Ihr entzückt mich, edle Drachenbraut. Wie ich sehe, befinden wir uns diesbezüglich in einem wunderbaren Einklang.« Er verbeugte sich und machte eine gezierte Handbewegung. »Es wäre mir eine Ehre, meine Künstler anzuweisen, Euch morgen mit einer derartigen Darbietung erfreuen zu dürfen.«

Den entsetzten Blicken der in farbenfrohe Gewänder gekleideten Jongleure war zu entnehmen, dass sie sich von dieser Idee nicht ganz so geehrt fühlten. *Andererseits ist ihr Entsetzen auch nicht so groß, dass man zu der Überzeugung kommen müsste, ein solcher Vorschlag wäre gänzlich unerhört*, dachte Jolah.

Sie hüstelte. »Wenn ich es mir recht überlege, Edler Ryehl, dann ist es vielleicht doch keine so gute Idee. Vater würde es mir nie verzeihen, wenn einer Eurer Jongleure ein Eisen fallen ließe und ein Brandfleck auf dem Boden zurückbliebe.«

Ryehl sah nach unten und hob eine Braue. »Auf Barkaalmarmor?«, fragte er amüsiert.

Auch Jolah betrachtete kurz den schwarz schimmernden Boden und schenkte dem Mann dann ein strahlendes Lächeln. »Ich meinte, wirklich heiße Eisen.«

Der Blick, mit dem Ryehl sie musterte, war ein Blick reiner Verzückung, und Jolah musste ein Gefühl von Übelkeit unterdrücken. *Wahlweise könnte ich dir auch einen glühenden Schürhaken in dei-*

nen widerlichen Arsch schieben!, dachte sie. *Und dann deine Gaukler bitten, damit zu jonglieren. Ich bin sicher, sie würden es mit Vergnügen …*

»Ihr verzeiht sicher einer jungen Drachenbraut, wenn sie ein wenig launisch ist, was ihre Einfälle angeht«, mischte sich Prakuhl ein, wobei er Jolah einen warnenden Blick zuwarf. »Aber der Tag der Klingen naht, und verständlicherweise wächst ihre Nervosität.«

»Schließlich geht es um ihre Zukunft und die des Drachenreiches …«, warf Jolah ein.

»Gewiss. Wie ich schon sagte, ich bin entzückt, feststellen zu dürfen, dass die Drachenbraut Alghors meine Vorstellung von geistreichem Amüsement offensichtlich teilt.«

Schon die näselnde Stimme Ryehls war für Jolah Grund genug, eine abgrundtiefe Abneigung gegenüber diesem Mann zu empfinden, selbst wenn er nicht versucht hätte, sich durch eine Heirat mit ihr den Drachenthron zu erschleichen. Sein alberner Aufzug und seine gekünstelte Art taten ein Übriges. Dennoch war der Edle von Ern alles andere als ein Hanswurst. Ein kurzer Blick auf die Männer, die hinter ihm standen, genügte, um sie davon zu überzeugen.

Ihr Blick blieb zum wiederholten Mal an einem seiner Begleiter hängen. Sie hob unwillkürlich den Kopf und musste ihm in die Augen sehen.

Ryehl hatte es nicht einmal für nötig befunden, sein engstes Gefolge vorzustellen, als er mit klingelnden Glöckchen und umgeben von Akrobaten und Jongleuren in den Klauensaal einmarschiert war. *»Einmarschiert« ist ein wenig passendes Wort,* dachte Jolah. *Er ist der Erste, der versucht, Alghor mit bunten Harlekinrauten, Keulen und Glocken zu erobern statt mit Eisen, Feuer und Blut.* Sie war sich nicht schlüssig, was von beidem sie gefährlicher fand.

Diesen Mann jedoch, dem sie nun in die Augen sah, erkannte sie, auch ohne dass man ihr seinen Namen genannt hätte. Es war Broll, der Anführer der Hämmer von Ern. *Der Schlächter von*

Krühll, wie man ihn nannte, weil er unterschiedslos Aufrührer, Alte, Frauen und Kinder niedermetzeln ließ, als er einen Aufstand gegen den Edlen von Ern in dieser entlegenen Grenzstadt blutig niederwarf. *Als er abzog, war niemand mehr am Leben, der noch in der Lage gewesen wäre, sich zu erheben,* dachte Jolah, und ein Grausen überkam sie, rieselte ihr in einer Gänsehaut über den Rücken und krampfte ihr den Unterleib zusammen. Dieser Kerl war auf jeden Fall gefährlich. Er hob sich schon durch seine Haltung von den anderen Höflingen in Ryehls Gefolge ab. Er stand einen Schritt hinter seinem Herrn, die Arme vor einem Harnisch aus dunklem Stahl gekreuzt, auf dem das Symbol des Hammers eingraviert war.

Das Wappen der Hämmer von Ern, dachte Jolah, *der Mördertruppe des Edlen.* Sie konnte ihren Blick nicht von den grünen Augen des Mannes lösen, deren Blick sich in ihre zu brennen schien.

Angesichts des miesen Charakters seines Herrn ist es der Gipfel der Dummheit, dachte sie, *als Untergebener eines Fürsten die Frau anzustarren, die der Edle von Ern zu ehelichen gedenkt. Dieser Kerl ist …*

Ein schwaches Summen in ihrem Hinterkopf erklang, gerade als sie das Funkeln in den Augen des Mannes sah, und lenkte ihre Gedanken in eine andere Richtung. Ihr war klar, dass er seine Wirkung auf sie bemerkt hatte, und offenbar genoss er es. Der Zorn seines Herrn schien ihm vollkommen gleichgültig.

Dieser unverschämte Mistkerl!, dachte sie. Ihr Mund wurde trocken, und ihre Lippen fühlten sich spröde an, aber sie hätte sich eher die Zunge abgeschnitten, als sie zu befeuchten. *Andererseits … Vielleicht sollte ich eine andere Methode ausprobieren.* Sie grinste und öffnete die Lippen, nur ein wenig. Gerade so weit, dass ihre Zungenspitze hervorlugte.

Triumphgefühl durchströmte sie, als sie sah, wie die Augen des Mannes plötzlich aufleuchteten und er überrascht die Brauen hob.

Im selben Moment verschwand das Gefühl dieses zugegebenermaßen recht billigen Sieges, als ihr plötzlich leicht schwindlig wurde und das Summen in ihrem Hinterkopf sich verstärkte.

Was, verdammt, soll das ...? Sie erinnerte sich an das Gefühl nach dem Bankett, als dieser plötzliche Anfall sie gepackt hatte. Und auch daran, was danach geschehen war. Akkad und Jeul hatten ihr zwar anschließend versichert, dass die Heftigkeit ihrer Reaktion vor allem durch den übermäßigen Weingenuss zu erklären gewesen sei, aber ... *Jetzt habe ich keinen einzigen Schluck Wein getrunken!* Sie hatte seit diesem Bankett einen großen Bogen um Wein gemacht. *Außerdem fühlt sich das anders an als dieses Wabern von diesem Dunklen Schleier. Das kann doch nicht wahr sein!*, dachte sie fast flehentlich. *Doch nicht jetzt, ausgerechnet hier, in aller Öffentlichkeit! Vor meinem Vater und ...*

»Bragh«, flüsterte sie und streckte unwillkürlich die Hand nach ihrem Paladin aus. Die Stimmen in ihrem Kopf schwollen an, und sie spürte kaum, wie Bragh dicht hinter sie trat und stützend eine Hand unter ihren Ellbogen legte. *Verdammt, ich will das nicht! Was soll das? Woher, verflucht, kommt das?*

Sie riss die Augen auf, während sie wütend gegen dieses Gefühl in ihrem Inneren ankämpfte, gegen die Stimmen, diese seltsame Melodie aus unverständlichen Silben, gegen die Hitze, die sie plötzlich durchströmte und sich – *natürlich!* – gegen ihren Willen in ihrem Schoß zu sammeln schien.

Jolah starrte den Schlächter wieder an und erwartete, ein triumphierendes Grinsen auf dem Gesicht dieses muskelbepackten Idioten zu sehen. *Zweifellos ist sein ohnehin maßlos übertriebenes Selbstwertgefühl gerade durch die bemalte Decke geschossen.*

Zu ihrer Verblüffung jedoch hatte Broll die Augen geschlossen. Seine kantigen Gesichtszüge wirkten wie gemeißelt, als er offenbar versuchte, einen inneren Tumult in den Griff zu bekommen – ein Kampf, dessen Anzeichen sich auf seiner gefurchten Stirn, den hervortretenden Muskelsträngen an seinem Hals und den zu Fäusten geballten Händen zeigten, deren Knöchel weiß hervortraten, als er die Griffe seiner Waffen umklammerte.

Dann riss er die Augen wieder auf, und es traf Jolah diesmal wie ein Schlag, als sich ihre Blicke begegneten und die Stimmen in ihrem Kopf sich zu einem dröhnenden Brausen steigerten.

Er beugte sich vor, flüsterte seinem Herrn Ryehl etwas ins Ohr, verneigte sich vor dem Drachenfürsten, drehte sich um, ohne auf eine Reaktion zu warten, und marschierte steifbeinig aus dem Saal. Jolah folgte ihm mit ihrem Blick. *Täusche ich mich, oder schwankt er tatsächlich?*

Dann jedoch achtete sie nicht mehr auf ihn, sondern ließ sich dankbar auf dem gepolsterten Hocker nieder, den Bragh ihr unterschob.

Ihre Gedanken überschlugen sich, während sie zu begreifen versuchte, was da eben passiert war.

Das hatte nichts mit Lust zu tun oder auch nur körperlicher Anziehung, dachte sie. *Dieser Kerl ist ein Mörder und Schlächter und Barbar.* Allein der Gedanke, dass er sie berühren oder auch nur in ihre Nähe kommen könnte, verursachte ihr Übelkeit. Dennoch war dieser Gedanke alles andere als tröstlich. Denn eine flüchtige körperliche Anziehung, die ganz normale Reaktion einer gesunden paarungsbereiten Frau auf einen männlichen … *Verdammt, was denkst du dir da?*, unterbrach sich Jolah wütend. *Er ist ein Mörder, schon vergessen? Der Handlanger eines möglicherweise noch perverseren Herrn!*

Dennoch, selbst diese Reaktion wäre besser gewesen als das Gefühl, was sie da eben fast bis ins Mark getroffen hatte.

Das war viel schlimmer als Lust!

Denn was auch immer es war, das diese Stimmen, dieses Schwindelgefühl in ihr hervorgerufen hatte, dieser Mann hatte eindeutig etwas damit zu tun gehabt. Und auch wenn es nur eine Vermutung war: Er schien etwas Ähnliches gespürt zu haben.

Jolah seufzte und schlug sich die Hände vors Gesicht, als sie an das Gespräch mit Akkad und Jeul nach dem Bankett dachte.

O nein! Bitte nicht! Das hat mir gerade noch gefehlt!

SCHLUCHT DER SCHMIEDE

Der Lärm der Hämmer war ohrenbetäubend. Kaum besser zu ertragen waren der Gestank nach verbranntem Holz und der metallische, stechende Geruch von glühendem Eisen.

Lay hätte sich die Ohren zugehalten, wenn er nicht befürchtet hätte, etwas zu verpassen.

Er folgte Korgh staunend mit weit aufgerissenen Augen wie ein Kind durch das Gewirr von breiten, belebten Gassen, in denen sich Werkstatt an Werkstatt drängte. Lay hatte Zanth'ra mehrmals auf den Markt nach Usdem begleitet, einem Marktflecken, wo sie die spärlichen Überschüsse, die das Kloster auf den Feldern erwirtschaftete, und das, was die Frauen in seinen Spinnstuben webten, verkauften oder gegen dringend benötigte Dinge eintauschten. Außerdem hatte Zanth'ra dort immer eine andere Heilerin besucht und einen großen Teil des Abends bei ihr verbracht. Einmal hatten sie sogar in ihrem Haus genächtigt, bevor sie am nächsten Morgen zurückfuhren. Lay war die Frau unheimlich vorgekommen. Sie hatte so gar nicht wie eine Heilerin gewirkt, hatte nichts Sorgendes gehabt wie Zanth'ra. Sie war groß und hager gewesen, hatte ihr dunkles kastanienbraunes Haar zu einem strengen Zopf geflochten getragen, und mit ihren stechenden Augen hatte sie ihn abgeschätzt wie die Händler die Lämmer, die Zanth'ra auf dem Markt feilbot.

Lay hatte in der Zeit, in der Zanth'ra die andere Frau besuchte, deren Namen sie ihm nie genannt und nach dem er auch nie gefragt hatte, den Flecken durchstreifen dürfen. Er hatte die Vielfalt der zahlreichen Läden, Geschäfte und Werkstätten bestaunt, in denen Handwerker und Kaufleute hinter offenen Türen saßen, Dinge feilboten, fertigten oder reparierten und zumeist ein freundliches Wort für ihn übrig hatten.

Hier in dieser Schlucht jedoch reihte sich Schmiede an Schmiede. So weit Lay sehen konnte, gab es keine anderen Werkstätten. Als gäbe es nur dieses eine Handwerk auf der Welt, nichts als Schmieden und das Bearbeiten und Verkaufen von metallenen Gerätschaften, die vorwiegend für das Töten anderer Menschen bestimmt waren. *Menschen und anderer Kreaturen.* Lay dachte an den abgehackten Schädel von Vergust.

Blasebalge von den Ausmaßen kleiner Häuser fauchten in den oft scheunengroßen Werkstätten und befeuerten Essen, von denen einige so groß waren, dass man ganze Baumstämme darin hätte verbrennen können.

Und die Männer, die daran arbeiteten …

Lay staunte. Die meisten würdigten ihn und seinen Begleiter keines Blickes, während sie unablässig gewaltige Schmiedehämmer auf weiß glühende Metallstäbe hinabsausen ließen, in einem ruhigen, immergleichen Rhythmus, der jedoch von Schmiede zu Schmiede variierte und eine Kakofonie von Gehämmer erzeugte. Die Rhythmen verwoben sich, brandeten gegeneinander an, vereinten sich, um sich dann wieder zu verschieben, zu trennen und so fort. Der Lärm war unglaublich.

Ebenso wie die Waffen, die sie schmiedeten.

Einmal sah Lay sogar eine Werkstatt, in der ein Schmiedehammer an einer merkwürdigen mechanischen Vorrichtung hing. Sie wurde von einem Wasserrad angetrieben, das der Fluss speiste, und ließ den Hammer mit erstaunlicher Geschwindigkeit und großer Wucht auf einen riesigen Amboss hinabsausen.

Lay folgte Korgh, der zielstrebig an den Werkstätten vorüberging, und konnte sich an dem Dargebotenen nicht sattsehen.

Schwerter mit scharfen Spitzen, ähnlich dem, mit dem er

dem Wegelagerer das Knie zertrümmert hatte. *Wer weiß, ob es nicht möglicherweise sogar hier hergestellt worden ist,* ging es ihm durch den Sinn. Doch nach einem kurzen Blick auf die Waffe, die ein riesiger schwarzhäutiger Mann gerade bearbeitete, der Lay entfernt an einen Karawanenreiter aus dem Glutkessel erinnerte, tat er den Gedanken mit einem Schulterzucken ab.

Der Anführer der Wegelagerer hatte eine primitive Waffe gehabt, die grob und schlecht gearbeitet gewesen war. Obwohl das Eisen hier noch glühte, konnte Lay erkennen, dass diese Waffe weit größer und schwerer war, die Spitze länger und bösartiger und die Schneide zum Heft hin schmaler zulaufend, um der Waffe eine bessere Balance zu verleihen …

Offenbar hast du doch einiges von diesem Nordling gelernt, dachte Lay und grinste. Doch als der schwarze Hüne ihn anstarrte, verging ihm das Grinsen.

Seine Augen schimmerten dunkel in der Glut seiner Esse, und Lay machte unwillkürlich einen Satz zur Seite.

»Heda, Bursche!«, knurrte eine Stimme, die klang wie Geröll, das einen Abhang hinunterrollt. »Pass auf, wo du hintrittst, hm? Möchte dich nicht als Zierrat in das Blatt meines Beiles einarbeiten.«

Lay fuhr herum und sprang erneut zurück. Vor ihm stand ein anderer Schmied, ein Baum von Mann, neben dem selbst Korgh klein wirkte und der ihn von oben herab anstarrte. Seine dunklen Augen wirkten wie Holzkohlen, in denen tief verborgen Glut schimmerte, bereit, jederzeit die Flammen aufzüngeln zu lassen.

»Entschuldigt!«, stammelte Lay. »Ich wollte Euch nicht bei Eurer Arbeit stören …«

»Oho, was für ein wohlerzogener Bursche!« Der Schmied schnaubte, senkte den mächtigen Schädel und starrte Lay plötzlich argwöhnisch an. Er senkte den Kopf und … schnupperte an Lays Haar. Dann riss er die Augen auf. »Du …«

Was hat er, bei Belphor? Rieche ich etwa nach Fisch? Aber bevor er etwas sagen konnte, war Korgh bei ihm.

»Wir wollen deine Zeit nicht über Gebühr beanspruchen«, knurrte der Nordling dem Schmied zu, packte den Arm des verdutzten Jünglings und zog ihn weiter. »Und wir wollen auch nichts von dir kaufen.«

Der Blick des Schmiedes zuckte zu Korgh, dann senkte er den Kopf und trat einen Schritt zurück. Eine respektvolle Geste, die Lay nicht erwartet hätte.

»Verzeiht, Brut. Hatte Euch nicht …«

»Schon gut«, unterbrach Korgh ihn und zog Lay weiter.

Brut? Oder hat er Blut gesagt? Vergust hat doch auch davon geredet. Lay schüttelte den Kopf, während er Korgh folgte. *Was bedeutet das alles hier?* Ihm fiel auf, dass er vor lauter Staunen noch gar nicht auf die Idee gekommen war, sich darüber zu wundern, wie absonderlich all das war. Die Schlucht, diese Schmiede hier, der Tunnel, der Schleier, Vergust, Korgh …

Er folgte dem Nordling durch das Gewirr der Gassen, vorbei an großen Halden aus unterschiedlichen Erzen. Einmal blieb er wie vom Donner gerührt vor einem gewaltigen Haufen eines Erzes stehen, das in dem gleißenden Licht über der Schlucht besonders hell und gelb funkelte.

»Ist das …?«

Korgh gönnte dem Erzhaufen nur einen flüchtigen Blick. »Golderz, ja. Es gibt viele Kunden, denen der Glanz einer Waffe wichtiger ist als die Schönheit ihrer Form, die ihrer Funktion perfekt dient.« Er klopfte grinsend auf seine Axt. »Aber die Schmiede hier erfüllen dir alle Wünsche.« Er sah Lay an und zwinkerte. »Sofern sie die Kunden akzeptieren und diese wohlhabend genug sind.«

»Und wenn das nicht der Fall ist?« Lays Freude über die Aussicht, eine eigene Waffe zu besitzen, war ein wenig durch die Wirkung gedämpft worden, die sowohl die Schlucht selbst als auch die hier arbeitenden Schmiede auf ihn hinterließen. *Ich frage mich, ob ich wirklich würdig bin, eine solche Waffe zu besitzen. Wohlhabend genug bin ich jedenfalls nicht.* Er fühlte sich plötzlich unsicher, was ihm ganz und gar nicht gefiel.

»Oh, mach dir darüber keine Gedanken.« Korgh sah suchend nach rechts und links, als sie an eine Wegkreuzung kamen. »Da lang«, meinte er dann und wandte sich nach links.

»Mach ich aber«, antwortete Lay. *Vor allem frage ich mich, was für Kunden normalerweise hierherkommen, wenn keine gewöhnlichen Sterblichen diese Schlucht betreten können.* »Und außerdem würde ich gern wissen, wie diese …«

»Ah, dahinten ist es ja«, fiel Korgh ihm ins Wort und zog ihn weiter. »Komm, wir werden bereits erwartet.«

»Wir werden …?« *Jemand erwartet uns? Wer denn? Wer in aller Welt kann denn wissen, dass wir hier sind?* »Ich verstehe nicht …«

»Es wird sich alles bald klären. Nur Geduld, Lay.«

Lay sah den Nordling irritiert an, dann lächelte er. Er hatte sich noch nicht so recht daran gewöhnt, dass Korgh ihn mit Vornamen ansprach. Offenbar hatte er den Respekt des Hünen gewonnen, als er ihm im Kampf mit Vergust beigestanden hatte. *Immerhin habe ich ihm das Leben gerettet,* dachte er, *daher dürfte es wohl nicht zu viel verlangt sein, wenn er mich zumindest mit Namen anspricht.* Lay erfüllte es mit Stolz, in der Achtung dieses Kämpfers gestiegen zu sein. Was aber nicht bedeutete, dass er darauf verzichten würde, Antworten auf seine Fragen zu erhalten.

Allerdings waren alle Fragen vergessen, als sie sich einer eher kleinen Schmiede näherten, die auf den ersten Blick ein wenig heruntergekommen und enttäuschend wirkte.

Doch Lay beachtete den baufälligen Schuppen überhaupt nicht.

»Maahr-kut!« Er traute seinen Augen nicht. *Das ist doch völlig unmöglich!* »Das ist doch völlig unmöglich!« *Er ist doch im Monasterium gestorben …* »Wir haben dich für tot gehalten und unter dem Turm begraben …!« Lay spürte, wie ihm Tränen über die Wangen liefen, aber er schämte sich ihrer nicht. Gleichzeitig befürchtete er, gleich aus einem Traum herausgerissen zu werden und in das nach Fischtran stinkende Gesicht von Korgh zu blicken, der ihn wachrüttelte, um ihm irgendetwas Unangenehmes zu sagen.

»Der junge Lay.« Maahr-kut nickte, als hätte er tatsächlich auf ihn gewartet. Ein Eindruck, den die nachfolgenden Worte noch verstärkten. »Wie ich sehe, hast du den Weg hierher gefunden.« Er sah Korgh an. »Und hast dir einen recht hilfreichen Begleiter aufgelesen.«

Lay verzichtete darauf, dem alten Waffenmeister zu erklären, dass es sich wohl eher umgekehrt verhielt.

»Wie hast du es geschafft, das Massaker zu überleben?«, platzte Lay heraus. »Warst du dabei, als Theija starb? Hat Zanth'ra dir noch etwas sagen können? Was haben die anderen …? Wo bist du …? Und wie …? Und wieso konntest du diese Schlucht überhaupt …?«

Maahr-kut hob beschwichtigend die Hände. »Langsam, junger Lay. Das sind eine Menge Fragen, und ich bin weder überzeugt davon, dass ich sie dir alle beantworten kann, noch glaube ich, dass du bereits reif für alle Antworten bist.« Er erwiderte Lays Umarmung jedoch herzlich und drückte den Jüngling an seine schmächtige Brust. Lay schloss die Augen und gab sich für einen Moment dem Gefühl von Geborgenheit hin, dem wunderbar beruhigenden Gefühl, einen Teil seiner Familie wiedergefunden zu haben. Dann hörte er, wie sein alter Lehrer hüstelte, und trat rasch zurück.

»Verzeiht, Meister«, sagte Lay. »Ich wollte euch nicht …« Er musterte ihn von oben bis unten. »Ihr seid sicher noch verletzt und nicht vollständig genesen …« Er verstummte, während sein Blick über den Körper des Waffenmeisters glitt.

Maahr-kut war ein Sandmann. Lay hatte einiges über diese

Bewohner des Glutkessels gelesen und auch von den Karawanenreisenden und Maahr-kut selbst Geschichten über die Sandleute gehört.

Dieses Volk war drahtig und zäh, klein von Statur, aber geistig und körperlich sehr beweglich und agil bis ins hohe Alter. Es waren hervorragende Reiter und ausdauernde Läufer und Kämpfer, und da sie so viel Zeit unter der sengenden Hitze von Belphors Feuer verbrachten, hatten sie wettergegerbte dunkle Haut. Jedenfalls die meisten von ihnen.

Maahr-kut bildete da keine Ausnahme. Er trug auch hier in der Schlucht der Schmiede seinen kunstvoll gebundenen Turban und den weiten Umhang – *Kaftan,* wie er ihn nannte. Wegen dieser Kleidungsstücke waren Verletzungen, die er wahrscheinlich davongetragen hatte, nicht zu sehen.

Lay kniff die Augen zusammen. Aber der alte Waffenmeister bewegte sich nicht so, als würde er unter irgendwelchen Wunden leiden. Genau genommen wirkte er vollkommen unverändert, immer noch so, wie Lay ihn in Erinnerung hatte, als er an jenem Morgen bei ihm in der Waffenkammer gewesen war und sich die Pfeile abgeholt hatte.

Sicher, der Überfall war bereits mehrere Spannen her, aber selbst wenn Maahr-kut nur leicht verletzt davongekommen war, hätte man ihm doch zumindest etwas anmerken müssen.

Oder nicht? Lay schluckte, als ihm eine andere Möglichkeit einfiel, warum Maahr-kut so völlig unversehrt schien.

»Bist du auch kein normaler Sterblicher?«

Maahr-kut hob fragend eine Braue und sah dann, zu Lays Erstaunen, Korgh an. »Wie kommt er denn darauf?«

»Keine Ahnung«, erwiderte der Hüne und zuckte mit den Schultern.

»Korgh hat das behauptet«, erklärte Lay gleichzeitig.

»Was?«, erkundigte sich Maahr-kut.

»Was?«, rief Korgh empört.

»Du hast doch gesagt, dass kein Sterblicher …«

»Natürlich bin ich sterblich«, antwortete Maahr-kut.

»Das stimmt«, brummte Korgh.

»Ich verstehe nicht …«, meinte Lay und sah verwirrt von einem zum anderen.

»Das ist er also.«

Lay fuhr zusammen, als er die Stimme hörte. Sie hatte fast denselben heiseren Klang wie jene, die er hörte, wenn er durch die Kunst der Versenkung dieses seltsame Lied beschwor. Doch im Unterschied zu den Stimmen, die er im Zustand der Versenkung hörte, konnte er die Worte, die diese Stimme sprach, verstehen.

Jedenfalls war sie eindringlich genug, um die Aufmerksamkeit der drei Männer vor der Schmiede auf sich zu ziehen.

Lay drehte sich zu dem Sprecher herum.

Es ist eine …

»Darf ich vorstellen, Lay?« Maahr-kut lächelte, legte dem Jüngling die Hand auf den Arm und führte ihn zu der Gestalt, die in der schiefen Tür der Werkstatt stand und sich die rußgeschwärzten Hände an einer Schürze abwischte, deren ursprüngliche Farbe nicht mehr zu erkennen war. »Das ist Okh-ta, Schmiedin der Singenden Klingen.«

»Das bin ich«, erwiderte die Frau und nickte Maahr-kut kurz zu. Dann richtete sich ihr Blick auf Korgh. »Sieh an. Wieder im Lande?« Ihre Augen funkelten böse, während sie den Nordling von oben bis unten musterte. »Aber diesmal scheinst du eine bessere Wahl getroffen zu haben als beim …«

Korgh hüstelte, und Lay nahm trotz seiner Verwirrung wahr, dass der Nordling tatsächlich ein wenig verlegen zu sein schien. *Was, verdammt, geht hier vor? Je länger ich mich hier aufhalte, desto weniger begreife ich. Maahr-kut sollte tot sein, ist aber anscheinend quicklebendig und vollkommen unversehrt und hätte eigentlich nicht in diese Schlucht gelangen dürfen. Korgh ist kein gewöhnlicher Sterblicher, jedenfalls seinen eigenen Worten zufolge, und war angeblich nie hier, aber trotzdem kennen ihn hier alle. Und ich bin ganz offensichtlich der Einfaltspinsel, der keine Ahnung hat und über den sich alle lustig machen.*

Er wollte diesen Gedanken gerade laut äußern, als er hörte, wie Korgh mit der Schmiedin sprach.

»... ist der Träger des Mals, Okh-ta. Für ihn sollst du ein Schwert schmieden.«

»Ah.« Der scharfe Blick der Frau richtete sich wieder auf Lay, und er fühlte sich, als würde er darunter schrumpfen.

»Ich freue mich, Euch kennenzulernen«, begrüßte er die Schmiedin. *Ich freue mich, Euch kennenzulernen? Bist du denn von allen guten Geistern verlassen? Was redest du da für einen Schwachsinn? »Ich habe die Hosen gestrichen voll und will nach Hause«, wäre wohl die ehrlichere Begrüßung gewesen.* Andererseits hatte er einen Erdmagus bezwungen, der zum Ghuul mutiert war, also musste er sich vielleicht nicht vor einer einfachen Schmiedin fürchten. *Allerdings würde ich mich sehr wundern, wenn das hier eine einfache Schmiedin wäre.*

Die Reaktion der Frau auf seine Anrede hin verblüffte ihn, denn sie legte den Kopf in den Nacken und lachte, laut, warm und herzlich.

Schließlich beruhigte sich Okh-ta wieder und legte Maahr-kut eine Hand auf den Arm. »Weiß er, was ihn erwartet, Sandmann?«

Lay hatte gerade beschlossen, die Frau zu mögen. Es war schon lange her, dass jemand so warmherzig über ihn gelacht hatte, statt ihn einfach nur zu verspotten. Doch als er den Tonfall hörte, mit dem sie ihre Frage an Maahr-kut stellte, ahnte er, dass er vielleicht ein wenig voreilig mit seinem Urteil gewesen war.

Maahr-kut blickte zu Korgh, der den Kopf schüttelte. Der alte Waffenmeister seufzte. »Ich fürchte, nein«, meinte er dann. »Aber er ist der Richtige, daran besteht keinerlei Zweifel.«

Korgh trat vor. »Ich habe das Mal auch gesehen.«

Die Frau hob die Brauen und zuckte dann mit den Schultern. »Ganz wie ihr meint. Mir soll es recht sein. Schließlich habe *ich* nichts zu verlieren.«

Lay hielt es für höchste Zeit, sich an dem Gespräch zu beteiligen. Schließlich war er hier die Hauptperson. *Der Haupttrottel, wäre wohl passender.* »Verzeihung«, sagte er und trat auf die Schmiedin zu. »Was genau erwartet mich?«

Die Frau starrte ihn an. Dann richtete sie den Blick ihrer schwarzen Augen auf Korgh. »Er weiß es nicht?«

Korgh zuckte mit den Schultern. »Wir hielten es nicht für ...«

Die Frau stemmte ihre Fäuste in die Seiten, was die Muskeln an ihren Unterarmen deutlich hervortreten ließ. »Ich kann es nicht glauben, dass du ...«

»Er hat ohnehin keine Wahl«, meinte Korgh beschwichtigend.

Was soll das denn schon wieder heißen?, dachte Lay, auf den diese Worte alles andere als beruhigend wirkten.

»Jeder hat eine Wahl«, widersprach die Frau und funkelte Korgh wütend an. »Hast du das vielleicht vergessen?«

»Allerdings!«, mischte sich Lay ein. Er sah Maahr-kut an. »Und du hast meine Frage immer noch nicht beantwortet.«

»Welche Frage?«, erkundigte sich Maahr-kut, sichtlich irritiert.

»Das ist doch jetzt nicht so wichtig«, meinte Korgh und wollte Lay zur Seite schieben. »Viel wichtiger ist ...«

Okh-ta verschränkte ihre Arme vor der Brust. »Ob etwas wichtig ist oder nicht, muss jeder für sich selbst entscheiden«, erklärte sie entschlossen. »Ich würde vorschlagen, wir beantworten die Fragen des Jungen, denn vorher werde ich weder einen Hammer noch ein Stück Eisen in die Hand nehmen. Geschweige denn eine Sandechse opfern.«

Sandechse? Lays Gedanken überschlugen sich. All das ging ihm einfach viel zu schnell. *Bringen diese Schmiede Opfer dar? Wie Auguren? Und wieso ausgerechnet Sandechsen?* Diese Echsenart war zwar sehr klein, aber dafür war ihr Biss äußerst giftig, und wenn man das gebissene Glied nicht behandelte, was in der Regel Amputation bedeutete, führte es in den meisten Fällen zum Tod. Lay hatte darüber gelesen. *Zu einem langsamen und sehr qualvollen Tod.* Er schluckte erneut. »Ich würde gern ...«, begann er.

Korgh seufzte, dann trat er mit gesenktem Kopf zurück.

Okh-ta hob eine Braue, schwieg jedoch.

Lay sah Maahr-kut wartend an.

»Wie war noch mal die Frage?«, wollte der Sandmann wissen.

»Wie konntest du diese Schlucht betreten, obwohl du ein Sterblicher bist?«, wiederholte Lay.

»Ich verstehe diese Frage immer noch nicht«, behauptete Maahr-kut. »Ich bin, gleich nachdem du das Kloster verlassen hast, über die Furt in der Wolfsschlucht in das Tal der ...«

»Furt?«, wiederholte Lay. »Wolfsschlucht?« Er sah Korgh vorwurfsvoll an.

»*Ich* verstehe die Frage umso besser.« Okh-ta trat dicht vor den Nordling hin. Sie hob die rechte Hand und stieß ihren Zeigefinger gegen seine Brust. »Hast du den Schleier benutzt?«

Korgh hob in einer entwaffnenden Geste die Hände. »Es ging nicht anders.«

»Ach nein? Du bist dir sicher, dass du nicht einfach nur deinem unsterblichen Ego schmeicheln wolltest?«

»Ego?«, wiederholte Lay. *Unsterblich?*

»Ja«, erwiderte die Schmiedin und schnaubte verächtlich, während Korgh sichtlich zerknirscht zu Boden blickte. »Das ist das, was Kerle wie er statt eines Gehirns haben.« Sie ließ den Blick zu Korghs Lenden gleiten und grinste. »Das und zugegeben ...«

»Das reicht.«

»Schleier?« Maahr-kut starrte die Frau einen Augenblick lang verständnislos an, dann leuchteten seine Augen auf, und er sah zu Korgh. »Der Dunkle Schleier? Ihr seid durch den Dunklen Schleier gegangen?«

»Allerdings«, knurrte Lay, während Korgh nur nickte. »Er hat behauptet, es gäbe keinen anderen Weg ...«

»Das ist nicht wahr«, widersprach Korgh. »Im Gegenteil. Ich habe dem Magus sogar widersprochen, als er behauptete, Eingänge von Schluchten würden sich immer hinter Wasserfällen verstecken ...«

Das stimmt, dachte Lay, als er sich an die Szene am Wasserfall erinnerte. »Aber du hast dafür gesorgt, dass er angenommen hat ...«

»Wasserfall?«, erkundigte sich Maahr-kut, der offenbar gar nichts mehr begriff.

»Magus?« Die Stimme der Schmiedin klang scharf. »Was für ein Magus?«

Korgh seufzte. »Ein Erdmagus. Ein ehemaliger Erdmagus, um genau zu sein. Er war der Grund, warum wir den Weg durch den Schleier nehmen mussten ...«

»Du hast einen Magus durch den Schleier geführt?« Okh-ta sah Korgh geradezu entgeistert an.

»Eigentlich war es gar kein Magus«, meinte Lay, der das Gefühl hatte, er müsste seinem großen Gefährten, der vor dieser Frau irgendwie recht hilflos wirkte, aus der Patsche helfen. »Es war ein Ghuul ...«

Seine Worte hatten allerdings nicht die von ihm beabsichtigte Wirkung.

»Ein Ghuul!«, schrie Maahr-kut und machte mit beiden Händen abwehrende Zeichen gegen das Böse.

»Ein ... *Ghuul*?« Die Stimme der Frau sank zu einem giftigen Zischen herab. »Bist du vollkommen von allen guten Drachen verlassen, Don ...?«

»Ganz und gar nicht!«, unterbrach Korgh sie grob und warf ihr einen wütenden Blick zu. *Gut, ganz so hilflos scheint er ja doch nicht zu sein.* »Es war die einzige Möglichkeit, diesem Klugscheißer hier zu beweisen ...«

Klugscheißer? Du Fischtranfass nennst mich ...?

»... dass dieser Magus alles andere als ein harmloser Reisegefährte war.«

»Was sich in der Tat als zutreffend erwiesen hat«, räumte Lay ein. »Aber das hatte gar nichts mit Klug ...«

»Wer hat ihn geschickt?«

Korgh zuckte mit den Schultern. »Wer auch immer es war, er war verdammt mächtig.«

»Geschickt?« Lay sah zwischen der Frau und dem Nordling hin und her. »Was heißt geschickt?«

Okh-ta hob eine Braue. »Du weißt nicht mal, was ein Ghuul ist?«

»Doch.« Lay erinnerte sich an den Kampf mit dem Magus. »Jetzt schon.«

»Es waren mehrere. Ich schätze sogar, es war ein ganzer Kreis.«

»Sephist?«

Korgh verzog die Lippen. »Wäre denkbar. Jedenfalls muss er sehr mächtig gewesen sein ...«

»Immerhin nicht so mächtig, dass er dir Schwierigkeiten gemacht hätte.«

Sephist? Lay hatte den Namen schon einmal gehört. Sephist war der Meister der Zirkel, der Herr der Klaturen, nach dem Reichsverweser Akkad da'al Akkadi der mächtigste Magus im Drachenreich. Er schluckte. *Und ich habe gegen ihn gekämpft?* Er konnte es kaum fassen. *Sogar gegen einen ganzen Kreis. Oh-oh!*

Er sah, wie Korgh ihm einen kurzen Blick zuwarf. »Er hat mir Schwierigkeiten gemacht, und wie.« Er lächelte, trat neben Lay und legte er ihm die Hand auf die Schulter. »Wäre dieser

Bursche hier nicht gewesen, hätte es ziemlich schlecht für mich ausgesehen.«

Maahr-kut betrachtete Lay ungläubig. »Du hast gegen einen Ghuul gekämpft, der ...«

»... vom mächtigsten Magier in ganz Alghor beherrscht wurde«, beendete Okh-ta seinen Satz. Sie nickte anerkennend. »Jetzt verstehe ich, warum ...«, sie machte eine winzige Pause, »*Korgh* dich durch den Schleier geführt hat.« Sie lächelte und trat zu Lay. »Ich bin sicher, dass dir dann auch die Prüfung nichts ausmacht.«

»Und was ist aus dem Ghuul geworden?«, erkundigte sich Maahr-kut neugierig. »Immerhin ist der Meister der Zirkel niemand, der sich so ohne Weiteres ...«

Korghs Stimme klang kühl, aber seine Augen funkelten verdächtig hell. »In diesem Fall hatte der Herr der Klaturen keine große Wahl«, erwiderte er und grinste schief. »Unser Jungchen hier«, er blinzelte Lay zu, als der ihm einen finsteren Blick zuwarf, dann aber lächelte, als er merkte, dass der Nordling ihn nur auf den Arm nehmen wollte, »hat den Ghuul enthauptet.«

Maahr-kut starrte Lay ungläubig an, während die Schmiedin scharf die Luft zwischen den Zähnen einsog.

»Sephist kann von Glück reden, wenn er diese Begegnung mit dem Träger des Mals einigermaßen unbeschadet überstanden hat.«

Lay spürte, wie sich plötzlich etwas veränderte. Waren Maahr-kut und Okh-ta zuvor zwar freundlich, aber doch ein wenig herablassend ihm gegenüber gewesen, sahen sie ihn auf einmal geradezu ehrerbietig an.

Okh-ta trat zu ihm und packte seinen Arm. »Komm mit, Lay. Es ist an der Zeit, dir eine Klinge zu schmieden. Du kennst die Prozedur nicht, hab ich recht?« Bei diesen Worten warf sie Korgh einen strafenden Blick zu.

»Nein«, erwiderte Lay. So ganz wohl war ihm nicht, aber Okh-ta tätschelte beruhigend seinen Arm.

»Keine Sorge«, meinte sie. »Wer es mit einem Ghuul des großen Sephist aufnimmt, braucht sich vor einem kleinen Blutopfer nicht zu fürchten.«

»Blutopfer?«, fragte Lay und sah sich nach Korgh um. Der Nordling folgte ihnen zum Eingang der Hütte, aber Okh-ta drehte sich in der schiefen Tür herum und hob eine Hand.

»Nur bis hierher. Ich kann … euch nicht hereinbitten, wie ihr wisst«, sagte sie und hob eine Braue. »Dasselbe gilt für dich, Maahr-kut. Setzt euch in den Garten und trinkt einen Schluck. Ihr könnt ja in der Zwischenzeit Kriegsgeschichten austauschen oder die Länge eurer Schwänze vergleichen. Oder tun, was Männer sonst so machen, wenn sie gerade keine Dummheiten anstellen.«

Sie lachte, als Korgh sie finster anstarrte, winkte ihm zu und hakte sich bei Lay unter. »Wir kommen dann später zu euch.« Sie hob die freie Hand und winkte mit den Fingern. »Ich nehme den Sieger.«

Lay blieb wie angewurzelt stehen. Das Innere der Hütte bildete einen erstaunlichen Gegensatz zu dem wenig vertrauenerweckenden Äußeren. Die Hütte selbst war offenbar nur der Eingangsbereich. Einige Schritt weiter führte eine breite Treppe in eine riesige Kammer hinab, in der verschiedene Essen standen, von denen zwei gerade befeuert wurden. Mehrere Gestalten arbeiteten daran, die trotz der Hitze in dem Raum dicke Schürzen und Gesichtsmasken trugen, sodass ihre Gesichter vollkommen verhüllt waren. Den Grund sah Lay, als einer der Schmiede, offenbar ebenfalls eine Frau, mit einem Hammer auf ein weiß glühendes Eisenstück schlug, das auf einem Amboss lag. Funken stoben durch die Luft, zischten und prasselten wirkungslos gegen die dicke schwarze Schürze, die die Frau umgebunden hatte. Die Schürze ließ Arme und Rücken frei, und Lay sah, dass sie unter der Schürze nichts weiter trug als eine Art … *Schal,* den sie sich zu einem Lendenschurz gebunden hatte und der ihre Pobacken freiließ. Die waren schweißüberströmt und von Rußstreifen verschmiert. Und sie waren eindeutig weiblich. Lay schluckte und wandte rasch den Blick ab, als die Frau die Arme hob und die Schürze den Blick auf ihre Brust freigab.

»Setz dich dahin«, befahl Okh-ta, deren Verhalten schlagartig anders geworden war, nachdem sie Korgh und Maahr-kut abgewimmelt hatte. Jede Unbeschwertheit war verschwunden, und ihre Miene wirkte ebenso ernst, wie ihre Stimme klang. »Zieh dein Hemd aus!«, befahl sie.

»Aber ich …« Lay wollte protestieren, aber Okh-ta hatte sich bereits abgewendet und machte sich an dem Blasebalg der Esse zu schaffen, die neben ihnen stand.

Also gut, wahrscheinlich gehört das zu der Prüfung, dachte Lay und löste die Schnüre auf seiner Brust. Bevor er aber das Hemd über den Kopf zog, riskierte er einen kurzen Seitenblick auf die anderen Schmiede. Die nackte Frau kümmerte sich nicht weiter um ihn. Eine der anderen Gestalten war gerade dabei, ein glühendes Stück Eisen in einen großen Eimer mit Wasser zu tunken, wo es zischend abkühlte. Sie nutzte diese kleine Pause und setzte ihre Schutzmaske ab.

Lay schnappte nach Luft, als er ihr Gesicht sah. Es war eine wunderschöne junge Frau, mit langem blondem Haar, das sie zu einem Dutt zusammengesteckt hatte, leuchtend blauen Augen und einem Mund mit weichen Lippen, die sie zu einem Lächeln verzog, während sie Lay betrachtete. Das Lächeln vertiefte sich, als sich Lay das Hemd schließlich über den Kopf streifte. Und es erlosch schlagartig, als sie etwas auf seinem Rücken erblickte. Sie runzelte die Stirn und sah über seine Schulter hinweg zu Okh-ta.

Lay wandte den Kopf und sah, wie die Schmiedin der jungen Frau einen scharfen Blick zuwarf. Diese setzte daraufhin ihre

Maske wieder auf und nahm das Eisen aus dem Eimer, dann drehte sie sich zu ihrer Esse herum und hielt das Eisen in die Glut. Dabei sah sie noch einmal zu Lay zurück. Er konnte jedoch unter der Maske ihr Gesicht nicht sehen, und im nächsten Moment schien ihn die junge Frau vergessen zu haben. Sie wandte sich wieder der Esse zu und kümmerte sich nicht mehr um ihn.

»Und jetzt gib mir deine Hand«, befahl Okh-ta.

»Ich würde wirklich gern wissen …«, begann Lay, aber noch bevor er den Satz zu Ende sprechen konnte, hatte sich die Schmiedin gebückt und etwas aus einer Kiste genommen, die unter dem Tisch gestanden hatte. Etwas, das fauchte.

Eine Sandechse.

Lay riss die Augen auf, als die Frau, die die Sandechse mit einer Hand direkt hinter dem Kopf hielt, mit der anderen seine Hand packte und …

»Seid ihr verrückt gewor…? Au! *Au,* verflucht, das Vieh hat mich … Ihr … Ihr bringt mich ja …!«

Die Schmiedinnen an den Essen sahen neugierig zu ihm herüber, aber es kümmerte Lay nicht, ob sie ihn für einen Feigling hielten oder nicht.

Dieses Weib hat mir eine Sandechse an den Arm gesetzt und mich von ihr beißen lassen! Ist sie denn völlig verrückt geworden? Soll das diese verfluchte Prüfung sein? Wenn ich das überlebe, kann ich von Glück reden, und wenn ich an diesem verdammten Gift krepiere, dann …

»Hör auf zu jammern, Lay.« Okh-ta beobachtete aufmerksam, wie sich die kleine Echse an Lays Handgelenk festbiss und anfing zu saugen. Offenbar war sie mit dem, was die Echse da machte, sehr zufrieden.

Lay starrte ebenfalls auf das Tier, aber er war alles andere als zufrieden mit dem, was er da sah. *Ein einfacher Biss ist schon schlimm genug,* dachte er, *aber diese Schmiedin scheint zu wollen, dass das Vieh mich geradezu aussaugt. Soll das eine Prüfung sein oder eine Opferung?*

»Ich will das nicht …«, begann er und wollte mit der freien Hand die Echse packen und wegziehen.

»Das würde ich nicht machen«, meinte Okh-ta gelassen, ohne den Blick von der Echse zu nehmen. Sie schob sogar einen Finger unter die Gurgel des Tieres und massierte sie leicht. »Das hilft ihr beim Trinken«, erklärte sie.

»Ist mir scheißegal!«, fauchte Lay. »Nehmt dieses verdammte …« Er versuchte, seinen freien Arm zu bewegen, und stellte fest, dass er das nicht konnte. *Wirkt das Gift denn so schnell?*

»Du solltest ihr etwas mehr Respekt erweisen.« Okh-tas Stimme klang tatsächlich tadelnd.

»Respekt?« *Das ist ja wohl das Letzte!*, dachte Lay, den diese Ermahnung ziemlich verblüffte. Er betrachtete angewidert das schlanke, schwarz-rot gestreifte Tier mit dem Hornpanzer aus kleinen Schuppen, und er sah, wie sich die Kreatur immer mehr aufblähte, während sie sein Blut soff. »Dieses Vieh saugt mir meinen ganzen Lebenssaft heraus, ich werde hier geopfert und soll auch noch …!« Er versuchte erneut, seinen Arm zu bewegen, während er spürte, wie auch seine Beine langsam gefühllos wurden. »Außerdem wirkt das Gift bereits. Ich kann …« Selbst das Sprechen fiel ihm schwer. »Bitte, nehmt sie weg … Ich will nicht sterben …«

»Es stimmt, die Echse trinkt dein Blut, aber sie ist es, die geopfert wird, nicht du. Du bist der Träger des Mals, also wird ihr Gift dir nichts anhaben können. Du wirst die Prüfung bestehen, wenn auch nicht unbedingt besonders heldenhaft.« Lay hörte Kichern hinter sich, aber es drang nur schwach durch das Rauschen in seinen Ohren. Und als Okh-ta weitersprach, vermischte sich ihre Stimme mit einem seltsam disharmonischen Summen in seinem Kopf.

Jetzt? Ausgerechnet jetzt? Er schien seine Gedanken nicht mehr unter Kontrolle zu haben. Sie überschlugen sich, taumelten durcheinander, sprangen hierhin und dorthin, zu Zanth'ra und

Theija, zu Korgh, zu der Schmiedin mit dem blanken Po, zu Vergust und seinen schwarz glühenden Augen … Er *sah* …

»Und ich brauche dein Blut für das Schwert. Es soll doch für dich singen, hab ich recht?«

Sicher hast du das, dachte Lay und musterte beinahe verträumt die Echse, die immer noch schmatzend an seinem Handgelenk soff.

»So ist es gut …« Die Stimme der Schmiedin drang wie aus weiter Ferne zu ihm. »Wir sind gleich fertig …«

Lass dir Zeit, dachte Lay und bewunderte die vollendete Maserung des Hornpanzers. Die roten und schwarzen Schuppen bildeten ein verschlungenes Muster, das sich über den Rücken und den langen Schwanz des Tieres erstreckte, der in einer rautenähnlichen Verdickung endete. *Bei den echten Drachen war diese Raute mit Stacheln gespickt und bildete eine tödliche Waffe.* Er hatte keine Ahnung, woher er das wusste, aber das spielte keine Rolle. Er lächelte, als die Stimmen in seinem Kopf lauter wurden und sogar das Hämmern in der Schmiede übertönten. Er hörte, wie Okh-ta etwas sagte, aber er verstand sie nicht.

Ist auch nicht wichtig. Alles ist gut so, wie es ist. Lay runzelte die Stirn, jedenfalls versuchte er es. Aber kein Muskel in seinem Gesicht rührte sich. Er spürte nicht einmal, wie er sabberte, aber er sah, wie ihn Okh-ta anlächelte und ihm mit einem ziemlich sauberen Lappen das Kinn abtupfte.

Er hätte sich gern bei ihr bedankt, aber er konnte nicht sprechen, konnte nicht einmal eine Miene verziehen. Im nächsten Moment war auch das nicht mehr wichtig.

Wichtig war nur das Lied, das disharmonisch und machtvoll in seinem Kopf ertönte.

So klar habe ich es noch nie gehört, dachte er. Er *sah* goldene Fäden aufglimmen. Sie gingen von seinem Arm aus, liefen über den Körper der Echse, dann über seinen eigenen Körper, verließen die Kammer, die Hütte …

Korgh und Maahr-kut. Lay war versucht, ihnen zuzuwinken, als er von den Fäden an ihnen vorbeigetragen wurde, hinaus aus der Gasse, hoch über die Schlucht.

Er wusste, dass sein Körper, der immer noch in Okh-tas Hütte auf einem Hocker saß, keine Regung zeigte, dass sich in seinem Gesicht kein Muskel rührte, aber dennoch empfand er ganz klar, dass er lächelte. Dann lachte er. Laut und … glücklich.

Glücklich, wirklich glücklich. Lay überlegte kurz, wann er dieses Gefühl das letzte Mal empfunden hatte. Damals, als Theija ihn in ihre Stube gezogen und ihn zärtlich geküsst hatte? Als Maahr-kut ihn gefragt hatte, ob er von ihm im Schwertkampf unterwiesen werden wollte? Als er von ihm zum ersten Mal gelobt worden war? Oder als Zanth'ra ihn das erste Mal die Kunst der Versenkung hatte ausüben lassen und er ebenfalls die Fäden des Schicksals gesehen und sogar einen Faden gewoben hatte, den Faden einer Honigbiene, die sich in das Lesezimmer verirrt hatte? Er hatte ihr den Weg zum Fenster gewiesen, und Zanth'ra hatte ihn anerkennend angeblickt.

Aber all das war nichts im Vergleich zu dem, was er jetzt empfand. Und was er jetzt *sah.*

Die Fäden schienen sich wie ein Gewand um seinen Körper zu schlingen, umhüllten ihn, hoben ihn hoch über die Schlucht, nahmen ihn mit über den Rand hinweg …

Lay hielt den Atem an, als er sah, dass diese Schlucht keineswegs nur ein einfacher Einschnitt in einen Berg war. Sie wirkte wie ein Lebewesen, ein … Er hatte einmal auf dem Markt in Usdem so ein Tier bei einem Fischhändler gesehen. Es käme aus dem Nordmeer vor Hellanden, hatte der ihm erklärt, und die Nordlinge würden es *Kraak* nennen. Sie hatten es in Öl konserviert, aber der Händler hatte es nicht verkaufen wollen, sondern es in einer großen gläsernen Gallone ausgestellt, um Käufer für seien anderen Waren anzulocken. Was auch offensichtlich funktioniert hatte.

Die Schlucht sah von seinem Standpunkt aus – *wo auch immer der sein mag*, dachte Lay, ohne dass ihn dieser Gedanke sonderlich beunruhigte – genauso aus wie ein *Kraak*, so als würden sich die Eingänge und Ausgänge der Schlucht wie Tentakel winden, sich ständig verändern, wachsen, aufglühen oder erlöschen.

Lay begriff, dass etliche dieser Eingänge zweifellos nur durch den Dunklen Schleier zu passieren waren, aber er konnte ihn nicht sehen.

Dann wurde seine Aufmerksamkeit von etwas anderem angezogen. Ein Knoten glühte golden auf, und ein Faden löste sich daraus, hob sich zögernd in die Luft und schien sich ihm nähern zu wollen. Im selben Moment sah er aus den Augenwinkeln ein Blitzen. Er wollte den Kopf drehen, aber das war nicht nötig. Die Welt drehte sich für ihn, sodass er immer vor Augen hatte, was in seinem Blickfeld sein Interesse erregte. Das Blitzen war ein weiterer Knoten, der in einem dunkleren Goldton leuchtete. Ein Faden zuckte daraus hervor, in Lays Richtung, während ein anderer, feinerer sich erhob, um den Faden des ersten Knotens zu umschlingen.

Die Melodie in seinem Kopf wurde lauter, drängender, und erneut glaubte er, Worte darin ausmachen zu können, die er *fast* verstand.

TRÄGERDESMALS … ZEITDERVERSCHMELZUNG … HEILGEZWEI … LIEDDERACHT … SKLAAVENLIED … WAAGEDESSCHICKSALS … DRAAKENBRUT … WEILENIT … TODTODTOD …

Lay ließ sich von den Tönen durchdringen, von der Melodie tragen, doch dann erregten wieder die Fäden des Schicksals vor ihm seine Aufmerksamkeit.

Er beobachtete interessiert, wie die beiden Fäden miteinander zu tanzen schienen, sich voneinander entfernten, erneut umschlangen, zurückzuckten, aber immer wieder zueinander zurückkehrten.

Dann drehte sich die Welt erneut, und der andere Faden tauchte direkt vor seinen Augen auf.

TRÄGERdesmals … todtodtod … zweivomblut … draakenbrut weilenit … DRAAKENSKLAAV … todtodtod …

Die Stimmen wurden lauter, nahmen an Dringlichkeit zu, als der Faden mit einer Wucht und einer Schnelligkeit auf ihn zuschoss, die nichts Tastendes oder Behutsames hatten. Hätte Lay sich bewegen können, hätte er zweifellos die Stirn gerunzelt, was er jedoch nicht konnte.

Er versuchte, die Fäden zu manipulieren, stellte jedoch überrascht fest, dass er sie zwar *sehen,* aber nicht wirken konnte, wie er es mit der Biene und auch dem Pfeil vermocht hatte.

Bevor ihn der Faden jedoch erreichen konnte, tauchte unter ihm ein weiterer Knoten auf, der nach oben schwebte und aus dem sich ein Netz von Fäden löste. Sie legten sich wie ein Fächer vor sein Gesicht, und einer der Fäden näherte sich ihm, kam immer näher, sanft und behutsam, und berührte eine Stelle auf seiner Stirn genau zwischen seinen Augen.

Die Stimmen steigerten sich zu einem Crescendo, dann durchzuckte Lay ein scharfer Stich wie von einem nadelspitzen Dolch, und im nächsten Moment breitete sich eine Wärme in ihm aus, die sich rasch zu einer alles verzehrenden Hitze steigerte.

»Mein Drachenprinz …«

Die Stimme war unwiderstehlich. Lay schloss die Augen, jedenfalls glaubte er das, aber was er *sah,* veränderte sich nicht.

Ich höre dich, dachte er. *Ich höre dich … Ich …*

»Das will ich, verflucht noch mal, auch hoffen!«, knurrte die Stimme, *nein, eine andere Stimme.* Eine unverkennbar männliche Stimme. »Wir schreien uns hier fast die verfluchten Lungen aus den Hälsen, Jungchen. Wird Zeit, dass du endlich aus deinem süßen Schlummer erwachst.«

Lay versuchte, die andere Stimme festzuhalten, sich an sie

zu klammern. Vergeblich. Die Hitze ebbte ab, dann verschwand auch die Wärme, es wurde erst kühl, plötzlich kalt.

Eiskalt.

»Frühmahl. Aber erst wirst du baden. Du stinkst nämlich.«

Und nass wurde es auch.

Fischtran. Fischtran?

ULCAR, DRACHENPALAST

»Was soll das heißen, Baahtt? Ich will da nicht hin, ich will …«

»Du musst.«

Jolah starrte ihre Mutter an und verschränkte wütend die Arme vor der Brust. »Was soll das heißen, ich *muss*? Wer entscheidet das so einfach?«

»*Ich* habe das entschieden. Und Cassda'ra. Und jetzt frag nicht schon wieder, was das heißen soll!«, fuhr Jeul sa Mehdi rasch fort. »Denn du weißt sehr gut, was das heißt und warum wir das tun müssen.«

»Ach ja, weiß ich das?« *Allerdings weiß ich das, verflucht! Jetzt, da es hier in diesem öden Prachtpalast endlich spannend zu werden verspricht, schickt ihr mich in die Wüste …* »Aber wieso ausgerechnet Baahtt? Das ist …« *… finsterste, stinklangweiligste Provinz! Warum schickt ihr mich nicht gleich nach Bouhss, wo mich dieses fette Schwein von einem Shetan in seinen lächerlichen Stutenstall stecken kann?*

»Oder möchtest du vielleicht lieber …?«

»… in die Frauenkemenaten von Bouhss! Oder doch lieber nach Ern! Warum nicht?«, fiel Jolah ihr ins Wort. »Immer noch besser, als in diesem elenden Nest zu verrotten! In Ern könnten mir wenigstens die Gaukler und Feuerspucker dieses weibischen Edlen die Zeit vertreiben, indem ich sie mit heißen Eisen jonglieren lasse!«

»Also wirklich, Jolah!«, fuhr Jeul sa Mehdi gereizt auf und klatschte aufgebracht in die Hände, Zeichen einer Unbeherrschtheit, wie sie für diese ansonsten kühl berechnende Frau ungewöhnlich war. »Man kann wirklich nicht behaupten, dass du es uns leicht machst, dir zu helfen!«

»Helfen? Das nennst du helfen?« Jolah ließ sich auch von dem Zorn ihrer Mutter nicht beirren. Dafür war sie einfach zu aufgebracht. »Endlich wird es hier mal interessant, und du schickst mich weg! Ryehl hat da einen …« Sie unterbrach sich. »Uns? Wer ist uns? Will Vater etwa auch, dass ich …?«

Jeul schüttelte den Kopf. »Dein Vater …« Sie hielt inne und betrachtete ihre Tochter einen Augenblick. »Der Drachenfürst«, verbesserte sie sich dann, »will dich unter Aufsicht stellen lassen.«

Jolah riss empört die Augen auf. »Vater will mich in meine Gemächer verbannen? Warum denn?«

Jeul schien hin- und hergerissen, ob sie ihrer Tochter antworten sollte oder ob es klüger wäre, es für sich zu behalten. Schließlich traf sie eine Entscheidung.

»Liegt das nicht auf der Hand? Er will natürlich verhindern, dass du durch dein kindisches und unberechenbares Verhalten seine Pläne durchkreuzt, dich am Tag der Klingen mit Magabor zu verheiraten. Der Shetan wird noch innerhalb dieser Spanne in Ulcar erwartet. Seine Gesandten suchen bereits ein angemessenes Quartier für ihn.« Ein spöttisches Lächeln umspielte ihre Lippen. »Offenbar suchen sie eine Unterkunft, die mindestens doppelt so groß und prächtig ist wie der Drachenpalast.« Fast nachdenklich fügte sie hinzu: »Denn wenn sie ein Quartier suchen würden, das einfach nur schöner ist, wären sie zweifelsohne längst fündig geworden.« Sie tippte ungeduldig mit den Fingern auf die geschnitzte Lehne des schweren, gepolsterten Stuhls, den sie an die halb geöffneten Doppeltüren vor dem Balkon ihres Gemachs hatte stellen lassen. »Dein Vater …« Sie unterbrach sich und hob den Kopf ein wenig. Das Licht von Belphors gelbem Auge fiel auf ihr Gesicht, und Jolah bemerkte, dass ihre Mutter direkt in die Sonne blickte, statt den Kopf abzuwenden, damit sie nicht geblendet wurde. Aber sie achtete nicht weiter darauf, weil ihre Gedanken um ein anderes, für sie wichtigeres Thema kreisten.

»Hat er sich denn schon unwiderruflich für Magabor entschieden?«, erkundigte sich Jolah. »Was ist mit Ryehl, dem Kandidaten von OchNarjon?« Ihr kam der absurde Gedanke, dass der Edle von Ern möglicherweise die bessere Wahl wäre. *Was denkst du da für einen Schwachsinn?*, schalt sie sich auf der Stelle selbst. *Was hat dieser weibische Idiot, das besser wäre als die Frauenkemenaten von Bouhss?* Sie kaute auf ihrer Unterlippe und schob entschlossen das Bild von zwei grünen funkelnden Augen beiseite, das sich ungebeten in ihren Kopf gedrängt hatte.

»Das hatte er von Anfang an«, erklärte Jeul nach einer kleinen Pause. »Ich habe ihn immer und immer wieder gebeten, seine Entscheidung zu überdenken, aber er hat mich nur … ausgelacht.«

Wieder hatte Jolah den Eindruck, dass ihre Mutter eigentlich etwas anderes sagen wollte, aber Jeul sa Mehdi war keine Frau, die sich zu etwas drängen ließ. *Wenn sie mir etwas zu sagen hat, wird sie es tun, wenn sie den richtigen Zeitpunkt für gekommen hält.*

»Und warum soll ich ausgerechnet nach Baahtt?«, kam Jolah wieder auf das eigentliche Thema zurück, dessentwegen ihre Mutter sie zu sich gerufen hatte. Sie runzelte die Stirn, während sie versuchte, sich ins Gedächtnis zu rufen, was sie über diese Stadt wusste. *Wenn man eine Ansammlung von dreckigen Lehmhütten denn überhaupt eine Stadt nennen kann. Außer einer Arena für die Ringfechter und einem …* Sie hielt inne. »Ah, ich verstehe.« Sie sah ihre Mutter an. »Hat dich Cassda'ra auf diese Idee gebracht?«

»Du meinst wegen des Monasteriums dort?« Jeul lächelte. »Nein, das war nicht nötig«, erwiderte sie. »Außerdem wird der Fürst, sobald du verschwunden bist, sämtliche Monasterien und Klöster sowie Asyle der Auguren und wahrscheinlich sogar die Arkana der Magi durchsuchen lassen. Möglicherweise wird er deinen …«, Jeul hustete, »… wird er Akkad …«, sie hustete wieder, »… wird der Fürst sogar versuchen, den Reichsverweser dazu zu zwingen, ihm den geheimen Ort zu verraten, an dem sich das Refugium der Magi befindet, um dort nach dir zu suchen.«

»Möchtest du etwas trinken, Mutter?« Jolah trat an einen schmalen Tisch an der Wand, der aus einem Stück Elefantenbaumholz gefertigt war und auf dem eine Wasserkaraffe aus mundgeblasenem farbigen Glas aus SanSibor stand, ein Geschenk der Ältesten von Sanfira, der Herrscherin des Landes der Sandleute. Sie strich mit den Fingern bewundernd über das Glas. Die Sandleute hüteten eifersüchtig das Geheimnis der Kunst, dieses Glas so zu blasen, dass die Flüssigkeit, die man in die Karaffe füllte, je nach Bedarf kühl blieb oder heiß.

»Nein danke, schon gut«, lehnte ihre Mutter ab.

Ein Gedanke rührte sich in Jolahs Hinterkopf, aber sie bekam ihn nicht zu fassen. Irgendwie wirkte ihre Mutter merkwürdig und zerstreut. *Wahrscheinlich geht ihr der Streit mit meinem Vater über meine Zukunft ziemlich nahe,* dachte Jolah. *Aber ganz bestimmt nicht so wie mir. Ich frage mich, ob sie sich auch Akkad anvertraut hat …* Jetzt fiel ihr wieder ein, worüber sie neulich flüchtig nachgedacht hatte. Sie drehte sich zu ihrer Mutter herum.

»Vertraust du dem Reichsverweser eigentlich rückhaltlos?«, fragte sie Jeul. »Ich meine, immerhin war er dabei, als Cassda'ra und du nach dem Bankett … Mutter?«

Sie unterbrach sich, als ihre Mutter erneut hustete, und diesmal schien der Husten gar kein Ende nehmen zu wollen. Hastig nahm Jolah den schweren gläsernen Pfropfen aus der Karaffe und goss etwas von der Flüssigkeit in einen zierlichen, ebenfalls gläsernen Kelch. Gerade wollte sie das Glas nehmen und ihrer Mutter bringen, als ihr Blick auf den Inhalt fiel.

»Jolah, nein …!«, stieß ihre Mutter zwischen zwei Hustenanfällen hervor.

»Was ist denn …?« Sie blieb wie angewurzelt stehen und starrte auf die dunkelrote, fast braune Flüssigkeit, die behäbig in dem zierlichen Kelch schwappte. »Was ist das?«

Was soll diese Frage? Du weißt genau, was das ist! Du hast es bei Cassda'ra oft genug gesehen!

Sie fuhr zu ihrer Mutter herum, die sich hastig aus ihrem Stuhl erhoben hatte und zu ihr getreten war, hielt ihr mit der einen Hand den Kelch vor das Gesicht und packte mit der anderen ihren Oberarm.

»Sieh mir in die Augen und sag mir, dass es nicht das ist, wofür ich es halte!« Sie hob die Hand und riss ihrer Mutter den Schleier herab, bevor Jeul ihre Hand zu fassen bekam. »Bei Ganäas Gnade! Mutter, was …? Du bist …!«

Der gläserne Kelch fiel ihr aus der Hand und landete auf dem Boden aus gebranntem Sandstein. Das Glas zerbrach jedoch nicht, sondern klirrte nur, während sich die Flüssigkeit wie zähes Öl über die Bodenfliesen ausbreitete. Sie bildete Pfützen unterschiedlicher Größe, sickerte aber nicht in die porösen Fliesen ein.

Jolah achtete nicht darauf. Sie starrte nur vollkommen entsetzt in das Gesicht ihrer Mutter. Sie hatte ihr den Schleier heruntergerissen, um sie zu zwingen, ihr ins Gesicht zu sehen. Als sie jetzt in die von einem milchigen Nebel verschleierten Augen ihrer Mutter starrte, wurde ihr klar, warum die Drachenfürstin sich seit etlichen Zyklen nicht mehr ohne diesen Schleier gezeigt hatte.

»Aber wieso …? Warum … Was hast du …?« Jolah war verwirrt und entsetzt, und in diesem Moment erschien ihr das eigene Schicksal nicht mehr so wichtig. Ihr Blick zuckte von den trüben Augen ihrer Mutter zu der Flüssigkeit auf dem Boden und dann zu der Karaffe auf der Anrichte. »Du hast … Du bist …«

»… eine Drachenpriesterin, ganz recht, Jolah«, unterbrach sie eine kühle, vertraute Stimme aus einem kleinen Alkoven in der Seitenwand des Gemachs. »So wie ich. Und so wie du es ebenfalls sein solltest, obwohl es uns lieber gewesen wäre, wenn du all das erst später erfahren hättest und nicht ausgerechnet jetzt.«

»Cassda'ra!« Jolah fuhr zu der Obersten Heilerin herum. »Von dir wusste ich es, aber Mutter ...!« Sie wandte sich wieder Jeul zu. Ihr traten Tränen in die Augen, als sie die Hand hob und in einer schon lange nicht mehr empfundenen Aufwallung von Zärtlichkeit die Wange ihrer Mutter streichelte. »Aber wieso ... Ich verstehe das nicht. Weder im *Buch der Sieben Weisheiten* noch im *Okkultum* ...«

»... von dessen Existenz du ja glücklicherweise gar nichts weißt!«, unterbrach Cassda'ra sie scharf.

»... wird davon berichtet, dass eine Drachenpriesterin erblindet, wenn sie ...« Jolah blieb der Mund offen stehen, und sie starrte erneut abwechselnd in die blinden Augen ihrer Mutter und auf die Karaffe auf dem Tisch. Dann sah sie die Drachenpriesterin und Oberste Heilerin an. »Aber nur, solange sie jungfräulich ist ... und nicht geboren hat!« Ihr Blick zuckte wieder zu Jeul zurück. »Aber Jama, warum? Wieso hast du die Fäden *gesichtet*, wenn du doch wusstest, dass ...?« Sie merkte nicht, dass sie ihre Mutter instinktiv mit dem Kosenamen aus ihrer Kindheit ansprach.

Jeul ergriff traurig die Hand ihrer Tochter. »Deinetwegen. Du bist nicht nur die Drachenbraut von Alghor, die Trägerin des Mals und eine der Heiligen Zwei, sondern du bist auch meine Tochter. Und ich liebe dich.«

Bei dieser fast nüchternen Feststellung spürte Jolah plötzlich einen dicken Kloß im Hals. Sie widerstand dem Impuls, ihre Hand zurückzuziehen und sich die Tränen aus den Augen zu wischen. Sie ließ sie einfach über ihre Wangen laufen, ohne den Blick von den Augen ihrer Mutter zu wenden. *Meinetwegen? Sie ist meinetwegen erblindet? Aber wieso? Was kann denn an der Sichtung der*

Fäden so wichtig sein, dass sie dafür ihr Augenlicht riskiert und es am Ende verliert? Sie holte Luft, um diese Frage zu stellen, aber ihre Mutter kam ihr zuvor.

»Ich bin noch nicht ganz blind, und vielleicht wird es auch nicht dazu kommen«, erklärte sie, was Jolah allerdings nicht wirklich tröstete, denn Jeul klang selbst nicht sonderlich überzeugt von ihren Worten. »Aber ich musste wissen ... Wir mussten es wissen ...« Die Fürstin drehte den Kopf und sah zu Cassda'ra hinüber. »Dein Vater ...« Sie verstummte, als die Heilerin und Drachenpriesterin den Kopf schüttelte.

Jeul straffte die Schultern, nickte und drückte kurz die Hand ihrer Tochter, als wäre Jolah diejenige, die Halt und Trost brauchte, und nicht sie selbst. »Wir mussten in Erfahrung bringen, was die Fäden des Schicksals für dich bestimmt hatten. Du bist die Trägerin des Mals, deshalb durften wir nichts dem Zufall überlassen.« Sie verzog abfällig die Lippen. »Und schon gar nicht der Willkür des Drachenfürsten.«

»Aber weiß Vater ...?«, begann Jolah, doch ihre Mutter unterbrach sie mit einem verächtlichen Schnalzen.

»Der Drachenfürst ist nicht ...!«

»... in der Lage zu verstehen, dass hier mehr auf dem Spiel steht als nur das Wohl des Reiches!«, mischte sich Cassda'ra ein.

Jolah drehte sich überrascht zu der Obersten Heilerin um. Die Drachenpriesterin hatte in scharfem, fast zurechtweisendem Ton gesprochen, und auch wenn Jolah ihre Lehrerin und Vertraute verehrte, hatte sie doch das Gefühl, dass sie damit eine Grenze überschritt. Immerhin sprach sie mit der Herrscherin von Alghor, der Drachenfürstin, ihrer Mutter. Sie wollte gerade eine entsprechende Bemerkung machen, um einer Reaktion ihrer Mutter zuvorzukommen, die zweifellos schneidend und möglicherweise auch folgenreich für die Oberste Heilerin gewesen wäre, als sie den Blick bemerkte, den Cassda'ra ihrer Mutter zuwarf.

Jolah runzelte die Stirn. Die Miene der Drachenpriesterin zeigte nur Mitgefühl und Zuneigung, weder Stolz noch Überheblichkeit. *Sie verehrt meine Mutter,* dachte sie. *Aber warum …?*

Sie sah zu ihrer Mutter.

Jeul sa Mehdi sah jedoch nicht die Drachenpriesterin an, um sie in die Schranken zu weisen, sondern ihre Tochter, und dabei lag ein wehmütiges Lächeln auf ihrem Gesicht.

»Du hast recht, Cassda'ra«, sagte sie. »Für heute reicht es wohl mit dramatischen Enthüllungen.« Sie drückte erneut die Hand ihrer Tochter, die sie immer noch festhielt, und ließ sie dann los. »Wie gesagt, wir wollten dein Schicksal nicht …«

»Wir?«, warf Jolah ein.

»Cassda'ra und ich«, erwiderte Jeul.

»Und Akkad?« Plötzlich durchzuckte Jolah eine Erinnerung. In dieser Nacht nach dem Bankett, als Akkad auf ihrem Bett gesessen hatte, als Jeul zu ihm getreten war und ihre Hand auf seine Schulter gelegt hatte … *Meine Mutter und … Akkad?* Der Gedanke schien ihr im ersten Moment vollkommen absurd, doch dann erinnerte sie sich an Akkads traurige Miene, als sie ihn beschimpft hatte. *Warum nicht?,* dachte sie. *Meine Mutter braucht gewiss einen Vertrauten, und sie hätte ganz sicher an einen Schlechteren geraten können als den Reichsverweser.* Aber sie weigerte sich, darüber nachzudenken, ob Jeul und Akkad möglicherweise mehr miteinander teilten als nur ihre Gedanken.

»Und Akkad«, bestätigte Cassda'ra. »Der Reichsverweser ist ein kluger Mann …«

Jolah bemerkte den Blick, den die beiden Frauen tauschten … *Ich habe recht. Meine Mutter hat eine Affäre mit Akkad da'al Akkadi!* Sie konnte gerade noch ein Grinsen unterdrücken.

»… dem das Schicksal des Reiches sehr am Herzen liegt. Und das ist nun mal mit deiner Bestimmung verknüpft.«

»Und diese Bestimmung …?« Jolah riss sich von dem Gedanken an das unerwartete Liebesleben ihrer Mutter los.

»… schickt dich nach Baahtt«, bestätigte Jeul. »Die letzte *Sichtung* war unmissverständlich.«

Cassda'ra nickte. »Sehr wahrscheinlich wirst du dort dem anderen Träger des Mals begegnen.« Sie schien noch etwas hinzufügen zu wollen, überlegte es sich dann jedoch anders. »Jedenfalls«, fuhr sie fort, »bist du in Baahtt zumindest vorübergehend vor den Freiern des Drachenfürsten und des Obersten Auguren in Sicherheit.«

Wieder dachte Jolah an grüne Augen, verkniff sich jedoch einen Kommentar. »Nur vorübergehend?«

»Wir können dich nicht bis zum Tag der Klingen vor dem Drachenfürsten verstecken«, erklärte Jeul. »Aber das ist vielleicht auch gar nicht nötig. Es genügt, wenn du in Baahtt den anderen Träger des Mals triffst.« Sie seufzte. »Wenigstens wissen wir, wer er ist.«

»Ihr wisst es?«, fragte Jolah überrascht. »Aber Akkad sagte doch …«

Die beiden Frauen lächelten auf eine verblüffend ähnliche Weise. »Akkad da'al Akkadi ist zweifellos ein guter Mann …«, erklärte Cassda'ra, und Jeul nickte.

Vielleicht etwas zu nachdrücklich.

»… aber er ist auch ein Magus. Der Zirkel der Magi hat eigene Pläne hinsichtlich der Zukunft des Reiches und der Auslegung der alten Prophezeiungen.«

»Die alten Prophezeiungen? Du meinst die Zeit der Verschmelzung und all das?«

Cassda'ra nickte. »Möglicherweise geht es um eine tiefgreifende Verschiebung der Macht, und der Verlockung, sich dieser Macht für seine eigenen Zwecke zu bedienen, kann sich möglicherweise auch ein ansonsten integrer Mann wie Akkad nicht entziehen.«

»Auch wenn ich persönlich das nicht glaube«, warf Jeul rasch ein, »dürfen wir kein Risiko eingehen. Cassda'ra selbst hat dafür gesorgt, dass der Träger des Mals in unserem Sinne in einem entlegenen Monasterium am *Weißen Spiegel* erzogen wurde. Sie hat vermieden, zu viel Einfluss auszuüben, um die Fäden des Schicksals nicht zu verwirren, aber sie hat ...«

»Es genügt vielleicht zu sagen, dass die dortige Drachenpriesterin mir regelmäßig Bericht erstattet hat«, erklärte Cassda'ra. »Nachdem uns klar geworden ist, um wen es sich bei diesem Jüngling handelt.«

»Ein Mann?«, erkundigte sich Jolah mit kaum verhohlener Neugier.

»Ein Jüngling«, wiederholte ihre Mutter mit einem Anflug von Belustigung. »Er müsste etwa in deinem Alter sein.«

Jolah wollte nicht schon wieder an grüne Augen denken und nickte. »Ihr wisst also nicht genau, wie er aussieht?«

»Nein, aber das ist auch nicht nötig«, meinte Cassda'ra. »Solltet ihr euch begegnen, wirst du es ganz gewiss merken.«

Diesmal konnte Jolah das Bild nicht unterdrücken, das sich in ihre Gedanken schob. Zwei grüne Augen, die sie mit einem glühenden Blick zu verschlingen schienen. Das Summen. Die Stimmen in ihrem Kopf. *Ich hoffe, ihr seid euch da wirklich sicher,* dachte sie. Aber dennoch ... *Wenn schon ein einfacher Soldat nur durch einen Blick eine solche Reaktion auslösen kann, dann dürfte dieser Träger ja wohl ein Erdbeben in mir hervorrufen. Mindestens.* »Also gut«, erklärte sie. »Dann entscheide ich mich für Baahtt. Aber bevor ich packe, habe ich noch tausend Fragen an euch.«

Jeul lächelte, und Cassda'ra lachte still vor sich hin.

»Du brauchst nicht zu packen, LahLah«, sagte ihre Mutter zärtlich. »Das habe ich bereits veranlasst, bevor du zu mir kamst.«

Bevor Jolah Gelegenheit fand, erneut ihren Protest oder zumindest ihre Entrüstung darüber zu formulieren, dass man sie bei der Entscheidung, ob sie nun reiste oder nicht, einfach übergangen hatte, ergriff erneut Cassda'ra das Wort.

»Und was deine Fragen angeht: Die Antworten darauf werde ich dir unterwegs geben.«

Keine der Frauen ahnte, dass eine kleine, zierliche Gestalt in einem Hohlraum zwischen Traufe und Kapitell einer der Drachenbeinen nachempfundenen Säulen kauerte. Dort oben war sie vor Entdeckung sicher. Selbst wenn eine der Frauen auf den Balkon hinausgetreten wäre, hätte sie keinen Grund gehabt, sich umzudrehen und zu dieser dunklen Ecke hinaufzusehen. Und vor einer Entdeckung durch die Drachenfürstin selbst brauchte die Gestalt erst recht keine Angst zu haben. Jeul sa Mehdi mochte noch nicht ganz blind sein, aber sie konnte kaum noch etwas sehen, es sei denn, sie berührte es oder es bewegte sich.

Die Gestalt machte sich erst davon, als die Drachenbraut und die Hohe Drachenpriesterin die Gemächer der Drachenfürstin verlassen hatten.

Rasch wurde ein weiterer Grund ersichtlich, warum sie ausgerechnet diese luftige Stelle benutzt hatte, um sich zu verbergen. Die Gemächer der Fürstin lagen hoch oben unter dem ausladenden Giebel im Seitenflügel des Drachenpalastes, der Belphors Ruh zugewandt lag, wo die gelbe Sonne unterging. Der Erbauer des Drachenpalastes, Argholhar, hatte zwar eine geschickte Hand bei der Auswahl seiner Feldherren bewiesen, mit deren Hilfe er das Drachenreich geeint hatte, das einst in viele kleine Domänen geteilt war und regelmäßig von eifersüchtigen Kriegsherren und Häuptlingen in blutige Fehden verwickelt worden war; aber bei der Wahl des Architekten für den Bau seines Thronsitzes hatte er sich als deutlich ungeschickter erwiesen.

An Gold hatte es damals nicht gemangelt, und es gab kaum eine Stelle am Palast, die nicht mit Symbolen, Statuen oder Halbreliefs geschmückt war, in denen die Heldentaten Argholhars in hemmungsloser Übersteigerung dargestellt wurden.

Dementsprechend waren jeder Vorsprung und jede Säule mit Wasserspeiern in Drachenform geschmückt, ja, teilweise schienen sie nur deshalb da zu sein, um sie mit Statuen schmücken zu können.

Ein geschickter Kletterer fand daher genug Halt, wenn er, wie einer dieser Rotfutt-Affen aus dem Glutkessel, an der Fassade des Palastes herumkletterte. Wie diese Gestalt nun auch.

Allerdings handelte es sich bei ihr eindeutig nicht um einen Affen.

Zielstrebig kletterte sie ein Stück an der Säule unmittelbar neben dem Balkon herab und balancierte dann über einen kaum einen Fuß breiten Sims, vorbei an hohen Fenstern, hinter denen dunkle, ungenutzte Räume dieses Flügels lagen. Kam sie an Fenstern vorbei, hinter denen Leben herrschte, duckte sich die Gestalt und kroch vorsichtig, eng an das Mauerwerk gepresst, unter dem Fenster vorbei.

Schon bald hatte sie einen großen Prachtbalkon über einem der insgesamt fünf größeren Eingänge erreicht, die jeweils auf eine Himmelsrichtung und in Richtung von Lokhs Auge hin ausgerichtet waren. Von Letzterem aus verkündete der Drachenfürst wichtige Ereignisse wie den Tag der Klingen oder die Geburt eines Thronfolgers; und auch die Geburt der Drachenbraut hatte er, wenn auch ein wenig enttäuscht, dem wartenden Volk auf dem ausladenden Gelände darunter mitgeteilt.

Vorsichtig spähte der Kletterer durch die Scheiben der großen zweiflügeligen Glastür in den dahinterliegenden Saal der Schwingen. Als er sich davon überzeugt hatte, dass sich niemand darin aufhielt außer einigen gelangweilten Wachposten, die aufzupassen schienen, dass sich kein Staubkorn auf die vergoldete Drachenklaue, den Thron Alghors, legte, drückte er die Tür vorsichtig ein Stück nach innen.

Er schlüpfte hinein und schloss die Tür ebenso leise wieder hinter sich. Lautlos schob er sich an der vertäfelten Seitenverkleidung weiter in den Saal hinein und lugte, verborgen hinter einem Vorhang, um die Ecke.

Die Wachen, die an den Säulen der Arkaden standen, hatten immer noch nichts gemerkt. Der Kletterer trat wieder zurück und löste ein Stück der Holzverkleidung. Er erstarrte beim leisen Knarren des Holzes, aber offenbar achteten die Wachen nicht auf solche Geräusche. Immerhin arbeitete Holz, das wusste man ja. Dass dieses Holz schon vor fast dreitausend Zyklen aufgehört hatte zu arbeiten, schien ihnen nicht bewusst zu sein.

Die Gestalt zog weiter an der Verkleidung, bis der Spalt groß genug war, dass sie hindurchschlüpfen konnte. So leise wie möglich zog sie die hölzerne Verkleidung wieder an ihren Platz, und einen Moment später verriet nichts mehr, dass sie hier gewesen war.

ULCAR,
ASYLUM DER AUGUREN

»Was soll die Störung?«, fauchte Druud gereizt, als es an der Tür zu seinen Privatgemächern klopfte. *Kann man denn nicht einen Moment Ruhe in diesem Tollhaus haben? Ich habe Farael doch eingeschärft, niemanden vorzulassen! Ich muss nachdenken, verflucht, aber wie soll ich einen klaren Gedanken fassen, wenn alle naselang irgendein Trottel mit irgendeinem dummen Anliegen zu mir kommt, um das sich jeder halbwegs begabte Vorstadtaugur kümmern könnte!*

Druud seufzte und richtete sich auf seiner gepolsterten Liege auf. *Andererseits kann ich mich ohnehin nicht konzentrieren,* dachte er und streckte vorsichtig die Hand aus, bis seine Finger den Kelch berührten, der auf einem Hocker neben der Liege stand. Er trank einen Schluck, stellte den Kelch wieder zurück und glättete mit den Händen sein Gewand. *Also gut, im Namen der Götter, mal sehen, was er will.*

»Komm herein, Farael, und bete zu den Göttern, dass du einen verdammt guten Grund hast, mich …«

Bereits bei seinem ersten Wort hatte sich die Tür geöffnet, und jemand war mit leisen Schritten eingetreten, hatte die Tür geschlossen und näherte sich ihm.

Das ist nicht Farael!, dachte Druud, der die Schritte seines Führers genau kannte. Einen Augenblick lang durchzuckte ihn ein Gefühl von Panik, als er sich vorstellte, wie sich ein Ghuul oder ein gedungener Meuchelmörder anschlich, den Dolch oder die Drahtschlinge in der Hand, um sein niederträchtiges Handwerk auszuführen. *Bei Belphors Arsch, Feinde hätte ich genug, die mir den Tod wünschen,* dachte er, *aber mir fällt keiner ein, der auch genug Mumm hätte, seinen Wunsch Wirklichkeit werden zu lassen.*

Im nächsten Moment hatte Druud seine Panik im Griff und hob gebieterisch, wie er hoffte, eine Hand. »Nenn deinen Namen, du …«

»Verzeiht, Herr.«

Ah, diese süße Stimme. Druud spürte, wie er hart wurde, als er Anfir erkannte. *Was für eine entzückende Überraschung.* In den letzten Stunden hatte er sich sein Hirn zermartert mit dem Problem, wie er verhindern konnte, dass der Drachenfürst seine Tochter an den Shetan von Bouhss verschacherte, aber bis auf einige blutige und vollkommen unpraktikable Lösungen war ihm nichts eingefallen. Auch das Gespräch mit Broll war nicht wirklich hilfreich gewesen.

»Warum bringt Ihr sie nicht einfach um, Eminenz?«, hatte Broll gefragt. »Oder habt Ihr plötzlich Skrupel?« Seine Worte waren zwar ironisch gemeint gewesen – *Jedenfalls nehme ich das an!* –, aber trotzdem war es Druud beim Klang seiner Stimme kalt über den Rücken gelaufen. *Dieser Broll ist wirklich ein gewissenloser Mörder,* dachte er. Er hatte dem *Schlächter von Krühll* erklärt, dass das nicht infrage kam, und Broll hatte daraufhin gleichgültig erklärt, dass ihm das auch egal wäre.

Druud hatte das Gefühl festzustecken, und es gefiel ihm gar nicht, dass er nicht wusste, wie er da wieder herauskommen sollte. Aber es war wichtig, dass er Vorbereitungen traf. Und er musste den Drachenfürsten daran hindern, Magabor seine Tochter zu geben, bevor der Tag der Klingen angebrochen war. Außerdem musste er Ryehl bei Laune halten, was sich ebenfalls als recht schwierig erwies. Dieser Schwachkopf war ebenso dekadent wie gerissen, und je länger sein Werben um die Drachenbraut dauerte, desto mehr schienen seine Ansprüche zu steigen. *Offenbar hast du diesen Kerl unterschätzt,* dachte Druud. *Und das ausgerechnet jetzt, wo sich eine so elegante Lösung für das Problem mit Hellanden ergeben hat.*

Er merkte plötzlich, dass er immer noch die Hand erhoben hatte. Anfir war einen Schritt vor seiner Liege stehen geblieben.

»Komm her, mein Schöner«, sagte Druud mit belegter Stimme. »Komm her zu mir …« Er konnte nicht verhindern, dass seine Finger zu zittern begannen, während sein Schwanz immer härter wurde. *Er wird meine Anspannung ein wenig lindern, die Frustration von mir nehmen, die meine Gedanken lähmt …* Er leckte sich über die Lippen, während er mit der anderen Hand an seinem weiten Gewand nestelte, es über seine weißen, fast haarlosen Beine hochschob und scharf die Luft einsog, als der grobe Stoff über seine Erektion streifte.

»Du kommst wirklich wie gerufen«, meinte er und winkte ungeduldig, während er darauf wartete, dass der junge Noviche zu ihm trat und wie gewöhnlich seinen lockigen Kopf unter seine Hand schob. »Wie du siehst, freut sich dein Herr sehr über deinen unangekündigten Besuch. Aber«, Druud stöhnte leise, während er seine Hüften ein Stück vorschob, bis er auf dem Rand der Liege saß, »lass es dir trotzdem nicht zur Angewohnheit werden. Überraschungen sind nur Überraschungen, wenn man sie nicht wiederholt, sonst sind sie ein Ärgernis. Also …« Er fuhr sich erneut mit der Zunge über die Lippen. »Worauf …?«

»Ich habe wirklich eine Überraschung für Euch, Herr«, erklärte der Noviche, der sich immer noch nicht von der Stelle gerührt hatte. »Und ich glaube, dass sie mein unverschämtes Eindringen in Eure Gemächer rechtfertigt.«

Eindringen, dachte Druud. *Ich werde dir gleich zeigen, was unverschämtes Eindringen …* »Was meinst du damit?«, fragte er, als die Worte des Jungen in sein Bewusstsein sickerten. »Wovon sprichst du?« *Verdammt, ich sterbe, wenn ich nicht gleich deine süßen weichen Lippen auf meinem verfluchten Schwanz spüre! Ich glaube, ich muss mir einen anderen Favoriten suchen. Ich werde allmählich ebenso süchtig nach diesem zarten, zerbrechlichen Körper wie nach Drachengift. Aber noch nicht … Jetzt noch nicht!* Druud konnte sich gerade noch davon abhalten, selbst Hand an sich zu legen, während er vor Geilheit am ganzen Körper zitterte.

»Ich habe ein Gespräch belauscht, natürlich rein zufällig, Herr.«

Das Blut rauschte Druud in den Ohren, und er biss die Zähne zusammen, als er das Gewand wieder über seine Erektion schlug. *Du kleines Miststück!*, dachte er. *Aber gut, zuerst das Geschäft.* Er riss sich zusammen und konzentrierte sich. Ihm war nicht entgangen, dass die Stimme des jungen Noviche kühl geklungen hatte, fast ein wenig herablassend.

Nein, dachte er und ließ die Hand sinken. *Das kann nicht sein. Anfir würde es niemals wagen, mir gegenüber überheblich zu sein. Er weiß genau, welche Strafe dieses Verhalten nach sich ziehen würde.* Er leckte sich erneut die Lippen. *Andererseits, wer weiß, vielleicht genießt diese kleine Missgeburt die Schläge mit dem Riemen sogar. Möglicherweise sollte ich beim nächsten Mal härter zuschlagen.* Er schloss die Augen, als er spürte, wie es unter seinem Gewand bei dieser Vorstellung zuckte.

»Selbstverständlich hast du das *zufällig* getan«, erklärte er, als er sicher war, dass er seine Stimme wieder unter Kontrolle hatte. *Meine Stimme und die Situation!*, dachte er grimmig. »Und wärst du jetzt so nett, deinem *Herrn*«, er betonte das Wort kaum merklich, »zu verraten, zwischen wem dieses Gespräch stattgefunden hat?«

»Gewiss, Herr.«

Wieder hatte Druud das Gefühl, dass in der Stimme des Jungen ein Hauch Spott mitschwang, so als hätte sich ein Lachen tief in seinem Kehlkopf eingenistet.

In dem Moment hörte er, wie Anfir zu ihm trat. Er hob erneut die Hand und sog unwillkürlich scharf die Luft durch die geblähten Nasenflügel, als er die weichen Locken des Knaben unter seinen Fingern fühlte.

Ah, diese Schwäche meines Körpers, dachte er, *wird irgendwann mein Untergang sein. Aber ich werde ihn genießen, und wie …*

Er gab einen erstickten Schrei von sich, als er spürte, wie Anfir mit seiner Hand das Gewand über die Schenkel des obersten Auguren schob und dann den Kopf auf seinen Schoß senkte.

»Nein!« Er schrie das Wort fast und riss den Kopf des Jungen zurück. »Noch nicht. Du …« Er löste seinen harten Griff und strich dem Jungen zart durch die Locken. »Erst … das andere.«

»Herr?« Anfir klang unterwürfig, aber die Art und Weise, wie er mit der Hand wie beiläufig über die Hoden und den harten, wippenden Schwanz des Auguren strich, hatte nichts Unterwürfiges.

»Was war das für ein Gespräch, das du belauscht hast?« Druud verfluchte seine Schwäche für diesen Knaben, aber er konnte einfach nichts dagegen tun. Er hatte ihn hoffnungslos verwöhnt, hatte ihm alles verziehen, sah ihm alles nach, war immer wieder wütend über seine Unverschämtheit und Unbotmäßigkeit, und doch, wenn er über die Locken des Jungen strich, seinen Mund spürte … *Ich würde ihm alles verzeihen, selbst meinen Tod!* Alle Willenskraft, die Druud aufbieten konnte, vermochte seine Geilheit nicht zu bezwingen.

Das gelang dafür Anfir mit ein paar schlichten Worten. »Ein Gespräch zwischen drei Drachenpriesterinnen.«

»Wie bitte?« Erneut packte Druud die Haare des Jungen, doch diesmal hatte seine Geste nichts Zärtliches. »Was soll das heißen? Hier im Asylum? Hier gibt es keine Frauen … Nicht einmal in der Küche …«

»Nicht hier, Herr«, unterbrach ihn Anfir unerschrocken. »Im Drachenpalast.«

Drachenpriesterinnen im Drachenpalast? Gewiss, die Oberste Heilerin gehört zweifellos diesem verbotenen Kult an, aber da sie nicht mehr praktiziert und ihre Heilkräfte unumstritten sind … Anfir hat sich gewiss geirrt, was das angeht. Aber hören wir erst, was er zu sagen hat. »Ah. Und um wen handelte es sich?«

»Cassda'ra …«

Wusste ich's doch. »Nun, mein junger Noviche …«

»Jeul sa Mehdi …«

Die Drachenfürstin? Was, bei Ganäas Titten …? »Anfir, jetzt …«

»Jolah da Prunfor.«

»Drachenpriesterinnen? Die drei mächtigsten Frauen im Reich sollen Drachenpriesterinnen sein?« Druud hätte fast laut aufgelacht, aber ein eisiges Gefühl in der Magengegend hielt ihn davon ab. Als Blinder war er auf seine anderen Sinne angewiesen, und er hatte im Laufe der Zyklen gelernt, die Stimmen der Menschen so zu lesen wie andere das Mienenspiel ihres Gegenübers. Und Anfir mochte jung und unerfahren sein – *jedenfalls was die Politik im Palast angeht* –, aber er neigte nicht dazu, fantastische Geschichten zu erfinden. *Im Gegenteil, er ist für sein Alter ausgesprochen scharfsinnig und gewieft. Außerdem …* Druuds Gedanken überschlugen sich, als er an die Ereignisse der Vergangenheit dachte. *Es ist nicht von der Hand zu weisen, dass einige Dinge plötzlich in einem ganz anderen Licht erscheinen, wenn das tatsächlich stimmt. Wenn es aber stimmt …* Er knirschte mit den Zähnen, als ihm klar wurde, was das für seine Pläne bedeuten könnte. *Von dieser Seite habe ich keinerlei Gefahr erwartet, und sie kommt mir jetzt auch ausgesprochen ungelegen.*

»Jedenfalls ihren eigenen Worten zufolge«, fuhr Anfir fort. »Zwar ist die Drachenbraut wohl noch keine Priesterin, aber nach den Worten ihrer Mutter scheint ihr dies bestimmt zu sein.«

»Bestimmt?«, fuhr Druud auf. »Ihr ist bestimmt, den Edlen von Ern zu heiraten und damit das Drachenreich vor dem völligen Verfall zu bewahren!« Er war aufgesprungen und hatte die letzten Worte herausgeschrien. Dann fiel ihm wieder ein, dass er nicht allein war, und er ließ sich wieder auf die Liege zurücksinken und atmete mehrmals tief durch. »Was …«

»Darüber haben sie ebenfalls geredet«, unterbrach ihn Anfir.

»Offensichtlich haben die Drachenfürstin und die Oberste Heilerin diesbezüglich andere Pläne.«

Ich frage mich wirklich, wie es dir gelingen konnte, dieses verdammte Gespräch zu belauschen, dachte Druud. *Wo haben sich die drei Frauen getroffen, dass du dort Zugang hattest? Sicher nicht an einem öffentlichen Ort, dafür wäre dieses Gespräch viel zu brisant gewesen.* Er wollte Anfir diese Frage gerade stellen, als der ihm erneut zuvorkam.

»Sie wollen den Plan des Fürsten durchkreuzen, die Drachenbraut mit dem Shetan von Bouhss zu vermählen.«

Also hat der Fürst seine Entscheidung getroffen, ohne meinen Vorschlag auch nur in Betracht zu ziehen! Druud spürte, wie die Wut in ihm hochstieg, aber er beherrschte sich. Er beugte sich zu seinem Noviche, dessen Haar er mittlerweile losgelassen hatte, streckte die Hand aus und berührte die Schulter des Jungen. Er fuhr mit den Fingern an seinem schlanken Hals entlang, bis zu den Wangen, und fasste ihn am Kinn.

Seine Stimme war ein heiseres Flüstern, als er sprach. »Sag mir, was sie vorhaben, Anfir, und du wirst es nicht bereuen. Im Gegenteil, du steigst noch mehr in meiner Gunst. Ich werde dich nicht mehr unterbrechen, bis du zu Ende berichtet hast. Und dann …«

Er fuhr mit der anderen Hand über den Arm des Jungen, nahm seine zarten Finger und schob sie unter sein Gewand. Er öffnete den Mund und stöhnte, als sich die Finger des Knaben um seinen etwas abgeschlafften Schwanz schlossen.

»… bekommst du deine Belohnung.«

Nicht zum ersten Mal bedauerte der Oberste Augur, dass er dem Gift und der Macht, die es ihm verlieh, sein Augenlicht geopfert hatte. *Was würde ich dafür geben, ein einziges Mal in das süße Gesicht dieses wunderbaren Knaben blicken zu können!*

Hätte er es in diesem Moment doch nur gekonnt.

SCHLUCHT DER SCHMIEDE

Die Scheide schimmerte matt im gleißenden Tageslicht, als Lay das Schwert langsam in seinen Händen hin und her drehte. Der Griff war ein kunstvoll geschmiedeter Drache, dessen Schädel den Knauf bildete und dessen schlangenartiger Leib sich spiralförmig bis zum Heft hinabwand. Die Parierstange war der Schweif des Drachen. Sie endete auf der einen Seite in der spitzen, rhombusförmigen Verdickung eines Drachenschwanzes und auf der anderen in den ebenso spitzen Klauen. Eine meisterliche Schmiedearbeit, aus einem Stück gefertigt. Trotzdem wirkte das Metall grau und irgendwie nichtssagend.

Lay betrachtete das Schwert konzentriert und mit gerunzelter Stirn. Wie hatte Korgh doch gesagt? *»Erst brauchst du eine Waffe, die zu dir spricht.« Na, dieses Schwert hier hat bestimmt nicht viel Interessantes zu sagen.*

»Gefällt es dir nicht?«

Er fuhr herum. Okh-ta stand neben der Tür der Schmiede, die Arme vor der Brust verschränkt, und beobachtete ihn mit einem wissenden Lächeln.

»Doch, sicher. Es ist … nett.« *Jedenfalls dafür, dass du es in nur einer Nacht geschmiedet hast. Aber irgendwie habe ich es mir anders vorgestellt …*

»Nett?«, kam es gurgelnd von Korgh. Er hatte gerade einen Wasserschlauch angesetzt und trank daraus. Er hustete prustend, und ein feiner Sprühnebel hüllte Lay ein. Der fuhr zurück und wischte sich mit der Hand über das Gesicht. *Wenigstens ist es kein Fischtran,* dachte er. Dann fiel sein Blick wieder auf die

Waffe. Die feinen Tröpfchen hatten sich auf dem mattgrauen Metall zu größeren Tropfen vereinigt und perlten von der Waffe ab wie von einer eingewachsten Regenplane. Er beobachtete, wie sie über die geschmiedete Scheide liefen und sich an den Ösen für die Riemen verfingen, mit denen man sich die Waffe auf den Rücken oder an die Hüfte gürten konnte. Schließlich tropften sie zu Boden.

Lay stutzte plötzlich und betrachtete auch die Scheide genauer. Sie schien ebenfalls aus einem einzigen Stück Metall zu bestehen.

Aber ... Wie hat sie das gemacht? Wie kann man eine Scheide aus einem Stück Metall schmieden? Ich meine, wie konnte sie ...?

»Nett.« Die Schmiedin schnaubte. »Du bist nicht sonderlich erfreut, wie es scheint.« Sie zuckte mit den Schultern. »Was wohl daran liegt, dass du nicht die geringste Ahnung von Waffen hast.« Sie fletschte die Zähne. »Wäre dir ein bisschen mehr Gold als Verzierung vielleicht lieber? Oder ein großer Edelstein im Knauf? Vielleicht eine spiegelblanke Scheide, damit du den Sitz deiner Haare und deiner Garderobe betrachten kannst, bevor dir ein weniger eitler und weniger dummer Gegner den Kopf abschlägt? Oder vielleicht in deinem Fall einen wertvolleren Körperteil wie einen Arm oder dergleichen.«

Lay hob rasch die Hand. »Verzeiht, ich wollte nicht undankbar erscheinen. Wirklich nicht. Aber dieses Schwert ist irgendwie nicht sonderlich ...«

»... beeindruckend?«, warf Korgh ein, der sich dafür einen bösen Blick von Lay einhandelte.

»Das wollte ich nicht sagen«, widersprach Lay. *Aber es stimmt, verdammt! Ich bin wirklich nicht sonderlich beeindruckt. Ich hatte mir wirklich etwas anderes vorgestellt. Etwas ... Bedeutenderes ... Singende Klingen? Ich kann mir kaum vorstellen, dass sich Okh-ta ihren Namen damit verdient hat, solche ... belanglosen Schwerter zu schmieden.*

Er betrachtete erneut die Waffe und zuckte dann mit den

Schultern. »Schon gut, verzeiht. Die Waffe ist bestimmt besser als das Schwert, das ich bislang hatte.« *Aber sie ist ganz sicher nicht diesem Morgenstern vorzuziehen, den ich erbeutet habe.*

»Ich sollte dir noch ein paar Dinge dazu sagen«, meinte die Schmiedin. »Die vor allem dann wichtig sind, wenn du die Schlucht verlassen hast.«

Lay hob den Kopf und sah die Frau fragend an. »Und was wäre das?« Er verzog die Lippen. *Hoffentlich kommt jetzt keine Lektion in Waffenpflege,* dachte er. Damit hatte Maahr-kut ihn schon genug gequält. *Wo steckt er überhaupt?* Lay sah sich suchend nach seinem alten Lehrmeister um.

Nachdem er von Korgh so unsanft geweckt worden war, hatte er einen Heißhunger empfunden wie schon lange nicht mehr. Er hatte sich rasch umgezogen – Korgh hatte ihm ein Hemd und eine Hose besorgt, aber nicht sagen wollen, woher die Sachen stammten. Die Kleidungsstücke waren zwar ein bisschen zu groß für ihn, aber wenigstens trocken. Dann hatte er ausgiebig gefrühstückt, ein überraschend schmackhaftes Frühstück aus gebackenen Teigfladen und ungewöhnlich zartem Fleisch, das er für Hühnchen gehalten hätte, wäre es nicht rot gewesen, fast violett. Dazu hatte es frisches Obst, Samtfruchtsaft und einen Trank aus heißem Wasser gegeben, in dem grün gesprenkelte Blätter schwammen, die dem Wasser einen aromatischen Geschmack verliehen.

Maahr-kut hatte sich die ganze Zeit nicht blicken lassen. Korgh wusste angeblich selbst nicht, wo Lays alter Waffenmeister steckte, und auch auf Lays Frage, wieso er gestern so plötzlich eingeschlafen wäre, antwortete er nur ausweichend.

Sonderbar, hatte Lay gedacht, sich dann aber auf das Frühstück konzentriert. Er würde sich mit dieser Frage beschäftigen, sobald er seinen Hunger gestillt hatte. Aber dann war alles anders gekommen.

Kaum hatte er den letzten Bissen verzehrt, als eine der jungen

Schmiedinnen in ihrer Hütte aufgetaucht war und Korgh mitgeteilt hatte, dass Okh-ta sie beide zu sehen wünschte.

Sie hatte Lay dabei nicht angeblickt, was diesen ein wenig verblüffte. Er konnte sich nicht erinnern, sich ihr gegenüber schlecht benommen zu haben. Genau genommen konnte er sich gar nicht an die blonde Frau erinnern.

Eigentlich kann ich mich an überhaupt nichts erinnern, hatte er gedacht. Aber er war dem Gedanken nicht weiter nachgegangen, weil er es eilig hatte, Korgh zu der Schmiedin zu folgen. *Was kann sie nur wollen?,* dachte er. *Will sie mich nach meinen Wünschen fragen, was das Schwert angeht? Vielleicht will sie ja wissen, ob sie ein Monogramm in die Klinge ätzen soll.* So etwas hatte er bei einem der Karawanenreiter gesehen, und er war davon sehr beeindruckt gewesen. Allerdings nur, bis er herausgefunden hatte, dass die Initialen auf der Klinge nicht zu dem Namen des Mannes passten, der diese Klinge führte.

Er war ziemlich überrascht gewesen, als sie die Hütte der Schmiedin erreichten und Okh-ta dort mit einem Schwert in der Hand auf sie gewartet hatte.

»Schon fertig?«, hatte er ungläubig gefragt und sich über den seltsamen Blick gewundert, den Korgh und Okh-ta tauschten.

Insgeheim hatte er geargwöhnt, dass die Schmiedin ihm eine bereits fertige Waffe gegeben hatte, die vielleicht von einem Kunden, der sie bestellt hatte, nicht abgeholt worden war. Ein Gedanke, der ihm wieder durch den Kopf schoss.

Die Schmiedin schüttelte den Kopf und verschränkte wieder die Arme vor der Brust. »Erstens, eine Waffe ist kein Spielzeug.«

Ah, dacht ich's mir doch. Eine Lektion. Lay seufzte. »Natürlich nicht …«

»Natürlich?« Okh-ta schnaubte und deutete auf das Schwert. »An dieser Waffe ist nicht viel natürlich. Vielleicht nur das Erz, aus dem sie geschmiedet ist.« Sie grinste. »Und das musste immerhin endlose Zyklen in Ganäas mütterlichem Schoß reifen, bis ich es endlich zu einem Werkzeug des Todes verfeinern konnte.«

»Aha.« Lay sah sie verständnislos an.

»Ironie«, knurrte Okh-ta. »Kommt noch, wenn du gelernt hast, deinen Verstand zu benutzen.«

»Ich weiß, was Ironie ist!«, fuhr Lay auf. *Was bildet sich diese Frau ein?*

»Tatsächlich? Macht aber nicht den Eindruck.« Die Schmiedin wurde wieder ernst. »Also gut, zu deinem ungeliebten Schwert ...«

»Es ist nicht so, dass ich es nicht ... lieben würde.« *Natürlich liebe ich es nicht! Kein Mensch liebt seine Waffe.* Sein Blick zuckte zu Korgh, der neben ihnen stand und dem Gespräch neugierig folgte, wobei er sich lässig auf den Griff seiner Axt stützte. *Na ja, fast kein Mensch. Aber er zählt auch nicht, schließlich ist er gar kein ...*

Unvermittelt setzte sein Erinnerungsvermögen wieder ein, und Lay taumelte.

Der Dunkle Schleier, Vergust ...

»Ah, die Wirkung des Giftes lässt nach!«

... die Felsnadel, die Schmiedin ... Sein Blick glitt unwillkürlich zur Tür der Hütte. Die junge Schmiedin, die Korgh und ihn geholt hatte, lehnte am Türrahmen und beobachtete ihn. Als sie seinen Blick bemerkte, errötete sie, drehte sich rasch um und verschwand ins Innere.

Lay spürte, wie er ebenfalls errötete, als er sich an die Frau an der Esse erinnerte. An ihren halb nackten Hintern. *An ihren festen, halb nackten Hintern!*

»Ach?«, sagte Okh-ta. »Denn du wirst die Klinge lieben lernen. Wenn du das nicht tust ...«

Lay schluckte mehrmals hintereinander, weil ihm übel wurde. »Ich ...«

»Wenn du kotzen musst, geh hinter den Busch und spuck's

in den Bach«, befahl Okh-ta ungerührt. »Hast du ihm nicht gesagt, dass er nichts essen darf, bis die Wirkung des Giftes …?«

Korgh zuckte mit den Schultern und grinste. »Hab ich wohl vergessen.«

»Gift?«, stöhnte Lay, der sich plötzlich vor Schmerzen krümmte. »Du … du Mistkerl! Was … was ist mit mir?«

»Die Wirkung des Drachengiftes lässt nach, und du hast dir den Wanst vollgeschlagen. Immerhin hast du fast eine Spanne geschlafen, da kannst du nicht …«

»Was?« Lay fuhr trotz seiner Schmerzen zu der Frau herum. »Eine Spanne? Unmöglich! Ich … Wir sind doch erst gestern …!«

Okh-ta ging zu Korgh und schlug ihm mit der Faust gegen die Brust. »Offenbar hat dieser Klotz hier so *einiges* vergessen, dir zu sagen!«, knurrte sie. »Nicht nur, dass du nichts essen darfst, wenn du aus der Starre erwachst.«

»Starre?«

Die Schmiedin nickte. »Drachengift ist ebenfalls nichts, womit man herumspielen sollte …«

»Drachengift?«

»… erst recht nicht beim ersten Mal, und vor allem nicht, wenn man es in seiner reinsten Form zu sich nimmt.« Sie grinste und deutete mit dem Kinn auf einen kleinen Verschlag neben der Hütte.

Lay sah dorthin. Der Verschlag war eigentlich ein Käfig, in dem mehrere rot-schwarze Tiere vollkommen regungslos im Sand und auf trockenen Baumstämmen oder Steinbrocken hockten.

»Sandechsen«, sagte die Schmiedin.

»Die giftigste Echsenart.« Lay hatte natürlich darüber gelesen. Dann durchzuckte es ihn heiß, als ihm einfiel, dass sich eine solche Echse in seinen Unterarm verbissen und ihn ausgesaugt hatte. Jedenfalls kam es ihm so vor, als hätte sie das getan.

Er nahm das Schwert in die Linke und betrachtete seinen rechten Arm. Die Bisswunden waren schon verheilt, aber die Stelle, wo die Zähne der Sandechse in seine Haut eingedrungen waren, war noch leicht gerötet. *Unglaublich! Es war doch eine große Bisswunde, und die Echse hat Blut gesaugt. Wie kann die Verletzung so schnell ...?*

»Eine weitere Wirkung des Drachengiftes«, meinte Okh-ta, die offenbar seine Gedanken lesen konnte, und musterte ihn prüfend. »Jedenfalls bei denen, die es vertragen können.« Sie schlug ihm anerkennend auf die Schulter. »Du hast Glück gehabt, dass dein großer Freund hier und dein Lehrmeister nicht gelogen haben. Sonst würdest du dich wahrscheinlich immer noch in Todesqualen winden.« Sie lachte schallend.

Lay schluckte. *Entzückend,* dachte er. *Gut zu wissen, dass ich gegen Echsengift immun ...* Weitere Erinnerungen tauchten auf, und Bilder von goldenen Fäden schossen ihm durch den Kopf. Bilder von einem rothaarigen Reiter mit einem dunkel schimmernden Panzer, auf dem das Symbol eines Hammers eingeprägt war. Hass flammte in ihm auf. *Broll!* Er warf einen Blick auf das Schwert in seiner Hand. *Auch wenn du nicht unbedingt die schönste Waffe bist, die ich kenne, du wirst mir helfen, diesen Mordbrenner ...*

Er brach ab, als ein heller Ton in seine Ohren stach. Es war ein Gefühl, als würde ihm jemand eine glühende, äußerst feine Nadel durchs Ohr bohren, immer tiefer, bis in sein Hirn. Seine Augen wurden trüb, ein rötlicher Schleier schob sich vor sein Blickfeld, und ...

»Was ...?« Er ließ das Schwert fallen, das plötzlich heiß geworden war. Als die Waffe in den Sand fiel, hörte das Stechen augenblicklich auf.

»Was war das?«

»Das war eine Riesendummheit, du junger Idiot!«, fauchte Okh-ta. Sie deutete auf das Schwert im Sand. »Los, heb es auf. Sofort!«

»Aber ich ...«

»Sofort, sagte ich!«

Lay schluckte jeden Widerspruch herunter, als er die lodernden Augen der Schmiedin sah, und bückte sich, um das Schwert aufzuheben. Erneut hörte er den feinen Ton, aber diesmal bereitete er ihm keine Schmerzen.

Als er sich aufrichtete, fiel sein Blick auf Korgh, und er erstarrte mitten in der Bewegung. Der Nordling stand fast in Verteidigungsposition da, die Axt erhoben, die Zähne gefletscht, und seine Augen … glühten rot.

»Was ist …?«

»Du solltest jetzt besser zuhören, Bürschchen«, fauchte die Schmiedin, »bevor du einen Fehler machst, der dir einmal sehr leidtun könnte. Und du …« Sie deutete auf Korgh. »Wir beide reden hinterher.«

Zu Lays Überraschung verzichtete der Nordling auf einen spöttischen Kommentar, sondern nickte nur ernst, während er die Axt wieder sinken ließ. Er schloss die Augen, und als er sie wieder öffnete, leuchteten sie in dem vertrauten Blau.

»Also gut.« Okh-ta drehte sich wieder zu Lay herum. »Ich habe eben gesagt, eine Waffe ist kein Spielzeug, junger Lay.« Sie schien sich wieder beruhigt zu haben, denn ihre Stimme klang gelassen wie immer. »Wie gefährlich diese Waffe für deine Widersacher sein wird, das hängt ganz allein von der Geschicklichkeit ab, mit der du sie benutzt.« Sie deutete auf Lays Brust. »Aber sie selbst kann auch gefährlich sein.« Dann tippte sie gegen seinen Kopf. »Und zwar für dich.« Sie trat einen Schritt zurück. »Die Waffe wird eine … Verbindung mit dir eingehen.« Sie sah ihn scharf an. »Du hast eben einen Vorgeschmack davon bekommen. Ich weiß zwar nicht, was du gedacht oder gefühlt hast, aber das Schwert hat jedenfalls reagiert.«

»Ich habe …«

Die Schmiedin hob die Hand. »Schon gut. Ich will es gar nicht wissen, und es geht mich auch nichts an. Aber eines muss dir klar sein: Diese Verbindung funktioniert in beide Richtungen. *Du formst das Schwert, und das Schwert formt dich.*« Sie sagte es mit Nachdruck und ganz langsam, als wäre es ein Lehrsatz, den er sich unbedingt einprägen musste.

Ja, gut, ich hab's ja kapiert, dachte Lay. Dann dachte er über die Worte genauer nach. »Wie kann ein Schwert ...?«

»... jemanden formen?« Okh-ta lächelte nicht, sondern blickte Lay mit ernster Miene an. »Ein guter Kämpfer wird immer besondere Sorgfalt auf die Pflege und den Zustand seiner Waffen legen ...«

Hab ich's mir doch gedacht, sagte sich Lay und unterdrückte ein ergebenes Seufzen. *Eine Lektion über Waffenpflege ...*

»... weil sein Leben davon abhängt. Dabei wird er durch häufigen Gebrauch die Eigenheiten seiner Waffe kennenlernen. Bei diesem Schwert hier verhält es sich ganz ähnlich, nur ist das Verhältnis viel enger. Und das Schwert wird auch deine Eigenheiten lernen, deine Stärken, aber auch deine Schwächen. Es wird sie ...«

»Aber wie?«, unterbrach Lay sie. Seine Neugier war geweckt. »Ein Schwert ist doch kein lebendes Wesen ...«

Okh-ta zuckte mit den Schultern. »Es gibt etliche Schmiede hier, die würden das Gegenteil behaupten.« Sie grinste. »Aber du hast recht. Es ist kein lebendes Wesen.« Sie beugte sich nahe zu Lay vor. »Trotzdem, würde ich für normale Sterbliche schmieden, würde die Waffe vielleicht ihrem Besitzer besonders gut in der Hand liegen, würde sich anfühlen wie eine Verlängerung seines Arms, würde ungelenke Bewegungen verzeihen oder sogar ausgleichen ...« Sie stieß die Luft scharf durch die Nase und wich zurück.

Lay hatte unwillkürlich den Atem angehalten und holte wieder Luft. »Das vermag *dieses* Schwert?«, fragte er erstaunt und betrachtete die Waffe nun erheblich respektvoller.

»Das und noch viel mehr«, erklärte Okh-ta und legte ihre

Finger auf Lays Hand. »Denn, wie ich schon sagte, das kann es schon bei einem normalen Sterblichen. Vergiss nicht, dass du dein Blut gegeben hast, um den Stahl zu härten. Und du bist kein normaler Sterblicher, Träger des Mals. Du bist *Einer vom Blut.* Und dein Blut ist jetzt in diesem Schwert. Es ist weit mehr ein Teil von dir.« Sie trat einen Schritt zurück und verschränkte die Arme vor der Brust. »Ich habe, ehrlich gesagt, keine Ahnung, was eure Bindung vollbringen kann. Aber sie kann sich zweifellos ebenso zum Guten wie zum Schlechten auswirken. Das musst du bedenken, wenn du dein Schwert im Kampfe zückst. Sind deine Motive edel und gut, wird auch die Waffe edel und gut sein. Sind sie es nicht …« Sie zuckte mit den Schultern. »Dann wirst du es merken. Du wirst das Lied des Schwertes hören, ob du willst oder nicht.« Sie blickte zu Korgh hinüber, der die ganze Zeit aufmerksam zugehört hatte. »Hätte der da nicht gesagt, dass du der bist, der du bist, hätte ich dir eine solche Waffe gewiss nicht geschmiedet.« Okh-ta kniff die Augen zusammen. »Ich spüre Unbeherrschtheit und starke Gefühle in dir, Kühnheit, gewiss, aber auch etwas Dunkles.« Sie überlegte einen Moment, bevor sie weitersprach. »Wenn du wirklich der Träger des Mals bist, dann steckt große Macht in dir, die von jenseits des Dunklen Schleiers stammt.«

Lay sah sie verständnislos an. »Von jenseits des Dunklen Schleiers? Aber Zanth'ra hat mich nur in der Kunst der Versenkung …«

Okh-ta schnalzte missbilligend mit der Zunge. »Das ist die Weisheit der Drachenpriesterinnen«, zischte sie. »Aber du hast einen Ghuul bezwungen, dazu einen, der von Sephist selbst geführt wurde, dem Meister der Zirkel.« Sie betrachtete Lay nachdenklich. »Du bist vielleicht ein ahnungsloser Wirker der Reinen und der Wilden Magie, aber auf jeden Fall hast du etwas von einem Magus in dir.« Sie deutete auf das Schwert. »Und da ihr durch dein Blut miteinander verbunden seid, wird das, was in dir wächst, auch in diesem Schwert sein, und die Waffe wiederum wird deine Gefühle beeinflussen.« Sie beugte sich vor. »Damit trägst du eine große Verantwortung, und wenn deine Gefühle hauptsächlich aus Hass bestehen, dann sei auf der Hut.« Sie legte erneut ihre Finger auf Lays Hände, die das Schwert nach wie vor umklammerten. »Das Schwert macht keinen Unterschied zwischen guten und schlechten Gefühlen. Aber es ist eine Waffe.« Sie seufzte. »Und jede Waffe lechzt nach Blut. Auch diese hier. Vergiss das nicht.«

Ich frage mich, woher sie weiß, welche Gefühle ich habe. Bin ich so leicht zu durchschauen? Sind sie mir so deutlich anzumerken? Er blickte auf das Schwert, und plötzlich wusste er nicht mehr so genau, ob es wirklich eine gute Idee gewesen war, zu der Schmiedin der *Singenden Klingen* zu gehen und sich eine solche Waffe schmieden zu lassen. Außerdem beunruhigte ihn die Vorstellung, dass er sein Blut gegeben hatte, um sie zu schmieden. Und erst recht beunruhigte ihn die Art und Weise, wie dieses Blut in die Waffe gelangt war.

Vermischt mit Drachengift, dachte er. *Dem Göttlichen Staub der Magi.* Er hatte keine Ahnung, wie sich sein mit Drachengift vermischtes Blut auf die Eigenschaften einer solchen Waffe auswirken würde. *Falls wirklich alles stimmt, was Okh-ta mir über das Schwert erzählt hat. Aber das werde ich vermutlich sehr bald herausfinden.*

»Und jetzt wird es Zeit, die Bindung zu deinem Schwert zu knüpfen, Lay, Träger des Mals«, erklärte Okh-ta feierlich, als hätte sie seine Gedanken gelesen. »Bist du bereit?«

Lay sah zu Korgh hinüber, der seinen Blick vollkommen reglos erwiderte. *Keine Hilfe von dieser Seite zu erwarten,* dachte Lay. Erneut sah er sich nach Maahr-kut um, aber der Sandmann war nirgends zu entdecken.

Er holte tief Luft, warf einen letzten Blick auf das Schwert und hob dann den Kopf, um der Schmiedin in die Augen zu sehen.

Nein, dachte er, *ich bin nicht bereit.*

»Ja«, sagte er, »das bin ich.«

Die Prozedur der *Bindung,* die geistige Inbesitznahme der Waffe, wie Okh-ta es nannte, war ebenso enttäuschend schlicht wie das Aussehen der Waffe selbst. Zunächst jedenfalls.

Die Schmiedin führte Lay zu einem kleinen Hügel, auf dem sich ein Hain aus schlanken Bäumen mit weißer Rinde und hellgrünen Blättern befand. Von dort aus hatte man einen Blick auf einen großen Teil der Schlucht, die sich bis zum Horizont erstreckte. Lay hob den Kopf und sah Belphors Augen am Himmel, und die gleißende Helligkeit zwang ihn, den Blick rasch wieder zu senken.

»Ist das hier ein heiliger Ort?«, wollte er wissen.

Okh-ta lachte. »Wenn du so willst.« Dann legte sie ihm ihre Hand auf den Arm. »Das ist die Stelle, wo wir unser Mittagsmahl einzunehmen pflegen.« Sie deutete auf die Bäume ringsum, auf die Büschel von langblättrigem, scharfkantigem Gras, das verzweifelt versuchte, in dem sandigen Boden sein Dasein zu fristen, und dann auf die Schlucht vor ihnen. »Ich habe diesen Anblick immer als außerordentlich beruhigend empfunden. Und das ist genau das, was du brauchst, wenn du deine *Bindung* knüpfst. Nur deine Waffe und du, mit einem ruhigen Geist und einem ausgeglichenen Gemüt.« Sie beugte sich vor. »Es ist fast wie das erste Mal, verstehst du? Auch für das Schwert, also sei rücksichtsvoll.«

Lay gestand ihr nicht, dass er nicht verstand, was sie meinte, zumindest nicht genau. Theija hatte ihn geküsst, das schon, aber mehr hatte sie nicht zugelassen. *Das wollten wir uns für die Nacht unserer Vermählung aufheben.* Lay spürte, wie bei diesem Gedanken eine dunkle Saite in ihm erklang, aber er unterdrückte das Gefühl. *Behutsam, hat Okh-ta gesagt. Hass ist ein schlechtes Gefühl als Grundlage für eine Bindung.* Er nickte, und Okh-ta erwiderte dieses

Nicken, dann drehte sie sich um und ging zu der Schmiede zurück.

Pack den Griff und zieh das Schwert aus der Scheide. Der Rest ergibt sich.

Das hatte die Schmiedin ihm gesagt, als er nach der Prozedur der *Bindung* gefragt hatte. Im ersten Moment war er erleichtert gewesen, weil er etwas ähnlich Schauerliches wie das Blutopfer beim Schmieden des Schwertes erwartet hatte. Dann aber kam die Enttäuschung.

Eine Waffe, die fühlt, eine Singende Klinge, ein Schwert, das meine Gefühle beeinflussen kann ... Er sah sich in dem Hain um. *Sollte da nicht wenigstens jemand zusehen oder ein paar bedeutungsschwangere Worte gesprochen werden? Oder wenigstens etwas Weihrauch durch die Luft wabern?* Er erinnerte sich daran, wie sie im Monasterium den Übergang von der Zeit der Fruchtbarkeit zur Zeit der Ermattung gefeiert hatten. Oder an das Fest, das die Zeit der Erweckung ankündigte, in der die Kälte und die Dunkelheit zurückwichen und die Natur zu einem neuen Lebenszyklus erwachte.

Lay schluckte, als er sich an diese Feiern erinnerte. Das ganze Monasterium war mit den Vorbereitungen beschäftigt gewesen. Alle hatten gekocht, geschrubbt, gesungen, waren fröhlich und guter Dinge gewesen, auch Zanth'ra und später Theija. Selbst der knurrige Maahr-kut hatte beste Laune gehabt und wohin er auch ging und seinen Kammatnusssaft spuckte, aufmunternde Bemerkungen und sogar gelegentlich ein Lob von sich gegeben.

Das alles ist unwiderruflich verloren, dachte Lay, und seine Miene verfinsterte sich, als sich erneut das Bild des gepanzerten Reiters vor sein inneres Auge schob. *Broll!* Er blickte auf das Schwert in seiner Hand. Das graue Metall wirkte kühl und teilnahmslos. *Wenn auch nur ein Teil von dem stimmt, was Okh-ta über dich erzählt,* dachte er, *dann wirst du mir helfen, meinen Schwur zu erfüllen!*

Er sah sich noch einmal in dem Hain um, holte dann tief Luft, legte seine Hand um den Drachengriff und zog die Klinge aus der Scheide.

Ein heller Ton erklang, als Metall über Metall schabte und die Klinge des Schwertes von der Berührung mit der Scheide in Vibration versetzt wurde.

Das war alles.

Das also ist das Singen des Schwertes?, dachte Lay enttäuscht. *Ich hatte gedacht …*

Lay wusste nicht genau, was er erwartet hatte. Er zuckte mit den Schultern und betrachtete die gut drei Fuß lange Klinge, die in demselben matten Grau schimmerte wie die Scheide. Unmittelbar unter dem Heft waren Symbole eingeätzt, und einen Moment lang glaubte Lay schon, die Schmiedin hätte tatsächlich seinen Namen auf der Klinge verewigt. Er kniff die Augen zusammen und betrachtete die Symbole genauer. *Eine Waage?* Das war das einzige Symbol, das er erkannte. Die anderen sagten ihm nichts. Er schüttelte den Kopf. *Was hat sie sich dabei wohl gedacht? Oder ist das ihr Zeichen? Obwohl ich da eher etwas mit Klingen erwartet hätte.*

Während er darauf wartete, dass irgendetwas passierte, vollführte er einen halbherzigen Schlag, um zu prüfen, wie die Waffe in der Hand lag.

»Ech-sen-schiss!«, stieß er fast andächtig hervor, nachdem das Schwert mit einem Pfeifen die Luft selbst zu durchtrennen schien. Er holte zu einem weiteren Schlag aus, dann zu noch einem und einem weiteren, während das Grinsen auf seinem Gesicht immer breiter wurde. *Das ist wirklich etwas anderes als dieser Säbel des Wegelagerers*, dachte er, während er einen Überkopfschlag ausführte.

Er wirbelte herum und durchbohrte einen nur in seiner Fantasie existierenden Feind, der sich von hinten an ihn herangeschlichen hatte. Dann riss er die Hand zur Seite, schlug einem anderen Soldaten der Hämmer von Ern, der sich von rechts auf ihn stürzte, den Kopf ab, wirbelte um seine Achse, durchtrennte dem nächsten Feind links von ihm die Kehle, fuhr herum und setzte die Spitze Broll auf die Brust, genau über dem Herzen. »Stirb, du Hund!« Mit diesen Worten stieß er zu. Er spürte es, noch bevor er es hörte. Etwas kribbelte in seinem Kopf, ganz tief in seinem Gehirn. Einen Moment lang verharrte Lay in der Haltung, in der er Broll den Todesstoß versetzt hatte, den Arm ausgestreckt, ein Knie leicht durchgebogen und den anderen Fuß in die Erde gegraben.

Die Klinge vibrierte leicht, obwohl seine Hand ganz ruhig war. Ein berauschendes Gefühl durchströmte ihn, das Gefühl, Herr über Leben und Tod zu sein. Eine solche Macht hatte er noch nie gekostet. Er ließ die Klinge durch die Luft wirbeln, und das Kribbeln in seinem Kopf wurde stärker und erzeugte einen hellen Ton, der ihn vollkommen zu durchdringen schien und ihn mit einer Sehnsucht erfüllte, mit dem Wunsch, das Blut dieses Mörders zu vergießen, dieses Mordbrenners …

Das Gefühl, mit seiner Trauer, mit der Wut und dem Hass nicht mehr allein zu sein, war stärker als alles. Es war sogar stärker als das Gefühl des Verlustes, das er bei dem Gedanken an das empfand, was er verloren hatte, nämlich alles, was ihm lieb und vertraut gewesen war. Es war, als wäre er plötzlich nicht mehr allein auf der Welt, als gäbe es da jemanden, der dasselbe wollte wie er …

Blut vergießen …

Der Ton wurde lauter, heller, stach fast schmerzhaft in seinen Ohren, und dann …

… brach er unvermittelt ab.

Stattdessen hörte Lay Schritte.

»Und?«

Korgh. Oder wie auch immer du wirklich heißt. Lay drehte sich langsam herum, die blanke Klinge immer noch in der Faust.

»Bist du *jetzt* beeindruckt?«

Lay grinste den Nordling an, der am Rand des Hains stehen geblieben war und sich auf seine Axt stützte.

»Allerdings«, gestand Lay. Seine Stimme klang anders, spröde, irgendwie … *selbstbewusster,* dachte er. *Ja, das ist es.* Er blickte auf das Schwert in seiner Hand. *Seltsam, wie eine Waffe einen Mann verändern kann …* dachte er. Okh-tas Warnung schoss ihm durch den Kopf. *Sie kann auch gefährlich sein. Und zwar für dich.* Aber er hatte nicht den Eindruck, dass dieses Schwert ihm gefährlich werden wollte. *Ich glaube eher, dass es den Leuten gefährlich werden will, die sich mir in den Weg stellen.* Er musterte Korgh, der sich immer noch auf seine Axt stützte und ihn wachsam beobachtete. »Ich bin tatsächlich beeindruckt«, bekräftigte er. »Willst du vielleicht herausfinden, wie sehr?«

»Hältst du das wirklich für eine gute Idee?« Okh-ta stand vor Korgh, und Lay blickte besorgt von einem zum anderen.

Der Hüne zuckte mit den Schultern. »Ein Nordling läuft nicht vor einer Herausforderung davon, auch nicht, wenn sie von einem Jungchen kommt, das sein neues Spielzeug …«

»Jungchen?«, knurrte Lay und umklammerte den Griff seines Singenden Schwertes fester. »Das einzige Jungchen, das hier herumläuft, stinkt nach Fischtran …«

»Es ist zwar ein Übungskampf, aber mit scharfen Waffen, vergesst das nicht«, mischte sich auch Maahr-kut ein. Lays alter Waffenmeister war gerade rechtzeitig wieder aufgetaucht, um mitzuerleben, wie Lay sein neues Schwert in einem richtigen Kampf – *Einem Übungskampf, schon klar, aber trotzdem!* – einweihte. *Diesmal werde ich nicht derjenige sein, der sich am Boden windet und um Gnade winseln muss. Und sollte erneut ein wenig Blut fließen, wird es nicht meins sein, das ist mal sicher!*

Maahr-kut, der nicht hatte sagen wollen, wo er gewesen war, umklammerte einen kleinen Beutel, den er sich um den Hals gehängt hatte. Auch zu dem Inhalt dieses Beutels hatte er sich nicht äußern wollen, und Lay war zu sehr mit seinem bevorstehenden Kampf beschäftigt, um dem viel Aufmerksamkeit zu schenken.

Diesmal wird es anders laufen, dachte er und blickte auf sein Schwert. *Diesmal kämpfe ich nicht mit einem primitiven Stück Eisen, sondern mit einer Waffe, die für mich gemacht wurde. Die von meinem Blut ist. Und die Korgh ein für alle Mal lehren wird, wie ich heiße.*

Er lächelte, als bei diesem Gedanken erneut ein leiser Ton in seinen Ohren erklang. *Genau, vielleicht sollte ich auch dir einen Namen geben,* dachte er, denn er hatte gelesen, dass besonders berühmte Ringfechter und Drachenkämpfer ihren Waffen Namen gaben.

Okh-ta hatte sich vehement dagegen ausgesprochen, dass Lay seinen Übungskampf mit seinem neuen Schwert bestritt. »Wie ich schon sagte, das ist kein Spielzeug …«, hatte die Schmiedin gemahnt und auf das Schwert gedeutet. »Es will Blut, und es macht keinen Unterschied, ob es nur …«

»Es wird schon nichts passieren«, hatte Lay sie gereizt unterbrochen, wobei er Korgh einen finsteren Blick zugeworfen hatte. »Außerdem ist bei unseren bisherigen Kämpfen immer nur mein Blut geflossen, und es war nicht so, dass Korgh nicht versucht hätte, mir den Kopf abzuschlagen. Nur ist ihm das nicht gelungen.« Er machte eine kleine Pause. »Obwohl seine Axt ja ebenfalls hier geschmiedet wurde.«

Dessen war er sich zwar sicher, aber es befriedigte ihn dennoch, als er den überraschten Ausdruck auf Korghs Gesicht sah und bemerkte, wie Okh-ta ihre dunklen Augen zusammenkniff. »Woher weißt du …?«

»Er hat damit Vergust getötet, schon vergessen?«, erklärte Korgh, der Lay nicht aus den Augen ließ. »Und er ist nicht dumm. Er ist jung und unbedacht, leichtsinnig, zweifellos, ziemlich großmäulig, das auch.« Er grinste, als Lay ihn erzürnt anstarrte. »Aber er ist eben trotzdem nicht dumm. Er hat vermutlich die Ähnlichkeit der beiden Waffen bemerkt, als er die Bindung zu seinem Schwert vollzogen hat.«

Lay konnte der Versuchung nicht widerstehen, seinen kleinen Sieg auszukosten. »Nein, das habe ich nicht«, erklärte er. »Ich habe es nur vermutet, aber danke, dass du es so bereitwillig bestätigt hast.«

Okh-ta schüttelte den Kopf und schnalzte missbilligend mit der Zunge. »Ich halte das trotzdem nicht für eine gute Idee«, sagte sie. »Diese Waffen sind nicht dafür gedacht, damit herumzuspielen ...«

»Du wiederholst dich«, knurrte Korgh.

»Wer sagt denn, dass wir spielen?«, sagte Lay gleichzeitig.

»Also gut. Wir treffen uns am Sandkreis. In einem Sonnenstrich. Ich will, dass ihr Brustpanzer und Armschienen tragt, damit ...«

»Ihr habt hier einen Ring?«, platzte es verblüfft aus Lay heraus. »Eine richtige Arena?«

»Mach dir keine falschen Hoffnungen, Bursche«, knurrte Okh-ta ihn an. »Es gibt keine Zuschauertribünen und auch keine Gaukler und Musikanten vorneweg. Es geht uns einfach nur darum, unsere Waffen auszuprobieren, um Verbesserungen daran vornehmen zu können.« Sie starrte Lay böse an. »Sollte es denn nötig sein.«

Lay zuckte mit den Schultern. »Mein Schwert jedenfalls braucht keine Verbesserungen. Es ist perfekt, vielen Dank.«

Okh-ta hatte mit dem Kopf geschüttelt, etwas von männlichen Rotfutt-Affen gemurmelt, die Hoden statt Hirn im Kopf hätten, und war dann wütend davongestampft.

Etwas weniger als einen Sonnenstrich später war Lay mit Brustpanzer und Armschienen versehen und ziemlich aufgeregt am Sandkreis erschienen. Korgh erschien genauso geschützt, und dann tauchten auch Maahr-kut und Okh-ta auf.

Okh-ta versuchte ein letztes Mal, den beiden ihr »unkalkulierbares Vorhaben«, wie sie es nannte, auszureden, indem sie auf die Gefahren hinwies, die in einem Übungskampf mit Singenden Waffen lauerten.

»Ich muss einfach herausfinden, wie sich dein Schwert in

einem halbwegs echten Kampf anfühlt«, hatte Lay gesagt. Das entsprach nicht einmal annähernd der Wahrheit. Aber er wollte nicht zugeben, dass es ihn danach dürstete, Korgh die Demütigungen heimzuzahlen, die er bei ihren bisherigen Übungskämpfen hatte hinnehmen müssen.

Korgh hatte einfach nur den Kopf geschüttelt.

Und nun standen sie am Rand des Sandkreises, und Lay hörte zu, wie Okh-ta und Maahr-kut abwechselnd die Bedingungen für diesen Übungskampf vortrugen.

»Sobald das erste Blut fließt, ist der Kampf zu Ende, klar?«, sagte Okh-ta abschließend und sah dabei erst Korgh und dann Lay eindringlich an.

»Übungskampf bedeutet, es gibt keine Schläge gegen den Hals oder die Lenden, keine Schläge in den Rücken, und der Kampf ist vorbei, sobald einer von beiden das Zeichen zur Aufgabe gibt«, erklärte Maahr-kut.

Lays Aufmerksamkeit wurde von einer Bewegung neben dem Ring abgelenkt. Er sah hin und lächelte, als er die Schmiedin aus der Hütte ausmachte. Und sie war nicht allein, sondern hatte offenbar die anderen mitgebracht.

Keine Zuschauer, was?, dachte Lay und lächelte die blonde Frau an.

Zu seiner Überraschung jedoch erwiderte sie das Lächeln nicht, sondern betrachtete ihn fast missbilligend unter ihren halb gesenkten Lidern hervor.

Okh-ta hatte Lays Reaktion bemerkt und spuckte aus. »Meine Mädchen wollen unbedingt miterleben, wie sich zwei Schwachköpfe gegenseitig die Schädel einschlagen, nur um zu beweisen, dass sie hohl sind.« Die Schmiedin grinste, als Lay errötete. »Nicht dass sie es nicht längst wüssten, aber sie überzeugen sich immer wieder gern davon, dass Männer als ernst zu nehmende Partner einfach nicht infrage kommen.«

Lay biss die Zähne zusammen. *Konzentrier dich auf das, was wich-*

tig ist, sagte er sich, riss den Blick von der blonden Frau und richtete ihn auf Korgh.

Zu seinem Ärgernis schien sich der Nordling von den Frauen nicht irritieren zu lassen, sondern grinste ihn herausfordernd und fast ein wenig spöttisch an.

»Fertig?«, knurrte Lay.

»Wir dachten schon, du würdest nie fragen.«

Lay schnaubte und trat in den Ring.

Korgh machte viel Umstände darum, sich zu recken und zu dehnen, bevor er die Axt nahm, sie geschickt in der Hand herumwirbeln ließ und ebenfalls in den Sandkreis trat.

»Also dann …«, sagte Okh-ta. »Wenn es unbedingt sein muss … Beim ersten Blut ist der Kampf zu Ende.«

»Es ist ein Übungskampf, vergiss das nicht«, wiederholte auch Maahr-kut.

Korgh rollte mit den Schultern und nickte.

Beim ersten Blut fängt der Kampf erst an. Lay runzelte verwirrt die Stirn. *Habe ich das gedacht?,* fragte er sich, doch dann klatschte Okh-ta in die Hände, zum Zeichen, dass es losging, und alle Gedanken im Kopf des Jünglings wurden von dem hellen Ton verdrängt, der sich in ihm ausbreitete, als er sein Schwert aus der Scheide zog.

Als er sich zum ersten Mal unwillkürlich der Kunst der Versenkung bedient hatte, war er noch überrascht gewesen und hätte fast die Kontrolle verloren. Seit diesem ersten Mal im Wolfswald beim Monasterium hatte er immer wieder versucht, die Kunst der Versenkung anzuwenden, aber es war ihm bei seinen Übungskämpfen mit Korgh nie wirklich gelungen.

Diesmal jedoch war es anders.

Fast augenblicklich, als er danach tastete, ertönte das vertraute Summen in seinem Hinterkopf, und er beobachtete, wie Goldene Fäden schimmerten, sich um die Klinge seines Schwertes wanden und sich wie ein Netz ausbreiteten.

Er schluckte irritiert, als er sah, wie Korgh auf ihn zukam, die schwere Streitaxt erhoben, die diese Fäden wie ein dunkler Schatten zu durchtrennen schien. Korgh selbst schienen die Fäden nicht zu berühren, als er sich ihm näherte.

Lay hob sein Schwert, als die Axt in einem ersten zögernden Schlag heranzischte.

Die Waffen prallten gegeneinander.

Die fremdartige summende Melodie in seinen Ohren wurde von dem lauten Singen übertönt, mit dem sein Schwert auf die Berührung mit der Axt reagierte.

Lay führte die Axt mit der Klinge seines Schwertes über seinen Kopf hinweg, während er sich gleichzeitig duckte.

Dann schlug er selbst zu, und die Spitze seines Schwertes glitt nur einen Fingerbreit an Korghs Oberschenkel vorbei.

Und dann …

Die Geräusche um Lay herum erstarben, erneut schien die Welt langsamer zu werden, aber diesmal hörte er nicht die Melodie in seinem Kopf, tauchte nicht in den Strom des Seins ein, um von den Stimmen geführt zu werden.

Blut Blut Blut Blut Blut

Was …?

Die Klinge seines Schwertes schien zu glühen, als sich die schimmernden Fäden darum herumschlangen.

Ich kontrolliere die Fäden nicht!, dachte er. *Die Stimmen … Sie lassen mich nicht das Schwert führen, sondern … das Schwert selbst übernimmt die Führung!* Zu verblüfft, um dem Einhalt zu gebieten, ganz abgesehen davon, dass er auch nicht gewusst hätte, wie er das hätte anstellen sollen, folgte er mit der Klinge den Fäden, die wie goldene Tentakel daran hingen …

Er *sah,* wie Korgh die Axt in einem Rückhandschlag gegen seinen rechten Arm führte, *sah,* wie er selbst sein Handgelenk verdrehte, wie er in die Knie ging, sich bog und den Schlag der Axt mit seiner Waffe parierte. Diesmal stoben goldene Funken auf, als die Fäden von der Schneide der Axt durchtrennt wurden. Aber das Schwert wehrte den Schlag ab.

Lay spürte nichts in seinen Armen, spürte keinen Schmerz, nicht einmal den Aufprall, während er seine Aufmerksamkeit auf Korghs ungeschützte Achselhöhle richtete, die dieser entblößte, als er seine Waffe mit beiden Händen führte.

Lay drehte erneut sein Handgelenk – *So verdammt langsam, unendlich langsam!* –, sodass er das Schwert mit der Klinge nach unten hielt. Dann wirbelte er herum, wobei sich sein Körper so unendlich langsam bewegte. *Wenigstens kann sich auch Korgh nicht schneller bewegen,* dachte er.

Er war zum Zuschauen verdammt, während er eine eigentlich blitzschnelle Bewegung in quälender Langsamkeit vollführte. An der Körperhaltung des Nordlings konnte er erkennen, dass Korgh seinen Stoß erahnte, aber der Hüne war zu langsam.

Lays Schwert näherte sich mit der Spitze der Achselhöhle, langsam, gierig …

Blut Blut Blut Blut Blut

… unaufhaltsam, und Lay sah, dass der Nordling diesem Stoß nicht mehr würde ausweichen können.

Er dachte keinen Moment darüber nach, was geschehen würde, wenn die Klinge in die ungeschützte Achsel des Nordlings eindringen und Haut, Knochen und Lebensadern durchtrennen würde.

Er sah nur die Vollkommenheit dieses Stoßes, sah seinen Triumph greifbar nahe, wenn er auch quälend langsam kam.

Dann jedoch verwandelte sich dieses Triumphgefühl in Enttäuschung, eine Enttäuschung, die laut in seinem Kopf sang, als der Hüne plötzlich in die Knie ging und seinen Oberkörper zurückbog.

Diese Bewegung genügte zwar nicht, um dem Stoß ganz auszuweichen, aber Lays Klinge durchtrennte nur das lederne Wams und zog einen langen blutigen Streifen über die Schulter des Nordlings. Dann glitt sie mit einem enttäuschten Kreischen am Armausschnitt des Brustpanzers ab.

Doch in diesem Moment sah Lay seine Chance.

Er drehte den Griff des Schwertes in seiner Faust, legte die Klinge an den Unterarm an und zielte mit dem spitzen Ende der Parierstange auf das rechte Auge des Nordlings. *Diesem Schlag kann er nicht ausweichen,* dachte Lay, und das Singen in seinem Kopf schwoll fast jubilierend an.

Blut Blut Blut

Lay hörte wie aus weiter Ferne dumpfe, verzerrte Schreie, zweifellos von Okh-ta und Maahr-kut, die versuchten, in diesen wunderschönen Kampf einzugreifen. Aber die Stimme des Schwertes in seinem Kopf übertönte die Schreie der Zuschauer, als sie sich jauchzend emporschwang.

Die Augen des Nordlings glühten auf einmal rot, viel zu plötzlich im Vergleich zu den langsamen Bewegungen der Welt um sie herum. Dann spürte Lay einen Druck an seinem rechten Bein in Höhe der Kniekehle. Der Druck verstärkte sich, und er *sah* die flache Seite der Axt, *sah,* wie sie sich unaufhaltsam gegen sein Bein presste, sein Knie zwang nachzugeben, er *sah,* wie seine Hüfte zurückwich, *sah,* wie sich sein Arm vorwärtsbewegte, wie seine Hand einen Bogen beschrieb, wie die Parierstange das Auge von Korgh verfehlte, sah, wie der Hüne den Kopf langsam zur Seite drehte, *sah,* wie sein Bein sich vom Boden löste, *sah …*

… wie die Fäden erloschen, hörte plötzlich den lauten Schrei …

»… nicht! Lay, nein!« *Maahr-kut.*

»… doch gesagt, verflucht!« *Okh-ta.*

»Echsenschiss!« *Das bin ich!*

Dann bewegte sich die Welt plötzlich rasend schnell, schien zu kippen, und er verlor den Halt und landete mit einem lauten Krachen auf dem Rücken. Ein scharfer Schmerz durchzuckte sein Bein, aber wenigstens war er im Sand gelandet und hatte sich nicht auch noch den Schädel an einem Stein oder etwas Ähnlichem eingeschlagen.

Und er hatte sein Schwert noch fest in der Faust.

Bevor ihn die Übelkeit überkam, weil er so unvermittelt aus der *Versenkung* aufgetaucht war, sah er, wie sich die kleinen Blutstropfen an der Spitze der Klinge zu einem großen Tropfen sammelten, der mit einem Geräusch, das fast einem Zischen glich, über das Metall lief, bis er schließlich am Heft verschwand.

Lay war insgeheim froh, dass weder Okh-ta noch eine der jungen Frauen aus der Schmiede gekommen waren, um sich von Korgh und ihm zu verabschieden. Obwohl er sich trotzdem gern noch einmal bei der Schmiedin der Singenden Klingen für seine Waffe bedankt hätte. Allerdings war er sich im Augenblick nicht mehr ganz sicher, ob er wirklich Grund dazu hatte.

Aber Maahr-kuts finstere Miene war Tadel genug. Der alte Waffenmeister betrachtete Lay und schüttelte erneut den Kopf. »Du kannst dich wirklich bei diesem Barbaren bedanken, dass du noch auf zwei Beinen stehst«, knurrte Maahr-kut.

»Weiß ich«, nuschelte Lay, ohne Korgh anzusehen. Er konnte sich das spöttische Grinsen auf dem Gesicht des Hünen auch so ziemlich gut vorstellen.

»Dann tu es auch!«, befahl Maahr-kut, der offenbar nicht vorhatte, Lay diese weitere Demütigung zu ersparen.

»Danke«, presste Lay zwischen den Zähnen hervor.

»War uns ein Vergnügen.«

Lay sah nun doch auf. Trotz der spöttischen Worte klang Korghs Stimme alles andere als höhnisch, und als er den Nordling anblickte, sah er, dass der eine ernste Miene aufgesetzt hatte.

Erneut überkam ihn heiße Scham, wie schon unmittelbar nach dem Kampf, als Korgh ihm hochgeholfen und ihn zur

Hütte der Schmiedin geschleppt hatte, die außer sich vor Wut war. Sie hatte den beiden gesagt, dass sie auf keinen Fall bei ihr ihre Verletzungen auskurieren könnten. Zum Glück hatte Lay jedoch nur eine Prellung davongetragen, die einen schwarzen Bluterguss auf seinem rechten Oberschenkel hinterließ, der dem Umriss eines übergroßen Schmetterlingsflügels glich. Sein Knie war zwar geschwollen und schmerzte, aber er konnte laufen.

Korgh und er hatten ihre Habseligkeiten eingesammelt, sich von Okh-ta verabschiedet, die wortlos neben der Tür gewartet hatte. Sie hatte ihnen einfach nur böse hinterhergesehen, wie sie in Begleitung von Maahr-kut davongegangen waren.

Einen Moment lang hatte Lay schon befürchtet, er hätte das Schwert wieder abgeben müssen, aber Okh-ta hatte die Waffe nicht eines Blickes gewürdigt.

»Es … Es tut mir wirklich leid.« Lay blickte auf den Verband um Korghs Schulter. »Tut es sehr weh?«

Korgh warf einen Blick auf seine Verletzung und verzog dann die Lippen. »Es ist wohl eher der Stolz, der schmerzt«, knurrte er. »Ich hätte nicht gedacht, dass es dir wirklich gelingt, Blut von uns zu ziehen …«

»Jetzt reicht es aber!«, knurrte Maahr-kut wütend. Er sah Lay an. »Du hättest deinen Gefährten um Haaresbreite umgebracht!«, knurrte er. »Hätte Korgh diesen Stoß nicht kommen sehen«, er warf dem Nordling einen argwöhnischen Blick zu, »obwohl ich nie begreifen werde, wie er das gemacht hat, dann hättest du ihm deine verdammte Klinge bis in den Hals gerammt! Es war ein verfluchter Übungskampf! Ich hatte die Regeln doch …«

»Ich weiß«, antwortete Lay, aufrichtig zerknirscht. Er hütete sich, dem Impuls nachzugeben, nach seinem Schwert zu tasten, das er sich auf den Rücken geschnallt hatte. *Es war nicht meine Schuld.* Aber dieses Eingeständnis hätte die ganze Sache nicht besser gemacht. Und außerdem …

Wessen Schuld war es dann?

Sie waren aufgebrochen und den ganzen Abend durch die Schlucht gegangen, ohne auch nur an einer Schmiede vorbeizukommen. Lay hätte zwar gern gefragt, wie das sein konnte, aber weder Korgh noch Maahr-kut schienen besonders viel Interesse an einer Unterhaltung zu haben.

Schließlich hatten sie einen schmalen Einschnitt in der Felswand erreicht und waren einen Geröllhang hinaufgeklettert.

Lay fühlte sich unwillkürlich an den Hang erinnert, zu dem Korgh ihn und Vergust geführt hatte, aber hier war weit und breit nichts von einem Wasserfall zu sehen.

Nachdem sie den Geröllhang erklommen hatten, gingen sie durch eine gewundene, enge Passage und…

Lay riss erstaunt die Augen auf. Sie standen am Eingang einer kleinen Höhle in einem felsigen, mit Sträuchern und Gestrüpp bewachsenen Hügel auf der Ebene der Stürme. Belphors rotes Auge stand bereits tief über dem Horizont, und die Dämmerung hatte sich schon über das Land gesenkt. In einiger Entfernung vor ihnen schimmerten kleine Lichtpunkte.

»Das da unten ist Midwai.« Maahr-kut streckte die Hand aus. »Es ist ein recht großer Ort, in dem ihr gewiss eine Herberge findet.« Er sah Lay an. »Ich hoffe, du hast etwas aus diesem Vorfall gelernt«, knurrte er. »Obwohl ich das ernsthaft bezweifle.« Er schnaubte, als er Lays Zerknirschung bemerkte, und legte dem Jungen eine Hand auf den Arm. »Zumindest solltest du begriffen haben, dass dieses Schwert tatsächlich kein Spielzeug ist! Hüte dich davor, dich von ihm beherrschen zu lassen!« Er griff in den Beutel, den er bei sich trug, und zog etwas daraus hervor. »Hier, das gehört dir. Ich sollte es dir geben, sobald du alt genug wärest, dem Weg zu folgen, den es dir weist.«

Aber Lay achtete nicht auf den Gegenstand, den Maahr-kut ihm hinhielt. »Begleitest du uns denn nicht?«, fragte er den alten Waffenmeister überrascht. »Ich meine, eine Herberge, wo wir beide ein Zimmer finden, wird doch gewiss auch Platz für dich …«

Maahr-kut schüttelte den Kopf. »Mein Weg führt mich an einen anderen Ort«, entgegnete er ausweichend. »Aber wenn die Bestimmung es will, werden sich unsere Wege gewiss wieder kreuzen.« Er warf Korgh einen Blick zu. »Hoffentlich dann unter etwas glücklicheren Umständen.«

Der Nordling erwiderte den Blick des Sandmannes unbewegt, aber Lay glaubte ein Funkeln in den blauen Augen zu erkennen.

»Wie dem auch sei …« Maahr-kut hob den Gegenstand etwas an. »Das ist für dich. Gib gut darauf acht. Es wird dir den Weg weisen, wenn es so weit ist.«

Lay betrachtete zum ersten Mal, was Maahr-kut in seinen knorrigen Fingern hielt. »Ein … ein Armreif? Den Weg wohin?«

Maahr-kut lachte. »Es ist eine Armspange, und man trägt sie am Oberarm. Siehst du, so.« Der alte Mann nahm die Spange, bog sie ein wenig auseinander und klemmte sie Lay um den Oberarm. Zu seiner Überraschung fühlte sich das Metall warm auf seiner Haut an und umspannte seinen Bizeps, als hätte ein Goldschmied vorher Maß genommen.

»Du hast offenbar Muskeln bekommen, seit wir uns das letzte Mal gesehen haben«, bemerkte Maahr-kut. »Offensichtlich noch etwas, wofür du dich bei dem Barbaren bedanken kannst.«

Korgh grinste nur.

»Und wohin soll mir diese Armspange den Weg weisen?« Lay betrachtete das Schmuckstück. Es bestand nicht aus Metall, wie er angenommen hatte, sondern aus einem gelblichen, fast knochenartigen Material. Das erklärte wohl, warum es sich warm anfühlte. In der Mitte der Spange war ein schwarzer Stein eingearbeitet, und als Lay mit dem Finger darüberfuhr, spürte er, dass etwas in diesen Stein eingeritzt war. Er konnte nicht erkennen, worum es sich handelte, aber er spürte Rillen und Kanten.

Fast wie ein alter Glyphenstein, dachte er. *Ich werde ihn mir später genauer ansehen. Aber erst möchte ich wissen, wohin …*

Maahr-kut holte tief Luft, bevor er antwortete. »Die Spange und der Stein werden dir den Weg zu deinen Eltern weisen, wenn es so weit ist.«

KLUFT IM DRAAKENSCHLUND, REFUGIUM DER MAGI

»Meister?«

Als der Famulus keine Antwort erhielt, blieb er zögernd im Eingang zu den Privatgemächern des mächtigsten Wirkers der Ströme stehen.

»Meister?«, wiederholte er. »Herr, der Zirkel hat sich versammelt …«

»Ich komme.«

Der Famulus wich hastig einen Schritt zurück, als er die eisige Stimme aus dem Innern der Kammer hörte.

Im nächsten Moment erschien die Gestalt Sephists, des Meisters der Zirkel. Er ging achtlos an dem jungen Magus vorbei, der rasch den Kopf senkte, als ein flüchtiger Blick aus dunklen, blutunterlaufenen Augen ihn traf. Dann verschwand Sephist im Gang, und der Famulus atmete auf.

Natürlich hatten alle im Refugium von dem Vorfall in der Runden Kammer gehört. Ein schreckliches Unglück, erklärten die Wirker. Eine entsetzliche Katastrophe, raunten die Eleven hinter vorgehaltener Hand. Eine Katastrophe, die – *Belphor bewahre uns!* – Sephist selbst zu verantworten hatte.

Und die alle fünf Wirker seines Kreises das Leben gekostet hatte. Auf eine unaussprechlich grauenvolle Art und Weise.

Die Eleven und Famuli schüttelten sich, wenn sie über dieses furchtbare Ereignis tuschelten, obwohl keiner von ihnen Genaueres wusste. Aber die Gerüchte verbreiteten sich wie Leichengeruch im ganzen Refugium.

Von verlorenen Seelen war die Rede, von einem Ghuul, der außer Kontrolle geraten war. Von einem mächtigen Wirker, der Sephist beinahe getötet hätte. Einige besonders kühne und ahnungslose Eleven verstiegen sich gar zu der Behauptung, Sephist hätte keine Wahl gehabt und die Essenz seiner Mit-Wirker aufsaugen müssen, um einen fast übermächtigen Dämon zurückzuschlagen.

Dabei wusste jeder, dass die Dämonen schon seit endlosen Zeiten hinter dem Dunklen Schleier gefangen waren.

Und der Dunkle Schleier war undurchdringlich.

Oder etwa nicht?

Immerhin war er innerhalb der letzten Spannen mehrmals erklungen.

Was hatte das zu bedeuten?

Die Stimmen in der Runden Kammer erstarben, als der Herr der Klaturen eintrat. Er ging zu dem thronartigen Stuhl, der in der Mitte eines kunstvoll mit Intarsien ausgelegten Kreises stand, dort, wo sich die Spitzen der geometrischen Formen trafen, die diesen Kreis bildeten, und setzte sich. Um die Peripherie des Kreises herum saßen auf gemeißelten Bänken aus Barkaalmarmor die mächtigsten Magi der Gilde, der Zirkel.

»Der dritte Träger des Mals wurde gefunden.« Die Stimme des Mächtigsten der Wirker klang kalt und seltsam leblos.

»Aber ein vierter ist noch unentdeckt!«, fügte einer der Magi des Zirkels hinzu. Es war ein großer weißhaariger Mann mit einem schmalen Bart, der die Mulde auf der Oberlippe bedeckte und sich schmal über die Kinnpartie fortsetzte. Seine Stimme klang ebenfalls kalt, aber alles andere als leblos. Sie schien vor unterdrücktem Zorn zu beben.

»Eine Tatsache, die uns allen bekannt ist und von daher keiner weiteren Erwähnung bedarf«, antwortete Sephist.

»Ebenso wie die Tatsache, dass die Zeit der Verschmelzung naht und die Träger des Mals ...«

»Niemand weiß, was geschehen wird, wenn dieser Zeitpunkt eintritt.«

»Wenn wir die Fäden des Schicksals *sichten* könnten, eine Fähigkeit, die wir längst hätten erlangen sollen, nach dem, was uns unser hochgeschätzter Meister der Zirkel versprochen hat, könnten wir womöglich die Ströme der Natur so wirken, dass wir ...«

»Es würde uns dennoch bei der Suche nach dem vierten Träger nicht unbedingt weiterhelfen.«

»Aber es wäre zumindest ...«

»Das möchte ich bezweifeln.«

»Ich muss mich wiederholen ...«

»Es ist einfach unerhört!«

»Ich sage, der Preis war zu hoch.«

Der Meister der Zirkel hob den Kopf bei dieser letzten Bemerkung und sah den Sprecher an. »Erklärt Euch, Trophan.«

Der Magus wirkte noch recht jung für eine so bedeutende Position im Zirkel der Magi. Allerdings waren mit dem »Unglück«, als den man den Tod der fünf Wirker offiziell bezeichnete, zwei Plätze auf den Bänken der Klaturen frei geworden. Einen davon hatte Trophan eingenommen, wie im Zirkel der Magi üblich durch eine geheime Abstimmung.

»Vergust hat seinen Versuch, den Träger des Mals zu kontrollieren, mit dem Leben bezahlt ...«

»Möglicherweise«, unterbrach ihn der weißhaarige Magus, der als Erster auf Sephists Erklärung geantwortet hatte. »Dennoch ist es unabdingbar ...«

»Kein Preis ist zu hoch.« Der Mann im Mittelpunkt des Kreises sprach die Worte mit einer tödlichen Ruhe und Entschlossenheit. »Der Zirkel der Magi und ich wären jederzeit bereit, fünf weitere Wirker zu opfern oder auch zehn oder zwanzig, falls das nötig wäre, um zu gewährleisten, dass zum Zeitpunkt der Verschmelzung die zwei mal zwei der Heiligen

Zwei dort sind, wo sie sein sollen.« Sephist beugte sich vor und bedachte den jungen Magus mit einem eisigen Blick. »Ich möchte, dass Ihr das bedenkt, Trophan, bevor Ihr erneut so unbedacht Eure Meinung äußert. Ansonsten sehe ich mich gezwungen, die Entscheidung des Zirkels infrage zu stellen, Euch mit einem Platz auf der Bank der Klaturen zu ehren.«

Der mächtigste Wirker der Ströme verzog die Lippen. »Ich nehme an, Ihr wisst, welche Konsequenzen ein Verlust dieses Platzes für Euch hätte.«

Der junge Magus hielt dem Blick der schwarz glühenden Augen einen Moment stand, bevor er zu Boden sah. »Ja, Meister.«

Der Herr der Klaturen starrte ihn weiter an. Er ließ die Zeit verstreichen, sich dehnen, bis das Unbehagen alle Wirker in der Runden Kammer packte.

»Dem Träger wurde von einem Gezeichneten ein Gegenstand übergeben, was möglicherweise zu Komplikationen führen könnte«, sagte er, nachdem das Schweigen genau einen Herzschlag über das Maß des Erträglichen hinaus angedauert hatte.

Die Erleichterung in der Kammer war fast fühlbar, als der Moment unmittelbarer Gefahr verstrich.

Der Mann in der Mitte verzog keine Miene. »Und er ist unterwegs, um die Trägerin des Mals zu treffen. Ebenso wie der von uns auserwählte Träger des Mals. Sollten sich die beiden vor der Zeit begegnen, könnte das unsere Pläne vereiteln.«

Ein Raunen fuhr durch den Raum.

»Und wie gedenkt Ihr, das zu verhindern?« Es war erneut der weißhaarige Magus, der diese Frage stellte.

»Ich gedenke gar nichts zu verhindern«, erwiderte der Herr der Klaturen.

»Weil Ihr nicht wollt?« Trophan schien die Zurechtweisung bereits vergessen zu haben. »Oder weil Ihr fürchtet, erneut zu versagen?«

Die Kälte, die sich plötzlich in der Kammer ausbreitete, hätte selbst Belphors Auge gefrieren lassen. Die Linien auf dem Boden flammten plötzlich weiß glühend auf. Aber der Mann auf dem thronartigen Stuhl in der Mitte des Raumes unternahm nichts weiter gegen den Sprecher, sondern blickte in die Gesichter der anderen Magi.

»Weil es nicht nötig ist!«, stieß er hervor. »Es gibt andere, die diese Aufgabe für uns übernehmen.« Er stand auf und sah die Anwesenden der Reihe nach an. »Aber um Euch zu beruhigen, werde ich meinen Kreis versammeln und den Lauf der Ströme der Natur beobachten, wenn wir sie schon nicht zu unseren Gunsten zu lenken vermögen. So sind wir wenigstens rechtzeitig in der Lage zu reagieren, falls unseren Plänen Gefahr droht.«

»Nur um die Sache richtigzustellen«, erklärte der junge Magus. »Es ist Euer Plan.«

Der Meister der Zirkel streckte sich und schien dabei noch größer zu werden. »Um das zu ändern und um mehr dringend benötigten Rückhalt im Zirkel der Magi zu erhalten, habe ich beschlossen, meinen neuen Kreis der Magi um einen von Euch zu ergänzen. So seid Ihr stets über *meine* Pläne informiert.« Er drehte sich langsam um seine Achse, während sein Blick über die anwesenden Magi glitt, die diesem, so gut sie konnten, auswichen.

Nur ein Magus hielt dem Blick Sephists unerschrocken stand.

Der Herr der Klaturen nickte. »Ich lade Euch ein, Ehrenwerter Trophan, Euch meinem bescheidenen Kreis beizugesellen.« Es war die formelle Bitte eines Meisters an einen anderen Meister um Unterstützung. Dennoch hatten die Worte Sephists nichts Bittendes.

Der junge Magus erhob sich gelassen und ohne sichtbare Regung. Er verbeugte sich, wie es die Etikette verlangte, und antwortete ebenso formell.

»Ehrenwerter Meister, ich diene Euch in aller Demut.«

Sein Tonfall allerdings klang nicht eine Spur demütig.

TAL DER STRÖME,
MIDWAI

»Geht in die *Blutklinge* und fragt dort nach Schnapper.« Der Mann betrachtete Korgh und Lay neugierig, ließ seinen Blick kurz über Lays Schwert gleiten, heftete ihn dann auf Korghs Axt und spitzte die Lippen. »Nach allem, was ich höre, ist das Kontingent an Fechtern ja schon erschöpft, aber auf dich würd ich vielleicht sogar einen Deut setzen.«

Korgh grinste. »Nur einen Deut?«

Der Mann zuckte mit den Schultern. »Hab schon größere Kerle erlebt, die hinterher erheblich kleiner aus dem Sand gekrochen sind.« Dann deutete er auf Lay. »Aber du bist der Erste, den ich sehe, der sich einen eigenen Burschen mitgebracht hat.«

Was? Lay holte empört Luft, um diesen unverschämten Kerl scharf zurechtzuweisen, aber Korgh drehte sich zu ihm herum und murmelte: »Immerhin hat er dich nicht Bürschchen genannt.« Das Grinsen des Nordlings verstärkte sich, als er die gereizte Miene des Jünglings sah, dann lächelte er den Städter an. »Danke, guter Mann. Also die *Blutklinge.* Was für ein passender Name für einen Ort, an dem der Organisator der *Blutkämpfe* Hof hält.«

»Hof halten würde ich das nicht nennen«, erwiderte der Städter lachend. »Sich das Hirn wegsaufen, das trifft's wohl eher.« Er seufzte. »Kommt nicht damit klar, dass er nicht mehr selbst in den Sand kann, das arme Schwein.« Er wollte weitergehen, aber dann fiel ihm noch etwas ein. »Und fragt ihn ja nicht nach Eisenfaust Errin.« Er lachte erneut. »Dann braucht ihr ihn gar nicht erst auf einen Platz im Sandring anzusprechen.«

»Was für ein Idiot«, knurrte Lay, als der Mann außer Hörweite war. »Wieso hätten wir ihn nach Errin Eisenfaust fragen sollen? Wir kennen ihn doch …«

»Eisenfaust Errin«, verbesserte ihn Korgh mit abwesender Miene, während er in eine Gasse spähte und nach dem Schild der Schänke Ausschau hielt, einem roten Schwert auf schwarzem Grund. »Eisenfaust ist der Name, den er sich gemacht hat. Der wird bei einem Namhaften immer zuerst genannt, sonst ist es eine Beleidigung, die nur mit Blut gesühnt werden kann.« Er drehte sich wieder zu Lay herum. »Vorzugsweise deinem Blut.«

»Na klar.« Lay schnaubte und spuckte verächtlich aus. Dann rückte er sich den Riemen über der Brust zurecht, der das Schwert auf seinem Rücken hielt. »Vielleicht sollte ich mir auch einen Namen geben«, sagte er nachdenklich. »Wie wäre es mit …?«

»Du hast nicht richtig zugehört«, unterbrach ihn Korgh amüsiert. »Sich einen Namen *machen*, und nicht, sich einen Namen *geben*. Das sind zwei verschiedene Dinge. Du kannst dir so viele Namen geben, wie du willst, aber wenn du dir einen Namen machen willst, musst du ihn dir verdienen. Und dann wird er dir von anderen verliehen, bei Ringfechtern zumeist von den Zuschauern oder von anderen Kämpfern. Es ist eine Art von Ehrenname, ein Kompliment, ein Zeichen von Respekt.«

Lay hatte bei den ersten Worten des Nordlings verärgert das Gesicht verzogen, doch jetzt grinste er plötzlich spöttisch. »So wie dein Name, stimmt's?«

Korgh sah ihn verblüfft an. »Wir wüssten nicht, dass wir einen …«

»Aber natürlich hast du einen!« Lay krähte fast vor Übermut. »Fischkopf!« Er prustete vor Lachen, als er Korghs finstere Miene sah. »Du weißt schon, wegen deines Gestanks nach …«

»Schon gut, wir haben's kapiert!«, unterbrach ihn Korgh scharf.

»... Fischtran. Ich finde den Namen gut!«, fuhr Lay fort, der die Gelegenheit, den Hünen auf den Arm zu nehmen, weiter auskosten wollte. »Er ist sehr bezeichnend für dich und trifft ...«

»Wo wir gerade von Namen sprechen«, unterbrach Korgh ihn. »Vergiss nicht, deinem Schwert auch einen Namen zu geben.«

»... genau ins ... Was?« Lay sah Korgh verblüfft an. »Wieso sollte ich das tun?«

»Hat Okh-ta dir das nicht gesagt? Wenn die Schmiede jemandem eine Waffe anfertigt, dann gibt normalerweise der Besitzer nach der *Bindung* in einem kleinen Ritual der Waffe einen Namen, sodass die Trennung von der Person, die die Waffe hergestellt hat, ausgesprochen und endgültig ist.« Er warf Lay einen finsteren Blick zu. »Und das gilt für *alle Waffen, die in der Schlucht der Schmiede hergestellt werden.* Also auch für dein Schwert.« Er runzelte plötzlich die Stirn. »Wir wissen nicht, ob es Auswirkungen hat, dass die Trennung von Okh-ta nicht offiziell vollzogen wurde. Andererseits glauben wir, dass sich das Ritual angesichts der Tatsache, dass das Schwert bereits Blut gekostet hat, erübrigt.« Er grinste etwas gequält. »Auch wenn es unser Blut war.« Er deutete auf das Schwert. »Du kannst es ja Schwertfisch nennen.«

»Die *Blutklinge.*«

Korgh runzelte die Stirn. »Nicht sonderlich einfallsreich. Und ein bisschen sehr martialisch. Es klingt eher nach ...«

»Die Schänke«, unterbrach ihn Lay. »Dort drüben.« Er streckte die Hand aus.

Korgh sah in die kleine Gasse, in die Lay deutete. »Stimmt«, sagte er.

Das Schild zeigte ein rotes Schwert auf schwarzem Grund,

ganz wie der Mann auf der Straße es ihnen beschrieben hatte. Die Gasse, in der die Schänke lag, wirkte so wenig vertrauenerweckend wie das Haus selbst. Lay fühlte sich unwillkürlich an die Schänke in Erlswerls erinnert, nur dass die *Blutklinge* noch heruntergekommener aussah. *Falls das überhaupt möglich ist,* dachte Lay. *Andererseits …* Sein Blick streifte Korgh, dann sah er an sich selbst hinab und rümpfte die Nase. *So wie wir aussehen und riechen, fallen wir in einer solch schäbigen Umgebung wenigstens nicht auf.*

Sie hatten Midwai gestern erst spät in der Nacht erreicht, obwohl es vom Ausgang der Schlucht aus gar nicht so weit ausgesehen hatte bis zu der Stadt. Die meisten Herbergen waren schon geschlossen gewesen, aber sie hatten mit viel Glück in einer schmierigen Absteige noch ein Zimmer bekommen.

Die Wirtin hatte sie zwar schief angesehen, aber offenbar war sie an merkwürdige Gäste wie Korgh und Lay gewöhnt. Was vielleicht auch ihre Frage erklärte, ob sie das Zimmer für die ganze Nacht oder nur für einen Kerzenstrich haben wollten.

Lay hatte die Kerze gemustert, die auf dem Tresen stand und langsam herunterbrannte. Die Striche darauf lagen verdächtig eng beieinander, und er vermutete, dass die Frau die Kerze nicht vom Dorfvogt gekauft hatte, wie es Vorschrift war, sondern selbst gezogen hatte.

Als sie dann das Zimmer gesehen hatten, war diese Vermutung zur Gewissheit geworden. Das Bett bestand aus einem breiten Gestell mit alten Strohsäcken, deren Inhalt man dringend hätte wechseln müssen. Darüber lagen schmierige alte Decken. Ein Stuhl, der aussah, als würde er nicht einmal Korghs Harnisch tragen, geschweige denn sein Körpergewicht, stand etwas traurig in einer Ecke; vermutlich bedauerte er den Verlust seines Freundes, des Tisches, der in Ermangelung zweier Beine schräg auf dem Boden lehnte.

»Der letzte Gast hat das dritte Bein als Keule benutzt«, hatte die Wirtin gleichgültig erzählt. »Hat ihm aber nicht viel genutzt.« Sie grinste und entblößte bräunliche Zahnstummel und krank aussehendes, weißlich gepunktetes Zahnfleisch. »Der andere hatte ein Messer«, erklärte sie, als sie Lays fragenden Blick bemerkte.

»Waschwasser kostet ein Jot extra. Hirsebrei zum Frühmahl kostet einen Deut.«

Lay war versucht gewesen zu fragen, wie viel eine saubere Decke kostete, hatte aber darauf verzichtet. *Wahrscheinlich ein Vermögen,* dachte er.

Als er sich jetzt der *Blutklinge* näherte, bedauerte er, dass er nicht gefragt hatte. Irgendetwas juckte ihn unter seinem Hemd, und er kratzte sich gedankenverloren. *Wahrscheinlich haben in diesen Decken ganze Scharen von Wanzen und Läusen und was weiß ich nicht alles gehaust.* Er schüttelte sich und warf Korgh einen gereizten Blick zu. *Das muss am Fischtran liegen, dass diese Mistviecher ihn verschont haben,* dachte er.

Der Nordling hatte sich offenbar nichts aus dem eher bescheidenen Quartier gemacht, sondern seine Waffen und Schienen abgelegt, die Stiefel ausgezogen …

Und ich dachte immer, der Gestank nach Fischtran wäre schlimm!

… sich auf die klumpigen Matratzen gelegt, irgendetwas gebrummt, sich umgedreht und Sekunden später angefangen zu schnarchen.

Lay war davon überzeugt gewesen, dass der Hüne gar nicht wirklich schlief, aber er hatte sich nicht geregt, auch als Lay mit ihm geredet und ihn sogar angestupst hatte.

Lay und Korgh blieben jetzt vor der Schänke stehen. Der Lärm, der aus dem Innern drang, ließ darauf schließen, dass die *Blutklinge* ein recht beliebter Treffpunkt war, und wenn man den rauen Stimmen und den Flüchen trauen durfte, dann verkehrten hier Männer, die sich nicht von ein paar Wanzen, Läusen oder einem Jüngling mit hochfliegenden Plänen beeindrucken ließen.

Lay warf Korgh einen kurzen Seitenblick zu. *Vielleicht noch nicht einmal von hünenhaften Nordlingen mit einer seltsamen Sprache.*

Lay straffte sich und blickte nach vorn, zu der dunklen, von vielen Händen schmierigen und von etlichen Waffen verschrammten Tür der *Blutklinge.* Er stieg die zwei Stufen hinauf, holte tief Luft, streckte die Hand aus und gab der Tür einen entschlossenen Stoß.

»Au!« Lays Hand prallte von dem überraschend massiven Holz ab. »Was …?«

Korgh trat neben ihn, packte den Schwertknauf, der als Türgriff diente – *Wie überaus passend!,* dachte Lay gereizt –, und zog die Tür auf.

»Die Türen von Schänken gehen immer nach außen auf«, erklärte der Nordling. »Das ist einfacher für die Gäste, wenn sie zu später Stunde versuchen, den Schankraum zu verlassen. Sie können die Tür auch mit dem Kopf öffnen, wenn sie nicht mehr sicher auf den Beinen sind, und außerdem geht die Tür nicht so schnell kaputt, wenn die Handlanger einen unliebsamen Gast hinausbefördern.«

»Weiß ich!«, knurrte Lay, obwohl er gerade das Gegenteil unter Beweis gestellt hatte.

»Jetzt schon«, erwiderte Korgh unbeeindruckt. Dann nickte er in Richtung Tür. »Nach dir.«

Schnapper war ein aufgedunsener, rotgesichtiger Mann mit einer sonderbar hohen Stimme und einer üblen Narbe, die von seinem linken Auge bis zu seiner Kinnspitze reichte. Außerdem fehlte ihm die linke Hand.

»Also, Barbar«, sagte Schnapper und winkte dem Wirt, ihm einen frischen Krug Bräu zu bringen. »Für dich hätte ich durchaus Verwendung.« Er musterte Korgh anerkennend von oben bis unten. »Du würdest den Leuten eine ordentliche Schau bieten, oder?« Er leckte sich über die Lippen. »So mit jeder Menge

Gebrüll, obszönen Gesten und dergleichen, wie ihr Barbaren das eben so macht.« Er grinste verschlagen. »Und schön groß bist du auch. Hast sicher ’ne Menge Blut im Leib, das den Sand hübsch färben wird.« Er kniff die Augen zusammen. »Barbaren bluten doch auch, hab ich recht?« Als Korgh den Mann daraufhin nur schweigend anstarrte, schlug Schnapper ihm leutselig auf die Schulter. »Na, Großer, sei nur nicht gleich beleidigt. Damit kommst du bei mir nicht weit. Ah. Mein Bräu.« Er nickte, als der Wirt den Krug vor ihm abstellte und dabei Korgh einen missbilligenden und Lay einen verächtlichen Blick zuwarf.

»Nimmst du jetzt schon Auswurf und Kinder?«, knurrte der Wirt, ein vierschrötiger, brutal wirkender Mann, und deutete auf Lay. Dann betrachtete er Korgh. »Und wenn du den da in den Ring lässt, werden sich die Leute ganz schön aufregen. Bei all den Gerüchten über die Übergriffe dieser stinkenden Barbaren.« Er starrte Korgh herausfordernd an, aber der Nordling reagierte nicht auf diese Beleidigung, sondern sah nach wie vor unverwandt Schnapper an.

»Hm. Besonders redselig bist du ja nicht, wie ich höre. Oder vielmehr, wie ich nicht höre.« Der Bluthändler, wie er sich selbst vorgestellt hatte, lachte kichernd. Es war ein unangenehmes Lachen. »Und nicht leicht aus der Reserve zu locken. Gefällt mir. Gefällt mir wirklich. Also gut, Großer. Du darfst …«

»Es geht um meinen Begleiter«, ergriff Korgh endlich wieder das Wort.

Der Bluthändler hob erstaunt die Brauen. »Das Bürschchen da? Er soll in der Ringarena kämpfen? Hat dir dein Belphor sein Horn in den Arsch gerammt? Die Leute werden mich steinigen, wenn ich Kinder in den Sand schicke …« Er unterbrach sich, und seine dunklen Augen zeigten ein verräterisches Glitzern. »Andererseits … Vielleicht ist das eine willkommene Abwechslung zu den üblichen blutigen Prügeleien, die sie sonst zu sehen bekommen.« Er betrachtete Lay mit neuem Interesse. »Der große Barbar, der sein kleines Schätzchen vor den bösen, bösen Männern mit ihren langen Schwertern beschützen will.« Er kicherte erneut, und Lay lief bei der Bosheit, die plötzlich in den Augen des Bluthändlers aufflammte, eine Gänsehaut über den Rücken. »Bei Belphors Blut, es wäre das Risiko wert. Aber …« Er hob beschwichtigend die Hand, als wollte er Begeisterungsrufe ersticken, zu denen allerdings keiner der beiden Lust verspürte. »Ich habe noch nicht Ja gesagt. Das Risiko muss genau abgewogen werden. Immerhin bin ich kein Wohltäter oder etwas ähnlich Obszönes!« Er beugte sich vor. »Letztlich müsst ihr mich schon davon überzeugen, dass ich dabei nicht draufzahle, versteht ihr?«

»Ich kann kämpfen«, gab Lay beleidigt zurück. »Sonst würde ich kaum …«

»Sicher, Jungchen, sicher«, fiel ihm Schnapper ins Wort. »Aber das wird nicht reichen, fürchte ich.«

Lay schüttelte den Kopf. »Der Nordling hier versteht ebenfalls, mit der Axt …«

Schnapper seufzte. »Alles gut und schön, Bürschchen, aber ich nehme nur dann harte Männer, wenn sie mit …«

»Er bevorzugt klingende Münze, aber er nimmt nicht nur Geld.«

Lay sah überrascht zu Korgh. »Was will er …?«

»Gold, Edelsteine, Schmuck, Münzen, ganz gleich welcher Prägung. Natürlich werden Münzen aus Alghor bevorzugt«, sagte Schnapper. »Hellandische Kronns nehme ich auch, oder von mir aus sogar sanfiranische Dublons.« Er verzog das Gesicht. »Wenn du gewinnst, kannst du das Pfand wieder einlösen.« Er schnaubte. »Nur ungeprägte Münzen nehme ich nicht, es sei denn, sie wären aus Gold oder Silber. Das hat man euch doch gesagt, hm? Dass der alte Schnapper bei klingender Münze gern mal weich wird, was?« Er richtete sich auf, und seine Miene verfinsterte sich. »Oder verschwendet ihr etwa meine Zeit, verflucht? Hätte ich mir denken können. Ein Barbar und ein grünes Jüngelchen. Wie sollte …«

»Ich bin kein Jüngelchen!« Lay war aufgesprungen und hatte den Griff seines Schwertes gepackt. »Du wirst dich augenblicklich entschuldigen, sonst …«

»Sonst was?« Die Stimme klang, als würde Schotter zermahlen.

»Sonst wird er sich nicht entschuldigen«, meinte Korgh, der Lay einen gereizten Blick zuwarf und dann den Handlanger betrachtete, der hinter Schnapper aufgetaucht war und einen Streitkolben in seine schaufelgroße Faust klatschen ließ.

Ja, schon gut, Fischkopf!, dachte Lay wütend. *Mag ja sein, dass dich diese ständigen Anspielungen nicht beleidigen, aber mich schon. Ich habe es satt, wie ein dummer Junge behandelt zu werden!* Er spürte, wie sich der Drachengriff seines Schwertes beinahe liebkosend in seine Hand schmiegte, und ein zartes, feines Singen zirpte durch seinen Hinterkopf.

Blut Blut Blut Blut

Einen Moment herrschte eine seltsam angespannte Stille im Schankraum, so als warteten alle auf ein metallisches Kratzen, auf ein Scharren von Füßen, ein heiseres Brüllen – irgendein Signal, um die aufgestaute Feindseligkeit und Brutalität, die auf den meisten Gesichtern glänzte und an der Haltung der Leiber und den geballten Fäusten deutlich zu erkennen war, freizusetzen.

Lay kniff die Augen zusammen. *Bevor dieser Handlanger zuschlagen kann, habe ich dieses fette Schwein längst erledigt*, dachte er. *Was … Was für Gedanken gehen mir da durch den Kopf?* Einen Moment war er völlig irritiert. Seit wann war er so blutrünstig? Vor allem, seit wann war er so rasch bereit, das Risiko einzugehen, sein eigenes Blut zu vergießen?

Sein Blick fiel auf Korgh, der ihn scharf ansah, unmerklich den Kopf schüttelte. Lay nahm langsam die Hand vom Griff seines Schwertes, und der singende Ton in seinem Hinterkopf verstummte auf der Stelle.

Schnapper grinste. »Wie ich sehe, *Bürschchen*«, er betonte das Wort hämisch, »hast du ja doch Feuer. Also gut, ich mache dir einen Vorschlag.« Sein Blick zuckte kurz zu Korgh hinüber, und Lay glaubte, einen Anflug von Unbehagen auf dem verunstalteten Gesicht des Mannes wahrzunehmen, aber der verschwand so schnell wieder, dass er nicht sicher war, ob er sich nicht getäuscht hatte.

Schnapper beugte sich verschwörerisch vor und deutete jetzt auf Theijas Ring, der immer noch an dem Lederband um Lays Hals hing und aus dem offenen Hemd gerutscht war. »Das da würde als Pfand für dich genügen, denke ich.« Als er Lays entsetzte Miene sah, wurde sein Blick hart. »Was glaubst du denn? Dass ich dich einfach so in den Sand spazieren lasse, *Bürschchen*? Ich mache dir das Angebot nur einmal. Ich gehe das Risiko ein, du kämpfst.« Dann deutete er auf Korgh. »Aber nur, wenn er auch kämpft. Das verdoppelt das Pfand natürlich.« Er leckte sich über die Lippen. »Also, hast du noch mehr anzubieten als diesen Tand da um deinen hübschen schlanken Hals?«

»Das Pfand wird ... verdoppelt? Du bist ein Halsab ...«

»Werd gefälligst nicht unverschämt, Bursche, sonst siehst du dein Blut fließen, bevor du auch nur einen Fuß in den Sand gesetzt hast! Also, willst du nun? Ansonsten verschwinde und verschwende nicht meine kostbare Zeit, Bürschchen!«

Lay zögerte einen Moment. Dann schob er den Ärmel seines Hemdes hoch und nahm die Armspange ab, die Maahr-kut ihm gegeben hatte. Anschließend zog er den Riemen mit dem Ring über den Kopf und reichte beides Schnapper.

»Genügt das?«

Der Mann nahm die Schmuckstücke entgegen und besah sich zunächst den Ring. Dazu nahm er ein flaches, geschliffenes Glas aus der Innentasche seines Wamses zu Hilfe.

Lay beobachtete ihn scharf. Er sah, wie ein gieriger Ausdruck über das Gesicht des Mannes zuckte, dann verzog er die Lippen und knurrte. Anschließend unterzog er die Armspange der gleichen Prüfung. Auch hier bemerkte Lay, wie sich die Augen des Mannes kurz weiteten, bevor er wieder seine leicht mürrische Miene aufsetzte.

»Zumindest besser als nichts«, erklärte er dann.

»Besser als das meiste, was du hier zu sehen bekommst, trifft es wohl eher.«

Sowohl Lay als auch Schnapper hoben verblüfft den Kopf und sahen Korgh an.

Schnapper lehnte sich hochmütig zurück. »Und was versteht ein Barbar wie du vom Wert des Schmucks?«

Korgh straffte die Schultern und setzte sich gerade auf den Hocker. Er schien plötzlich fast doppelt so groß zu sein, was, wie Lay beobachten konnte, durchaus Wirkung auf Schnapper zeigte.

»Wir verstehen etwas von Haut, Knochen und Blut und von der Wirkung von geschmiedetem Stahl darauf«, antwortete Korgh ruhig und fast freundlich. Wenn nicht der eisige Blick seiner Augen gewesen wären, hätte man denken können, er plauderte über das Wetter, über Frauen oder die unterschiedlichen Qualitäten von Bräu. »Dein Handlanger steht so dicht an deinem Stuhl, dass er seinen Streitkolben nicht rechtzeitig einsetzen kann, wenn wir unsere Axt packen und dir deinen Schädel bis zum Brustbein spalten.«

Lay blieb fast der Mund offen stehen, als Korgh das aussprach, was er nur zu gern getan hätte.

»Du nimmst die beiden Schmuckstücke und verwahrst sie, bis wir sie entweder auslösen oder im Ring verlieren. Außerdem wirst du den Jüngling hier in der ersten Runde gegen einen gleichwertigen Gegner antreten lassen und nicht gegen einen erfahrenen Ringfechter.« Er hob die Hand und ballte sie zur

Faust, als Schnapper etwas einwenden wollte. »Wir haben nicht nur einmal einem Mann die Nase in den Hinterkopf gerammt. Möchtest du gern wissen, wie sich das anfühlt? Oder möchtest du wissen, was wir noch zu sagen haben?« Korgh wartete, und als Schnapper nur trocken schluckte, nickte er.

Lay biss die Zähne zusammen. *Verdammt, wieso macht er das? Wenn ich versuche, mich durchzusetzen, bin ich ein Bürschchen oder ein Trottel, und wenn er den Barbaren mimt, zeigt das Wirkung. Ich hasse das!* Trotzdem musste er zugeben, dass Korghs Vorgehensweise höchst wirksam war.

Schnapper traten fast die Augen aus den Höhlen, während er den Nordling anstarrte, und er hatte den Humpen Bräu, den er gerade hatte an die Lippen setzen wollen, vollkommen vergessen.

»Wir wollen, dass das von Runde zu Runde, die dieser Jüngling erreicht, so weitergeht, bis zum Endkampf, falls es dazu kommt.« Korgh beugte sich vor. »Sollten wir hierher zurückkommen, um die Prämien *und* das Pfand einzustreichen, und dann feststellen, dass entweder das Pfand oder die Prämien verschwunden ist, dann wird es keinen Ort auf dieser oder irgendeiner anderen Welt geben, in der du vor uns Ruhe haben wirst. Das versprechen wir dir, so wahr wir Don ...« Er hustete. »Donnerkeil Korgh heißen.« Er hustete erneut und blickte kurz zu Lay hinüber. »Also«, knurrte er und starrte den Bluthändler wieder an, »haben wir eine Abmachung unter Ehrenmännern?«

Donnerkeil? Ich wusste nicht, dass Nordlinge auch so etwas wie einen Familiennamen haben. Doch dann richtete sich Lays Aufmerksamkeit wieder auf den Bluthändler.

»Eine Abmachung unter ...?« Schnapper riss die Augen auf. »Eine Abmachung unter Ehrenmännern?«, wiederholte er dann lachend. »So was habe ich noch nie gehört. Wo kommst du denn her, Barbar? Abmachungen unter Ehrenmännern sind etwas aus alten Legenden und Geschichten.« Er wedelte mit seiner verbliebenen Hand. »Siehst du hier irgendetwas, das auch nur den Anflug von Ehre hätte?«

Korgh beugte sich vor. »Jedermann hat Ehre, selbst wenn es nur ein Funke ist, so wie bei dir.«

Schnappers Grinsen erlosch, und er runzelte die Stirn. »Was soll das …?«

»Das soll heißen«, fiel Korgh ihm ins Wort, »dass wir dich damit ehren, dass wir deinem Wort Glauben schenken. Sollte sich herausstellen, dass das ein Fehler ist, wirst du diesen Irrtum mit deinem Blut bezahlen.« Er fletschte die Zähne zu einem Furcht einflößenden Grinsen. »Und zwar mit all deinem Blut. Und du darfst dabei zusehen, wie es aus dir herausläuft.«

Schnapper stieß einen obszönen Fluch aus, bei dem es um Belphors Horn und irgendwelche Jungfrauen ging, was jedoch bei seiner hellen Stimme seltsam unglaubwürdig klang. »Also gut, du verdammter Barbar!«, zischte er dann und hielt Korgh die Hand hin. »Wir haben eine Abmachung unter Ehrenmännern.« Er sah Lay an. Der legte seine Hand auf die von Schnapper und Korgh. »Hätt ich mir auch nicht träumen lassen«, fauchte der Bluthändler, wobei sich seine Lippen zu einem Lächeln verzogen, das fast aufrichtig schien, »dass mich auf meine alten Tage noch mal jemand damit beleidigt, dass er meint, ich hätte einen Funken Ehre im Leib.«

»Also gut«, meinte der Nordling und löste ihre Hände. Dann sah er Lay an und grinste. »Wir sollten diese Abmachung mit einem Schluck Bräu bekräftigen, oder wie sie das *Raykwatr* hier nennen.« Er deutete auf den Ring und die Armspange, die vor Schnapper auf dem Tisch lagen. »Da du unsere gesamten, nicht unbeträchtlichen Mittel als Pfand eingefordert hast, geht dieser Krug auf dich, fürchten wir.« Sein Grinsen verstärkte sich, als er sah, wie Schnappers Miene sich verfinsterte. »Keine Sorge, du kannst es uns hinterher von der Siegprämie abziehen.«

MIDWAI, RINGARENA

»Was … Was ist das?«, erkundigte sich Lay leise bei Korgh.

Der Hüne drehte den Kopf und sah Lay grinsend an. »Das? Das sind die Aasschreier.«

»Aasschreier?«

»Die Zuschauer. Hör genau hin. Kannst du verstehen, was sie rufen?«

Lay versuchte, sich zu konzentrieren. Die Ringfechter standen dicht gedrängt in den engen, nach Schweiß, Urin und Furcht – *Und Tod!* – stinkenden Katakomben der Arena. Der Gestank schien die Kampflust und den Verstand zu lähmen und wirkte ebenso erdrückend wie die harten, muskelbepackten Leiber der Ringfechter, die sich gerade für den Einmarsch bereit machten.

Es überlief ihn kalt, als sich die Laute plötzlich zu einem Wort, einer Silbe formten, die unablässig wiederholt wurde.

»Bluuuut … Bluuuut … Bluuuut …«

»Sie rufen nach … *Blut?*«

Korgh nickte. »Das tun sie.« Er grinste. »Vor allem nach deinem, nehm ich an.«

»Was? Du …!« Zorn flammte in Lay auf, aber er verebbte, als Korgh ihm zuzwinkerte. *Seltsame Methode, mich aufzumuntern,* dachte er, aber irgendwie schien sie zu funktionieren. Tatsächlich weckte diese beiläufige Frotzelei des Nordlings seinen Trotz, und er hatte ihn damit aus seiner furchtsamen, beinahe andächtigen Ehrfurcht gerissen. *Ich habe keine Angst! Ich nicht!* Er tastete nach dem Griff seines Schwertes, doch Korgh ergriff seine Hand.

»Noch nicht«, flüsterte der Nordling und deutete mit einem kurzen Nicken auf das Ende der langen Reihe von Ringfechtern.

Lay folgte seinem Blick.

Die Gestalt war klein und schmächtig und fiel allein schon durch ihr Äußeres aus dem Rahmen.

Plötzlich trat sie vor und legte die Hand einem besonders schmutzigen und heruntergekommenen Ringfechter auf die Schulter. Der Mann trug einen Lendenschurz, darüber einen breiten Ledergürtel, einen Kreuzgurt und Sandalen, die bis zum Knie gewickelt und deren Bänder mit spitzen Dornen besetzt waren. Er wirkte nicht so, als hätte er eine besonders gute Chance, auch nur die zweite Runde zu erreichen.

Aber als der kleine Mann ihn berührte, brüllte er plötzlich auf, und Lay zuckte heftig zusammen, als lautes Summen in seinem Kopf ertönte. Und dann sah er, wie goldene Fäden die ausgestreckte Hand des kleinen Mannes umspielten, sich um den Kopf des Ringfechters schlangen und um seine Kehle, ihn zu würgen schienen. Schließlich brach der Kämpfer zusammen.

»Der hier.« Die Stimme des Mannes klang hell und klar. Und kalt. »Schafft ihn weg!«

Die Fäden erloschen schlagartig, und der Mann setzte seine Inspektion fort, als wäre nichts geschehen, während zwei Handlanger den sich am Boden windenden Kämpfer an den Armen packten und ihn über den Steinboden hinter sich herschleiften.

»Was ist …?«, fragte Lay, obwohl er die Antwort schon ahnte.

Korghs Erwiderung bestätigte seinen Verdacht. »Ein Magus. Es gibt immer einen Magus bei Blutkämpfen. Sie sollen verhindern, dass die Kämpfer sich einen Vorteil verschaffen, indem sie zu Magie oder irgendwelchen unerlaubten Mitteln greifen, wie zum Beispiel Drachengift.« Er zuckte mit den Schultern. »Manche lassen sich auch von Magi irgendwelche Amulette oder einen Talisman herstellen, mit denen sie antreten. Oder lassen ihre Waffen mit Gift oder Magie präparieren.« Er warf einen Blick auf Lays Schwert. »Solange du die Waffe nicht anfasst, wird keiner etwas merken. Und Drachengift brauchst du ja keins, wenn ich dein Gespräch mit Vergust richtig in Erinnerung habe.«

Lay nickte. »Was passiert mit dem Fechter, der ertappt wurde?«

»Er wird nie wieder in den Sand gehen.«

Lay zuckte zusammen, als die kleine Gestalt vor ihm auftauchte. Er hatte nicht bemerkt, dass der Magus die ganze Reihe von Fechtern hinter ihm bereits überprüft hatte. Nun waren die unerfahrenen Ringfechter an der Reihe, die sich noch keinen Namen gemacht hatten. Die betraten gewöhnlich als Erste den Ring, um die Erwartungen der Zuschauer anzustacheln und die Stimmung anzuheizen, bis schließlich die namhaften Kämpfer die Katakomben verließen.

Der Magus hatte die Kapuze seines weiten Umhangs hochgezogen, sodass sein Gesicht vollkommen in deren Schatten lag. Doch zwei unheimliche dunkle Punkte schienen darin zu glühen.

Seine Augen, dachte Lay und ärgerte sich im selben Moment über sich selbst. *Na klar sind das seine Augen, was denn sonst? Seine Nasenlöcher werden ja wohl kaum im Dunkeln leuchten, oder?*

Er hielt den Atem an, als der Mann vor ihm stehen blieb. Das Glühen der beiden Punkte schien an Intensität zuzunehmen, als der Magus Lay musterte. Der widerstand dem Impuls, nach seinem Schwert zu greifen, eingedenk dessen, was Korgh ihm gesagt hatte. Stattdessen legte er die Hand auf den Griff seines Morgensterns und starrte grimmig auf die beiden Punkte in der Kapuze.

»Was ist los mit dir, Magus? Hast du noch nie Drachenfutter gesehen?«

Lay brauchte einen Augenblick, bis er in der amüsierten Stimme vor sich die von Korgh erkannte. Die Augen des Magus schienen ihn völlig in ihren Bann zu ziehen, aber als die umstehenden Ringfechter begannen, nervös zu kichern, löste sich die Erstarrung, die ihn gepackt hatte, und Lay atmete aus.

Der Magus zögerte noch einen Augenblick, bevor er zum Nächsten in der Reihe weiterging. Korgh.

Danke, Barbar, dachte Lay. Er wusste zwar nicht genau, was Korgh da gemacht hatte, aber er hatte das untrügliche Gefühl, dass er ihn vor was auch immer gerettet hatte. *Zu dem Preis, dass der Magus jetzt ihn selbst besonders sorgfältig in Augenschein nehmen wird.*

»Ich werde dir zeigen, wer hier Drachenfutter ist, sobald wir im Sand sind, du Fischkopf!«, schnarrte Lay so drohend und bösartig, wie er nur konnte. »Du wirst heute mehr Sand fressen, als es in ganz Hellanden gibt.«

Seine Rechnung schien aufzugehen. Die Männer um ihn herum lachten, wenngleich nicht so, wie Lay es sich erhofft hatte. Sie schienen eher zu glauben, dass Lay den Mund ganz schön voll nahm und vermutlich der Erste sein würde, der an diesem Tag Sand fraß. Aber der Magus war einen Moment lang abgelenkt und blickte kurz zu Lay zurück, bevor er den hünenhaften Nordling musterte, der die Fäuste in die Seiten stemmte und herzhaft lachte.

»Da hör doch einer her! Ein Kriegsküken, das sich für eine Schneeeule hält. Wenn wir mit dir fertig sind, wirst du aussehen wie eine gerupfte Waldtaube, Bürschchen, das versprechen wir dir.«

Wieder ertönte nervöses, heiseres Gelächter rings um sie herum, das die angespannte Nervosität der Ringfechter verriet.

Der Magus schien keine Lust zu haben, am Ende noch in eine handfeste Schlägerei verwickelt zu werden. Offenbar hatte er auf den ersten Blick nichts Verdächtiges an Korgh feststellen können und hielt es nicht für nötig, einen zweiten Blick zu riskieren, was er vielleicht besser getan hätte.

Jedenfalls drehte er sich um und nickte einem untersetzten, schwitzenden Handlanger zu, der nur noch ein Auge hatte.

»Öffne das Gatter.«

Lay hob erstaunt die Brauen. Die Stimme des Magus entsprach so gar nicht seinem zierlichen Körper. Sie war dunkel und klangvoll und schien aus einem weit mächtigeren Brustkorb zu kommen, als ihn dieser Magus hatte.

Korgh bemerkte Lays Erstaunen und grinste. »Netter Trick, stimmt's? Pech für ihn, dass er dasselbe nicht mit seinen kurzen Beinen und seinen schmalen Schultern machen kann.«

Dann ertönten das Rasseln von Ketten und ein klapperndes, schabendes Geräusch, als sich das Fallgitter langsam hob. Lay spürte die Aufregung der Männer hinter ihm, und einen kurzen Moment später wurde er selbst davon ergriffen.

Es geht los, dachte er. *Mein erster richtiger Kampf als Ringfechter!* In ihm hielten sich Stolz und Furcht die Waage, während er den ersten Kämpfern folgte, die in einer Dreierreihe die Katakomben verließen. Lay ging zusammen mit Korgh und einem drahtigen, noch recht jungen Kämpfer mit langen blonden Haaren.

Bevor er in den Sand trat, sah Lay sich um. Fast alle Kämpfer hatten sich die Haare geschoren oder zumindest zu einem festen Kriegerzopf geflochten, damit sie im Kampf nicht davon behindert wurden oder dem Feind die Möglichkeit gaben, sie daran zu packen.

Auch Lay hatte seine dunklen Locken mit einem Lederriemen zusammengebunden, während Korgh sein Haar ohnehin zumeist zu einem Zopf geflochten trug.

Offenbar ist das ebenfalls ein unerfahrener Kämpfer, dachte Lay, als er erneut den blonden Ringfechter betrachtete. Der Junge wirkte ziemlich nervös, fuhr sich ständig mit der Zunge über die Lippen, und seine Augen zuckten unaufhörlich hin und her. Schweiß stand ihm auf Stirn und Oberlippe, und er umklammerte krampfhaft den Griff seines Schwertes, während er mit der anderen Hand über die schenkellange Lederschürze strich, die er trug.

Dann sah Lay, wie sich zwei der drei Männer vor ihm kurz in den Sand knieten und irgendwelche Gesten machten. Einer bückte sich, nahm ein wenig Sand in die Hand und ließ ihn über seinen Nacken rieseln. Dabei bewegten sich seine Lippen, als würde er beten.

Korgh hatte das auch gesehen, drehte sich zu Lay herum und hob amüsiert eine Braue. »Denk dir auch was Nettes aus«, riet er ihm. »Das Publikum liebt solche Gesten, vor allem bei den Siegern.«

Lay runzelte die Stirn, während er überlegte, was er tun sollte, aber dann war es zu spät. Er stand im Sand der Ringarena von Midwai und blinzelte in die Augen Belphors, die beide hoch am Himmel standen.

Einen Moment lang hatte er das Gefühl, der Gott der Toten würde zurückblinzeln, dann fühlte er gar nichts mehr.

Es war eine Sache, über all die berühmten Ringfechter zu lesen und sich vorzustellen, wie es sich wohl anfühlte, irgendwann tatsächlich im Sand zu stehen.

Eine ganz andere war es, den glühenden Sand zu spüren, der sich zwischen seine Zehen und in seine Sandalen schob, im gleißenden Licht der Sonnen zu stehen und das ohrenbetäubende Gebrüll der Zuschauer zu hören. Sie feuerten keinen der Kämpfer an, sondern schrien ihnen, angestachelt von der Gier nach Brutalität und Gewalt, entgegen, wonach es sie verlangte.

»Bluuut . . . Bluuut . . . Bluuut . . . Bluuut . . .«

Lay war einen Moment wie erstarrt von der Welle der Bösartigkeit, die durch die Ringarena schwappte wie der höhnische Schrei von durch Blut und Gewalt berauschten Barbaren.

Unwillkürlich blickte Lay zu Korgh hinüber. Im Vergleich zu dem Verhalten, das diese Menschen hier zeigten, wirkte der Nordling geradezu vergeistigt, wie er gelassen im Sand stand und die Zähne bleckte.

Na gut, vergeistigt ist vielleicht ein bisschen übertrieben, sagte sich Lay. *Aber im Vergleich zu dieser Meute wirkt er wirklich zivilisiert.*

Ein Eindruck jedoch, der sich sofort verflüchtigte, als Korgh seine Zwillingsaxt aus der Schlinge auf seinem Rücken riss, sie mit beiden Händen packte, eine Hand unmittelbar unter dem doppelten Blatt, und sie in die Höhe stemmte, wobei die Muskelstränge auf seinen glänzenden Armen deutlich hervortraten ...

Sie glänzen?, dachte Lay. *Er wird sich doch wohl nicht heimlich Fischtran besorgt haben?*

Ein lautes Brüllen riss ihn aus seinen Gedanken, woraufhin die Menge in lautes Johlen ausbrach.

Es war Korgh, der dieses Brüllen ausgestoßen hatte und der die Erregung der Leute noch weiter anstachelte, als er sich in dieser martialischen Haltung und mit in den Nacken gelegtem Kopf langsam um die eigene Achse drehte.

Der Fischtran verlieh seiner Haut einen glänzenden Schimmer, und Lay wurde klar, dass Korghs Geruch an diesem Tag sein geringstes Problem sein würde. Zudem erinnerte er sich an die Gerüche der anderen Männer im Korridor, wogegen sich selbst der Gestank nach Fischtran noch angenehm ausnahm.

Was hat Korgh noch mal gesagt? Ich soll mir eine martialische Geste ausdenken, an der die Leute mich erkennen können?

Der blonde Jüngling neben Lay hatte offenbar ebenfalls von dieser Sitte gehört, denn er ballte die Faust und reckte sie mit einem lauten Schrei empor.

Das Johlen war eindeutig leiser als bei Korgh, aber immerhin hatte der junge Bursche so etwas wie eine Reaktion bei den Zuschauern hervorgerufen.

Dann war Lay an der Reihe. *Jetzt oder nie,* dachte er. *Was auch immer du tust, wird dich berühmt machen oder lächerlich.* Er schluckte. *Wahrscheinlich eher Letzteres.*

Er hatte plötzlich das Gefühl, als wären alle Augenpaare im weiten Rund der Ringarena auf ihn gerichtet, als er langsam, sehr langsam den Arm hob, bis er waagerecht vor ihm ausgestreckt war, und sich dann langsam einmal um die eigene Achse drehte. Als er wieder an seinem Ausgangspunkt angekommen war, winkelte er den Arm an, ebenfalls langsam, und strich sich mit der Hand waagerecht über den Hals. Dann ließ er die Hand auf den Griff seines Schwertes fallen und stampfte mit einem Fuß breitbeinig in den Sand.

Die *Blut-Blut-Blut-*Rufe waren leiser geworden, während die Zuschauer seinen langsamen Bewegungen folgten. Einen Augenblick lang schienen sie völlig zu verstummen. Und diesen Moment nutzte Lay.

Er schrie so laut, wie es seine Lunge zuließ, wobei er sehr bedauerte, dass er nicht ebenfalls über die Fähigkeit des Magus verfügte, seine Stimme zu manipulieren.

»BLUUUUT!«

Falls es Zuschauer gegeben hatte, die über seine Geste gelacht hatten oder vielleicht auch über ihn, diesen Jüngling, wurden sie jetzt übertönt, als die Menge diesen Schrei aufnahm, als hätte sie es nicht schon die ganze Zeit unablässig gerufen. Aber als nun mehr als tausend Kehlen *»Bluuut ... Bluuut ... Bluuut ...!«* brüllten, klang es anders. Es mochte nur eine kleine Nuance sein, eine kaum merkliche Verschiebung in der Atmosphäre, aber plötzlich schien sich die Erregung, die die Leute in Erwartung von Grausamkeit und Blutvergießen gepackt hatte, in einen wahren Rausch zu steigern, so als wollten die Zuschauer über die Mauern springen, die die Holzbänke der Wohlhabenden und die Stehplätze des gemeinen Volkes vom Sand der Arena trennten, um sich selbst am bevorstehenden Gemetzel zu beteiligen.

Lay spürte, wie ihn die Vorfreude wie eine heiße Welle durchströmte, und noch bevor er merkte, dass der Griff des Schwertes, den er umklammert hielt, warm wurde, hörte er in dem ohrenbetäubenden Gebrüll um sich herum einen feinen, schwingenden Ton in seinem Hinterkopf.

Ein Ton, der eine Silbe zu singen schien. Fast zärtlich, verhalten, wie die beiläufige Liebkosung einer Mutter, die ihrem aufgeregten Kind zärtlich ins Haar bläst.

Blut Blut Blut

»Friss Eisen, bevor du Sand frisst, Jungchen!«, brüllte der Mann und stürzte auf Lay zu, während er mit seinem Streitkolben, den er beidhändig gepackt hatte, zu einem Schlag ausholte, der Lay vermutlich sämtliche Knochen im Leib gebrochen hätte.

Lay wartete, bis der Mann nahe genug herangekommen war, um den Schlag auszuführen. Dann reagierte er.

Sein Widersacher riss verblüfft die Augen auf, als Lay nicht zurücksprang oder sich duckte, womit er offenbar gerechnet hatte, sondern herumwirbelte und mit drei Schritten unmittelbar vor dem Angreifer landete. Den Morgenstern hatte er dabei wie ein Gegengewicht geschwungen, und als er kaum eine Elle weit von dem Ringfechter entfernt zum Stehen kam, hielt er mit einem Ruck seinen Arm an und wartete einen Herzschlag.

Sein Widersacher merkte zu spät, dass der Abstand zu gering war, um mit seinem Streitkolben zuschlagen zu können, wie er es geplant hatte. Aber er hatte die Bewegung bereits eingeleitet und konnte nicht mehr innehalten. Seine Arme prallten gegen Lays Schulter, und der lange Stiel des Streitkolbens krachte gegen den Rücken des Jungen, ohne allerdings allzu viel Wirkung zu zeigen.

Was man von der Kugel des Morgensterns nicht sagen konnte. Sie zischte in einer engen Kreisbahn an ihrer Kette seitwärts um den Mann herum und landete mit einem dumpfen

Krachen ebenfalls auf dem Rücken des Gegners. Die eisernen Stacheln der Kugel gruben sich in das Schulterblatt, und mit einem schmerzerfüllten Brüllen ließ der Ringfechter den Streitkolben fallen, wobei er gegen Lay sackte und den Jüngling mit sich zu Boden riss.

Lay rollte sich geschickt ab und sprang federnd auf die Beine. Sein Blick zuckte durch den Sandkreis. Er sah Korgh, der gerade in einen wilden Schlagabtausch mit einem anderen Axtkämpfer verwickelt war, der statt einer Doppelaxt nur eine gewöhnliche Axt schwang, sich dafür jedoch mit einem Schild schützen konnte. Lay sah, wie Korgh mit einem geschickt geführten Schlag den Schild des Mannes nach oben hämmerte, sodass der weder etwas sehen noch selbst einen Schlag landen konnte. Korgh drehte seine Axt in der Faust und rammte dem Mann den eisenbeschlagenen Griff in den Unterleib.

Lay hörte, wie etliche Frauen unter den Zuschauern spitz aufschrien, als der andere Axtkämpfer seine Waffe fallen ließ und beide Hände um sein Gemächt krallte, während er in den Sand sank. Da er den Schild nicht so schnell abstreifen konnte, fiel er nicht um, sondern blieb vornübergekippt, von seinem Schild gehalten, auf den Knien hocken.

Korgh ließ sich Zeit, während er grinsend zu dem Kämpfer ging, seine Doppelaxt hob und sie dem Mann mit der flachen Seite gegen den Schädel donnerte. Falls dieser Schlag ihm nicht das Hirn in die Magengrube befördert hatte, würde er zumindest für den Rest seines Lebens unter Kopfschmerzen leiden.

Dann jedoch wurde Lays Aufmerksamkeit von dem nächsten Kämpfer in Anspruch genommen.

Es war der blonde, langhaarige junge Mann, der ihm schon beim Einmarsch aufgefallen war.

Lay leckte sich die Lippen. *Bis jetzt ist es ja ganz gut gelaufen,* dachte er. Sein erster Gegner, ein untersetzter, dunkelhäutiger Kämpfer, der seiner Glatze und seinem schwarzen Vollbart nach aus dem Glutkessel stammte, hatte ihm zwar übel zugesetzt, war aber mitten im Kampf mit Lay durch einen verirrten Schwerthieb eines anderen Kämpfers außer Gefecht gesetzt worden, als der ihm fast den Unterschenkel seines linken Beines durchtrennte.

Und den Burschen mit dem Streitkolben habe ich auch erledigen können. Und das ohne Versenkung oder die Hilfe meiner Singenden Klinge. Lay nahm sich die Zeit, sich den Schweiß von der Stirn zu wischen, damit er ihm nicht in die Augen lief, und musterte dann seinen dritten Gegner. Er hatte noch nicht ganz verstanden, nach welchem System die Kämpfer gegeneinander antraten, aber offenbar gab es so etwas wie eine Rangordnung. *Und wenn ich das richtig sehe, muss ich den hier besiegen und bekomme es dann mit einem Kämpfer aus der nächstbesten Abteilung zu tun.* Er schüttelte innerlich den Kopf. *Geduld,* mahnte er sich. *Immer ein Schritt nach dem anderen.*

Er straffte sich, als der blonde Mann auf ihn zutrat. Der hielt in der rechten Hand einen gemein aussehenden Krummsäbel, und in der linken trug er einen kurzen Dreizack mit gefährlich aussehenden Haken am Ende der scharfen Zacken. Sie waren etwas versetzt angeordnet, um das Schwert eines Widersachers abzufangen und einzuklemmen. Der Mann grinste ihn an.

Lay runzelte verwirrt die Stirn. *In den Katakomben hat er noch ganz anders gewirkt,* dachte er. *Hat er nicht zu irgendwelchen Göttern gebetet und vor Angst gezittert?* Der blonde Mann sah dem Jüngling in die Augen. Seine Pupillen waren vor Erregung extrem geweitet. Er hatte die Zähne gefletscht, und seine Lippen bewegten sich unablässig, als würde er immer noch beten. Aber die Art und Weise, wie er sein Schwert hielt, hatte nichts Zögerliches oder Unsicheres.

Und der Blick seiner blauen Augen wirkte kalt, berechnend.

Er hat mir etwas vorgespielt. Der Gedanke schoss Lay durch den Kopf, und er wusste sofort, dass er recht hatte. *Dieser Kerl ist alles andere als ängstlich oder verunsichert.* Ihm war klar, dass er sich vor diesem Gegner besonders hüten musste. Unwillkürlich tastete er nach dem Griff seines Schwertes, das er bisher noch nicht benutzt hatte. Aber ihm blieb nicht die Zeit, es zu ziehen.

Mit einigen raschen Schritten war der Blonde bei ihm, und sein Schwert zischte nur einen Fingerbreit an Lays Gesicht vorbei. Lay wich zurück, geriet in dem mittlerweile aufgewühlten Sand ins Straucheln und stürzte zu Boden. Hier half ihm sein Morgenstern nicht weiter, zumal der Blonde seinen Dreizack in den Sand rammte und damit die Kette des Morgensterns festklemmte.

»Gibst du auf?«, fragte der Blonde, während er sein Schwert hob. Lay lag auf dem Rücken, die Ellbogen in den Sand gegraben, und starrte auf die Klinge in den Händen des Mannes. Ihm schoss der Gedanke durch den Kopf, dass er dann Theijas Ring und die Armspange verlieren würde, die Maahr-kut ihm gegeben hatte. *Andererseits verlierst du vielleicht einen Arm oder ein Bein oder Schlimmeres, wenn du nicht aufgibst.* Er starrte das Schwert wie gebannt an. Dahinter schimmerte in einem hellen Oval das grinsende Gesicht des blonden Mannes.

Offenbar hatten auch die ersten Zuschauer die Situation zwischen Lay und seinem Gegner mitbekommen, und die Aufmerksamkeit der Menge konzentrierte sich nach und nach auf diesen Kampf, in dem offenbar eine dramatische Entscheidung bevorstand. Wie die Entscheidung ausfallen sollte, daran ließ die Meute keinen Zweifel.

»Bluuut ... Bluuut ... Bluuut ...!«, skandierten die Zuschauer.

Lay schluckte, als Angst heiß in ihm hochstieg. Erneut tastete er mit der Linken nach dem Griff seines Schwertes ...

Blut Blut Blut Blut

... jubilierte die Klinge in seinem Kopf.

Der Blonde zuckte mit gespieltem Bedauern die Schultern. »Tut mir leid, Bürschchen«, sagte er mit einem Grinsen, das deutlich machte, dass es ihm alles andere als leidtat. »Aber du hörst ja, was meine Anhänger verlangen. Dein Blut. Für dich ist der Weg hier zu Ende, fürchte ich. Wenn es dich tröstet, du bist zwar nicht der erste Frischling, den ich erledige, aber ich darf dir versichern, dass du tatsächlich der jüngste und naivste warst.«

Nach diesen Worten stach er jedoch noch nicht zu, sondern hob triumphierend den Kopf und neigte ihn dann, als würde er sich nur dem Verdikt der Zuschauer beugen und es ihm keineswegs großes Vergnügen bereiten, Lay zu töten.

Was ihm zweifellos auch gelungen wäre, hätte er seine Eitelkeit besser im Griff gehabt. Die Sekunde, die er brauchte, um den Kopf zu heben, ins Publikum zu grinsen und ihn wieder zu senken, genügte Lay.

Das Schwert *sang* in seinem Hinterkopf, goldene Fäden zuckten vor seinen Augen, als Lay den Morgenstern losließ, sich im Sand herumrollte, dabei das Schwert mit einem metallischen, glockenhellen Sirren aus der Scheide riss und mit ausgestrecktem Arm einen weiten Bogen beschrieb.

Es klirrte, und dann ertönte ein lauter Aufschrei, als Lays Schwert zuerst die Klinge des Blonden beiseiteschlug und dann mit der Spitze seinen Unterarm aufschlitzte.

Der Ringfechter hatte seine Handgelenke mit Riemen aus gekochtem Leder geschützt, aber sie vermochten der scharfen Schneide des mit Drachengift und Blut geschmiedeten Schwertes keinerlei Widerstand entgegenzusetzen.

Blut spritzte, und ein großer Teil davon landete auf Lays Gesicht und der Klinge seines Schwertes, als die Spitze die Lebensader des Blonden durchtrennte.

Der Mann schrie, ließ seinen Dreizack los und sank auf die Knie. Vergeblich versuchte er die Blutung zu stillen, indem er seine Hand auf die klaffende Wunde drückte, aber sie war viel zu lang, als dass er sie ganz hätte bedecken können. Die Ader war derart zerfetzt, dass es ihn nicht einmal hätte retten können, hätte er seinen Arm sofort abgebunden.

Einen Atemzug lang sank der Lärmpegel in der Ringarena auf ein erträgliches Maß, während sich Lay erhob und zu dem blonden Krieger trat. Immer noch tanzten goldene Fäden vor seinen Augen, schlangen sich um die Klinge seiner Waffe, auf der kein Blut mehr zu sehen war, und das jubilierende Singen in seinem Kopf nahm an Intensität zu.

Blut Blut Blut Blut

Ein Ruf, der vom Publikum aufgenommen zu werden schien.

»*Bluuut … Bluuut … Bluuut!*«, skandierte die Menge, leise zuerst, dann allmählich lauter werdend, bis sich die Aufmerksamkeit aller Zuschauer auf diesen einen Kampf konzentrierte, der gerade entschieden worden war.

Der blonde Fechter spürte, wie das Leben aus ihm heraussickerte, und bäumte sich verzweifelt gegen sein Schicksal auf. Er tastete nach seinem Schwert, dessen Griff bereits glitschig von seinem Blut war, und stemmte sich auf ein Knie.

»*Bluuut … Bluuut … Bluuut …!*«

Die Rufe wurde lauter, drängender, und die Begeisterung der Zuschauer wuchs, als Lay sich bückte, seinen Morgenstern aufhob und ihn gelassen in seinen Gürtel steckte. Dann trat er auf den Blonden zu.

»So leicht … besiegst du … mich nicht …!«, keuchte der Mann. Er schwankte, und er schien sein Gegenüber nicht mehr klar erkennen zu können. »So leicht …«

»O doch.« Lay lächelte, streckte sein Schwert aus und drehte sich einmal langsam um seine eigene Achse. Dann zog er das Schwert dicht an seiner eigenen Kehle vorbei …

Blut Blut Blut, sang die Stimme in seinem Kopf.

»*Blut … Blut … Blut!*«, brüllte die Menge.

»Und es ist dein Blut, das den Sand rot färbt!«

Mit diesen Worten ließ Lay den Arm vorschnellen und hämmerte dem Blonden die flache Seite der Klinge gegen den Schädel.

Der Ringfechter brach wie vom Blitz gefällt zusammen, und Lay bückte sich, um ihm das Band mit den kleinen eisernen Ringen vom Hals zu reißen. Jeder Ringfechter trug ein solches Band, wenn die Kämpfe begannen. Wer verlor, büßte das seine ein, und wenn er Glück hatte, war das alles, was er einbüßte.

Lay streifte sich das Band über den Kopf. *Der hier hatte kein Glück,* dachte Lay und blickte auf den Blonden hinab. Der Mann war bewusstlos, und schon bald würde er in einen noch tieferen Schlaf fallen, wenn zu viel von seinem Lebenssaft aus ihm heraus- und in den Sand gesickert war.

Lay umklammerte die vier Ringe, die auf seiner Brust lagen, mit der Faust. Den Ring seines ersten Gegners hatte der Ringfechter beansprucht, dessen Klinge ihn versehentlich gefällt hatte. Lay hatte darauf verzichtet, darum zu kämpfen, froh, dass er den Kampf überhaupt gewonnen hatte.

Mittlerweile hätte er sich vielleicht anders verhalten, aber seine Gedanken wurden abgelenkt, als das Hornsignal ertönte, das Zeichen, dass alle Kämpfe einzustellen waren.

Die erste Runde war vorbei. Lay sah sich um. Der Sand der Ringarena war aufgewühlt, und überall sah man Blutlachen. Aber keiner der Ringfechter außer dem blonden Mann war *im Sand geblieben,* soweit er sehen konnte. Die Verletzten wurden auf primitiven Tragen hinausgeschleppt, und die Sieger versammelten sich in der Mitte des Sandkreises. Korgh befand sich ebenfalls unter ihnen. Lay sah, dass der Hüne sechs Ringe auf der Brust trug, so wie die meisten anderen, die noch standen. Der Sieger durfte dem Besiegten dessen Ring nehmen und auch jene, die dieser bis dahin erbeutet hatte.

Blut Blut Blut, sang die Stimme in seinem Kopf.

Ganz genau, dachte Lay. *Sie mögen mehr Ringe haben. Aber keiner hat seinen Gegner getötet. Keiner außer mir.*

Diesmal durchströmte ihn keine Übelkeit bei dieser Vorstellung, sondern ein sonderbares Gefühl von Genugtuung.

Nachdem die Verletzten hinausgetragen worden waren, ertönte erneut das Hornsignal. Der Kampf ging weiter.

Lay sah sich um. Er musste nicht lange auf einen Gegner warten. Ein breitschultriger, dunkelhäutiger Kahlkopf mit dunklen Bartstoppeln auf dem Gesicht grinste ihn an und deutete mit einer hässlich aussehenden Klinge auf ihn, die an der Spitze einen scharfen Dorn aufwies.

»Ah, Frischfleisch!« Der Mann spie verächtlich aus und fuhr dann mit der blutbeschmierten Hand unter die Bänder an seinem Hals, um sie anzuheben. »Wie sieht's aus, Bürschchen? Willst du mir gleich deine verdammten Ringe geben, oder muss ich dir erst ordentlich den Hintern versohlen, bevor ich sie mir nehme?«

»Spar dir deine Zärtlichkeiten für den Wundheiler auf«, knurrte Lay und hob sein Schwert. Den Morgenstern brauchte er nicht mehr. Mit der linken Hand winkte er den Mann zu sich. »Komm nur her. Ich möchte dir jemanden vorstellen.« Er wirbelte die Klinge einmal im Kreis durch die Luft. »Meine Blutbraut ist ganz scharf darauf, deinen Lebenssaft zu saufen.« Er nickte, als er den Namen aussprach, der ihm erst in diesem Moment eingefallen war. *Er passt,* dachte er. *Die Braut des Blutes feiert ihre Bluthochzeit.*

Offenbar war sein Schwert damit einverstanden, denn der hohe Ton in seinem Hinterkopf schwoll an, und er hätte schwören können, dass so etwas wie sphärisches Gelächter in dem Blutjubel der *Singenden Klinge* mitschwang. Ein Jubel, der von der Menge aufgenommen wurde, als sie Lay anfeuerte. Jedenfalls kam es ihm so vor, als ob die Schreie aus Hunderten von Kehlen nur ihm galten, als ob sie ihn ermunterten, ihnen zu geben, wonach sie verlangten.

»Bluuut ... Bluuut ... Bluuut ...«

Als wenn Lay eine Aufmunterung gebraucht hätte.

»Sechzehn?«

Schnapper zählte sicherheitshalber noch einmal die Ringe nach, die Lay ihm auf den Tisch gelegt hatte.

Aber auch das dritte Durchzählen brachte kein geringeres Ergebnis. Knurrend schob der Mann die eisernen Ringe in einen Beutel, zu denen, die schon von den anderen Siegern eingelöst worden waren. Die wenigen, zumeist blutbefleckten und zerschnittenen Lederbänder, die sich noch daran befanden, ließ er achtlos auf den Boden fallen.

»Und die vierzehn hier nicht zu vergessen.« Korgh hielt eine Faust voll Ringe über den Tisch und legte sie dann auf die schmutzige, von Speiseresten und Bräu befleckte Holzplatte des Tisches. »Macht zusammen dreißig, ganz gleich, wie oft du zählst.«

Schnapper sah den Hünen scharf an und richtete seinen Blick dann wieder auf Lay. »Hab dich wohl unterschätzt, Bürsch...«

»Lay!«, fiel ihm Lay ins Wort. »Mein Name ist Lay.« Er sah den Bluthändler kalt an. »Vergiss ihn nicht.«

Der Mann lachte leise. »Keine Sorge.« Er musterte Lay prüfend. »Hab gehört, dass die Menge dir einen anderen Namen verpasst hat. Hab auch gehört, dass du den Blonden Blitz erledigt hast, und selbst gesehen, wie du Malmer Kalwyn zu Sand gemacht hast.« Sein Blick zuckte zu dem Schwertgriff, der über Lays Schulter ragte, und seine Augen zogen sich zu schmalen Schlitzen zusammen. »Hast die Giftprobe bestanden, hab ich gehört.« Er schnaubte. »Obwohl viele bezweifeln, dass es bei dem Kampf mit rechten Dingen zugegangen ist.« Er legte fast beschützend die Hand auf einen prall gefüllten Lederbeutel, der an einem Schulterriemen auf seinem mächtigen, wabbelnden Bauch hing. »Vielleicht sollte ich ...«

Lay blähte die Nasenflügel, und seine Hand kroch zu dem Griff des Morgensterns an seinem Gürtel.

»Nein, solltest du wohl besser nicht«, sagte Korgh rasch und beugte sich vor. »Oder möchtest du in Zukunft dein Gold mit den Zehen zählen, hm?«

Schnapper starrte ihn einen Moment verständnislos an, dann wurde er blass und schluckte. Der Handlanger hinter seinem Stuhl knurrte und wollte nach seinem Streitkolben greifen.

»Bevor deine Hand den Stiel deiner Waffe berührt hat, küsst dein Kopf den Boden«, versprach ihm Korgh.

Der Mann öffnete den Mund und zog die Stirn kraus, offensichtlich bemüht herauszufinden, was diese Worte bedeuteten. Als er endlich begriff, riss er die Augen auf, schloss den Mund und ließ die Hand sinken.

Lay nickte. »Kluge Entscheidung.« Er beugte sich vor. »Und jetzt will ich meinen Ring, meine Armspange und mein Gold.«

Schnapper starrte ihn böse an. Offenbar war er es nicht gewohnt, Pfänder zurückzugeben, geschweige denn, Gewinne auszuzahlen. »Du könntest deinen Gewinn leicht verdoppeln, Bürschchen, wenn du für mich …«

»Kein Interesse«, schnitt Lay ihm das Wort ab. »Ich würde nicht mal für dich arbeiten, wenn du dir meinen Namen merken könntest. Ich will mein Eigentum, und ich will meine Prämie. Und zwar sofort.«

»Und dein Freund da?«

Lay sah Korgh kurz an und zuckte dann mit den Schultern. »Er ist nicht mein *Freund*. Er ist ein Nordling, der mit mir reist, solange wir denselben Weg haben, das ist alles. Was er macht, geht mich nichts an.« Das stimmte zwar, aber trotzdem kam Lay sich fast undankbar vor, als er das sagte. Er bemerkte aus den Augenwinkeln Korghs kühlen Blick und rollte unbehaglich mit den Schultern. Das Gefühl des Schwertes auf seinem Rücken tröstete ihn und half ihm über die Gewissensbisse hinweg, die ihm einreden wollten, dass er gerade eben den einzigen Menschen beleidigt hatte, der auch nur annähernd so etwas wie ein Freund für ihn war. *Was denn?*, sagte er sich fast wütend. *Er ist ein Barbar, und er hat mir mehr als deutlich zu verstehen gegeben, dass er mich nur begleitet, weil wir beide nach Ulcar wollen. Also, kein Grund für Sentimentalitäten, richtig? Richtig? Außerdem geht mir sein ständiges Gemecker auf die Nerven.*

Der Streit war ziemlich überraschend für Lay gekommen, und Korghs harte Worte hatten ihm stärker zugesetzt, als er sich eingestehen wollte.

»Man geht nicht in den Sand, um zu töten!«, hatte der Nordling verächtlich gesagt, als Lay ihm triumphierend die Ringe unter die Nase gehalten hatte.

»Ach nein?« Lay hatte die Hand wieder sinken lassen und war verletzt und wütend gewesen. »Und wie würdest du dann das Verhalten dieses blonden Kämpfers …«

»Das war nur eine Schau für das Publikum«, schnitt ihm Korgh das Wort ab. »Der Blondschopf ist … *war* dafür bekannt, dass er seiner Eitelkeit so ziemlich alles opferte, einschließlich seiner Prämien und seiner Freunde.«

»Aha. Und woher sollte ich das wissen?«, fuhr Lay auf. Es gefiel ihm gar nicht, sich von diesem Barbaren eine Lektion in Sachen Moral anhören zu müssen. »Er …«

Korgh schnaubte. »Selbst wenn es beim ersten Kämpfer unvermeidbar gewesen wäre, war der Tod des zweiten überflüssig.«

Lay schob trotzig das Kinn vor. »Tatsächlich? Er hat mich beleidigt und verhöhnt …«

»Das gehört dazu, das haben wir dir …«

»… und außerdem wollte es das Publikum!«, fuhr Lay giftig fort. Er biss sich auf die Lippen, als er Korghs wissenden Blick sah. »Ich meine, sie haben mich gefeiert …«

»Ja, das haben sie allerdings«, erwiderte Korgh kühl. »Hast du gehört, wie sie dich gerufen haben?«

Lay ärgerte sich, als er spürte, dass seine Ohren rot wurden. »Du bist doch nur neidisch«, gab er zurück, aber ihm war selbst klar, wie lahm diese Erwiderung war. Natürlich war Korgh nicht neidisch. Immerhin hatten die Zuschauer auch ihm zugejubelt – ihm, »Donnerkeil Korgh«, »Donnerkeil, der Barbar«. Wieso sollte er also neidisch darauf sein, dass die Menge Lay »Bluthand« gerufen hatte?

Tatsächlich war Korgh nur besorgt gewesen. *Und ich weiß auch, warum,* dachte Lay. Ihm war der Blick nicht entgangen, den Korgh auf sein Schwert geworfen hatte. Die nächsten Worte des Nordlings hatten Lays Argwohn bestätigt.

»Ich habe den Eindruck, du hast alles vergessen, was Okh-ta dir über diese Waffe gesagt hat«, begann Korgh.

»Du hast dieses Schwert kaum eine Spanne, und schon gibst du seiner Blutgier nach! Hätte ich gewusst, dass du …«

»Was gewusst?« Lay starrte den Nordling wütend an. »Dass ich Vergeltung suche für ein grausames Unrecht, dessen Zeuge du selbst gewesen bist? Dass ich geschworen habe, Broll zu töten, koste es, was es wolle? Den Mörder von Theija, von Zanth'ra und von allen, die mir lieb waren? Den Mörder meiner ganzen Familie? Dass ich die Kunst des Schwertkampfes erlernen wollte, um Rache üben zu können, selbst wenn sie mich das Leben kosten sollte?« Vor Erregung und selbstgerechter Wut überschlug sich seine Stimme fast. Er sprach unwillkürlich lauter, um den Zweifel zu übertönen, der versuchte, sich in seinem Kopf Gehör zu verschaffen, und der die Worte des Nordlings bestätigte. »Ich wollte nach Ulcar, um ein Drachenkämpfer zu werden, um das Richtige zu tun, für Gerechtigkeit zu streiten und die Schwachen zu beschützen!« Lay verzog das Gesicht zu einer angewiderten Grimasse. »Du hast selbst gesehen, wie wenig die wirklichen Drachenkämpfer mit denen aus meinen Büchern zu tun haben! Ich wollte als Ringfechter in den Roten Sand von Ulcar, um dort die Goldene Schwinge zu erringen, weil ich zu den strahlenden Schilden Prunfors gehören wollte!« Lay schüttelte den Kopf. »Diesen Plan habe ich längst aufgegeben! Die Drachenkämpfer sind genauso unehrenhaft wie die

Hämmer von Ern. Aber ich werde nach Ulcar gehen, ich werde dort im Roten Sand kämpfen, und ich werde dort Broll töten!« Seine Augen loderten, und er hatte die Hände zu Fäusten geballt. »Und danach werde ich mich auf die Suche nach meinen Eltern machen, wie Maahr-kut und Zanth'ra es mir geraten haben!« Er sah Korgh an. »Und ich muss so schnell wie möglich nach Ulcar, denn der Tag der Klingen naht. Und wie du selbst gesagt hast, werden nur namhafte Ringfechter dort zugelassen.« Er grinste spöttisch. »Lay, das Bürschchen, hätte zweifellos keine Chance, auch nur einen Fuß in die berühmten Kasematten unterhalb der Großen Arena zu setzen. Aber Bluthand Lay wird man dort wohl aufnehmen.« Er strich kurz über den Griff seines Schwertes. »Und meine Blutbraut wird mir helfen, dieses Ziel zu erreichen ...«

»Blutbraut?« Korgh hob die Brauen. »Ich wusste gar nicht, dass du deinem Schwert bereits ...«

»Es gibt eine Menge Dinge, die du nicht von mir weißt«, unterbrach Lay ihn barsch. »Ebenso wenig, wie ich alles über dich weiß.« Er schüttelte den Kopf. »Aber das ist jetzt auch nicht wichtig. Wichtig ist nur das Eine, nämlich dass ich auf dem schnellsten Weg nach Ulcar muss. Und wenn dir nicht passt, wie ich das anstelle, dann trennen sich hier eben unsere Wege.«

Lay hatte Korgh trotzig angestarrt und auf eine Reaktion des Nordlings gewartet, aber als der ihn nur mit einem undurchdringlichen Blick musterte, hatte sich der Jüngling wütend auf dem Absatz umgedreht und war davongestürmt.

Jetzt, in der *Blutklinge,* bereute er seine hitzigen Worte.

»Ist das so?«, fragte Schnapper gerade, an Korgh gerichtet. »Ich hatte eigentlich den Eindruck, dass ihr beide ...«

»Lay Bluthand«, Korgh spie den Namen mit einem unverkennbar spöttischen Unterton hervor, »sagt die Wahrheit. Ich bin ein Nordling, und wir haben zufällig denselben Weg und dasselbe Ziel.« Er deutete auf den prallen Beutel um Schnappers

Schultern. »Wir wollen unsere Prämien und unser Pfand. Dann trennen sich unsere Wege.«

Lay warf ihm einen Blick zu. *Du eingebildeter, überheblicher Barbar!*, dachte er. *Wenn du glaubst, dass ich dich um Verzeihung anflehe, hast du dich geirrt. Und genauso irrst du dich, wenn du glaubst, dass ich allein nicht genauso gut zurechtkomme.* Er biss die Zähne zusammen, verschränkte die Arme vor der Brust und nickte.

»Genau, hier trennen sich unsere Wege.«

»Das hat er ja gesagt«, meinte Schnapper.

»Dann sage ich es eben noch mal!«, fauchte Lay.

»Was ziemlich überflüssig ist!«, knurrte Korgh.

»Wenn hier etwas überflüssig ist, dann bist du das, Barbar!«, zischte Lay.

»Ach wirklich?« Korgh fletschte die Zähne und funkelte ihn an. »Wenn hier einer *nicht* überflüssig ist, dann sind das ja wohl wir!«

Lay verzog spöttisch die Lippen. »Ihr zwei oder wir einer?«

Korgh runzelte die Stirn. »Was …?«

»Ich weiß nicht, was in euch gefahren ist«, mischte sich Schnapper gereizt ein, kam aber nicht dazu, den Satz zu beenden, weil die beiden Streithähne herumfuhren und ihn anfuhren.

»Die Sache geht dich überhaupt nichts an!«, fuhr Lay ihn wütend an.

»Was soll das heißen, in uns gefahren?«, knurrte Korgh.

Lay sah wieder Korgh an. »Uns wir oder uns du?«

»Uns uns«, gab Korgh zurück.

»Aha«, antwortete Lay, runzelte die Stirn und wollte etwas hinzusetzen, als Korgh mit der Faust auf den Tisch schlug.

»Das reicht jetzt!«, schrie er wütend. »Du machst uns ganz verrückt mit deinem Gefasel!«

Lay sah Schnapper an, der die beiden Ringfechter vor sich mit großen Augen und blankem Unverständnis betrachtete und dann die Hände hob, als wollte er sich ergeben. »Es ist jammerschade, zwei so gute Kämpfer zu verlieren. Aber wenn ich euch noch weiter zuhöre, verliere ich selbst den Verstand.«

Er öffnete den Verschluss der Tasche, griff hinein und holte Theijas Ring und die Armspange von Maahr-kut heraus. Letztere drehte er zwischen den Fingern und betrachtete sie mit einem sonderbaren Blick, bevor er sie über den Tisch zu Lay schob.

»Weißt du, was das ist?«, fragte er.

»Allerdings«, erwiderte Lay, ohne auf die seltsame Miene des Mannes zu achten. »Das ist ein Wegweiser, der mich zu meinen Eltern führen wird.«

Schnapper holte scharf Luft und schien noch etwas sagen zu wollen, sah dann aber zu dem Nordling, der seinen Blick regungslos erwiderte, und schüttelte den Kopf. »Ganz, wie du meinst«, sagte er und wies auf Korgh. »Aber der da ...«

»Der da heißt Donnerkeil Korgh«, unterbrach der ihn, »und er will jetzt seine Prämie, und zwar bis auf den letzten Deut!«

»Schon gut, schon gut!« Der Bluthändler griff erneut in seine Tasche und holte zwei kleine Jutebeutel heraus, die er vor sich auf den Tisch legte. »Eure Prämien.« Er schob Korgh einen Beutel zu. »Der Gegenwert von vierzehn Ringen«, sagte er und grinste. »Du hast gut gekämpft, Barbar. Die Leute lieben dich. Würdest du bleiben, könnte ich dich zu einem der besten Kämpfer machen, und vielleicht schaffst du es sogar bis in die Große Arena nach Ulcar. Du wärst jedenfalls der erste Barbar, der je im Roten Sand sein Blut lassen durfte.«

»Herzlichen Dank für die Einladung«, erwiderte Korgh verächtlich. Er hatte den Beutel geöffnet und den Inhalt auf den Tisch geleert. Es waren mehrere ungeprägte Silbermünzen, zumeist jedoch Rund und Deut aus Eisen. Er nickte, schob die Münzen zusammen und verstaute sie wieder in dem Beutel, den er zuband und in sein Wams schob. »Aber ich möchte auf diese zweifelhafte Ehre gern verzichten. Mein Lebenssaft ist mir heilig, und ganz bestimmt habe ich nicht vor, ihn in irgendeinen Sand sickern zu lassen, sei er nun rot, braun oder ganz gleich von welcher Farbe!«

»Wie du meinst«, sagte Schnapper. »Mein Angebot steht, solltest du es dir noch anders überlegen.« Er schob den kleineren Beutel Lay hin. »Hier, deine Prämie für sechzehn Ringe ...«

Lay nahm den Beutel und wog ihn in der Hand. Dann folgte er Korghs Beispiel, öffnete ihn und schüttelte die Münzen auf den Tisch. Es waren Rund und Deut darin und auch ein paar Silbermünzen, aber insgesamt weniger als im Beutel von Korgh.

Lay runzelte die Stirn.

»Wieso bekomme ich weniger als der Barbar? Ich habe mehr Ringe gewonnen.«

»Das stimmt, *Bluthand Lay*«, bestätigte Schnapper gelassen und lehnte sich selbstzufrieden zurück. »Aber du hast zwei Ringfechter getötet. Diesen Verlust musst du mir natürlich bezahlen. Immerhin waren das meine Leute.«

»Aber sie haben mich ...«

Schnapper hob die Hand. »Der Blonde Blitz vielleicht, obwohl jeder weiß, dass er immer nur eine Schau für das Publikum abzieht. Aber bei Malmer war das etwas anderes. Ich war dabei, ich habe es gesehen!« Der Bluthändler kniff die Augen zusammen und musterte Lay scharf. »Du hast ihn in Stücke gehauen mit deiner verfluchten Klinge da.« Er deutete auf Lays Schwert. »Er hatte keine Chance und war schon auf den Knien ...«

Bei der Erinnerung daran wurde das Singen in Lays Hinterkopf wieder lauter, und er schob trotzig das Kinn vor. »Na und?«, knurrte er. »Die Leute ...«

»Ja, die Menge hat dich geliebt, weil du ihnen Blut gegeben hast.« Schnapper schüttelte den Kopf. »Hab schon lange niemanden mehr erlebt, der seinen Gegner so kaltblütig umgebracht hat. Deshalb habe ich dir auch das Angebot gemacht, für mich zu kämpfen. Aber vielleicht ist es besser, dass du abgelehnt hast.« Er machte auf einmal den Eindruck, als sei ihm Lay unheimlich. »Irgendetwas stimmt nicht mit dir. Ich weiß nicht, was es ist, aber ...« Er machte eine wegwerfende Handbewegung. »Ganz gleich, es ist, wie es ist. Du bezahlst mir die Toten, und außerdem hast du hier etwas bekommen, das du mit Gold nicht aufwiegen kannst.«

»Und das wäre?«

»Einen Namen«, antwortete er. »Du bist jetzt ein namhafter Mann, *Bluthand Lay,* und dir stehen alle Sandkreise und Ringarenen offen.« Er lehnte sich zurück. »Darf ich fragen, wohin du jetzt willst?«

»Nein, darfst du nicht«, stieß Lay hervor.

»Kein Grund, ein Geheimnis daraus zu machen«, knurrte Korgh, der die Arme verschränkt hatte und Lay kalt musterte. »*Bluthand Lay* will nach Ulcar, um am Tag der Klingen sein Blut und das von anderen im Roten Sand zu vergießen.« Der Nordling spuckte verächtlich aus. »So wie ich ihn einschätze, vorzugsweise wohl eher das Blut von anderen.«

»Nach Ulcar, in die Große Arena?«, fragte Schnapper verblüfft. Er spitzte die Lippen, und sein Blick streifte erneut Lays Schwert. »Solltest du es tatsächlich an den Magi vorbeischaffen, die dort die Kämpfer überprüfen«, meinte er mit einem vielsagenden Grinsen, »könnte das ziemlich interessant werden.« Er sah Korgh an. »Und du willst nicht dorthin?«

Korgh zuckte mit den Schultern. »Vielleicht. Vielleicht auch nicht.«

Lay sah den Nordling an. »Du hast mir erzählt, du hättest etwas in Ulcar zu erledigen.«

»Das heißt aber noch lange nicht, dass wir denselben Weg hätten.«

Bevor Lay antworten konnte, mischte sich Schnapper wieder ein.

»Auch wenn ihr nicht denselben Weg habt, wäre es möglich, dass sich eure Wege dort kreuzen, im Roten Sand.« Er kaute nachdenklich auf seiner Unterlippe und sah erneut Korgh an. »Hast du ihm erzählt, wie es dort läuft?«

Lay sah von dem Bluthändler zu Korgh. »Was soll das heißen, wie es dort läuft?«

»Also hast du es ihm nicht gesagt.« Schnapper lachte. Es war kein angenehmes Lachen. »Am Tag der Klingen gibt es keine Prämien oder Ringe zu gewinnen.«

»Das weiß ich«, erwiderte Lay überheblich. »Dabei geht es um die Goldene Schwinge. Aber das ist nicht …«

»Schon«, unterbrach ihn Schnapper. »Und es stimmt auch, dass der Sieger jeden herausfordern darf, der sich in der Großen Arena befindet.« Er lachte wieder. »Aber seit undenkbaren Zyklen hat es keinen mehr gegeben, der die Goldene Schwinge gewonnen hätte und eine Schildwache der Leibgarde des Drachenfürsten geworden wäre.«

Lay runzelte die Stirn. *Das habe ich nicht gewusst,* dachte er. *In den Schriften …* »Und wieso nicht?«

Schnapper schien auf diese Frage nur gewartet zu haben. »Man hat vor mehreren hundert Zyklen die Regeln geändert. Jetzt gibt es keine Pausen mehr, und die Kämpfe sind nicht einfach zu Ende, wenn die Sonnenstriche erreicht wurden.« Er lächelte und sah Lay fast spöttisch an. »Es wird so lange gekämpft, bis nur noch ein einziger Kämpfer im Sand steht. Und der ist meistens so schwer verwundet, dass er keine Lust und keine Kraft mehr hat, noch irgendeinen Hordenführer, Schwingenkommandeur oder Drachenoberst herauszufordern.«

Das hatte Lay tatsächlich nicht gewusst.

»Wenn sich eure beiden Wege tatsächlich im Roten Sand kreuzen sollten«, fuhr Schnapper fort, »wäre ich wirklich gern dabei, um zu sehen, wer von euch beiden derjenige ist, der am Ende noch steht.« Er lachte. »Ich müsste wohl auf euch beide wetten, um sicherzugehen, dass ich gewinne, denn ich könnte ums Verrecken nicht sagen, wer von euch beiden der Bessere ist.«

»Zu schade, dass du das niemals herausfinden wirst«, knurrte Korgh, straffte sich, drehte sich dann um und verließ die *Blutklinge,* ohne ein weiteres Wort zu verlieren.

ULCAR,
DRACHENPALAST
KLAUENSAAL

»Ich will wissen, wo meine Tochter ist! Und zwar sofort!«

Druud OchNarjon zuckte nicht mal mit der Wimper, als Prakuhl de Prunfor, Drachenfürst, Herrscher von Alghor und Vater einer ungebärdigen, eigensinnigen Tochter aufsprang und außer sich vor Zorn mit seinem vergoldeten und mit kostbaren Steinen verzierten Krummsäbel auf die Lehne des aus schwarzem Erzstein gefertigten Throns einschlug, dass die Funken nur so stoben.

Herrscher von Alghor, Vater einer ungebärdigen Tochter und Architekt eines historischen Friedens mit Hellanden, nicht zu vergessen, dachte Druud. *Aber nicht, wenn es nach mir geht. Ich werde dafür sorgen, dass es …*

»Wieso, verflucht, kann mir keiner von euch Idioten sagen, wo sie ist? Wofür habe ich eine Schildwache? Und wo steckt dieser Sagh oder Kagh oder wie dieser verdammte …«

»Bragh, Euer Erhabenheit«, sagte Druud, ohne zu überlegen.

»Bragh, edler Prakuhl«, sagte Akkad da'al Akkadi gleichzeitig.

»Bragh, Fürst«, stimmte auch Jeul sa Mehdi de Prunfor, Drachenfürstin und Mutter besagter Tochter, in den Chor ein.

»Es ist mir vollkommen gleich, ob alle wissen, wie dieser Idiot heißt!«, brüllte der Fürst. »Ich habe wahrhaftig Wichtigeres zu tun, als meiner verfluchten Tochter …«

»Fürst!« Die Stimme der Drachenfürstin bebte. »Sie ist immerhin Drachenbraut und Thronerbin von Alghor!«

»Ich wäre froh, wenn sie sich gelegentlich daran erinnern und sich auch so benehmen würde!«, donnerte der Drachenfürst, der sich nicht beruhigen konnte. »Ich will sie ihrem zukünftigen Gemahl vorstellen, dem Anwärter auf den Drachenthron von Alghor, und sie hält es nicht für nötig, sich für diese, ihre vornehmste Pflicht hier einzufinden, obwohl ich, ihr Vater und Herr, es ihr befohlen habe!«

Ich an seiner Stelle wäre vermutlich mindestens ebenso aufgebracht, das muss ich eingestehen, dachte Druud. *Immerhin steht der Erhabene jetzt vor dem Shetan und vor Ryehl und eigentlich auch vor allen anderen ziemlich dumm da.* Es gelang ihm gerade noch, ein Grinsen zu unterdrücken.

»Findet sie! Nein, findet sie alle beide! Und, bei Belphors Eiern, schneidet diesem verdammten Paladin seine Hoden ab und …«

Druud hörte, wie Jeul und auch Akkad scharf die Luft einsogen.

»… bringt sie mir – und meine verwünschte Tochter dazu! Letztere möglichst unversehrt und ohne ihr irgendetwas abzuschneiden! Außer ihrer vorwitzigen Zunge vielleicht!«

»Aber nein, Erhabener Drachenfürst!«, protestierte der Shetan. »Nicht ihre Zunge!«

»Eine interessante Vorstellung«, näselte Ryehl, Edler von Ern.

»Eine ausgezeichnete Idee, Erhabener Fürst«, erklärte auch Druud. Er konnte förmlich spüren, wie ihn der Reichsverweser, die Drachenfürstin und vermutlich auch der Fürst selbst erstaunt anstarrten.

»Ich … also … Wie meinst du das, Erster?« Der Fürst war offenkundig irritiert.

»Ich halte es für wahrlich an der Zeit, ein Exempel zu statuieren, um Eurer Tochter den Ernst ihrer Verfehlungen klarzumachen.« Druud schüttelte bedauernd den Kopf. »Zweifellos wird die Verstümmelung eines ihrer Vertrauten sie zur Vernunft bringen.«

»Zweifellos«, brummte Magabor, Shetan von Bouhss.

»Es ist wirklich unerhört«, fuhr Druud fort, »dass die Thronerbin und Drachenbraut so kurz vor ihrer Vermählung mit einem der treuesten Vasallen des Drachenreiches …«

Druud hörte, wie jemand erneut scharf die Luft einsog. *Ah, Akkad, das gefällt dir wohl nicht, wie?*

»… eine derartige Schande über den Drachenthron bringt. Ich würde mich nicht wundern«, er drehte sich zu dem Shetan um, »wenn sich der hochgeschätzte Shetan von Bouhss seine Werbung in Anbetracht der fortgesetzten Widerspenstigkeit der Braut noch einmal überlegen würde …«

»Da gibt es nichts zu …!«, fuhr der Fürst auf.

»Ich gedenke nicht, meine Werbung zu überdenken, das kann ich Euch …«, erklärte der Shetan großspurig.

»… um sich nach einer etwas weniger stacheligen Blume für sein mit schönen Gewächsen reichlich geschmücktes Boudoir umzusehen«, vervollständigte Druud und räusperte sich. »Ich kann mir nicht vorstellen, dass der edle Shetan tatsächlich einen Giftdorn zwischen all diesen wundervollen Duftrosen …«

»Meine Tochter ist kein Giftdorn, Erster!«, fuhr ihn der Fürst an. »Und Magabor …«

Die Tür des Saales öffnete sich, und ein Lakai trat ein, der sich ängstlich seinem Herrn näherte.

»Was ist denn jetzt schon wieder, verflucht?« Prakuhl war äußerst ungehalten über die Störung, doch dann hellte sich seine Miene auf. »Bringst du Nachricht von meiner Tochter, Kerl?«

»Nein, Erhabener.« Der Bedienstete zitterte. »Ich …« Er beugte sich vor. »Der Wächter der Pforte …«

»Was soll das heißen? Ich habe ausdrücklich befohlen, von niemandem gestört zu werden, es sei denn, es gibt Neuigkeiten von … ah.« Prakuhl unterbrach sich und starrte den Mann an. »Was ist mit dem Wächter, Mann? So sprich doch endlich!«

»Herr, vor der Tür wartet ein Wachsoldat der Pforte mit einer Nachricht von dem Wächter der Pforte. Man hat ihm ausdrücklich aufgetragen, Euch diese Nachricht nur persönlich …«

»Ah.« Prakuhl drehte sich um und setzte sich auf seinen Thron, dann gab er dem Lakaien einen Wink. »Geh und hol den Mann herein.« Er wandte sich wieder an die anderen Anwesenden. »Ich möchte euch bitten, mich kurz zu entschuldigen. Es handelt sich um eine dringende Staatsangelegenheit, die keinen Aufschub duldet.«

Er wartete ungeduldig, bis der immer noch zitternde Lakai, der sich plötzlich im Mittelpunkt der Aufmerksamkeit so vieler mächtiger Menschen sah, hinausgegangen war, und starrte dann neugierig auf die großen Doppeltüren des Saales.

Druud hörte, wie die anderen Anwesenden nervös an ihrer Kleidung nestelten oder hüstelten, um ihre Verlegenheit zu überspielen, alle, außer Akkad und Jeul natürlich.

Was kann so wichtig sein, dass der Wächter der Pforte den Befehl hat, den Drachenfürsten bei einer so bedeutsamen Audienz zu stören?

Er hatte da eine Ahnung, und diese wurde kurz darauf zur Gewissheit, denn jemand trat an ihn heran und zupfte an seiner Robe.

»Herr?«

Anfir. Mein treuer, verlässlicher Anfir.

»Was willst du hier?«, fuhr Farael den jungen Noviche an. »Du hast hier nichts zu suchen!«

»Schon gut, Farael«, griff Druud ein. »Was willst du, sprich?« Druud neigte den Kopf.

»Der Besucher …«

In dem Moment ertönten hallende Schritte auf dem Steinboden, die sich rasch dem Thron näherten.

»Erhabener Fürst, Herrscher von Alghor und …«

»Schon gut, Mann!«, unterbrach ihn der Drachenfürst ungeduldig. »Ich kenne meine Titel. Und jetzt sag mir, was du zu sagen hast!«

»Der Wächter der Pforte hat mir aufgetragen, Euch auszurichten, Erhabener, dass der, den Ihr erwartet, eingetroffen ist.«

»Ausgezeichnet! Ganz ausgezeichnet!« Der Fürst sprang auf und klatschte in die Hände. »Endlich eine gute Nachricht.« Er wandte sich an die Anwesenden. »Ich bitte euch erneut um Verzeihung, aber dies ist eine Angelegenheit von äußerster Wichtigkeit, die meine ganze Aufmerksamkeit erfordert.«

»... ist Nimgurd, Kriegshäuptling von Hellanden«, flüsterte Anfir so leise, dass nicht einmal Farael, der nur einen Schritt vor Druud stand, es verstehen konnte.

Die Fäden beginnen sich zu verschlingen!, dachte der Oberste Augur. *Es wird Zeit, die richtigen Knoten zu knüpfen! Die Drachenbraut ist unterwegs nach Baahtt, der Kriegshäuptling von Hellanden ist in Ulcar, um Akkad da'al Akkadi und den Drachenfürsten von seinen friedlichen Absichten zu überzeugen, an die ich keine Sekunde glaube. Ryehl und Magabor werden warten müssen, bis die Drachenbraut wieder auftaucht, und ich werde dafür sorgen, dass das bis zur Zeit der Verschmelzung dauert. Jetzt gilt es, die klug ersonnenen Pläne ebenso klug und bedacht in die Tat umzusetzen.*

»... euch um ein wenig Geduld bitten. Zweifellos werden meine Schildwachen meine ungebärdige Tochter schon sehr bald aufgespürt und zurückgebracht haben. Bis dahin erlaubt mir, mich um etwas zu kümmern, das für die Zukunft von Alghor von ebenso großer Bedeutung ist. Edler Magabor, edler Ryehl, bitte zieht euch in eure Quartiere zurück und wartet auf Nachricht von mir. Euch wird es dort an nichts mangeln, das versichere ich euch. Und jetzt«, der Drachenfürst klatschte in die Hände und blickte zufrieden in die Runde, »ist die Audienz beendet.«

Druud hörte, wie Prakuhl sich erhob, und verneigte sich wie alle anderen Anwesenden.

Als die Gesandtschaften aus Bouhss und Ern den Saal verließen und Druud sich gerade anschickte, ihnen zu folgen, hörte er, wie Prakuhl tief einatmete.

»Jeul!«, zischte der Herrscher von Alghor. »Unsere Tochter ist mit ihrem Paladin und der Obersten Heilerin verschwunden. Ich zweifle keine Sekunde daran, dass du mehr über das Ziel ihrer Reise weißt als ich.« Er senkte die Stimme. »Ich würde es sehr bedauern, wenn sich deine vertrautesten Mägde einer hochnotpeinlichen Befragung durch meinen Kerkermeister unterziehen müssten, damit ich den Aufenthaltsort meiner Tochter erfahre.«

Druud grinste, als er hörte, wie Jeul nach Luft rang. *Ich bin sehr neugierig, wie weit deine Verschwiegenheit geht, Drachenfürstin, um deine Tochter vor dem Unausweichlichen zu bewahren. Wirst du tatenlos mit ansehen, wie der Fürst deine Hofdamen foltern lässt?* Es war ihm völlig klar, dass Prakuhl keine Sekunde davor zurückschrecken würde, wenn er der Meinung war, sie hätten etwas zu verbergen.

»Wie ich Euch eben bereits sagte, Erhabener Fürst, bin ich ebenso überrascht wie Ihr zu erfahren, dass meine Tochter heimlich den Palast verlassen hat …«

Prakuhl seufzte. »Ich habe nichts anderes erwartet.« Seine Gewänder raschelten. »Akkad, sorgt dafür, dass die Weiber reden! Ich will noch heute wissen, wohin Jolah verschwunden ist!« Er klatschte erneut in die Hände. »Bedauerlicherweise kann ich mich nicht selbst darum kümmern, weil ich mich dieses Besuchers annehmen muss.«

»Soll ich dich nicht begleiten, Erhabener …?«, erkundigte sich Akkad.

»Nein, Reichsverweser. Schaff du mir meine Tochter heran, damit ich sie ihrem Gemahl vorstellen kann.« Er lachte. »Magabor ist zwar geduldig, aber ich weiß nicht, wie lange ich ihn noch hinhalten kann. Er ist immerhin ein Mann und ganz gewiss begierig darauf, endlich die Ehe mit der Thronerbin von Alghor zu vollziehen. Und es wird Zeit, dass meine unartige

Tochter endlich ihren Platz in der Hierarchie einnimmt. Und wer wäre besser geeignet, ihr diesen Platz zuzuweisen, als ein Mann wie Magabor, der schon wer weiß wie viele Stuten zugeritten hat.«

»Stut… Selbstverständlich, Erhabener Fürst.«

Druud runzelte die Stirn, als er die Verachtung in der Stimme des Reichsverwesers wahrnahm. Doch der Fürst schien nichts davon zu bemerken.

»Sehr gut, ausgezeichnet. Ich erwarte von dir noch heute Abend Bericht. Sobald du herausbekommen hast, wo sich Jolah aufhält, möchte ich, dass du Schildwachen dorthin schickst, am besten unter dem Befehl des Oberkommandierenden der Schilde Prunfors. Ich will nicht, dass sie noch einmal Gelegenheit hat davonzulaufen. Und jetzt entschuldigt mich, ich werde mich in den Saal der Weisheit zurückziehen, um dort einen Frieden zu schließen.«

Als der Drachenfürst den Saal verlassen hatte, packte Druud den Seherstab, den Farael ihm hinhielt. »Einen Moment noch, Farael«, sagte er. Dann streckte er die Hand aus und legte sie auf die Schulter von Anfir, der dicht neben ihm stehen geblieben war.

»Ich habe einen Auftrag für dich, Noviche«, sagte er. »Einen sehr wichtigen und äußerst heiklen Auftrag. Glaubst du, du bist in der Lage, ihn auszuführen?«

Druud konnte es zwar nicht sehen, aber er spürte förmlich, wie Anfir lächelte. »Herr«, erwiderte der Noviche leise. »Ihr wollt, dass ich die Schmiede des Friedens im Saal der Weisheit belausche?«

»O Anfir, wenn du wüsstest, wie stolz du mich machst.« *Und wie hart,* setzte er in Gedanken hinzu.

»Herr, auch das weiß ich.«

Im nächsten Moment war Anfir verschwunden.

Druud holte tief Luft. »Farael, haben alle den Saal verlassen?«

Das Auge des Sehers war dem kurzen Wortwechsel aufmerksam gefolgt, und offenbar hatte ihm nicht sonderlich gefallen, was er gerade gehört hatte.

»Der Fürst ist fort, ebenso wie die Vasallen nebst ihrem Tross, die Schildwachen und die Vornehmen des Reiches. Eminenz.«

Oh, der gute Farael scheint ein wenig eifersüchtig auf meinen kleinen Anfir zu sein. Aber es kann nicht schaden, der Eitelkeit einen kleinen Dämpfer zu verpassen und damit den Ehrgeiz zu schüren. Und Farael ist in letzter Zeit ohnehin zu selbstbewusst aufgetreten. Allerdings sollte ich es nicht übertreiben.

»Gut. Und der Reichsverweser?«

»Er verlässt gerade den Saal durch die Drachentür. In Begleitung der Fürstin, Eminenz.«

Akkad und die Fürstin? Interessant. Ich frage mich wirklich, was die beiden zu besprechen haben. Aber das kann warten.

»Gut, Farael. Wir gehen ins Asylum, und zwar ins Lektorial. Und dann habe ich einen sehr wichtigen Auftrag für dich.«

»Euer Vertrauen ehrt mich, Eminenz.«

»Du hast es dir schon oft verdient, wie du weißt, mein Vertrauter und mein Auge.« Druud lächelte. »Es ist ein Auftrag für einen Mann, nicht für einen Jungen.«

»Herr?«

Ah, schon besser. Wenigstens klingst du jetzt nicht mehr so, als hätte man dich gerade gebeten, eine Kloake zu reinigen.

»Ich möchte, dass du in das Quartier der Vasallen gehst und jemanden bittest, mich im Asylum aufzusuchen. Es ist von allergrößter Wichtigkeit, dass niemand etwas davon bemerkt, schon gar nicht der Reichsverweser oder der Fürst.«

»Selbstverständlich, Eminenz. Ich verstehe.«

Das bezweifle ich, dachte Druud, behielt es jedoch für sich. *Denn wenn du das wirklich verstehen würdest, würdest du ganz bestimmt nicht so beflissen klingen, sondern versuchen, es mir auszureden.*

ULCAR,
ASYLUM DER AUGUREN
LEKTORIAL

»Er ist da, Eminenz.« Die Stimme des Auges klang alles andere als begeistert.

»Sehr gut, Farael.« Druud zog es vor, die Abneigung seines Vertrauten gegen den Gast zu ignorieren. »Führ ihn herein und sorge dafür, dass uns keiner stört. Und ich meine wirklich keiner!« *Dich eingeschlossen,* fügte er in Gedanken hinzu.

»Gewiss, Erster Fragender. Darf ich ...?«

Druud hob die Hand. »Du darfst nicht. Je weniger du weißt, desto besser für dich.« *Und vor allem für mich.*

Druud hatte sich in den kleinen geheimen Raum des Lektorials zurückgezogen, tief in den Gewölben unter dem Asylum, und dort ungeduldig auf Faraels Eintreffen gewartet.

Als das Auge des Sehers nun seinen Besucher in den Raum führte, setzte sich Druud in den bequemen hölzernen Lesesessel vor der Truhe mit den verbotenen Büchern und bedeutete dem Mann, ihm gegenüber in einem gleichen Sessel Platz zu nehmen. Er wartete, bis die Tür hinter seinem Vertrauten zugefallen war, bevor er seinen Besucher anredete.

»Broll, ich freue mich, dass du ...«

»Ihr solltet Euch einen neuen Laufburschen zulegen, Eminenz. Wäre ich nicht sicher gewesen, dass Ihr mich holen lasst, weil Ihr einen amüsanten Auftrag für mich habt, wäre ich versucht gewesen, diesem Kerl mit meinem Dolch ein Grinsen ins Gesicht zu schnitzen.«

»Nun, Farael hegt tatsächlich nur wenig Zuneigung für dich …«

»Normalerweise würde ich das als Kompliment betrachten, aber bei diesem Emporkömmling empfinde ich das einfach nur als lästig.« Broll schnalzte mit der Zunge. »Genug geplaudert über Lakaien. Was wollt Ihr?« Er lachte leise. »Ich nehme an, es hat etwas mit der zukünftigen Gemahlin meines Dienstherrn zu tun. Oder mit dem verschwundenen Träger des Mals.«

Druud lachte ebenfalls, während er sich gleichzeitig vornahm, diesen Mann entweder vollständig auf seine Seite zu ziehen oder sich seiner zu entledigen, wenn sich erst alles zu seiner Zufriedenheit geklärt hatte. Broll war gefährlich, viel zu gefährlich, um ihn unkontrolliert herumlaufen zu lassen. *Zu gefährlich und viel zu intelligent,* dachte Druud. *Nein, nicht intelligent,* verbesserte er sich. *Gerissen.*

»Ganz recht«, gab er zurück. »Sag mir, ist dir die Stadt Baahtt bekannt?«

»Natürlich«, antwortete Broll gleichgültig. »Dort befindet sich die zweitgrößte Ringarena der bekannten Welt.«

»Richtig«, bestätigte Druud. »Und außerdem befindet sich dort ein Monasterium der Drachenpriesterinnen.«

»Verstehe«, meinte Broll.

Dir glaube ich das, dachte Druud. *Was dich umso gefährlicher macht. Aber zum Glück weißt auch du nicht alles.* »Sicher verstehst du das«, gab Druud zurück. »Und ich nehme an, dass dies auch als Antwort auf deine Fragen von vorhin genügt.«

»Tut es«, meinte Broll, und Druud hörte, wie er aufstand. »Wollt Ihr beide?«

Druud spitzte die Lippen. »Das dürfte nicht nötig sein«, sagte er. »Wenn ich die eine habe, wird der andere zweifellos freiwillig zu mir kommen. Ich will jedoch vor allem, dass Jolah nicht vor dem Tag der Klingen in Ulcar auftaucht.«

»Wollt Ihr sie lebend und unversehrt?«

»Lebend genügt«, entgegnete Druud und grinste.

»Verstehe«, antwortete Broll. Seine Stimme klang immer noch vollkommen gleichgültig.

OBERLANDWAI, IRGENDWO ZWISCHEN ULCAR UND BAAHTT

»Aber wie kannst du sicher sein, dass er derjenige ist, der mir bestimmt ist?«

Cassda'ra seufzte. »Das bin ich nicht, Jolah, jedenfalls nicht hundertprozentig. Aber das Ergebnis der *Sichtung* lässt eigentlich keinen anderen Schluss zu.«

»Eigentlich?« Jolah stieß einen leisen Fluch aus, als die Kutsche offenbar über eine Baumwurzel rumpelte und sie unsanft mit der Schulter gegen die immerhin gepolsterte Seite krachte. *Wenn wir in Baahtt angekommen sind, werde ich diesem Kutscher höchstpersönlich den Hals umdrehen,* schwor sie sich.

Die Drachenpriesterin und Heilerin seufzte erneut. »Manchmal frage ich mich, ob deine Mutter und ich nicht einen Fehler gemacht haben, als wir dich so gründlich in der Kunst des logischen Denkens unterwiesen haben.«

Jolah musste lachen. »Selbst, wenn das stimmte, käme jetzt jede Reue zu spät.«

Cassda'ra stimmte in ihr Lachen ein. »Auch das ist wahr. Was meine Behauptung nur unterstreicht.« Dann wurde sie wieder ernst. »Die letzte Sichtung hat ein etwas … irritierendes Ergebnis gezeigt.«

Jolah betrachtete ihre Vertraute scharf. »Was soll das heißen?«, drängte sie, als die Heilerin zögerte weiterzusprechen.

Cassda'ra warf einen vielsagenden Blick auf Bragh, der neben Jolah auf der Bank der geschlossenen Kutsche saß und dem Gespräch aufmerksam folgte.

»Was hast du?« Jolah folgte dem Blick ihrer Lehrerin und lachte erneut. »Bragh? Er ist mein Paladin und kennt mehr von meinen Geheimnissen als ich selbst, jedenfalls habe ich manchmal das Gefühl.« Sie sah den jungen Mann an. »Stimmt's, Bragh?«

»Ich … Sicher, edle …«

»Ach, hör schon auf mit dem Gerede von edel und vornehm! Wir sind hier unter uns, unter Freunden, also entspann dich und sei so wie immer.«

»Gewiss, edl… Jolah.«

Die Drachenbraut musterte ihren Paladin und runzelte auf einmal die Stirn. Sie bemerkte erst jetzt, dass ihr Leibwächter ziemlich grün im Gesicht aussah und ihm der Schweiß auf der Stirn stand.

»Was hast du, Bragh?« Im nächsten Moment schlug sie sich die Hand vor den Mund. »Tut mir leid, das habe ich vollkommen vergessen.«

»Was denn?« Cassda'ra beugte sich vor. »Was hat er?«

»Ihm wird immer schlecht, wenn wir in geschlossenen Kutschen über Land fahren. Nur auf dem Wasser ist es noch schlimmer.« Sie zog die Nase kraus. »Säßen wir in einem Boot, hätte er zweifellos schon gekotzt.«

Cassda'ra besah sich den jungen Mann mitfühlend. Dann griff sie in ihre große Tasche, wühlte einen Moment darin herum und zog einen kleinen Beutel hervor. Sie nahm zwei giftgrüne Blätter heraus, verschloss den Beutel wieder sorgfältig und verstaute ihn in der Tasche.

»Hier«, sie hielt dem Paladin die Blätter hin. »Kau das, langsam und bedächtig. Dann verschwindet die Übelkeit sofort.«

»Wir können auch kurz anhalten und dem Kutscher sagen, dass du lieber oben auf dem Bock bei ihm mitfährst«, schlug Jolah vor.

»Nein, schon gut, es geht bestimmt.« Bragh schob sich die Blätter in den Mund, begann zu kauen, und nach wenigen Herzschlägen entspannte sich sein Gesicht, und er seufzte. »Ah, das tut gut. Keine Sorge, ich …« Auf einmal sprach er undeutlich, sein Gesicht entspannte sich immer mehr, und einige Momente später sank er schlaff in sich zusammen. Er kippte zur Seite, und sein Kopf landete in Jolahs Schoß.

»Du hast ihm ein Schlafmittel gegeben!«, erkannte die Drachenbraut. »Wie raffiniert.«

»Es hat ihn von seiner Übelkeit befreit, und außerdem schützt es ihn vor Wissen, das ihm möglicherweise weit größere Unannehmlichkeiten bereiten könnte. Warte, ich helfe dir, ihn aufzurichten«, bot Cassda'ra an, aber Jolah winkte ab.

»Spar dir die Mühe«, sagte sie und grinste anzüglich. »Es ist nicht das erste Mal, dass sein Kopf dort liegt. Allerdings ist er normalerweise bei Bewusstsein, und außerdem haben wir es noch nie in einer Kutsche …«

»Jolah! Also wirklich!«

»Was denn?«, entgegnete die Drachenbraut unschuldig. »Ich bin eine gesunde junge Frau mit normalen Bedürfnissen …«

Cassda'ra zog die Augenbrauen zusammen. »Ich hoffe sehr, dass nur sein Kopf zwischen deinen Beinen gewesen ist.«

Jolah hatte immerhin genug Anstand zu erröten. »Cassda'ra, also wirklich!« Dann kicherte sie. »Keine Angst, ich weiß, was ich meinem Ruf schuldig bin.«

»Es geht nicht nur um deinen Ruf«, ermahnte sie die Drachenpriesterin scharf. »Es steht erheblich mehr auf dem Spiel als das. Und erheblich Wichtigeres.«

Jolah wurde ernst. »Ich weiß. Also, du wolltest mir gerade sagen, was bei der letzten Sichtung herausgekommen ist, die Mutter und du …«

»Möglicherweise gibt es mehr als zwei Träger des Mals«, eröffnete ihr Cassda'ra.

»Mehr als zwei?« *Was bedeutet das?*, dachte Jolah. *Kann es sein, dass …*

Aber ihre Gedanken wurden unterbrochen, als Cassda'ra antwortete: »Angeblich haben die Magi herausgefunden, dass es sogar vier Träger gibt.« Die Drachenpriesterin zuckte mit den Schultern. »Ich halte das allerdings für sehr unwahrscheinlich. In den Verkündigungen ist immer nur von der Heiligen Zwei die Rede. Und selbst im *Okkultum* ...«

Aber Jolah hörte nicht mehr zu. *Mehr als zwei? Und gleich vier? Wenn das stimmt, dann könnte ...*

Sie schloss die Augen und ballte die Hände zu Fäusten, während ihr ein Schauer über den Rücken lief. Bei Cassda'ras Worten waren ihr unwillkürlich zwei grüne Augen in den Sinn gekommen.

Wenn es wirklich stimmt, dann würde das vielleicht erklären, warum ...

Eine seltsame Erregung überkam sie, als sie an die Folgen dachte, sollten die Magi recht haben. *Aber das ist ja längst nicht sicher,* ermahnte sie sich und stellte verwirrt fest, dass sie nicht wusste, ob sie sich über diese Möglichkeit freuen oder sich davor fürchten sollte.

Sie kam jedoch nicht dazu, länger über dieses Thema nachzudenken, weil in diesem Moment der Kutscher die kleine Klappe in der Rückenlehne des Kutschbocks öffnete.

»Wir sind gleich da, Hohepriesterin«, sagte die junge Frau auf dem Bock und grinste, als sie die verblüffte Miene der Drachenbraut bemerkte.

»Es ist eine Drachenjungfer«, erklärte Cassda'ra. »Ich will nicht, dass jemand, dem ich nicht hundertprozentig vertraue, weiß, wo genau wir hinfahren.«

Jolah nickte und schickte sich an, die Klappe des Fensters zu öffnen, um einen Blick nach draußen zu werfen.

Aber Cassda'ra legte behutsam die Hand auf die der Drachenbraut.

»Und ebenso wenig ist es sinnvoll zu riskieren, dass jemand sieht, wer in dieser Kutsche reist.«

Jolah nickte, ließ sich wieder in das Polster zurücksinken und schloss die Augen. Sie runzelte die Stirn, als sie erneut darüber nachdachte, was die Drachenpriesterin und oberste Heilerin ihr gerade eben eröffnet hatte.

Vier Träger des Mals. Und ich fahre nach Baahtt, um einen völlig Unbekannten zu treffen, der mir angeblich bestimmt ist. Sie öffnete die Augen wieder und sah Cassda'ra an.

Nur, wieso ist sie sich so sicher, dass er tatsächlich derjenige ist, mit dem ich mich verbinden muss?

Erneut musste sie an diese brennenden Augen denken und an das, was dieser Blick bei ihr ausgelöst hatte …

DRACHENRIST,
HÖHENZUG UNTER BELPHORS FEUER

Bei Belphors verfluchtem Auge, irgendwo hier muss es doch einen verdammten Marktflecken geben oder eine Siedlung oder zumindest einen Torfstecher, Kleinbauern oder Holzfäller!

Lay wollte ausspucken, aber sein Mund war so trocken, dass er nicht genug Speichel zusammenbrachte.

Hör auf, dich zu bemitleiden, Dummkopf!, schalt er sich in Gedanken. Um laut zu sprechen, fehlten ihm die Kraft und auch der Antrieb. Es war ohnehin niemand da, der ihn hätte hören können. *Und wenn doch, würde er mir sicher beipflichten.*

Den ersten Tag nach seiner Trennung von Korgh und seinem Weggang aus Midwai war Lay zuversichtlich losmarschiert, überzeugt von der Richtigkeit seiner Entscheidung. Er hatte die Richtung eingeschlagen, die ihm ein Kaufmann, den er auf der Straße vor der Ringarena getroffen hatte, gewiesen hatte.

Lay war zunächst der Straße gefolgt, die sich rasch in einen Karrenweg und dann in einen staubigen, holprigen und offenbar nur wenig benutzten Feldweg verwandelt hatte. Was so gar nicht zu seiner Vorstellung von einem Wai passte, der geradewegs in die Hauptstadt des Drachenreiches führen sollte.

Nach einer kurzen Nacht, in der er geschlafen hatte wie ein Stein und ohne auch nur einen Gedanken an Wegelagerer, Strauchdiebe oder zufällig vorbeistreunende Raubtiere zu verschwenden, hatte er sich wieder auf den Weg gemacht. Sein Verdacht, dass der von ihm eingeschlagene Weg nicht der richtige war, hatte sich bestätigt, als er endlich einem anderen Menschen, einem Bauern, begegnete. Der hatte ihn auf die Frage, ob dies der Hochlandwai wäre, ausgelacht und ihn in eine völlig andere Richtung geschickt.

Die ihn geradewegs nach Bouhss führen würde, wie ihm ein anderer Mann versicherte, der ihm mit seinem voll beladenen Packesel entgegenkam. Er käme von dort, also müsste er es wissen, versicherte ihm der Mann auf Lays skeptische Nachfrage. Ob er vielleicht ein Mittel gegen Fußkrankheit benötigte? Es hätte sich auch bei Halsweh, Krätze und sogar bei eitrigem Ausfluss als lindernd erwiesen und könnte sowohl äußerlich als auch innerlich …

Lay hatte zur großen Enttäuschung des Mannes dankend abgelehnt, der ihm dennoch großzügigerweise für seine Auskunft nichts berechnete, wie er betonte. Und für den Fall, dass Lay es sich doch noch anders überlegte, ließ er ihn wissen, dass er unterwegs nach Ernhaag wäre, wo Ryehl, Edler von Ern, seiner Dienste bedürfte. Damit war er mürrisch weitergezogen, allerdings in die Richtung, aus der Lay gekommen war und in der, wie er wusste, keinesfalls Ernhaag lag. Was sein Vertrauen in die Wegbeschreibung des Medicus nicht gerade förderte.

Zu Recht, wie sich am Abend des zweiten Tages herausstellte. Er war die ganze Zeit dem Pfad gefolgt, der ihn immer tiefer in die bewaldete Hügelkette geführt hatte, ohne aber auf den Hochlandwai zu stoßen, wie es der Medicus versprochen hatte. Und zwar, wie er hinzugefügt hatte, nach spätestens zwei oder drei Sandachten. Lay hatte zwar damals im Monasterium die Karten, die ihm Zanth'ra während der Lektionen in Landeskunde gegeben hatte, eifrig studiert, aber das waren fast ausschließlich wundervolle kartografische Kunstwerke gewesen, in denen die Zeichner offenbar die Informationen der Landvermesser mit sehr viel künstlerischer Freiheit umgesetzt hatten. Lay bezweifelte, dass sich die Leute auch nur an die Himmelsrichtungen gehalten hatten, die von Belphors gelbem und rotem

Auge und ihrem Zug über das Firmament bestimmt wurden. Er blickte auf die rote Sonne, die sich allmählich dem Horizont näherte. In der entgegengesetzten Richtung, dort, wo sie aufging, in Belphors Feuer, lag Bouhss, das wusste er. Also musste Ulcar, wenn er sich recht erinnerte, in Belphors Ruh liegen, dort, wo sich das gelbe Auge gerade zu schließen begann. Der Medicus hatte ihn aber in Richtung von Belphors Schlaf geschickt, in die untergehende rote Sonne.

Mittlerweile wäre er froh gewesen, überhaupt jemandem zu begegnen, ganz gleich, ob ortskundig oder nicht, und allmählich bedauerte er seine Entscheidung, sich von Korgh getrennt zu …

Nein, fang jetzt nicht damit an! Es war richtig, diesem Barbaren den Laufpass zu geben! Er hätte dich nur aufgehalten.

Wirklich?, fragte eine höhnische Stimme in seinem Kopf. *Wenigstens schien er stets zu wissen, wohin er gehen musste, um zu seinem Ziel zu gelangen.*

Ja, ja, ja! Lay setzte sich auf einen Stein. *So komme ich jedenfalls nie nach Ulcar. Oder wenn doch, dann viel zu spät.* Er seufzte, griff nach dem Wasserschlauch, öffnete den Verschluss und setzte die schlaffe Ziegenblase an die Lippen, doch es kamen nur noch ein paar spärliche Tropfen heraus.

Wenn ich schon keinen Menschen treffe, dann stoße ich doch hoffentlich wenigstens auf eine Quelle oder einen Fluss oder von mir aus auch auf einen verfluchten schlammigen Tümpel! Bei Ganäas schlaffen Titten, ich verdurste noch, wenn ich nicht bald Wasser finde! Irgendwo muss es doch welches geben! Das hier ist eine verfluchte Hügelkette, da muss doch irgendwo ein Fluss oder ein See oder ein Tümpel sein! Und überhaupt, wo genau bin ich eigentlich? Diese Anhöhen müssen doch einen Namen haben!

Er sah sich in dem hügeligen Gelände um, durch das er seit mindestens vier Sonnenstrichen marschierte, und versuchte sich zu erinnern, ob er eine Eintragung über eine derartige Hügelkette in den Karten gesehen hatte.

So ein Mist!, dachte er nach einer Weile und schüttelte den

Kopf. *Gib's ruhig zu, du hast dich hoffnungslos verirrt. Ohne diesen verfluchten stinkenden Nordling bist du einfach nur ein …*

Er hob ruckartig den Kopf, als der schwache Wind ein merkwürdiges Geräusch zu ihm trug. *Es klingt fast wie ein … Lachen?* Er stand hastig auf und spitzte die Ohren. *Ja, da ist es wieder. Lachen!* Vor Erleichterung stiegen ihm die Tränen in die Augen, aber er blinzelte sie hastig weg. *Erst verirrst du dich, und dann heulst du herum wie ein kleines Mädchen,* dachte er. *Du bist schon ein großartiger Rächer, also wirklich!*

Er sprang auf, rückte sein Schwert und seinen Umhang zurecht, schob den Morgenstern wieder in den Gürtel, den er beim Gehen der Bequemlichkeit halber in seinen Schulterbeutel gestopft hatte, und setzte sich in die Richtung in Bewegung, aus der er das Lachen gehört hatte.

Vielleicht wissen diese Leute ja, wo ich hier bin oder wie ich nach Ulcar komme. Oder sie haben zumindest ein bisschen Wasser übrig. Oder sie können mir den Weg zur nächsten Quelle oder zu einem Fluss oder Teich zeigen. Oder …

Während Lay hastig dem schmalen Pfad folgte, auf dem er schon die letzten zwei Sonnenstriche durch die Hügel marschiert war, wurde das Lachen lauter.

Er konnte die Männer – und es waren Männer, das verriet das raue, derbe Lachen – nicht ausmachen, weil die Bäume zu dicht standen, aber er hörte genug, um seine Schritte zu verlangsamen.

Das Lachen klang nicht nur derb, sondern gemein, und Lay stockte plötzlich der Atem, als er glaubte, unter den Männerstimmen noch eine andere zu erkennen, eine … weibliche. Die nicht in das Lachen einstimmte, im Gegenteil.

Sie klingt eher … Lays Hand zuckte zum Griff der Blutbraut, als er die gequälten Schreie hörte. Erinnerungen schoben sich in sein Denken, und ein roter Schleier schien sich über sein Blickfeld zu legen, als er an Theijas entblößten Leichnam dachte, an

Rutbehkas verzweifeltes Weinen, an Zanth'ras verstümmelten Leib, an die gepeinigten Gesichter und verbrannten Kadaver all der Menschen in dem Monasterium, seinem für immer verlorenen Heim, seiner …

Blut Blut Blut Blut

Ja. Jeder Gedanke an Vorsicht oder Gefahr verflog, wurde davongetragen wie ein vertrocknetes Blatt, verglühte in dem Feuer seiner Wut, die plötzlich heiß in ihm aufloderte. *Blut.* Ein Gesicht erschien vor seinem inneren Auge, das Gesicht des Mannes, den zu töten er geschworen hatte, als Vergeltung für all das unschuldige Blut, das er vergossen hatte. *Aber auch, wenn ich dich nicht kriegen kann,* dachte er, während er mit langen Schritten, das Schwert gezückt und den Griff des Morgensterns in der Linken haltend, über den Pfad auf die Laute zustürmte, *werde ich diesmal nicht zulassen, dass unschuldiges Blut vergossen wird. Ich werde es verhindern!*

Blut Blut Blut Blut Blut Blut, frohlockte die Stimme in seinem Kopf.

Währenddessen klang die Stimme der Frau immer schriller und flehentlicher, und das Lachen der männlichen Stimmen wurde immer lauter, gehässiger und … lüsterner.

Lay kämpfte sich durch das Unterholz, ohne sich die Mühe zu machen, leise zu sein, und trat auf eine breite Straße, die teilweise mit großen Steinen gepflastert war.

Es waren fünf. Fünf Männer, die eine Frau umringten, die hilflos am Boden lag. Ihr Umhang lag auf der Erde neben ihr, ihr Kleid war zerfetzt, man sah ihre braunen Schenkel, ihr festes, derbes Schuhwerk, gemacht für Wanderungen in den Bergen und im unwegsamen Gelände. Über der Brust war das Kleid ebenfalls zerrissen, und die Frau umklammerte mit beiden Händen das weiße Hemd, das sie daruntertrug.

Lays Blick zuckte von der Frau zu den Männern, die um sie herumstanden und ihr damit jede Fluchtmöglichkeit nahmen.

Er hatte Strauchdiebe erwartet, Wegelagerer, vielleicht erfolglose Ringfechter, aber es waren …

Drachenkämpfer.

Irgendwie war er darüber nicht so überrascht, wie er das noch vor wenigen Spannen gewesen wäre. Seine Begegnung mit den Drachenkämpfern in Erlswerls und die zahlreichen Geschichten, die er mittlerweile gehört hatte, auch von Korgh – *Ich wünschte, du wärst hier, Fischkopf!*, schoss ihm durch den Kopf. *Aber trotzdem brauche ich dich nicht!* –, hatten ihm seine Illusionen genommen. Und das hier bestätigte nur noch seine Überzeugung, dass es nicht sein Ziel sein konnte, sich mit diesem Haufen von heruntergekommenen Marodeuren, Plünderern und Mördern gemein zu machen. Sie waren nicht besser als die Hämmer von Ern, vielleicht sogar schlimmer, denn es war ihr eigenes Land, in dem sie diese Schandtaten begingen.

Denk darüber nach, wenn das hier erledigt ist!, sagte er sich. *Ein Schritt nach dem anderen. Kümmere dich immer um das Ziel, das du direkt vor der Nase hast.* Und das konnte nur sein, die hilflose und unschuldige Frau vor der Brutalität dieser Männer – *Dieser Drachenkämpfer*, dachte er verächtlich – zu retten.

Die Männer hatten ihn noch nicht wahrgenommen, weil sie vollkommen damit beschäftigt waren, die Frau zu verhöhnen, die vor ihnen auf dem Boden hockte. Offenbar wähnten sie sich sicher, daher hatten sie es nicht eilig.

Einer der Männer bückte sich, packte den Rock der Frau und riss daran, woraufhin sie mit ihrem Fuß nach dem Soldaten trat und ihn am Knie traf. Der Soldat fluchte und sprang taumelnd zurück. Die anderen lachten.

»Ich hab dich gewarnt, Rukter!«, rief einer, sichtlich begeistert von der Gegenwehr der Frau. »Diese Drachenjungfern wissen sich zur Wehr zu setzen. Du solltest besser aufpassen, dass ihre Krallen dir nicht dein Schwert zerfetzen, bevor du es ihr in den Leib rammen kannst!«

»Und genau das werde ich auch tun! Ich werde ihr zeigen, wie ein Drachenkämpfer mit einem wilden Drachen umgeht! Wenn ich sie erst richtig eingeritten habe, frisst sie uns aus der Hand, das verspreche ich euch …!«

In diesem Moment fiel der Blick der Frau auf Lay. Auf das Schwert in der einen Hand und den Morgenstern in der anderen. Dann sah sie ihm in die Augen.

Blut Blut Blut, jubilierte die Stimme in seinem Hinterkopf, aber sie wurde schwächer, immer schwächer, bis sie gar nicht mehr zu hören war, übertönt wurde von einem Summen, das seinen ganzen Körper durchdrang und seine Knochen vibrieren ließ, das zunehmend lauter und mächtiger wurde, während er das Gefühl hatte, in den Augen der Frau zu versinken, hineinzustürzen, und er dem Impuls widerstehen musste, seine Arme auszubreiten und sich einfach auf sie, in sie fallen zu lassen, sich …

Draakenbrut … EinervomBlut … ZweivomBlut … Todtodtod … Tonnvorr … Weilenit … Säumenit … Zaudernit … VerschmelzungNaht … TrägerdesMals … TodTodTod … Tonnvorr … Draakenbrut …

Die Stimmen erklangen so mächtig und zwingend wie nie zuvor in seinem Kopf, und einen Moment lang schwindelte ihm, und er schwankte, während er seinen Blick nicht von den Augen der Frau abwenden konnte. Er *sah,* wie sie größer wurden, ihre Pupillen zu schwarzen Seen ausliefen, die ihre ganzen Augäpfel zu bedecken schienen und das warme Braun der Iris auslöschten. Er *sah,* wie die Frau ihre Lippen bewegte, wie sie etwas sagte, *sah* die Worte, die sie lautlos formte – *Träger … Träger des Mals …* –, *sah,* wie sich Fäden von ihr zu ihm spannen, sich durch die Luft bewegten wie zarte Spinnenfäden am Ende der Zeit der Fruchtbarkeit, wenn die Früchte geerntet und die Felder bestellt waren und die Natur sich aufatmend zurückzulehnen schien, *sah,* wie die Fäden ihn umschlangen, sich wie liebkosende Finger um seine Unterarme wanden, aufblitzten und vergingen, wenn sie die Klinge in seiner Faust berührten, *sah,* wie sich diese goldenen Fäden von ihm zu ihr spannen, sah, wie sie sich um ihre Beine schlangen … er *sah* …

… wie sich ihm erst ein Gesicht, dann die restlichen zuwandten. Er *sah,* wie sie etwas sagten, wie sich ihre überraschten Mienen zu spöttischen Fratzen verzogen, als sie einen Jüngling vor sich sahen, einen einzigen Jüngling, aber er hörte nicht, was sie sagten, weil die Stimmen in seinem Kopf zu laut waren, viel zu laut …

TodTodtoDTodtoD

Blut Blut Blut Blut Blut

Er fletschte die Zähne, als er den Blick von den beiden dunkel schimmernden Becken im Gesicht der Frau losriss und durch den roten Nebel vor seinen Augen die Drachenkämpfer betrachtete.

»Ich sehe hier keinen Drachen, der bekämpft werden müsste«, sagte Lay gelassen, »sondern nur fünf Drachenkämpfer, die diesen ehrenvollen Namen besudeln.«

»Oh, hört euch dieses Bürschchen an!«, höhnte einer der Männer, ein bulliger, vierschrötiger Kerl mit Oberarmen wie Baumstämmen und einem fast lächerlich kleinen Kopf. In einer Hand hielt er ein langes Breitschwert, das eigentlich beidhändig geführt wurde. Er wirbelte die schwere Waffe locker mit einer geschickten Drehung seines Handgelenks durch die Luft, eine Zurschaustellung seiner gewaltigen Kraft. »Kaum länger als mein Schwert und schon ein Maul, größer als der Arsch eines Rayak!«

»Ich wette, dass er auch schlimmer stinkt als der Arsch eines Rayak!«, sagte ein anderer Drachenkämpfer, ein dünner Mann mit strähnigem Haar und ungesunder Hautfarbe. Er hatte einen Krummsäbel an der Seite, den er langsam zog, bevor er einen Schritt auf Lay zu machte.

»Jedenfalls kommt genauso viel Scheiße aus seinem Maul wie aus dem Arsch eines Rayak!«, mischte sich der dritte Drachenkämpfer ein. Sein Wappenrock war zerrissen und schmutzig, und in seinem Gürtel steckten eine Faustaxt und ein Kurzschwert mit einer dünnen spitzen Klinge. Aber er griff nicht nach den Waffen, sondern nestelte an seinem Beinkleid. Offenbar wollte er dem Jüngling nicht mit entblößtem Schwanz entgegentreten.

»Wenn ich ehrlich bin, dann sieht er auch aus wie der Arsch eines Rayak.« Der vierte Drachenkämpfer bewegte sich nicht von der Stelle. Er stand hinter der Frau, wohl um zu verhindern, dass sie davonlief, obwohl sie sich seit Lays Auftauchen nicht mehr gerührt hatte. Der Soldat versuchte, gleichzeitig die Frau und Lay im Auge zu behalten, was, wie Lay mit einem kurzen Blick feststellte, kein Problem für ihn darstellte, weil er entsetzlich schielte.

»Wie du siehst, du Arsch eines Rayak, bist du im falschen Moment am falschen Ort erschienen.« Der fünfte Drachenkämpfer unterschied sich von seinen Kameraden, wenn auch nur dadurch, dass er einen einigermaßen gepflegten Eindruck machte. Seine Uniform war verhältnismäßig sauber, sein Gesicht rosig, und seine Zähne leuchteten weiß, als er sie zu einem Grinsen entblößte. Er stand Lay am nächsten, und auch er machte einen Schritt auf ihn zu, wobei er ein schlankes Rapier zuckte, das er an einem prachtvoll mit Gold verzierten ledernen Gehänge tief an seinem Gürtel trug. »Andererseits…« Er sah sich zu seinen Kameraden um und lachte. »Ein Arsch ist ein Arsch, sei es nun der einer Drachenkuh oder der eines Rayak. Und was machen wir mit Ärschen?« Er machte eine ebenso obszöne wie eindeutige Bewegung mit seinen Hüften.

»Wir ficken sie!«, riefen seine Spießgesellen fröhlich im Chor.

»Ganz recht.« Der Drachenkämpfer mit der sauberen Uniform trat noch einen Schritt auf Lay zu und öffnete mit einer geschickten Bewegung die Knöpfe seiner Hose. Sein Glied schnellte heraus, und er wackelte erneut herausfordernd mit den Hüften. »Also, du Arsch eines Rayak, welches Schwert hättest du gern?« Er legte die Faust um seinen Schwanz und vollführte mit der anderen eine elegante Bewegung mit dem Rapier.

Lay tat, als müsse er überlegen, was die Soldaten mit einem höhnischen Johlen kommentierten.

»Sieht so aus, Kober, als würde dieses Bürschchen auf längere Schwänze stehen, als du einen hast!«

Die Miene des Drachenkämpfers verfinsterte sich, dann schob er seinen Schwanz wieder in die Hose und begann, sie zuzuknöpfen. »Du hattest die Wahl, Jungchen, einen Schwanz aus Fleisch und Blut oder einen aus Eisen. Du hast dich falsch entschieden …«

»Oh, das habe ich nicht«, erwiderte Lay und senkte den Kopf. »Aber bevor ich auf dein schmeichelhaftes Angebot näher eingehe, gebietet es die Höflichkeit, dich mit jemandem bekannt zu machen.« Er sah, wie sich die Augen des Mannes überrascht weiteten und sein Blick dann unwillkürlich zum Waldrand zuckte, als erwartete er, dass noch weitere Kämpfer heraustreten würden.

Lay ließ sein Schwert durch die Luft wirbeln. »Darf ich vorstellen – Blutbraut.« Er hob das Schwert vor sein Gesicht und berührte mit gespitzten Lippen den matten Stahl, der daraufhin zu vibrieren schien.

Blut Blut Blut Blut Blut, jubilierte die Klinge.

»Blutbraut, ich möchte, dass du Kober kennenlernst.«

»Was …?« Der Drachenkämpfer lachte, etwas zu laut, als er begriff, dass Lay tatsächlich allein war, und wollte sich zu seinen Kameraden umdrehen. »Dieses Bürsch …«

»Ich bin kein Bürschchen!«, schrie Lay, aber das konnte der Mann schon nicht mehr hören, weil Blutbraut ihn mitten im

Satz unterbrach, als ihre Spitze unterhalb seines Kinns in ihn eindrang, ihm die Zunge an den Gaumen nagelte, sie und den Gaumen durchbohrte, weiterglitt bis in sein Hirn, mühelos die Schädeldecke durchstieß und erst von der Parierstange gebremst wurde, als diese gegen den Hals des Mannes stieß.

Einen Herzschlag lang herrschte absolute Stille, dann war ein grauenvolles Gurgeln zu hören, weil die Lunge und das Herz des Drachenkämpfers noch nicht begriffen hatten, dass er tot war.

Im nächsten Moment brach das reinste Chaos los. Die anderen Kämpfer brüllten, stammelten und fluchten, dann stürzten sie sich auf Lay und zogen, sofern sie es noch nicht getan hatten, ihre Waffen. Die Frau am Boden war vergessen, aber sie rührte sich immer noch nicht. Sie starrte nach wie vor auf Lay, mit großen Augen und leicht geöffnetem Mund.

Aber auch Lay hatte keinen Blick mehr für sie. Die Stimmen in seinem Kopf vereinten sich mit dem hellen, jubilierenden Singen seines Schwertes und seinen Gedanken an Rache – *Rache an Broll, Rache für Theija!* – zu einem mörderischen Chorus, als er zu dem Drachenkämpfer herumwirbelte, der ihm am nächsten stand.

Es war der Soldat mit dem Krummsäbel, der sich mittlerweile die Hose fertig zugeknöpft und mit offenem Mund verfolgt hatte, wie sein Kamerad starb. Er stürzte sich auf Lay, nachdem er sich von seinem Schock erholt hatte. Nur hatte er dafür zu lange gebraucht. Lay erwartete seinen Angriff mit erhobenem Schwert und ließ die Blutbraut fast provozierend leicht durch die Luft tanzen. Der Drachenkämpfer hatte gesehen, wozu Lay mit dieser Waffe imstande war, und machte nicht den Fehler, ihn zu unterschätzen. Er näherte sich ihm von der linken Seite, wobei er das Schwert in Lays Hand nicht aus den Augen ließ. Das war sein zweiter Fehler.

Er sah viel zu spät, wie Lay eine rasche Bewegung mit der

linken Hand machte und die Kugel des Morgensterns an ihrer Kette einen Halbkreis beschrieb, dessen Ausgangspunkt Lays Knie war, neben dem sie scheinbar untätig gehangen hatte. Der Zielpunkt war der Schädel des Drachenkämpfers, an dem sie mit einem dumpfen Knirschen landete.

»Oh …« Das war alles, was der Mann herausbrachte, bevor er zu Boden stürzte. Die Dornen der Eisenkugel hatten seine Schläfe und sein Ohr durchbohrt.

Spätestens da hatten die drei anderen Drachenkämpfer begriffen, dass dieses Bürschchen vor ihnen ein verdammt ernst zu nehmender Gegner war. Entsprechend vorsichtig gingen sie jetzt vor.

Der Schielende näherte sich Lay von der rechten Seite und ging im Krebsgang um ihn herum, wobei er sowohl den Morgenstern als auch das Schwert gleichzeitig im Blick behielt.

Der mit der Faustaxt ging um die Frau herum und kam von links auf Lay zu. Er hielt Axt und Kurzschwert locker in den Händen. Seinen beiden toten Kameraden gönnte er keinen Blick, als er mit zusammengebissenen Zähnen an den Leichen vorbeiging, sondern starrte nur Lay an. In seinen dunklen Augen glomm blanker Hass, ein Gefühl, das Lay aus ganzem Herzen erwiderte. *Er ist der gefährlichere Gegner,* schoss es ihm durch den Kopf, als er die geschmeidigen Bewegungen des Drachenkämpfers sah. *Was aber nicht bedeutet, dass ich die anderen außer Acht lassen darf.*

Der dritte verbliebene Drachenkämpfer, der massige Klotz, stürmte geradewegs auf Lay zu, ohne sich mit irgendwelchen Finessen des Schwertkampfs aufzuhalten. Er verließ sich offenbar auf seine Kraft, seine langen Arme und sein langes Schwert. *Und auf seine Wut,* dachte Lay. *Was ich mir zunutze machen muss.*

Er ließ die Arme sinken und schloss für einen ganz kurzen Moment die Augen, dann spürte er, wie die Welt um ihn herum langsamer wurde, *sah,* wie sich die Drachenkämpfer bewegten, als müssten sie durch zähen Schlamm waten. Er *sah* das Langschwert des massigen Soldaten, *sah* den Bogen, den es beschrieb, als der Mann es in einem wilden Rückhandschwung gegen ihn führte, *sah* die Fäden, die sich um die breite Klinge wanden, *sah,* wie sich die Fäden verschlangen und Knoten bildeten, sich auf Lays Brust legten, *sah,* wie er die Fäden mit seinem Geist *berührte,* sie sanft und respektvoll anhob, sie von sich wegschob, über seinen Kopf hinweg, in Richtung des Schielenden, der immer näher kam …

Er *sah* die Fäden, die die Beine und Arme, den Leib des Mannes umspielten, *griff* mit seinem Geist danach, schlang einen Knoten, lächelte, als der Mann ganz langsam stolperte, ungläubig die Arme hob, um sein Gleichgewicht zu bewahren, dann *sah* er, wie sich einer der Augäpfel drehte, wie der Mann die Augen aufriss, weiter, als es eigentlich möglich war …

Blut Blut Blut

… und eine Hand hob, als wollte er das Unvermeidliche aufschieben, von sich wegstoßen …

Blut Blut Blut

Er hörte einen verzerrten, dumpfen Laut – *Ein Schrei!* –, den der Klotz ausstieß, als sein Langschwert über Lays Kopf hinwegstrich und der Schwung der schweren Waffe ihn langsam, ganz langsam mitzog. Er hatte mit einem Aufprall gerechnet, nicht damit, dass er den fast sicheren Schlag verpatzen, ein solch leicht zu treffendes Ziel verfehlen würde. Das Langschwert zog ihn immer weiter mit sich, beschrieb einen eleganten Bogen, während die lange Klinge wellenförmig zu vibrieren schien – bis sie sich mit einem hässlichen Knirschen in den Hals des Schielenden grub und ihm die Kehle von der einen Seite bis zur anderen aufriss.

Blut Blut Blut

Ja doch, dachte Lay, *du bekommst dein Blut schon noch. Es ist ja noch einer …*

Der Schmerz kam völlig überraschend. Es war ein Gefühl, als würde ihm jemand ein Brandeisen in die Seite drücken, ganz langsam. *Der mit der Faustaxt!,* dachte Lay. *Verdammt, ich habe nicht auf ihn geachtet ...*

Ein möglicherweise tödlicher Fehler.

Lay spürte, wie sich der Druck erhöhte, als sich eine Klinge durch seine Haut bohrte, seitlich von unten, und ihm war klar, dass der Mann auf seine Niere zielte. Selbst, wenn er sie verfehlte, würde er zweifellos irgendwelche lebenswichtigen Organe zerfetzen.

Lay gab dem Druck nach, während er gleichzeitig nach den Fäden griff, die vor seinen Augen in der Luft zu schweben schienen. Er konzentrierte sich auf die Klinge, die seine Haut durchbohrte, und bewegte seine Augen so weit nach rechts, wie es ging. Er *sah* die Faustaxt, die der Mann mit der anderen Hand führte und die mit tödlicher Zielstrebigkeit auf Lays Schädel zukroch. Er *griff* nach den Fäden, wand sie um den Griff und die Faust des Mannes, lenkte sie ab, ein wenig jedenfalls, bis er sicher war, dass der Schlag nur seine Schulter treffen würde.

Dann tastete er wieder nach der Klinge in seinem Körper, *sah* die Fäden, spürte, wie die scharfe Schneide durch seinen Körper fuhr, *tastete* danach, *sah* die Knoten, seine Organe, *sah* den Weg der Klinge, berührte die Fäden sacht, korrigierte ein wenig ihren Lauf ...

Blut Blut Blut Blut

Lay öffnete den Mund zu einem Schrei, den er nicht unterdrücken konnte, als der Schmerz erst seinen Körper zu verbrennen schien, dann sein ganzes Wesen erfüllte und seinen Geist zu lähmen drohte.

Das also ist der Grund, warum Zanth'ra mich davor gewarnt hat, die Kunst der Versenkung ohne Übung anzuwenden, dachte er, während Tränen in seine Augen traten, weil der Schmerz immer noch größer wurde.

Das ertrage ich nicht, dachte er. *Es ist zu viel …*

Er spürte, wie ihm schwarz vor Augen wurde, wie sich seine Gedanken wie die glühenden Tentakel von Unterwasserblumen nach oben reckten, wogten, immer und immer mehr, bis er sich selbst wahrnahm, als würde er über einem unendlichen Teppich aus wogenden glühenden Fäden schweben, die seine Gedanken waren, die *er* war.

Blut Blut Blut Blut

Das helle Singen in seinem Kopf war das Einzige, was ihn davon abhielt, sich davontreiben zu lassen.

Er *nahm wahr,* ohne es zu sehen, wie er den Arm abwinkelte, wie er den Griff des Schwertes losließ, es um den Daumen wirbeln ließ und ihn dann erneut packte, als die Klinge parallel zu seinem Ellbogen ausgerichtet war.

Er hörte das Jubilieren der Blutbraut, als er Ellbogen und Klinge nach hinten stieß, dorthin, wo der Drachenkrieger mit der Faustaxt stand und den Mund aufriss, um einen Triumphschrei auszustoßen, als er sah, wie die Spitze seiner Klinge aus Lays Bauch herausdrang. Blut sprühte in einem feinen Nebel aus der Wunde, und Lay konnte erkennen, wie sich die einzelnen Tropfen in einem perfekten Bogen von der Wunde entfernten und dabei immer kleiner wurden.

Aber er wusste, dass das Kurzschwert des Mannes kein lebenswichtiges Organ getroffen hatte.

Ganz anders Blutbraut. Kein Siegesschrei verließ den Mund des Drachenkämpfers, stattdessen drang die Klinge von Lays blutgebundenem Schwert in seinen aufgerissenen Schlund und erstickte den Schrei in einem nassen Blubbern, als sie seinen Gaumen zerfetzte, seine Kehle, dann die Wirbelsäule glatt durchtrennte und in seinem Nacken austrat. Das Blut lief über die Klinge und bildete einen immer größer werdenden Tropfen, der schließlich langsam zu Boden fiel.

Blut Blut Blut Blut Blut, triumphierte das Schwert.

Aber es war noch nicht vorbei. Die Faustaxt des Mannes fuhr langsam hinab, vorbei an Lays Schädel, und traf mit der Kante der Schneide seine Schulter, unmittelbar über dem Schulterblatt.

Erneut strömte rasender Schmerz durch Lay, und plötzlich konnte er die Welt nicht mehr erkennen. Sie schien nur noch aus Fäden und Knoten zu bestehen, aus glühenden Formen, die sich unablässig bewegten, in einem wirren, unzusammenhängenden Tanz.

Der Klotz, dachte er. *Er ist noch nicht tot. Wo ist er? Ich kann ihn nicht … Ich sehe ihn nicht! Ich erkenne ihn nicht! Welcher Faden ist er? Welcher Knoten? Wie soll ich ihn …*

Unvermittelt spürte er eine Berührung in seinem Geist, *sah* einen Faden, der sich einen Weg in seinen Kopf gebahnt hatte.

Nein! Nein!

Blut Blut Blut Blut

draakenbrut … tonnvorr … trägerdesmals … todtodtod … tonnvorr … weilenit … tidendränget …

Nein!

Wehre dich nicht …

Was …?

Wehre dich nicht …

Wer …?

Wehre dich nicht …

Wie …?

Wehre dich nicht!

Blut Blut Blut Blut

Lay fühlte sich wie ein Mann, der so viel *sah,* dass er praktisch blind war. Er konnte *alles sehen,* aber nichts erkennen. Die Welt schien nur aus glühenden Fäden zu bestehen, die sich wogend um ihn bewegten, in ihm.

Der Klotz.

Blut Blut Blut Blut

Wehre dich nicht …

Lay *fühlte,* wie ein Faden, der unmittelbar zwischen seinen Augen schwebte, sacht an ihm zog. Er widersetzte sich dem sanften Zug …

Wehre dich nicht …

Vertraue …

Oder wir sterben …

draakenbrut … trägerdesmals … todtodtodtod …

… und gab dann nach, machte einen Schritt vorwärts, dann noch einen, *spürte,* wie etwas an seiner Hand zog, hob sie an, folgte dem Zug und *sah* den Faden, der …

Er schluckte, als plötzlich glühende Fäden in rasender Geschwindigkeit durch sein Blickfeld zuckten, viel zu schnell, schneller, als sie sich hätten bewegen dürfen.

Blut Blut Blut Blut

Wehre dich nicht …

Das tue ich ja gar nicht, verflucht, aber wer …?

Ein goldener Knoten bildete sich vor ihm; Fäden umtanzten ihn, wogten langsam vor und zurück, schienen ihm zuzuwinken, ihn zu verhöhnen …

Das Brausen in seinen Ohren überdeckte alle anderen Geräusche, selbst das Singen des Schwertes, das er gerade eben noch vernommen hatte.

todtodtodtodtod

Wehre dich nicht …

Blut Blut Blut Blut

Fäden schwebten dicht an ihm vorbei, sie winkten, und einer berührte seine Wange, unmittelbar unter seinem linken Auge …

Lay riss den Mund auf, wollte schreien, sich die Lunge aus dem Leib brüllen, als sich ein Brennen zu den ohnehin schon unerträglichen Schmerzen hinzugesellte und er das Gefühl hatte, nicht noch mehr ertragen zu können, nichts mehr …

Wehre dich nicht …

Der Faden glitt über sein Gesicht, und plötzlich *sah* er eine Form, einen Umriss, zu dem ihn die Fäden an Gesicht und Arm zogen. Er ließ zu, dass sein Arm vorzuckte, dass die rotgoldenen Fäden sich ausbreiteten, nach vorn glitten und …

Sie durchtrennen den Knoten!

Lay *sah* ungläubig zu, wie die rotgolden glühenden Fäden die goldenen Fäden, die sich vor ihm zu einem Knoten verschlungen hatten, nicht etwa umschlangen oder den Knoten lösten, nicht an den Fäden zerrten, wie er es schon einmal gesehen hatte, sondern sie *durchtrennten* die verknoteten Fäden, die auseinanderzufallen schienen und … *verglühten.*

Noch während Lay überlegte, ob Zanth'ra jemals von so etwas gesprochen oder ob er jemals etwas darüber gelesen hatte, spürte er plötzlich, wie ihm schwindlig wurde, als die Welt sich plötzlich zu beschleunigen schien.

Im selben Moment kehrten auch alle Geräusche, Gerüche und Gefühle zurück.

Lay hörte ein heiseres, fast viehisches Brüllen, als würde eine wunde Kehle einen ungeheuren Schmerz hinausschreien.

Gleichzeitig verblassten die goldenen Fäden und verschwanden schließlich, und er konnte wieder sehen.

Er sah vor sich den Klotz, sah die weit aufgerissenen Augen des Mannes, sah seinen eigenen ausgestreckten Arm, die Hand am Drachengriff seines Schwertes, dessen Klinge tief in der Brust seines Widersachers steckte.

Blut Blut Blut

Das Singen in seinem Kopf klang leise, zart, zufrieden, während er zusah, wie der Klotz langsam nach hinten kippte, ohne dabei seinen Blick von Lay zu nehmen. Noch während er fiel, wurden seine Augen glasig, und als er auf dem Boden aufschlug, war er tot.

Die Klinge in Lays Hand vibrierte, das Blut sammelte sich in großen Tropfen und lief zum Heft und gleichzeitig zur Spitze.

Von der Spitze tropfte es zu Boden, und das Blut, das zum Heft gelaufen war, schien im Griff zu verschwinden, löste sich auf …

Lay betrachtete das alles seltsam unbeteiligt, bis er plötzlich merkte, dass er seinen Mund aufgerissen hatte, dass seine Kehle schmerzte, und er begriff, dass er selbst es war, der schrie.

Im nächsten Augenblick traf ihn der Schmerz mit der Gewalt eines Schmiedehammers. Sein Blick zuckte zu seinem Bauch, und er sah die Spitze der Klinge, die ihm der Drachenreiter in den Leib gerammt hatte. Sein Bauch brannte wie Feuer, die Schulter ebenso, und sein Arm sank kraftlos hinab. Er hatte nicht einmal genug Kraft, sein Schwert loszulassen. Er konnte seine Finger nicht bewegen, schien sich überhaupt nicht rühren zu können, und dann spürte er eine warme Flüssigkeit auf seiner Wange.

Nicht weinen, dachte er, *auf gar keinen Fall weinen.*

Er versuchte, den Mund zu schließen, aber auch das gelang ihm nicht. Als alle Luft aus seiner Lunge gewichen war, verstummte der Schrei, und im selben Moment merkte er, dass es keine Tränen waren, die warm über seine Wangen liefen, sondern Blut, sein Blut.

Blut Blut Blut, sang die Stimme des Schwertes in seinem Kopf, aber diesmal hatte sie nichts Drängendes, Gieriges, sondern eher etwas … Zärtliches.

Zärtlich?

Sein Körper forderte sein Recht, und Lay hob den Kopf, um tief einzuatmen.

Es gelang ihm nicht.

Er riss den Mund wieder auf, so weit es ging, bewegte krampfhaft den Kopf, schluckte trocken, würgte, aber seine Kehle, seine Luftröhre, sie vermochten es einfach nicht, seine Lunge mit dem lebenserhaltenden Nichts zu füllen, das überall um ihn herum war, ohne dass er es hätte greifen können.

Ich ersticke! Bei Belphor, was ist das? Ich ersticke …

In diesem Moment spürte er eine Hand auf seiner Stirn, eine kühle Hand. Und eine zweite Hand unter seinem Kinn.

»Keine Angst, das ist nur eine Starre. Es war wohl etwas viel Anstrengung.«

Es wurde schwarz am Rand seines Blickfeldes, aber Lay konnte noch genug sehen, um die Frau zu erkennen, die eben noch auf dem Boden gesessen hatte. Jetzt stand sie vor ihm, schmutzig, mit blutverschmierten Lippen, einer zerschrammten Wange, schlammbedeckten Armen, kupferrotem langen Haar und barbusig. Sie hatte ihr zerfetztes Hemd losgelassen, um Lays Gesicht zu umfassen.

»Wehre dich nicht gegen den Tod«, sagte sie und lächelte. »Es ist die Angst davor, die dich tötet, sonst nichts.«

Es wurde immer dunkler, aber Lay konnte seinen Blick trotzdem nicht von ihr nehmen.

Das ist das schönste Gesicht, das ich jemals gesehen habe, dachte er. *Wenn ich sterbe, sterbe ich wenigstens mit diesem Anblick vor meinen Augen.*

»Du Dummer, du stirbst nicht«, erwiderte die Frau und lächelte.

Hätte Lay es vermocht, hätte er dieses Lächeln erwidert.

Woher weiß sie, was ich gedacht habe?

»Es sei denn, du weigerst dich weiterhin, Luft zu holen.« Scheinbar beiläufig strich sie mit ihrem Daumen über seine Stirn. »Aber daran kann ich vielleicht etwas ändern. Ich nehme an, du wirst mir meine Aufdringlichkeit verzeihen.«

Mit diesen Worten beugte sie sich vor, holte tief Luft und legte ihre weit geöffneten Lippen auf Lays immer noch aufgerissenen Mund.

Er konnte den Blick nicht von ihren Augen losreißen, deren Iris in einem unglaublich warmen Braun schimmerten und in denen goldene Pünktchen zu tanzen schienen.

Sie legte die Hände um seinen Mund, drückte ihre Lippen darauf, ihre nackten Brüste pressten sich gegen seinen harten

Körper, und dann blies sie ihm die kostbare, lebenspendende Luft in die Lunge.

Doch das merkte Lay schon nicht mehr. Er hatte die Augen geschlossen, vollkommen überwältigt von dem unerhörten Gefühl ihrer Nähe, ihrer Wärme, und als das Bild ihres Antlitzes hinter seinen Lidern verschwand, hatte es sich bereits in sein Gedächtnis eingebrannt. Dann wurde alles schwarz, und jegliches Bewusstsein von sich selbst und der Welt um ihn herum hörte auf zu existieren.

DRAAKENHORN,
TEMPEL DER DRACHENPRIESTERINNEN

Die goldenen Fäden umhüllten ihn, wanden sich wie Schlangen um seinen Körper, erfüllten sein Blickfeld, seinen Geist, sein ganzes Sein, schienen überall zu sein, in ihm und um ihn herum. Sie bildeten Knoten, lösten diese wieder auf, formierten sich neu, schienen ihn zu tragen, durch eine Landschaft aus leuchtenden Formen und Konturen; er schien zu schweben, über die Dächer und Mauern einer ebenfalls golden schimmernden Stadt, dann über eine glitzernde, endlos scheinende Fläche aus Sand, die sich wie ein wogendes Meer unter ihm bewegte und deren Dünen sich wie gewaltige Brecher in einem Sturm auftürmten.

Plötzlich war die Landschaft verschwunden, und die Dünen und die glitzernde Sandfläche verwandelten sich in Berge aus Stoff, in funkelnde Steine, in schwarze Locken, die ein schmales, gebräuntes Gesicht umrahmten, in dem zwei dunkle Augen leuchteten. Sie sahen ihn an, schimmernd und zärtlich; darunter öffneten sich zwei Lippen, entblößten weiße Zähne, und eine Stimme sagte etwas zu ihm, das er nicht verstehen konnte.

… mein Prinz, mein kleiner Prinz …

Im nächsten Moment tanzten und waberten die goldenen Fäden vor ihm, leuchteten plötzlich rötlich, wie lodernde Flammen, während das schwarze Haar plötzlich kupferrot wurde und waldgrüne Augen ihn spöttisch und bösartig anfunkelten.

Bevor er aber etwas tun oder auch nur sagen konnte, verschwand das Bild erneut, die Fäden schienen ihn weiterzuziehen, er glitt über eine Schlucht, nein, durch die Schlucht hindurch, plötzlich von einem Strom getragen, der ihn mitriss, während er, Lay, ihn gleichzeitig zu lenken schien; ein Hüne starrte ihn mit rot glühenden Augen an, dann war er plötzlich nicht mehr in der Schlucht, sondern in einer riesigen Kammer, in der scheinbar alles aus Eis war …

Draakenbrut … Tonnvorr … zaudernit … tidendränget … TrägerdesMals … TodTodtod …

Er hatte das Gefühl, von brennendem Stahl durchbohrt zu werden, er bäumte sich auf und *sah,* wie Zanth'ra flehentlich den Arm ausstreckte, ihn anzublicken schien, während eine sanfte Stimme zu seinem Bewusstsein vorzudringen suchte.

»… gut, alles wird gut, wehre dich nicht …«

Die Fäden zogen weiter, der Strom riss ihn mit sich, und wieder hörte er eine Stimme, die diesmal in seinem Kopf zu erklingen schien:

»… Bestimmung … Deine Eltern … Prinz …«

Ich … Ich verstehe nicht …

»… Schon gut, wehre dich nicht, alles wird gut …«

Die Fäden glühten auf und wurden dann matter, gedämpfter, und der Strom versiegte. Er hatte das Gefühl hinabzusinken, von irgendwoher nach irgendwohin. Er spürte, wie ihn die Fäden behutsam durchdrangen, wie sie durch seinen Körper glitten, wie der Schmerz in seinem Leib abzunehmen schien, während das Fleisch heilte, *geheilt wurde … Wer ist das? Wer schlingt da …?*

»Wehre dich nicht … Alles wird gut …«

Was? Wogegen wehren? Was wird gut? Ich verstehe nicht …

»Ich … Ich verstehe nicht …«

Ein heiseres Krächzen drang in seine Ohren, und seine trockene Kehle schmerzte. Er spürte, wie sich die Fäden in seinem Körper knüpften, zu Knoten *geschlungen wurden,* in seiner Schulter, seinem Rücken, seinem Bauch … unter seinem Auge …

Es fühlte sich an …

Es fühlt sich an wie eine zärtliche Berührung … Theija … Aber nein, das war unmöglich. *Dennoch, es fühlt sich an wie die Berührung einer Frau … Aber wer …? Wie …?*

Bevor die Fäden vollkommen erloschen und der Strom verebbte, sah er wieder dieses Gesicht vor sich, die schwarzen Locken, das liebevolle Lächeln, die schimmernden Zähne, die leuchtenden dunklen Augen …

Das Gesicht näherte sich ihm, und die Lippen berührten seine schweißnasse Stirn …

… Die Locken schimmerten im Licht einer Kerze, aber sie waren gar nicht schwarz, sondern kupferrot, und die Augen, die ihn besorgt musterten, leuchteten in einem tiefen Grün, so unergründlich und geheimnisvoll wie ein Bergsee. Und die Lippen … Nicht sie berührten seine Stirn, sondern ein feuchter Lappen, den die Frau – eine Frau, die er kannte, deren Gesicht er schon einmal gesehen hatte – in der Hand hielt und mit dem sie ihm den Schweiß von der heißen Stirn tupfte.

»Ich …« Seine Kehle schmerzte bei dem Versuch zu sprechen. Seine Augen brannten, als er sich bemühte, das Gesicht zu erkennen, das sich über ihn beugte. Er schloss rasch wieder die Lider. Der Schmerz war unerträglich.

»Nicht sprechen …«

Ich kenne die Stimme! Woher kenne ich die Stimme?

»Alles wird gut … Du brauchst nur ein wenig Zeit …«

Alles wird gut? Ah, ich weiß, ich habe dich gesehen, eben erst …

»Ich … Ich habe dich …«

»Schh.« Die Frau hob ihre freie Hand und legte ihm einen Finger auf die spröden Lippen. »Dafür ist später noch Zeit.«

Wofür? Und überhaupt, wo bin ich, und wie viel Zeit …

Lay versuchte sich aufzurichten, aber der Schmerz zwang ihn wieder zurück auf das Lager.

»Es ist noch zu früh, du bist verletzt. Erinnerst du dich nicht mehr?«

Erinnern? Lay schloss die Augen und wartete darauf, dass der Schmerz abebbte. *Woran sollte ich mich erinnern?* Er atmete langsam und bewusst durch die Nase, während er versuchte, seine Gedanken zu beruhigen, die in seinem Kopf aufgeregt durcheinanderwirbelten.

Der Wald!

Lay machte ein schmatzendes Geräusch, als er sich daran erinnerte, wie durstig er gewesen war, ja, dass er fast verdurstet wäre! Ihm fiel wieder ein, dass er sich verirrt hatte, dann hallten die Schreie wieder durch seinen Kopf, das Gelächter der Männer – *Drachenkämpfer!* –, die Frau … *Die rothaarige Frau …*

Plötzlich fiel ihm alles wieder ein. Der Kampf. Der Schielende. Der Kerl mit dem Dolch, der Klotz! *Ich bin dem mit dem Langschwert ausgewichen, und dann …*

Er hob die Hand und wollte sie auf seinen Bauch legen, dorthin, wo die Wunde war, die ihm der Drachenkämpfer zugefügt hatte, der sich unbemerkt von hinten angeschlichen hatte.

Weil ich nicht aufgepasst habe!, dachte Lay grimmig. Er fuhr tastend über seinen nackten Körper, bis zum Bauch, zu der Wunde … *Hier muss sie sein.*

Er zuckte zusammen, als er statt eines Verbandes oder einer klaffenden Wunde Finger spürte; lange, schlanke warme Finger, eine Hand, die sich auf die Verletzung presste.

Die Stimme!

Er hatte sie gehört, dort, auf dem Hochlandwai, während des Kampfes, als er hinterrücks durchbohrt worden und er eigentlich schon verloren gewesen war.

Es war dieselbe Stimme, die Stimme dieser Frau hier. Er öffnete die Augen erneut, und diesmal gelang es ihm, sie offen zu halten. *Es ist dieselbe Frau!*

»Wer bist du?« Das Sprechen bereitete ihm immer noch Schmerzen, aber seine Neugier war größer als die Angst vor neuer Pein. »Wo bin ich? Und wieso hast du …?«

Zu seiner Überraschung lachte die Frau und nahm ihre linke Hand mit dem Lappen von seiner Stirn. Ohne die Rechte von seiner Wunde zu nehmen oder ihren Blick von ihm abzuwenden, tunkte sie den Lappen in eine Schüssel, die auf einem kleinen Tisch neben der Pritsche stand, auf der er lag, drückte ihn aus und legte ihn dann erneut auf seine Stirn.

»Anscheinend gesundest du erheblich schneller, als selbst unsere Oberin vermutet hat.« Ihre Miene wurde plötzlich ernst. »Ich weiß allerdings nicht, ob es an meinen Heilkräften oder an deiner besonderen … Konstitution liegt.« Sie zögerte einen Moment, nahm die Hand von seiner Wunde – und riss vor Überraschung die Augen auf, während sie auf die Verletzung starrte.

Lay mochte seinen Blick nicht von ihrem Gesicht nehmen, aber schließlich siegte seine Neugier. Er senkte den Blick auf die Wunde, auf seinen Bauch, wo der Dolch des Drachenkämpfers ausgetreten war.

»Wie …?«

Die Frau schüttelte den Kopf. »Ich weiß es nicht. Ich weiß zwar, dass ich eine besondere heilende Gabe habe, aber das da …« Sie schüttelte erneut den Kopf und sah Lay fast furchtsam an. »Ich glaube, ich hole wohl doch besser die Oberin …«

Lay starrte auf die Wunde, die sich verblüffenderweise bereits geschlossen hatte. Er erinnerte sich an die Blessuren, die Korgh ihm bei ihren Übungskämpfen zugefügt hatte. Tagelang hatte er unter den Schmerzen gelitten, und seine Platzwunden und Schnitte hatten ihn noch etliche Zeit an seine Fehler und seine Mängel in der Kampfkunst erinnert.

Aber das hier … Er erinnerte sich an das Gefühl, wie jemand die Fäden in seinem Körper gewirkt hatte. *Kann es sein, dass diese Frau …?* Sein Blick zuckte von der Wunde zu der Frau neben seiner Pritsche, die aufgestanden war und sich gerade umdrehte, um zur Tür des kleinen fensterlosen Raumes zu gehen.

»Nein, warte!«

Sie blieb stehen, drehte sich aber nicht um.

»Bitte.«

Zögernd trat sie wieder an seine Pritsche. »Ich muss die Oberin holen. Sie muss das hier sehen. Vielleicht verzichtet sie dann darauf …«

Aber Lay hörte ihr nicht zu. Seine Gedanken überschlugen sich. »Nein, geh nicht. Und erzähl niemandem davon, was mit mir passiert ist. Noch nicht.« Er versuchte sich aufzurichten und stöhnte, als der Schmerz wie ein scharfer Stich durch seinen Bauch und seine Schulter zuckte. *Wenigstens das ist normal, bei einer solchen Verletzung jedenfalls,* dachte er.

»Warte!«, sagte die Frau und beugte sich über ihn. »Ich helfe dir.« Sie zog ein Kissen unter seinem Kopf hervor und lehnte es an die gekalkte Wand. Dabei streifte ihre Brust sein Gesicht, und Lay sog scharf die Luft ein, als er sich an ihren Anblick im Wald erinnerte und an diesen seltsamen Kuss, den sie ihm gegeben und mit dem sie ihm möglicherweise das Leben gerettet hatte. *Zumindest hat sie mir damit wieder Leben eingehaucht,* dachte Lay und versuchte schuldbewusst, das Bild ihrer nackten Brüste aus seinem Kopf zu verbannen. Was nicht ganz einfach war, solange sie ihm ihren weichen Busen gegen die Wange drückte.

»So, das müsste genügen«, sagte sie und wich ein Stück zurück. Sehr zu Lays Erleichterung. Die währte allerdings nur kurz, weil die Frau ihre Arme unter seine Achseln schob, sein Gesicht wieder an ihren Busen drückte und ihn vorsichtig in eine sitzende Position hob.

Sie hatte überraschend viel Kraft, obwohl sie eine recht zierliche Person war. *Und sie riecht gut,* dachte Lay, der sich nicht verkneifen konnte, ihren Geruch tief zu inhalieren, als sie ihn gegen das Kissen lehnte. Obwohl sie verschwitzt war, roch sie nach Wald, Kräutern und noch nach etwas anderem, ein Duft, den er nicht kannte, der ihn aber unzweifelhaft anzog.

Er spürte, wie er hart wurde, und fühlte, wie seine Ohren vor Verlegenheit brannten. *Nicht ausgerechnet jetzt!*, dachte er. *Sie hat dich gepflegt und gerettet, verdammt, und das Einzige, woran du denken kannst, ist …*

»Kalehna«, sagte sie dann und packte die dünne Decke, die bis auf seine Hüften hinuntergerutscht war.

»Nicht!«, schrie Lay und packte ihr Handgelenk. Im nächsten Moment stöhnte er auf, als sich glühende Nadeln in seine Schultern zu bohren schienen.

Die junge Frau hob erstaunt eine Braue und blickte auf seine Finger, die sich um ihr Handgelenk gelegt hatten. Dann streifte ihr Blick die Beule unter der dünnen Decke, und sie errötete. »Nicht? Ein ungewöhnlicher Name.« Sie löste sanft Lays Hand von ihrem Handgelenk, zog die Decke höher, hinauf bis zu seinem Bauch, und packte ihn behutsam darin ein. Aber ihre ein wenig heisere Stimme und ihre roten Wangen straften ihre gelassene Haltung Lügen.

»Nein …«

»Nein? Ist das dein Elternname? Wie sonderbar. Du heißt Nicht Nein? So einen Namen habe ich noch nie …«

»Lay.« Er verzog die Lippen. »Meinen Elternnamen kenne ich nicht. Ich habe keinen. Aber ich habe einen …« *Es ist vielleicht nicht der erfolgversprechendste Weg, sich mit einer Frau bekannt zu machen, die einem gerade eine Wunde verbunden hat, wenn man ihr erzählt, dass man sich einen recht blutrünstigen Namen als Ringfechter erworben hat.*

»Du hast was?«

Lay schüttelte den Kopf. »Schon gut. Du bist also Kalehna. Und hast du einen Elternnamen?«

Ein dunkler Schleier schien sich vor die Augen der Frau zu legen. Sie schüttelte den Kopf. »Ich wurde als Baby auf der Schwelle dieses Tempels abgelegt …«, begann sie.

»Tempel?«, unterbrach Lay sie.

Die Frau hob rasch den Kopf, offenbar erleichtert, nicht weiter über sich sprechen zu müssen. »Ja, verzeih.« Sie lächelte.

»Du bist hier im Heiligen Tempel der Drachenjungfern vom Horn. Und …«

»Horn?«

Sie nickte. »Die Hügel hier heißen Draakenhorn, daher der Name.«

»Ah, verstehe. Und …«

»Und ich weiß nicht genau, warum ich das getan habe, dort am Hochlandwai.« Sie senkte den Kopf. »Das ist einfach passiert, ich kann es nicht erklären.« Sie sah ihn eindringlich an. »Ich habe so etwas noch nie gemacht, das musst du mir glauben. Auch wenn die Oberin immer behauptet, dass ich …« Sie verstummte.

»Dass du was?«, hakte Lay nach.

»Dass ich von der Dunklen Magie gezeichnet wäre und dass ich mich hüten müsste, ihr nicht gänzlich zu verfallen …«

Lay dachte unwillkürlich an Vergust, den Ghuul, den er getötet hatte, und nickte. »Das wäre tatsächlich nicht sonderlich erstrebenswert, aber ich hatte nicht den Eindruck, dass du Dunkle Magie gewirkt hast, als du mich auf dem Hochlandwai gerettet hast.« Er lächelte. »Ich bin auch sehr gern bereit, das deiner Oberin zu sagen.«

Kalehna erwiderte sein Lächeln. »Dazu wirst du sehr bald Gelegenheit haben. Sie hat mich ermahnt, sie über deinen Zustand zu informieren, und will unbedingt verständigt werden, sobald du das Bewusstsein wiedererlangt hast.« Ihr Lächeln vertiefte sich. »Es hat einen ziemlichen Wirbel gegeben, dass ich dich hierhergebracht habe.«

Lay runzelte die Stirn. »Wieso das?« Er dachte an sein Monasterium und Zanth'ra und konnte sich nicht vorstellen, dass die Vorsteherin beunruhigt gewesen wäre, wenn ein verletzter Mann oder eine verletzte Frau in das Kloster gebracht worden wären. Sie hätte sich höchstens um den Gesundheitszustand der betreffenden Person Sorgen gemacht.

Die junge Frau lachte. »Das hier ist ein Tempel der Drachenjungfern, ein Heiliger Tempel.« Ihr Blick streifte kurz Lays Hüften unter der Decke, wo seine Schwellung glücklicherweise abgeklungen war. »Männern …«, sie errötete erneut, »vor allem jungen, gut aussehenden Männern …«, die Röte ihrer Wangen und ihr Lächeln vertieften sich noch mehr, »ist der Zutritt hier strengstens verboten.« Ihre Augen weiteten sich, als sie sah, wie die Schwellung unter der Decke wieder anwuchs. »Ich … Ich gehe jetzt und sage der Oberin, dass du wieder bei Bewusstsein bist.« Sie nahm die Schüssel mit dem Wasser und den Lappen, trat zur Tür der kleinen Kammer und öffnete sie. »Ich schlage vor, dass du, bis sie kommt, an etwas anderes denkst als an das, woran du *gerade* denkst.«

Ihr Blick streifte erneut seine Erektion, dann war sie aus dem Zimmer und schloss die Tür hinter sich.

Jung und gut aussehend, dachte Lay und lächelte. *Das Kompliment hätte ich gern zurückgegeben, wäre es nicht eine grandiose Untertreibung gewesen. Jung ist sie, und sie sieht einfach wunderschön aus.* Er runzelte die Stirn, als er vergeblich versuchte, Theijas Gesicht zu beschwören. Ein Anflug von Gewissensbissen überkam ihn, der jedoch augenblicklich von dem Gedanken an zwei wunderschöne grüne Augen und einen weichen, warmen Körper vertrieben wurde.

Echsenschiss!, dachte Lay, als er spürte, wie seine Erektion erneut anschwoll. *Du solltest tatsächlich an etwas anderes denken als an ihre Brüste!,* sagte er sich zerknirscht. *Wenn hier Männern wirklich der Zutritt verboten ist, dürfte die Oberin dir wohl kaum freundlicher gesinnt sein, wenn du sie mit einem harten Schwanz in der Hand willkommen heißt!*

Lay hätte sich jedoch keine Sorgen machen müssen.

Oberin Eurijets Laune angesichts dieses höchst ungebetenen und aufdringlichen männlichen Besuchers war denkbar schlecht. Ein harter Schwanz hätte die Sache vermutlich kaum schlimmer machen können, sondern nur ihre ohnehin üble Meinung über

Männer bestätigt. Wobei es einer solchen Bestätigung keineswegs bedurfte.

»Es ist ungeheuerlich, dass du dich überhaupt in die Lage gebracht hast, dich von so etwas«, damit war Lay gemeint, »vor seinesgleichen retten lassen zu müssen, geschweige denn, dass du das da«, die Oberin deutete schnaubend mit einem dürren Finger in Richtung von Lays Pritsche, »mit hierhergeschleppt hast. Ich hoffe sehr, dass sich deine fragwürdigen Fähigkeiten in den Dunklen Künsten wenigstens diesmal als hilfreich erweisen, damit du das da so schnell wie möglich auf die Beine bringst und es unseren Heiligen Tempel so rasch wie möglich verlässt! Nicht auszudenken, welche Unruhe und welchen Aufruhr du damit bei den unschuldigen Drachenjungfern angerichtet hast! Würdest du nicht unter dem Schutz des Höchsten stehen, hätte ich dich schon längst des Tempels verwiesen! Doch ich weiß nicht, wie der Höchste auf diese neuerliche Torheit reagieren wird. Ich jedenfalls werde keine weiteren Unbotmäßigkeiten deinerseits dulden! Sobald du das da aus dem Tempel entfernt hast, werde ich dich in die Einsiedelei schicken. Ich hoffe, dass du dort wenigstens keine weiteren Dummheiten begehen kannst.«

Lay starrte die dürre, mürrische Frau an. Er hatte sein zerfetztes und blutiges Hemd übergestreift und sich die Decke bis an den Hals gezogen. Er entsann sich der formellen Anrede, mit der Zanth'ra von den Anführern der Karawanenfahrer angesprochen worden war, und sagte: »Hohepriesterin. Ich möchte mich für die Ungelegenheiten …«

Die Oberin fuhr herum. »Was fällt dir ein, das Wort an mich zu richten, Mann! Schweig, bis ich den Raum wieder verlassen habe! Ich habe gesehen, was ich sehen wollte …« Ein strenger Blick aus kalten dunklen Augen glitt kurz über Lays Gesicht und Körper, und Lay war heilfroh, dass sein ganzer Körper von der Decke verborgen wurde. Der Blick der Frau hätte genügt, ihm das Fleisch von den Knochen zu brennen, ganz zu schweigen davon, was er mit seiner Männlichkeit angerichtet hätte, hart oder nicht. Sie wandte sich wieder an Kalehna. »Ich werde dem Höchsten auf jeden Fall davon berichten, sowohl von deiner Unbotmäßigkeit als auch von deinen anderen dunklen Untaten. Ich glaube kaum, dass der Höchste dann noch geneigt sein wird, weiterhin seine schützende Hand über dich zu halten.« Sie beugte sich vor, und ihr hageres Gesicht verzerrte sich zu einer gehässigen Grimasse, als sie zischend fortfuhr: »Und dann, mein schönes Kind, wirst du bluten, und nicht nur so wie die anderen, sondern mehr, viel mehr, das verspreche ich dir!«

Sie spuckte vor Kalehna auf den Boden, warf Lay noch einen scharfen Blick voller Bosheit und Widerwillen zu, öffnete dann die Tür der Kammer und verschwand. Als sie die Tür mit einem lauten Knall hinter sich schloss, zuckte Kalehna heftig zusammen.

»Was ...?«, begann Lay, wurde aber von der Drachenjungfer unterbrochen.

»Puh.« Sie wischte sich in gespielter Erleichterung mit dem Handrücken über die Stirn. »Das lief besser als erwartet.«

»Wie bitte?« Lay wusste einen Moment nicht, ob sie einen Scherz gemacht hatte. »Besser als erwartet? Wie, um alles in der Welt, hätte es denn noch schlimmer kommen können?«

Kalehna lachte. »Oh, sie hätte dich zum Beispiel auspeitschen und als abschreckendes Beispiel für andere Männer, die sich hierherverirren, in einen Käfig neben das Tor hängen und dort verhungern lassen können.« Sie legte den Kopf auf die Seite, als würde sie nachdenken, während sie Lay mit ihren grünen Augen betrachtete. »Oder aber sie hätte dich zu Futter für unsere Sandechsen verarbeiten lassen können.« Sie lachte erneut, als sie sein Gesicht sah. »Was aber beides eine ziemliche Verschwendung wäre.« Sie spielte gedankenverloren mit einer Locke ihres kupferroten Haares. »Oder aber – und das wäre zweifellos das Schlimmste gewesen – sie hätte Gefallen an dir finden und dich mit in ihre Folterkammer nehmen können.« Sie schüttelte sich in gespieltem Entsetzen. »Damit meine ich ihr Schlafgemach.«

Aber Lay ging nicht auf ihren scherzhaften Ton ein. Etwas anderes beschäftigte ihn. »Futter für ... Ihr haltet hier Sandechsen?«

»Ja, natürlich«, antwortete Kalehna. »Was glaubst du denn, was wir hier tun?«

Er zuckte mit den Schultern und stieß sofort einen leisen Fluch aus, als ein schmerzhafter Stich ihn bestrafte. »Keine Ahnung, sag du es mir.«

»Später, dann kann ich es dir zeigen.« Ihre Miene wurde ernst. »Wenn du es wirklich willst. Es ist natürlich strengstens verboten, und für Männer sowieso, aber etwas Schlimmeres, als mich in die Einsiedelei zu stecken, kann sie ohnehin nicht tun.« Sie lächelte. »Und dort habe ich wenigstens Ruhe vor ihren ständigen Strafpredigten und ihren Boshaftigkeiten. Wenn sie dich allerdings dabei erwischt, wird sie dich sofort aus dem Kloster werfen lassen. Oder sogar an die Fefirs verfüttern.«

»Fefirs?«

»Ja, das sind die großen Echsen, die wir als Zugtiere benutzen. Sie sind sehr gefräßig.«

»Tatsächlich?« Lay runzelte die Stirn. »Und wer ist dieser Höchste, der schützend seine Hand über dich hält? Und warum tut er das? Wieso holt er dich nicht einfach von hier weg, zu sich, wenn du ihm so wichtig bist?«

Kalehna zuckte mit den Schultern. »Ich weiß es nicht. Ich weiß nur, dass jemand sehr Wichtiges nicht will, dass mir etwas passiert oder dass ich dasselbe tun muss wie die anderen Drachenjungfern ...« Sie verstummte, und ihre Miene verfinsterte sich. »Aber genug davon. Es ist wohl besser, wenn ich mich weiter um deine Heilung kümmere, bevor die Oberin die Geduld verliert und dich einfach rausschmeißt, ganz gleich, ob du schon wieder gehen kannst oder nicht.«

Lay sah sie neugierig an. »Und was willst du jetzt tun?«

Kalehna wurde plötzlich ganz geschäftig. Sie schob die Ärmel ihrer groben Leinenbluse hoch und packte Lays Decke. »Als Erstes möchte ich mir die Wunde auf deinem Rücken ansehen.«

»Moment!«, rief Lay fast panisch und hielt krampfhaft die Decke fest. »Reicht es nicht, wenn ich mir einfach nur das Hemd ausziehe?«

»Sei nicht albern«, sagte die junge Frau. »Das Hemd musst du sowieso ausziehen. Außerdem ist es kaputt und blutig. Das kannst du nur noch als Putzlappen für dein Schwert gebrauchen.«

Lays Blick zuckte zu seiner Hose, seinem ledernen Wams, seinem Waffengurt mit dem Morgenstern und dem Schwert, die vereint auf einem Hocker in der Ecke des Raumes lagen. Es war das erste Mal, seit er aus seiner Bewusstlosigkeit erwacht war, dass er an seine Waffen dachte.

Er wartete, lauschte, aber keine Stimme erhob sich in seinem Hinterkopf, kein Ton erklang, kein Singen.

Dann war jeder Gedanke an Waffen und Töten, an Rache und Bestimmung und Theija vergessen, als Kalehna sein Hemd packte und es ihm langsam über den Kopf zog.

Er erwachte in vollkommener Dunkelheit. Es dauerte einen Moment, bis er sich daran erinnerte, wo er war und dass die Kammer, in der er lag, kein Fenster hatte.

Trotzdem, irgendwie musste sie eine Verbindung zur Außenwelt haben, denn es war nicht stickig, sondern angenehm kühl in dem kleinen Raum, und die Luft roch frisch.

Und ich fühle mich ... hervorragend! Wie kann das sein?

Lay erhob sich in der Dunkelheit, schwang vorsichtig die

Beine über die Kante der schmalen Lagerstatt und stand auf. Er erwartete fast, dass der Schmerz ihn zwingen würde, sich wieder auf die harte Matratze zurücksinken zu lassen, aber zu seiner Überraschung stellte er fest, dass er ihn sehr gut aushalten konnte. Er betastete vorsichtig seinen Körper, strich mit der Hand über die Verbände um den Bauch und die Schulter, die ihm Kalehna angelegt hatte. *Wann war das gewesen? Gestern?*

Er schüttelte den Kopf. In der Dunkelheit dieser winzigen Kammer hatte er jedes Zeitgefühl verloren. Er tastete sich durch den kleinen Raum und fluchte, als er sich den nackten Fuß an einem der Pfosten der Pritsche stieß. Aber dann hatte er die Ecke erreicht, in der sein Wams und seine Hose lagen. Er zog sich rasch an, so gut das im Dunkeln ging, schob einen Fuß in einen Schuh und hüpfte auf dem anderen Bein durch die Kammer, während er versuchte, die Schnalle zu schließen. Dabei stieß er mit der Wade gegen die Pritsche und fiel mit einem Rums auf die Matratze.

»Verdammter Mist!«, fluchte er. *Du machst mehr Lärm als eine ganze Schwadron Drachenreiter,* dachte er grimmig. *Wenn du so weitermachst, kommst du nicht mal zehn Schritte weit, bis die Oberin dich entdeckt. Wahrscheinlich macht sie dann tatsächlich Echsenfutter aus dir!*

Er kniete sich hin und tastete suchend auf dem Boden nach dem zweiten Schuh. Nachdem er ihn gefunden und angezogen hatte, ging er zur Tür, die er nach kurzem Suchen fand. Er ertastete im Dunkeln den einfachen Riegel, drückte auf die Feder und schob ihn zurück.

Offenbar sorgt die Oberin für Ordnung in ihrem Tempel, sagte er sich, als der Riegel lautlos und offenbar gut gefettet zurückglitt.

Er legte das Ohr an den Spalt und wartete einen Moment, während er angestrengt lauschte. Aber vor der Kammer war nichts zu hören.

Behutsam zog Lay die Tür auf. Er erstarrte, als sein Blick auf eine menschliche Gestalt und eine wahrhaft Furcht einflößende

Echse fiel, die gegenüber seiner Kammer Wache hielten. Das flackernde Licht einer Fackel weiter unten im Gang ließ Schatten über die Figur tanzen, und Lay sah, dass es sich nicht um eine gewöhnliche Echse, sondern um einen Drachen handelte. Gleichzeitig sah er zu seiner Erleichterung aber auch, dass weder der Mensch noch der Drache aus Fleisch und Blut waren, sondern aus Stein.

Er atmete leise aus und schob den Kopf durch die Türöffnung. Ein kurzer Blick nach rechts und links überzeugte ihn davon, dass niemand sich in diesem Gang aufhielt. Dann trat er aus seiner Kammer und zog die Tür leise hinter sich zu.

Und wohin jetzt? Einen Moment bedauerte er, sein Schwert zurückgelassen zu haben. Aber er hatte nicht vor, irgendjemanden zu töten oder zu bedrohen, sondern wollte sich nur ein wenig in diesem ungastlichen Tempel umsehen. Und falls er der Oberin begegnete, war es zweifellos besser, wenn er nicht zusätzlich zu seinem Schwanz auch noch mit einem Schwert bewaffnet war.

Er grinste unwillkürlich, als er an Kalehnas Worte dachte. *Irgendwie kann ich mir schon vorstellen, dass ein Mann eine Folterkammer dem Schlafgemach der Oberin vorziehen würde.*

Er unterdrückte den Gedanken an Kalehna und auch an die eigentlichen Gründe für seinen nächtlichen Ausflug.

Falls überhaupt Nacht ist. Es war genauso gut möglich, dass es helllichter Tag war und er im nächsten Moment einer Schar von Drachenjungfern begegnete, die laut kreischend vor diesem Männermonster davonliefen. Obwohl, wenn sie auch nur ein bisschen Ähnlichkeit mit Kalehna hatten, würden sie vielleicht zumindest nicht schreien.

Er wandte sich instinktiv nach links, dorthin, wo die Fackel den Gang erhellte. Behutsam und darauf bedacht, sich möglichst leise zu bewegen, schlich er durch den Korridor. Ein Stück hinter der Fackel beschrieb der Gang eine scharfe Biegung. Lay blieb kurz davor stehen und presste sich mit dem Rücken gegen die Wand, wobei er einen Fluch unterdrücken musste, als ein Schmerz durch seine Schulter fuhr. *Es geht mir zwar besser, aber offenbar bin ich noch nicht gänzlich wiederhergestellt,* dachte er. Der Gedanke, dass Kalehna mit ihrer Behandlung wohl weitermachen musste, erfreute ihn. Es war sehr angenehm gewesen, als sie gestern die Wunde an seiner Schulter versorgt hatte. Er hatte die Augen geschlossen und *sehen* können, wie sie die goldenen Fäden wirkte und dafür sorgte, dass die zerfetzten Sehnen und Muskeln in seiner Schulter schneller heilten, als dies bei jedem normalen Menschen möglich gewesen wäre. Zum Glück war der Knochen nicht verletzt, so hatte sie gesagt, weil das erheblich länger gedauert und wesentlich mehr Aufwand erfordert hätte. Dann hatte sie den Verband gewechselt und ihm das Blut von der Wunde gewaschen.

Bevor er sich richtig hatte bedanken können, war sie plötzlich aufgestanden und hatte die Kammer mit einem gemurmelten »Bis morgen« verlassen.

Lay hatte nicht genau gewusst, was ihren plötzlichen Aufbruch ausgelöst hatte, aber er hatte vor, sie danach zu fragen.

Jetzt aber wollte er wissen, was es mit ihren geheimnisvollen Andeutungen über die »Arbeit« der Drachenjungfern auf sich hatte und wieso sie dabei die Sandechsen benötigten. Er erinnerte sich noch sehr gut an das Gefühl, als Okh-ta ihm die Sandechse an das Handgelenk gesetzt hatte, und konnte sich nicht vorstellen, dass jemand sich freiwillig mit diesen Tieren abgab.

Er lauschte, aber es war kein Laut zu hören. Auch jenseits der Gangbiegung herrschte vollkommene Stille.

Er holte tief Luft und schob den Kopf um die Ecke. Dahinter lag ein weiterer kurzer Gang, der nach knapp zehn Schritten erneut abknickte, diesmal nach links. Hinter der nächsten Biegung mündete der Gang in einen weiteren Korridor, der nach rechts leicht anstieg und einen Bogen beschrieb und nach links ebenfalls in einem Bogen abfiel. Eine Art Wendeltreppe, nur ohne Stufen.

Lay überlegte kurz und entschied sich dann, dem Gang nach oben zu folgen.

Nach einer Weile wurde es heller, und eine halbe Rundung weiter sah Lay auch den Grund dafür. An den Wänden steckten blakende Fackeln, und als er sich vorsichtig an der Wand entlang weiterschob, sah er, dass die Innenwand des Ganges von großen Arkaden durchbrochen war, durch die man in den Raum blicken konnte, um den dieser Gang herumzuführen schien.

Lay ging langsam weiter, bis er die erste Arkade erreicht hatte. Dann schob er vorsichtig den Kopf um die Steinkante und blickte in eine riesige Kammer. Im Inneren führte eine breite Rampe hinab in eine bodenlos scheinende Tiefe, und die Innenwände unterhalb der Arkaden säumten, soweit das Auge blicken konnte, kleine gemauerte Nischen. In ihnen saßen auf steinernen Bänken junge Frauen. Lay wagte es nicht, sich weiter über die Brüstung zu lehnen, um in die Tiefe zu blicken, aber es mussten Hunderte sein.

Ihre Gesichter wirkten friedlich, fast schon verzückt. Sie alle trugen fast durchscheinende weiße Gewänder, und ihr rechter Arm lag auf Polstern, die aus der Entfernung wie roter Samt aussahen, über einer Art Schale.

In den meisten Becken schimmerte eine hellrote Flüssigkeit, die aus den mit Blut getränkter weißer Seide umwickelten Handgelenken der Mädchen tropfte.

Andere Frauen gingen über die Rampe an ihnen vorbei und leerten vorsichtig die Schalen in große weiße Eimer, deren Form entfernt an Drachenköpfe erinnerte. Andere traten zu den Mädchen, wickelten den Verband von ihren Armen, bestrichen die Wunden an den Handgelenken mit einer Salbe und halfen dem jeweiligen Mädchen beim Aufstehen. Dann führten sie sie weg. Vorher jedoch – und das war der Moment, an dem Lay fast der Atem stockte und sein Herz ihm bis zum Halse schlug – griffen sie an den anderen, den linken Arm der Mädchen und nahmen vorsichtig und fast ehrfürchtig etwas weg, das sich dort anscheinend festgebissen hatte.

»Was, bei Belphors Hörnern, ist das?«, zischte Lay, der einfach nicht fassen konnte, was er da sah.

»Echsenfutter«, antwortete jemand unmittelbar hinter ihm.

Lay fuhr herum, und seine Hand zuckte unwillkürlich zum Griff seines Schwertes hinter seiner Schulter. Als seine Finger ins Leere griffen, fiel ihm ein, dass er die Waffe in der Kammer gelassen hatte. Doch im selben Moment erkannte er die Person im Schatten vor sich.

»Kalehna!« Er seufzte erleichtert auf. »Ich dachte schon…« Dann stockte er. »Echsenfutter? Du meinst, sie sind…?«

»Nein, nicht sie. Du. Wenn Oberin Eurijet dich hier erwischt. Darum wäre es gut, wenn du etwas leiser sprechen würdest, sonst landen wir noch beide im Futterhof, ganz gleich, ob es jemanden gibt, der seine Hand über mich hält oder nicht.«

Die junge Frau sah sich hastig in dem Gang um und trat dann neben Lay. »Das da wäre eigentlich auch mein Schicksal gewesen, jedenfalls wenn es nach der Oberin gegangen wäre.« Sie schüttelte sich.

»Was tun sie da?«, wollte Lay wissen, der wieder zu den jungen Frauen in den Nischen an der Rampe blickte. »Als ich in der Schlucht der Schmiede war, hat…«

»Du warst in der Schlucht der Schmiede?«, fragte Kalehna neugierig. »Hast du dort dein Schwert erhalten?«

Lay sah sie verblüfft an. »Wie kommst du darauf?«

»Während des Kampfes auf dem Hochlandwai habe ich geglaubt, etwas wahrzunehmen, etwas, das ich bis dahin noch nie gesehen hatte.« Sie verzog die Lippen. »Ich meine *gesehen*, verstehst du?«

»Du meinst die goldenen Fäden…«

Sie nickte. »Und plötzlich war da so ein roter Schimmer wie von Blut oder …«

»Ja, ich weiß, ich habe ihn auch gesehen. Das war Blutbraut.«

»Blutbraut? Du hast deinem Schwert einen Namen gegeben?«

»Ja, natürlich.« Lay kam sich deswegen auf einmal etwas albern vor. Aber er wollte dieses Thema nicht vertiefen, und außerdem hatte sie seine Frage noch nicht beantwortet. »Aber jetzt sag mir, warum all diese Mädchen dort …«

Kalehna sah sich erneut hastig um, packte ihn am Arm und zog ihn mit sich fort. »Das erkläre ich dir schon noch, aber dafür müssen wir zuerst einmal von hier verschwinden. Je länger wir hier herumstehen, desto größer wird die Gefahr, dass uns jemand entdeckt und Alarm schlägt. Das hier ist der Turm der Jungfrauen, und er ist für alle verboten, die nicht mit der Herstellung des Samens der Wahrheit zu tun haben.«

»Samen der Wahrheit?« Lay erinnerte sich daran, irgendwann einmal etwas darüber gelesen zu haben. »Du meinst, ihr produziert hier …?«

»Ja, auf diese Weise wird das Drachengift gewonnen und gereinigt. Durch das Blut von Jungfrauen. Es wird anschließend getrocknet, dadurch kristallisiert es und wird dann zu Pulver verarbeitet.« In dem dämmrigen Gang schienen ihre Augen wie zwei Smaragde zu glühen. »Eben zum *Samen der Wahrheit,* dessen sich die Drachenpriesterinnen bedienen, um ihre *Sichtungen* vorzunehmen. Oder zum Göttlichen Staub der Magi oder dem Heiligen Pulver der Auguren. Nenn es, wie du willst, es ist immer dasselbe.«

Mittlerweile hatten sie die Abzweigung zu dem Gang erreicht, in dem Lays Kammer lag, aber gerade als sie um die Ecke biegen wollten, hörten sie, wie sich Schritte von dort näherten.

Lay verwünschte sich, weil er sein Schwert zurückgelassen hatte, und schwor, dass ihm das nie wieder passieren würde. Obwohl es ihm eigentlich nicht viel genützt hätte, denn schließlich konnte er sich nicht den Weg durch einen Tempel voller Drachenpriesterinnen mit dem Schwert bahnen. *Das tut man nicht, oder?* Er sah sich nach einer Fluchtmöglichkeit um, konnte jedoch keine entdecken.

Kalehna zog hastig an seinem Ärmel. »Hier entlang«, flüsterte sie. Sie hastete ein paar Schritte durch den Korridor zurück, bis sie zu einer kleinen Nische gelangten, die Lay beim Vorbeigehen nicht aufgefallen war. In der Nische stand eine Statue, die vermutlich irgendeine berühmte Drachenpriesterin oder vielleicht sogar Göttin darstellte.

»Schnell, hinein«, zischte Kalehna und schob Lay in den Spalt zwischen der Statue und der Wand. Jetzt war er froh, dass er keine Waffe dabeihatte, weil er gerade so eben durch die Lücke passte. Hinter der Statue war es schmutzig und staubig, und Spinnweben strichen über sein Gesicht. Aber es war wenigstens etwas mehr Platz dort. Er wollte gerade aufatmen, als er spürte, wie sich Kalehna neben ihn schob.

»Warum …?«

»Schh«, hauchte sie und presste sich gegen ihn, damit sie beide von der Statue verdeckt wurden.

O nein, nicht jetzt, bitte nicht!

Lay schloss die Augen, als er spürte, wie er auf ihren weichen Körper reagierte, der sich im Dunkeln gegen seinen presste. Die junge Frau stand vor ihm, das Gesicht ihm zugewandt, und er spürte die Hitze ihres Schoßes durch ihr dünnes Gewand.

»Ich …«, setzte Lay zu einer Entschuldigung an, aber sie unterbrach ihn.

»Still.« Er spürte das Wort fast mehr durch die Bewegungen ihrer Lippen an seinem Mund, als dass er es hörte. Er unterdrückte einen Fluch, als sie sich bewegte und dabei ihr Becken an seinen Lenden rieb. Seine Erektion bohrte sich wie ein Dolch gegen ihren Unterleib, und er hatte keine Ahnung, wie er es in diesem Zustand durch den Spalt zurückschaffen sollte.

In diesem Augenblick ging die Person an der Statue vorbei, ohne stehen zu bleiben. Lay sah, dass es sich um die Oberin Eurijet handelte.

Dann sah er nur noch zwei grüne Augen, deren Blick sich in seine bohrten.

»Ist es die Enge, oder erregt dich die Aussicht, erwischt zu werden?«, flüsterte Kalehna. »Oder … magst du mich etwa?« Ihre Lippen bewegten sich an seinem Mund, und Lay stöhnte gequält auf.

»Willst du darauf jetzt gleich eine Antwort?«, presste er hervor. Er hätte schwören können, dass ein Lachen ihren Körper vibrieren ließ. *Ich komme gleich in meine Hose, wenn sie nicht sofort damit aufhört, verflucht!*, dachte er und knirschte mit den Zähnen.

»Nein, du kannst dir deine Antwort überlegen, bis ich deine Wunden versorge.«

Mit diesen Worten schob sie sich von ihm weg durch den Spalt, konnte es sich aber nicht verkneifen, vorher noch einmal ihre Hüften provozierend gegen seinen Schoß zu drücken.

Miststück!, dachte Lay und grinste, wenn auch etwas gequält. Er atmete ein paar Mal tief durch und dachte an das Monasterium, an Theija und Zanth'ra, an Broll und seine Rache, bis er es endlich wagen konnte, sich durch den Spalt zu schieben.

Als er in den Korridor trat, war von Kalehna nichts mehr zu sehen. Er ging vorsichtig bis zur Biegung des Ganges und spähte um die Ecke, aber der Gang vor seinem Zimmer war leer.

Gerade noch wollte sie wissen, ob ich sie mag, und jetzt ist sie wie vom Erdboden verschluckt. Er schüttelte den Kopf. *Ist vielleicht auch besser so*, sagte er sich. *Wenn sie noch lange so weitergemacht hätte, hätte ich mich wahrscheinlich einfach auf sie gestürzt und auf der Stelle mit ihr … na ja, das gemacht, was man in so einer Situation eben mit einer Frau macht.* Er dachte kurz an Theija und runzelte die Stirn. Sie hatten sich damals nur geküsst, mehr nicht, obwohl Lay mehr als bereit gewesen war. Aber Theija hatte das nicht gewollt. *Und du warst so verliebt, dass du alles akzeptiert hättest, um bei ihr sein zu können, stimmt's? Genau wie jetzt bei Kalehna. Die spielt doch auch nur mit dir, mehr nicht.*

Ach Unsinn!, widersprach er seiner inneren Stimme. *Warum sollte sie so etwas tun?*

Weil Frauen so etwas eben tun, Idiot! Bilde dir nur nichts ein, nur weil sie dich heißgemacht hat. Sie wird dich auch genauso schnell wieder abkühlen.

Lay hatte mittlerweile seine Kammer erreicht. Noch einmal sah er sich suchend im Gang um, aber es war niemand zu sehen.

Also ging er hinein und schloss die Tür hinter sich.

Im selben Moment spürte er, dass er nicht allein war.

Mein Schwert! Verflucht, ich gehe keinen Schritt mehr ohne mein Schwert, das schwöre ich.

Es war stockdunkel im Raum, und er wusste, dass er auch dann nichts würde erkennen können, wenn er regungslos neben der Tür wartete, bis sich seine Augen an das Dunkel gewöhnt hätten. Er atmete so leise er konnte und lauschte.

Da! Atemzüge. Sie kommen von ... von der Pritsche?

»Worauf wartest du?«

Kalehna. *Kalehna?*

»Was ...?« Lay schluckte. »Ich ... Das mache ich doch gar nicht.« *Großartig. Du wirst für deine schlagfertigen Antworten bestimmt noch vom goldenen Gänsekiel der Poesie durchbohrt werden, du Trottel!*

»Gut. Ich dachte schon ...«

»Nein. Nein, ich ...«

»... du würdest dich fürchten.«

Stimmt genau! Aber andererseits ... Er hatte immerhin einen Ghuul zur Strecke gebracht, sich mit einem hünenhaften Nordling gestritten und schon mehrere Männer im Kampf getötet. Warum sollte er da vor einem Mädchen Angst haben? Schließlich war es ja nicht so, als hätte er noch nie ein Mädchen nackt gesehen.

Du hast noch nie ein Mädchen nackt gesehen, erklärte die verächtliche Stimme in seinem Kopf. *Theija hat dich nur geküsst, mehr nicht. Aber keine Sorge, du wirst auch jetzt kein Mädchen nackt sehen. Denn dafür ist es viel zu dunkel.*

Und etwas Gutes hat das Ganze auch. Sie kann nicht sehen, wie rot du geworden bist.

Er hörte, wie sie sich auf der Pritsche bewegte.

»Komm her. Ich möchte … deine Wunden untersuchen.«

»Im Dunkeln?«

»Dafür brauche ich kein Licht.« Ihre Stimme klang samtweich.

Lay schluckte. *Jetzt wäre der richtige Moment, sich auszuziehen, du Esel!*

»Ich … Gut. Ich … ziehe mich aus.«

»Das wäre klug, wenn ich dich untersuchen soll.«

Diesmal war sich Lay absolut sicher, dass sie ein Lachen unterdrückte.

Er streifte rasch das Wams ab, zog sich die Hose über seinen harten Schwanz und schob sie über die Beine nach unten. Er merkte zu spät, dass es besser gewesen wäre, zuerst die Schuhe auszuziehen. Er fluchte, als er versuchte, sie einfach abzustreifen, und verhedderte sich in seiner Hose. Er hopste unbeholfen durch die Kammer und stieß mit den Schienbeinen gegen die Pritsche.

»Au, verdammt …!«

»Warte, ich helfe dir.«

Sie war plötzlich bei ihm, neben ihm. Er spürte ihre Hände an seinen Armen, dann an seinen Pobacken und Oberschenkeln.

»Setz dich hierher.«

Er ließ sich auf die Pritsche sinken und sog scharf die Luft ein, als er ihren Körper an seinem Rücken spürte.

Sie war nackt.

Noch mehr Blut schoss in seinen Schwanz, und er unterdrückte ein Stöhnen, als sie ihn auf den Rücken drückte und sich dann rittlings auf ihn setzte.

Oh, das ist … Er hob ihr die Hüften entgegen. Ein Keuchen

war seine Belohnung, und er streckte die Arme aus, berührte ihren Leib, ihre Schenkel, ihren Busen, strich mit dem Daumen über die harten Nippel …

»Warte …« Ihre Stimme klang erstickt und ließ die gleiche Erregung erkennen, die ihn gepackt hatte.

»Ich … ich kann nicht …«

Sie schob seine Hose weiter nach unten und fluchte, als es ihr nicht auf Anhieb gelang, die Schnallen der Schuhe zu öffnen.

»Vergiss die Schuhe!«, knurrte Lay, packte sie an den Hüften und bog sich unter ihr hoch. Die Spitze seines Schwanzes strich über das feuchte Haar ihrer Möse, stieß gegen heiße, feuchte Hautfalten, teilte sie und …

»Langsam, verdammt!«, stieß sie bebend hervor und schrie im nächsten Moment vor Schmerz auf.

Lay hatte seine Hände in ihre weichen Hüften gekrallt und stieß mit seinem Becken zu, während er sie gleichzeitig zu sich herunterzog. *Ich kann nicht mehr warten, ich kann …* Er stöhnte und biss die Zähne zusammen, als er spürte, wie die Spitze seines Schwanzes etwas durchstieß und eine heiße, klebrige Flüssigkeit sich über ihn schmierte. Dann war alles nur noch Hitze und Haut und Nässe.

Kalehna legte die Hände auf seine Brust und stützte sich ab, während sie keuchend nach Luft rang. Sie presste ihr Becken auf seine Lenden, als Lay einen heiseren Schrei ausstieß und sich in sie ergoss. Einen Augenblick verharrten sie in dieser Haltung, dann bog Kalehna ihren Oberkörper zurück und begann, sich langsam und rhythmisch auf ihm zu bewegen.

»Wer ist dieser Höchste eigentlich?«

Lay lauschte mit geschlossenen Augen Kalehnas Atemzügen neben sich. Sie waren beide völlig verschwitzt, stanken nach Sex und Schweiß und Moschus, und er musste dringend pissen, aber er würde lieber sterben, als jetzt aufzustehen.

Er spürte, wie sich Kalehna neben ihm bewegte. Sie schmiegte sich dichter an ihn und schob ihren nackten Schenkel über seine Hüften und seinen schlaffen Schwanz, der sich bei der Berührung sofort wieder aufzurichten begann.

»Meine Güte, du bist wirklich unersättlich!«

Lay grinste, rührte sich jedoch nicht. »Du weichst mir aus.«

»Ich weiß es einfach nicht.«

Lay stützte sich auf die Ellbogen. »Du weißt es nicht? Aber du stehst doch unter seinem besonderen Schutz, oder nicht? Dann musst du doch auch wissen, um wen es sich handelt. Man wird dir doch gesagt haben, wer dein Beschützer ist!«

Kalehna schüttelte den Kopf. »Die Oberin macht ein großes Geheimnis daraus«, sagte sie. »Aber ich vermute, es ist ein Magus. Irgendein ziemlich wichtiger Magus.«

»Ein Magus?« Lay dachte unwillkürlich an Vergust, den einzigen Magus, den er jemals kennengelernt hatte. Dann fiel ihm wieder der Kampf auf dem Hochlandwai ein. *Wehre dich nicht …* »Du warst das in mir, stimmt's? Du hast die Fäden geknüpft und die Knoten geschlungen, als ich gegen die Drachenkämpfer angetreten bin.«

Er spürte, wie sie nickte.

»Aber wenn du doch gar keine Drachenpriesterin bist, wieso kannst du das dann?«

»Ich weiß nicht, wie das passiert ist«, gab sie zu. »Ich habe schon häufiger die Fäden *gesehen,* aber ich habe sie noch nie berühren oder gar knüpfen können. Bei dir …« Sie zögerte. »Ich hatte das Gefühl, als würdest du nach mir greifen, als wärst du plötzlich in mir. Und genauso war es auch, als ich dich geheilt habe. Ich hatte die Augen geschlossen und konnte dein Inneres fühlen, als wäre ich mit meinen Händen in deinem Körper und würde die verletzten Sehnen und Muskeln wieder zusammenfügen. Nur dass ich dafür meine Hände nicht benutzt habe. Es war sehr merkwürdig, und ich kann es nicht wirklich erklären.«

»Ist es möglich, dass du eine Magia bist?« Er hatte zwar noch nie von einer Magierfrau in Alghor gehört, aber angeblich gab es so etwas in Sanfira. Nur sah Kalehna nicht aus, als würde sie aus Sanfira stammen.

»Eine Magia?«

»Ja, eine Magierfrau. Vielleicht erklärt das ja das Interesse dieses geheimnisvollen Höchsten an dir, falls es sich denn tatsächlich um einen Magus handelt.«

»Ich glaube nicht, dass ich eine Wirkerin der Ströme bin.« Sie überlegte einen Moment. »Nein, dann hätte der Magus sicher etwas gesagt oder würde mir andere Fragen stellen.«

»Welcher Magus?«

»Der, der regelmäßig unseren Tempel besucht.« Sie zuckte mit den Schultern. »Das heißt, eigentlich sind es immer wieder andere Wirker, die zu der Oberin kommen.«

Lay war verwirrt. »Und diese Magi reden mit dir? Und deshalb, glaubst du, ist dein geheimnisvoller Beschützer ebenfalls ein Magus?«

»Ja …« Sie zögerte kurz. »Immer, wenn der Magus da gewesen ist, um … um mit der Oberin seine Geschäfte zu machen, ist Oberin Eurijet besonders freundlich zu mir.«

Lays Gedanken überschlugen sich. *Ein Kloster, ein Tempel, ein geheimer Tempel der Drachenpriesterinnen wird regelmäßig von einem Magus besucht? Und der macht Geschäfte mit der Oberin des Tempels? Was für Geschäfte?*

»Der Magus will mich immer sehen und fragt mich, wie es mir geht. Ich nehme an, dass er meinem Beschützer anschließend Bericht erstattet.«

»Und das ist dir nie merkwürdig vorgekommen? Ich meine«, Lay runzelte die Stirn, »du wurdest irgendwann als Baby in diesem Kloster der Drachenpriesterinnen abgegeben und hast einen geheimnisvollen Beschützer, der etwas mit dem Zirkel der Wirker zu tun hat. Und der Kontakt zu dir durch einen Magus aufrechterhält, der irgendwelche dubiosen Geschäfte mit deiner Oberin macht. Einer Oberin, die einem geheimen Tempel vorsteht, in dem die Drachenpriesterinnen Drachengift herstellen.« Er schüttelte den Kopf. »Was mögen das für Geschäfte sein, die die Oberin mit diesem Magus tätigt?«

Kalehna richtete sich ebenfalls auf, tastete im Dunkeln nach seiner Hand und packte sie. »Wenn sie erfährt, dass du herausgefunden hast, dass sie heimlich *Göttlichen Staub* an den Zirkel der Wirker verkauft, wird sie dich töten.«

»Aber wieso macht eine Drachenpriesterin so etwas?«

»Oberin Eurijet ist keine Drachenpriesterin«, erklärte Kalehna. »Soweit ich weiß, stammt sie nicht einmal aus Alghor.«

»Eins ist jedenfalls klar«, meinte Lay. »Du bist hier genauso in Gefahr wie ich, auch wenn du einen mächtigen Beschützer hast. Denn wenn Eurijet herausfindet, was wir hier getan haben ...«

Weiter kam er nicht.

Die Tür zu seiner Kammer flog mit einem lauten Krachen auf, und Lay kniff die Augen zusammen, als helles Licht in den winzigen Raum drang.

»Was soll das?«, schrie er und legte sich eine Hand über die Augen, während er gleichzeitig zu erkennen versuchte, wer da in seine Kammer eindrang.

»Ah, hier steckst du also, Schlampe!« Die raue Stimme war eindeutig weiblich, und Lay erkannte die Silhouette von zwei kräftigen Gestalten, bevor sich die beiden Frauen auf Kalehna stürzten und sie brutal von der Pritsche zerrten. »Wir haben dich schon überall gesucht!«

»Was fällt euch ein!«, schrie Kalehna. »Ihr habt nicht das Recht, mich so ...«

»Sie ist unschuldig!«, rief Lay, obwohl er wusste, wie albern das angesichts der Tatsache klang, dass sie beide nackt auf seiner Pritsche gelegen hatten. Außerdem beleuchtete das Licht der Tranlampe, die eine der Frauen in der Hand hielt, den hellroten Fleck auf dem Bezug der Matratze. *Sie war Jungfrau,* dachte Lay. *Sie war …*

Der Blick der anderen Frau fiel ebenfalls auf den Blutfleck, und sie erkannte ihn als das, was er war. Sie sog zischend die Luft zwischen die Zähne.

»Diesmal wird dir der Höchste nicht mehr helfen, du Hure!«, zischte die erste Frau. »Du hast das oberste Gebot der Drachenjungfern gebrochen und dich mit einem Mann eingelassen! Du kannst von Glück reden, wenn du nur verstoßen wirst und für deine Verfehlungen nicht am Drachenkreuz endest!« Sie spuckte aus, während Kalehna rasch ihr Gewand überwarf. »Es würde mich nicht wundern, wenn der Magus selbst den Befehl dazu geben würde. Wir sollen dich zu ihm bringen. Er wartet bei der Oberin!«

Lay sprang auf, ohne darauf zu achten, dass er vollkommen nackt war. »Das könnt ihr nicht tun!«, schrie er. Bilder von Zanth'ra am Drachenkreuz schossen ihm durch den Kopf. »Sie hat nichts Böses getan!«

»Das zu beurteilen steht dir nicht zu, Mann!«, spie die Frau boshaft hervor. Lay bemerkte erst jetzt, dass sie mit einem Lederwams und einer kurzen Lederhose bekleidet war und an Armen und Beinen ebenfalls lederne Schienen trug. Um die Schultern hatte sie einen Waffengurt geschlungen, und der Griff eines Schwertes lugte über ihrer Schulter hervor. »Wie ich sehe, bist du so weit wiederhergestellt, dass du keiner Heilerin mehr bedarfst. Zieh dich an und warte hier. Die Oberin wird dir jemanden schicken, der dich zum Tor bringt. Du hast unsere Gastfreundschaft mehr als genug missbraucht.« Sie warf einen vielsagenden Blick auf Kalehna, die zu Lay zurücksah.

»Mach dir keine Sorgen um mich«, sagte sie. »Das sind nur die Kettenhunde der Oberin. Sie bellen, aber beißen dürfen sie nicht.«

»Aber …« Bevor Lay weitersprechen konnte, hatten die Frauen seine Kammer verlassen und die Tür hinter sich zugeworfen.

Lay starrte einen Moment wie betäubt auf die Tür, bis er merkte, dass die beiden Wächterinnen ihre Tranlampe in der Kammer zurückgelassen hatten. Er sah sich um, und sein Blick glitt zu dem roten Fleck auf der Matratze.

Sie war noch Jungfrau, dachte er. *Und ich habe …*

Um deine Rücksichtslosigkeit ihr gegenüber zu bejammern, ist später noch Zeit!, unterbrach ihn seine innere Stimme. *Jetzt solltest du dich möglichst schnell anziehen, bevor man dich abholt. Vielleicht hast du dann noch Gelegenheit, Kalehna einzuholen und dich bei dem Versuch, sie zu retten, zum Narren zu machen!*

Lay hörte auf seine innere Stimme und zog sich an, so schnell er konnte. Er hatte weniger Angst um sich als um Kalehna. *Was werden sie mit ihr machen?* Es war offenkundig, dass die Oberin nur auf eine Gelegenheit gewartet hatte, Kalehna eins auswischen. Lay biss die Zähne zusammen, als ihm klar wurde, dass er ihr dabei wunderbar in die Hände gespielt hatte. Er erinnerte sich an die drakonischen Strafen, von denen er gelesen hatte und die die Drachenpriesterinnen über Drachenjungfern verhängten, die das Keuschheitsgebot des Kultes verletzt hatten.

Die Wächterin hatte gesagt, diesmal würde auch ihr Beschützer Kalehna nicht davor bewahren. *Ein Magus,* dachte er, während er sich den Schwertgurt über die Schulter schlang und den Morgenstern an seinen Gürtel hängte. *Seltsam. Warum sollte ein hochrangiger Wirker des Zirkels sein Mündel ausgerechnet in einem Tempel der Drachenpriesterinnen verstecken?* Es mochte sein, dass es viele Gründe dafür gab, aber Lay konnte sich keinen einzigen vorstellen. *Selbst wenn es dabei nur um die Beschaffung des Drachengiftes gegangen ist, würde das noch nicht erklären, wieso dieser mächtige Magus beschützend seine Hand über die junge Frau hielt.*

Es sei denn … Lay hielt inne, als ihm ein anderer Gedanke

kam. Kalehna war auf dem Hochlandwai in seine Gedanken eingedrungen, und sie hatte die Fäden in seinem Körper … *Sie hat sie gewirkt,* dachte er. *Und sie konnte sie* sehen. *Kann es sein, dass sie auch so eine ist wie ich?*

Er dachte an Vergust, als der spöttisch über Zufälle geredet hatte, an die er nicht glaubte. *Er hat gesagt, ich wäre ein Träger des Mals, und Zanth'ra wäre eine Drachenpriesterin gewesen. Wenn Kalehna ebenfalls …* Er schüttelte den Kopf. *Es ist unsinnig, lange darüber nachzudenken. Ich muss sie einfach finden und sie fragen. Möglicherweise weiß sie ja gar nichts darüber oder hat vielleicht dieses Mal gar nicht. Dann bleibt allerdings die Frage, woher ihre Fähigkeiten kommen.*

Ein Schritt nach dem anderen. Zunächst einmal muss ich hier raus und sie finden. Dann sehen wir weiter.

Um ein Haar wäre er zwei Wächterinnen in die Arme gelaufen, die hinter der Biegung des Ganges standen und warteten.

Lay hatte keine Ahnung, worauf oder auf wen, aber er hatte keine Lust, es herauszufinden. Er machte kehrt und ging so leise er konnte den Gang zurück, den er gekommen war. An der nächsten Kreuzung blieb er stehen und überlegte kurz. *Ich bin eben von links gekommen und nach rechts abgebogen. Jetzt müsste ich geradeaus weitergehen, und dann …* Er seufzte. *Gib's zu, du hast dich verirrt! Dieser verfluchte Tempel ist schlimmer als das Labyrinth in Belphors* Hellführ*!* Er wünschte sich nicht zum ersten Mal, der nach Fisch stinkende Barbar wäre bei ihm. *Selbst wenn Korgh den Weg ebenfalls nicht finden würde, wäre eine Suche zu zweit erheblich angenehmer.* Lay knirschte mit den Zähnen. *Trotzdem war es richtig, allein weiterzugehen. Ich muss nach Ulcar, ich muss Broll finden! Und das werde ich auch, sobald ich Kalehna …*

Er hörte Stimmen und sah sich suchend nach einem Versteck um. Aber es gab keine Nischen mit Statuen in diesem Gang und auch keine Türen. Es gab nicht einmal ein Mauseloch, in das er sich hätte verkriechen können.

Was mache ich jetzt? Verflucht, was soll ich nur tun? Ihm war klar, dass er Kalehna nicht mehr würde helfen können, wenn man ihn vorher erwischte und hinauswarf. Und ebenso wenig konnte er sich mit Blutbraut den Weg zu ihr freikämpfen. *Das ist ein verfluchter Tempel!*, dachte er. *Ich kann hier unmöglich ein Blutbad anrichten. Andererseits …* Er dachte an die Drachenjungfern, die er in dem Turm gesehen hatte, und an die unmenschliche Art und Weise, wie man sie benutzte, um das Gift aus den Echsen zu gewinnen. *Wer so etwas tut, hat eigentlich jede Rücksichtnahme verwirkt.*

Seine Hand zuckte zum Griff seines Schwertes, als die Personen, die er hatte reden hören, um die Ecke des Ganges bogen. Als sie ihn sahen, blieben sie überrascht stehen. Das heißt, eine Person war überrascht und im nächsten Moment auch sichtbar wütend, während die andere Person eher amüsiert wirkte.

Als Lay die Gestalt neben der Oberin erkannte, fiel ihm vor Verblüffung die Kinnlade herunter.

»Er ist es«, keifte die Oberin und wies auf Lay. »Er hat die Drachenjungfer geschändet – jene, die unter dem Schutz eines sehr mächtigen Mannes steht, der zweifellos nicht sonderlich erfreut sein wird, wenn er hört, dass sein Mündel …«

»Verehrte Oberin, wir würden doch gern hören, was die besagte Drachenjungfer zu dieser Beschuldigung zu sagen hat. Sollte sich der Vorwurf als zutreffend erweisen, werden wir uns selbstverständlich über eine angemessene Entschädigung unterhalten. Wir sind fest davon überzeugt, dass wir uns in diesem Punkt einigen können.« Korgh blinzelte Lay verschwörerisch zu, während er die Arme vor der Brust verschränkte. »Ihr wisst schon, die stürmische Leidenschaft der Jugend und dergleichen. Und bei so vielen Drachenjungfern, auch wenn Ihr zweifellos ein strenges Regiment über sie führt, dürfte es doch häufiger zu einem solchen … Unfall kommen, hab ich recht?«

Oberin Eurijet war offensichtlich anderer Meinung, aber in dem Moment kamen vier weitere Personen aus einem anderen Gang. Es waren Wächterinnen, jedenfalls ihrer Aufmachung nach. Allerdings machten sie nicht den Eindruck, als wären sie im Augenblick in der Lage, über irgendetwas zu wachen. Ihre Gesichter waren blutverschmiert, und eine von ihnen, offenbar die Anführerin, hielt sich den Kopf.

Dann bemerkte Lay den wütenden Blick, mit dem Oberin Eurijet Korgh und vor allem seine Streitaxt musterte. Und er sah ebenfalls, dass Korgh seine Hand unter den Ellbogen der Oberin gelegt hatte. Und das ganz sicher nicht, um sie zu stützen. Die Oberin war offenbar seine Geisel.

Der Nordling schien von all den bösen Blicken nichts zu bemerken.

»Wie wir sehen, hast du die kleine Auseinandersetzung mit den Drachenkämpfern recht gut überstanden«, erklärte Korgh. »Offenbar hast du also doch das ein oder andere in unseren Übungsstunden gelernt.«

Lay öffnete den Mund, wusste aber nicht, ob er fluchen oder lachen sollte. »Du kommst ein bisschen spät«, war alles, was ihm einfiel.

»Die Undankbarkeit der Jugend«, meinte Korgh und lächelte die Oberin an. »Wir sind Euch jedenfalls sehr dankbar dafür, dass Ihr Euch so aufopfernd um unseren jungen Freund gekümmert habt. Und jetzt möchten wir Eure Gastfreundschaft nicht länger ...«

»Wo ist Kalehna?«, wollte Lay wissen.

»Reicht es nicht, dass du sie geschändet hast?«, fuhr ihn die Oberin an. »Was willst du denn jetzt noch von ihr?«

»Ich habe sie nicht ...!«

»... in Anspruch nehmen«, beendete Korgh seinen Satz. Er sah Lay an, und seine Augen funkelten. »Wir werden Euren Heiligen Tempel sofort verlassen.«

»Ich will ...!«, begann Lay.

»Sofort!«, wiederholte Korgh und schob die Oberin vor sich her, während er auf Lay zuging. »Denn wir haben nicht die Absicht, uns mit einem ganzen Kreis von Wirkern anzulegen, die gerade dabei sind, die unglückliche Drachenjungfer ...«, er verzog spöttisch die Lippen, »... die *ehemalige* Drachenjungfer, muss man wohl sagen, zu befragen.«

»Aber Kalehna ist ...«

»Wie wir schon sagten«, zischte Korgh, und in seinen Augen schimmerte ein rötlicher Funken, »sie ist, wenn wir Oberin Eurijet richtig verstanden haben, bei den Leuten, die sie hierhergebracht und bisher beschützt haben. Leuten, möchten wir wiederholen, die über so viel Macht verfügen, dass es nicht ratsam wäre, sie zu verärgern. Was du, möchten wir hinzufügen, möglicherweise bereits hinlänglich getan hast.«

»Sie hat ...!«, begann Lay, verstummte aber, als er Korghs Blick bemerkte. Er biss die Zähne zusammen und fügte sich ins Unvermeidliche. Wenn es tatsächlich stimmte, dass sich ein ganzer Kreis von Wirkern im Tempel befand und Kalehna bei ihnen war, konnte er tatsächlich nicht viel für sie tun. Aber es gefiel ihm trotzdem nicht, und noch weniger gefiel ihm, dass der Nordling sofort wieder das Kommando übernahm, kaum dass er aufgetaucht war. *Ungebeten,* dachte Lay gereizt und verdrängte geflissentlich die Erinnerung daran, dass er vor wenigen Augenblicken noch Korghs Auftauchen herbeigesehnt hatte.

»Echsenfutter!«, zischte Oberin Eurijet und warf Lay einen hasserfüllten Blick zu. »Du solltest zu Echsenfutter verarbeitet ...«

»Dieses Thema haben wir doch bereits ausgiebig erörtert, verehrte Oberin«, unterbrach Korgh sie und machte eine vielsagende Kopfbewegung in Richtung der vier Wächterinnen, die in respektvollem Abstand zu Korgh und seiner Streitaxt stehen geblieben waren. »Ihr wollt doch sicher nicht, dass ihr mehr als nur eine entjungferte ...«

»... geschändete!«, fauchte Oberin Eurijet.

»... Drachenjungfer zu beklagen habt?«, beendete Korgh gelassen seinen Satz. »Zum Beispiel enthauptete Drachenwächterinnen?« Er fletschte die Zähne und knurrte böse, und die vier Frauen zuckten unwillkürlich zurück. »So etwas bringt immer Unruhe und Untersuchungen mit sich, und wie Ihr wisst, ist das ausgesprochen schlecht fürs Geschäft!«

Oberin Eurijet machte den Eindruck, als hätte sie ihm am liebsten bei lebendigem Leibe die Haut abziehen lassen, aber offenbar genügte Korghs Blick und sein Griff um ihren Ellbogen, um sie zur Vernunft zu bringen.

»Natürlich«, zischte sie. »Hauptsache, ihr beiden verschwindet endlich und kommt nie wieder hierher zurück!« Sie warf Lay einen boshaften Blick zu. »Du solltest dir lieber jeden Gedanken an dieses Flittchen aus dem Kopf schlagen, Jungchen!«

Lay schloss kurz die Augen. *Ich frage mich, wieso eigentlich jeder, aber auch wirklich jeder, auf die Idee kommt, mich mit meinem Alter beleidigen zu müssen!*

Vielleicht weil du dich davon beleidigen lässt?, fragte die spöttische Stimme in seinem Kopf.

»Ihr wollt sie bestrafen für etwas, das ich getan habe«, sagte Lay.

»Die Magi sind nicht gekommen, um deine Hure zu bestrafen, Dummkopf«, fauchte die Oberin, »sondern um sie abzuholen. Doch nicht einmal ich weiß, wohin sie sie bringen werden!«

Lay wollte etwas erwidern, aber Korgh kam ihm zuvor.

»Aber wir sind sicher, Ihr wisst, wie wir auf dem schnellsten Weg aus Eurem verfluchten Heiligen Tempel hinauskommen.« Er beugte sich zu der Oberin hinunter und verstärkte den Griff um ihren Ellbogen, um seinen Worten Nachdruck zu verleihen.

Lay war zwar alles andere als zufrieden, aber es blieb ihm kaum etwas anderes übrig, als Korgh und der Oberin zu folgen, wenn er es nicht allein mit einem ganzen Kloster voller aufgescheuchter Drachenjungfern und wütender Drachenwächterinnen aufnehmen wollte.

BAAHTT, ZWEITGRÖSSTE STADT DES DRACHENREICHES, TEMPEL DER DRACHENPRIESTERINNEN

»Erhabene?«

Sie hielt die Augen fest geschlossen und hoffte, dass sich die Person vor ihrer Kammer bald wieder entfernen würde.

»Erhabene Drachenbraut?«

Diesmal klang die Stimme energischer.

War ja klar, dass ich so viel Glück nicht haben würde! Jolah da Prunfor, Thronerbin von Alghor, Drachenbraut und im Moment wahrscheinlich der meistgesuchte Mensch des Drachenreichs, seufzte genervt und richtete sich auf.

»Ja, ich komme! Moment, verdammt!«

Was bei Belphor ist denn jetzt schon wieder? Hoffentlich holt man mich nicht zu einer weiteren Erbauungsveranstaltung!

Die Drachenpriesterinnen und Drachenjungfern des Tempels der Degora schienen gar nicht genug von der Drachenbraut bekommen zu können. Jolah hatte seit ihrer Ankunft in dem geheimen Tempel der Drachenpriesterinnen in Baahtt kaum einen Sonnenstrich Zeit für sich allein gehabt. Und sie bereute es bereits, dem Drängen ihrer Mutter und ihrer Vertrauten Cassda'ra nachgegeben und sich auf diese Reise nach Baahtt eingelassen zu haben.

Was für eine absurde Idee, dieses beengende und erstickende Mausoleum ausgerechnet nach der einzigen Drachenbraut zu benennen, die es geschafft hat, sich aus ihren Fesseln zu befreien, dachte sie gereizt, während sie sich auf der Pritsche aufsetzte und die Füße in ihre weichen Pantoffeln schob. Natürlich hielt ihre Kammer keinem Vergleich mit den Gemächern im Drachenpalast stand, aber das hatte sie auch nicht erwartet. Es wäre ihr sogar egal gewesen, hätte sie nicht das Gefühl gehabt, dass sie weniger ein Gast in diesem Tempel war als vielmehr eine Gefangene. Die Gitter vor dem hoch oben unter der Decke befindlichen kleinen Rechteck, das wohl ein Fenster sein sollte, verstärkten diesen Eindruck noch. *Es würde mich nicht wundern, wenn sie mir sogar das Essen durch eine Klappe in die Kammer schieben würden! Ich frage mich wirklich, was Cassda'ra sich dabei gedacht hat, mich an solch einen Ort zu entführen!*

Mittlerweile war sie an die Tür getreten und öffnete sie. Sie hatte schnell gelernt, dass die Drachenjungfern, die in diesem Tempel lebten – *Falls man das überhaupt Leben nennen kann!* –, vor lauter Scheu fast in den Erdboden versanken, wenn sie ihr direkt gegenübertreten mussten. *Und noch ehrfürchtiger behandeln sie Cassda'ra.*

Jolah runzelte die Stirn, als die junge Frau vor der Tür sofort den Blick senkte und respektvoll einen Schritt zurücktrat.

»Die Höchste möchte Euch sprechen, Erhabene«, hauchte die Drachenjungfer. »Wenn es Euch nichts ausmacht.«

Jolah hatte wahrlich nichts Besseres vor, aber plötzlich ärgerte sie sich über die demütige Haltung dieser Frauen. *So unterwürfig sie mir gegenüber auch sind, es sind dennoch Befehle, die sie überbringen, selbst wenn sie diese in freundliche und schmeichlerische Worte kleiden.*

»Es macht mir aber etwas aus, dass ich gerade unpässlich bin und sie aufsuchen werde, sobald es mir möglich ist.«

Die Drachenjungfer schien vollkommen verwirrt. »Aber Erhabene … Das ist … Ich weiß nicht, ob … Die Höchste will …«

Jolahs Zorn verrauchte so rasch, wie er aufgeflammt war. Immerhin konnte dieses Mädchen nichts dafür, dass sie sich in dieser blöden Kammer zu Tode langweilte, während sie darauf wartete, ebenso langweilige Belehrungen über sich ergehen zu lassen.

»Schon gut«, erwiderte sie und winkte ab. »Geh zu Cassda'ra und sag ihr, dass ich gleich kommen werde. Wo ist sie?«

»Verzeiht, Erhabene, aber ich soll Euch …«

»Bin ich denn eine Gefangene?«, fuhr Jolah die unglückliche Drachenjungfer an, als sie unvermittelt wieder in Wut geriet. »Ich brauche keine Magd, die mich durch diese verstaubten Gänge führt. Nichts von dem, was ich bisher in diesem Tempel gesehen habe, könnte mich dazu verleiten herumzuspionieren. Also brauchen weder du noch deine Herrin sich Sorgen zu machen, dass ich vielleicht meine Nase in etwas stecke, das mich nichts angeht. Außerdem bin ich die Drachenbraut und Thronfolgerin von Alghor. Sollte ich auf die Idee kommen, meine Nase in irgendetwas zu stecken, dann geht es mich auch etwas an.« Sie ignorierte geflissentlich, dass sie sich damit selbst widersprach, und sah mit verschränkten Armen auf die junge Frau vor sich hinab, die ehrfürchtig vor ihr knickste.

»Natürlich, Erhabene.« Das Mädchen hauchte die Worte. »Aber es dient nur Eurer eigenen Sicherheit …«

»Sicherheit? Pah! Ich wüsste nicht, wer mir hier in diesem Tempel gefährlich werden könnte.« Sie grinste anzüglich. »Soweit ich weiß, gibt es hier keine Männer.« Sie runzelte die Stirn. »Abgesehen von Bragh natürlich. Wo steckt er überhaupt?«

Die Drachenjungfer hob erschrocken den Kopf. »Er ist natürlich im Torhaus untergebracht, dort, wo alle männlichen Gäste …«

»Verstehe, schon gut.« Jolah bemerkte die Tränen in den Augen des Mädchens und wollte ihr die Hand auf die Schulter legen, zog die Hand aber zurück, als sie sah, dass die Drachenjungfer heftig zusammenzuckte. *Wovor hast du so große Angst? Glaubst du etwa, ich wollte dich schlagen?*

Jolah musterte die junge Frau genauer, aber abgesehen davon, dass sie sehr dünn und zart war und außerdem leichenblass, was wahrscheinlich daher rührte, dass die Drachenjungfern den

Tempel so gut wie nie verließen, fiel ihr nichts weiter an ihr auf.

»Also, wo wartet Cassda'ra auf mich?«

Das Mädchen erhob sich und faltete die Hände. Dabei rutschten die weiten Ärmel ihres Gewandes hoch und gewährten Jolah einen Blick auf die Unterarme der jungen Frau, die mit dunkelbraunen seidenen Tüchern umwickelt waren. *Wie unpraktisch,* dachte sie. *Es muss ja schrecklich viel Zeit kosten, sich jeden Morgen diese Bänder umzuwickeln und sie jeden Abend wieder abzunehmen.*

»Die Höchste wartet im Lesesaal auf Euch«, antwortete die Jungfer. »Soll ich ihr sagen …«

»Du kannst ihr ausrichten, dass ich in höchstens zwei Sandachten bei ihr sein werde.« Jolah wusste zwar nicht genau, was sie bis dahin mit sich anfangen wollte, aber es erschien ihr einfach angebracht klarzustellen, wer hier die Befehle gab. *Auch wenn ich mich in einem heiligen und angeblich so geheimen Tempel der Drachenpriesterinnen befinde, bin ich die Drachenbraut. Cassda'ra mag die Höchste Priesterin dieses Kultes sein, aber sie ist trotzdem nur meine Lehrerin, nicht meine Herrin!* Flüchtig schoss ihr der Gedanke durch den Kopf, dass sie die Oberste Heilerin vor dieser Fahrt nach Baahtt auch als ihre Vertraute, ja, ihre Freundin betrachtet hatte. Aber in den drei Tagen, die sie mittlerweile hier war, hatten sie Zweifel beschlichen, ob diese Bezeichnungen noch auf ihr Verhältnis zutrafen.

Jolah wartete, bis sich die Drachenjungfer verbeugt hatte und davongegangen war, dann trat sie in ihre Kammer zurück. In den wenigen Sonnenstrahlen, die durch das vergitterte Fenster fielen und den kargen Raum spärlich erhellten, flirrten Staubkörnchen. Sie sah sich um. Die Möblierung war dürftig. Die Pritsche, ein Tisch mit einem kleinen Fass Meerestinte sowie einer Glasfeder und Papier und dazu ein Hocker ohne Lehne bildeten die gesamte Ausstattung. Und bis auf einige Kleidungsstücke, die ihre Mutter ihr für diese Fahrt hatte einpacken lassen, und ein paar Schriftrollen, die sie aus dem Palast mitgebracht hatte, befanden sich in diesem Raum keine persönlichen Gegenstände von ihr.

Sie runzelte die Stirn. *Was kann Cassda'ra von mir wollen?*, dachte sie. *Wahrscheinlich wieder irgendeine ermüdende Lektion über die Geschichte der Drachenpriesterinnen und die Legenden von den Trägern des Mals und den Heiligen Zwei. Ich kann es nicht mehr hören!*

Das musst du auch gar nicht!, meldete sich eine andere Stimme in ihrem Kopf. Es war die Stimme der Jolah, die ihre eigenen Entscheidungen traf und ihren eigenen Willen durchsetzte. Und die gelegentlich auch dafür sorgte, dass die Drachenbraut und Thronerbin des Drachenreiches in Schwierigkeiten geriet. Aber meistens sorgte die Stimme dafür, dass Jolah da Prunfor Spaß hatte. *Genau das, was ich jetzt dringend bräuchte! Außerdem ist Cassda'ra selbst schuld. Ich habe sie mindestens dreimal gefragt, ob sie nicht mit mir einen Ausflug nach Baahtt unternehmen möchte, wenn ich schon einmal hier bin!* Die Drachenpriesterin hatte das Ansinnen jedes Mal abgelehnt und darauf verwiesen, dass es einfach zu gefährlich für Jolah sei, sich in der Öffentlichkeit zu zeigen, weil dann möglicherweise die Spione ihres Vaters von ihrem Versteck erführen. Und außerdem würde ein solcher Ausflug nicht nur sie selbst, Jolah, in Gefahr bringen, sondern auch den geheimen Tempel. Und das könnte sie nicht zulassen.

Jolah hatte sich zwar, wenn auch mürrisch, der Entscheidung gefügt, aber gleichzeitig hatte sie das Verbot auch gereizt. Außerdem brauchte sie ein wenig Freiheit, und wenn sie noch länger in diesem Grabmal eingesperrt blieb, würde sie noch verrückt werden!

Ich riskiere ja nichts. In dieser Kleidung würde mich vermutlich nicht einmal mein Vater erkennen, denn ich habe nicht vor, mich lange in Baahtt umzusehen. Sie erinnerte sich von einem Besuch mit ihren Eltern her noch daran, dass die Stadt, die nur eine Wegstunde von Ulcar entfernt lag, ziemlich langweilig war.

Aber alles ist unterhaltsamer als dieser verdammte Tempel, dachte sie, *selbst diese langweilige Vorstadt!* Außerdem amüsierte sie die Vorstellung, dass Cassda'ra vermutlich vor Wut schäumen würde, wenn sie herausfand, dass Jolah einfach den Tempel verlassen hatte. *Das wird sie lehren, ihre Stellung nicht zu vergessen. Und vor allem meine zu respektieren!*

Ihre Laune hellte sich auf, als sie an die große Gobelintasche trat, in der sie ihre Kleidungsstücke hatte. Sie griff in ein verstecktes Seitenfach, dessen Öffnung unter einer Naht verborgen war, und zog eine schmale Geldbörse mit einigen Silberstücken und etlichen Dublonen hervor und einen flachen Dolch mit einer langen zweischneidigen Klinge. Er steckte in einer ebenso flachen Scheide, an der ein breites Samtband befestigt war.

Jolah warf einen Blick zur Tür, aber natürlich war da niemand. Sie raffte ihren schlichten Leinenrock und band sich die Klinge um ihren Oberschenkel. Dann schlüpfte sie aus ihren Pantoffeln und zog ihre Stiefeletten aus Wüstenziegenleder an.

Hoffentlich laufe ich unterwegs nicht ausgerechnet Cassda'ra in die Arme oder der Oberin dieses Tempels! Sie schüttelte sich kurz, als sie an die kleine verhärmte Frau dachte, die Cassda'ra ihr vorgestellt hatte.

Oberin Tusk hatte Jolahs Lehrerin und Vertraute mit höchster Ehrfurcht behandelt, Jolah jedoch eher skeptisch beäugt. Vielleicht lag es an der Gegenwart von Bragh, dass die Oberin so reserviert war, oder an der wenig ehrerbietigen Art, mit der die Drachenbraut ihre Lehrerin behandelte, oder es lag an dem Kleid, das Jolah getragen hatte. *Was erklärt, wieso man mir gleich diese triste Bauernkleidung ins Zimmer gelegt hat. Andererseits, für das, was ich jetzt vorhabe, ist es vielleicht genau das Richtige.*

Sie nahm ihren Schal vom Bett, der aus der weichen, kostbaren Wolle der Wüstenziegen gewebt war, und schlang ihn sich in der Art der gemeinen Frauen um Kopf und Schultern. Dann öffnete sie vorsichtig die Tür ihrer Kammer und schob den Kopf hinaus. Wie sie erwartet hatte, war der Gang leer. Sie zog die Tür hinter sich zu und wandte sich nach rechts. Sie hatte zwar den Tempel nie ohne Begleitung durchquert, aber sie hatte sich den Weg gemerkt, den sie gekommen war, und wusste, wo der Eingang lag. *Und wo der Eingang ist, muss auch der Ausgang sein, richtig?*

Das stimmte zwar, aber offenbar war es wesentlich einfacher, den Tempel zu betreten, als ihn zu verlassen.

Jolah blieb hinter einer Säule in der düsteren Halle stehen und beobachtete die beiden Drachenwächterinnen in der Nähe der inneren Pforte. Die beiden hätten sie sehr wahrscheinlich aufgehalten, und dann wäre ihr ganzer schöner Plan ins Wasser gefallen.

Cassda'ra hatte ihr erzählt, dass dieser Tempel sehr geschickt getarnt war. Der eigentliche Tempel war in den Fels des Berges gehauen, der sich am Rand von Baahtt erhob. In das Heiligtum gelangte man nur durch ein Haus, einen Kräuterladen für den Bedarf der Heilerinnen. Da sie mit der Kutsche gekommen waren, hatte Jolah nicht genau gesehen, wie dieses Haus beschaffen war, aber sie hatte bemerkt, dass sie in eine Remise gefahren waren, von der aus sie zu dem geheimen Tempelzugang gelangt waren.

Als sie nun die große zweiflüglige Pforte musterte, vermutete sie, dass dahinter der Gang lag, der dann irgendwann in die Remise mündete. Und dort, über den Stallungen des Hauses, wartete vermutlich auch der treue Bragh und verzehrte sich vor Sorge. *Und vor Sehnsucht, hoffe ich.* Jolah grinste, aber dann wurde sie wieder ernst. *Die Frage ist, wie soll ich an den Wächterinnen vorbeikommen?*

Eine Frage, die beantwortet wurde, als sich die Pforte öffnete und zwei Frauen hereinkamen, die mit Körben voller Gemüse und Obst beladen waren. Jolah erkannte in der einen eine Hilfsköchin, die ihr Cassda'ra gezeigt hatte, als sie kurz in die Küche hineingeschaut hatten. Die Erste Köchin Alektha'ra war ebenfalls eine Drachenpriesterin und offenbar eine Vertraute von Cassda'ra, denn sie hatte die Oberste Heilerin sehr respektvoll und doch fast wie eine Gleichgestellte begrüßt. Vor Jolah war sie allerdings in einen tiefen Knicks versunken, und die Drachenbraut hatte das Gefühl, dass diese Ehrfurchtbezeugung nichts mit ihrem Rang als Thronfolgerin von Alghor zu tun gehabt hatte.

Die beiden Wächterinnen achteten kaum auf die Frauen, die an ihnen vorbei quer durch die Halle zu einem Durchgang gingen, der offenbar zur Küche des Tempels führte.

Jolah wartete einen Moment, bis die beiden Wächterinnen in ein Gespräch vertieft waren, und folgte dann den Frauen in den Gang.

Ja, hier geht es zur Küche, dachte sie, als ihr der Geruch von gekochtem Gemüse und Fleisch verführerisch in die Nase stieg. *Was ich jetzt noch bräuchte ...*

Bevor sie den Gedanken zu Ende bringen konnte, bog sie um eine Ecke und sah in einer Nische mehrere leere Körbe. Jolah blickte sich um, aber niemand außer ihr befand sich in dem Gang. Sie schnappte sich einen Korb, machte kehrt und ging dann rasch in die Halle zurück. Sie zupfte an ihrem Schal und hoffte, dass die Wächterinnen sie nicht zu genau in Augenschein nahmen, sodass sie die erlesene Qualität der Wolle, aus der ihre Kleider gefertigt waren, und auch ihr edles Schuhwerk nicht bemerkten.

»Heda, wohin?«, rief eine der Wächterinnen sie an, als sie sich der Pforte näherte.

»Geflügel holen«, sagte sie. »Diese dumme Hilfsköchin hat ...«

»Geh nur«, brummte die zweite Wächterin, die ihr kaum einen Blick schenkte.

»Du bist neu in der Küche, was?«, meinte die erste, die sie prüfend betrachtete. »Bist 'ne Hübsche, nicht wahr? Hat sich

Alekki wohl ein neues Schäfchen ins Bett geholt, das ihr nachts die kalten Füße wärmt.«

Jolah lächelte die Wächterin an. »Nicht nur die Füße«, entgegnete sie keck.

Die Frau lachte und klopfte sich auf die Schenkel. »Wenn du mal frierst, hab ich hier was, das dich wärmen wird, mein Schäfchen.«

»Lass das, Proh-ta!«, zischte die andere Wächterin. »Deine Geilheit wird dich noch mal ans Drachenkreuz bringen! Du weißt doch, dass Alektha'ra eine enge Freundin der Höchsten ist, und du weißt auch, dass die beiden keinen Spaß verstehen, wenn's um ihre Drachenjungfern geht!«

Die erste Wächterin winkte ab und schnaubte verächtlich. »Schon gut, war nur Spaß, Schäfchen. Geh nur, aber nimm dich in Acht. Kaifur ist ein Halunke, der vor allem unerfahrene Jungfern gern über den Tisch zieht. Oder unter den Tisch, wenn sie nicht ordentlich aufpassen!« Sie lachte erneut und sah Jolah nach, als sie zur Pforte ging. Sie drückte den Hebel hinunter und zog den schweren Türflügel auf. Die Tür öffnete sich überraschend leicht in ihren offenbar gut geschmierten Angeln, und im nächsten Moment fand sich Jolah in einem dunklen Gang wieder, der in langen Stufen anstieg.

An den Wänden hingen Fackeln in eisernen Haltern, und sie sah, dass sich der Gang nach etwa zwanzig Schritten verengte und dann einen scharfen Knick machte.

Sie runzelte überrascht die Stirn. *Das ist nicht der Weg, den wir gekommen sind,* dachte sie. Andererseits konnte sie schlecht umkehren und die Wächterinnen fragen, wohin dieser Weg führte. *Außerdem wäre diese Frage auch überflüssig, weil ich ja nur dem Gang folgen muss, um es herauszufinden.*

Sie holte tief Luft, schob sich den Korb bequemer in die Armbeuge und marschierte los.

Die Blutlust der Zuschauer konnte man fast mit Händen greifen.

Jolah spürte die Erregung, die die Leute gepackt hatte, obwohl der Tag der Klingen erst in etwas weniger als einer Spanne bevorstand. Dann würden in der Großen Arena in Ulcar die besten Ringfechter der bekannten Welt in einem blutigen Kampf gegeneinander antreten, bei dem am Ende nur noch einer im von Blut rot gefärbten Sand stehen würde. Der Gewinner würde dann die Goldene Schwinge in Empfang nehmen, die ihn zu einem Angehörigen der Schilde Prunfors machte, der Schildwache des Drachenfürsten.

Aber erst nachdem der Drachenfürst, mein Vater, verkündet hat, an welchen der Freier er seine einzige Tochter und Thronerbin verschachern will. Bei diesem Gedanken verzog sie angewidert das Gesicht. Ihr war es völlig egal, wer diesen Kampf gewann, auch wenn Cassda'ra ihr gesagt hatte, dass vermutlich der Träger des Mals, der ihr von ihrem Schicksal bestimmte Gatte, an diesem Kampf teilnehmen würde, den die Ringfechter den *Blutkampf* nannten. *Ein Freier ist so gut wie jeder andere,* dachte sie und unterdrückte jeden Gedanken an grüne Augen, deren Blick sie durchdrang.

Stattdessen konzentrierte sie sich darauf, in dem Gewühl der Menschen in den schmalen Gassen nicht die Orientierung zu verlieren. Und verwünschte sich erneut dafür, dass sie darauf verzichtet hatte, Bragh mitzunehmen. Sie hatte zwar kurz überlegt, ihren Paladin zu holen, damit er sie bei ihrem Ausflug begleitete, hatte sich aber dagegen entschieden.

Es hätte zu viel Aufsehen erregt, wenn sie im Haus nach ihm gefragt hätte. Sie vermutete, dass die Frauen in diesem geheimen Tempel der Drachenpriesterin weit ergebener waren als der jungen Drachenbraut und Thronfolgerin von Alghor. Zumal Jolah für das Herrschergeschlecht stand, das den Drachenpriesterinnen die Ausübung ihres Glaubens, ihrer Rituale und Traditionen verboten hatte. Obwohl man ihre Dienste als erfahrene Heilerinnen nur zu gerne in Anspruch nahm.

Ich frage mich wirklich, wie mein Vater auf die Idee kommen konnte zu glauben, er könnte die Drachenpriesterinnen kontrollieren, wenn er das eine verbietet und das andere fördert. Sie schüttelte den Kopf. Andererseits war das Verbot des Kults, so hatte ihr Cassda'ra verraten, hauptsächlich auf das Betreiben der Kaste der Auguren hin erfolgt. Der Grund war, dass die Ersten Fragenden der Auguren schon sehr lange versuchten, den Drachenpriesterinnen das Geheimnis der Gewinnung des Drachengiftes zu entreißen.

Bislang vergeblich. Jolah wusste zwar nicht, wie die Drachenpriesterinnen diese begehrte Droge aus dem Gift der Echsen herstellten, aber da sie selbst das Gift nicht brauchte, um zu *sichten,* hatte sie sich auch nie sonderlich viele Gedanken darüber gemacht. Bis sie vor einigen Tagen herausgefunden hatte, dass ihre Mutter selbst Drachenpriesterin war und das Gift benutzte, um die Fäden des Schicksals zu *sichten.*

Und dass sie deshalb zu erblinden droht! Ein Kloß bildete sich in Jolahs Hals. *Ich habe Mutter falsch eingeschätzt,* gestand sie sich ein, während sie sich von der wogenden Menge in den kleinen Gassen des Geflügelmarktes vorwärtsschieben ließ. *Ich dachte, sie wäre einfach nur ein Sprachrohr meines Vaters. Stattdessen hat sie immer versucht, mich zu beschützen, so gut sie nur konnte.* Ein Anflug von schlechtem Gewissen überkam sie, als ihr klar wurde, dass sie jetzt mit diesem eigensinnigen Ausflug nicht nur sich selbst, sondern auch die Pläne ihrer Mutter und Cassda'ras gefährdete. *Und damit auch die Zukunft Alghors, falls die beiden wirklich recht haben.* Sie biss die Zähne zusammen. *Eine Zukunft, in der ich nur die Rolle der treuen Gemahlin spielen darf, nur dass mein Bräutigam kein fetter Vielweiberer oder ein dürrer Perverser ist, sondern irgendein Jüngling mit einem Mal auf dem Rücken, der seiner Bestimmung genauso ausgeliefert ist wie ich!*

Jolah bog in eine kleine Seitengasse ein und spürte plötzlich erneut ein merkwürdiges Kribbeln in ihrem Nacken. Sie hatte dieses Kribbeln zum ersten Mal gespürt, als sie den Markt am Drachenplatz betreten hatte, ihm aber keine Bedeutung beigemessen.

Jetzt drehte sie sich rasch um und musterte die Leute in ihrer Nähe. Alle waren damit beschäftigt, Waren zu kaufen, zu verkaufen oder zu prüfen, und niemand schien sonderlich auf sie zu achten. Einige Händler beobachteten sie und machten ihr Zeichen, sie möge ihre frisch geschlachteten Hühner, Puten, Waldtauben oder Gänse begutachten, aber niemand erweckte den Eindruck, als hege er ein übermäßiges Interesse an ihr oder führe gar Böses im Schilde.

Jolah zuckte mit den Schultern. *Wahrscheinlich bilde ich mir das nur ein, weil mich mein schlechtes Gewissen plagt,* dachte sie. *Dabei habe ich gar keinen Grund, ein schlechtes Gewissen zu haben, oder?*

Sie zog es vor, diese Frage nicht länger zu erörtern, sondern ging weiter. Das Angebot der Stände und Buden wurde immer abenteuerlicher, und die Händler wurden zunehmend aufdringlicher.

Gleichzeitig wuchs das unbehagliche Gefühl, dass sie verfolgt wurde. Auch ihre Kopfhaut fing an zu kribbeln, und dann lief es ihr heiß und kalt über den Rücken. Außerdem summte es in ihrem Kopf. Sie merkte kaum, dass sie ihre Schritte beschleunigte, und achtete überhaupt nicht mehr darauf, wo sie hinging. Sie wollte nur das Eine: dieses Summen aus ihrem Kopf vertreiben und das Kribbeln auf ihrer Haut loswerden.

Unvermittelt blieb sie stehen, als sie merkte, dass sie bereits etliche Schritte in eine ziemlich düstere Sackgasse gelaufen war. Die Mauern der Häuser zu beiden Seiten waren schmutzig und schief, der Putz bröckelte, und Abfall, verschimmelte Gemüsereste und wer weiß was noch lagen in Haufen überall herum. Die wenigen Fenster waren fest mit Läden verrammelt. Und nach etwa fünfzehn Schritten endete die schmale Gasse an einer unverputzten Mauer aus Feldsteinen, offenbar die Rückseite einer Werkstatt oder eines kleinen Geschäftes.

Wahrscheinlich eine Schlachterei, jedenfalls dem Geruch nach, dachte sie. *Nichts wie weg hier!* Sie drehte sich um.

»Was haben wir denn da?«

»Ist uns etwa ein Täubchen zugeflogen?«

»Sieht ganz so aus. Und was für ein feines Täubchen. Ich wette, es hat ganz zarte Federn.«

»Ja, und es duftet bestimmt auch wunderbar.«

»Mmh, ich kann seine knusprige Haut schon schmecken.«

Jolah schluckte. Die drei Männer standen nebeneinander am Eingang der Sackgasse und versperrten ihr den Fluchtweg. Unwillkürlich wich sie einen Schritt zurück. *Ein Fehler!*, dachte sie. *Du darfst keine Angst zeigen!*

Dummerweise fühlte sich das, was da gerade ihren Bauch zusammenkrampfte, verdammt nach Angst an.

Sie hob das Kinn und blieb stehen, aber es war schon zu spät. Die Männer hatten ihre Angst bereits gewittert, so wie es Männer wie diese immer taten. Und offenbar war sie nicht das erste Opfer, das ihnen in die Falle gegangen war. Sie schienen sehr gut eingespielt zu sein. Einer blieb am Eingang der Gasse stehen, während die beiden anderen langsam auf sie zugingen, ohne Eile und in der sicheren Gewissheit, dass sie ihnen nicht entkommen konnte.

Jolahs Blick zuckte durch die Gasse, suchte verzweifelt nach einer Fluchtmöglichkeit, nach irgendeiner Öffnung in den Mauern, nach einem Licht oder Anzeichen von Leben hinter den verrammelten Fenstern.

Gleichzeitig widerstand sie dem Impuls, weiter in die Sackgasse zurückzuweichen, weil das offenbar genau das war, was die Männer beabsichtigten. Sie würden sie dort am Ende an die Wand drücken und …

Jolah schloss kurz die Augen. *Du wirst dir nicht vorstellen, was dann geschieht, weil es nicht dazu kommen wird!* Sie tastete mit ihrer Hand nach dem Messer an ihrem Oberschenkel. Um es packen zu können, würde sie ihren Rock heben müssen.

»Ich bin …« Jolah biss sich auf die Zunge. *Soll ich ihnen wirk-*

lich verraten, wer ich bin? Was könnte ich dadurch gewinnen? Sie musterte die beiden Männer, die auf sie zukamen. Sie hatten die Lippen zu einem bösartigen Grinsen verzogen, sodass ihre dunklen, von Kammatnusssaft gefärbten Zahnstummel zu sehen waren. *Werden sie sich mit dem Versuch zufriedengeben, mich zu entführen und ein Lösegeld zu erpressen, statt mich gleich zu vergewaltigen und anschließend zu töten, was sie zweifellos vorhaben? Oder werden sie sich davon abschrecken lassen, dass sie es mit der Tochter des Drachenfürsten zu tun haben? Falls sie es mir überhaupt glauben!*

Jedenfalls war es einen Versuch wert.

»Du bist das appetitlichste Vögelchen, das uns in letzter Zeit ins Netz geflattert ist, hab ich recht, Freunde?«, sagte der erste Sprecher. »Wir wollen nicht dich, keine Sorge. Wir wollen dein Geld, deinen schönen Schal und deinen Schmuck.«

»Ich bin Jolah da Prunfor, Thronerbin des Drachenthrons und Tochter von Prakuhl de Prunfor, dem Drachenfürsten von Alghor. Wenn ihr mich anfasst ...«

Das derbe Lachen der Männer unterbrach sie.

»Selbstverständlich bist du das, mein Täubchen!«, antwortete derselbe Mann, offenbar der Sprecher der drei. »Und du kannst sicher sein, dass wir uns sehr geehrt fühlen.« Er lachte.

Jolah wich unwillkürlich zurück, obwohl sie wusste, dass sie damit ihre Lage immer auswegloser machte. Sie hob den Rock, um nach ihrem Messer zu greifen.

»Seht euch das an!«, krähte der eine. »Die Drachenbraut will uns auch noch heißmachen. Dass wir sie ausrauben wollen, genügt ihr wohl nicht.«

»Pass auf, Gerjon, die Schlampe hat 'n Messer!«, schrie der andere Mann. Er hatte Jolah scharf beobachtet, während er sich ihr näherte, und sprang zurück, als sie mit dem Messer in der Hand nach ihm schlug.

»Was macht sie?«, erkundigte sich der dritte Mann vom Eingang der Gasse aus. Er konnte in dem dämmrigen Licht nicht genau sehen, was dort vor sich ging, und machte einige Schritte in die Sackgasse hinein, um besser mitzubekommen, was seine Kumpane da trieben.

Gerjon achtete nicht auf ihn. Er lachte nur, aber es klang nicht mehr ganz so überheblich wie zuvor. »Oh, das Täubchen will es auf die harte Tour, was?« Er griff in sein schmutziges, von Flecken und Löchern übersätes Wams. Als er die Hand wieder hervorzog, hielt er eine rostige Klinge in der Faust.

Einem metallischen Schnappen am Eingang der Gasse folgte ein ersticktes Keuchen, und dann hörte man, wie etwas auf dem Boden aufschlug.

»Lass dein Messer stecken, Albar!«, befahl Gerjon, ohne sich umzudrehen. »Und pass gefälligst auf, dass kein ungebetener Zuschauer …«

Jolah starrte ungläubig auf den Eingang der Gasse.

Der zweite Räuber hatte ebenfalls eine Waffe gezogen, einen sichelförmigen, gemein aussehenden Dolch, und da Gerjon Jolah und ihr Messer nicht aus den Augen ließ, riskierte er einen kleinen Seitenblick zu seinem Kumpan am Eingang der Gasse.

»Was …?«, stieß er hervor und fuhr herum.

Im nächsten Moment ertönte wieder das metallische Schnappen, und die Worte des Banditen gingen in einem Gurgeln unter, während ein dunkler Fleck an seinem Hals die Stelle markierte, wo eben noch seine Kehle gewesen war. Dann kippte er wie vom Blitz getroffen zu Boden.

Gerjon fuhr herum, sein Messer in der hoch erhobenen Faust.

»Was, bei Belphors gespaltenem Schwanz …?«

»Bedauerlicherweise kann dein übelriechender Kumpan dich nicht mehr hören, du elender Drecksack.«

Die Stimme des Mannes klang vollkommen gelassen, als würde er über die Vorteile sanfiranischer Frauen im Vergleich zu denen aus Hellanden plaudern, während er ruhig auf Gerjon zutrat. Er hob die linke Hand, in der sich eine kleine Apparatur befand, die wie ein Bogen für Kinder aussah, den man auf einen kleinen Stock montiert hatte und waagerecht statt senkrecht hielt. »Mein neustes Spielzeug«, erklärte er. »Ich nenne es Handbogen, obwohl ich für Vorschläge, einen besseren Namen betreffend, jederzeit offen bin.« Er lächelte und zeigte dabei zwei Reihen makellos weißer Zähne. Aber seine Augen, die in dem Zwielicht der Gasse dunkel schimmerten, strahlten keinerlei Belustigung oder Wärme aus. »Besonders stolz bin ich auf die Vorrichtung, mit der man diesen kleinen Handbogen spannt. Es geht ganz schnell, siehst du?«

Gerjon war wie erstarrt vor Schreck und beobachtete den Mann vollkommen verständnislos. »Ich …«

»Man schiebt einfach nur den Finger in die Öse dieses kleinen Metallstabs an der Spitze meines Handbogens, klappt ihn einmal nach hinten und wieder nach vorn. Siehst du, so.« Der Mann machte es vor, fast wie einer der Händler auf dem Markt, der seine Ware anpreist. »Dann legt man einen Bolzen ein … Diese Schätzchen sind wirklich äußerst kostspielig, und ich muss daran denken, die beiden aus deinen Kumpanen herauszuziehen, bevor ich gehe.« Er lächelte Gerjon strahlend an. »Und natürlich auch aus dir, du Abschaum. Und noch etwas, nur damit du nicht dumm stirbst: Dies hier ist tatsächlich Jolah da Prunfor, Thronerbin und Drachenbraut von Alghor, und es wäre besser für dich gewesen, du hättest ihr geglaubt. Andererseits«, er legte den Kopf schräg, »hättest du mich dann möglicherweise des Vergnügens beraubt, mein neues Spielzeug auszuprobieren.«

Während er das sagte, hatte er die linke Hand ausgestreckt. Er zielte, und bevor Gerjon sich auch nur ein wenig von seiner Verblüffung erholen konnte, erklang ein drittes Mal das metallische Schnappen.

Der Bolzen durchschlug Gerjons rechtes Auge, durchbohrte

sein Hirn und drang mit der Spitze ein Stück aus seinem Hinterkopf heraus.

»Echsendreck!«, fluchte der Mann und ließ die Waffe sinken. »Ich hasse diesen Schweinkram.« Er sah Jolah an, die ihn immer noch regungslos mit dem Dolch in der Hand anstarrte. »Ihr könnt euch nicht vorstellen, wie widerlich es ist, Gehirnmasse aus der Fiederung zu waschen. Geschweige denn, den Bolzen aus einer solchen Matschbirne herauszupulen.« Er befestigte den Griff des Handbogens an seinem Gürtel, nahm dann den flachen Hut von seinen rotblonden Locken und verbeugte sich formvollendet vor Jolah. Als er sich wieder aufrichtete, hielt er ihr seine Hand hin. »Ich muss Euch höflichst bitten, mich zu begleiten, edle Drachenbraut.« Er sah sich kurz in der Gasse um und rümpfte die Nase. »Aber wie ich annehme, habt Ihr nichts dagegen, diesen Ort zu verlassen.«

Sein Blick streifte den Dolch in ihrer Hand und glitt dann zu ihrer anderen Faust, in der sie immer noch ihr Kleid hielt, das sie angehoben hatte, um an die Waffe zu gelangen. Er deutete auf die Scheide des Dolches an ihrem Oberschenkel. »Allerdings solltet Ihr Euch entscheiden, ob Ihr gedenkt, mir die Waffe auszuhändigen oder sie zurückzustecken.« Seine Augen verengten sich, während sein Blick über ihre Beine glitt. »Und dann wäre es gut, wenn Ihr Euch wieder bedecken würdet.«

Sein spöttischer Blick riss Jolah aus ihrer fassungslosen Starre. »Was ... Was fällt Euch ein?«, fuhr sie ihn an.

»Oh, sollte ich bei meinem Versuch, Euch zu retten, unhöflich gewesen sein, bitte ich um Verzeihung.« Er drehte sich um, ohne auf ihre Antwort zu warten, und ging zum Eingang der Sackgasse. Dort musterte er die schmale Straße aufmerksam in beide Richtungen, und was er sah, schien ihn zufriedenzustellen. »Und jetzt kommt, es scheint keiner etwas von Eurem Abenteuer bemerkt zu haben. Es sei denn natürlich, Ihr hättet nichts dagegen, Fragen des Stadtvogts zu beantworten, zum

Beispiel, wer Ihr seid, wie Ihr das beweisen könnt, wo Ihr wohnt und vor allem, warum Ihr all das getan habt.«

Jolah hatte weiche Knie, und ihr Atem ging stoßweise. Sie begann am ganzen Körper zu zittern, und sie spürte, wie ihr abwechselnd heiß und kalt wurde. Sie wusste nicht, ob Wut, Furcht oder ein ganz anderes Gefühl die Ursache war, ein Gefühl, das sie nicht genauer ergründen wollte. Wütend biss sie die Zähne zusammen, während sie ihren Dolch wieder in die Scheide schob. *Nie im Leben würde ich mich dir hilflos ausliefern!*, dachte sie. *Du hast gerade drei Menschen getötet und tust völlig unbeteiligt, als hättest du in einem Rosengarten an einer Blüte geschnuppert!*

Und das erregt dich?

»Unsinn!«, stieß sie heftig hervor.

»Tatsächlich?« Der Mann drehte sich um und sah sie verblüfft an. »Nun, wenn Ihr meint, können wir natürlich den nächsten Stadtbüttel ansprechen und ihn bitten …«

»Das habe ich nicht gemeint, Broll!«, fauchte Jolah. »Und wenn Ihr mich jetzt bitte …«

»Oh, Ihr kennt meinen Namen? Ich sollte mich geschmeichelt fühlen. Andererseits – Euren Blicken in diesem Albtraum von einem geschmacklosen Saal im Palast Eures aufgeblasenen Vaters nach zu urteilen …«

»Wagt es nicht, Euch ein Urteil über mich anzumaßen!«, fuhr Jolah ihm ungestüm in die Parade. Glühend heiße Wut durchströmte sie, und sie hätte dem Mann am liebsten mit ihren Fingernägeln sein so verdammt männliches Gesicht zerkratzt … *Habe ich das gerade wirklich gedacht?* Sie tat einige tiefe Atemzüge, um sich zu sammeln. »Selbstverständlich kenne ich Euren Namen! Wer kennt ihn nicht? Broll, Mörder und Mordbrenner, der Schlächter von Krühll, der unschuldige Frauen und Kinder kaltblütig ermordet …«

Brolls Miene verhärtete sich. »Und dazu Straßenräuber, die überhebliche Thronerbinnen überfallen, nicht zu vergessen.«

Jolah war aus der Gasse getreten, blickte sich kurz um und wollte sich dann in die Richtung wenden, aus der sie gekommen war. »Au! Nehmt gefälligst Eure blutbesudelten Hände von mir!«, zischte sie, als Broll sie am Handgelenk festhielt.

Er lächelte, aber seine Augen lächelten nicht mit. »Wie Ihr vielleicht bemerkt habt, habe ich diesen Abschaum, der Euch ausgeraubt und zweifellos mit größtem Vergnügen Gewalt angetan und schließlich bestialisch ermordet hätte, getötet, ohne mir die Hände schmutzig zu machen.«

»Gratuliere!«, fauchte Jolah und versuchte vergeblich, sich aus seinem Griff zu befreien. »Wenn Ihr mich nicht sofort loslasst, werdet Ihr Euch gleich im Schlamm wälzen und Euch Eure sicherlich viel zu kleinen Nüsse halten, weil sie Bekanntschaft mit meinem Knie gemacht haben!«

»Ist das so?« Broll zog sie mit einem kurzen Ruck seines Armes näher zu sich, bis sich ihre Nasen fast berührten. »Ich kann verstehen, warum Euer Vater Euch unbedingt verheiraten will. Weil er dann nämlich endlich Ruhe vor Euch hat.«

»Tatsächlich?« Jolah konnte kaum atmen, während sein Blick sie zu durchbohren schien. Im nächsten Moment hörte sie wieder dieses verteufelte Summen in ihrem Hinterkopf, und dann spürte sie zu ihrem Entsetzen, wie sie zwischen ihren Beinen feucht wurde. *Nein! Nein, nein, nein! Das kann nicht sein! Das ist nicht richtig! Das ist . . . !*

»Was ich allerdings nicht verstehe, ist, warum mein bedauernswerter Herr, der Edle von Ern, das Wagnis auf sich nimmt, nur um eines albernen Thrones willen mit einem ausgewachsenen weiblichen Drachen das Bett teilen zu müssen.« Er lachte, als er die Wut in ihren Augen sah. »Ich habe sogar erhebliche Zweifel, dass selbst Magabor Euch gewachsen wäre. Andererseits neigt der Shetan von Bouhss wirklich nicht zur Bescheidenheit, und es wäre bestimmt amüsant zu sehen, wie er versucht, Euch zu bändigen.«

»Aber Ihr würdet Euch das zutrauen, hab ich recht?«, spie Jolah hervor und unterdrückte den ungebetenen Gedanken, dass sie sich fast wünschte, er möge es zumindest versuchen.

Broll zog sie noch dichter an sich heran, und sie spürte plötzlich die Hitze seines Körpers durch ihr dünnes Kleid hindurch. Entsetzt bemerkte sie, dass sie ihre Hüfte unwillkürlich vorgeschoben hatte, und bog sich hastig zurück.

Aber es war schon zu spät. Broll hatte es bemerkt, und seine Augen wurden zu zwei schmalen Schlitzen. »Ich garantiere Euch, wenn Ihr mich weiter provoziert, werdet Ihr herausfinden, ob Ihr wirklich so stark seid, wie Ihr glaubt!«

Das Summen in ihrem Hinterkopf verstärkte sich, sie spürte, wie sie der Blick seiner Augen bannte, aber sie riss sich davon frei. Sie wehrte sich gegen seinen Griff, wand sich hin und her und sah sich Hilfe suchend auf der Straße um. Doch die meisten Passanten, die an ihnen vorbeigingen, hüteten sich, sie auch nur anzublicken. Die anderen verzichteten, zumeist nach einem kurzen Blick auf Broll, sich in diesen Zwist zwischen einem Paar einzumischen. Nur ein jüngerer Mann, der ein Kurzschwert an der Hüfte trug, machte Anstalten, sich ihnen zu nähern, aber ein glühender Blick von Broll genügte, und er ging mit einer gestammelten Entschuldigung rasch weiter.

Feiglinge, elende, miese Feiglinge! »Ich glaube, ich werde vor allem herausfinden, wie schwach *Ihr* in Wirklichkeit seid!«, zischte sie, zitternd vor Wut. Sie wäre lieber gestorben, als zuzugeben, dass sie selbst nicht wusste, ob sie es herausfinden wollte oder nicht. »Und jetzt verlange ich, dass Ihr mich loslasst! Ich habe eine Verabredung, die ich nicht versäumen will!«

Sie roch seine Haut, den Duft von Moschus, Schweiß und Leder und hätte fast gewimmert, als sich die Hitze zwischen ihren Beinen noch verstärkte. Es war fast so, als würde sie sich wünschen, dass er ihr Schmerzen zufügte, dass er sie demütigte, dass er ihr seine körperliche Überlegenheit bewies …

Was denkst du da?, fragte sie sich entsetzt. *Was, verflucht, ist in dich gefahren? Und was soll dieses verdammte Summen? Du hast nicht nach der Versenkung gegriffen, woher also …? Ist er es? Ist er dafür verantwortlich?* Sie erinnerte sich an die Szene im Klauensaal und schluckte. *Es war also keine Täuschung, es war kein Irrtum! Er hat dieses Summen ausgelöst, und ihm geht es genauso!* Ihr Blick glitt suchend über sein Gesicht; sie sah seinen Mund, die vollen, fest zusammengepressten Lippen, die gerade Nase, die Augen, deren Blick sich …

Jolah hatte vergessen, was sie gerade gesagt hatte, hatte vergessen, was sie gedacht hatte, und leckte sich unwillkürlich die Lippen.

Ein dumpfes Grollen antwortete ihr, und sie brauchte einen Moment, bis sie begriff, dass es aus seiner Kehle gekommen war.

»Verdammt, Jolah, ich kann Euch nicht gehen lassen! Ihr müsst …!«

Jolah sog seinen Duft ein wie ein Aphrodisiakum. Das Summen in ihrem Kopf verwirrte ihre Gedanken, und gleichzeitig durchströmte sie eine unerträgliche Hitze, eine Hitze wie … *Wie in dieser Nacht während des Banketts!*, dachte sie. *Als ich Bragh fast … Aber das hier ist nicht Bragh! Der hier ist viel gefährlicher …*

Sie wimmerte, als Broll seinen Griff um ihr Handgelenk verstärkte, weil sie immer noch versuchte, sich von ihm loszureißen. Ihre Körper berührten sich, und dabei streifte sie mit ihrer Hüfte seinen Schoß. Ihr stockte kurz der Atem, als sie spürte, wie hart er war.

»Ich …« Der heiße Atem des Mannes strich über ihr Gesicht. »Ich warne Euch, Drachenbraut! Provoziert mich nicht! Sonst werdet Ihr es bereuen …«

»Aber nicht … so sehr wie … du …!«, stieß sie hervor und versuchte erneut, sich aus seinem Griff zu winden, was zur Folge hatte, dass sie mit ihrem ganzen Körper an seinem rieb. Dabei fiel ihr Schal zu Boden, aber sie achtete nicht darauf. Bei dem Kampf hatte sich ihr Gewand enger um ihren Körper gewickelt, und jetzt rutschte der Rock an ihren Beinen hoch. Sie versuchte, sich auf den Boden fallen zu lassen, um mit der anderen Hand an ihr Messer zu gelangen, aber Broll durchschaute ihren Plan und riss sie mit einem weiteren wütenden Knurren hoch.

»Also gut!«, fauchte er. »Du hast es so gewollt!«

Jolah schrie auf, als er sie um die Taille packte und einfach über die Schulter warf. Sie trommelte mit ihren Fäusten auf seinen Rücken und strampelte mit den Beinen, aber es nützte nichts. Er war einfach viel stärker als sie. So viel stärker!

Die Bolzen ließ er in den Leichen stecken. Dass er sie aus den Toten puhlen und von Blut und Gehirn reinigen würde, war offenbar nichts weiter als eine wilde Geschichte gewesen, mit der er Jolah hatte schockieren wollen.

Sie achtete nicht darauf, wohin er sie trug, sondern schlug unablässig auf ihn ein, obwohl sie wusste, dass es sinnlos war. Aber es tat ihr irgendwie gut.

Du Schwein!, dachte sie und bemühte sich, nicht in Tränen auszubrechen. *Du elendes, widerliches männliches Schwein! Du Hundesohn!*

Vielleicht ließ er von ihr ab, wenn sie ihn lange genug schlug. *Oder vielleicht glaubst du dann irgendwann selbst an die üblen Dinge, die du ihm vorwirfst!*

Das Summen in ihrem Kopf hielt an, und gleichzeitig hatte sie das Gefühl, in ihrem Innersten täte sich ein Abgrund auf, der sie zu verschlingen drohte, und sie stünde am Rand dieses Abgrundes und kämpfte damit, dem magischen Sog zu widerstehen und nicht hineinzuspringen.

Erst als Broll stehen blieb, öffnete sie wieder die Augen und sah sich kurz um. Sie befanden sich offenbar in einer verlassenen Scheune. Sonnenlicht fiel in schmalen Streifen durch die Ritzen der Balken, überall hingen dicke Spinnweben, und in einer Ecke lag ein Haufen Stroh.

Frisches Stroh, dachte sie, aber dann fiel ihr Blick auf die Ketten und Lederriemen daneben, auf den Tisch, den kleinen Stuhl und eine Pritsche ein Stück davon entfernt.

Ein Gefängnis!, dachte sie. Das Summen wurde lauter, und goldene Punkte tanzten vor ihren Augen, als sie begriff. *Mein Gefängnis!*

Broll ließ sie unsanft von seiner Schulter gleiten. Jolah wusste, dass das ihre letzte Chance war. Sie ließ sich auf den Boden fallen, rollte sich ab, riss ihren Rock hoch, zog den Dolch und stürzte sich auf ihn.

Sie war schnell. Unglaublich schnell, angetrieben von Angst, Lust und Scham. Das Messer fuhr zischend durch die Luft und schnitt in Haut. Blut spritzte, und ein Tropfen davon landete auf ihren Lippen.

Jolah erstarrte mitten in der Bewegung, als sie sein Blut schmeckte. Dann traf sie eine Faust in den Bauch, und sie krümmte sich hustend und keuchend zusammen.

Broll packte ihr Handgelenk und riss ihr das Messer aus der Hand. Er packte sie an den Haaren und zog sie daran hoch.

»Ich habe dich gewarnt, verflucht!«, knurrte er. »Ich habe dich, verdammt noch mal, gewarnt!«

Ein keuchendes, ersticktes Lachen drang an ihre Ohren, als der Schmerz in ihrem Magen nachließ und sie wieder Luft bekam. Das Lachen durchdrang sogar das Summen in ihrem Kopf. Im nächsten Moment schluchzte sie auf, als ihr klar wurde, dass sie selbst es war, die lachte, verzweifelt und hilflos.

»Und?«, keuchte sie. »Was willst du tun? Mich töten? Das kannst du nicht! Du darfst es nicht, und du willst es auch gar nicht. Mich schlagen?« Sie lachte rau. »Nur zu, wenn es dir Spaß macht, nur zu!« Sie schluchzte wieder, während sie provozierend die Hüften bewegte. »Oder willst du mich ficken?« Sie warf den Kopf zurück, und das Summen steigerte sich zu einem lauten Brausen, während sie die Nässe zwischen ihren Beinen spürte und die Hitze in ihrem Bauch, wo er sie geschlagen hatte und wo sich eine unerträgliche Spannung aufbaute, als sie seine Hände nahm und sie auf ihre Brüste legte. »Dann los, wenn du dich traust! Dein Herr wird alles andere als ...«

Er erstickte ihre Worte mit seinem Mund.

Das Brausen schwoll zu einem Orkan an, und einen Augenblick lang hatte Jolah das Gefühl, sie würde fliegen. Die Zeit schien stillzustehen, sämtliche Geräusche bis auf das Brausen verstummten, sie schloss die Augen, und dann setzten ihre Sinne wieder ein.

Sie hörte ein Stöhnen, das aus ihrer eigenen Kehle kam, und ein dumpfes Grollen – *Broll!* –, sie schmeckte seine Zunge in ihrem Mund, scharf, männlich, bitter, fuhr mit ihrer über seine Zähne, biss ihm in die Lippe, als sich Brolls Finger um ihren Busen schlossen, ihre harten Nippel massierten, bis sie fast aufschrie vor Geilheit; sie hörte das Reißen von Stoff, als er das Kleid über ihrem Busen zerfetzte, während sie mit beiden Armen seinen Hals umschlang und mit den Beinen seine Hüften umklammerte.

Sie fuhr mit der Zunge über sein Gesicht, schmeckte das Blut, das aus dem Schnitt auf seiner Wange quoll.

Er ließ sie los, packte mit einer Hand ihren nackten Hintern, und sie merkte, wie er die Knöpfe seiner Hose öffnete.

Nein, nein, nein, nein!, dachte sie. *Das ist nicht richtig! Das kann nicht sein!*

Sie riss die Augen auf und starrte ihn an, als sie spürte, wie er sie mit seltsam unbeholfenen Schritten, fast hüpfend, weil ihm die Hose um die Knie hing, in die Ecke mit dem Stroh trug. Er ließ sich mit ihr zusammen einfach vornüberfallen, und sie landeten beide in dem weichen Haufen.

Nein, nein, nein, nein!

Aber ihr Körper wollte es.

Sie spürte seine Erektion und spreizte die Beine noch weiter, rieb sich an ihm und stöhnte.

»Warte!«, stieß er schwer atmend hervor.

Nein, nein, nein, nein! »Was …?« Sie erschrak fast, als sie ihre Stimme hörte. Heiser, gepresst, lüstern!

Er umfasste ihr Gesicht, und sie bemerkte fast beiläufig, dass er ihren Dolch in der Hand hielt.

»Du gehörst mir!«, sagte er.

Das ist nicht richtig! Das ist nicht richtig! Es ist nicht richtig!

Sie fletschte die Zähne und grub ihre Finger in sein Haar. Mit der anderen Hand fuhr sie an seinem Körper entlang nach unten, bis zu seinem Schwanz, umklammerte ihn und fuhr mit seiner Spitze über das feuchte Haar ihrer nassen Spalte.

»Ja!«, knurrte sie und presste ihre Lippen auf seinen Mund. *Es ist nicht richtig,* dachte sie, *aber es ist die verfluchte Wahrheit.*

Er unterbrach den Kuss und bog seinen Kopf ein wenig zurück. Der Blick seiner glühenden Augen schien sich in ihre zu brennen, als er langsam nickte.

»Ja!«, stieß er rau hervor und stach mit dem Messer zu.

Jolah schrie auf, als sie den Schmerz auf ihrer Wange spürte, dann stöhnte sie, als sie ein scharfes Brennen in ihrem Schoß fühlte und die Welt vor ihren Augen in einem Meer aus glühenden Fäden zu versinken schien.

BAAHTT,
VORPLATZ RINGARENA

»Bluthand Lay? Du willst Bluthand Lay sein?« Der griesgrämige dürre Mann war eindeutig nicht beeindruckt. Sein Blick glitt träge von Lay zu Korgh, und mit einem fast unmerklichen Nicken deutete er auf den Nordling. »Und das da ist dann wohl…«

»Donnerkeil Korgh, ganz recht«, erwiderte Lay. »Ich bin verdammt noch mal müde, ich habe Hunger, und ich brauche etwas zu trinken. Außerdem wäre ein Bad nicht schlecht, denn ich stinke bestimmt fast genauso schlimm wie dieser Fischkopf. Also hör auf, mir den Unwissenden vorzuspielen, um die Prämien zu drücken. Wenn du mir nicht glaubst«, Lay drehte sich um zu der Gruppe von Ringfechtern, die sich vor dem kleinen Podest versammelt hatte, auf dem der Tisch des Bluthändlers stand, »dann frag den da.« Er deutete auf einen Ringfechter mit zwei Faustäxten in seinem Gürtel, der einen blutgetränkten, schmutzigen Verband um den kahlen Schädel trug. »Eisenfresser Lardh kann dir bestätigen, wer wir sind.«

»Das kann ich ebenso gut«, mischte sich eine raue Stimme ein. »Dieser gottverdammter Barbar hätte mich fast skalpiert, wenn ihn nicht im letzten Moment zufällig…«

»Was heißt hier Zufall, Hornkralle?«, unterbrach Korgh ihn brummend. »Das war kein Zufall. Es lohnt sich ja kaum, die paar Haare abzuschneiden, die dir noch geblieben sind!«

Einige der Umstehenden lachten, was Hornkralle Harfr mit einem finsteren Blick und grimmigem Schweigen kommentierte.

»Und dieser Jüngling da«, zischte ein sehniger dunkelhäutiger Krieger aus dem Glutkessel, »hat verdammt mehr Blut an den Händen als wir alle zusammen!« Er funkelte Lay böse an. »Und das ist nicht als Kompliment gemeint, auch wenn die Zuschauer dich dafür lieben!« Er klopfte auf den Krummsäbel an seiner Seite, eine schmucklose, vom vielen Gebrauch abgenutzte, aber sehr gut gepflegte Waffe. »Solltest du mir je in die Quere kommen, bekommst du meine Klinge zu schmecken!«

Lay warf einen kurzen Blick auf den Krieger. »Tatsächlich?«, erwiderte er gleichgültig. »Ist das ein Versprechen?«

Die umstehenden Ringfechter zischten, knurrten oder brummten missbilligend, und Lay hörte mehr als einmal die Worte »überhebliches Bürschchen«. Doch diesmal machte es ihm nicht viel aus. Er drehte sich wieder zu dem Bluthändler herum. »Also, was ist, reicht dir das, oder brauchst du noch eine Empfehlung von diesem schwachsinnigen Schnapper?«

»Schon gut, Junge.« Der Mann drehte sich herum und nickte einem jungen Schreiber zu, der mit einem Federkiel in der Hand auf Anweisungen wartete. »Schreib sie auf – Bluthand Lay und Donnerkeil Korgh.« Er wandte sich wieder Lay zu und sah dann auch Korgh an. »Kämpft ihr als Paar?«

»Wahrscheinlich schlafen sie sogar als Paar«, zischte der dunkelhäutige Krieger und strich nervös mit den Fingern über den Griff seines Säbels. Beifälliges Gelächter folgte auf seine Worte.

»Wenigstens haben wir jemanden, der uns den Rücken freihält, während wir schlafen, Lederhaut«, zischte Korgh, der mit einem raschen Schritt an den Ringfechter herangetreten war. Als der Mann seinen Säbel ziehen wollte, ließ Korgh seine Hand auf die des Kämpfers fallen und drückte zu. »Wenn du im Ring nicht aufpasst, bist du schneller Echsenfutter, als deine Frau *Fick mich, Nordling!* stöhnen kann!«

»Meine Frau …!«, stammelte der Ringfechter empört, aber Korgh fiel ihm ins Wort.

»… ist dein Gaul, richtig, das haben wir ja ganz vergessen. Aber trotzdem danke für das Angebot!«

Diesmal hatte der Nordling die Lacher auf seiner Seite.

Lay verfolgte das gewohnt derbe Geplänkel der Männer seltsam unbeteiligt. *Ich frage mich,* dachte er, *wie lange ich diesen Mist noch mitmachen muss, bis ich endlich diesen verfluchten Mordbrenner zur Strecke bringen und mich dann um wichtigere Dinge kümmern kann.* Das Gesicht von Kalehna schob sich vor seine Augen. *Zum Beispiel muss ich herausfinden, wohin man sie verschleppt hat!*

Er warf Korgh einen Seitenblick zu. Das Auftauchen des Nordlings in dem Tempel war ebenso unerwartet wie hilfreich gewesen, auch wenn Lay nicht sonderlich begeistert gewesen war, dass ihn dieser nach Fischtran stinkende Kerl – *Offenbar hat er irgendwo seine Vorräte an diesem bestialischen Zeug aufgefrischt!* – wieder einmal gerettet hatte. Aber er hatte es nun mal getan, und Lay musste zugeben, dass er insgeheim ganz froh darüber war. Und er war auch gern Korghs Vorschlag gefolgt, den Rest des Weges nach Ulcar wieder gemeinsam zurückzulegen. »Dann ist es einfacher für uns, dich aus Schwierigkeiten herauszuhalten«, hatte der Nordling mit todernster Miene gespottet. Lay hatte zwar widersprochen und behauptet, er hätte sich auch sehr gut selbst helfen können, aber sie wussten beide – *Oder alle drei oder wie viele auch immer in Korghs Kopf stecken mögen* –, dass das nicht ganz zutraf.

Lay hatte sich von Korgh sogar die Suche nach Kalehna ausreden lassen. »Wenn wirklich ein mächtiger Wirker deine Freundin weggeschafft hat, gibt es keine Möglichkeit, sie zu finden, wenn er es nicht will. Aber du hast ja gehört, was die Oberin gesagt hat: Er will sie nach Ulcar schaffen, wo sie am Tag der Klingen irgendwas Wichtiges zu erledigen hat. Und das Einzige, was in Ulcar am Tag der Klingen von Bedeutung ist, das ist der Blutkampf im Roten Sand. Alle sind da, und ich meine, wirklich *alle.*«

Lay hatte das zähneknirschend akzeptiert, vor allem deshalb, weil er nicht die geringste Ahnung hatte, wo er mit der Suche nach Kalehna sonst hätte beginnen sollen. Die Oberin schien nicht mehr zu wissen, als sie ihm und Korgh verraten hatte, und falls Kalehna nicht in Ulcar war, konnte man sie nur zum Refugium der Magi gebracht haben. Eine andere Alternative gab es nicht, wie Korgh grimmig behauptet hatte. Aber die Lage dieses Tempels war so geheim, dass selbst er nichts davon wisse.

Das hatte Lay ihm zwar nicht geglaubt, aber er hatte genug über dieses sagenumwobene Refugium gehört, um zu wissen, dass es vollkommen unmöglich war, jemanden von dort entführen oder befreien zu wollen. Das hätte ihn vielleicht nicht davon abgehalten, es trotzdem zu versuchen, aber er konnte sich nicht gleichzeitig um Kalehna kümmern und nach Ulcar reiten, um Broll zu töten. Und da ohnehin die Chance groß war, dass sich Kalehna ebenfalls in Ulcar aufhalten würde, war er bereit, auf diese Karte zu setzen.

Natürlich hatte Korgh darauf bestanden, den Blutkampf in Baahtt zu bestreiten. Lay hatte genug über die Hierarchie der Ringfechter gelernt, um zu wissen, dass diese weitere Verzögerung unabdingbar war. Er mochte zwar bereits ein namhafter Ringfechter sein, aber das genügte nicht, um in Ulcar zum Tag der Klingen im Roten Sand zugelassen zu werden. Als ein Sieger des Blutkampfes von Baahtt jedoch hatte er deutlich bessere Aussichten. Dieser Kampf fand nicht nur wenige Tage vor dem Schlusskampf der Ringfechter in der Großen Arena statt, sondern hier in Baahtt trafen sich auch viele der besten Ringfechter der bekannten Welt, um sich die Chance zu erstreiten, am Tag der Klingen um die Goldene Schwinge kämpfen zu können.

Eine Chance, auf die du mittlerweile ja keinen Wert mehr legst, hab ich recht?, fragte eine spöttische Stimme in seinem Kopf.

Lay runzelte die Stirn. *Werde ich jetzt auch schon verrückt, so wie Korgh? Ist auch in mich ein Dämon gefahren? Oder …*

»Was ist, Bluthand? Wie lange soll ich dir den Ring noch vor die Nase halten? Oder hast du es dir anders überlegt und willst nicht mehr?« Die mürrische Stimme des dürren Bluthändlers riss ihn aus seinen Gedanken.

Er hob die Hand und riss dem Mann den Lederriemen mit dem schlichten Eisenreif förmlich aus den Fingern. »Natürlich nicht!«, zischte er.

Korgh hatte seinen Ring bereits um den Hals gelegt und betrachtete Lay prüfend. »Bist du dir wirklich sicher?«, fragte er leise. »Wir hatten den Eindruck …«

»Dann täuscht der Eindruck!«, unterbrach ihn Lay gereizt. »Ich werde hier kämpfen, ich werde hier siegen, und ich werde in Ulcar …«

»Gar nichts wirst du in Ulcar!« Die Stimme klang wie ein Steinschlag, rau, böse und hasserfüllt. »Du wirst diese Arena nicht verlassen, jedenfalls nicht auf deinen Beinen. Und ich werde dafür sorgen, dass nicht einmal deine Mutter dich erkennen wird, wenn sie an der Kiste weint, in die man deine jämmerlichen Überreste werfen wird.«

Lay drehte sich langsam um und sah den Sprecher an. Es war ein stämmiger, untersetzter Mann mit kahlem Schädel und brennenden schwarzen Augen, der nur einen kurzen Lederrock aus gekochten Lederplatten, Schnürsandalen und einen gekreuzten Waffengurt über seiner breiten behaarten Brust trug. Somit konnten alle sehen, dass er von Kopf bis Fuß tätowiert war.

Was Lay wenig beeindruckte. »Ich kenne meine Mutter nicht, und sie würde mich auch so nicht erkennen. Außerdem würde sie auch keinen Grund haben, um mich zu weinen.« Er verzog spöttisch die Lippen. »Anders als deine, wenn du denn eine hättest, Großmaul!«

»Sieh an, der junge Hahn kräht noch mal, bevor man ihn rupft!«, entgegnete der Mann ungerührt. Dann trat er einen Schritt auf Lay zu, hob aber sofort beide Hände, als Korgh zu seiner Axt griff und zwischen sie trat.

»Keine Sorge, Barbar. Mit dir habe ich nichts zu schaffen, nur mit dem da!« Der Kämpfer deutete mit einem Nicken auf Lay. »Ich bin Twyll, Bruder von Malmer Kalwyn, und ich bin hier, um dich zur Blutfehde zu fordern!«

Lay achtete nicht auf das scharfe Zischen, Pfeifen und Knurren, das die anderen Ringfechter bei dem Wort »Blutfehde« ausstießen. Einige der älteren Ringfechter rissen sogar erstaunt die Augen auf und traten unwillkürlich einen Schritt zurück. Andere stießen sich an und tuschelten, wieder andere zuckten verständnislos mit den Schultern. Lay konnte nicht verstehen, was die Männer sagten; er glaubte, das Wort »Drachenkralle« zu verstehen, war sich aber nicht ganz sicher.

»Immer langsam, mein Guter«, mischte sich der Bluthändler ein. »Ist ja alles schön und gut, von wegen Blutfehde und dergleichen, aber du kannst nicht einfach hier auftauchen und glauben, dass du mit diesem Trick …«

»Trick?«, grollte der Mann, und seine Stimme klang ebenso bedrohlich, wie er aussah. »Ich habe keine Ahnung, wie lange du im Blutgeschäft bist, Casstek, aber wenn du noch länger daran verdienen willst, solltest du deine verfluchte Zunge hüten, sonst werfe ich sie meinen Hunden zum Fraß vor, und zwar nachdem ich dir den Schädel abgeschlagen habe.«

»Was …?« Der Bluthändler drehte sich um und wollte schon seinem Handlanger ein Zeichen geben, der auf dem Podest neben dem Schreibtisch saß.

»Ich bin Drachenkralle Twyll, unbesiegter Ringfechter und Kämpfer in mehr Blutkämpfen, als du Haare am Arsch hast!«, knurrte er.

Daraufhin rückten die anderen Ringfechter respektvoll von ihm ab und machten ihm Platz.

»Tatsächlich?« Der Bluthändler was zwar beeindruckt, wollte aber nicht den Anschein erwecken, dass er vor jedem dahergelaufenen Raufbold kuschte. »Ich habe von Drachenkralle gehört und mich immer gefragt, wieso er nie in den Roten Sand nach Ulcar geht, wenn er doch so unbesiegbar ist!« Er hatte zu den Ringfechtern gesprochen, doch dann musterte er den Mann, der mit verschränkten Armen vor ihm stand. »Vielleicht kannst du ja die Gelegenheit nutzen, uns aufzuklären und mir einen Grund zu nennen, dich bei diesem Kampf hier zuzulassen. Was ich für ziemlich sinnlos halte, wenn du nicht die Absicht hast, nach Ulcar...«

»Die Goldene Schwinge hat mich nie interessiert, Casstek«, unterbrach ihn der Kämpfer. »Und du weißt genauso gut wie wir alle hier, dass man die Schwinge nicht ablehnen kann, wenn man im Roten Sand siegt. Es sei denn, man möchte anschließend gleich den Drachenfürsten beziehungsweise seinen besten Kämpfer herausfordern.« Er zuckte mit den Schultern. »Und dazu hatte ich bislang keine Lust. Ebenso wenig, wie bei den Schilden Prunfors für wenig Sold wenig Ehrbares zu tun oder mir die Beine im Palast in den Arsch zu stehen. Und da ich nicht nach Ulcar gegangen wäre, um dort zu verlieren, bin ich gar nicht dorthin gegangen. Daran wird sich auch nichts ändern.«

Er drehte sich wieder zu Lay herum. »Bei dem hier ist das aber was anderes.« Er sah Lay voller Hass an. »Ich habe gehört, wie du meinen Bruder getötet hast!« Sein Blick zuckte kurz zu Lays Schwert, dessen Drachengriff über seiner Schulter herausragte. »Es gibt einige, die behaupten, es sei bei dem Kampf nicht mit rechten Dingen zugegangen.« Er schnaubte und maß Lay von Kopf bis Fuß. »Jetzt, da ich dich sehe, kann ich diese Gerüchte verstehen, Jungchen! Aber die Magi hier in Baahtt kontrollieren erheblich sorgfältiger als diese Hexer in den Sandkreisen draußen im Land.« Wieder zuckte sein Blick zu Lays Schwert. »Solltest du irgendwelche Tricks versuchen, wirst du damit nicht durchkommen. Und solltest du unter diesen Bedingungen die Blutfehde ablehnen wollen, solltest du es jetzt tun!« Er starrte Lay direkt ins Gesicht und bleckte die Zähne. »Was mich allerdings nicht davon abhalten wird, dich zu töten, sobald du auch nur einen Fuß aus Baahtt heraussetzt.« Er grinste und warf dem Bluthändler einen spöttischen Blick zu. »Mein Cousin dritten Grades ist hier Stadtvogt, und ich möchte ihn ungern töten, wenn er versucht, mich wegen Totschlags in den Kerker zu werfen.« Er drehte sich zu den anderen Männern um. »Wenn ihr meine Frau kennen würdet, könntet ihr vielleicht verstehen, warum ich sie nicht so lange allein lassen will!«

Die Männer lachten, und Lay spürte, dass die Stimmung umgeschlagen war und sich gegen ihn gekehrt hatte. Nicht dass ihn das gestört hätte. Es war ihm genau genommen vollkommen gleich, eher sogar willkommen. *Es ist immer besser, wenn die Gegner echte Feinde sind, dann fällt es einem leichter, sie zu töten.*

Auf einmal schoss ihm durch den Kopf, was wohl Kalehna davon halten würde, hätte sie ihn das sagen hören. *Hat sie aber nicht,* dachte Lay.

»Also, Casstek«, sagte er. »Ich ...«

»Du weißt, was eine Blutfehde bedeutet?«, erkundigte sich Korgh leise.

Lay zuckte mit den Schultern. »Es bedeutet, dass ich gegen ihn kämpfen und ihn besiegen muss, wenn ich nach Ulcar will.«

»Nicht ganz, Bluthand Lay«, mischte sich der Bluthändler ein. »Wenn ich Drachenkralle Twyll als Herausforderer für einen Blutkampf akzeptiere«, er hob rasch beide Hände, als die Ringfechter unwillig murrten, »was ich natürlich tun werde, allein schon deshalb, weil eine Blutfehde ausgezeichnet fürs Geschäft ist«, er grinste verschlagen, »und du diese Forderung ausschlägst, dann darfst du nie wieder irgendwo in einer Ringarena kämpfen oder auch nur einen Sandkreis betreten. Du wirst nie wieder in den Sand gehen, und dein Name wird für alle Zeiten mit Schande bedeckt sein.«

»Aha«, meinte Lay. »Gibt es noch irgendwas von Bedeutung, das ich wissen müsste?« Er spürte Korghs tadelnden Blick und hörte das wütende Zischen und die geknurrten Flüche der anderen Ringfechter, aber beides war ihm gleichgültig.

»Allerdings«, sagte der Bluthändler und musterte Lay prüfend. Offenbar befriedigte ihn das, was er sah, denn er nickte. »Eine Blutfehde wird am Anfang des Blutkampfes ausgetragen. Und alle Ringfechter werden dafür in die Arena geführt und bilden einen Ring um die beiden Kämpfer, um dafür zu sorgen, dass dieser Kampf nach den Regeln ausgetragen wird.«

»Regeln?«, fragte Lay interessiert. *Was für Regeln können das sein?,* dachte er. Er kam nicht dazu, die Frage laut zu stellen.

Casstek grinste, wahrlich kein netter Anblick. »Genau genommen gibt es nur eine Regel«, erklärte er. »Einer von euch muss im Sand bleiben.« Er sah zwischen Lay und Drachenkralle hin und her. »Also, akzeptierst du die Forderung zur Blutfehde mit Drachenkralle Twyll?«

Lay sah kurz zu Korgh hinüber, der seinen Blick erwiderte. Lay suchte keinen Rat, sondern wollte einfach nur wissen, wie der Nordling die ganze Angelegenheit beurteilte. *Offenbar macht er sich mehr Sorgen um meine Tugend als um meine Gesundheit,* dachte Lay, als er bemerkte, wie der Hüne ihn prüfend musterte. Er grinste. Dann streifte er noch einmal den Ringfechter mit einem kühlen Blick und sah dann den Bluthändler an.

»Warum nicht?«, sagte er gelassen und lauschte in sich hinein. *Ich bin tatsächlich ganz entspannt,* dachte er. *Warum überrascht mich das so?* »Wenn der Weg nach Ulcar in den Roten Sand nur über seine Leiche führt«, er deutete mit einem Nicken auf Drachenkralle Twyll, »dann muss ich ihn wohl töten.«

Ungläubiges Gelächter brandete um ihn herum auf, untermalt von gereiztem Zischen und missbilligendem Knurren. Lay wusste selbst nicht genau, woher er die Kaltschnäuzigkeit und Kühnheit nahm, so zu reden, und offenbar stellte sich Korgh die gleiche Frage, denn Lay spürte den Blick des Nordlings in seinem Rücken.

Soll er doch denken, ich wäre tollkühn und leichtsinnig, dachte er, *aber ich weiß es besser.* Denn Lay hatte so eine Ahnung, woher seine Zuversicht kam. Unmittelbar, nachdem der Mann vorgetreten und seine Forderung geäußert hatte, hatte Lay etwas gehört.

Ein vertrautes Singen in seinem Hinterkopf. Es war sehr leise, aber es war da.

Blut Blut Blut Blut.

BAAHTT, RINGARENA

»Ist wirklich alles in Ordnung mit dir, Jolah? Du bist sicher, dass du das hier ertragen kannst? Schließlich bist du überfallen und verletzt worden, und das hier ist dein erster …«

»Wie oft muss ich dir noch sagen, dass es mir gut geht, Cassda'ra!« *Wahrscheinlich so oft, bis ich es selbst glaube,* dachte Jolah. Unwillkürlich hob sie die Hand und berührte die Schnittwunde auf ihrer Wange. Sie schloss die Augen und stellte sich das Gesicht des Mannes vor, der ihr diese Wunde zugefügt und der die gleiche Verletzung in seinem Gesicht davongetragen hatte. *Gegenseitig gezeichnet,* dachte Jolah, und dann dachte sie an den anderen Schmerz, den er ihr zugefügt hatte, den kurzen, flüchtigen Schmerz, die Lust …

Sie erschauerte, was Cassda'ra natürlich falsch verstand. »Ist dir kalt? Hast du Fieber? Vielleicht war die Klinge verunreinigt und hat dich …«

»Nein, das war sie nicht. Es war …« *Meine eigene Klinge,* hatte sie sagen wollen, konnte sich aber im letzten Moment noch beherrschen. Sie seufzte. »Wir haben das doch schon alles besprochen, Cassda'ra.« Sie sah ihre Vertraute und Lehrerin an und spürte ein leises Bedauern darüber, dass sie ihr nicht die Wahrheit sagen konnte. *Jedenfalls nicht die ganze.*

Nicht die ganze? Wen willst du hier veralbern? Du hast ihr nicht einmal einen Bruchteil von dem erzählt, was vorgefallen ist. Oder was in dir vorgeht.

Ihr Blick glitt von der Drachenpriesterin zu Bragh. Ihr Paladin stand unmittelbar hinter ihr auf den steinernen Terrassenstufen der Ringarena von Baahtt und machte den Eindruck, als wollte er jeden sofort durchbohren, der sich ihr auch nur auf Armeslänge näherte. Was überflüssig war, weil Jolah von einer ganzen Schar von Frauen umringt war, die allesamt die einfache graubraune Kleidung von Bäuerinnen oder Marktfrauen trugen, die sich das Geld für diesen Besuch des wichtigsten und letzten großen Blutkampfes vor dem Tag der Klingen vom Munde abgespart hatten.

Natürlich waren die Frauen alles andere als Bäuerinnen oder Marktfrauen. Es waren Drachenpriesterinnen und Drachenwächterinnen, und Letztere trugen unter ihren weiten Gewändern zweifellos Kurzschwerter, Dolche oder Faustsicheln und würden nicht zögern, sie einzusetzen, falls sich jemand mit böser Absicht der Drachenbraut von Alghor näherte. Wahrscheinlich würden sie sogar jeden töten, der sich ihr unabsichtlich näherte.

Jolah verzog das Gesicht, während sie sich weiter in der Arena umsah. Die Ränge waren bereits dicht besetzt, und die Luft war erfüllt vom Gemurmel der Menge. Die Rufe der Verkäufer, die Getränke und kleine Kuchen – *Blutkuchen,* Jolah verzog das Gesicht bei diesem Namen – anboten, erhoben sich über das Stimmengewirr. Sie spürte die Erregung der Zuschauer. Der Blutkampf musste jeden Moment eröffnet werden. Und dann würde sie den Mann sehen, um dessentwillen sie überhaupt hier war. In Baahtt, in der Ringarena.

Das hättest du dir niemals träumen lassen, dass du dem Träger des Mals und deinem angeblich vom Schicksal bestimmten Gemahl unter solchen Umständen begegnen würdest! Ihr Blick glitt erneut zu ihrem Paladin. Bragh betrachtete sie ebenfalls mit besorgter Miene. *Ihm kannst du es auch nicht erzählen. Es würde ihm das Herz brechen.*

Jolah wusste natürlich, dass Bragh rettungslos in sie verliebt war, und sie hatte seine Zuneigung in der Vergangenheit oft genug ausgenutzt. Sie errötete, als sie daran dachte, dass sie ihn einmal sogar fast dazu gebracht hatte, mit ihr zu schlafen. Ein Gedanke, der nun vollkommen unvorstellbar für sie war.

Ich kann mir sowieso nicht vorstellen, mit irgendeinem Mann zusammen zu sein, sei er Träger des Mals oder Träger von was auch immer, dachte sie und spürte, wie sich eine Wärme in ihr ausbreitete, die rasch aus ihrem Bauch zwischen ihre Beine strömte. *Mit irgendeinem anderen Mann,* verbesserte sie sich. *Was ist da passiert?,* dachte sie. *Wieso hat dieser Kerl so viel Macht über mich? Dabei hatte ich mir mein erstes Mal ganz anders vorgestellt, viel romantischer.*

Ihr Blick zuckte wieder zu Bragh, aber es kam ihr beinahe lachhaft vor, dass sie in ihren Träumen sogar ihren Paladin als einen möglichen Kandidaten …

»Ich finde nicht, dass wir alles besprochen haben«, unterbrach die Drachenpriesterin ihre Gedanken und betrachtete Jolah mit prüfendem Blick. »Als Bragh deinen Schal in dieser schmutzigen Gasse fand, haben wir schon das Schlimmste befürchtet!« Cassda'ra schüttelte den Kopf. »Ich habe immer gedacht, du wärst eine vernünftige Person. Mein Wunsch, dass du den Tempel nicht verlässt, diente ausschließlich deiner Sicherheit.«

»Das ist mir jetzt auch klar«, sagte Jolah leise. »Und ich habe dir bereits versichert, wie leid es mir tut. Aber es ist ja zum Glück nichts weiter passiert, außer dem da.« Sie strich mit der Hand über die Wunde, beinahe zärtlich, und zuckte zusammen – nicht, weil der Schnitt noch geschmerzt hätte, was er nach Cassda'ras Behandlung nicht mehr tat. Sondern weil sie sah, wie ihre Vertraute die Brauen hob, als sie bemerkte, dass Jolah mit den Fingern über diese Verletzung fuhr wie bei einer Liebkosung. Sie erinnerte sich daran, wie sie diesen Schnitt empfunden hatte. Und den Stoß, der sie fast genauso gebrandmarkt hatte. Und den sie so bereitwillig empfangen hatte.

Sie atmete stoßweise aus, um die Verkrampfung in ihrem Unterleib zu lösen. *Das muss aufhören, verdammt! Benimm dich nicht wie …!*

Sie zuckte heftig zusammen, als in diesem Moment die Fanfaren ertönten, die das Erscheinen des Ringwächters ankündigten, und lauter Jubel aufbrandete. *Ein Glück,* dachte sie, *es geht los. Zumindest verschafft mir das eine kleine Atempause vor Cassda'ras Fragen.*

Das stimmte zwar, aber vor den prüfenden, argwöhnischen Blicken der Drachenpriesterin konnte Jolah nichts geheim halten. Sie tat zwar so, als würde sie es nicht merken, aber sie spürte, wie ihre Vertraute sie beobachtete, auf ein verräterisches Zeichen wartete, auf irgendetwas, das ihr einen Anhaltspunkt dafür bot, was sich in dieser Gasse tatsächlich abgespielt hatte.

Jolah machte sich keine Illusionen. Sie hatte Cassda'ra zwar zunächst einmal mit ihrer Geschichte von Räubern, die sie überfallen und um ihr Geld hatten erleichtern wollen, hinhalten können, aber ihr war klar, dass die Drachenpriesterin ahnte, dass noch mehr passiert war. Sie wollte die Drachenbraut von Alghor nur nicht vor allen anderen – und schon gar nicht vor ihrem Paladin – zur Rede stellen und der Lüge bezichtigen. Aber Jolah wusste, dass der Moment kommen würde, da Cassda'ra sie in die Ecke drängen würde. Ein Moment, den sie fast ebenso fürchtete wie das unausweichliche Gespräch mit ihrer Mutter.

Doch noch war es nicht so weit, denn gleich würden die Ringfechter in den Sand einmarschieren, jedenfalls hatte ihr Bragh das so erklärt, und unter diesen Männern würde auch derjenige sein, den, wie Cassda'ra und Jeul behaupteten, das Schicksal als Gemahl für sie vorsah.

Aber auch dieses Wissen konnte sie nicht davon abhalten, erneut die zahllosen Zuschauer zu mustern, in der nahezu aussichtslosen Hoffnung, ein Gesicht zu entdecken, eine Mähne rotblonden Haares und zwei grüne Augen, deren Blick den ihren suchte …

»Was bei Belphor …?« Braghs Stimme wurde schrill vor Aufregung, und er streckte den Arm aus. »Das ist … Es gibt …!«

Seine Worte gingen in dem lauten Gebrüll des Publikums

unter, und Jolahs Aufmerksamkeit konzentrierte sich auf den Mann, der im Sand der Arena stand, flankiert von zwei Handlangern. Sie trugen eine rote beziehungsweise eine schwarze Fahne in der Hand, und ihre gebräunten Körper schimmerten im Licht der Sonnen von dem Öl, mit dem sie sich eingerieben hatten.

Jolah kniff die Augen zusammen. *Was bedeutet das?* Sie versuchte zu erkennen, welche Symbole auf den Fahnen aufgestickt waren.

»Eine Blutfehde!«, rief Bragh, der sich erst verständlich machen konnte, als das Geschrei der Menge abebbte, weil der Mann im Sand seine Hände hob.

Erneut schmetterten die Fanfaren.

»Eine Blutfehde? Was ist das?«, fragte Jolah.

»Ein Kampf auf Blut und Leben«, erwiderte Bragh beinahe ehrfürchtig. Seine Augen leuchteten, und sein Gesicht glänzte von Schweiß. »So etwas hat es schon lange nicht mehr gegeben!« Er starrte Jolah an, die überrascht eine Braue hob, als sie die Begeisterung auf seinen Zügen bemerkte. »Ein Zweikampf, den nur einer überleben kann! Du bekommst hier wirklich etwas ganz Besonderes geboten!« Bragh schien ihr Entsetzen nicht zu bemerken.

Ein Zweikampf auf Leben und Tod? Ein Gesicht tauchte vor ihrem inneren Auge auf, und sie hob unwillkürlich die Hand vor den Mund. *Nein, unmöglich! Das wäre ein völlig absurder Zufall! Aber warum …?*

Sie schloss die Augen, als sie ein Summen in ihrem Hinterkopf hörte. *Das kann nicht sein!*, dachte sie. *Wieso sollte er …?*

Die Menge hatte sich mittlerweile so weit beruhigt, dass Jolah verstehen konnte, was der Mann unten im Sand sagte.

»… erste Blutfehde seit über dreißig Zyklen …!«

Tosender Jubel brandete erneut auf, und Jolah traute ihren Ohren nicht, als sie hörte, was die Menge zu skandieren begann.

»Blut und Leben … Blut und Leben … Blut und Leben …!«

Der Mann hob wieder die Arme.

»Blut fordert ein Ringfechter, den viele von euch vielleicht kennen werden! Es ist der unbesiegte Held des Sandes, der unvergleichliche Drachenkralle Twyll, der …«

Seine Worte gingen in dem donnernden Jubel unter. Der Ringwächter breitete erneut die Arme aus und drehte sich langsam im Kreis, und man sah, wie er grinste und die frenetische Begeisterung des Publikums genoss.

»Drachenkralle Twyll«, fuhr er fort, als sich der Lärm gelegt hatte, »der in den Sand zurückgekehrt ist, um seinen Bruder Malmer Kalwyn zu rächen, der im Sand geblieben ist und dessen Tod er als unehrenhaft und heimtückisch ansieht!«

Wieder schrien die Leute, diesmal jedoch nicht ganz so laut wie zuvor und nicht so lange.

Jolah beugte sich gespannt vor, als der Mann wieder die Arme hob. *Jetzt kommt es!*, dachte sie und merkte nicht, dass sie ihre Fingernägel in ihre Handflächen grub. Ebenso wenig bemerkte sie, wie Cassda'ra sie aus zusammengekniffenen Augen musterte, ohne auf den Mann im Ring zu achten.

»Die Forderung nach Blut gilt einem Neuling unter den Ringfechtern, der nichtsdestoweniger ein namhafter Kämpfer ist, der in seiner kurzen Zeit im Sand bereits großen Ruhm erlangt hat!«

Der Mann breitete erneut theatralisch die Arme aus, und plötzlich wurde es vollkommen still in der Ringarena.

»Es stellt sich dem Kampf auf Blut und Leben …« Er machte eine dramatische Pause. *»… Bluthand Lay!«*

Jolah atmete aus und richtete sich erleichtert auf. *Nicht er!* Ihr wäre jeder Name recht gewesen, Bluthand Lay oder auch Donnerkopf Dorst oder wie auch immer diese Männer hießen, solange es nicht der Name des Anführers der Hämmer von Ern war.

Plötzlich spürte sie ein Kribbeln und wusste, dass sie beobachtet wurde. Sie drehte sich um. Wann Cassda'ra aufgehört hatte, sie mit ihren Blicken zu durchbohren, konnte Jolah nicht sagen. Aber die Oberste Heilerin und Höchste Drachenpriesterin starrte voller Entsetzen auf den Zugang zu den Katakomben, wo sich das Gitter gehoben hatte und nun unter dem dröhnenden Gebrüll der Zuschauer – *»Blut und Leben ... Blut und Leben ... Blut und Leben ...«* – zwei Gestalten in respektvollem Abstand voneinander den Sand betraten und auf den Ringwächter zuschritten.

Aber Jolah achtete weder auf die Szene unten im Sand noch auf die sonderbare Reaktion der Drachenpriesterin. Ihr Blick wurde wie magnetisch von einem Gesicht, etwa dreißig Schritt von ihr entfernt, angezogen, das sich ihr nun zuwandte. Rotblonde Haare lugten unter einer halb zurückgeschlagenen Kapuze hervor, zwei grüne Augen funkelten, und eine leuchtend rote Schnittwunde zierte die Wange.

Jolah erzitterte, als der Blick dieser Augen sie traf, stöhnte leise und riss dann verblüfft und enttäuscht die Augen auf, als das Gesicht unvermittelt in der Menge verschwand.

Das Summen in ihrem Hinterkopf steigerte sich zu einem lauten, auf- und abschwellenden Schrei.

Tod toD toD toD

BAAHTT, RINGARENA

»*Blut und Leben ... Blut und Leben ... Blut und Leben ...*«

Lay schloss die Augen und versuchte, das Gebrüll auszublenden, das die Zuschauer auf die markigen Worte des Ringwächters hin ausstießen, mit denen er die Blutfehde angekündigt hatte. Er rollte die Schultern und lockerte die Muskeln, die vom langen Warten in den kühlen, feuchten Katakomben unterhalb der Arena verspannt waren.

Und von der Erwartung des Kampfes, gib's zu, dachte er. Er war zwar äußerlich gelassen geblieben, als Twyll ihn zu der Blutfehde gefordert hatte, aber nun, als er im Sand des Rings stand, übertrugen sich die aufgepeitschte Atmosphäre und die unüberhörbare Blutgier des Publikums auf ihn. Das leise Singen in seinem Hinterkopf, das ihn schon den ganzen Tag verfolgte, machte es ihm auch nicht leichter.

Blut Blut Blut

Es war fast so, als könnte sein Schwert es kaum erwarten, endlich wieder vom roten Lebenssaft zu kosten. Lay öffnete die Augen, als das Geschrei der Menge nachließ, und sah, wie der Ringwächter den Wachen am Gitter das Zeichen für den Einmarsch der Ringfechter gab. Die Fanfaren schmetterten erneut, und das Johlen des Publikums schwoll wieder an. Aber Lay achtete nicht darauf. Seine Aufmerksamkeit richtete sich nur auf seinen Gegner, der zwei Armeslängen von ihm entfernt im Sand stand, die Beine gespreizt und die tätowierten Arme vor der Brust verschränkt. Er trug dieselbe Kleidung wie am Tag zuvor, als er Lay herausgefordert hatte, einen Rock aus gekochten Lederstreifen, Sandalen und einen Kreuzgurt über der Brust, aber nun steckten zwei langstielige Äxte in den Schlaufen, und hinter seiner Schulter ragten die Griffe von zwei Kurzschwertern hervor.

Blut Blut Blut

Lay tastete unwillkürlich nach der Scheide seines Schwertes auf seinem Rücken. Als er Blutbraut berührte, durchströmte ihn wieder das Gefühl von Zuversicht, das immer stärker geworden war, seit er diese Klinge mit sich trug. Dann jedoch fiel sein Blick wieder auf Twyll, und seine Zuversicht sank ein wenig.

Vielleicht hätte ich doch den Morgenstern mitnehmen sollen, dachte er, während er seinen bis an die Zähne bewaffneten Widersacher betrachtete.

Twylls Gedanken schienen in eine ähnliche Richtung zu gehen, denn er fletschte die Zähne zu einer höhnischen Grimasse, während er Lay musterte, mit Augen, in denen blanker Hass loderte.

»Genieß die aufmunternden Rufe der Zuschauer, Bursche«, rief Twyll ihm verächtlich zu. »Denn wenn der Kampf erst losgegangen ist, werden sie schnell aufhören, dir zuzujubeln. Ich werde erst mit dir spielen und dich ein bisschen demütigen, bis keiner hier im Ring auch nur einen Deut mehr auf dich setzt und die, die auf dich gewettet haben, es bitter bereuen.« Er legte die Hände auf die Griffe seiner Streitäxte. »Und dann werde ich dich in Stücke hacken, Scheibchen für Scheibchen, bis du nur noch ein blutiger Klumpen Fleisch bist, der im Sand umherkriecht! Und dann«, er deutete mit dem Daumen auf die Griffe der Schwerter über seinen Schultern, »werde ich dir mit dem Kurzschwert meines Bruders die Kehle durchschneiden!« Er spie auf den Boden. »Danach wird dein Name ebenso rasch im Sand versickern, wie du aus ihm hervorgekrochen bist.«

Lay musste sich zusammenreißen, um sich äußerlich nichts

anmerken zu lassen. Innerlich jedoch war er alles andere als gelassen. Es war eine Sache, in einen Kampf zu gehen und sich seinem Gegner zu stellen. Eine ganz andere aber war es, wenn man es mit einem Mann zu tun bekam, der einen Ruf hatte wie Twyll, der zudem von unersättlichem Hass erfüllt war und dann noch geschworen hatte, einen zu massakrieren. Er schluckte, und sein Blick zuckte von seinem Gegner zu den Öffnungen der Katakomben, aus denen die anderen Ringfechter kamen, begleitet von den lauten Trommelschlägen der beiden Handlanger, die jeweils eine Reihe von Kämpfern anführten. Die beiden Kolonnen teilten sich und gingen in entgegengesetzten Richtungen um den Rand des Sandkreises herum, bis sich die Trommler an der gegenüberliegenden Seite trafen. Das Publikum passte sein Blut-und-Leben-Gebrüll dem Rhythmus der Trommeln an, als die Handlanger langsam in die Mitte des Sandes marschierten und sich hinter den Fahnenträgern aufstellten. Als Letztes trat eine zierliche, in einen grauen Umhang gehüllte Gestalt aus den Katakomben.

Der Magus, dachte Lay, und seine Miene verfinsterte sich. Der Mann hatte ihn lange betrachtet, hatte ihn so gründlich untersucht, wie ein Pferdehändler einen Gaul auf dem Markt prüft, hatte seine Zähne begutachtet und mit einer Linse in seine Augen geschaut. Allerdings hatte er keinerlei Spuren des Gebrauchs von Drachengift finden können. *Natürlich nicht,* dachte Lay. *Schließlich habe ich auch noch nie welches genommen!* Auch hatte der Gehilfe des Magus Lays Schwert untersucht. Er hatte mit einem kleinen Pinsel ein Pulver auf die Schneide gestäubt und dann gewartet. Als nichts passierte, hatte er genickt und Lay das Schwert zurückgegeben. Ganz offenbar hatten sie nach Gift auf der Klinge gesucht, und Lay war erleichtert, dass der Magus selbst das Schwert nicht berührt hatte. Er wusste nicht, ob ein Wirker feststellen konnte, dass dieses Schwert mit Drachengift und Blut geschmiedet worden, dass es *blutgebunden* war, aber wenn doch, hätte er Lay den Gebrauch dieser Waffe untersagt, davon war er überzeugt. Das war zwar nicht geschehen, aber in Lay regte sich leiser Zweifel, ob er im Roten Sand von Ulcar ebenso viel Glück haben würde. *Aber um dieses Problem kümmerst du dich, wenn es so weit ist,* dachte er. *Jetzt musst du erst einmal diesen Kampf überstehen.*

Der Ringwächter hob erneut die Arme und gebot Ruhe. Es dauerte eine Weile, bis der Lärm so weit abgeklungen war, dass er sich verständlich machen konnte.

»Die Blutkämpfer zu den Fahnen!«, rief er.

Lay zuckte zusammen, als ihm klar wurde, dass er gemeint war. Er hatte sich, als Geforderter, ein schwarzes Band um den Arm gewickelt, sein Gegner trug das rote Band desjenigen, der die Blutfehde ausgesprochen hatte. Lay blinzelte in die Sonne und machte sich dann auf zu dem Handlanger, der die schwarze Fahne hochhielt.

Die hünenhafte Gestalt von Korgh stand hinter »seinem« Fahnenträger an der Mauer des Rings und musterte Lay sichtlich besorgt. Die Augen des Hünen schienen zu glühen, und er bewegte die Lippen, als wollte er Lay etwas zurufen.

Was kann er mir schon sagen?, dachte Lay. *Vielleicht wünscht er mir ja Glück.* Er nickte dem Nordling zu und lächelte etwas gequält. Korgh hob die Faust, öffnete sie und stieß die Hand mit gespreizten Fingern nach vorn. *Ein seltsamer Gruß,* dachte Lay. Er hob trotzdem das Kinn und nickte noch einmal trotzig, bevor er sich dem Ringwächter zuwandte.

»Auf mein Zeichen beginnt der Blutkampf!«, rief er so laut, dass selbst der letzte Zuschauer ihn verstehen konnte. »Die einzige Regel in dieser Blutfehde lautet: Blut und Leben! Einer von euch bleibt im Sand!« Er deutete auf die Fahnenträger. »Wessen Fahne sich senkt, hat sich unehrenhaft zur Flucht gewendet! Damit ist er vogelfrei und darf von jedem Fechter des Rings getötet werden!« Er drehte sich noch einmal mit erhobenen Armen theatralisch um seine eigene Achse, wobei er sichtlich das Johlen und den Beifall der Zuschauer genoss, dann nickte er den Kämpfern zu und gab den Trommlern ein Zeichen. »Möge Blut fließen!«

Lay starrte immer noch den Ringwächter an, als er vor sich eine Bewegung sah. Im nächsten Moment blitzte die Schneide einer Axt auf, und es gelang ihm gerade noch zurückzuweichen, als die Klinge auch schon an seinem Gesicht vorbeizischte. Im nächsten Moment bemerkte er in den Augenwinkeln die Schneide der zweiten Axt, die auf seinen Schädel zusauste. Er keuchte und ließ sich in den Sand fallen, sodass auch dieser Schlag ihn verfehlte. Das Publikum brüllte vor Begeisterung, als Drachenkralle Twyll erneut mit der ersten Axt zuschlug, und dieser Hieb hätte Lay zweifellos die Schulter zerschmettert oder noch Schlimmeres angerichtet, hätte er sich nicht instinktiv zur Seite gerollt. So grub sich die Axt nur in den Sand und ließ ihn aufspritzen.

Lay bekam keine Gelegenheit, sich zu sammeln und zum Gegenangriff überzugehen, denn im nächsten Moment zischte die zweite Axt wieder heran und verfehlte sein Knie nur um Haaresbreite. Er krabbelte hastig zurück, und allmählich begriff er, wieso dieser Axtkämpfer noch nie besiegt worden war. Er war sofort wieder bei ihm, ließ ihm keine Pause, und Lay krabbelte und kroch und rollte sich durch den Sand, ohne auch nur Zeit zu finden, nach seinem Schwert zu greifen.

Verflucht, wenn ich nicht endlich auf die Beine komme, ist dieser Kampf zu Ende, bevor er überhaupt begonnen hat! Plötzlich spürte er Panik in sich aufsteigen, aber er hatte nicht einmal Zeit, sich dessen richtig bewusst zu werden, weil er erneut der heransausenden Axt ausweichen musste.

Diesmal rollte er nicht nur zur Seite, sondern federte auf die Knie, stieß sich mit den Füßen ab, schlug einen Purzelbaum, stieß sich erneut ab, fing sich mit den Händen im Sand ab, machte einen gestreckten Überschlag und stand endlich auf den Beinen. Ohne auf seinen Gegner zu achten, griff er nach dem Schwert auf seinem Rücken und zog es aus der Scheide.

Blut Blut Blut

Das helle Singen in seinem Kopf übertönte die *Kralle!-Kralle!*-Rufe des Publikums, dessen Sympathien ganz offenbar dem erfahrenen und anscheinend unbesiegbaren Ringfechter galten.

Lay wirbelte herum. Glühende Fäden flammten vor seinen Augen auf, als er die Klinge hob. Sein Widersacher stürmte auf ihn zu, und Lay wich erneut den wirbelnden Äxten aus, diesmal jedoch kontrollierter, nicht so überstürzt wie zuvor.

Wieder und wieder griff der Ringfechter an, und Lay kam nicht dazu, auch nur den Versuch zu unternehmen, einen Schlag zu landen. Die glühenden Fäden seiner Klinge zuckten durch die Luft, als suchten sie eine Lücke in dem Wirbel der Äxte, den der Kämpfer vor ihm erzeugte, aber es gab keine. Lay hörte das Summen in seinem Kopf und spürte, wie sich die Welt um ihn herum ein wenig verlangsamte, doch er unterdrückte den Impuls, der Versenkung nachzugeben. Er wusste, dass der Magus ihn beobachtete. Er hatte keine Ahnung, ob ein Wirker die Fäden wahrnehmen konnte, aber zweifellos würde dieser Magus merken, wenn er auch nur versuchte, die Fäden zu manipulieren und die Ströme der Natur zu wirken.

Vielleicht, Lay wich erneut einem Schlag der Axt aus und sprang, als würde er sich durch dickflüssigen Honig bewegen, vor dem nächsten Schlag zurück, *muss ich sie ja gar nicht wirken!*

Das Johlen des Publikums wurde dumpfer, als sich alles um ihn herum zumindest ein wenig verlangsamte, und Lay behielt die Fäden im Blick, die wie Tentakel vor ihm in der Luft zu schweben schienen.

Was hat der Ringwächter gesagt? Keine Regeln außer der, dass einer von uns im Sand bleiben muss! Doch das werde nicht ich sein!

Er erinnerte sich an Korghs Geste, die geballte Faust, die

Hand mit den gespreizten Fingern, die vorzuckte, und musste plötzlich grinsen. *Danke, alter Fischkopf!* Das hatten sie anfangs noch mit seiner alten, schartigen Klinge geübt, und es hatte nur selten geklappt, was allerdings auch an dem schlecht ausgewogenen Schwert gelegen hatte.

Mit Blutbraut hatte Lay bisher jedes Ziel getroffen, das er anvisiert hatte. Er tanzte erneut zur Seite, als ein dichter Wirbel von Axtschlägen ein golden glühendes Rad aus Fäden vor seinen Augen erstrahlen ließ, und kniff die Augen zusammen.

Einer der goldenen Fäden war durch dieses Rad durchgedrungen und bildete eine Schlinge um die Silhouette dahinter, schlang einen Knoten.

Tod Tod Tod, sang der Chor in seinem Kopf.

Jetzt!

Lay unterdrückte mit aller Kraft die Stimmen in seinem Verstand und wappnete sich gegen den Schwindel, der ihn zweifellos überkommen würde, wenn sich die Welt wieder mit der normalen Geschwindigkeit bewegte.

Er hatte die Hand mit dem Schwert sinken lassen, sodass die Spitze durch den Sand fuhr, und holte mit dem Arm nach hinten aus, riss ihn dann mit aller Kraft nach vorn und schleuderte das Schwert nach seinem Widersacher.

Blut Blut Blut

Das Singen in seinem Kopf brach schlagartig ab, als sich seine Finger von dem Griff lösten. Blutbraut segelte durch die Luft, und das Licht der Sonnen überzog das matte Metall mit einem warmen Schimmer, während Lay, von Schwindel und Übelkeit gepackt, vornüber auf die Knie fiel.

»Kralle! Kralle! Kralle!«

»Blut und Leben! Blut und Leben!«

Das Gebrüll der Leute schmerzte in seinen Ohren, aber er achtete nicht darauf, während er hustend nach Luft rang, als sein Magen unter Krämpfen versuchte, sein Frühmahl hochzuwürgen. Er selbst hatte nur Augen für die Blutbraut, die beinahe gelassen durch die Luft flog, sich zweimal überschlug und den dichten Wirbel der Axtklingen durchstieß, während Drachenkralle Twyll die Augen weit aufriss, als er sah, was da auf ihn zukam.

Dann bohrte sich die Spitze der blutgebundenen Klinge mit einem feuchten Klatschen in die Kehle des Ringfechters, wurde durch den Schwung und ihr Gewicht weitergetragen, fraß sich mit einem ekelhaften Knirschen durch die Halswirbel und trat in seinem Nacken wieder aus.

Die Wucht des Aufpralls war so groß, dass sich das Schwert fast bis zur Parierstange in den Hals des Mannes bohrte.

Einen Moment lang schien niemand zu begreifen, was passiert war.

Die Zuschauer brüllten noch lauter, als sie sahen, dass Lay auf die Knie gefallen war, der Ringfechter wirbelte weiter mit seinen Äxten, als würde er einen Schleiertanz aufführen, der Ringwächter stand immer noch mit hinter dem Rücken verschränkten Armen da, mit einem begeisterten Grinsen im Gesicht, der Magus beobachtete immer noch Lay, der sich zusammenkrümmte und zu verhindern versuchte, dass er sich in den Sand erbrach.

Dann *sah* er, wie der Wirbel aus goldenen Fäden vor ihm matter wurde, bis er schließlich erlosch. Er atmete mehrmals tief durch die Nase, bis die Übelkeit nachließ, und hob den Kopf. Sein Blick fiel auf Korgh, der mit verschränkten Armen zwischen den anderen Ringfechtern stand und ihn mit seinen eisigen Augen musterte. Dann nickte der Nordling einmal kurz.

Lay stand auf, langsam und ein wenig schwankend. Er hörte ein Rasseln und richtete den Blick auf Drachenkralle Twyll, von dem es kam.

Erst da verstummte das Gebrüll der Menge. Vereinzelte Rufe gellten noch durch den Ring, aber auch das hörte rasch auf, als selbst der letzte Zuschauer begriff, was da im Sand geschehen war. Eine beinahe andächtige Stille breitete sich aus.

Der Magus riss erstaunt die Augen auf und trat unwillkürlich einen Schritt vor.

Der Ringwächter löste schwer atmend die Hände hinter seinem Rücken und stand mit vor Überraschung offenem Mund da.

Twyll stand noch, aber die Bewegungen seiner Arme waren plötzlich unkoordiniert, und die Äxte flogen in den Sand, als seine erschlaffenden Finger sie nicht mehr halten konnten. Seine Arme pendelten wie abgebrochene Zweige im Wind hin und her.

Der Ringkämpfer hatte den Mund vor ungläubigem Entsetzen weit aufgerissen, ebenso die Augen, mit denen er Lay anstarrte. Doch der Hass in ihnen war erloschen, wie auch das Leben in seinem Körper. Sie wurden glasig, während schwarzes Blut in einem Schwall aus seinem Mund strömte und über seine tätowierte Brust lief.

Er war immer noch auf den Beinen, und es dauerte zwei, drei Herzschläge, bis diese zu merken schienen, dass die Person, die sie trugen, nicht mehr lebte. Erst zitterte ein Knie und gab langsam nach, dann versagte auch das zweite seinen Dienst, und Drachenkralle Twyll, der letztendlich doch besiegte Ringfechter, brach tot im Sand der Ringarena von Baahtt zusammen.

Es begann als Raunen in den ersten Reihen, dann pflanzte es sich fort, von Kehle zu Kehle, wurde allmählich lauter, schwoll an wie das Tosen eines herannahenden Sturmes und wurde schließlich zum Orkan.

Ein Wort. Ein Name.

Aus Hunderten von Kehlen.

»Bluthand! Bluthand!«

»Hier entlang, Jolah!«

Jolah ließ sich von Cassda'ra widerstandslos durch dieses

Meer aus schwitzenden, stinkenden Leibern auf dem großen Vorplatz der Ringarena zerren.

Bragh ging dicht neben ihr, hielt sich an ihrer linken Seite und ließ ihren Ellbogen nicht los, als befürchtete er, dass sie ihm erneut entwischen oder in dem dichten Menschengewühl verloren gehen könnte.

Was ziemlich unwahrscheinlich ist, dachte Jolah, während sie sich unablässig in der Menge umsah. *Die Drachenpriesterinnen und -wächterinnen lassen ja nicht einmal Luft an mich heran, geschweige denn irgendeinen anderen Menschen, und erst recht keinen Mann!*

Sie sah sich weiter suchend um, während die Höchste Drachenpriesterin, die an ihrer rechten Seite ging und ihre Hand gepackt hatte, zielstrebig auf ein niedriges Gebäude zuhielt, das sich dicht an die Mauer der Ringarena schmiegte. Wie ihnen ein mürrischer Kaufmann gesagt hatte, der offenbar viel Geld auf Drachenkralle Twyll gesetzt und verloren hatte, hielt dort Casstek, der Bluthändler, Hof. »Er wird dort die spärlichen Gewinne auszahlen und seinen verflucht fetten Profit einstreichen!« Der Mann hatte wütend auf den Boden gespuckt. »Hab selten erlebt, dass ein Ringfechter so viele Gegner in den Sand schickt! Diese beiden Kerle müssen mit Belphor im Bunde sein!« Mit diesen Worten war er schlecht gelaunt weitergegangen, hatte ihnen jedoch noch im Weggehen zugerufen: »Aber wenn euch das nicht abschreckt: Bluthand Lay und sein barbarischer Spießgeselle Donnerkeil Korgh werden zweifellos ebenfalls dort sein und ihre Gewinne zählen!«

Und genau deshalb waren sie dorthin unterwegs. Natürlich glaubten weder Cassda'ra noch Jolah, dass dieser Jüngling oder sein Begleiter aus Hellanden etwas mit Belphor zu tun hatten, aber Jolah war mittlerweile ebenso wie Cassda'ra davon überzeugt, dass dieser Lay der Träger des Mals war. *Daran besteht nicht der geringste Zweifel,* dachte sie und erinnerte sich an ihre Reaktion, als sie Lay das erste Mal gesehen hatte, an die Stimmen in ihrem

Kopf, das Summen. Sie hatte sogar die Fäden des Schicksals an seinem Schwert und an ihm selbst *gesehen. Er hat die Kunst der Versenkung angewandt, keine Frage,* dachte Jolah. Allerdings hatte sie nicht den Eindruck gehabt, dass er die Fäden auch *gewirkt* hatte.

Die Frage ist nur, hat er darauf verzichtet, weil der Magus ihn so scharf beobachtet hat, oder kann er es einfach nicht? Was zu der Frage führt, ob er tatsächlich weiß, wer er ist. Cassda'ra hat gesagt, er wäre in einem Monasterium von einer Drachenpriesterin erzogen worden, was erklären würde, wieso er die Kunst der Versenkung anzuwenden versteht. Aber wenn er tatsächlich der Träger des Mals ist, mein mir vom Schicksal bestimmter Gemahl …

Jolah schüttelte sich bei dem Gedanken und hob erneut den Kopf, um die Menschen um sich herum zu betrachten. Gewiss, dieser Bluthand Lay – *Was für ein schrecklicher Name!* – war ein durchaus attraktiver Bursche. *Hätte ihn mir Cassda'ra vor einer Spanne gezeigt, ich hätte nicht die geringsten Bedenken gehabt, ihn als meinen Gemahl zu akzeptieren. Jedenfalls weit eher als Magador oder Ryehl, keine Frage.*

Aber wenn das Schicksal es wirklich will, wenn dieser Jüngling tatsächlich meine Bestimmung sein soll, wie kann es dann sein, dass …

Wieder sah sie sich in der Menge um, in der Hoffnung, das Gesicht zu finden, das sie schon den ganzen Tag in Gedanken verfolgte. Ein Gesicht mit grünen Augen, deren Blick ihr durch und durch ging. Das verunsicherte sie zutiefst, aber bisher hatte sie darüber noch nicht mit Cassda'ra gesprochen. *Du hast Angst, mit ihr darüber zu reden, gib's zu,* dachte sie.

Denn was auch immer das Schicksal ihr vorherbestimmt hatte, und auch wenn Lay tatsächlich der Träger des Mals war, hatte er nicht annähernd dieselbe Wirkung auf sie wie der Anführer der Hämmer von Ern. Sie konnte einfach nicht aufhören, an ihn zu denken.

»Wir sind da.«

»Was? Wo …?« Jolah sah überrascht, dass sie das Gebäude erreicht hatten, in dem der Bluthändler Casstek »Hof hielt«, wie der Kaufmann es so spöttisch ausgedrückt hatte. Und in dem der ihr vom Schicksal vorbestimmte Gemahl auf sie wartete, wie Cassda'ra behauptete.

Und doch gibt es nur einen, der mich interessiert, dachte Jolah. *Wo bist du, Broll?*

Sie riss sich zusammen und unterdrückte den Gedanken an diesen Mann, während sie sich hinter Cassda'ra und gefolgt von Bragh an den beiden Handlangern vorbei in das Innere des Hauses zwängte.

Hof halten trifft es ziemlich gut, dachte Jolah, als sie in den von Tranlampen und Fackeln erhellten Raum trat, an dessen Stirnwand, die gleichzeitig die Mauer der Ringarena war, ein kleines Podest stand, auf dem Casstek … Nun, residieren wäre fast noch untertrieben gewesen. Der Mann thronte förmlich auf seinem schlichten Stuhl, und es fehlte eigentlich nur noch, dass er eine Krone trug, um sein selbstherrliches Gebaren zu unterstreichen. Jolah sah sich in der Menschenmenge um, die sich in dem Raum drängte, konnte aber keine Spur von Lay oder dem Nordling entdecken. *Korgh,* dachte sie, *so hieß er doch. Donnerkeil Korgh.* Sie grinste unwillkürlich. *Was für alberne Namen sich diese Ringfechter doch geben!* Dann jedoch schüttelte sie sich bei dem Gedanken, wie dieser Jüngling, der Träger des Mals, gekämpft hatte. »Bluthand« war ein wahrhaftig passender Name, und wie Bragh ihr erzählt hatte, hatte Lay ihn sich nicht selbst gegeben, sondern er war ihm von den Zuschauern der Blutkämpfe zuvor verliehen worden.

Und auch die Blutfehde hatte er überraschend und kaltblütig für sich entschieden …

Obwohl es ein nicht wirklich ehrlicher Kampf war, dachte Jolah. *Immerhin hat er sich auf die Kunst der Versenkung stützen können.* Aber sie musste zugeben, dass es trotzdem ein sehr geschickter Trick gewesen war, was Lay da mit seinem Schwert getan hatte, um den bis dahin unbesiegten Drachenkralle Twyll zu überrumpeln und zu töten. Was Jolah Unbehagen bereitete, war die völlige Gleichgültigkeit, mit der dieser Jüngling – *Immerhin ist er genauso alt wie du, wenn die Berichte stimmen, also tu nicht so, als wäre er ein Kind!* – anschließend die Ovationen des Publikums hingenommen hatte.

Mit derselben Gleichgültigkeit hatte er im Folgenden einen Ringfechter nach dem anderen besiegt, wenngleich er niemanden mehr getötet hatte. Aber die meisten seiner Gegner hatte er blutig geschlagen, und das, so viel konnte Jolah sagen, zumeist ohne auf die Kunst der Versenkung zurückzugreifen. Trotzdem war ihr irgendetwas an ihm unheimlich, und es hatte nicht lange gedauert, bis Jolah herausgefunden hatte, was es war.

Sein Schwert! Sie hatte versucht, mithilfe der Versenkung zu erkennen, welche Fäden von Lay und welche von seiner Waffe ausgegangen waren, aber es war ihr nicht gelungen, sie voneinander zu unterscheiden. *Was an sich schon sonderbar genug ist,* dachte Jolah, während sie sich in dem Raum nach dem jungen Krieger umsah. Noch merkwürdiger jedoch war gewesen, dass die Fäden, die sie gewirkt hatte, um das Schwert zu ertasten – sehr behutsam natürlich, um weder den Argwohn des Jünglings noch den des Magus zu erregen –, dass all ihre Fäden, die sie gesponnen hatte, durchtrennt worden waren, sobald sie sich auch nur dem Schwert oder Lay genähert hatten.

Und es war nicht der Träger des Mals, der dafür verantwortlich war, dachte sie. *Aber wie kann eine Waffe so viel Macht haben? Und vor allem, was hat das zu bedeuten?*

Cassda'ra, die sie immer noch an der Hand durch das Gewühl hinter sich her zog, blieb unvermittelt stehen, als wäre sie gegen eine Mauer gelaufen, und sog scharf die Luft ein. Bragh, der sich im Raum umgesehen und das nicht bemerkt hatte, prallte gegen Jolah, die ihrerseits gegen die Drachenpriesterin stieß.

Die Drachenbraut fuhr zurück, kam aber nicht dazu, sich bei der Drachenpriesterin zu entschuldigen, und auch ihr Fluch wegen Braghs Ungeschicklichkeit blieb ihr im Hals stecken, als sie den Grund für Cassda'ras Erschrecken sah.

Meine Güte, der Kerl ist ja riesig! Jolah unterdrückte den Impuls zurückzuweichen, sondern hob nur den Kopf, um den hünenhaften Nordling finster anzusehen, der die Umstehenden um Haupteslänge überragte. Sie hatte nicht vor, sich von ihm einschüchtern zu lassen, so Furcht einflößend er auch aus unmittelbarer Nähe wirken mochte. Er musste bisher auf einem Schemel gesessen haben, deshalb hatten sie ihn beim Eintreten nicht entdeckt, und war soeben aufgestanden.

»Was, bei Belphors Hörnern, fällt dir ein, Barbar?«, fuhr sie den Hünen an. »Du weißt wohl nicht, mit wem …«

Sie fing Cassda'ras warnenden Blick auf und konnte sich noch im letzten Moment beherrschen. Immerhin wohnte sie verbotenerweise im geheimen Heiligen Tempel der Drachenpriesterinnen, und zweifellos wurde sie von sämtlichen Drachenkriegern und Spionen ihres Vaters, allen möglichen Magi und wahrscheinlich auch von Bütteln der Auguren gesucht. Also war es nicht besonders schlau, in aller Öffentlichkeit herauszuposaunen, wer sie war.

Der Hüne jedenfalls machte nicht den Eindruck, als würde es ihn sonderlich bekümmern, dass er sich gerade ihren Zorn zugezogen hatte.

Genau genommen sieht er aus, als würde ihn gar nichts bekümmern, dachte Jolah, und sie musste zugeben, dass sie ihn irgendwie darum beneidete. Sie musterte den Hünen mit funkelnden Augen und konnte es sich nur mit Mühe verkneifen, sein amüsiertes, aber keineswegs bösartiges Lächeln zu erwidern.

Cassda'ras Reaktion auf ihn war für Jolah deshalb umso unverständlicher. Die Drachenpriesterin hatte die Augen weit aufgerissen und wich vor dem Nordling zurück, während sie abwehrend die Hände ausstreckte. Dabei versuchte sie sich vor die junge Frau zu stellen, so als wollte sie Jolah vor Belphor persönlich beschützen.

Diese runzelte die Stirn und wollte ihre Vertraute gerade fragen, was für ein Problem sie mit diesem außerhalb des Rings doch offensichtlich harmlosen Giganten hatte, als eine kühle Stimme erklang.

»Ich weiß, gute Frau, er stinkt bestialisch, was ich ihm vorwerfe, seit wir uns das erste Mal getroffen haben, aber Ihr wisst ja, wie das mit diesen barbarischen Nordlingen so ist; sie können einfach an keinem Fischnäpfchen vorbeigehen, ohne hineinzutreten. Oder zumindest hineinzugreifen. Und selbst wenn Ihr die Thronerbin von Alghor wäret, würde er Euch nicht aus dem Weg gehen.«

Jolah wusste, wer der Sprecher war, noch bevor sie sich umdrehte, um ihn anzusehen. Das Summen in ihrem Hinterkopf verriet es ihr. *Der Träger des Mals,* dachte sie. *Bluthand Lay.*

Wärme durchflutete sie, als sie sich zu ihm umdrehte und ihn unter halb gesenkten Wimpern her ansah.

»Muss man wirklich eine Edeldame sein, um eine zuvorkommende Behandlung erwarten zu dürfen?«, fragte sie mit einem Augenaufschlag, dessen Kokettheit nur halb gespielt war. *Er sieht aus der Nähe erheblich besser aus als blutverschmiert im Ring,* musste sie zugeben und lächelte Lay an.

Der verbeugte sich und verzog leicht die Lippen. Es sollte ein Lächeln sein, aber Jolah stellte überrascht fest, dass es seine Augen nicht erreichte. »Selbstverständlich nicht, gute Frau«, erwiderte er, obwohl er doch sehen musste, dass sie erheblich jünger war als Cassda'ra, die immer noch mit erhobenen Händen dastand und Korgh anstarrte. »Aber ich fürchte, dass mein treuer Gefährte hier«, er runzelte die Stirn und stieß Korgh an, der sich ebenfalls nicht von der Stelle gerührt hatte und mit einem mittlerweile wie versteinert wirkenden Gesicht Cassda'ra anstarrte, »die feineren Sitten und Gebräuche unseres schönen Landes noch nicht ganz begriffen hat. Stimmt's, Korgh?« Seine Miene wurde immer finsterer, und er stieß den Nordling noch einmal an. »Hab ich recht?«

»Mehr, als du glaubst!«

Lay hob erstaunt die Brauen, aber sein Gefährte schien dem nichts hinzufügen zu wollen. Daraufhin seufzte der Jüngling und sah wieder Jolah an.

Sonderbar, dachte sie. *Für gewöhnlich reicht mein gutes Aussehen, um Männer in stammelnde Idioten zu verwandeln. Und durch Cassda'ras Kunst ist die Wunde auf meiner Wange so weit verheilt, dass sie mich nicht entstellt, sondern höchstens interessanter erscheinen lässt. Aber bei diesem Jüngling scheint mein hübsches Äußeres nicht zu verfangen. Vielleicht muss ich …*

Jolah schlug die Kapuze ihres bäuerlichen Gewandes zurück und hob stolz das Kinn, während sie Lay herausfordernd musterte. Im nächsten Moment wünschte sie sich, sie hätte darauf verzichtet.

Lay riss die Augen auf und kniff sie dann zu schmalen Schlitzen zusammen, während er scharf die Luft zwischen den Zähnen einsog. Cassda'ra packte Jolahs Handgelenk und drückte es so fest, dass die Drachenbraut vor Überraschung und Schmerz leise aufschrie.

»Was, bei Ganäas Liebe, soll das, Cassda'ra? Bist du …?«, fuhr sie wütend auf, ohne eine Antwort zu erwarten.

Sie bekam aber trotzdem eine.

»Brut!«, stieß die Höchste Drachenpriesterin gepresst hervor. »Dämonenbrut! Du … Du …!« Sie stand mit weit aufgerissenen Augen da, und zweifellos hätte Jolah bemerkt, dass Cassda'ra nicht sie anblickte, sondern den Hünen vor sich, wie sie auch gesehen hätte, dass dessen Augen plötzlich rötlich glühten, so als würde sich das Licht der Fackeln in ihnen besonders stark widerspiegeln. Wenn sie darauf geachtet hätte. Oder darauf hätte achten können.

Was sie aber nicht konnte.

Das Summen, das schon seit ihrer Ankunft in der Ringarena ihren Kopf erfüllte und das bei Brolls Anblick und bei Lays Auftauchen in der Arena immer stärker geworden war, schwoll unvermittelt zu einem Zyklon an, der sie taumeln ließ. Instinktiv streckte sie die Hand aus, in der Erwartung, dass Bragh sie stützen würde, und keuchte vor Schreck, als sie das Gesicht des jungen Ringfechters mit einem Mal unmittelbar vor sich sah.

Goldene Punkte schienen in seinen fast schwarzen Augen zu tanzen, als er ihre Hand ergriff, sie mit seiner anderen Hand an der Schulter packte und sie dichter an sich heranzog. »Du ... Ihr seid ... Ihr seid die Drachenbraut!«, stammelte er, sichtlich geschockt.

Jolah hatte nicht mehr die Kraft, sich zu verstellen. Sie stöhnte und taumelte, als die Stimmen in ihrem Kopf so laut zu toben begannen, dass sie einen Moment glaubte, den Verstand zu verlieren.

Draakrenbrut tod Tod tod tod Tonnvorr zaudernit tod tod tod trägerdesmals trägerdesmals tod tod tod

Jolah schrie auf und wäre zu Boden gestürzt, hätte Lay sie nicht gehalten.

Sie klammerte sich an ihn und berührte dabei aus Versehen den Griff seines Schwertes.

tod tod tod

Eine weitere Stimme mischte sich in das Getöse in ihrem Schädel, eine helle, durchdringende Stimme, die wie eine Glocke klang und durch das dumpfe Summen und Brausen schnitt wie ein Messer durch Butter.

Blut Blut Blut

draakenbrut zögernit tonnvorr tod tod tod

Ihre Gedanken schienen in einem Mühlrad aus widersprüchlichen Gefühlen und Schmerz zu kreisen, und die goldenen Fäden vor ihren Augen stoben wie eine Wolke aus brennenden Funken um sie herum, schienen überall zu sein, von überall her zu kommen, schienen sie umschlingen und erdrücken zu wollen, während sie Jolah gleichzeitig emporzuheben schienen und sie das Gefühl hatte zu schweben.

Hinter diesen Fäden sah sie den Umriss eines Gesichtes mit glühenden dunklen Augen, sie hörte, wie dieser Ringfechter, Bluthand Lay, der Träger des Mals, ihr vom Schicksal bestimmter Gemahl, ihren Namen rief …

»Jolah! Drachenbraut!«

Sie hörte, wie er ebenfalls aufschrie, *sah,* wie sich ihre Fäden umschlangen, berührten, wieder lösten, *sah,* wie sie umeinander tanzten, *sah,* wie plötzlich …

… ein anderes Gesicht vor ihr auftauchte, ein Gesicht mit lodernden grünen Augen.

»Broll!«, keuchte sie, als ein einzelner goldener Faden durch das wogende Gewirr schoss, sich um sie zu schlingen und sie erneut hochzureißen schien. Sie seufzte, als sich ihre Fäden ihm entgegenstreckten, und sie lächelte, als sie *sah,* wie sich ihre Fäden verknoteten.

Das Gesicht vor ihren Augen veränderte sich, wurde wieder zu dem Gesicht von Lay – *Dem Träger, dem Auserwählten, meinem mir bestimmten Gemahl* –, und voller Schrecken erkannte sie, wie sich seine Miene vor Wut verfinsterte, vor Hass, als er den Kopf wandte und Broll ansah, den Mann, den ihr Herz ausgewählt hatte.

»Mörder!«, fauchte Lay, und seine Stimme klang eisig und erbarmungslos, während er Jolah losließ und nach seinem Schwert griff.

Die goldenen Fäden erloschen, und ein schrecklicher Schwindel überkam sie, ein furchtbares Gefühl der Angst, die Vorahnung von etwas Schrecklichem.

Nein, das darf nicht geschehen! Das darf nicht sein! Sie schrie erstickt auf und klammerte sich an Lay, als hinge ihr Leben davon ab. *Sein Leben!*

»Nein! Das darfst du nicht!«

Sie sah die Klinge seines Schwertes, die im Licht der Fackeln matt glänzte, und hob die Hand, umklammerte Lays Faust, mit der er die Waffe hielt, und hörte das helle, triumphierende Singen.

Blut Blut Blut

Lay sah sich suchend in dem überfüllten Raum um. *Wo ist Korgh, verflucht?*, dachte er und drängte sich zwischen zwei streitenden Händlern hindurch, die sich offenbar nicht einig werden konnten, wer von ihnen beiden ihr gemeinsames Geld auf Drachenkralle Twyll gesetzt hatte und derjenige war, der für den Verlust aufkommen musste.

Lay lächelte, während er mit der Hand unwillkürlich über den Geldbeutel strich, den er gerade eben von einem überraschend zufriedenen Casstek entgegengenommen hatte. Der Bluthändler hatte mehrere goldene Dublonen und einen ganzen Haufen Silberstücke in den Beutel gezählt, bevor er ihn zu Lay hinübergeschoben hatte. »Nimm, Bluthand, du hast dir deine Prämie wirklich verdient!« Casstek hatte gegrinst wie eine Bergkatze, die gerade eine fette Waldtaube verspeist hatte. »Wie ich vorhin schon deinem Kumpan Donnerkeil Korgh gesagt habe, werde ich auf jeden Fall nach Ulcar kommen und mir eure Kämpfe am Tag der Klingen ansehen.« Er lachte. »Ich habe deinem barbarischen Freund auch bereits den Namen des Bluthändlers genannt, an den ihr euch wenden solltet. Er ist ein alter Geschäftspartner von mir.« Er hatte Lay zugeblinzelt. »Ich bin sicher, dass er euch mit Freuden als Kämpfer akzeptiert und dass ihr den Endkampf erreicht.« Dann hatte er die Stirn gerunzelt. »Allerdings bin ich mir überhaupt nicht sicher, auf wen von euch beiden ich dann setzen soll.« Seine Miene hellte sich auf, und er lachte. »Andererseits ist das vielleicht auch nicht nötig. Heute war ein guter Tag für mich, ein wirklich ganz ausgezeichneter Tag!«

Ein guter Tag, dachte Lay, aber irgendwie wollte keine rechte Freude in ihm aufkommen. Sicher, er hatte die Blutfehde nicht nur überlebt, sondern den unbesiegbaren Twyll sogar grandios bezwungen. Die Zuschauer hatten ihn wie einen Helden gefeiert, und es hatte zugegebenermaßen Eindruck auf ihn gemacht, als die ganze Ringarena seinen Namen gerufen hatte. Aber da war auch ein schaler Nachgeschmack, und er verspürte das starke Bedürfnis, ihn mit Wasser herunterzuspülen oder vielleicht sogar mit Bräu, obwohl er diesem Getränk nicht viel abgewinnen konnte.

Wie nennt Korgh es noch gleich? Rayakpisse! Lay grinste. *Das passt irgendwie. Obwohl ich ja noch nie Rayakpisse getrunken habe, aber …*

»Was, bei Belphors Hörnern, fällt dir ein, Barbar? Du weißt wohl nicht, mit wem …«

Lay seufzte. *Ah, da ist er ja.* Er drehte sich um und sah Korghs hünenhafte Gestalt, vor der sich die Menge teilte wie das Meer vor dem Bug eines Schiffes.

Als er Korgh erreichte, sah Lay die Frau, die mit angsterfülltem Blick und ausgestreckten Armen vor dem Nordling stand. Er zwang sich zu einem Lächeln und sagte: »Ich weiß, gute Frau, er stinkt bestialisch, was ich ihm vorwerfe, seit wir uns das erste Mal getroffen haben. Aber Ihr wisst ja, wie das mit diesen barbarischen Nordlingen so ist; sie können einfach an keinem Fischnäpfchen vorbeigehen, ohne hineinzutreten. Oder zumindest hineinzugreifen. Und selbst wenn Ihr die Thronerbin von Alghor wäret, würde er Euch nicht aus dem Weg gehen.«

Doch zu seiner Überraschung achtete die Frau gar nicht auf ihn und reagierte auch nicht auf seine scherzhaft gemeinten Worte. Er wollte gerade weitersprechen, als die Begleiterin der Frau, die er bis dahin gar nicht wahrgenommen hatte, ihn ansprach.

»Muss man wirklich eine Edeldame sein, um eine zuvorkommende Behandlung erwarten zu dürfen?«

Lay hob eine Braue und verbeugte sich vor ihr. *Hübsch ist sie ja,* dachte er. *Und sie spricht sehr gewählt. Wahrscheinlich ist sie eine verwöhnte*

Tochter aus vornehmem Hause, die sich heimlich unter das Volk gemischt hatte, um mal etwas Aufregendes zu erleben. Da hat sie sich ja genau den Richtigen ausgesucht.

»Selbstverständlich nicht, gute Frau.« Er unterdrückte ein spöttisches Grinsen, als er sah, wie es in ihren Augen bei der betulichen Anrede, die eher einer Matrone gegenüber angemessen gewesen wäre, aufblitzte. »Aber ich fürchte, dass mein treuer Gefährte hier«, er stieß Korgh verärgert den Ellbogen in die Seite, aber der Hüne reagierte nicht, »die feineren Sitten und Gebräuche unseres schönen Landes noch nicht ganz begriffen hat. Stimmt's, Korgh?« Der Nordling reagierte immer noch nicht, und Lay rammte ihm erneut den Ellbogen in die Seite. »Hab ich recht?«

»Mehr, als du glaubst!«, brummte der Hüne.

Was ist denn in ihn gefahren?, dachte Lay und warf einen Blick auf die Frau, die den Nordling nach wie vor entgeistert anstarrte. Dann sah er wieder die jüngere Frau an, die mittlerweile ihre Kapuze zurückgeschlagen hatte.

Was, bei Ganäas Titten …? Er starrte sie an und fühlte sich plötzlich, als hätte ihm jemand mit einem Prügel eins übergezogen. Er atmete scharf ein, als das Summen in seinem Kopf anschwoll. Er hörte, wie der misstönende Chor seinen Singsang anstimmte …

TrägerdesMals … Draakenbrut … tonnvorr zaudernit …

Im selben Moment packte die Matrone den Arm der jüngeren Frau, die daraufhin fluchend protestierte. Lay meinte, durch das Summen hindurch einen Namen zu hören, so etwas wie »Cassda'ra«, ein Name, der eine Saite in ihm zum Klingen brachte, aber er kam nicht dazu, weiter darüber nachzudenken.

»Brut! Dämonenbrut! Du … Du …!«

Lay zuckte zusammen, als er sah, wie Korghs Augen rot zu glühen begannen, aber im nächsten Moment sah er aus den Augenwinkeln, wie die jüngere Frau taumelte und Hilfe suchend mit der Hand durch die Luft fuhr. Er packte sie und legte seine andere Hand stützend auf ihre Schulter.

Die Stimmen in seinem Kopf donnerten.

TrägerdesMals draakenbrut tonnvorr TrägerdesMals tidendränget zaudernit tonnvorr

Vor Lays Augen tanzten goldene Punkte, und plötzlich *sah* er Fäden, die sich von ihm zu der jungen Frau zu winden schienen. Ihre Gestalt wurde zu einer leuchtenden Silhouette, und in diesem Moment begriff er. *Sie ist ebenfalls eine Trägerin! Sie ist die andere Trägerin! Die Heiligen Zwei! Es ist also doch nicht nur eine Legende! Die Prophezeiung …*

Dann fiel sein Blick auf die feingliedrige goldene Kette um ihren Hals, auf das Drachenemblem, das daran baumelte, das Wappen der Prunfors.

Das Wappen Alghors!

»Du … Ihr seid … Ihr seid die Drachenbraut!«, stieß er hervor. *Ihr seid … Ihr seid meine Bestimmung! Aber das kann nicht sein,* dachte er. *Kalehna!* Das Bild der Drachenjungfer erschien vor seinen Augen, ihr fein geschnittenes Gesicht, der lächelnde Mund, die vor Liebe leuchtenden grünen Augen … *Das kann nicht sein!*

Aber das Dröhnen in seinem Kopf sagte etwas anderes. Und offenbar ging es ihr genauso, denn sie schrie auf, während ihre ganze Silhouette zu glühen schien. Sie schwankte und klammerte sich an ihn, berührte den Griff seines Schwertes …

Blut Blut Blut

Er hörte, wie die Blutbraut auf die Berührung reagierte, spürte es in seinen Knochen, in jeder Faser seines Körpers, die Lust nach Blut, den Wunsch zu töten … *Nein, nicht sie, nicht so, nicht jetzt …* Er versuchte, die Stimmen zum Schweigen zu bringen, versuchte, sie mithilfe der Versenkung aus seinem Kopf zu vertreiben, so wie er sie sonst mit ebendieser Kunst beschwor. Die goldenen Fäden leuchteten etwas schwächer, und er sah das Gesicht der Drachenbraut.

»Jolah!« Er sah, wie sich ihre Augen, die blicklos in die Ferne gerichtet waren, veränderten, ihn ansahen … »Drachenbraut!«

»Broll!«, keuchte sie.

Was? Mit einem Schlag erloschen die Fäden, und Lay starrte in das Gesicht der Frau, die, wenn die Prophezeiungen und Weissagungen stimmten, ihm als Gefährtin bestimmt war. Diese Frau, mit der ihn ein wie auch immer geartetes Schicksals verband, hatte in jenem Moment, da sie sich gefunden hatten, den Namen seines schlimmsten Feindes genannt.

Er schob sie ein Stück von sich und sah, wie sie an ihm vorbeistarrte, wie ihre Augen aufleuchteten. Er kannte den Grund für die Veränderung in ihrem Gesicht, noch bevor er sich umdrehte.

Seine Miene wurde zur Fratze des Hasses. Kaum zehn Schritte entfernt, von ihm getrennt durch das Gedränge und Geschiebe von Leibern, von Neugierigen, die wissen wollten, was da vor sich ging, sah er jenen Mann, den zu töten er geschworen hatte.

»Mörder!«, fauchte Lay, ließ Jolah los und griff nach seinem Schwert.

Blut Blut Blut, jubilierte die Klinge.

O ja, dachte Lay. *Blut wirst du bekommen!*

»Nein!« Er hörte durch das Rauschen in seinen Ohren ihre Stimme wie durch dichten Nebel. »Das darfst du nicht!«

Noch bevor er reagieren konnte, spürte er, wie sie seine Hand umklammerte, die das Schwert hielt, sich mit ihrem ganzen Gewicht an ihn hängte und versuchte, ihn davon abzuhalten, sich auf Broll zu stürzen.

»Jolah! Erhabene!«, rief der Uniformierte, ein Angehöriger der Schilde Prunfors und vermutlich ihr Leibwächter. »Was machst … Was macht Ihr da! Ihr gefährdet Euer Leben …!« Der Mann versuchte, zu Lay vorzudringen, aber die Masse der Leiber machte ihm keinen Platz, und die Leute hätten zudem nicht gewusst, wohin sie in dem allgemeinen Gewühl hätten ausweichen sollen.

Der Anführer der Hämmer von Ern stand regungslos da und erwiderte Lays glühenden Blick mit einem wilden Starren seiner grünen Augen, die ebenfalls vor Wut zu lodern schienen. Der Hass zwischen den beiden Männern fegte wie eine Feuersbrunst durch den Raum. Die Menschen, die zwischen ihnen standen, versuchten, sich in Sicherheit zu bringen, was jedoch in dem Gedränge und Geschiebe völlig aussichtslos war. Frauen schrien, als Männer sie gewaltsam zur Seite stießen. Männer brüllten, als andere ihnen Fäuste und Ellbogen in die Rippen oder Nieren rammten.

»Die Drachenbraut!«, gellten Schreie durch den Raum. »Schützt die Thronerbin von Alghor!«

Lay achtete jedoch weder darauf noch auf die Leute, die hinausliefen und nach den Bütteln des Stadtvogts riefen. Er ließ den »Schlächter von Krühll« nicht aus den Augen, den Mörder all der unschuldigen Bewohner des Monasteriums, den Mann, der gnadenlos seine Familie hatte abschlachten lassen. Aber immer noch hing Jolah an seinem Arm, an seiner Faust, umklammerte auch noch seine Beine mit den ihren, ohne darauf zu achten, dass man ihre nackte Haut sehen konnte.

»Jolah! Jolah, nicht!«, erklang eine Frauenstimme, schrill und von fast panischer Angst erfüllt.

Blut Blut Blut!, kreischte die Blutbraut triumphierend, und das Dröhnen in Lays Kopf nahm zu.

Tod Tod tod

Immer noch stand Broll bewegungslos da, den Daumen der linken Hand hinter dem Gürtel um seine Taille gehakt und in der rechten eine Waffe ähnlich der, die er auch beim Monasterium benutzt und mit der er diese Bolzen verschossen hatte. Lay kniff die Augen zusammen. Sie war nur ein wenig kleiner, handlicher. Er sah dem Mörder wieder in die Augen. *Aber zwei-*

fellos nicht weniger tödlich. Erledigst dein Blutwerk wohl gern aus sicherer Distanz, Hundsfott!

Der Mann schien seine Gedanken lesen zu können, denn er verzog die Lippen zu einem spöttischen Grinsen. In diesem Moment schwoll das Dröhnen in Lays Kopf wieder an, und ...

TrägerdesMals TodTodTod TrägerdesMals tonnvorr zaudernit TodTodTod draakenbrut zaudernit

... er *sah,* wie goldene Fäden den Mann umschlangen, wie Tentakel um Broll herum wucherten, *sah,* wie sie sich mit den Fäden verbanden, die von ihm, Lay, ausgingen, von der Drachenbraut, wie sie sich verknoteten ...

Das kann nicht sein!, dachte er. *Das kann doch nicht sein, oder?* Er unterdrückte gewaltsam die Stimmen in seinem Kopf, während er gleichzeitig versuchte, die Drachenbraut abzuschütteln, die sich immer noch verzweifelt an ihn klammerte.

»Bleib stehen, du Mörder!«, schrie er, als Broll herumwirbelte. »Du kannst nicht vor mir weglaufen! Du kannst nicht vor deinem Schicksal davonlaufen!«

Der Mann hielt in der Bewegung inne, drehte sich dann wieder herum und grinste. Sein Blick glitt auf die Drachenbraut, die immer noch an Lays Arm hing, und ein seltsamer Ausdruck huschte über sein Gesicht. Lay hörte, wie Jolah da Prunfor, Thronerbin und Drachenbraut von Alghor, einen Laut ausstieß, der fast wie ein Wimmern klang, als der Mann die Waffe hob und auf Lay zielte. »Nein!«, rief sie und ließ Lays Hand los, schlang ihre Arme um seinen Hals und presste sich an ihn. »Das darfst du nicht!«

Lay war vollkommen überrascht von diesem Verhalten. Wusste sie denn nicht, wie gefährlich dieser Mann war? Wusste sie nicht, dass sie gerade ihr Leben riskierte? Lay zweifelte nicht daran, dass der Mann abdrücken und dabei in Kauf nehmen würde, das Leben der Drachenbraut zu gefährden.

Doch sein Widersacher schien ebenfalls von Jolahs Verhalten überrumpelt zu sein.

Broll presste die Lippen zusammen und blieb noch einen Herzschlag lang stehen, die Waffe im Anschlag. Dann nahm er sie hoch, legte irgendeinen Hebel um und ließ die Hand wieder sinken. Die ganze Zeit über starrte er Lay an, ohne jedoch ein Anzeichen von Eile, Hast oder Furcht zu zeigen. Erst als Jolah zu ihm hinsah, senkte er den Kopf und erwiderte ihren Blick. Dann drehte er sich wortlos um und verschwand in der Menge.

Lay riss sich aus seiner Erstarrung und bemühte sich, Jolah abzuschütteln, um dem Mörder zu folgen.

»Jolah!«, rief der Soldat, den Lay für eine Leibwache hielt und dem es endlich gelang, zu ihnen vorzudringen.

»Lay!« Das war eine andere Stimme, tiefer, drohender. Korgh.

»Das da war er! Der Mörder von Zanth'ra! Von Theija! Der Mordbrenner …!«

»Jolah!« Wieder die Frauenstimme, diesmal näher. »Was tust du? Das ist …!«

Lay spürte, wie grobe Hände an seinem Wams zerrten, seine Arme packten, aber war nur darum bemüht, Broll nicht aus den Augen zu verlieren, dessen rotblondes Haar er im flackernden Licht der Fackeln zwischen den wogenden Leibern immer wieder aufleuchten sah. Der Mann blieb an der Tür kurz stehen, sah sich noch einmal um, streifte Lay mit einem scharfen Blick und sah dann Jolah an, die keuchend neben Lay stand und den Blick des Mörders erwiderte.

Dann war er verschwunden.

»Was habt Ihr Euch dabei gedacht?« Lay fuhr herum und starrte die Drachenbraut wütend an. »Ihr habt einen Mörder gerettet! Einen Schlächter unschuldiger Menschen!«

Die Frau sah ihn mit Tränen in den Augen an. Aber ihre Stimme hatte nichts Bedauerndes oder Reumütiges. »Davon weiß ich nichts!«, stieß sie hervor. »Aber ich weiß, dass niemand Euch zum Richter berufen hat!«

Lay knirschte mit den Zähnen. »Da irrt Ihr Euch!« Er spie die Worte förmlich hervor. »Fünfzig Tote haben mich zum Richter berufen, das Blut aller anderen nicht gerechnet, das an seinen Händen klebt!«

»Und Ihr?«, fauchte die Drachenbraut. »Was ist mit dem Blut an Euren Händen? Werdet Ihr dafür ebenfalls Rechenschaft ablegen? Wenn ja, wann und vor wem, wenn ich fragen darf?«

Darauf wusste Lay einen Moment nichts zu erwidern, und dann spürte er, wie die Hände, die an ihm rissen und gegen die er sich fast instinktiv die ganze Zeit zur Wehr setzte, auf einmal von seinen Armen und seinem Körper abließen. Ein dumpfes Klatschen ertönte und ein erstickter Schrei, woraufhin ein Körper krachend auf den Boden fiel.

Lays Blick zuckte zu dem Mann, der vor seinen Füßen lag. Es war der Uniformierte, die Schildwache.

»Bragh!« Die Drachenbraut warf sich beschützend über ihren Leibwächter. »Du hast ihn umgebracht, du barbarisches Monster!«

»Die Brut!«, zischte die Frau, die Korgh so entsetzt angestarrt hatte und sich jetzt erst von ihrem Schock zu erholen schien. »Es ist einer Von Der Brut …!«

»Ja, er ist ein mörderischer, stinkender Barbar!«, rief die Drachenbraut, nahm den Kopf ihres Leibwächters in die Hände und fuhr ihm sanft über die Stirn. »Mein armer Bragh! Dafür wirst du bezahlen, du Monster!«, schrie sie Korgh an.

Der zuckte gleichgültig mit den Schultern, griff in sein Wams, zog den Beutel mit den Münzen hervor, den Casstek ihm gegeben hatte, öffnete die Schnüre und entnahm ihm eine Silbermünze, die er mit einem verächtlichen Schnauben auf den ausgestreckt am Boden liegenden Drachenkämpfer warf.

»Das sollte für die Heilerin genügen«, brummte er. »Ein

kräftiger Sud aus den richtigen Kräutern wird seine Kopfschmerzen lindern, wenn er wieder zu sich kommt!«

Die Drachenbraut runzelte die Stirn und sah ihn verblüfft an. »Du hast ihn nicht …?« Sie richtete den Blick wieder auf ihren Leibwächter. »Er ist nicht …?«

»Nein, ist er nicht«, erwiderte Korgh und wandte sich an Lay. »Wir müssen verschwinden«, knurrte er.

»Allerdings«, pflichtete Lay ihm bei. »Er kann noch nicht weit sein …!«

Korgh schüttelte den Kopf. »Wenn du ihn einfach in der Öffentlichkeit ohne Grund angreifst, wirst du dem Drachenzahn überantwortet!«

Lay wollte protestieren, aber er wusste, dass Korgh recht hatte. Letztlich konnte er nicht beweisen, dass Broll diese Gräueltaten begangen hatte, also wäre ein Angriff auf einen militärischen Anführer, zudem einen, der einem Vasallen des Drachenreiches unterstand, ein Schwerverbrechen, und man würde ihn mit dem Tode bestrafen, der durch das Schwert des Henkers vollzogen wurde. So aber hatte sich Lay seine Rache nicht vorgestellt.

»Also gut«, lenkte er mürrisch ein. »Doch ich will noch vorher mit der Drachenbraut …«

»Dafür ist keine Zeit«, unterbrach ihn Korgh. »Und außerdem ist das jetzt auch der falsche Moment!«

»Wieso?« Lay sah seinen Gefährten verständnislos an. »Was hast du an diesem Moment auszusetzen?«

»Hörst du das?«

Auf einmal hörte Lay, was Korgh meinte. Heisere Stimmen, die Befehle bellten, Hufgetrappel und lautes Geschrei vor dem Gebäude.

»Was …?«

»Genau wissen wir es auch nicht«, meinte Korgh, »aber wenn wir unsere Prämien verwetten wollten, würden wir sagen, es sind die Drachenreiter des Fürsten, die nach der verschwundenen Drachenbraut suchen. Offenbar hat die sich heimlich aus dem Palast geschlichen, um als Zuschauerin einem Blutkampf beizuwohnen.« Er grinste. »Wären wir weiterhin besonders tollkühn, würden wir die eine oder andere Dublone darauf setzen, dass der Grund für ihr sonderbares Verhalten möglicherweise etwas mit dem Mann zu tun hat, den du zu töten geschworen hast!« Er schnalzte mit der Zunge. »Wirklich, eine ausgesprochen interessante Konstellation!«

Lay verschlug es für einen Moment die Sprache. *Natürlich, Korgh hat recht! Warum sollte sich die Drachenbraut in der Verkleidung einer einfachen Bauersfrau unter das Publikum eines Blutkampfes mischen, wenn sie nicht ...?*

»Wir würden vorschlagen, dass du über die möglichen Konsequenzen nachdenkst, *nachdem* wir dieses Gebäude verlassen haben und uns auf dem Weg nach Ulcar befinden! Du willst doch noch nach Ulcar, hab ich recht?«

Lay nickte, während sich seine Gedanken überschlugen. »Natürlich will ich nach Ulcar. Ich *muss* nach Ulcar!« *Denn so, wie es aussieht,* dachte er, *führt kein Weg an Ulcar vorbei ...*

OBERLANDWAI,
ZWISCHEN BAAHTT UND ULCAR

»Wohin bringst du uns, Schwingenkommandeur?«

Der Angesprochene wandte den Kopf und versuchte zu lächeln, aber es wurde eine recht gequälte Grimasse daraus. »Wir eskortieren Euch nach Ulcar, Erhabene. Zu Eurem Vater in den Drachenpalast.«

Natürlich, nach Ulcar, wohin auch sonst? Dumme Frage!

Der Offizier zögerte einen Moment. »Mit Verlaub, Erhabene, der Drachenfürst war außer sich vor Sorge um Euch!«

»Tatsächlich? Das kann ich mir denken!« *Wahrscheinlich hätte er sich genauso viel Sorgen gemacht, wäre seine kostbarste Zuchtstute plötzlich verschwunden gewesen.* »Und wieso muss die Oberste Heilerin mich begleiten?«

»Das geschieht auf ausdrückliches Ersuchen der Drachenfürstin, Erhabene!«

Wenn du noch einmal »Erhabene« sagst, muss ich kotzen!, dachte Jolah. *Mutter, natürlich! Wahrscheinlich hat sie befürchtet, dass Vater den Befehl gegeben hat, Cassda'ra und alle anderen, die man bei mir antrifft, auf der Stelle zu töten. Zuzutrauen wäre es ihm.* »Noch eine letzte Frage, Schwingenkommandeur.«

Der Mann wirkte nicht gerade begeistert, aber er sah die Thronerbin von Alghor so gelassen an, wie ihm das im Sattel eines Pferdes möglich war, das der bestialische Gestank der Drachenechsen fast verrückt machte. Die beiden Fefire zogen die plumpe Kutsche, in der Jolah und Cassda'ra nach Ulcar »eskortiert« wurden, wie der Befehlshaber der Drachenkämpfer es formuliert hatte. *Eskortiert, pah!*, dachte Jolah. *Verschleppt wäre passender.*

»Selbstverständlich, Erhabene!«

»Wo ist mein Paladin?«, erkundigte sich Jolah. »Ich habe Bragh nicht mehr gesehen, seit du uns in Baahtt mit Gewalt und gegen meinen ausdrücklichen Willen …«

Die Miene des Soldaten verhärtete sich. »Der *ehemalige*«, er betonte das Wort mit großem Nachdruck, »Drachenkämpfer und Schild Prunfors reitet am Ende des Zuges, und zwar in Ketten, wie es der Drachenfürst befohlen hat.« Er hob rasch die Hand, als Jolah protestieren wollte. »Es tut mir leid, Erhabene, aber in dem Punkt sind die Befehle des Drachenfürsten eindeutig. Soldat Bragh hat seine Pflichten aufs Sträflichste vernachlässigt …«

»Das hat er nicht, er hat nur …«

»… und es ist nur dem Einschreiten Eurer Mutter, der Drachenfürstin, zu verdanken, dass Euer ehemaliger Paladin nicht auf der Stelle von uns geköpft wurde. Sie hat diesen Aufschub erreicht, weil sie Seiner Erhabenheit klargemacht hat, dass eine öffentliche Exekution vor den Augen der düpierten Freier Eurer Erhabenheit …«

»Eine öffentliche Exekution?« Jolah konnte nicht glauben, was sie da hörte. *Ist Vater denn vollkommen verrückt geworden? Er muss doch wissen, dass Bragh nur auf meinen Befehl hin gehandelt hat!*

Der Schwingenkommandeur nickte ernst. »Gewiss, Erhabene. Euer Leibwächter hatte die Aufgabe, Euch vor allem zu beschützen, was Euch Schaden zufügen kann, auch vor Euch selbst.« Er betrachtete Jolahs Wange, und seine Kiefer mahlten. »Es ist wohl nur der gütigen Hand Ganäas zuzuschreiben, dass Ihr nicht mehr als diese Narbe von Eurem Abenteuer zurückbehalten habt, Erhabene. Auch das dürfte den Drachenfürsten kaum milder stimmen.« Er räusperte sich. »Und wenn Ihr mich fragt, Erhabene, dann …«

»Danke, Schwingenkommandeur«, zischte Jolah, die unwillkürlich mit einem Finger über die bereits vernarbte Schnittwunde fuhr. »Ich habe dich bereits genug durch meine Fragen von deinen Pflichten abgelenkt. Du musst sicher irgendwelche Barbaren davon abhalten, die Kutsche zu überfallen und die Drachenbraut zu vergewaltigen.«

Ohne die finstere Miene des Mannes zu beachten, ließ sie sich auf die gepolsterte Bank zurücksinken, zog den schweren Samtvorhang vors Fenster und starrte brütend vor sich hin.

»Es tut mir schrecklich leid, Jolah«, sagte Cassda'ra leise. Die Drachenpriesterin saß ihr gegenüber und sah die Drachenbraut traurig an. »Das alles ist allein meine Schuld.«

»Red keinen Unsinn, Cassda'ra!«, widersprach Jolah matt. »Ich trage für diese Situation genauso viel Verantwortung wie Mutter und du. Aber ich werde nicht zulassen, dass ein Unschuldiger wegen unseres Versagens … und wegen meines Leichtsinns einen Kopf kürzer gemacht wird!«

»Ich fürchte, das wirst du nicht verhindern können, Jolah.« Die Drachenpriesterin seufzte. »Bei einem Skandal dieser Größe muss irgendein Kopf rollen. Und dein Leben wird der Drachenfürst ebenso wenig opfern wollen wie meines.« Sie seufzte. »Letzteres hoffe ich zumindest.«

Vielleicht wird er mir nicht den Kopf abschlagen, dachte Jolah, *aber ich frage mich, ob es wirklich ein gnädigeres Schicksal ist, an irgendeinen fetten Kerl mit hundert Frauen oder an einen dürren Perversling mit hundert Lastern verschachert zu werden, nur um die eigene Macht zu festigen. Als wenn die überhaupt infrage stünde!* Dann dachte sie an die Erklärungen ihrer Mutter, des Reichsverwesers und Cassda'ras, ihre Bestimmung und ihr Schicksal als Trägerin des Mals betreffend. Im ersten Moment, dort im Palast, in ihren Gemächern, war ihr die Vorstellung, durch eine Vermählung mit einem anderen Auserwählten dem ihr von ihrem Vater zugedachten Los zu entgehen, reizvoll erschienen. Aber jetzt … Unwillkürlich strich

Jolah erneut über die Schnittwunde, die Broll ihr zugefügt hatte.

»Und du bist dir ganz sicher, Cassda'ra, dass dieser Ringfechter, dieser Bluthand Lay, tatsächlich der Träger des Mals ist, der mir als Gemahl vom Schicksal bestimmt wurde?« *Wenn das wirklich stimmt,* dachte sie, *wieso habe ich dann ebenfalls diese Stimmen gehört, als Broll mich entführt hat, und wieso hat es sich so … so richtig angefühlt, sich ihm hinzugeben?* Sie fuhr sich unwillkürlich mit der Zunge über die Lippen, als sich ihr Schoß bei der Erinnerung, wie Broll sie genommen hatte, verkrampfte. Es war kein unangenehmes Gefühl, im Gegenteil.

Sie schüttelte den Kopf. *Wie kann das sein?* Sie sah ihre Lehrerin an und errötete, als sie den prüfenden Blick Cassda'ras bemerkte. *Ich werde ihr irgendwann sagen müssen, was da in Baahtt zwischen Broll und mir vorgefallen ist. Aber noch kann ich das nicht, jetzt noch nicht! Erst will ich mehr über diese ganze Geschichte mit den Trägern des Mals und meiner Bestimmung erfahren.*

»Also?«, setzte sie nach und erwiderte herausfordernd den Blick ihrer Vertrauten.

Cassda'ra betrachtete sie noch einen Augenblick lang, dann seufzte sie. »Ja, ich bin sicher, Jolah, und deine Mutter ist es auch.« Sie zögerte, bevor sie weitersprach. »Wir haben bei der letzten *Sichtung gesehen,* dass sich die Fäden des Schicksals in Baahtt verknoten würden, aber …« Sie zuckte mit den Schultern. »Nun, du weißt selbst, dass genauere Aussagen kaum möglich sind. Aber dieser Jüngling Lay …«

»Jüngling?«, unterbrach Jolah sie scharf. »Er hat kaltblütig einen Mann getötet und hätte fast noch zwei weitere Ringfechter umgebracht, wenn dieser Barbar das nicht im letzten Moment verhindert hätte!« Sie schnaubte verächtlich. »Wer hat sich da wohl barbarisch verhalten! Und dann, in dem Haus des Bluthändlers …« Sie stockte, als sie sich an die Szene erinnerte. »Wäre ich nicht gewesen, hätte er einen Unschuldigen einfach so …«

»Woher weißt du, dass dieser Broll unschuldig ist?«, fiel Cassda'ra ihr ins Wort. »Dieses Monasterium wurde …«

»Es wurde von Nordlingen überfallen, von den Leuten dieses Donnerkeil Korgh!«, entgegnete Jolah hitzig. »Das hat selbst Druud gesagt, als …«

»Und du glaubst ihm und nicht dem Träger des Mals?«

»Du hast das Mal nicht gesehen, also kannst du nur vermuten, dass es sich bei ihm um den Träger handelt«, warf Jolah ein.

»Aber ich habe genau wie du *gesehen,* wie er die Fäden des Schicksals *ertastet* hat. Und es würde mich nicht wundern, wenn er sie auch zu *wirken* verstünde, ebenso wie du. Und das vermag nur der Träger des Mals.«

Jolah verstummte. *Aber ich habe auch gesehen, wie Broll diese Fäden* ertastet *hat,* dachte sie. *Und auch in seiner Gegenwart habe ich Stimmen gehört! Wie kann das sein, wenn nur dieser Lay der Träger des Mals ist?* Sie wollte diese Frage schon laut stellen, aber Cassda'ra kam ihr zuvor.

»Es kann also keinen Zweifel daran geben, dass er der Träger ist, hab ich recht?«

Jolah spürte ihren forschenden Blick, und ihre Gedanken überschlugen sich. *Und wenn es mehr als zwei Träger gäbe?* Sie erinnerte sich daran, in den – natürlich für Drachenpriesterinnen streng verbotenen – *Klaturen der Essenzen* der Magi etwas von mehreren Trägern des Mals gelesen zu haben. Allerdings hatte sie das damals als Legende abgetan, wie es auch die Drachenpriesterinnen taten, und bisher hatte sie nicht einmal mehr darüber nachgedacht. Bis zu ihrer Begegnung mit Broll, genau genommen. »Und was, wenn es vielleicht …?«, setzte sie an.

»Viel mehr Sorgen mache ich mir um seinen Begleiter, diesen Nordling«, fuhr ihr die Drachenpriesterin ins Wort. »Er ist …«

Jolah hörte nur mit einem Ohr hin, so sehr war sie in ihre eigenen Gedanken vertieft. »Er ist groß und stinkt, das stimmt, aber ich finde ihn weit weniger barbarisch, als wie die Nordlinge immer hingestellt werden. Im Gegenteil, im Vergleich zu meinem mir vorbestimmten Gemahl«, fuhr sie spöttisch fort, »wirkte dieser Donnerkeil Korgh ja fast schon zivilisiert…«

»Ich meine nicht seine Herkunft«, gab Cassda'ra zurück. »Ist dir nicht aufgefallen, dass er von sich selbst in der Mehrzahl spricht?«

Jolah sah ihre Vertraute überrascht an. »Ehrlich gesagt, ich habe nicht darauf geachtet.« Sie versuchte sich an die Worte zu erinnern, die sie mit Korgh und Lay gewechselt hatte, aber alles, was ihr einfiel, war der Blick, den Broll ihr zugeworfen hatte. »Ich war ein wenig… abgelenkt«, gab sie zu.

Wieder warf Cassda'ra ihr einen scharfen Blick zu, ging aber nicht näher auf das ein, was sie gesagt hatte. »Und außerdem haben seine Augen seltsam geschimmert. Rot.«

Jolah zuckte mit den Schultern. »Das ist bei diesem dämmrigen Fackellicht nicht so ungewöhnlich.« Sie runzelte dennoch die Stirn, als sie versuchte, sich an die Augen dieses Nordlings zu erinnern. Doch alles, was sie sah, waren zwei grüne Augen. Gereizt stieß sie die Luft aus. *So geht es nicht weiter,* dachte sie. *Aber wie kann ich diesen Kerl aus dem Kopf kriegen?* Sie schloss die Augen. *Und vor allem, will ich das überhaupt?*

»…nicht mehr vorgekommen, ich weiß, aber die Möglichkeit besteht durchaus. Und wenn das stimmt…«

»Entschuldige, Cassda'ra«, bat Jolah zerknirscht. »Ich habe nicht richtig zugehört. Wenn was stimmt?«

Die Drachenpriesterin seufzte. »Es ist nur eine Vermutung von mir«, sagte sie. »Es gibt in den alten Aufzeichnungen und Legenden…«

»Im *Okkultum*?« Jetzt war Jolahs Aufmerksamkeit geweckt. Sie hatte bisher nicht oft Gelegenheit gehabt, in der *Verbotenen Schrift* der Drachenpriesterinnen zu lesen, aber von dem Wenigen, das sie gelesen hatte, war sie fasziniert. Insbesondere die alten Legenden hatten es ihr angetan. Drachenkönigin Degora war ihre heimliche Heldin, seit sie das erste Mal von ihr gelesen hatte. Das war vermutlich auch der Grund, weswegen Cassda'ra ihr eine häufigere Lektüre dieses Buches verboten hatte. *Natürlich hat sie das mit der Gefahr begründet, die mir und ihr drohen, wenn ich dabei erwischt würde.*

»Ja, es gibt dort nicht nur Geschichten über Drachenköniginnen«, erklärte Cassda'ra ein wenig spöttisch, »sondern auch Geschichten über Dämonen und die Art und Weise, wie sie sich unter uns …«

»Dämonen?« Jolah sah die ältere Frau erstaunt an, dann lachte sie. »Das ist doch nicht wirklich dein Ernst, Cassda'ra!«, platzte sie heraus. »Das sind doch nur Legenden, genauso wie der angebliche Kampf von Degora gegen die Magi, die sich gegen die Vorherrschaft der Drachen gewehrt haben. Oder dass eine Drachenbraut auch eine Drachenkönigin werden könnte!«, setzte sie zynisch hinzu.

»Keineswegs«, widersprach die Drachenpriesterin. »Es gibt Dämonen, das steht fest, aber wir wissen nicht genau, wie sie sich uns zeigen. Oder ob sie es überhaupt tun. Darüber gibt es nur sehr widersprüchliche Aufzeichnungen. Aber alle großen Schriften, seien es das *Augural* oder die *Klaturen der Essenzen* oder auch das *Okkultum,* sind sich darin einig, dass es Dämonen gibt. Und ebenfalls findet sich in allen Aufzeichnungen die Schilderung, dass diese Dämonen, sofern sie ihren Wirt nicht vollkommen vernichten, sich in sein Bewusstsein einnisten. Was sich daran zeigt, dass der Mensch, der von einem Dämon besessen ist, von sich in der Mehrzahl spricht, entweder, weil der Dämon den Menschen als seinen Wirt akzeptiert, wenn er redet, oder aber der Mensch mehr oder weniger unbewusst dieses zweite Etwas in seinem Geist mit einbezieht. Auf jeden Fall hat dieser Korgh …«

Aber Jolah hörte erneut nicht mehr zu. *Broll ist jedenfalls kein*

Dämon, so viel ist sicher. Er spricht von sich selbst in der Einzahl, das weiß ich. Auch wenn er eine fast schon dämonische Ausstrahlung hat. Ein Lächeln flog über ihr Gesicht. Doch dann wurde sie wieder ernst, als ihr eine andere Idee kam.

»... nicht einmal sicher, ob eine *Sichtung* uns tatsächlich Gewissheit darüber verschaffen würde. Die *Von Der Brut* verstehen es sehr geschickt, sich zu tarnen. Und dieser Nordling ist ein idealer Wirt. Er ist stur und ...«

»Falls diese Legenden über die Dämonen zutreffen«, unterbrach Jolah ihre Lehrerin, »was spricht dann dagegen, dass die Legenden in den *Klaturen der Essenzen* ebenfalls der Wirklichkeit entsprechen?«

»... aber mithilfe von Akkad ... Was?« Cassda'ra starrte Jolah verblüfft an. »Wovon sprichst du? Und was weißt du überhaupt von den *Klaturen*?«

Jolah musste schlucken. *Ich werde mich hüten, dir zu verraten, dass Akkad da'al Akkadi mir einmal Zugang zu einem Exemplar dieses Werkes verschafft hat. Ich weiß zwar bis heute nicht, aus welchem Grund er das getan hat, außer vielleicht, um dich zu ärgern, aber die Lektüre war sehr aufschlussreich.* »Ich weiß zumindest genug darüber, um zu wissen, dass es in den *Klaturen* auch Legenden über die Träger des Mals gibt. Nur ist dort von mehreren die Rede, nicht nur von den Heiligen Zwei. Ich glaube, die Magi führen diesen Begriff eher auf die beiden Kreise der Acht zurück.«

Cassda'ra lehnte sich auf den Polstern zurück und griff nach einer Halteschlaufe, als die Kutsche über eine Wurzel oder eine andere Unebenheit rumpelte. Dann sah sie Jolah mit einem Blick an, den die junge Drachenbraut nur selten bei ihrer Lehrerin gesehen hatte. Es war ein scharfer, durchdringender Blick, der keinerlei Späße oder Ausreden duldete.

»Also gut, Jolah da Prunfor. Ich will jetzt wissen, was genau in Baahtt geschehen ist, nachdem du heimlich den Tempel verlassen hast. Und vor allem will ich wissen, welche Rolle

Broll, der Anführer der Hämmer von Ern, der Schlächter von Krühll, dabei gespielt hat.« Sie betrachtete forschend das Gesicht ihrer Schülerin. »Oder, was Ganäa verhüten möge, immer noch spielt.«

KLUFT IM DRAAKENSCHLUND, REFUGIUM DER MAGI

»Meister?«

»Ruf den Zirkel in der Runden Kammer zusammen.«

»Meister?«

Der hochgewachsene Mann, Meister der Zirkel und Mächtigster Wirker der Ströme, blickte nicht von den Dokumenten hoch, die vor ihm auf der dunklen Platte aus Blutholz ausgebreitet lagen. Er ignorierte den ungläubigen Ton des Famulus, wenn er ihn denn überhaupt wahrgenommen hatte. »In einer Sandacht stoße ich dazu. Es gibt bedeutende Neuigkeiten.«

Der Famulus hatte sich auf die Lippen gebissen, als er vor Überraschung nachgefragt hatte, nun jedoch verbeugte er sich mit sichtlicher Erleichterung. »Gewiss, Ehrenwerter Meister.«

Der Mann am Tisch schien ihn nicht weiter zu beachten. Doch unmittelbar, bevor sich die Tür hinter dem jungen Maguslehrling schloss, sagte der Herr der Klaturen: »Solltest du meine Anordnungen noch einmal hinterfragen, werde ich dir bei lebendigem Leibe die Haut abziehen, daraus vor deinen Augen Pergament fertigen und dich dazu zwingen, mit deinem Blut deine Verfehlung darauf niederzuschreiben. Immer wieder, bis kein Blut mehr in dir ist. Du kannst gehen.«

Die Tür klapperte zu, und es dauerte eine Weile, bis es dem Famulus gelang, seine verkrampfte, zitternde Hand von der Klinke zu lösen.

Sephist blieb indessen vor dem Tisch stehen, regungslos in die Dokumente vertieft und die Knöchel seiner schwarz behaarten Hände auf die Platte gestützt. Seine langen gelben Fingernägel waren zu spitzen, gebogenen Krallen geschnitten und gruben sich in die weiße Haut seiner Handflächen.

»Du kannst eintreten«, sagte er leise.

Im nächsten Moment schwang ein Teil der Wand hinter ihm zurück, und eine in einem Umhang mit Kapuze vollständig verhüllte Gestalt trat aus dem geheimen Gang in die Studierzelle des Magus.

»Die Ströme mögen stark in dir fließen, Sephist, Meister der Zirkel, Herr der Klaturen, mächtigster Wirker der Ströme, ehrenwerter Magus«, begrüßte sie den Wirker.

Der Mann am Tisch ließ sich nicht anmerken, ob er sich über diese ausführliche und respektvolle Begrüßung ärgerte oder sich darüber freute, weil er sie nur noch selten zu hören bekam; schließlich ließ er sich nicht mehr oft bei offiziellen Anlässen in Ulcar und im Drachenpalast blicken.

»Und dir mögen die Fäden des Schicksals gewogen sein und sich stets so verschlingen, wie du es möchtest, Ritter der Drachen, Fürst der Schuppen, *Gezeichneter der Dämonen ...*« Während Sephist Letzteres sagte, war er einen Schritt vom Tisch zurückgetreten, dann verbeugte er sich.

Die Gestalt wartete, bis sich der Magus wieder aufgerichtet hatte, und trat dann neben ihn an den Tisch.

»Wie ich sehe, bist du noch dabei, die notwendigen Vorkehrungen zu treffen, um die *Zusammenkunft* zu bewerkstelligen und einen reibungslosen Ablauf zu gewährleisten.«

Sephist hob eine Braue. »Das siehst du? Oder *siehst* du es?«

Die Gestalt lachte leise und deutete auf die Papiere auf dem Tisch. »Das *Okkultum* der Drachenpriesterinnen – eine fürwahr befremdliche Lektüre für einen Magus. Es sei denn, er sucht nach etwas Bestimmtem darin, zum Beispiel der genauen Beschreibung, wie die Drachenpriesterinnen ihr Gift gewinnen oder wie sie die *Zeit der Verschmelzung* für ihre Zwecke nutzen wollen. Was voraussetzt, man weiß, was genau ihrer Meinung nach dieser Zeitpunkt bedeutet und was dann geschehen wird.« Die Gestalt hob eine welke, dunkelbraune Hand und legte sie unter der Kapuze an ihre Lippen. »Und vor allem, wenn man herausfinden möchte, ob sie wissen, wann diese Verschmelzung stattfindet.«

Sephist verbeugte sich. »Wie immer liegst du vollkommen richtig mit deinen Annahmen, Gezeichneter.« Er schlug den großen Folianten, das *Okkultum*, gelassen zu und rollte dann, ebenfalls ohne Hast, die Schriftrollen zusammen, von denen etliche mit scheinbar unverständlichen Glyphen bedeckt waren. Als er sie aus der Nähe der dunkelvioletten Kerze entfernte, die zwar brannte, aber kaum Licht spendete – was bei der hellen Sonne, deren Strahlen durch die langen schmalen Fenster der Studierzelle fielen, auch überflüssig gewesen wäre –, verblassten die Glyphen auf dem Papier, und die Rollen schienen aus unbeschriebenem, wenngleich altem Pergament zu bestehen.

»Die Kunst deiner Magie und das tiefe Wissen deines Arkanums werden nie aufhören, mich zu beeindrucken«, erklärte die Gestalt und deutete mit einem ihrer knochigen Finger auf die Kerze und dann das Papier.

Der Magus verzog die Lippen, was wohl ein Lächeln darstellen sollte, und verneigte sich erneut, knapper diesmal.

»Ebenso wie mich deine Höflichkeit und die deines Volkes stets in Erstaunen versetzen, Gezeichneter«, erwiderte der Herr der Klaturen. »Umso mehr, da, wenn ich mich recht entsinne, das Wissen über diese Geheimnisse einst von deinem Volk über den Glutkessel in unsere Hände gelangt ist.«

»Wahr gesprochen«, antwortete die Gestalt und schlug die Kapuze zurück. »Und du tust gut daran, das nicht zu vergessen«, fuhr der braunhäutige, kahlköpfige kleine Mann fort.

Sephist hob die Brauen, als sich der Tonfall seines Gastes schlagartig veränderte. Er klang auf einmal eisig, so kalt, dass er

selbst Belphors Augen in Schneebälle hätte verwandeln können.
»Du meinst …?«

»… dass es Geheimnisse gibt, die Geheimnisse bleiben sollten – und dass es Geheimnisse gibt, bei denen man gut daran tut, sie mit seinen *Freunden* zu teilen.« Er lächelte und zeigte dabei braune, vom reichlichen Verzehr der Kammatnuss verfärbte Zahnstummel. »Damit sie Freunde bleiben. Denn daran ist dir doch gelegen, Mächtigster Wirker der Ströme?«

Sephist antwortete nicht sofort, sondern betrachtete den schmächtigen kleinen Mann, der so wenig Bedrohliches an sich hatte, mit wachsamem Blick, während er sich seine Antwort sehr genau überlegte. »Gewiss, Gezeichneter. Unsere Abmachung ist zu unser beiderseitigem Nutzen, und solange das so ist …«

»… solange sind wir Freunde. Sehr gut. Da ich ja dein zweitwichtigstes Geheimnis kenne, weil ich es dir schließlich selbst verraten habe, wäre ich nunmehr sehr gespannt, dein wichtigstes Geheimnis zu erfahren.«

Sephist verzog erneut die Lippen und ähnelte plötzlich jenen Wasserspeiern, die alten Zeichnungen von Dämonen nachgebildet waren und auf den vorspringenden Dächern des Refugiums saßen. »Selbstverständlich, Fürst der Schuppen.« Seine schwarzen Augen glänzten. »Sie ist hier.«

»Ah, verstehe.« Der schmächtige Mann senkte den Kopf, während er konzentriert nachdachte. Einen Augenblick wirkte er wie versteinert, dann jedoch kam wieder Leben in ihn, und er sah den Meister der Zirkel an. »Ich will sie sehen.«

Der Mann neben ihm sagte: »Ich glaube kaum …«

»Ich will sie sehen.« Der schmächtige Sandmann – denn um einen solchen handelte es sich, jedenfalls seinem Äußeren nach – hatte seine Stimme nicht erhoben und auch sonst keinerlei Nachdruck in seine Worte gelegt, weder durch Gesten noch eine Veränderung seiner Mimik, außer vielleicht durch das rote Leuchten in seinen Augen.

Was genügte, um Sephist zum Einlenken zu bewegen. »Selbstverständlich, Gezeichneter.« Der Herr der Klaturen ließ sich nicht anmerken, ob es ihm schwerfiel, klein beizugeben, aber sein Gast lachte leise.

»Ich weiß es zu schätzen, Meister der Zirkel. Es ist keineswegs selbstverständlich, dass du mir entgegenkommst. Und ich möchte nicht, dass sich das hier zu einem Machtkampf zwischen uns auswächst. Vergiss nicht, dass wir beide, so wie all die, die wir repräsentieren …« Er machte eine Pause und legte den Kopf etwas schief, um Sephist von unten in die Augen blicken zu können, weil der den Kopf gesenkt hatte; offenbar befriedigte ihn, was er sah, denn er sprach weiter. »… daraus großen Nutzen ziehen. Soweit ich weiß, hat mein *Mündel*«, ein boshaftes Grinsen überzog bei diesem Wort sein wettergegerbtes, runzliges Gesicht, »dein *Mündel* bereits kennengelernt.«

Sephist hob ruckartig den Kopf und verriet dadurch seine Überraschung. Aber sein Gast ersparte ihm die Demütigung, seine Unwissenheit zuzugeben, indem er fortfuhr.

»Ebenso haben sich die beiden anderen bereits getroffen.« Er trat an den Tisch aus Blutholz und fuhr mit seinen knotigen Fingern fast zärtlich über das tiefrot schimmernde, steinharte Material. »Hm. Viele Geschichten sind hier verborgen.« Er lächelte und nahm die Hand vom Tisch. »Aus diesem Grund *muss* ich mich davon überzeugen, dass einer erfolgreichen Zusammenkunft nichts im Wege steht, habe ich recht?«

Sephist schien etwas erwidern zu wollen, beschränkte sich dann jedoch auf ein Nicken. »Selbstverständlich.«

»Also?«

Der Herr der Klaturen presste die Lippen zusammen und nickte erneut. »Sie wird gerade in die Runde Kammer gebracht, wo ich sie dem Zirkel vorstellen wollte. Anschließend wollte ich den Befehl zum Aufbruch nach Ulcar geben, damit wir rechtzeitig zum Tag der Klingen dort eintreffen.«

Der Sandmann nickte. »Der Bluttag«, sagte er und kicherte, »wie die Drachenpriesterinnen ihn nennen. Ich glaube kaum, dass meine Schwestern sich jemals hätten träumen lassen, wie schrecklich zutreffend dieser Name einmal sein würde.«

»Ist im Palast…?«

»Solange du deinen Teil erfüllst, werde ich auch den meinen erfüllen«, unterbrach ihn der Sandmann. »Der Köder wurde ausgeworfen, und der Kinderschänder hat nach ihm geschnappt.« Erneutes Kichern. »Woran ich keine Sekunde gezweifelt habe, weil er diesem Köder einfach nicht widerstehen konnte.« Er holte eine Kammatnuss aus der Tasche seines schlichten Umhangs hervor und schob sie sich in den Mund. Er begann zu kauen, und ein bitterer Duft erfüllte den Raum. Dann seufzte er. »Es ist also alles vorbereitet, und wir brauchen nur dafür zu sorgen, dass die Zusammenkunft so verläuft, wie wir es geplant haben. Und genau aus diesem Grund will ich sie sehen.«

Sephist richtete sich auf und seufzte. »Wie du willst, Gezeichneter. Obwohl ich wirklich nicht verstehe, welchen Unterschied das macht. Ich selbst habe ihr Mal so getarnt, dass es zumindest einem flüchtigen Blick verborgen bleibt und…«

»Es ist nicht Misstrauen deinen Fähigkeiten gegenüber, das mich darauf bestehen lässt, sie zu sehen«, unterbrach ihn der Sandmann, »sondern eine reine Vorsichtsmaßnahme. Die letzte *Sichtung* hat verblüffende Verwirrungen und Knoten der Fäden des Schicksals gezeigt, und ich will mich selbst davon überzeugen, dass das Muster, das wir unter so viel Mühen und hohen Kosten an Blut und Leben gewoben haben, noch intakt ist.«

»Und wenn es das nicht ist?«

Die Augen des alten Sandmannes glühten erneut rot auf. »Werden die Knoten aufgetrennt, und die Textur des Schicksals muss neu geflochten werden.« Im nächsten Moment entspannte sich das Gesicht des Mannes wieder, und er lächelte sein kaltes Lächeln. »Aber ich bin sicher, dass es dazu nicht kommen wird.«

Sephist nickte. »Nein, bestimmt nicht.« Er holte tief Luft. »Bestimmt nicht«, wiederholte er.

ULCAR,
ASYLUM DER AUGUREN
PRIVATGEMÄCHER DES ERSTEN FRAGENDEN

»… sich mit dem Kriegshäuptling der Nordlinge in den Drachenhain zurückgezogen, Herr.« Anfir seufzte bedauernd. »Leider konnte ich ihnen dorthin nicht folgen.«

»Natürlich nicht, mein Junge. Das macht nichts. Du hast deine Sache gut gemacht, ganz ausgezeichnet.« Druud streckte die Hand aus und fuhr seinem Liebling und besten Spion zerstreut durch die lockigen Haare. Er selbst war nicht bei der Sache. Seine Gedanken überschlugen sich.

Zweifellos will er sich mit ihm dort beraten, wie der Friedensvertrag zwischen unseren Ländern am besten bekannt gegeben wird. Und wo anders als im Drachenhain wären sie wirklich ungestört? Es führt nur eine schmale Treppe empor zu diesem Dachgarten, an deren oberer und unterer Stufe zudem Schildwachen postiert sind. Man bräuchte schon Flügel, um dorthin zu gelangen, aber bedauerlicherweise gibt es geflügelte Drachen nur noch in Legenden.

»Braucht Ihr mich noch, Herr?« Der junge Anfir berührte respektvoll die Hand des Ersten Fragenden mit seinen zarten Fingern. »Der Gang durch die Mauern war sehr anstrengend und zudem sehr schmutzig. Ich würde …«

Andererseits brauche ich auch keine Ohren, die dieses Gespräch belauschen. Ich weiß ja, zu welchem Entschluss sie kommen werden. Es gibt keine Alternative. Sie müssen ihren verfluchten Pakt am Tag der Klingen verkünden, und zwar in der Großen Arena, vor Tausenden von Bürgern. Dann erst wird der Fürst seinen Triumph wirklich auskosten können, ebenso wie dieser elende

Magus Akkad da'al Akkadi. Nicht zu vergessen Nimgurd, Kriegshäuptling und Friedensstifter aus Hellanden. Er schnaubte verächtlich. *Keiner von ihnen wird damit rechnen, dass ihr Triumph nur von sehr kurzer Dauer sein wird, ebenso wenig wie diese hinterhältige Hexe aus Hellanden ahnt, dass ihre Herrschaft über ihr verfluchtes Barbarenvolk nur als das Dunkle Kapitel in die Annalen der Nordlinge eingehen wird, falls diese ungebildeten Wilden überhaupt so etwas wie Annalen haben ...*

Er schüttelte sich unwillkürlich, als er an das kurze Gespräch mit dem Sprecher der Nordlinge dachte, das von Broll arrangiert worden war. Die Gemeinsprache des Mannes war wegen seines schrecklichen Akzentes kaum zu verstehen gewesen, und Druud hatte dem Gestammel nur mit Mühe entnehmen können, dass sie am *Weißen Spiegel* ihren Anführer verloren hätten, der über die Pläne der Schwester des Kriegshäuptlings am besten informiert gewesen wäre, aber dass sie selbstverständlich zu seinen Diensten stünden. Jedenfalls hatte Druud das gutturale Geknurre so gedeutet. Gut, dass er zum Hören nicht seine Nase brauchte, denn die hatte er sich unter einem parfümierten Tuch zugekniffen. Diese Nordlinge stanken bestialisch, aber immer irgendwie nach totem Fisch.

Ein widerliches Volk, dachte der Oberste Augur. *Es ist eine nahezu unerträgliche Vorstellung, mit diesen Tieren einen Pakt zu haben. Nun, dieses Thema dürfte sich spätestens in zwei Tagen erledigt haben. Ich kann nur hoffen, dass sich diese Barbaren wirklich in diesem verfluchten Stall versteckt halten, bis es so weit ist. Nicht auszudenken, wenn man sie vorher entdeckt und irgendein übereifriger Drachenkämpfer sie möglicherweise inhaftiert, um in diesem überschätzten Haufen heruntergekommener Raufbolde karrieremäßig aufzusteigen. Aber auch daran wird sich einiges ändern, wenn erst Broll die Kontrolle über ...*

»Was ist?«, fuhr er auf, als es an der Tür des Lektorials klopfte. Im selben Moment wurde er sich des jungen Anfir bewusst, der immer noch wartend vor ihm kniete. »Was? Was hast du gerade gesagt?«

»Ich wollte mich reinigen und ausruhen, Herr …«

»Eminenz?«

»Gewiss, geh nur, Anfir. Du hast deine Sache gut gemacht.« Er tätschelte dem Jüngling die Wange und wandte sich dann zur Tür herum. »Was gibt es, Farael?«, fragte er ungeduldig.

Druud hörte, wie Farael beleidigt die Luft durch die Nase sog, als Anfir an ihm vorbeiging und den Raum verließ. »Ist es wirklich klug, Herr, diesem Kind …?«

»Anfir ist kein Kind. Du hast doch gesunde Augen im Kopf, oder? Und er ist mein bester Spion. Ich habe durch ihn wertvolle Informationen erhalten, die …«

»Eminenz, es liegt mir fern, Eure Entscheidungen auch nur im Geringsten infrage zu stellen, aber seid Ihr wirklich sicher, dass die Informationen, die Euch dieser …?«

Druud schlug mit der Faust auf den Tisch vor sich. »Farael, deine Eifersucht auf diesen begabten Novichen wächst sich langsam zu einem Ärgernis aus. Ich bin bisher mit seinen Diensten stets zufrieden gewesen, und du bist ein ausgezeichnetes Auge.« Druud wartete einen Moment, bis er hörte, dass sein Führer die Luft, die er mit einem vernehmlichen Schnappen angehalten hatte, wieder ausatmete. »Gut. Trotzdem werde ich von dir keine Unverschämtheiten dulden, und ich möchte auch nicht …«

»Herr, ich wollte nicht …«

»… zu dem Schluss kommen müssen, dass du gegen Personen intrigierst, die mein absolutes Vertrauen haben. Anfir mag noch jung an Jahren sein, aber er ist …«

»Eminenz, ich wollte nur …«

»… unersetzlich für mich. Er ist mein Auge und mein Ohr im Palast, und wie du weißt …«

»… auch in anderen Positionen dienlich, gewiss, Eminenz. Das hat sich bereits herumgesprochen, und selbst mein Herr, der Edle von Ern, hat, wenn ich es so formulieren darf, bereits ein Auge auf ihn geworfen.«

»Broll!« Druud fuhr von seinem gepolsterten Stuhl auf. »Was hat das zu …? Farael! Wieso wurde ich nicht …?«

»Verzeiht, Eminenz«, erwiderte das Auge des Sehers zerknirscht. »Ich wollte Euch den Anführer der Hämmer von Ern melden, als …«

»… ihm dieser biegsame kleine Bursche dazwischengekommen ist«, beendete Broll den Satz des Auguren und fuhr dann, an Farael gewandt, fort: »Nun, betrachte mich als gemeldet und verschwinde.«

»Broll …!«, begann Druud.

»Was fällt Euch …«, fauchte Farael.

»Es sei denn natürlich, Euer Eminenz«, unterbrach Broll ihn süffisant, »Ihr möchtet die neuesten Entwicklungen in Baahtt gern vor den Ohren Eures Auges besprechen.«

»Ich …« Druud runzelte die Stirn. »Entwicklungen?« *Das klingt nicht sonderlich vielversprechend, schon gar nicht, wenn der Kerl mir diese Informationen persönlich überbringt. Er sollte doch eigentlich bis zum Tag der Klingen dort bleiben und die Drachenbraut bewachen.* »Nein, schon gut.« Er setzte sich wieder hin. »Danke, Farael, du kannst gehen.«

»Eminenz, glaubt Ihr …?«

»Ich sagte, du kannst gehen!« Druuds Stimme klang eisig, und er wartete mit unbewegtem Gesicht, bis die Tür hinter seinem Führer zuschlug. »Also, Broll, was sind das für ›Entwicklungen‹? Ich muss schon sagen, dass mir der Klang dieses Wortes ganz und gar nicht gefällt.«

»Tatsächlich nicht?«

Druud hörte, wie Broll durch den Raum zu einem kleinen Tisch ging, auf dem Wasser und Wein standen, sich davon in einen Kelch einschenkte und diesen in einem Zug leerte. Dann hörte Druud, wie der Anführer der Hämmer von Ern den Kelch erneut füllte und zu ihm an den Tisch zurückkehrte.

»Und mir gefällt zum Beispiel nicht, wie respektlos Euer

kleiner Lustknabe mit Euch redet«, sagte Broll. »Kann es sein, dass Euch das Ruder entgleitet?«

»Wie kommst du darauf, bei Belphors Hörnern?«, fuhr Druud empört auf. »Und mit welchem Recht maßt du dir an, darüber zu urteilen, was und wie ich ...«

»Regt euch nicht auf, Eminenz«, unterbrach ihn Broll mit einer fast schon provozierenden Gelassenheit. Wieder hörte Druud, wie sein Gegenüber den Kelch leerte, dann stellte er das Gefäß auf den Tisch und rülpste leise.

Druud spürte, wie Zorn in ihm hochstieg. *Was bildet sich dieser überhebliche Idiot ein?*, dachte er. *Hält er sich etwa für unersetzlich?* Er ignorierte die leise Stimme in seinem Kopf, die ihm zuflüsterte, dass Broll tatsächlich unersetzlich war, jedenfalls im Moment.

»Also gut, Broll, ich werde über dein unverschämtes Benehmen hinwegsehen. Aber ...«

»Hinwegsehen? Tatsächlich?« Der Mann lachte leise. »Wie überaus ... großzügig von Euch.«

Druud war fest entschlossen, sich von der Unverfrorenheit dieses Mannes nicht aus dem Konzept bringen zu lassen. »Aber ich will jetzt sofort wissen, warum du hier bist. Du solltest in Baahtt sein und auf die Drachenbraut aufpassen. Was also ...«

»Da Jolah da Prunfor auf dem Weg nach Ulcar ist, zweifellos, um sich von ihrem Vater eine Strafpredigt anzuhören, falls es der Drachenfürst diesmal bei einer verbalen Züchtigung belässt, dachte ich mir ...«

»Sie ist ... Sie kommt ... Sie wird ...?«

Broll ignorierte das entsetzte Stammeln des Ersten Fragenden und sprach einfach weiter. »... es wäre besser, ebenfalls hierher zurückzukehren, um sie weiterhin im Auge zu behalten.«

Druud hielt es nicht mehr auf seinem Sitz. Er sprang auf und stampfte mit langen Schritten durch den Raum. »Und wie, bitte, ist es ihr gelungen, dir zu entkommen, verflucht?« Seine Stimme klang scharf und schneidend, obwohl er sich bemühte, leise zu sprechen. *Das fehlte gerade noch, dass jemand mitbekommt, dass ich die Drachenbraut festsetzen wollte ...* Panik durchströmte ihn, und er machte einen Schritt in die Richtung, in der er Broll vermutete. »Und vor allem – hat sie dich erkannt und weiß sie, dass du auf meinen Befehl ...?«

Er zuckte heftig zusammen, als Brolls Stimme unmittelbar hinter seinem linken Ohr ertönte. »Selbstverständlich hat sie mich erkannt«, knurrte Broll. »Und selbstverständlich weiß sie *nicht*, dass ich sie auf Euren Befehl hin gefangen nehmen sollte.«

Druud runzelte die Stirn, als der Mann zögerte. *Spüre ich so etwas wie Unsicherheit? Was hat das zu bedeuten? Was ist in Baathh vorgefallen?*

»Es ist nicht dazu gekommen«, fuhr Broll schließlich fort. »Sie wurde überfallen ...« Wieder zögerte er. »... und hat sich gewehrt. Die Situation sah gefährlich aus und schien aus dem Ruder zu laufen, also bin ich ihr zu Hilfe gekommen.«

Druud wartete, aber Broll schwieg. »Und?«, fauchte der Augur schließlich ungeduldig. »Muss ich dir jedes Wort aus der Nase ziehen?«

»Ich wurde dabei verletzt. Sie ebenfalls.«

Druud beugte sich gespannt vor und wartete.

Schweigen.

»Verflucht, Broll, willst du mich auf die Folter spannen? Was heißt das, verletzt? Was ist mit ihr passiert? Ist sie ...?« Seine Gedanken überschlugen sich. *Was ist, wenn sie entstellt ist? Oder verkrüppelt? Wie soll ich sie mit Ryehl verheiraten, wenn sie ...?*

»Nein, sie hat nur einen Kratzer auf der Wange davongetragen. Und mir geht es auch gut, danke der Nachfrage«, knurrte Broll. »Aber bevor ich sie in das Versteck bringen konnte, das ich vorbereitet hatte, tauchten ihre Leute auf. Und dann kamen die Soldaten des Fürsten und haben sie in Gewahrsam genommen.« Wieder raschelte Stoff. »Da war einfach nichts zu machen.«

Druud legte den Kopf auf die Seite. *Du verschweigst mir etwas, das höre ich dir an. Du erzählst mir nicht die ganze Geschichte.*

»Ist das alles?«, fragte er.

»Mehr oder weniger«, antwortete Broll.

Mehr oder weniger?

»Mehr oder weniger?«, zischte Druud. »Was soll *das* heißen?«

Er hörte, wie Broll mehrmals ansetzte, bis er sich schließlich räusperte und dann antwortete. »Dieser Träger des Mals, von dem Ihr gesprochen habt, den Ihr in dem Monasterium vermutet hattet …«

»Ja?«

»Er war ebenfalls dort.«

»Tatsächlich?« *Na und? Über diese Möglichkeit hatten wir ja vorher schon gesprochen. Was ist daran jetzt so Besonderes?* »Und?«

»Er hat als Ringfechter gekämpft.«

Druud hob eine Braue. *Das ist allerdings interessant.*

»Er hat eine Blutfehde ausgetragen. Gegen Drachenkralle Twyll.«

»Was? Gegen diesen legendären Ringfechter?« Eine ungute Vorahnung überkam Druud. *Ein unerfahrener Jüngling gegen einen als unbesiegbar geltenden Helden des Sandes! Das kann nur …* »Und? So sprich doch! Ist er …?«

»Er hatte keine Chance.«

»Verflucht! Verflucht! *Verflucht!* Bei Belphors stinkendem Arsch …!«

»Drachenkralle, meine ich«, unterbrach Broll ihn ruhig. »Dieser junge Bursche hat ihn in nicht einmal dem Viertel einer Sandacht erledigt. Und das, ohne auch nur einen Tropfen Schweiß zu vergießen, von Blut ganz zu schweigen.« Druud hörte, wie sich der Krieger vorbeugte. »Er ist ein verfluchter eiskalter Schlächter, und er hätte mich beinahe erwischt, als ich …«

»Als du *was?*«, hakte Druud nach, als der andere verstummte.

»Als ich mich auf die Fährte der Drachenbraut gesetzt hatte, um sie möglicherweise doch noch ...«

»Ich dachte, sie wäre von den Männern ihres Vaters in Gewahrsam genommen worden!«

»Das war danach!«

Broll klang gereizt, und Druud dachte: *Du lügst mich an. Irgendetwas war da zwischen dir und der Drachenbraut. Andererseits ... Ich hatte dich nicht gebeten, allzu sehr auf ihre körperliche Unversehrtheit zu achten. Doch offenbar geht es hier noch um etwas anderes. Interessant. Ich glaube, ich sollte mehr auf dich achten, mein lieber Broll.*

»Was genau willst du mir damit sagen?«

»Was ich damit sagen will?«, rief Broll. »Ich will damit sagen, dass Ihr ein verdammt gefährliches Spiel treibt, und ich wüsste gern, mit wem ich es zu tun habe, bevor ich blindlings in eine Situation stolpere, bei der ich möglicherweise ...«

»Höre ich da etwa Angst, Broll?«, unterbrach ihn Druud scharf. »Sollte ich mich in dir getäuscht haben? Falls du es vergessen hast, wir planen hier nichts weniger als die Rettung eines Reiches, das im Begriff ist, von einem skrupellosen Magus und einem unfähigen Potentaten in den Untergang geführt zu werden. Es wird eine Menge Blut fließen, und du glaubst doch nicht ernsthaft, dass ich dir garantieren könnte, dass deines nicht dabei sein wird?«

»Das habe ich auch nicht ...«

»Schön, dann sind wir uns ja einig. Und dass dieser Jüngling sich als ein begnadeter Kämpfer entpuppt, konnte ich unmöglich wissen. So funktioniert das *Ertasten* der Fäden nicht.« *Trotzdem ist diese Information sehr nützlich.* »Aber wenn er so talentiert ist, wird er zweifellos nach Ulcar kommen, um im Roten Sand um die Goldene Schwinge zu kämpfen, hab ich recht?«

»Sehr wahrscheinlich«, räumte Broll ein.

»Ausgezeichnet«, sagte Druud, dessen Laune sich schlagartig

besserte. »Also ist trotz deines Versagens«, er konnte ein Grinsen nicht unterdrücken, als er hörte, wie Broll scharf einatmete, »noch nichts verloren. Der Fürst wird seine Tochter zweifellos vor dem Tag der Klingen nicht mehr aus den Augen lassen, und wir wissen, wo sich der andere Träger befindet. Also brauche ich unseren ursprünglichen Plan nur ein wenig den geänderten Umständen anzupassen, und alles wird seinen Gang gehen.« *Vorausgesetzt allerdings, die Nordlinge werden nicht vorher enttarnt. Aber um das zu gewährleisten, habe ich ja jetzt den richtigen Mann.* »Da die Drachenbraut sozusagen in Sicherheit ist, habe ich eine andere Aufgabe für dich, Broll. Ich nehme an, dass sie dir leichter fallen wird, weil keine Frauen darin verwickelt sind.« Er grinste erneut. »Ich hoffe allerdings, du bist nicht allergisch gegen Fischgeruch.«

ULCAR,
HAUTSTADT DES DRACHENREICHES
ROTER SAND

»Ihr da! Los, herkommen!« Der Klotz von einem Mann stieß einen scharfen Pfiff aus. »Genau, du da, Barbar, und dein schmächtiges Liebchen. Los, los, Zeit ist Gold, jedenfalls für Leute, die Gold haben, aber davon wisst ihr ja nichts, was?«

Lay riss seinen Blick von den gewaltigen Bogenarkaden aus Sandstein los, die die Große Arena wie einen Ring umgaben und in deren Nischen alle möglichen Händler ihre Stände und Buden errichtet oder sogar gemauerte Läden eingerichtet hatten. Auch der Bluthändler Gorgus betrieb dort, wie Casstek ihnen in Baahtt gesagt hatte, sein einträgliches Geschäft.

Es war noch früh am Morgen, aber rund um die Große Arena herrschte bereits emsiges Treiben. Alle waren mit den letzten Vorbereitungen für den Tag der Klingen beschäftigt, der in wenigen Sonnenstrichen vom Drachenfürsten persönlich eingeläutet werden würde.

Diesmal würde es ein ganz besonderer Tag werden. So jedenfalls wisperten und flüsterten es die wie üblich besonders gut informierten Bediensteten des Drachenpalastes, die auf den Märkten und bei den Ständen rund um die größte Ringarena von Alghor ihre Einkäufe tätigten.

Ganz Ulcar hatte von den Querelen innerhalb der erhabenen Familie des Drachenfürsten gehört, von der Entführung und glücklichen Wiederkehr der Drachenbraut, und einige Einwohner der Hauptstadt des Drachenreiches hatten ein Vermögen mit Wetten verdient, bei denen es darum ging, ob Jolah da Prunfor unversehrt aus den Fängen ihrer Häscher befreit werden konnte oder nicht. Andere hatten bei den gleichen Wetten ihr Vermögen, Haus und Hof und manche sogar ihre Töchter verloren. Jetzt bot sich eine neue Möglichkeit für die, die auf die glückliche Rückkehr der Drachenbraut gesetzt hatten, ihren kürzlich gewonnenen Reichtum zu vermehren – oder alles wieder zu verlieren. Denn der Drachenfürst, das hatten in den beiden letzten Tagen die Herolde auf jedem Platz verkündet, würde zu Beginn der Blutkämpfe den Einwohnern von Ulcar und damit auch dem Volk von Alghor den für die Drachenbraut auserkorenen Gemahl präsentieren. Die Thronerbin vollendete an diesem Tag ihren zwanzigsten Zyklus, und die Tradition verlangte, dass sie einen Gemahl erwählte, der nach dem Tod des Drachenfürsten, der für die einen gar nicht schnell genug kommen und für die anderen noch lange auf sich warten lassen konnte, die Geschicke des Drachenreiches lenken würde.

Im Augenblick favorisierten die Buchmacher Magabor, den Shetan von Bouhss, aber Ryehl, der Edle von Ern, holte zusehends auf.

Lay hatte weder für die Gerüchte noch für die Wetten besonders viel übrig. Was ihn betraf, hätte die Drachenbraut jeden der beiden Vasallen heiraten können, aber offenbar gab es hinter den Kulissen des Drachenpalastes, des Asylums der Auguren und sogar im Refugium der Magi Drahtzieher, die ganz andere Pläne hatten, Pläne, in denen er, Lay, die Rolle des Gemahls der Drachenbraut zu spielen hatte. *Angeblich, weil die Weissagungen und Prophezeiungen es so wollen.* Zu schade, dass ihn bislang niemand gefragt hatte, was er denn wollte. Oder wen.

Aber darüber konnte er immer noch nachdenken, wenn er erst einmal seinen Schwur erfüllt und Vergeltung für Theija und Zanth'ra und all die anderen geübt hatte. *Woran mich diese verfluchte Drachenbraut in Baahtt gehindert hat,* dachte er und sah Korgh mürrisch an. Der schritt neben ihm auf das mit prächtigen Teppichen und Stoffen geschmückte Zelt des Bluthändlers zu und war während der Reise von Baahtt nach Ulcar überraschend schweigsam gewesen. Nicht, dass Lay das gestört hätte. Im Gegenteil. Es gab genug, worüber er nachdenken konnte. Zum Beispiel, wo Kalehna stecken mochte und ob er sie an diesem Tag in der Arena sehen würde. Und wieso Jolah ihn daran gehindert hatte, Broll in Baahtt zu erledigen. Korgh hatte ihm zwar versichert, dass es nur zu seinem Besten gewesen wäre, weil man ihn sonst als Mörder auf der Stelle enthauptet hätte, aber irgendetwas an dem Verhalten seiner ihm vom Schicksal bestimmten Braut war Lay sonderbar vorgekommen. *Es war, als hätte sie Broll schützen wollen. Aber wieso? Und außerdem frage ich mich wirklich, wie es diese Drachenpriesterin bewerkstelligen will, dass die Drachenbraut heute nicht mit diesem Magabor vermählt wird.*

Lay schüttelte den Kopf und seufzte.

»Was ist?«, fragte Korgh.

»Ich wüsste wirklich gern …«, begann Lay, aber in diesem Moment hatten sie den Eingang zum Zelt des Bluthändlers erreicht, und der riesenhafte Handlanger, der vor den Samtvorhängen stand, blickte sie herablassend an.

»Name?«

»Donnerkeil Korgh«, sagte der Nordling.

»Hab von dir gehört, Barbar«, erwiderte der Mann und musterte den Nordling prüfend. Es kam vermutlich nicht sonderlich oft vor, dass sich jemand auf Augenhöhe mit ihm unterhalten konnte, aber er wirkte trotzdem nicht sonderlich beeindruckt. Dann senkte er den Kopf und betrachtete Lay.

»Und du bist …?«

»Bluthand Lay. Casstek hat uns gesagt …«

Das Verhalten des Handlangers änderte sich schlagartig. »Ah, du bist dieser Kerl, der erst Malmer Kalwyn und dann seinen Bruder Drachenkralle Twyll getötet hat.« Er musterte Lay erneut von oben bis unten, und diesmal war sein Blick voller Abscheu. »Ich mochte die beiden. Waren gute, ehrliche Ringfechter.« Er spie aus. »Fast bedauere ich, dass ich nicht mehr in den Sand gehe, sonst wäre es mir ein Vergnügen, dich …«

Der Vorhang hinter ihm teilte sich, und ein Mann trat aus dem Zelt. Lay riss bei dem Anblick, der sich ihm bot, die Augen auf. Noch nie hatte er so viel Gold und edle Steine an einem einzigen Menschen gesehen. Zudem war dieser Mann unglaublich fett. Es war ein Wunder, dass er sich überhaupt aus eigener Kraft fortbewegen konnte.

»Habe ich da gerade den Namen Casstek gehört?«

Die Stimme dieses vergoldeten Fleischbergs klang hoch und fistelnd und passte überhaupt nicht zu diesem gewaltigen Körper. Er hob einen seiner Arme, die wegen seiner Leibesfülle seitlich vom Körper abstanden, und fächerte sich mit einem vergoldeten Seidenfächer Luft zu. Ringe blitzten an allen Fingern seiner Hand. Dann starrte Lay ungläubig in das aufgedunsene rote Gesicht des Bluthändlers. An den Nasenflügeln funkelten rote Steine, ebenso in seinen großen, fleischigen Ohrläppchen, und als er sich die wulstigen Lippen leckte, sah Lay einen weißen Stein mitten auf der Zunge aufblitzen.

»Ja, edler Herr«, erklärte Korgh und verbeugte sich. »Der gute Casstek hat uns zu Euch geschickt, weil er meinte, Ihr wäret für uns die beste Wahl hier in Ulcar.«

Gorgus lachte, und sein massiger Leib geriet dadurch in Wallung. »Die Frage scheint mir eher zu sein, ob ihr für mich eine gute Wahl seid«, erwiderte er und betrachtete die beiden nachdenklich. Dabei legte er die hohe Stirn seines eiförmig zulaufenden Schädels in lächerlich wirkende Falten, während er sich unablässig Luft zufächerte, obwohl die größte Hitze des Tages erst viel später kommen würde. »Andererseits«, er blies die fetten Wangen auf, »wäre es vielleicht außerordentlich amüsant zu erleben, wie ein Barbar der Nordlinge die Goldene Schwinge erringt und sich als Schildwache ebenjenes Fürsten verdingt, mit dem sein Volk bis zum heutigen Tag in Unfrieden lebt. Also gut«, meinte er dann, »ich nehme euch, aber ich kann euch keine sonderlich gute Prämienquote in …«

»Eine Dublone für jeden Ring«, unterbrach Lay ihn kalt. »Und sollte Euch das zu viel sein, könnt Ihr gleich noch ein Silberstück drauflegen«, fügte er hinzu, als er sah, wie Gorgus eine Braue hob.

Der Bluthändler starrte Lay einen Augenblick an, dann hob er seine zweite Braue und warf, zur Überraschung sämtlicher Umstehender, den Kopf in den Nacken und lachte pfeifend in einem sich überschlagenden Falsett. »Ich habe mich schon gefragt, worin denn wohl deine besondere Begabung besteht, abgesehen davon, Leute zu massakrieren!«, stieß er keuchend hervor, als er sich wieder beruhigt hatte. »Also gut, niemand soll sagen, Gorgus wisse einen guten Scherz nicht zu würdigen. Eine Dublone pro Ring, aber unter einer Bedingung.« Er hörte auf zu lachen und starrte die beiden Ringfechter vor sich listig an.

Lay tat ihm schließlich den Gefallen zu fragen: »Und was wäre das für eine Bedingung?«

»Dass ihr beide den Endkampf erreicht.« Er grinste breit. »Eine wunderbare Abmachung. Ich bestrafe dich für deine Unverschämtheit, indem ihr euch gegenseitig massakriert, und ich werde bei den Wetten zweifellos so viel einnehmen, dass ich diese ungeheure Ausgabe, wenn auch mit Mühe, werde verschmerzen können.«

Lay sah Korgh an, und der Hüne nickte.

»Abgemacht«, sagten beide und streckten die Hände aus.

Gorgus kniff die Augen zusammen und wollte schon einschlagen, als sein Blick auf die Waffen fiel, die sich Lay und Korgh auf den Rücken geschnallt hatten.

»Und keine Betrügereien«, sagte er. »Die Wirker hier im Roten Sand übersehen keine Dunkle Magie oder andere hinterhältige Gemeinheiten.«

»Keine Betrügereien«, erwiderte Korgh nach einer kleinen Pause.

»Für wen haltet Ihr uns?«, fragte Lay, der jedoch das ungute Gefühl hatte, dass dieser Gorgus sie für genau das hielt, was sie waren.

»Ich will sofort mit meiner Mutter sprechen!« Jolah stampfte vor Wut mit dem Fuß auf den schwarzen Steinboden auf. »Das ist einfach ungeheuerlich! Die Drachenfürstin wird Euch …!«

»Es tut mir sehr leid, Erhabene …«

»Und wenn du mich noch einmal Erhabene nennst, reiß ich dir deine winzigen Nüsse ab und verfüttere sie an deine verfluchten Kinder!« Sie schnaubte wütend, als sie sah, wie der Soldat erbleichte. »Das heißt, ich würde es tun, wenn du Kinder hättest, aber wahrscheinlich sind deine Nüsse genauso verkümmert wie dein Gehirn!«

»Ich … Ich habe Kinder, drei sogar, Erhabene …!«

Der Mann zuckte fast unmerklich zusammen, als Jolah zu ihm herumfuhr. Aber sie änderte bei seinen Worten blitzschnell ihre Taktik.

»Dann müsst Ihr doch verstehen, edler Drachenkämpfer, dass eine Tochter vor ihrer Vermählung unbedingt mit ihrer Mutter sprechen muss, um gewisse Dinge … Na ja, Ihr versteht schon … Die einäugige Schlange …« Der Mann starrte sie verständnislos an. »Der elfte Finger …« Ratlosigkeit pur. Jolah hätte fast mit den Zähnen geknirscht. »Die Sache mit dem Hosenwurm …«

»Hosen …?«

»Das erste Mal für ein unschuldiges junges Mädchen …!«

Sie spürte, dass sie errötete, was sie bereits zuvor vergeblich versucht hatte. Aber der Grund war keineswegs die Scham eines »unschuldigen jungen Mädchens«, sondern eher der Gedanke an zwei grüne Augen.

»Ah, ich verstehe, gewiss, Erhabene. Aber macht euch keine Sorgen. Der Shetan von Bouhss verfügt über beträchtliche Erfahrung in der Defloration von Jungfrauen, wie ich gehört habe …«

»Verflucht, du verdammter Vollidiot! Ich will meine Mutter sprechen! Oder zumindest die Oberste Heilerin! Und zwar sofort!«

Der Mann wich bei diesem neuerlichen Temperamentsausbruch verdattert ein Stück zurück. »Es tut mir leid, Erhabene, aber der Befehl Eures Vaters war eindeutig. Niemand darf Euch sehen, bevor Ihr in die Große Arena geführt werdet. Es tut mir wirklich leid …!«

»In die Große Arena? Aber …«

Plötzlich öffnete sich die Tür des Gemachs, und der Soldat fuhr verblüfft herum. Jolah durchzuckte ein Hoffnungsschimmer. Vielleicht war das die Möglichkeit zur Flucht. Aber ihre Hoffnung erlosch, als sie die Gepanzerten im Gang vor der Tür sah. Es handelte sich um die Schilde Prunfors. Verzweifelt wandte sie sich ab. *Gibt es denn niemanden, der mir helfen …?*

»Lasst mich mit der Drachenbraut allein!«

Beim Klang der Stimme drehte sich Jolah erneut zur Tür. »Akkad?«

Der Reichsverweser war eingetreten und stand unmittelbar neben der Tür. Er starrte den Soldaten auffordernd an.

»Verzeiht, Euer Gnaden, aber mein Befehl lautet …«

»Ich weiß, wie dein Befehl lautet, du Dummkopf! Ich habe ihn selbst erlassen!«

»Was?«, fuhr Jolah ihn an. »Du hast …? Ihr habt …? Aber ich dachte, du wärst …«

Akkad hob die Brauen und warf ihr einen beschwörenden Blick zu. Dann wandte er sich wieder an den Soldaten. »Also, Kerl, worauf wartest du noch? Verschwinde.«

Der Soldat blickte ratlos zwischen Akkad und der Drachenbraut hin und her, bis ein Schuppenleutnant der Schilde Prunfors in der Tür auftauchte.

»Hast du nicht gehört, was Seine Gnaden befohlen hat? Wegtreten, sofort!«

Der Mann warf einen letzten Blick auf Jolah, zuckte dann fast entschuldigend mit den Schultern und verließ den Raum. Die Tür fiel hinter ihm zu.

»Was fällt dir ein?«, fuhr Jolah auf und machte Anstalten, sich mit erhobenen Fäusten auf den Reichsverweser zu stürzen. »Wie kannst du mir …?«

»Hör mir zu, Jolah!«, unterbrach sie der Reichsverweser und packte ihre Handgelenke. Der Mann hatte dunkle Ringe unter den Augen und sich offenbar seit Tagen nicht mehr rasiert. Sein graumeliertes Haar wirkte glanzlos, und seine sonst so feurigen Augen wirkten matt. »Es war die einzige Möglichkeit zu verhindern, dass der Fürst dich noch vor dem Tag der Klingen an den Shetan verheiratet. Er war außer sich vor Wut, nachdem du verschwunden bist.« Er schüttelte den Kopf. »Es tut mir entsetzlich leid, dass wir dir so viel Schmerz zugemutet haben. Aber es schien uns die einzige Möglichkeit, die Vorsehung zu erfüllen. Hätten wir gewusst, was dort in Baahtt geschehen würde …« Er zuckte mit den Schultern. »Aber das war nicht absehbar. Keiner hat geahnt, dass es dazu kommen könnte und dass du auf jemand anders triffst, bevor du den Träger des Mals …« Er seufzte. »Deine Mutter hat eine *Sichtung* durchgeführt, gegen meinen ausdrücklichen Willen, möchte ich hinzufügen.« Er nahm Jolahs Hand. »Es besteht die Möglichkeit, dass es mehr als zwei Träger des Mals gibt. Aber wir wissen es nicht genau. Klar ist nur, dass dieser Mann dafür verantwortlich ist, dass sich die Fäden des Schicksals verwirrt haben, und jetzt …«

»Was?« Es durchströmte Jolah glühend heiß, und Schwindel überkam sie. »Mehr als zwei Träger des Mals? Aber … Du meinst …?« *Also deshalb! Das erklärt alles! Deshalb fühlte ich mich so zu ihm hingezogen!* »Du meinst, Broll ist …!«

»Du musst diesen Mann vergessen, und zwar sofort!« Die Stimme des Reichsverwesers klang scharf und beschwörend. »Die Weissagung ist vollkommen klar. Der dir bestimmte Träger des Mals ist einer vom Blut, sowohl von der väterlichen als auch von der mütterlichen Seite her, genau wie du es bist, und es handelt sich dabei eindeutig und ohne jeden Zweifel um diesen jungen Ringfechter, diesen Bluthand Lay.« Er sah Jolah an und tätschelte ihre Hand, als er den abwesenden Gesichtsausdruck der Drachenbraut gewahrte. »Cassda'ra hat ihn seit seiner Ankunft hier in Alghor beobachten lassen. Sie selbst hat ihn zu Zanth'ra in dieses entlegene Monasterium bringen lassen, um ihn vor allen Anfeindungen und Gefahren zu schützen.« Akkad legte auch seine andere Hand auf die von Jolah, und daraufhin hob die Drachenbraut den Blick und sah den alten Reichsverweser an. »So wie ich versucht habe, *dich* zu schützen.«

Jolahs Gedanken überschlugen sich. *Broll ist auch ein Träger des Mals? Aber er ist keiner vom Blut?* Sie wusste aus den alten Überlieferungen, dass die Träger des Mals, die vom Blut, in gerader Linie von den ersten Trägern des Mals abstammten, von den Heiligen Zwei. Sie hatte sich gewundert, als sie erfahren hatte, selbst eine Trägerin des Mals zu sein, aber sie hatte vermutet, dass ihr dies von ihrer Mutter vererbt worden war, denn sie konnte sich nicht vorstellen, dass Prakuhl de Prunfor ebenfalls dieser edlen und vornehmen Blutlinie entstammte. *Doch bei diesem Lay sind beide Eltern vom Blut? Wieso dann nicht bei mir?*

»Ich verstehe nicht …«, begann sie. Dann bemerkte sie den Blick des Reichsverwesers, mit dem er sie musterte. Es war ein zärtlicher Blick, voller Liebe, und sie erinnerte sich unwillkürlich daran, wie dieser Mann tröstend seine Hand auf die Schulter ihrer Mutter gelegt und Jeul sa Mehdi seine Hand ergriffen und – wenn sie sich recht entsann – sogar gestreichelt hatte.

Jolah hatte das Gefühl, eine Klammer um ihr Herz würde zerspringen. »Du bist …« *Unvorstellbar! Das ist einfach nicht möglich!* Aber das allein ergab Sinn, und plötzlich schienen alle sonderbaren Vorfälle, diese seltsamen Blicke, in die richtige Perspektive zu rücken. *Und ich habe immer gedacht, er würde mich begehren oder wollte mich für sich, um den Drachenthron besteigen zu können. Dabei ist er …*

Akkad nickte. »Ja, Jolah, ich bin dein Vater.« Seine Augen schimmerten, aber dann straffte er sich und warf einen kurzen Blick zur Tür. »Wir haben nicht viel Zeit, bis die Soldaten des Fürsten dich holen und in die Große Arena führen.« Er lächelte. »Es ist mir gelungen, ihn davon zu überzeugen, dass ein Friede mit Hellanden weit besser ist als ein ständiger kriegsähnlicher Zustand. Natürlich erfordert das Kompromisse, aber Nimgurd, der Kriegshäuptling von Hellanden, ist weit vernünftiger, als man das bei einem Barbaren vermuten möchte.« Er nickte. »Bevor Prakuhl deine Vermählung mit Magabor öffentlich kundtut, wird er den Friedensvertrag mit Hellanden bekannt geben. In diesem Moment wird zweifellos eine ungeheure Begeisterung losbrechen, und das ist der Moment, in dem wir agieren müssen. Es ist wahrscheinlich deine einzige Chance, dieser unmöglichen Hochzeit zu entgehen und deine Bestimmung zu erfüllen. Deine Mutter und auch Cassda'ra sind eingeweiht, und es kommt nur noch darauf an, dass du ebenfalls mitspielst.«

Meine Bestimmung? Jolah war vollkommen verwirrt. »Du bist mein Vater? Du bist mein Vater! Aber wieso …?« Sie schüttelte den Kopf. »Ich kann Lay nicht heiraten! Ich gehöre …«

Akkad drückte ihre Hände. »Sicher, mein Kind, ich weiß, das ist jetzt sehr viel auf einmal. Und wenn sich die ganze Aufregung gelegt hat, werde ich dir auch alles erklären. Nur eines will ich dir versichern: Deine Mutter und ich haben uns sehr geliebt und tun das immer noch. Aber es war uns nicht vergönnt, diese Liebe auch zu leben.« Er senkte für einen Moment den Kopf. »Jedenfalls nicht so, wie wir es gerne getan hätten.« Er sah Jolah wieder an. Sein Blick wirkte traurig. »Und ich fürchte sehr, dass das Schicksal dir ein ganz ähnliches Los vorherbestimmt hat. Du bist die Trägerin des Mals, und du hast eine Bestimmung zu erfüllen, die größer ist als du, denn sie entscheidet über das Schicksal von vielen. Dem musst du dich stellen.«

Jolah hatte Tränen in den Augen, und sie schüttelte vehement den Kopf. *Schicksal? Bestimmung? Mein Schicksal hat sich erfüllt, als ich in dieser heruntergekommenen Hütte in Baahtt »Ja« gesagt habe. Ich weiß, dass es verrückt ist, und vielleicht kann ich es auch nicht leben, aber ich weiß, dass keine Bestimmung größer sein kann als das, was ich dort empfunden habe. Aber das kann ich dir wohl nicht klarmachen, nicht wahr?*

Sie schluckte, blinzelte ein paar Mal, um die Tränen aus ihren Augen zu vertreiben, und straffte dann die Schultern.

»Das werde ich … Vater.« *Wie seltsam und doch richtig es klingt, wenn ich das sage.* Sie lächelte gequält. »Sag mir, was ich tun soll.«

RÄNKESCHMIEDE

Das Stimmengewirr der Menge fuhr wie das Brausen des Windes in den Baumwipfeln durch die bis zum Bersten gefüllten Ränge der Großen Arena von Ulcar und schien sich am Drachenhort zu brechen, der großen Empore, die von gewaltigen, mit Drachenschuppen verzierten Pfeilern gestützt wurde und auf der sich der Drachenfürst, seine Familie und die Würdenträger des Reiches eingefunden hatten. Die Ovationen der Menge galten zweifellos dem Fürsten, der sie, wie Druud wusste, wie gewöhnlich mit einem herablassenden Winken, das vermutlich Güte ausdrücken sollte, entgegennahm.

Nicht mehr lange, dann werden sie mir zujubeln, dachte Druud. »Siehst du ihn?«, fragte er leise. »Ist er ...?«

»Er steht am Eingang zur Empore, ganz wie Ihr es mit ihm abgesprochen habt, Eminenz.« Farael klang beunruhigt. »Euer Eminenz, seid Ihr wirklich sicher ...?«

»Herr?«

»Farael, das ist jetzt wahrlich nicht ...!«, begann Druud, unterbrach sich jedoch, als er die junge Stimme neben sich vernahm. »Anfir ...?«

»Kann ich Euch sprechen, Herr?«

»Selbstverständlich, mein Junge.« Druud streckte die Hand aus und lächelte. *Irgendwie passend, dass dieser begabte Jüngling im Moment meines größten Triumphes an meiner Seite ist. Und was Farael angeht ...* »Geh und kümmere dich um Ryehl, Farael«, befahl Druud. »Ich will nicht, dass er uns im letzten Moment mit seinem beschränkten Verstand noch einen Strich durch die Rechnung macht. Sorge dafür, dass er wirklich auf mein Zeichen wartet und nicht etwa schon ...«

»Aber, Eminenz!« Faraels Stimme verriet seine Gekränktheit. »Ich bin das Auge des Sehers, ich kann Euch doch nicht ...«

»Nein, natürlich nicht.« *Vorsicht jetzt,* sagte sich Druud. *Lass dich nicht im Moment deines Triumphes zu voreiligen Schritten hinreißen. Noch ist die Tat nicht vollbracht! Noch kann so vieles schiefgehen!* Auch wenn er es nicht wirklich glaubte. Denn sein Plan war makellos. Er war ihn in den letzten Tagen immer und immer wieder durchgegangen, hatte aber keine Fallstricke oder Tücken darin gefunden. *Aber es gibt immer noch den menschlichen Faktor in dieser Gleichung. Und Farael ist eindeutig eine Schwachstelle. Wenn das hier vorbei ist, muss ich ihn loswerden. Und ich weiß schon, wer an seine Stelle treten wird.* Er spürte Anfirs weiche Locken unter seiner Hand und lächelte. »Ich werde mich hier nicht von der Stelle rühren, und wenn es so weit ist, kann mich Anfir zum Rand der Empore begleiten. Du aber, Farael, bist unerlässlich an Ryehls Seite. Dort kannst du mein Auge und mein Ohr sein. Ich brauche dich, Farael.« *Jedenfalls, bis dieser Narr als Consort der Drachenbraut anerkannt ist, und dann ...* »Also geh jetzt.«

»Eminenz.«

Druud wartete, bis sich die Schritte des Auguren entfernt hatten, dann wandte er sich an Anfir. »Was gibt es denn, mein lieber Junge?« Er strich mit den Fingern durch die weichen, seidigen Locken und spürte, wie er hart wurde. »Mein lieber, lieber Junge.« *Ah, wie gern würde ich jetzt in diesem wundervollen Moment deine Lippen spüren!* Obwohl es schwierig sein dürfte, die schweren Überwürfe seines von goldenen und silbernen Fäden durchwirkten Prachtgewandes zu lüften, und zudem trug er eine ebenfalls kostbar mit Goldfäden durchsetzte Hose. *Schrecklich unbequem, aber für den zukünftigen neuen Verweser des Drachenreiches angemessen,* dachte er.

»Ihr hattet mir bei den Lektionen erklärt, dass die Magi niemals Frauen in ihren Reihen akzeptieren würden, Eminenz.«

»Das stimmt, mein lieber Anfir. Du hast ganz ausgezeichnet aufgepasst …«

»Das ist sonderbar.«

»Tatsächlich?« Druud war abgelenkt, weil die Fanfarenträger auf ihre kleinen Podeste rund um die Ringmauer getreten waren und in ihre langen Hörner stießen, das Signal, dass der Fürst gleich die Blutspiele zum Tag der Klingen eröffnen würde. Traditionsgemäß begannen diese mit dem Einzug aller Ringfechter, Magi und Bahrenträger in den Roten Sand. So auch diesmal. »Nun, die Wirker des Zirkels sind tatsächlich ein sonderbarer Haufen, und ihre Macht wurde vom Reichsverweser schon viel zu lange …«

Die Fanfaren auf der Empore unmittelbar in ihrer Nähe ertönten, und Druud unterbrach sich, runzelte die Stirn und bedeckte rasch die Ohren mit den Händen. *Verflucht,* dachte er. *Wenn ich hier erst das Sagen habe, werde ich diese Kerle in den Sand verbannen. Sollen sie da unten doch so viel Lärm machen, wie sie wollen, da können sie keinen Schaden anrichten. Man wird ja taub bei dem Krach!*

»Das habe ich nicht gemeint, Eminenz.«

Jetzt werden die Gatter geöffnet. Druud lächelte, als die Trommelwirbel den Einzug der Ringfechter ankündigten. Das Geschrei der Menge steigerte sich zu einem orkanartigen Brüllen, als die Männer, die auserwählt waren, an diesem heiligen Tag ihr Blut im Roten Sand zu lassen, in die Arena einmarschierten. *Und sie werden nicht die Einzigen sein, die heute ihr Blut lassen,* dachte Druud. *O nein.*

»Kannst du sehen, ob Broll immer noch auf seinem Posten steht?«, fragte er Anfir.

»Sie haben eine Frau bei sich.«

Druud hob eine Braue. *Broll hat eine Frau bei sich? Was denkt er sich? Und was ist das für eine Frau?* »Was für eine Frau?«

»Das weiß ich nicht, Herr. Sie hat dunkles Haar und trägt eine schlichte schwarze Robe. Sie wirkt nicht sonderlich glücklich und sieht immer wieder zu uns herüber ... Nein, jetzt blickt sie in den Sand hinab.« Der Junge machte eine kurze Pause. »Interessant. Offenbar interessiert sie sich für einen der Ringfechter. Und wenn ich mich nicht schwer täusche, hat dieser Kerl ebenfalls nur Augen für sie.«

Druud runzelte verwirrt die Stirn. »Wie bitte?« *Broll steht mit einer Frau da, die sich für einen anderen Mann interessiert? Für einen Ringfechter?* Plötzlich beschlich ihn eine düstere Vorahnung. *Kann es sein, dass er ...*

In dem Moment kicherte Anfir leise. »Was Sephist überhaupt nicht zu gefallen scheint.«

»Sephist?« Druud stand hastig auf. »Wovon, verdammt, redest du da?« Er konnte die verblüfften Blicke der Umstehenden förmlich auf seinem Rücken spüren und setzte sich hastig wieder hin. *Verflucht, wo ist Farael? Immer, wenn man ihn braucht, ist der Kerl nicht da!* »Geh und hol mir ...!«

»Es ist dieser Bluthand Lay, über den im Moment so viel geredet wird, Eminenz. Er wird bei Wetten ziemlich hoch gehandelt, und er hat sogar in Baahtt ...«

»Ich weiß, was er in Baahtt ...!«

Erneut schmetterten die Fanfaren, immer wieder, bis sich das tosende Geschrei der Zuschauer so weit gelegt hatte, dass man den Reichsverweser auf der Empore, der bis an die steinerne Balustrade getreten war, verstehen konnte.

»Einwohner von Ulcar!«, rief Akkad. »Bürger von Alghor! Bewohner des stolzesten aller Reiche, des Drachenreiches seiner Erhabenheit, des Fürsten Prakuhl von Prunfor ...« Er machte eine Pause, um den pflichtschuldigen Jubel des Publikums abzuwarten, konnte jedoch schon nach wenigen Herzschlägen weitersprechen.

Druud hielt es nicht mehr auf seinem Platz. Anfir war ebenso vergessen wie Farael und der Ringfechter. *Jetzt verkündet er den Friedensvertrag!*, dachte er. *Jetzt kommt der Moment!* Er tastete mit der

Hand nach dem Lockenkopf von Anfir, fand ihn jedoch nicht. »Anfir«, zischte er leise. »Anfir!«, wiederholte er etwas lauter. »Verflucht, wo steckst du, Junge?«

Doch der Knabe antwortete nicht.

Verflucht, verflucht, verflucht!, schimpfte Druud. *Farael, verflucht, wo steckst du, du kleiner, dreckiger ...*

»Eminenz?«

»Ah, Farael. Gut.« Druud leckte sich die Lippen und atmete mehrmals tief durch, um sich zu sammeln. *Kein Grund, vor ihm Schwäche zu zeigen! Und erst recht sollte ich ihm nicht verraten, wie sehr mich sein Auftauchen erleichtert. Aber ich werde ein ernstes Wörtchen mit Anfir reden müssen, wenn das hier vorbei ist. So geht es nicht! Diese kleine Hure kann mir nicht auf der Nase herumtanzen, so fest und frisch sein kleiner Arsch auch sein mag ...* »Führ mich auf das Podest, Farael, damit ich ...!«

»Seine Erhabenheit, der Drachenfürst, wird Euch, wie es die Tradition gebietet, den zukünftigen Gemahl seiner Erhabenen Tochter, Jolah da Prunfor, Thronerbin und Drachenbraut von Alghor, präsentieren, dessen Antrag um ihre Hand er gnädigerweise angenommen hat!«

Bei diesen Worten jubelte die Menge mit deutlich größerer Begeisterung.

»Kann er mich sehen, Farael?«, fragte Druud.

»Wer, Herr?«

»Broll, du Narr!«, fuhr ihn der Erste Fragende an. »Wer sonst?«

»Das kann er, Herr, das heißt, er könnte es, wenn er zu Euch hinsehen würde.«

»Was soll das heißen?« Druud brach der Schweiß aus, als die Erregung über das, was gleich kommen musste, ihn fast überwältigte. *Jetzt nur keine Fehler mehr!*, dachte er. *Verflucht, jetzt auf keinen Fall irgendwelche Fehler!* »Wohin blickt er denn?«

Farael schien den Kopf zu recken bei dem Versuch, dem Blick

des Anführers der Hämmer von Ern zu folgen. »Anscheinend beobachtet er einen Ringfechter im Sand, Eminenz.«

»Was?« Druud musste sich zusammenreißen, um nicht zu schreien. Er biss die Zähne zusammen und kniff sich unter den weiten Ärmeln seiner Robe in die Unterarme. *Konzentrier dich!* »Sind seine Leute denn in Stellung?«

Farael drehte sich etwas zur Seite und blickte über die Empore hinauf auf die Ränge. »Ich sehe überall die Uniformen der Hämmer, verteilt zwischen den Zuschauern, die ... ah!«

»Was ist denn!«

»Die Drachenbraut wird hereingeführt!«

Was Druud auch schon an dem Jubel der Menge hätte erkennen können. Donnernder Beifall brandete auf, durchmischt von zahlreichen *Jolah-Jolah*-Rufen.

Ja, feiert sie nur, solange ihr noch Gelegenheit dazu habt, dachte Druud und presste die Lippen zusammen. *Wenn Ryehl sie erst einmal nach Ernhaag geschafft und seine perversen Gelüste an ihr ausgelassen hat, dürfte es mit ihrer Herrlichkeit vorbei sein.*

»Aber zunächst«, fuhr der Sprecher fort, »möchte der Drachenfürst euch allen eine weitere Neuigkeit verkünden, die von noch größerer Bedeutung ist als selbst die frohe Botschaft der Vermählung seiner Tochter. Eine Neuigkeit, auf deren erfolgreiche Verwirklichung ich lange hingearbeitet habe.«

Das ist dein Todesurteil, du eitler Narr! Jetzt! »Jetzt!«, sagte Druud und stieß Farael an. »Was macht Broll? Hat er ...?«

»Ja, er ist zur Seite getreten, und die ersten Nordlinge betreten die Plattform hinter der Empore! Ich glaube, es sind die Leute dieses Ruut, mit dem Ihr Euch gestern ...«

Das gewaltige Gebrüll der Zuschauer verriet, dass sie ebenfalls die Nordlinge gesehen hatten.

»Und da kommt Nimgurd selbst. Broll tritt zu ihm, führt ihn auf die Empore ...«

Das Gebrüll schwoll zu einem wahren Orkan an.

»... und geleitet ihn neben den Drachenfürsten. Die beiden fassen sich an den Händen und ... treten langsam vor, neben Akkad! Broll folgt ihnen mit zwei seiner Soldaten, und eine Abteilung von Nordlingen folgt dem Kriegshäuptling!«

Das Gebrüll der Menge legte sich, als der Drachenfürst Anstalten machte zu sprechen.

»Meine geliebten Alghoraner! Volk der Drachen! Die Botschaft, die ich Euch verkünden werde, ist ebenso wundervoll wie kurz.« Er drehte den Kopf und sah Nimgurd an, der ihm mit einem strahlenden Lächeln zunickte. »Wir, der Kriegshäuptling von Hellanden – oder ich sollte wohl besser sagen, der Friedenshäuptling – und ich, der Drachenfürst von Alghor, haben einen Pakt geschlossen, der unseren Ländern Frieden und Wohlstand sichern ...«

»Mörder!«, ertönte plötzlich eine laute, hasserfüllte Stimme vom Sand her. Sie war in dem Amphitheater der Großen Arena von Ulcar klar und deutlich zu vernehmen. »Verfluchter Mörder!«

Gleichzeitig packte Druud den Seherstab, hob die Hand ein wenig und ließ ihn dann wie ein Fallbeil hinabsausen. Er wusste, dass kaum jemand auf ihn achtete, und außerdem war die Bewegung nicht sonderlich auffällig.

Aber er hörte das Schaben von Metall auf Metall und dann das unverkennbare Knirschen, mit dem Eisen durch Knochen dringt.

Es ist vollbracht!

Einen atemberaubenden Herzschlag lang herrschte vollkommene Stille im weiten Rund des Roten Sandes, der Großen Arena von Ulcar.

Dann brach das Chaos aus.

»Und?«

»Beeindruckend.« Lay grinste unwillkürlich, als Korgh leise lachte und nickte.

»Und wir dachten schon, dich könnte gar nichts mehr einschüchtern!«

Das hier ist jedenfalls verdammt imponierend!, gab Lay insgeheim zu, während er langsam durch den Sand der Großen Arena schritt, umgeben von den anderen Ringfechtern, die das Privileg genossen, an diesem Tag hier ihr Blut vergießen zu dürfen. Lay senkte den Blick. *Der Sand schimmert tatsächlich rot, zumindest ein bisschen.*

Korgh war seinem Blick gefolgt und grinste. »Keine Sorge, das ist nicht das Blut unserer Vorgänger.«

Lay hob fragend eine Braue.

»Der Sand für diese Ringarena wird extra vom Blutsee geholt.« Der Nordling zuckte mit den mächtigen Schultern. »Keiner weiß, ob man das wegen des Namens getan hat oder ob der Name wegen des Sandes vom Blutsee entstanden ist.«

»Der Name?«

»Na, *Roter Sand.*« Korgh deutete auf den Boden. »So nennt man diesen Ring.« Er fletschte die Zähne zu einem Grinsen. »Wahrscheinlich hat sich irgendein findiger Höfling irgendwann gedacht, man könnte den Ruf dieser Großen Arena noch ein wenig aufbessern, indem man immer rötlichen Sand verwendet. Was tut man nicht alles, um Legenden zu schaffen, stimmt's, *Bluthand Lay*?«

Lay schnaubte verächtlich und konzentrierte sich dann darauf, den Kontakt zu seinem Vordermann nicht zu verlieren. Korgh und er gingen in der zweiten Reihe der Ringfechter, was alles in allem betrachtet ein ziemlich großes Kompliment war. Sie schritten zu viert nebeneinander und hatten bereits mehr als zwei Drittel des Sandkreises durchquert, doch als sich Lay umblickte, sah er, dass immer noch Ringfechter aus den Katakomben herausmarschiert kamen.

Die vier Ringfechter vor ihnen waren die namhaftesten Kämpfer der bekannten Welt, und Lay erfüllte es mit Stolz, offenbar bereits so bekannt zu sein, dass er unter den acht bedeutendsten Kämpfern mitmarschieren durfte. *Zusammen mit einem nach Fisch stinkenden Barbaren, was die ganze Angelegenheit zugegebenermaßen ein bisschen anrüchig macht,* dachte er und konnte sich ein Grinsen nicht verkneifen.

»Sieh an, wen haben wir denn da?«, brummte Korgh, der auf eine Stelle links von der großen Empore blickte, wo der Drachenfürst, die Drachenfürstin und etliche Würdenträger Platz genommen hatten. Lays Blick glitt suchend über die mit rotem Samt gepolsterten Steinbänke, aber er konnte die Drachenbraut nirgends entdecken. Dafür blieb sein Blick an einer hochgewachsenen, kahlköpfigen Gestalt hängen, einem Mann in einer prächtigen, fast schon überladen wirkenden Robe, der seine Hand auf die roten Locken eines schlanken hübschen Jungen gelegt hatte. *Wohl eher ein Jüngling,* dachte Lay und verzog die Lippen. *Wahrscheinlich nicht viel jünger als ich, aber irgendwie … Kennt er mich?* Es irritierte ihn ein wenig, dass dieser Jüngling ihn scharf fixierte, mit einem Blick aus seltsam funkelnden dunklen Augen. Lay spürte ein schwaches Kribbeln im Nacken und erwiderte den Blick des Jungen mit zusammengekniffenen Augen. *Was, bei Belphor …?*

»Ist das nicht dein ehemaliger Waffenmeister da oben?«

Lay ließ sich Zeit, löste seinen Blick nur zögernd von dem des Jünglings. Der schien etwas zu sagen, denn er bewegte die

Lippen, woraufhin die große Gestalt den Kopf drehte. Lay schnappte unwillkürlich nach Luft, als er selbst aus der Ferne die milchigen Augen des Mannes erkannte. Dann sah er auch das Emblem der Auguren, die Scheibe mit den drei auf einer geraden Schiene aufgereihten Gemmen. *Der Erste Fragende der Auguren,* dachte er. *Dann muss der Jüngling das Auge des Sehers sein.* Er runzelte die Stirn. *Aber er trägt keine formelle Robe. Außerdem ist irgendetwas komisch an ihm.* Wobei er nicht leugnen konnte, dass der Anblick des blinden Obersten Auguren ihm ebenfalls recht sonderbar vorkam.

Er verzog die Lippen. *Ich bin eben ein Junge vom Land,* dachte er spöttisch. *Genauer, ein Waisenkind vom Gletscher. Laut Maahr-kut aber noch nicht einmal das.* Unwillkürlich tastete er nach der Spange an seinem Arm. *Sondern ein unerwünschtes Balg, das man ausgesetzt hat, um …*

Da erst drangen die Worte des Nordlings in sein Bewusstsein. »Maahr-kut? Wo?« Er drehte sich zu seinem Waffenbruder herum.

Korgh hatte die Daumen hinter seinen Gürtel gehakt und beschränkte sich darauf, mit einem Nicken vage auf die Stelle zu deuten, wo er den Mann gesehen zu haben glaubte. »Dort drüben, neben Sephist.«

Lay brauchte eine Sekunde, bis er zwischen den hochgewachsenen Wirkern in ihren Umhängen mit den spitzen Kapuzen die kleinere Gestalt erblickte. Aus der Ferne konnte er nicht genau beurteilen, ob es sich um Maahr-kut handelte oder ob es ein anderer Sandmann war, aber Korghs Worte hatten ihn ohnehin aus dem Konzept gebracht. »Sephist? Der Meister der Zirkel? Er ist hier? Wo?« Sein Blick zuckte über die Gesichter der Magi, soweit diese unter den Kapuzen zu erkennen waren, und blieb dann an der größten Gestalt hängen. Es überlief ihn kalt, als er den Blick des Mannes auf sich *spürte.* Es fühlte sich an, als würde ihn jemand mit klammen, eisigen Fingern abtasten. *Das also ist Sephist, mit dem ich in der Schlucht der Schmiede gekämpft habe, jedenfalls indirekt!* Er hatte diesen Gedanken kaum zu Ende gedacht, als er das vertraute Summen in seinem Kopf hörte.

Noch waren die Stimmen leise und ihr Lied erträglich.

Draakenbrut Tonnvorr draakensklaav zaudernit todtodtod

Aber Lay wusste, dass das nicht lange so bleiben würde. Dieser Ort war förmlich durchtränkt von Magie, mit all den Wirkern dort oben, den Drachenpriesterinnen, die sich zweifellos ebenfalls alle irgendwo in der riesigen Ringarena aufhielten, mit dem Ersten Fragenden und seinen Auguren und nicht zu vergessen dem Magus, der immer in seiner Nähe war, seit er die Katakomben verlassen hatte.

Lay schielte an Korgh vorbei auf den Wirker. Er war klein von Statur und hatte sich ebenfalls die Kapuze seines Umhangs über den Kopf gezogen. Und er schien sich vor allem für Lay und Korgh zu interessieren. Genau genommen für ihre Waffen. Lay sah, wie der Mann einen kurzen Blick auf ihn warf und dann wieder nach vorn sah. Er bemerkte, dass der Magus seine Finger bewegte, und wusste, dass er die Ströme der Natur wirkte.

Das kann ja heiter werden, dachte er. *Sobald ich Blutbraut anfasse, wird er wissen, dass da etwas nicht mit rechten Dingen zugeht. Ich frage mich nur, ob er auch erkennen wird, dass Korgh nicht allein in seinem Kopf ist.* Lay warf einen Blick auf die doppelschneidige Axt auf Korghs Rücken. *Oder ob er herausfindet, dass die Axt ebenso in der Schlucht der Schmiede gefertigt wurde wie mein Schwert. Das könnte ein ziemlich kurzer Blutkampf für uns werden. Andererseits bin ich ja nicht hier, um die Goldene Schwinge zu …*

Seine Gedanken brachen ab, als sein Blick auf eine Gestalt fiel, die ein Stück hinter Sephist stand und bislang von ihm verdeckt worden war. Nun trat sie vor und schob ihre Kapuze zurück.

Kalehna! »Kalehna!«

»Wir haben sie gesehen, bleib ruhig, verdammt! Es wird niemandem helfen, wenn du jetzt losrennst und versuchst, sie mitten aus einem Kreis von Wirkern zu befreien, genau genommen von dem mächtigsten Kreis von Wirkern, die dieses verfluchte Drachenreich zu bieten hat. Außerdem«, fügte Korgh hinzu, »haben wir nicht den Eindruck, dass sie unbedingt gegen ihren Willen …«

»Natürlich wird sie gegen ihren Willen festgehalten, du stinkendes Fischfass!«, zischte Lay wütend.

»He, Bluthand!«, brummte ein Ringfechter hinter ihm. »Heb dir deine Wut für den Moment auf, wo du mir im Sand gegenübertrittst. Und jetzt setz deinen Arsch wieder in Bewegung, du hältst die ganze Kolonne auf!«

Lay wollte aufbegehren, aber er musste einsehen, dass der Mann recht hatte. »Du scheinst es ja kaum erwarten zu können, Sand zu fressen!«, knurrte Lay, ging aber weiter, ohne den Blick von Kalehna zu nehmen.

Die Stimmen in seinem Kopf wurden lauter.

Dann begegnete er ihrem Blick, spürte ihn wie eine Berührung auf der Haut. Sie lächelte, was er daran sah, dass ihre Zähne aufblitzten, aber dann schob sich Sephist wieder vor sie, und der drohende Blick, den er ihm unter der Kapuze zuwarf, machte Lay deutlich, dass er dem Meister der Zirkel ebenfalls aufgefallen war.

»Ich muss zu ihr!«, erklärte Lay.

»Das kannst du auch«, antwortete Korgh. »Wenn wir hier fertig sind, und nicht eher!« Er deutete mit einem Nicken auf die Zuschauerränge. »Du hättest keine Chance, auch nur auf Rufweite an Sephist heranzukommen.«

Lay wusste, was er meinte, als er die angeblichen Zuschauer musterte. Er runzelte die Stirn und sagte: »Soldaten. Aber nur wenig Drachenkämpfer. Die meisten scheinen …« Er brach ab, als das Summen der Stimmen in seinem Kopf anschwoll.

Tod Tod tod Draakenbrut zaudernit tidendränget Träger-desMals Tod Tod Tod Draaken sklaav tonnvorr draakenfod-der

Es überlief Lay eiskalt, als er die Embleme auf den Brustharnischen einiger der mit Umhängen dürftig als Zuschauer verkleideten Soldaten erkannte. Ein eingravierter Hammer! *Die Hämmer von Ern! Es ist klar, dass einige von ihnen hier sind, weil ihr Herr einer der Freier von Jolah ist. Aber warum haben sie sich getarnt?* Er kniff die Augen zusammen und sah genauer hin. *Sie sind mit diesen Stockbögen bewaffnet! Was, bei Belphor, geht hier vor?*

In dem Moment brandete tosender Jubel auf, als ein ebenfalls prachtvoll gekleideter Mann an den Rand der Empore trat und eine Rede hielt über den Edelmut des Drachenfürsten, das glorreiche Drachenreich und die bevorstehende Heirat der Drachenbraut.

Lay achtete nicht weiter darauf. Er sah erneut zu Kalehna hinüber, die jedoch zwischen den Wirkern nicht mehr auszumachen war, dann streifte sein Blick die kleine Gestalt des Sandmannes, und wieder spürte er ein Kribbeln in seinem Nacken. *Wenn das wirklich Maahr-kut wäre, hätte er sich sicherlich längst zu erkennen gegeben. Was sollte er bei den Wirkern zu suchen haben?* Lay beschloss, später eine Antwort auf diese Frage zu finden. Im Moment gab es Dringlicheres zu klären. Nämlich warum sich so viele Soldaten aus Ern unter das Publikum gemischt hatten, wieso sie bewaffnet waren, warum, bis auf einige Schildwachen des Drachenfürsten, nur so wenige Drachenkämpfer in der Großen Arena Dienst taten, und … Lay riss erstaunt die Augen auf. *Was machen die ganzen Nordlinge hier?*

Er hörte, wie Korgh neben ihm nach Luft schnappte. »Das ist Nimgurd!«, knurrte er. »Ich verstehe nicht …!« Plötzlich flammten seine Augen rot auf. »Bei Belphors Klauen! Egkhidl! Diese Hündin!«

Lay verstand kein Wort. Aber was Korgh sagte, war ihm im

nächsten Moment auch egal. Seine Aufmerksamkeit wurde von einer Person in Beschlag genommen, die in diesem Moment das Podest betrat. Sie wurde von zwei Soldaten der Schildwache begleitet und einem jungen Mann, der offenbar ebenfalls Soldat war oder zumindest gewesen war, denn er trug eine zerrissene Uniform. Sein Gesicht war grün und blau geschwollen, und er war in Ketten gelegt. Lay glaubte in ihm den Paladin zu erkennen, der die Drachenbraut in Baahtt zu beschützen versucht hatte. *Offenbar ist ihm das nicht besonders gut gelungen,* dachte Lay. Dann bemerkte er, wie ihn der Blick der Drachenbraut streifte, und sah, wie sie die Augen weit aufriss, als sie ihn erkannte. Ihre Miene wirkte fast flehentlich, und Lay runzelte die Stirn.

Gut, ich weiß, dass sie diese Ehe nicht will, und mir ist auch klar, dass sie von mir erwartet, dass ich irgendetwas dagegen unternehme. Aber ich wüsste nicht, wie ich das anstellen sollte, und außerdem kann sie nach ihrem Verhalten in Baahtt ja wohl kaum ernsthaft erwarten …

draakenbrut draakensklaav draakenfodder zaudernit tonnvorr bluot mussfließen todtodtod DRAAKENBLUOT draakenzorn draakenhass trägerdesmalsträgerdesmal todtodtod

Die Stimmen kreischten förmlich, und gleichzeitig überfiel ihn das vertraute Summen, ohne dass er auch nur im Entferntesten daran gedacht hätte, die Kunst der Versenkung anzuwenden. Glühender Hass brandete in ihm auf, und er tastete unwillkürlich nach seinem Schwert.

Blut Blut Blut Blut Blut

Noch nie hatte Blutbraut so laut in seinem Kopf gesungen. Der helle Ton klang so klar, als würde jemand eine Glocke in seinem Kopf schlagen. Der Widerhall vibrierte in seinen Zähnen, und ein Schleier schob sich vor seine Augen, ein roter Schleier.

Der Mann am Rand der Empore, der Reichsverweser Akkad da'al Akkadi, sprach weiter, aber Lay hörte nur Bruchstücke von dem, was er sagte.

»… Neuigkeit verkünden … Verwirklichung … große Freude …«

Das Blut rauschte Lay in den Ohren, und er knirschte mit den Zähnen, als sein Blick auf den Mann fiel, der gerade einen Nordling zur Empore führte, wo der Drachenfürst bereits auf ihn wartete. Der Haltung und den prachtvollen Pelzen nach musste es ein ziemlich wichtiger Nordling sein. *Nimgurd … Hat Korgh ihn nicht so genannt? Der Kriegshäuptling von Hellanden!*

»… Friedenshäuptling … Pakt … Frieden und Wohlstand …«

Die Worte des Drachenfürsten bekam er kaum mit, er dachte nicht mehr an Kalehna und auch nicht an Jolah, die wie gebannt auf den Mann blickte, der ein Stück hinter dem Nordling und dem Drachenfürsten stehen geblieben war.

Blut Blut Blut Blut Blut Blut Blut Blut

Lay packte den Griff seines Schwertes so fest, dass seine Knöchel weiß hervortraten.

»Verflucht, Bluthand, was ist los mit dir?«, zischte jener Ringfechter hinter ihm, der ihn eben zum Weitergehen aufgefordert hatte. »Du zitterst ja am ganzen Leib!« Der Mann wollte Lay eine Hand auf die Schulter legen, aber Korgh schlug sie weg.

»Davon würden wir dringend abraten, Freund!« Die Augen des Nordlings glühten rot.

»Dunkle Magie«, zischte der Magus, der sie die ganze Zeit über scharf beobachtet hatte. Der Wirker hob die Hände und spreizte die Finger. »Ich habe es gleich gemerkt, schon als ich euch …«

»Mörder!«

Lay hatte das Gefühl, als würden seine Augen Funken sprühen, während sich goldene Fäden vor ihm wie zuckende Tentakel ausbreiteten. Es dauerte einen Wimpernschlag lang, bis er begriff, dass er selbst es war, der dieses Wort geschrien hatte. Er zog sein Schwert …

Blut Blut Blut Blut Blut Blut Blut Blut Blut

Der Jubel der Waffe ging im Brausen der Stimmen in seinem Kopf unter.

TodToDtoDTodtoD Draakenbrut zaudernit draakensklaav tötetötetötetöte

»Verfluchter Mörder!«

Korgh seufzte, dann zog er die Streitaxt aus der Schlinge auf seinem Rücken. Der Ringfechter hinter ihm starrte ihn ungläubig an. Korgh grinste und zuckte mit den Schultern. »Was soll's? Dabei hätte es so ein gemütlicher Nachmittag werden können, hab ich recht?«

Lay richtete die Spitze seines Schwertes gegen Broll, der kurz zu ihm hinuntersah, dann aber den Blick auf jemand anders richtete, der am Rand der Empore stand.

Lay folgte dem Blick und …

Der Erste Fragende? Ich verstehe nicht … Dann sah er, wie der Oberste Augur eine knappe unauffällige Bewegung mit einem seltsam gekrümmten Stab machte.

Lay verzog vor Schmerz das Gesicht, als sich das Gebrüll der Stimmen in seinem Kopf zu einem Donnern steigerte.

TodTodtodTodtodTodtod

Er ahnte, dass Blutbraut nach dem roten Lebenssaft förmlich lechzte und in seinem Kopf ein wahres Jubelgeschrei veranstaltete, aber er konnte es bei dem Gebrüll der Stimmen nicht hören.

Im selben Moment sah er – er *sah*, wie ein Nordling hinter den Drachenfürsten trat, einen schmalen glitzernden Dolch in der Hand, den er dem Drachenfürsten mit einer raschen, entschlossenen Bewegung in den Hals rammte.

Prakuhl de Prunfor blieb einen Moment mit erhobenem Arm stehen, während Nimgurd, der Kriegshäuptling Hellandens, überrascht den Kopf drehte, als seine linke Hand und sein linker Arm plötzlich von Blut gesprenkelt waren. Er riss Augen und Mund auf, und Lay *sah,* wie die goldenen Fäden, die die beiden Männer verbanden, sich zu Knoten schlangen und dann allmählich verblassten.

Andere Fäden flammten auf, Fäden von einem intensiven, gleißenden Gold, als Broll – *Der Mörder, der Schlächter!* – vortrat, ein Kurzschwert in der Hand, und in einer schnellen, präzisen Bewegung dem Mörder Prakuhls das Genick durchtrennte. Blut quoll aus dem Mund des Mannes. Nimgurd starrte immer noch seinen Untergebenen an, dessen Augen glasig wurden und dessen Knie nachgaben. Aber noch bevor der Mann auf dem Boden aufschlug oder Nimgurd hätte etwas unternehmen können, hatte Broll dem Kriegshäuptling der Hellanden das Schwert durch den Rücken ins Herz gerammt!

Für einen Moment herrschte Totenstille, dann erhob sich ein Geschrei, als wäre der Dunkle Schleier gefallen und sämtliche Dämonen aus der Anderwelt wären losgelassen worden.

»Hast du das gesehen?«, flüsterte Lay, zu geschockt, um reagieren zu können. »Der Oberste Augur hat den Befehl …!« Lay brach ab, als etwas Warmes, Nasses auf sein Gesicht spritzte. »Was …?«

Tod Tod Tod

Blut Blut Blut

Lay drehte den Kopf. »Was …?«, wiederholte er. Goldene Fäden tanzten vor seinen Augen, er spürte sein Herz wie eine dumpfe Trommel schlagen, und er sah, wie Korgh gerade seine Axt aus dem gespaltenen Schädel des Magus zog, der seltsam ungelenk neben ihnen im Sand kniete.

»Du hast … Ihr habt … Was …?« Der Ringfechter, der Lay zum Weitergehen gedrängt hatte, starrte die Leiche des Magus fassungslos an und richtete den Blick dann auf Korgh. »Du Barbar!«, schrie er. »Du verfluchter Barbar!«

»Ja, ja, ja, schon gut!«, knurrte Korgh und hämmerte dem Mann ansatzlos die flache Seite seiner Streitaxt gegen den Schädel. Der Ringfechter brach wie vom Blitz getroffen bewusstlos im Sand zusammen.

Lay starrte den Nordling an, und Korgh zuckte mit den Schultern. »Was hätten wir denn machen sollen? Er war wirklich lästig.«

»Du hast eben einen Magus umgebracht!«

»Ja, nicht wahr?« Korgh grinste. »Hast wohl geglaubt, du wärst der Einzige, der das kann?« Er kratzte sich am Kinn. »Er war gerade dabei, ebenfalls lästig zu werden, außerordentlich lästig sogar.«

Lay öffnete den Mund, schloss ihn, öffnete ihn wieder und schüttelte dann den Kopf. »Du bist ...«

»Sag nichts, was du vielleicht später zerknirscht zurücknehmen müsstest«, fiel Korgh ihm ins Wort. »Außerdem solltest du dich lieber entscheiden, was du jetzt machen willst.«

»Was meinst du?«

Korgh deutete mit einem Nicken zur Empore. »Wenn uns nicht alles täuscht, war das da gerade eben ein Mordanschlag auf den Drachenfürsten und vermutlich auf seine ganze Familie.« Korgh sah sich um. »Es wird nicht mehr allzu lange dauern, bis die Panik um sich greift und alles hier vollkommen außer Kontrolle gerät.«

Der Nordling hatte recht. Die Menschen waren vollkommen erschüttert. Sie hatten mit angesehen, wie ihr Herrscher von einem wilden Barbaren ermordet wurde, mit dessen Häuptling er gerade hatte Frieden schließen wollen, und wie dann der Häuptling von dem Oberbefehlshaber der Streitkräfte eines Vasallen selbst getötet worden war. Die Situation war vollkommen unübersichtlich. Und von Alghors Drachenkämpfern war kaum etwas zu sehen. Stattdessen hatten zahlreiche Zuschauer ihre Umhänge abgestreift, und darunter waren die Uniformen der Hämmer von Ern zum Vorschein gekommen. Der Edle von Ern stand auf der Empore, neben dem Obersten Auguren, umringt von Soldaten der Hämmer. Einige wenige Schildwachen der Prunfors hatten sich um die Drachenfürstin geschart und versuchten, sie von der Empore wegzubringen, und bärtige Krieger in wallenden Kaftanen versuchten, offenbar einen der Freier der Drachenbraut zu beschützen. Aber sie alle wurden von schwer bewaffneten Kämpfern der Hämmer zurückgedrängt.

Bald schrien überall Menschen, trampelten übereinander und stießen sich bei dem Versuch zur Seite, zu den Gängen zu gelangen, durch die sie die Große Arena verlassen konnten. Aber die Gänge waren verbarrikadiert.

Die einzige verbliebene Fluchtmöglichkeit war der Sandkreis. Sobald die ersten von Panik erfüllten Zuschauer in den Kreis gestürmt waren, würde es kein Halten mehr geben.

Und wir werden hier im Meer der Leiber gefangen sein!

»Ich muss Kalehna ...!«

»Das ist sinnlos!« Korgh streckte den Arm aus. »Er hat sie bereits weggeschafft.«

Lay blickte in die Richtung, in die der Nordling wies. Er hatte recht. Dort, wo eben noch Sephist zwischen den Wirkern des Zirkels gestanden hatte, versuchten nun schreiende Menschen, ein heruntergelassenes Gatter zu durchbrechen, um aus der Arena fliehen zu können.

»Aber ich muss ...!«

Korgh packte ihn am Arm und drehte Lay fast grob zu sich herum. »Du bist der Träger des Mals!«, knurrte er. »Hast du das immer noch nicht begriffen?«

»Was weißt du denn davon?«, erwiderte Lay ebenso heftig.

»Genug, um zu erkennen, dass du eine Aufgabe zu erfüllen hast!«

»Ganz genau, und diese Aufgabe lautet, dass ich Kalehna finden ...«

»Das ist Unsinn, und das weißt du auch! Du kannst im Moment nichts für sie tun. Aber du kannst für *jemand anders* etwas tun, und das scheint uns im Augenblick auch das Wichtigere zu sein!« Er wies wieder zur Empore.

Jolah da Prunfor wurde dort von zwei Hämmern von Ern festgehalten, während sich ihr Ryehl und der Oberste Augur näherten. Der Erste Fragende wurde von einem anderen Auguren geführt, wie Lay bemerkte. Von dem rothaarigen Jüngling mit den sonderbaren Augen war nichts mehr zu sehen.

Die Drachenbraut trat um sich, schrie und spuckte, aber es war klar, dass sie keine Chance gegen diese Übermacht hatte.

Akkad da'al Akkadi, der Reichsverweser, wurde ebenfalls von zwei Soldaten der Hämmer und – was noch schlimmer war – von zwei Schildwachen der Prunfors festgehalten. Der Oberste Augur Druud OchNarjon stand daneben, fuchtelte mit den Händen durch die Luft und gab den Soldaten offenbar Befehle.

Das Gesicht des Reichsverwesers war vor Wut dunkelrot, und seine Augen loderten, aber anscheinend hatte man ihm die Hände gebunden, da er ein mächtiger Wirker des Zirkels war, ohne seine Hände einzusetzen jedoch die Ströme der Natur nicht wirken konnte. Falls er dies in diesem Chaos und ohne Göttlichen Staub überhaupt vermocht hätte. Somit war er jeder Möglichkeit beraubt, sich zu befreien oder anders Einfluss auf die Geschehnisse zu nehmen.

Neben der Drachenfürstin erkannte Lay die Höchste Drachenpriesterin Cassda'ra. Er zuckte zusammen, als sich ihr Blick auf ihn richtete. Goldene Fäden streckten sich nach ihm aus, berührten ihn, schienen ihn vorwärtszuziehen, während das Summen in seinem Kopf allmählich nicht mehr so schmerzte und die Melodie plötzlich ruhiger wurde.

Plötzlich konnte er wieder klare Gedanken fassen. »Gut«, sagte er zu Korgh. »Du kümmerst dich um …!« Er sah nach links, aber der Nordling war bereits verschwunden. Einen Augenblick später sah er den Hünen, wie er mit einem mächtigen Satz an der Ringmauer hochsprang, seine Finger in die Ritzen zwischen den Steinen schob und sich Stück für Stück emporzog. Bald darauf hatte er den oberen Rand der Mauer erreicht, drehte sich kurz um, sah zu Lay zurück, deutete auf eine kleine, unter der Empore eingelassene Holztür und sprang dann von dem Rand der Mauer in die Zuschauerränge. Als die Menschen die hünenhafte, axtschwingende Gestalt des Nordlings auf sich zustürmen sahen, krabbelten sie wie Ameisen übereinander, um sich vor ihm in Sicherheit zu bringen.

Also gut, du kümmerst dich darum, wie wir von hier wegkommen, dachte Lay, *und ich bringe diese verfluchte Drachenbraut in Sicherheit. Aber glaube nur nicht, dass ich sie heiraten werde, Bestimmung hin, Schicksal her. Ich bringe sie in Sicherheit, und dann mache ich mich auf die Suche nach Kalehna.*

»Genau so machen wir's!«, sagte er zu sich selbst, zufrieden, weil ihm niemand widersprach. *Habe ich gerade ›wir‹ gesagt?* Er schüttelte den Kopf und setzte sich in Richtung Empore in Bewegung.

Er versuchte, die Drachenbraut und die Drachenpriesterin im Auge zu behalten, was nicht ganz einfach war, weil die Soldaten Jolah gepackt hatten und auf den Boden drückten, um sie besser bändigen zu können. Die Drachenpriesterin hielt so lange Blickkontakt mit Lay, wie es ihr möglich war, bis sie schließlich von der steinernen Balustrade der Empore verdeckt wurde.

Ich frage mich wirklich, wie ich da hochkommen soll ...

»Ergreift ihn!«, schrie plötzlich jemand von oben. »Das ist dieser Ringfechter, der in Baahtt ...«

»Nein, Bragh! Mach das nicht!«

Lay erkannte die Stimme der Drachenbraut. Verzweifelt versuchte er eine Möglichkeit zu finden, an den Säulen der Empore hinaufzuklettern, aber der Erbauer hatte dafür gesorgt, dass genau das unmöglich war, damit die Würdenträger und Herrscher, die sich auf dieser Empore befanden, nicht von irgendwelchen blutrünstigen Monstern aus dem Sand angegriffen wurden. *Wenn ich jetzt ein nach Fisch stinkender Nordling wäre ...*

Blut Blut Blut

»Was…?« Lay hatte nicht gemerkt, dass das Singen in seinem Kopf verstummt war, bis sich die Blutbraut wieder umso deutlicher meldete.

Gleichzeitig schwoll das Brausen der Stimmen an, und Lay trat überrascht einen Schritt von den Säulen der Empore zurück. Er hörte lautes Geschrei und das Klirren von Metall. Offenbar wurde dort oben erbittert gekämpft. Es half alles nichts, er musste hinauf, wie auch immer!

Auf einmal hörte er einen schrillen Schrei.

Jolah? Was, bei Ganäas nährenden Tit…?

Im nächsten Moment rauschte ein Körper über die Balustrade der Empore und landete neben ihm im Sand.

Lay sah hin und erwartete fast, die Drachenbraut zu erblicken. Aber es war ihr Paladin, dieser Bragh. Sein Schädel war zerschmettert, und eine riesige Wunde klaffte in seinem Hals, aus der Blut sprudelte.

Lay hob den Kopf. Und fletschte die Zähne.

»Du…!«

Ein verhasstes Gesicht beugte sich über den steinernen Rand. Der Anführer der Hämmer von Ern starrte mit brennenden Augen auf Lay hinunter.

Der erwiderte den Blick nicht minder hasserfüllt. Einen Moment lang glaubte er, der Mann würde zu ihm herunter in den Sand springen und die Sache auf der Stelle mit ihm ausfechten.

Blut Blut Blut

»Komm nur, ich bin bereit!«, schrie Lay. »Du Mörder! Du verfluchter Mordbrenner! Du schuldest mir das Blut von Theija, von Zanth'ra und von all den anderen Unschuldigen im Monasterium. Und jetzt auch noch das von dem hier!«

»Das war nicht mein Werk, viel zu grobschlächtig. Und was die anderen angeht… Ich fürchte, da musst du dich hinten anstellen, Bluthand!« Der Mann verzog die Lippen zu einem

Grinsen, aber es wirkte weit weniger höhnisch, als es vielleicht gewollt war, ja, fast ein wenig gequält.

Lay runzelte die Stirn. »Ich denke gar nicht daran …«

»Das Einzige, woran du denkst, bist du selbst, Kerl!«, stieß der Mörder hervor, dann verschwand er außer Sicht.

Lay öffnete den Mund. *Was soll das heißen, ich denke nur an mich selbst? Was für eine Unverschämtheit! Und das von einem verfluchten Mörder!*

Ja, das tut weh, stimmt's?

»Was?«

Sich von einem Schurken die unangenehme Wahrheit ins Gesicht sagen lassen zu müssen!, antwortete die Stimme in seinem Kopf.

Blut Blut Blut

Lay ließ das Schwert verwirrt sinken. Um ihn herum herrschte völliges Chaos. Die Ringfechter, die vergeblich versucht hatten, wieder in die Katakomben zu gelangen, bemühten sich nun, die Zuschauer davon abzuhalten, in den Sandkreis zu springen.

Lay aber hatte das Gefühl, als würde er auf einem Podest stehen, vollkommen unberührt von dem Tumult um ihn herum. Das Geschrei und die Stimmen drangen nur schwach an seine Ohren, und selbst das Summen der Stimmen in seinem Kopf schien schwächer geworden zu sein.

Du denkst nur an dich selbst.

Plötzlich erinnerte er sich an die Lektionen, die Zanth'ra ihm erteilt hatte, an ihre langen Gespräche über Schicksale und Bestimmungen und die Verpflichtung eines jeden Menschen, sich dem zu stellen.

Er hatte mit einem Mal einen schalen Geschmack im Mund und spuckte aus.

Blut Blut Blut

»Ich habe etwas für dich, was das vielleicht ändern kann!«

Lay hob den Kopf. Sein Blick fiel auf Broll, der ihn verächtlich musterte. Dann drehte der Mörder, der Schlächter von Krühll, der Mordbrenner den Kopf zur Seite, und die Veränderung, die in seinem Gesicht vorging, war erstaunlich.

Noch erstaunlicher war, dass die Frau in seinen Armen seinen Kuss erwiderte, kurz, aber leidenschaftlich, bevor Broll sie über den Rand der Brüstung hob und sie an den Händen herabließ. Im letzten Moment ließ er sie los, und sie fiel …

Lay sprang vor und fing sie auf, aber die Höhe des Sturzes und ihr Gewicht zwangen ihn in die Knie, er kippte nach hinten, und sie rollten beide in den Sand.

»Wir müssen fliehen!«, sagte sie, nachdem sie aufgestanden war.

»Ich werde dich in Sicherheit bringen!«, versprach Lay.

»Angeblich bist du meine Bestimmung!«

»Erzähl mir was Neues!«, knurrte Lay, schob Blutbraut in die Scheide auf seinem Rücken und packte die Hand der Drachenbraut. »Aber bilde dir nur nicht ein, dass ich dich heiraten werde!«

»Sehr klug von dir, mir keinen Antrag zu machen«, zischte Jolah. »Das erspart es mir, dir das Herz zu brechen. Außerdem hättest du dich ohnehin hinten anstellen …«

»Ah ja, den Spruch hab ich heute schon mal gehört.« Lay sah die Thronerbin von Alghor an, begegnete dem funkelnden Blick zweier feuersprühender Augen. »Ich habe den starken Eindruck, als wäre das ein ganz wunderbarer Anfang für eine Beziehung.«

»Wir haben keine Beziehung!«

»Das sehen eine ganze Menge Leute und ein Haufen alter Bücher anders.«

»Wir wären sehr erfreut, wenn ihr euch miteinander bekannt machen würdet, nachdem wir diese verfluchte Stadt hinter uns gelassen haben!«, knurrte eine tiefe Stimme neben ihnen.

Die beiden fuhren herum.

Korgh stand gebückt in der kleinen Tür neben der Empore, die blutüberströmte Streitaxt in der Faust.

»Was ist? Soll ich vielleicht noch einen Kratzfuß machen? Oder seid ihr nur allergisch gegen Fisch?«

AUFBRUCH

Lay öffnete die Augen, blieb aber regungslos liegen und lauschte.

Das Feuer in der winzigen Kochstelle war längst heruntergebrannt, aber die Nacht war nicht kalt. Er wartete, bis sich seine Augen an die Dämmerung gewöhnt hatten, dann sah er nach links, zu der Pritsche unter dem Fenster. Korghs massige Gestalt war ebenso wenig zu übersehen, wie sein Schnaufen zu überhören war.

Dann richtete Lay seinen Blick auf die Pritsche, die an der anderen Wand stand. Er kniff die Augen zusammen. Sie war leer.

So leise wie möglich schlug er die Decken zurück und stand auf. Die Decke nahm er mit, aber er verzichtete darauf, die Stiefel anzuziehen, und schlich auf nackten Sohlen zur Tür. Sie war nur angelehnt und machte kein Geräusch, als er sie behutsam öffnete.

Die Drachenbraut stand am Rand der kleinen Klippe, von der aus man die Stadt und den Drachenpalast sehen konnte.

Er näherte sich ihr leise, aber ihm war klar, dass sie wusste, dass er hinter sie trat. So wie er gespürt hätte, wenn sie sich an ihn herangeschlichen hätte.

»Du musst schlafen.«

»Ich kann nicht.«

Lay schwieg, trat dann neben sie und legte ihr die Decke über die Schultern. »Ich auch nicht.«

Er blickte ebenfalls auf die Stadt, die Hauptstadt des Drachenreiches, *ihres* Reiches, auf den Palast, *ihren* Palast, über dem immer noch Rauch wallte, obwohl die Brände weniger geworden zu sein schienen.

Dann sah er zum Himmel empor. Das Licht der Sterne ließ bereits nach.

»Ein paar Schattenstriche noch, dann öffnet Belphor die Augen.«

»Belphor kann mir gestohlen bleiben!«

Lay grinste. »Soll ich dir etwas verraten?«

»Nein!«

Lay wartete. *Fünf Herzschläge. Höchstens.*

Es dauerte vier Herzschläge.

»Red schon!«

»Mir auch.«

Sie drehte sich zu ihm um und sah ihn fragend an.

»Belphor.«

Eine Braue hob sich.

»Kann mir gestohlen bleiben!«

Sie sah wieder nach vorn, aber Lay bemerkte, dass ihr Mundwinkel zuckte. Dann sah er die Tränen in ihren Augen.

»Alles, was ich bin, ist dort.« Ihre Stimme klang weich und traurig.

Lay antwortete nicht sofort. Er berührte unwillkürlich den Ring von Theija, den er immer noch an einem Band um den Hals trug, und strich dann mit den Fingern über die Armspange, die Maahr-kut ihm gegeben hatte und die ihm den Weg zu seinen Eltern zeigen sollte, wenn die Zeit gekommen war. *Diese Zeit ist gekommen,* dachte er.

»Ich weiß nicht einmal, wer ich bin«, sagte er leise.

Jolah atmete einmal geräuschvoll durch die Nase ein und drehte sich dann erneut zu ihm um. »Das glaube ich dir nicht. Du hast bewiesen, wer du bist. Du hast es gezeigt, im Roten Sand, heute Morgen.«

Lay schwieg wieder. Er sagte ihr nicht, was er dachte, nämlich dass Broll, dieser Mörder und sein erklärter Feind, recht gehabt hatte. *Ich denke wirklich nur an mich.* Er hatte Kalehna retten wollen, seine Liebe, dann hatte er Broll töten wollen, um seinen Hass zu befriedigen. Und Jolah war ihm sozusagen vor die Füße gefallen. Damit war ihm die Möglichkeit förmlich aufgedrängt worden, seiner Bestimmung zu folgen, auch wenn es nicht der Weg war, den sein Herz ihm wies. Er seufzte. »Ich konnte nicht anders«, antwortete er. Das war zwar die Wahrheit, aber es klang weit edelmütiger, als es in Wirklichkeit der Fall war.

Jolah nickte. »Das kann ich dir nachfühlen, vielleicht mehr, als du glaubst.«

Lay erwiderte ihren eindringlichen Blick für einen kurzen Moment, dann sah er wieder nach vorn, auf den brennenden Palast. »Ich habe dir gesagt, dass ich dich beschützen werde, denn das ist meine Bestimmung. Und die werde ich erfüllen. Trotzdem muss ich herausfinden, wer ich bin.«

Er spürte, wie Jolah ihre Finger plötzlich in seine Hand schob.

»Ich werde dir helfen, es herauszufinden, das verspreche *ich* dir.« Sie drückte seine Hand. »Und danach werden wir hierher zurückkehren.«

Lay hob die Brauen. »Hierher?«

Jolah nickte. »Ich habe eben gesagt, alles, was ich bin, ist dort. Ich hätte vielleicht besser sagen sollen, alles, was ich sein will, ist hier.« Die Erinnerung an grüne Augen schoss ihr durch den Kopf, und sie schluckte. »Es hat schon einmal eine Drachenkönigin auf der Drachenklaue gegeben.«

Nun war es an Lay, sie fragend anzusehen.

»Der Drachenthron«, erklärte Jolah. »Er hat die Form einer Drachenklaue.« Sie lächelte. »Und ist genauso unbequem.«

Lay nickte. »Ah ja, ich habe davon gelesen, im *Okkultum*. Sie hieß Degora, richtig?«

Jolah sah ihn verblüfft an. »Du hast im *Okkultum* gelesen?«

»Heimlich natürlich.« Lay errötete.

Jolah lächelte. »Das ist nichts, wofür du dich schämen müsstest. Im Gegenteil. Es ist ein weiterer Grund, warum du stolz auf dich sein kannst.«

Lay verzog das Gesicht. »Sie war sehr kämpferisch, diese Drachenkönigin. Und sie war sehr mutig. Sie hat sich ihrer Bestimmung gestellt, bis zu ihrem Tod. Bist du bereit, ebenfalls alles für das Schicksal zu opfern?«

»Ich weiß es nicht«, gestand Jolah, und das Lächeln auf ihren Lippen verblasste. »Aber ich werde es herausfinden.«

Lay nickte. »Gut. Dabei werde ich dir helfen. Und dann ...«

Sie blieben schweigend und Hand in Hand nebeneinander stehen und blickten auf Ulcar und den Drachenpalast, wo die Brände nach und nach erloschen. Keiner von beiden bemerkte die Gestalt in der Tür der Hütte, die sie mit rot glühenden Augen beobachtete.

Dann?

Dann werden wir sehen. Wir werden sehen.

ANMERKUNGEN DES AUTORS:

Ich möchte mich bei meinen Erstlesern Angela, Dieter und Hartmut für ihre Mühe, ihre Kritik und ihr Engagement bedanken. Ihr habt das Buch besser gemacht.

Holger Kappel, mein Lektor bei Blanvalet, hat nicht nur an meine Idee geglaubt, sondern mich auch mit Feingefühl und konkreten Vorschlägen – umgangssprachlich Zuckerbrot und Peitsche – dazu gebracht, sie zu verwirklichen.

Peter Thannisch, mein Redakteur, beherrscht die Kunst, das Überflüssige vom Notwendigen zu unterscheiden, Ersteres gnadenlos wegzustreichen und sich ebenso energisch für Letzteres einzusetzen.

Und Urban Hofstetter hatte den Mut, »Machen wir!« zu sagen.
Ich danke Euch, Jungs!